Helene Sommerfeld

Il coraggio di sognare

LA DOTTORESSA

Traduzione di
Sofia Dilaghi

GIUNTI

Titolo originale:
Die Ärztin. Das Licht der Welt

www.giunti.it

Via Bolognese 165 – 50139 Firenze – Italia
Via G. B. Pirelli 30 – 20124 Milano – Italia

Prima edizione: giugno 2021

E invece devo star seduta, distinta e pura,
Come una brava bambina,
E posso solo sciogliere in segreto i miei capelli
E lasciare che il vento li scompigli.

Da *Alla Torre*, di Annette von Droste-Hülshoff

FAMIGLIA PETERSEN

GUSTAV (1840) giardiniere al Castello Freystetten
KARLA (1842) sua moglie, cuoca e domestica
ANTONIA "TONJA" (1862) primogenita di Gustav e Karla
RICARDA "RICA" (1863) secondogenita di Gustav e Karla
ROSAMUNDE "ROSEL" (1865) figlia minore di Gustav e Karla

FAMIGLIA VON FREYSTETTEN

FRANZ (1805) Conte ed ex Generale
RAIMUND (1838) figlio di Franz
HENRIETTE "JETTE" (1842) figlia di Franz, medico
LUISE (1842) moglie di Raimund
FLORENTINE "FLORA" (1862) figlia di Raimund e Luise
FRIEDEMANN (1864) figlio di Raimund e Luise

ALTRI PERSONAGGI

KÄTHE HAUSMANN (1843) medico, compagna di studi di Henriette
GEORG KÖGLER (1851) cugino di Käthe, avvocato
FRANZISKA BIBERTI (1843) compagna di studi di Henriette
EMILIE SOLM (1841) compagna di studi di Henriette
ELEONORE "LORE" SINGER (1864) amica di Ricarda
KUMARI KALLSTADT (1864) amica di Ricarda
SIEGFRIED THOMASIUS (1860) studente di medicina
MALWINE MERGER (1850) governante di Henriette

Quando si ruppe il ghiaccio

Natale 1876

La prima volta che Ricarda si trovò faccia a faccia con la morte, contro la quale si sarebbe battuta strenuamente per il resto della sua vita, fu il giorno di Natale del 1876, al lago del castello, mentre giocava con il cane.

La ragazzina di tredici anni si stava godendo l'atmosfera magica che ricopriva il paesaggio intorno a lei. La luce invernale diffusa dal sole basso tingeva di delicati toni pastello le colline brandeburghesi, di solito a malapena visibili. Un arancio tenue che sfumava nel giallo, un rosa appena accennato e uno sfarfallio di azzurro che si mescolavano all'orizzonte nel candore etereo del cielo e nel bianco pesante che ricopriva la terra. In mezzo, ampie macchie di giovani alberi spogli piantati dal padre, il quale sosteneva che un giorno si sarebbero incastonati nel parco come isole boscose in un mare d'erba. Del resto il padre sosteneva anche che Rica in futuro sarebbe diventata una bellissima donna. Cosa che le pareva ancora più improbabile.

Berta, abbaiando sommessamente, invitò Ricarda a proseguire il gioco. La ragazza sollevò in aria un bastoncino e lo lanciò con tutte le forze sul lago ghiacciato. Il rametto scivolò sul ghiaccio con un sibilo. La giovane cagnolina gli corse dietro, in direzione del castello. A qualche centinaio di metri di distanza, l'edificio, distribuito su tre ali, riposava trasognato in quell'atmosfera fiabesca. Sembrava lontano, visto da quel lato del lago più stretto e piegato da morbide insenature. Entro due ore, durante il tè pomeridiano, nel giardino d'inverno si sarebbe svolto il tradizionale concerto di Natale, e Ricarda era attesa nella cucina del castello per dare una mano. Così le risultava caro quel momento spensierato in cui le era concesso di godersi il pomeriggio di Natale.

La giovane weimaraner, col suo bel pelo lucido, riportò il bastone e lo posò a terra scodinzolando. A quel punto anche Ricarda si incamminò sullo strato di ghiaccio e si voltò a guardare l'altra sponda del lago. Era lì che aveva imparato a nuotare ed era lì che ogni estate contava e ricontava le bracciate che le servivano per attraversarlo. L'estate passata erano centottantasette. Adesso, invece, il lago si era trasformato in una magnifica pista di pattinaggio. Il padre e i suoi due aiutanti avevano spazzato la superficie due giorni prima e da allora non aveva più nevicato. Stavolta Ricarda tirò il bastone in direzione di sua sorella Antonia, che stava pattinando con Florentine, la figlia del conte. Ma col suo lancio raggiunse a malapena il centro del lago. Rica non possedeva pattini e la cosa le andava bene, poiché non aveva alcuna voglia di passare le giornate a cadere rovinosamente sul ghiaccio. Mentre guardava la cagnolina che correva eccitata dietro al bastone, si soffermò a osservare in lontananza le due ragazze di un anno più grandi di lei.

Ricarda conosceva a malapena Florentine, che frequentava una scuola in Inghilterra e tornava a casa solo per le vacanze di Natale. Era una situazione talmente lontana dall'immaginario di Ricarda, che non era neanche andata a cercarsi l'Inghilterra sul mappamondo. Ad ogni modo, con i nuovi pattini canadesi ricevuti in dono dalla zia la sera della Vigilia, Florentine si muoveva in modo più che aggraziato.

«Guarda, sono i primi ad avere le lame fissate direttamente allo scarponcino di cuoio» aveva spiegato con orgoglio Florentine ad Antonia. A Ricarda, invece, non aveva prestato la minima attenzione.

Intanto Florentine si esibiva in saltelli e piroette di vario genere, nei quali riusciva molto bene. E anche quando cadde, si rimise subito in piedi. La risata per la sua goffaggine attraversò il lago, cristallina, leggera e spensierata come tutta la sua persona. Sembrava non esserci niente che Florentine non sapesse fare. Eppure Rica non si sognava neppure di provare invidia nei confronti della figlia del conte. Lei e Antonia erano le figlie del capo giardiniere e della cuoca; sua sorella era anche la cameriera della madre di Florentine e godeva dunque della sua benevolenza. Ecco perché aveva ricevuto i vecchi pattini di Florentine come regalo di Natale. A volte Ricarda si rammaricava di non essere una creatura attraente come la sorella maggiore. Aveva invece ereditato i forti capelli neri della madre, mentre i capelli di Tonja erano biondo rame come quelli del padre, cosa che la faceva apparire molto più solare di lei, seppur non radiosa come Flora.

Gli scarponcini antiquati e pesanti di Antonia sembravano intralciare notevolmente i suoi movimenti. Nonostante la distanza, Ricarda notò lo sforzo di sua sorella per mantenere un certo portamento. Sembrava che le lame la inchiodassero al ghiaccio, anziché metterle le ali come a Florentine, che l'aveva superata di un bel pezzo. Ma Tonja non era ancora caduta. Ed era così che Rica conosceva sua sorella: faceva tutto con lentezza e precisione; ben presto, di questo era assolutamente certa, Antonia avrebbe capito come fare e si sarebbe librata con la stessa grazia dell'amica.

Al limite estremo del parco comparve una slitta trainata da un cavallo che procedeva in direzione del castello. La distanza non permetteva di riconoscere chi vi fosse all'interno. Vedendo un altro cane che correva al fianco della slitta, Ricarda fu certa che si trattasse del padre, che all'occorrenza svolgeva anche la funzione di vetturino. Berta abbaiò di nuovo per incitarla a lanciare il bastone e nell'istante in cui Ricarda si chinò per raccoglierlo da terra, udì l'urlo che non avrebbe più scordato per il resto della sua vita. Proveniva dal lago, era acuto, molto breve e intriso di panico.

Ricarda, dal punto in cui si trovava, riusciva a vedere solo Antonia. Con i piedi appesantiti dal ferro, avanzava faticosamente verso il punto in cui, fino a un attimo prima, pattinava Florentine. Ricarda, invece, non riusciva a procedere in fretta come avrebbe voluto. Continuava a perdere l'equilibrio sul ghiaccio scivoloso, si riprendeva per il rotto della cuffia e si slanciava di nuovo in avanti. Berta la precedeva di un bel po'.

«Cos'è successo?» gridò Ricarda a sua sorella. Era ancora troppo lontana per distinguere qualcosa, vedeva solo che Florentine non era ricomparsa.

«Flora è caduta nell'acqua!» le urlò Tonja di rimando.

Non può essere, pensò Ricarda.

Ormai era una settimana che la temperatura era scesa di molto sotto lo zero. Il padre monitorava le temperature da anni, era una delle sue passioni. E quel giorno, all'ora di pranzo, c'erano −10,5 gradi. Era impossibile che il ghiaccio avesse ceduto, pensò Rica. Senza contare il fatto che, in caso di pericolo, suo padre avrebbe recintato l'area.

Nel frattempo Antonia aveva raggiunto il punto in cui Florentine era sprofondata. Si inginocchiò sul ghiaccio, i pesanti pattini ancora ai piedi.

«Adesso la tiro fuori!» gridò in direzione di Ricarda.

«Tonja, fai attenzione!» si raccomandò lei.

Il suo istinto le diceva che la sorella si stava mettendo in un grosso pericolo. Ma lei era ancora troppo lontana per poter essere di qualche aiuto.

Antonia si distese sul ghiaccio e infilò le braccia nell'acqua gelata. Nel frattempo, Ricarda si era avvicinata abbastanza al luogo dell'incidente per veder spuntare le braccia e la testa di Florentine dall'acqua.

Florentine adornava i suoi abiti di fiori in ogni stagione dell'anno. Quel giorno aveva scelto un girasole per abbellire il suo cappellino color avorio.

«Ora ti prendo!» gridò Antonia.

Prima che Ricarda potesse rendersene conto, sua sorella venne trascinata in acqua da Florentine, in lotta per la propria sopravvivenza, e scomparve senza emettere un suono.

Berta stava abbaiando vicino al luogo dell'incidente, quando finalmente arrivò anche Rica. Le bastò un'occhiata per capire che il ghiaccio non poteva essersi rotto accidentalmente. Qualcuno aveva ritagliato un buco di circa un metro quadrato nello strato di ghiaccio spesso mezzo metro. Di notte si era riformata una sottile lamina, che però aveva ceduto sotto la piroetta di Florentine. Frammenti di ghiaccio galleggiavano sulla superficie scura dell'acqua.

Trattenendo il fiato, Ricarda si inginocchiò accanto al buco nel ghiaccio. Solo per un istante, Antonia guardò la sorella da sotto la superficie del lago, prima che Florentine la spingesse ancora più giù per darsi la spinta necessaria a risalire. Nel farlo, emise un gorgoglio incomprensibile.

«Tonja!» gridò Rica.

Nonostante la folle preoccupazione per la vita della sorella, Rica si sentì pervadere da una calma imprevista. Si rivolse al cane con il tono sicuro e imperioso che tante volte aveva sentito usare al padre: «Berta! Ascoltami bene!».

Gli occhi color ambra della cagnolina la osservarono attenta. Rica indicò il castello verso il quale aveva visto andare suo padre con la slitta. Probabilmente era diretto alla scuderia lì accanto.

«Berta, vai a chiamare papà. Abbaia forte! Vai a chiamare papà!»

Poteva solo sperare che Berta si rivelasse all'altezza del compito…

Dall'acqua gelata spuntavano, avvolte nelle loro muffole, le mani di Florentine che afferravano il vuoto. Lo sguardo dei suoi occhi azzurri spalancati per la paura implorava aiuto. Accanto a lei, Rica vedeva il volto della sorella. Dalla sua bocca salivano bolle d'aria, ma non riusciva a raggiungere la superficie per respirare. La lotta di Florentine per la sopravvivenza non le lasciava alcuno spazio.

Non posso farmi trascinare anch'io nell'acqua, pensava Rica, *altrimenti moriremo tutte e tre.*

Si guardò intorno. Fu solo allora che vide la scala di legno posata sul ghiaccio, poco distante da loro. Sembrava fosse stata messa lì apposta per salvarle.

«Vi tiro fuori! Resistete!»

Trascinò la scala sul ghiaccio ansimando. Il lago in quel punto non era molto profondo, ma a quanto pareva non si toccava già più. Si distese a pancia in giù e fece scivolare la scala nell'acqua, fino a farla posare sul fondo fangoso. La superficie era immobile in modo sinistro. La testa di Flora con il girasole dondolava inerme. Poco sotto affiorava il corpo di Tonja, con le braccia tese in avanti.

«Eccomi!» gridò Rica.

Senza pensarci due volte, scese giù per la scala e si calò

nell'acqua gelata. Con una mano si teneva ai pioli, mentre con l'altra riuscì a fatica a tirare su Flora e posarla sul ghiaccio. Poi scese di nuovo nell'acqua.

Dov'era sua sorella? Ricarda percepì un movimento e per un istante la mano bianca come la neve di Antonia le sembrò vicinissima. Tentò di afferrarla, ma Tonja scivolò via nell'acqua.

Fu in quel momento che Rica si sentì trafiggere dai gelidi spilli della morte. Con le ultime forze che le restavano, risalì la scala e si trascinò sul ghiaccio. Guardò il volto di Florentine. Era di un pallore irreale. Da una piccola ferita sopra l'occhio sinistro usciva un rivolo di sangue che le attraversava il volto, andando a macchiare il ghiaccio sotto di lei.

Ricarda era convinta che anche Flora fosse morta. Esausta e tremante di freddo, chiuse gli occhi e rimase lì sdraiata.

«Rica! Cos'è successo?»

Riuscì a percepire la voce del padre e la lingua calda del cane sul viso.

«Mio Dio, ma quella è Flora!»

Rica aprì lentamente gli occhi, riconobbe la contessina Henriette e si domandò da dove fosse sbucata la zia di Flora.

«Hai tirato fuori tu Flora?» domandò.

«Sì. Tonja è ancora dentro.»

«Cosa? Tonja? Nell'acqua?»

Suo padre si tolse il lungo cappotto scuro, lo posò su Ricarda e scese senza esitazioni nell'acqua gelata. La contessina appoggiò un ginocchio sul ghiaccio e coricò Florentine sull'altra gamba, in modo che stesse a testa in giù. Poi le infilò una mano in bocca e premette forte sulla sua schiena. La ragazza vomitò un getto d'acqua con un gorgoglio. Successe tutto incredibilmente in fretta.

Rica si avvicinò strisciando al buco nero, ma di suo padre non c'era traccia. Si era immerso sotto il ghiaccio, ma era certa che sapesse quello che faceva.

«Dobbiamo portare Florentine alla slitta. Mi puoi aiutare?»

Ricarda annuì in silenzio.

«Io la prendo per le spalle, tu per le gambe».

Suo padre aveva fermato la slitta proprio al margine della superficie ghiacciata del lago. Rica teneva Florentine per le ginocchia. Le lame d'acciaio dei pattini scintillavano al sole come coltelli.

«Per ora distendiamola in terra, vicino alla slitta» disse la contessina facendosi scivolare di dosso la pelliccia marrone per adagiarvi sopra Flora.

«Devo fare in modo che ricominci a respirare. Per questo le muovo le braccia. Tu intanto infilale una mano in bocca e tieni ferma la lingua. Hai capito?»

«Sì, contessina.»

I loro sguardi si incrociarono solo per un istante, ma fu proprio in quell'istante che Rica si rese conto che non sarebbe mai più stata una bambina.

«Hai una grande responsabilità. Ma ce la farai» disse la contessina in tono pacato. Passò a Ricarda un fazzoletto di seta e aprì la bocca di Flora. «Ecco, tienile ferma la lingua con questo. Non devi mai lasciarla andare, altrimenti Flora soffocherà.»

La contessina afferrò le braccia di Florentine e le sollevò oltre la testa, per poi farle riscivolare giù lateralmente. A intervalli regolari, posava le mani sul petto di Flora e spingeva verso il basso.

«Non le fa male?» domandò Rica.

«Non hai idea di cosa è in grado di sopportare il corpo umano» rispose la contessina, senza smettere di lottare disperatamente perché sua nipote riprendesse a respirare. «Te ne accorgerai da sola, al più tardi quando avrai un figlio».

A un tratto Florentine respirò, emettendo un suono spaventoso.

«Lascia la lingua! Tirala su!» ordinò la contessina mettendosi a massaggiare il corpo di Florentine.

«Florentine, mi senti?» domandò ancora dando qualche lieve schiaffetto sulle guance pallide della nipote.

Mentre Florentine tossiva, Ricarda le dava dei colpetti sulla schiena.

«Fa tanto freddo» sussurrò Florentine alla fine.

«Flora, sei viva!» rispose la contessina avvolgendola nella sua pelliccia calda.

Dal lago le raggiunse il suono dei passi pesanti del padre di Rica, che avanzava nella neve tenendo tra le braccia il corpo senza vita di Antonia. I suoi vestiti erano zuppi d'acqua, i capelli, la barba e le sopracciglia imperlati di frammenti di ghiaccio. Le sue labbra erano blu. Posò Antonia sulla slitta, tra le due panche. Su una panca sedeva la contessina Henriette con Florentine seduta in grembo. Ricarda se ne stava rannicchiata in fondo all'altra panca. Chiuse gli occhi, mentre il padre copriva Tonja con una coperta.

La slitta partì con un sussulto.

«Sei ancora viva?»

Ricarda si svegliò sentendosi tirare forte le trecce. Aprì gli occhi e vide il volto rotondo e le guance rosse della sorella minore Rosel.

«Tonja è morta. Perché non l'hai aiutata?» domandò la bambina di undici anni. «Eppure Flora l'hai salvata.»

Due immagini le affiorarono alla memoria: Antonia che si

allontanava fluttuando nell'acqua scura sotto lo strato di ghiaccio e Antonia che veniva posata dal padre nella slitta.

Lo stomaco di Ricarda si contrasse.

«Faceva tanto freddo» disse in un sussurro.

Rosel posò una mano sulla fronte della sorella. «Adesso però sei molto calda.»

I suoi genitori avevano avvolto Ricarda in tutte le coperte che erano riusciti a trovare. Tra una coperta e l'altra avevano messo dei mattoni scaldati sulla stufa. Ricarda cercò di liberarsi, riusciva a malapena a respirare sotto quel peso.

Rosel la spinse di nuovo giù. «La mamma ha detto che non puoi alzarti. Devi aspettare il permesso della contessina.»

Per quel che ricordava, Ricarda aveva incontrato la contessina Henriette solo una volta, prima di quel Natale. Anche in quel caso si trattava di Florentine. Nella primavera di due anni prima, la contessina era venuta a prendere sua nipote per accompagnarla in Inghilterra, dove, da allora, aveva frequentato la scuola.

La contessina era davvero una donna fuori dal comune. Si era messa Flora sul ginocchio come fosse un sacco! E il modo in cui la massaggiava! Come faceva a sapere quelle cose? E il sangue freddo con cui era intervenuta…

Se solo avessi anch'io mantenuto la calma in quel modo! Non avrei dovuto arrendermi, avrei dovuto salvare Tonja, pensò Rica.

«Cosa ne avete fatto di Antonia?» le domandò la sorellina.

«Non lo so.»

Il letto accanto a Ricarda era vuoto. Il letto di Antonia…

Rosel seguì lo sguardo della sorella. «Pensi che potrei dormirci già stanotte?»

Il lettino di Rosel, imbottito di paglia come i materassi delle sorelle, stava ai piedi degli altri due letti ed era molto più corto. Non poteva distendere del tutto le gambe.

«Avrai sicuramente freddo. Sdraiati qui accanto a me, così ti do un po' delle mie coperte.»

«Grazie, Rica.»

Ricarda si accostò al muro e la piccola le si sdraiò accanto.

A un tratto a Ricarda venne in mente una cosa: «Ma non dobbiamo dare una mano nella cucina del castello?».

«La festa è finita. La signora contessa ha dato la giornata libera alla mamma, per via di Tonja. Emmi l'ha sostituita in cucina e io ho sbrigato il lavoro di Antonia.»

«E anche il mio. Grazie, Rosel.»

E così il concerto di Natale aveva avuto luogo comunque. In quel momento non era in grado di fare altro che trarre questa logica conclusione.

Nel giro di pochi minuti Ricarda, perfettamente sveglia, sentì la testa della sorella farsi sempre più pesante sulla sua spalla, il respiro sempre più regolare. Non appena chiuse gli occhi, le comparve l'immagine del volto pallido di Antonia, ricoperto di tagli sanguinanti, che fluttuava nell'acqua.

La stanza era rischiarata da un'unica candela e i muri sembravano muoversi alla luce ballerina della sua fiamma. Quel tremolio, che di solito le piaceva, le suscitò un moto di ansia. Le dava come l'impressione che in un lampo tutto potesse scomparire, dissolversi, che se avesse chiuso gli occhi sarebbe svanita anche quella piccola stanza.

Si ricordò cosa le aveva detto Antonia quella mattina. Era ancora buio quando avevano acceso la candela per fare un po' di luce. Antonia aveva guardato con occhi raggianti le lame argentate del suo regalo di Natale che luccicavano alla luce tenue, come la promessa di una nuova avventura.

«Mi librerò leggiadra sul ghiaccio, Rica. Vedrai! Volerò!»

Ricarda rimase immobile per non svegliare Rosel. Non poteva asciugarsi le lacrime che le rigavano il viso. Intorno a lei girava tutto. Si strinse alla sorellina.

La porta della camera si aprì lentamente e fece filtrare la luce della stanza dove dormivano i suoi genitori. La madre entrò e posò una mano sulla fronte di Ricarda.

«Rosel dorme profondamente» sussurrò Ricarda.

«E tu?» domandò la madre.

«Non ci riesco.»

La madre mise Rosel nel letto di Tonja.

«Dalle qualcuna delle mie coperte, io mi sono già scaldata.»

La donna si chinò su di lei. «Sei una ragazzina coraggiosa, Ricarda.»

Ricarda non riuscì più a contenersi: «No, non è vero, mamma! Avrei dovuto salvare Tonja!».

«Se Dio avesse voluto che la salvassi, ti avrebbe dato la forza per farlo.»

«Dio non poteva certo volere che Tonja morisse. Oggi è il giorno di Natale!»

Karla Petersen si sedette con delicatezza sul bordo sottile del letto e scostò dal volto della sua secondogenita una ciocca di capelli neri e spessi.

«Al mondo non succede niente contro la volontà di Dio, Ricarda.»

«Perciò Dio voleva che Tonja morisse?»

«Sì, era quello che voleva. Il perché non lo sapremo mai.»

«Mamma, non credo che sia stato Dio a fare quel buco nel ghiaccio.»

«Stai bestemmiando!» la rimproverò severamente la madre.

Ricarda abbassò lo sguardo. «Perdonami.»

Dopo qualche secondo di silenzio, Karla Petersen domandò a bassa voce: «In che senso, un buco nel ghiaccio?».

Per la seconda volta, quel giorno, Ricarda ebbe l'impressione di aver superato un confine invisibile, quello tra il mondo dei bambini e il mondo degli adulti. Non era in grado di capire le conseguenze delle sue parole, ma intuiva che non avrebbe dovuto far parola del buco.

Distolse lo sguardo. «Sono solo una stupida ragazzina.»

«Tuo padre dice sempre che pensi troppo, Rica.» Karla prese la testa bollente della figlia tra le mani. «Io amo tuo padre, ma su questa cosa non siamo d'accordo. Dio ci ha dato la testa perché la usassimo anche per pensare, non solo per mangiare. Perciò ti chiedo: perché dici che qualcuno ha fatto un buco nel ghiaccio? In questo caso si tratterebbe di un crimine e questa persona avrebbe la vita di Tonja sulla coscienza.»

Ricarda se ne stava sulla panca vicino alla stufa, in camicia da notte e avvolta in una coperta, stringendo la tazza di latte caldo con entrambe le mani. La madre si era alzata ore prima per andare a lavorare nella cucina del castello. Il padre stava aggiungendo legna alla stufa. Era ancora molto presto, ma fuori i primi raggi del sole sfidavano già l'oscurità della notte. Non appena udì bussare, Gustav Petersen si precipitò alla porta.

«Buongiorno, contessina, è gentile da parte vostra venire a controllare Ricarda» disse.

«Petersen, buongiorno!»

La contessina tese la mano al giardiniere con gli stessi modi risoluti con cui si era caricata Florentine su un ginocchio.

«Come sta la nostra coraggiosa ragazza?»

La contessina Henriette posò a terra la borsa che aveva l'aria di essere pesante e si tolse il cappotto di pelliccia chiaro. Sotto indossava un completo spezzato di lana da cavallerizza e stivali alti. Aprì la borsa e ne estrasse uno strano strumento. Incrociò lo sguardo interrogativo di Ricarda.

«Questo è uno stetoscopio. In Germania non sono molti i medici che ne possiedono uno. Ti puoi scoprire la schiena, per favore? Se inspiri ed espiri profondamente, potrò sentire se i tuoi polmoni sono sani.»

«Siete un medico?» La domanda le scappò prima che avesse il tempo di riflettere. Non aveva mai sentito dire che una donna potesse fare il medico.

«Ricarda, non si fanno certe domande!»

«Non vi preoccupate, Petersen, è un bene che vostra figlia sia curiosa. Immagino che si sia chiesta cosa stessi facendo ieri a Florentine. Giusto, Ricarda?»

La ragazza annuì. «Antonia non potevate farla tornare in vita.»

«La medicina è una scienza che si può imparare. Io ho studiato dieci anni, prima di potermi definire un medico. Ma i miracoli non posso farli neanch'io, anche se mi piacerebbe tanto. E adesso smetti di parlare e inspira ed espira profondamente.»

Dopo aver posato lo stetoscopio in vari punti della schiena, rimise con cura la coperta sulle spalle di Ricarda.

Poi disse, rivolgendosi al padre: «Voi e vostra moglie avete fatto la cosa giusta, Petersen. Ricarda è riuscita a evitare una polmonite. Ma deve continuare a stare al caldo. Tornerò ad auscultarla domani.»

Si rimise la calda pelliccia sulle spalle.

«Petersen, mio padre ha espresso il desiderio di ringraziare Ricarda, oggi pomeriggio. Sareste così gentile da fare in modo che si presenti da lui per le quattro?»

Il padre accennò un inchino. «Sarà un onore per noi, contessina.»

«Ricarda ha dimostrato di essere abbastanza grande da potersela cavare da sola, non è vero, Petersen?»

«Certamente, contessina» rispose il padre, dopo una pausa un po' più lunga del necessario.

Dopo che la contessina se ne fu andata, il padre riprese le sue attività. «Il conte Franz non mi aveva mai detto che sua figlia è *medico*» disse parlando più che altro a se stesso.

Per quanto Ricarda fosse affascinata dalla contessina e dal suo lavoro fuori dal comune, per lei la cosa che contava di più era l'idea che neanche un medico era stato in grado di salvare Antonia.

Karla trovò tutto come glielo aveva descritto Rica, anche se il buco era stato richiuso da un nuovo strato di ghiaccio. La madre in lutto fissava come impietrita la sottile lamina di ghiaccio sotto la quale si vedeva luccicare l'acqua scura che si era presa la vita di sua figlia.

Ma poi decise di distogliere lo sguardo da quella vista. Non aveva intenzione di abbandonarsi al dolore, doveva capire cos'era successo. Rica aveva ragione, era evidente: qualcuno aveva fatto un buco nel ghiaccio. Anche la scala era rimasta lì accanto.

Ma perché? Per procurarsi il ghiaccio da usare per la conservazione degli alimenti? O per pescare? Lavorando come domestica e cuoca nel castello, sapeva per certo che nessuno aveva portato del ghiaccio e che per la Vigilia non era stato cucinato pesce. Che i responsabili della morte di sua figlia fossero dei ladri di pesci? Che sciocchezza, non si sarebbero mai presi la briga di fare un buco così preciso. Era un lavoro troppo lungo.

E poi a un pescatore sul ghiaccio sarebbero bastati una canna e un filo, non aveva certo bisogno della scala.

La neve intorno al luogo dell'incidente era piena di impronte. La maggior parte conduceva alla riva, dove per terra erano cadute delle mele per il cavallo che trainava la slitta. Ma ce n'erano alcune che andavano verso la riva nord del lago, addentrandosi nel parco.

Karla non frequentava mai quei luoghi. Non aveva tempo per passeggiare nell'immenso giardino che da quindici anni suo marito progettava e curava per i conti.

Anche il lago è opera sua, pensò Karla amareggiata. *Se Gustav non lo avesse progettato, nostra figlia non sarebbe annegata.*

Karla seguì le impronte e nel giro di qualche minuto si ritrovò di fronte a una casetta di pietra nascosta in un avvallamento del parco. I pini silvestri che la circondavano le conferivano un'aria romantica. Karla premette sulla maniglia della porta. Era aperta.

Entrò in una stanza poco più grande del suo soggiorno, con brandine di legno e coperte di lana di pecora; al centro c'era un camino con davanti pelli di orsi e di lupo distese sul pavimento. Tra queste c'erano due bottiglie vuote di champagne della cantina Heidsieck di Reims. All'inizio di dicembre ne erano arrivate diverse casse, lei stessa aveva firmato la ricevuta della consegna.

Le due bottiglie erano state tagliate a regola d'arte con una sciabola nel punto più sottile del collo, una prodezza, questa, che il conte Raimund amava esibire di fronte ai suoi ospiti al castello. A quel punto, Karla si convinse che erano stati il conte Raimund e i suoi amici a fare il buco nel ghiaccio per rinfrescarsi, e che sarebbe stato suo dovere mettere in sicurezza il luogo, una volta finito.

«Che Dio ti punisca...!» le sfuggì. Poi si fece più volte il segno della croce, spaventata dalle sue stesse parole. Stava lasciando la casetta, quando udì sbuffare un cavallo. Si tirò dietro la porta in tutta fretta e fece il giro della casa, andando a nascondersi sul retro.

La contessina Henriette scivolò elegantemente giù dal cavallo e osservò le numerose impronte.

«C'è qualcuno?» domandò a voce alta.

Karla trattenne il respiro.

Fino a quel momento aveva avuto poco a che fare con la contessina Henriette. La vita di quella donna si svolgeva in una dimensione che neanche Karla, la cui madre proveniva dalla lontana Spagna, era in grado di immaginare. Si diceva che avesse studiato in America e che il mondo fosse la sua casa, mentre evitava ormai da anni di frequentare il castello. Durante la sua infanzia doveva essere successo qualcosa che la opprimeva, qualcosa che risaliva a molto prima che il vecchio conte chiamasse Gustav e Karla a Freystetten.

Essendo solo una domestica sapeva poco della contessina, ma di una cosa Karla era sicura: Henriette era la sorella del conte e lei, Karla, la madre della vittima. Stava dall'altra parte della barricata, la parte che non avrebbe mai potuto vincere.

Karla aveva il fiatone per la difficoltosa camminata in mezzo alla neve alta, ma il suo corpo non avvertiva la fatica, perché in quel momento ogni suo pensiero girava attorno a un'unica domanda: cosa fare, ora che aveva visto tutto ciò? Aprì la porta laterale di servizio, al pian terreno del castello, batté i piedi per pulire le scarpe dalla neve e appese il cappotto al gancio che si trovava subito all'ingresso.

Lì, ai piani bassi, era ancora visibile come doveva essere il castello nei tempi passati con le sue ampie fondamenta, gli scantinati dai soffitti a volta, dove l'aria era sempre fredda e umida. Tutte cose che non andavano d'accordo con gli eleganti piani superiori, costruiti probabilmente qualche secolo dopo. I signori non avevano idea dell'oscurità in cui vivevano i loro domestici. Non andavano mai là sotto.

Karla aprì la porta della cucina principale e impietrì. Di fronte a lei si trovava la contessa Luise, avvolta in una coperta tenuta ferma dalle braccia incrociate sul petto.

Le due donne erano più o meno della stessa altezza e avevano entrambe trentaquattro anni. Gli anni di lavoro avevano reso Karla una donna dalle spalle larghe e le braccia forti. La gracile contessa, i cui riccioli castani apparivano vagamente scomposti, aveva un aspetto molto più giovane. L'aspetto di una donna orgogliosa e sicura di sé.

«Buongiorno, Altezza». Karla fece un inchino profondo.

«Da dove vieni?» domandò la contessa senza tanti preamboli.

«Altezza, Antonia...»

«Questo lo so». La mano esile e candida di Luise si agitò in aria come per scacciare una mosca. «Ho detto ai miei ospiti che il tuo flan è ineguagliabile. Volevo che venisse servito oggi a colazione».

La cucina di Karla funzionava come gli ingranaggi di un orologio. Per fare un flan ci volevano settantacinque minuti.

«Se me lo aveste detto anche solo ieri sera...»

«Ieri sera non c'eri e oggi sei arrivata con un'ora e mezza di ritardo.»

Karla sentì la rabbia montarle dentro, pronta a esplodere, ma serrò le mascelle e rimase in silenzio.

Luise distolse lo sguardo da quello sorprendentemente fermo della cuoca.

«Vorrà dire che farai il flan oggi a pranzo, come dessert» si affrettò a dire, passandole accanto per tornare di sopra.

«Certo, Altezza».

Karla prese il suo grembiule candido dal gancio, lo fece passare dalla testa e tentò di legarselo sulla schiena. Un gesto che aveva fatto migliaia di volte. Ma quella volta non ci riuscì, le mani congelate le tremavano di rabbia. Si strappò il grembiule di dosso, lo gettò sul tavolo più vicino, sul quale si appoggiò poi con entrambe le mani.

Non solo era raro che la contessa scendesse nelle cucine, ma era altrettanto insolito che si verificasse il contrario. Per tutto il giorno Karla non aveva pensato ad altro che alla morte insensata di sua figlia. Per questo quando intorno a mezzogiorno e mezzo fu chiamata nel saloncino al piano di sopra, sperò che i conti volessero parlarne.

Ma questa speranza fu stroncata nello stesso istante in cui mise piede nella stanza.

La sala semicircolare era rivestita di seta rossa e arredata con mobili di ciliegio chiaro; per quanto piccola, era l'ambiente più moderno e stravagante del castello. Il tavolo, dove al massimo venivano poggiati vini e dessert, poteva ospitare solo quattro persone: quel giorno c'erano due signori che Karla non aveva mai visto prima, il conte Raimund e la contessa Luise.

L'abbigliamento del conte le fece venire in mente un fiocco di neve, con la sua giacca bianca candida e i pizzi alle maniche e al colletto, in netto e grottesco contrasto con la testa dai capelli rossi impomatati e la carnagione del colore di un astice nell'acqua bollente.

Karla era sicura che fosse per il bicchiere di champagne che teneva in mano.

«La reine de la cuisine à Freystetten, Madame Klara!»

Karla non conosceva bene il francese, ma in un qualsiasi altro giorno degli ultimi quindici anni il fatto che il conte la presentasse ai suoi due amici come la regina della cucina le avrebbe strappato almeno un sorriso.

«*Freystetten, c'est le cul du monde, mes amis. Mais nous avons Madame Klara et son flan.* Hahaha!»

Freystetten è il culo del mondo? Aveva capito bene? Il conte Raimund aveva davvero definito in quel modo la residenza della sua famiglia?

Karla si sentì arrivare una sonora pacca sul sedere.

«*Mais il est beau, ce cul de Klara.* Hahaha!» Il ragazzo dagli occhi sporgenti che sedeva alla sinistra di Raimund era piegato in due dalle risate.

«Ah, non, le tien, mon cher, c'est le plus beau du tout le pays!»

Il conte Raimund aveva fatto una battuta. Non era il sedere di Karla, il più bello del paese, ma quello del tizio con gli occhi sporgenti.

«Ciò che intende dire il mio consorte, Karla, è che il flan era davvero straordinario. Purtroppo abbiamo dovuto aspettare un po', ma ne è valsa la pena.»

«Era esattamente quello che intendevo, mia cara Luise. Com'è poetico: "cara Luise". Solo nella nostra lingua è così. Dire *chère* Luise non è certo la stessa cosa, cara Luise.

Il conte fece una pausa, inclinò leggermente la testa di lato e sbatté le palpebre. «*Bella* Luise, volevo dire.»

I due uomini che sedevano al tavolo con loro si guardarono un po' interdetti, ma alla fine decisero di mettersi a ridere.

«Potete andare, Karla» disse Luise.

Il conte Raimund sollevò il suo calice di champagne. «*À Klara!*» I due uomini si unirono al brindisi.

Non erano passate neanche ventiquattr'ore da quando Karla aveva perso sua figlia.

Stava già per andarsene senza aprir bocca, quando a un tratto si fermò e si voltò.

«Grazie per gli apprezzamenti sul budino, Altezza». L'oltraggio per l'umiliazione appena ricevuta le rendeva difficile esprimersi con compostezza. «Mi auguro che sua figlia non debba gelare come è successo alla mia Antonia».

Il conte Raimund era rimasto con il calice a mezz'aria e guardava Karla senza capire.

«Grazie, *Klara*, è gentile da parte vostra».

«Karla, Altezza».

«È quello che ho detto».

Prima che il cameriere avesse il tempo di estrarre la bottiglia di champagne dal secchio, Raimund la afferrò e riempì tutti i bicchieri, a partire da quello dell'uomo con gli occhi sporgenti. Un secondo dopo, la compagnia aveva ripreso la sua conversazione.

La stanza del conte Franz aveva sette finestre. Quattro esposte a est e tre a sud, dove il sole era già così basso da sfiorare i campi. Il conte stava sdraiato in un letto appoggiato contro il muro, nell'unico angolo buio di quella stanza enorme e luminosa. Il letto non era grande come Ricarda si sarebbe aspettata, per un conte. Al signore del castello erano stati sistemati dei cuscini dietro la schiena perché potesse vederla. Il conte era pallido da far paura, aveva la testa insolitamente glabra e la barba più arruffata di come la teneva un tempo. Ma dal sorriso che rivolse a Rica traspariva la cordialità di sempre.

«Ricarda, piccola mia, vieni qui! Fatti vedere». La voce era esile, ma il suo sorriso si fece ancora più raggiante. «Oh, somigli a tua madre. Lo sai che ha sangue spagnolo nelle vene.» Alzò l'indice. «Gli spagnoli hanno molta grinta, sono dei conquistatori.»

Il vecchio conte glielo aveva già ripetuto più volte, ma nessuno le aveva mai spiegato cosa intendesse dire con quelle parole.

«Siediti qui vicino a me».

Franz Von Freystetten aveva fatto sistemare uno sgabello accanto al letto.

«Grazie, Altezza. Posso restare in piedi?»

«Certo che puoi, se ti senti più a tuo agio». Il vecchio sorrise. «Allora, Ricarda, eccoci qui. Tu all'inizio del cammino della vita e io alla fine».

Fece una lunga pausa. Guardò fuori da una finestra, nel bianco che faceva tutt'uno del cielo e del paesaggio, finché non sembrò ricordarsi che non era solo nella stanza.

«Anche per te arriverà il giorno in cui ti volterai indietro, a riguardare la tua vita. Prego Dio affinché questo giorno sia lontano».

La fissò dritta negli occhi e Ricarda abbassò lo sguardo. Il vecchio riusciva a malapena a dominare i propri sentimenti.

«Tu hai salvato la vita di un'altra persona, Ricarda. Io non l'ho mai fatto in tutti gli anni che ho passato su questa terra. Io ero un soldato. Dovevo uccidere.»

La ragazzina non capiva di cosa stesse parlando. Lei lo conosceva come un uomo che raccoglieva farfalle, le essiccava e le trafiggeva con gli spilli per esporle in una teca di vetro. Un uomo che allevava magnifici cani weimaraner. Che appendeva agli alberi del parco le casette per i pipistrelli e che, nel farlo, quell'autunno era caduto da una scala. Da quel giorno non l'aveva più visto. Fino a quel momento.

Una volta aveva sentito suo padre dire che il conte non avrebbe mai più lasciato quel letto. Per la verità lei non si era data troppo pensiero per la sorte del signore del castello: era molto vecchio e i vecchi, si sa, muoiono.

Adesso però, trovandoselo davanti piccolo quanto lei, era tutto diverso. A un tratto provò pena per l'anziano conte. Sarebbe morto di lì a poco, e lo sapeva. Antonia invece non lo sapeva, la morte l'aveva colta all'improvviso.

«Ricarda?»

«Scusatemi, Altezza. Stavo di nuovo pensando troppo.»

Il vecchio sorrise. «Oh, no, figliola. Tu non pensi troppo. Altrimenti non avresti potuto fare ciò che hai fatto. Casa Freystetten ti è debitrice. Se non fosse per te, la mia nipotina non ci sarebbe più.»

Il conte mosse leggermente il campanellino che stava vicino al suo letto. Nel muro, come sospinta da un fantasma, si aprì una porta perfettamente mascherata nella tappezzeria a strisce gialle e bianche.

«Krompholz, dica a mia figlia di venire qui, per piacere. Grazie.»

Ricarda conosceva il segretario Krompholz. Sua madre doveva discutere con il più stretto e fidato collaboratore del conte ogni questione relativa alla gestione domestica. Ricarda lo riteneva un uomo molto anziano, visti i capelli candidi e le rughe che gli solcavano il viso.

«Certamente, Altezza.» Krompholz accennò un inchino e richiuse la porta.

Ricarda fissava imbarazzata la punta dei suoi stivali marroni che facevano capolino da sotto il vestito nero. Non aveva che quell'unico paio di scarpe, che l'anno prima aveva indossato Antonia. Sua madre era riuscita a farle asciugare durante la notte.

L'inverno prossimo avrebbe usato gli stivali che indossava Antonia quando è morta?

«Ricarda?»

La ragazza trasalì. «Scusatemi, Altezza!»

«La tua cara sorella Antonia veniva da me due ore ogni pomeriggio per leggermi qualcosa a voce alta. Tu sai leggere, non è vero?»

Antonia non aveva mai raccontato molto di quello che faceva durante i pomeriggi passati con il conte.

«Sono più brava a fare di conto, Altezza.»

«Bene, allora faremo di conto!» Il vecchio rise fiaccamente. «Ma magari potresti comunque leggermi qualcosa, di tanto in tanto?»

«Certamente, Altezza.»

Era per questo che l'aveva fatta chiamare? Doveva sostituire sua sorella a poche ore dalla sua morte? Ricarda avrebbe voluto scappare via dalla stanza, anche se ovviamente era impensabile. Proprio in quel momento si aprì la grande porta che dava sul corridoio.

Ricarda ebbe qualche difficoltà a identificare quella nobildonna, nel suo scintillante abito azzurro che con il bustino e la gonna a più strati aumentava notevolmente il volume della sua figura, con la salvatrice di Flora. Ma per quanto delicata la facesse apparire il suo abito di seta, il passo con il quale si avvicinò al padre e a Ricarda era decisamente fermo. Portava i capelli biondi tirati su, come volevano le ultime tendenze della moda. Mentre camminava, allargò leggermente le braccia, come se volesse abbracciare tutto ciò che la circondava.

«Padre, mi hai fatto chiamare. Perdonami. Non sono riuscita a raggiungerti prima.»

Prese una sedia in ciascuna mano e le sistemò entrambe di fronte al letto del padre. Con le stesse movenze eleganti sedette e diede qualche colpetto sulla sedia accanto alla sua.

«Parlano tutti di te, Ricarda. Sieditì!»

Rifiutarsi di fare ciò che l'energica donna le stava chiedendo era fuori discussione. Per cui Ricarda, lentamente e col cuore pesante, eseguì il suo ordine.

«Tutto questo è un po' troppo per te, non è vero?»

La contessina tirò fuori dai meandri del suo abito un fazzoletto di pizzo fresco di bucato e lo usò per tamponare il volto di Ricarda. La ragazza, a disagio per quel contatto, si schiacciò il più possibile contro lo schienale della sedia.

«Il fazzoletto puoi tenerlo.»

Ricarda se lo passò imbevuto di acqua di rose sul volto e osservò furtivamente la contessina seduta di fianco a lei. Era molto snella e il suo corpo era come in tensione: sembrava dovesse scattare in piedi da un momento all'altro.

«Come sta la contessina Florentine?» domandò Ricarda con l'educazione che il contesto richiedeva.

«Si è già rimessa in piedi, anche se per poco. Ha bisogno di molto riposo.»

«Allora tornerà a stare bene?»

«Sono molto fiduciosa. Aveva smesso di respirare. Ho fatto in modo che i suoi polmoni tornassero a ossigenarle il corpo. È il compito di un medico, che è esattamente quello che sono.»

Mentre la contessina parlava, Ricarda ebbe l'impressione che non stesse rivolgendo quelle parole a lei, bensì al padre. O quantomeno guardava solo lui, mentre le pronunciava.

Il vecchio malato, però, sembrava avere la mente altrove. «Henriette, mia cara» disse alla fine con una voce molto stanca, in forte contrasto con quella perentoria della figlia. «Le parole non bastano per ringraziare la ragazza che ha salvato la vita a mia nipote.» A quel punto si rivolse alla giovane. «Ricarda, la contessina Henriette terrà d'occhio il corso della tua vita, a partire da questo momento. Io purtroppo non sarò più in grado di farlo. Lei ti appoggerà e ti sosterrà, in segno di gratitudine da parte dei conti Von Freystetten.»

Ricarda non sapeva bene come interpretare questa dichiarazione. Fino a quel momento la vita della nobile famiglia e la loro avevano viaggiato su due binari paralleli. Gli uni comandavano, gli altri servivano, e questa era l'unica dinamica che conosceva. Cosa significava che quella contessina sconosciuta l'avrebbe *sostenuta*, a partire da quel momento?

Anche Henriette rimase sorpresa dalle parole del padre. La piccola aveva senza dubbio dato il meglio di sé in un momento decisivo e le erano senz'altro grati per questo. Ma sulla modalità di espressione di tale gratitudine avrebbero dovuto pensarci con calma. Non c'era alcun bisogno di annodare la propria vita già piena con quella della ragazza. Ma in fin dei conti, era comprensibile: il padre tendeva al sentimentalismo tipico dei vecchi che non sono più in grado di agire da soli.

L'uomo in fin di vita guardò la figlia con aria interrogativa. «Henriette, non dici niente?»

«La tua proposta è nobile, padre. Farò ciò che mi chiedi» rispose lei.

Nonostante Ricarda non conoscesse affatto la contessina, intravide il disagio nascosto dietro al suo sorriso inespressivo. E altrettanto artificioso le parve il gesto con il quale le prese la mano, mentre le diceva: «Sei una brava bambina».

Verso le dieci, Henriette si era ritirata nella biblioteca al piano terra, come quasi ogni sera quando da Berlino si recava a Freystetten per le feste. Era una stanza piccola e accogliente, che si trovava lì dai tempi in cui il castello era ancora una fortezza. Gli scaffali per i libri, incassati nelle pareti, contenevano qualche centinaio di volumi. Era da tanto tempo che Henriette non sentiva più Freystetten come casa propria, ma quella stanza le dava un senso di sicurezza. Da bambina si sentiva intimidita da tutto il sapere che sonnecchiava dietro le copertine di quei libri. Adesso, però, sapeva che quei volumi racchiudevano solo una piccolissima parte della conoscenza che voleva acquisire.

Riportò le parole del padre nel suo diario e provò a immaginare cosa intendesse di preciso: *proteggere e sostenere Ricarda.* La soluzione più ovvia era mettere da parte dei soldi per la futura dote della ragazza. Tanto, nel giro di qualche anno, si sarebbe comunque sposata.

Si udì bussare così lievemente, da pensare che fosse la mano di una signora. Era Luise. Henriette fissò la cognata: era chiaramente sfinita dalla giornata; decise che avrebbe innanzitutto preso nota di ogni cosa, ci avrebbe dormito su e non avrebbe preso alcuna iniziativa prima dell'indomani.

«Jette, io non lo sopporto» esclamò Luise andandole incontro a braccia spalancate. Henriette si alzò di scatto, si lasciò abbracciare e poi chiuse la porta.

Anni prima lei e Luise avevano fatto la prova: quando la porta era chiusa, i domestici fuori dalla stanza non potevano udire ciò che veniva detto dentro. «La nostra biblioteca è una fortezza sicura» si erano dette all'epoca, ridacchiando. Ma quella spensieratezza era un ricordo ormai lontano, troppo lontano...

«Che cosa ha combinato, questa volta?» domandò Henriette.

Non poteva che parlare di Raimund, anche se Henriette sapeva benissimo che Luise non aveva la minima idea delle vere trasgressioni del marito.

Luise agitò la sua mano candida nell'aria. «Non voglio neanche parlarne, Jette! Quei due idioti che si è portato dietro da Parigi! Uno si definisce un poeta, l'altro un pittore. A quest'ultimo Raimund ha commissionato un dipinto.» Alzò gli occhi al cielo. «Del castello. Eppure – non ci crederai! – ha detto lui stesso che questo è il culo del mondo.»

«Raimund è perfettamente in grado di riconoscere il talento, Luise» osservò cautamente Henriette.

«Sì, se ha un bel didietro!»

«Questa non è certo una novità, Lou. Perché te la prendi tanto?»

A un tratto, tutta la simulata allegria di Luise svanì nel nulla. Si sedette di fronte a Henriette, al tavolino esagonale in legno di rosa e dagli intarsi in filigrana.

«Penso che dovremmo licenziare Karla» disse Luise.

Questa affermazione la colse talmente di sorpresa, che per qualche secondo Henriette rimase senza parole. «Ne hai già parlato con Raimund?»

«Prima volevo un consiglio da te.»

«Cosa ti ha fatto Karla?»

«È ribelle, Jette. Se sapessi com'è stata inopportuna oggi, durante il pranzo!»

«Che cosa spiacevole. Ma Lou, in quel caso dovresti licenziare tutta la famiglia Petersen. Lo capisci questo?»

«Vuoi dire tutti quanti?» Lou la guardò sconcertata. «No, Jette! Solo Karla!»

Henriette conosceva Luise fin dall'infanzia e sapeva che in tutti quegli anni l'amica aveva sempre commesso lo stesso sbaglio: non vedeva mai le cose in prospettiva. La amava come una sorella, ma purtroppo si era creato un abisso incolmabile tra il suo aspetto tanto piacevole e la semplicità del suo animo.

«Dubito che questo sia possibile, Luise. Papà ha assunto Petersen e Karla insieme» le spiegò Henriette con pazienza. «E tu sai quanto sia affezionato a Petersen.»

Negli ultimi quindici anni il vecchio conte e il suo giardiniere avevano passato insieme praticamente ogni giorno. A Henriette sembravano quasi come padre e figlio. Era un po' come se Petersen avesse sostituito Friedrich, il figlio prediletto che quindici anni prima gli era stato strappato via da una pallottola. Raimund, il figlio sopravvissuto, non era mai riuscito a occupare quel posto nel cuore dell'anziano proprietario del castello. E a un certo punto aveva anche smesso di desiderarlo. Era da tanto tempo che Henriette non pensava a suo fratello, il maggiore dei tre, vittima di una morte insensata durante un duello.

«Hai perfettamente ragione, Jette. Licenziare Petersen è impensabile» disse Luise con fermezza.

«Quindi sarai così magnanima da soprassedere agli sbalzi di umore di Karla?» domandò dolcemente Henriette.

«In fin dei conti, le serve solo un po' di tempo per elaborare la morte di Antonia. Non è così?» osservò Luise in un improvviso moto di comprensione.

«Puoi dirlo forte, Lou» rispose Henriette lanciando uno sguardo irritato all'amica. Probabilmente anche Luise era ancora un po' sottosopra per l'incidente nel quale era quasi rimasta uccisa sua figlia.

A cosa serviva restarsene sempre a letto? Ormai stava bene da un pezzo!

Florentine scivolò fuori dalla spessa trapunta di piuma. La finestra era coperta da una fitta coltre di fiocchi di neve, ma la sua stanza al primo piano dell'ala laterale del castello era piacevolmente calda. Stava ancora dormendo, quando una delle cameriere era andata a caricare la stufa con altra legna. Flora suonò il campanello sul comodino.

«In cosa posso servirvi, contessina?»

La cameriera era entrata senza fare rumore, con un inchino. Era più pallida della carta da parati, e due occhiaie scure le circondavano gli occhi.

«Aiutami a sistemare i capelli. Anzi, no: prima vai giù dalla domestica e dille che vorrei due uova alla coque, una fetta di pane col burro e due mele. Poi torna su a sistemarmi i capelli.»

«Subito, contessina.»

Florentine si sedette alla toeletta accanto al letto. Riunì i folti capelli rossi e ondulati con entrambe le mani e li tirò su.

«In cosa posso servirvi, contessina!» esclamò, e fece la linguaccia alla sua immagine allo specchio.

Osservò le sue orecchie leggermente sporgenti. Il suo riflesso le piaceva di più in inverno, quando le lentiggini sul naso e sotto gli occhi si vedevano a malapena. Si chinò in avanti, pensando di aver visto un'ombra sulla fronte. Si guardò con più attenzione allo specchio e vide che sopra l'occhio sinistro c'era davvero un graffio, di circa due centimetri. I giorni appena trascorsi erano come spariti dalla sua mente. Non ne era rimasto niente. Aveva dimenticato tutto. Per quanto si sforzasse, l'ultima cosa che ricordava era Antonia che la aiutava a indossare i suoi nuovi pattini canadesi. Dopodiché si era risvegliata nel suo letto, avvolta nelle coperte e con bottiglie dell'acqua calda sulle gambe e sul petto.

A partire da quel momento non avevano fatto altro che darle minestre calde e somministrarle medicine. Zia Jette l'aveva visitata più volte, le aveva sentito il polso, misurato la febbre e auscultato i polmoni. Ma neanche sua zia, che era l'incarnazione della calma, aveva voluto raccontarle cosa fosse successo: «Non adesso, Flora. Ogni cosa a suo tempo. Prima devi rimetterti in salute».

E per assicurarsi che ciò avvenisse, avevano chiuso la sua stanza a chiave dall'esterno. Sembrava che avesse la peste.

Quando la chiave girò nella serratura, comparve zia Jette con in mano un vassoio tenuto in equilibrio con eleganza. Flora vide con un'occhiata che c'era tutto ciò che aveva richiesto, e in più una rosellina rosa.

«La colazione è servita» disse la zia con un sorriso.

Henriette posò il vassoio su un tavolino e come prima cosa sentì il polso di Flora e le posò una mano fresca sulla fronte.

«Mi pare che vada tutto per il meglio» disse poi.

«Zia Henriette, come mai ho dimenticato cos'è successo il giorno di Natale?»

Florentine si spaventò nel vedere sua zia lottare con i propri sentimenti: notò che le tremava il mento, cosa che accadeva molto di rado.

«Sei sprofondata nel ghiaccio. Ho dovuto farti tornare in vita, Flora.»

Henriette carezzò le guance della sua figlioccia.

Florentine guardava sua zia senza capire. «In vita...? In che senso?»

«Prima Antonia ha cercato di tirarti fuori dall'acqua. Ma non ci è riuscita. Poi è arrivata Ricarda in tuo soccorso. È entrata nell'acqua gelata e ti ha tirato fuori. Ma ci è voluto molto tempo.»

«Molto tempo?» domandò Flora.

«Non sappiamo quanto, di preciso. C'eravate solo voi tre ragazze e Berta. Ricarda è stata così intelligente da mandare il cane...»

A Henriette venne meno la voce. Fece un respiro profondo, sforzandosi di riprendere il controllo.

Florentine non ricordava di aver fatto qualcosa insieme a Ricarda, il giorno di Natale.

«Quando io e Petersen siamo arrivati, tu e Ricarda eravate distese sul ghiaccio. Antonia era ancora nell'acqua. A Ricarda era mancata la forza per tirarvi fuori entrambe.»

«Antonia è…?» domandò Flora con un filo di voce.

«Sì, è morta. Domani ci sarà il funerale.»

Florentine si alzò in piedi lentamente. Fuori la neve continuava a scendere fitta.

«E come mai non ricordo più niente di tutto questo?»

Chiuse gli occhi, non riuscendo a sopportare il bagliore bianco della neve. Tentò di ricordare il volto di Antonia, ma non le affiorò alcuna immagine.

«Dopo che ti ho rianimata, hai addirittura parlato. Mi sono sentita talmente sollevata, perché a quel punto sapevo che saresti sopravvissuta. Continuavi a ripetere che ti faceva tanto freddo. Non ricordi proprio niente?»

Flora scosse la testa.

«Ancora non sappiamo di preciso come funziona il nostro cervello» le spiegò Henriette. «Quello che sappiamo è che ha bisogno di sangue per lavorare.»

Florentine andò a sedersi accanto alla zia. Se c'era qualcuno della sua famiglia che ammirava davvero, quella era lei.

«Per via del freddo terribile» proseguì Henriette «il tuo cervello non riceveva abbastanza sangue. Hai perso conoscenza.» Guardò la nipote con aria compassionevole. «È una caratteristica molto positiva del nostro cervello. Ci difende dai brutti ricordi.»

Henriette non aveva trovato un modo migliore per proteggere sua nipote dalla verità sulle circostanze in cui era morta Antonia.

Il conte Raimund si era messo comodo sulla chaise-longue, nella sua stanza. Se ne stava disteso sullo schienale rialzato, con una gamba piegata e l'altra distesa, e con indosso dei pantaloni a tre quarti. Henriette era seduta accanto a lui, dritta come un fuso. Pensò che il fratello, quando tentava di assumere una posa da adone romano, con le gambe corte che si ritrovava offriva uno spettacolo oltremodo ridicolo.

«E quindi stai davvero dicendo che tutto questo non ti riguarda?» domandò con voce pacata.

«Cosa vuoi che ti dica, Jette? Nessuno poteva immaginare che sarebbe successa una cosa simile.»

«Una persona con un minimo di senso di responsabilità avrebbe messo in sicurezza la zona!»

«Oh, Jette, sei sempre così drammatica! Flo è viva, no?»

«Sei un idiota! Antonia aveva tutta la vita davanti a sé. Come puoi liquidare la sua morte con tanta freddezza?»

«Non posso riportarla in vita, Jette. Quante volte devo ripetertelo?»

«Dobbiamo fare qualcosa per i Petersen, Raimund. Ce lo ha chiesto nostro padre.»

«Già, perché con te parla. Con me non parla più da dieci anni. Ma non me ne importa. Io ci faccio quello che mi pare, con la mia vita.»

«Non l'ho detto perché tu sapessi che l'ha chiesto lui. Ma perché è il minimo che si possa fare, da un punto di vista morale.»

«Vuoi dare loro dei soldi? Che idea grandiosa! Così tutti sapranno che i Freystetten hanno pagato il loro riscatto. Fai pure!»

«È evidente che ci serve una soluzione più elegante di questa. Una che non possa essere messa in relazione così diretta con l'incidente. Stavo pensando: se offrissimo a Ricarda...»

«Ricarda? E chi è questa Ricarda, adesso? Non importa. Hai la mia benedizione. Pago io la soluzione a questo problema» la interruppe il fratello.

Henriette riuscì a stento a reprimere la rabbia. Avrebbe voluto dire al fratello che lo riteneva un bambino viziato e immaturo, ma in fin dei conti lo aveva già fatto anni prima e non era servito a niente.

«Davvero vuoi tornare a Parigi, domani?» gli domandò irritata.

«Maurice, Charles e io siamo stati invitati a una magnifica festa di fine anno. Hai idea di quanto ci vuole ad arrivare a Parigi?»

Henriette fermò lo sguardo su un cavalletto che sorreggeva un dipinto incompleto. Non c'erano dubbi che rappresentasse Freystetten. La prospettiva scelta dal pittore metteva il lago in primo piano. Doveva essere il quadro di cui le aveva parlato Luise. Henriette chiuse gli occhi e si voltò dall'altra parte.

«Almeno partecipa al funerale, domattina. Ti prego!» disse incamminandosi verso la porta.

«Piangerò in carrozza, *chérie*! *Adieu*!»

Raimund distese entrambe le gambe sulla chaise-longue e la salutò con un cenno delle dita. Henriette si tirò dietro la porta senza usare la maniglia. Il leggero schiocco che produsse era la massima espressione di protesta che si concedeva in quella casa.

In quanto donna, e per di più sorella minore, non aveva alcun diritto su Freystetten, e alla morte di loro padre, che stava sempre peggio, Raimund avrebbe ereditato tutto. Ma la situazione era più complessa perché suo fratello, maggiore di quattro anni, frequentava poco il castello e non aveva né l'interesse, né le capacità per amministrare una simile proprietà. Era capitato che un castello a un'ora di cavallo da lì, appartenuto per secoli a una famiglia di conti, in circostanze analoghe alla loro era andato in rovina nel giro di pochissimo tempo.

Non c'era domenica in cui Ricarda non si sedesse nella chiesina del villaggio accanto alla madre e alle sorelle per ascoltare il sermone di Padre Gutschmid. Quando l'argomento non era di suo interesse, trovava sempre un altro modo di impiegare il tempo. A ogni lato del corridoio stavano otto panche, su ognuna delle quali potevano sedersi sei devoti. Quante cose si era inventata con il numero 96! Era così che riusciva a distrarsi durante i sermoni più noiosi… Ma stavolta pensava soltanto ad Antonia, la cui bara di legno chiaro era davanti all'altare circondata da una quantità di fiori come Ricarda non aveva mai visto in vita sua.

Le donne tra le quali stava seduta erano in singhiozzi, motivo per cui neanche lei riusciva a smettere di piangere. Accanto c'era la madre, col volto coperto da un velo di tulle nero. Dal lato opposto del corridoio – in mezzo agli uomini del villaggio – stava seduto suo padre, con lo stesso volto di pietra che aveva da giorni.

La famiglia dei conti era entrata per ultima in chiesa: le due cognate, Henriette e Luise, e Florentine con le loro mantelle nere, e il fratello minore Friedemann con la redingote nera.

Nelle file dietro la sua, Ricarda sentì bisbigliare: «È tipico del conte rosso: preferisce andarsene».

«Ma che vuoi, è solo la figlia del giardiniere.»

Una donna disse, sdegnata: «La bara non dovrebbe essere chiusa!».

L'usanza voleva che i membri della comunità avessero la possibilità di dare un ultimo saluto al defunto davanti alla bara aperta. E ovviamente anche la madre avrebbe voluto che fosse così, ma Padre Gutschmid si era rifiutato: «Il volto di Antonia è sfregiato dalle ferite» aveva detto. «Dovremmo ricordarla come era.»

Il prete stava tenendo il suo sermone sull'amore per il prossimo, su quanto fosse affezionato ad Antonia e sul fatto che Dio la amasse a tal punto da volerla chiamare a sé così presto. In quel momento, la madre emise un singhiozzo talmente forte che il prete si interruppe per un secondo. Da quel momento Ricarda non riuscì più a concentrarsi su niente che non fosse sua madre, che tremava come se stesse gelando. Le stringeva forte la mano, come per evitare che il dolore la facesse scomparire.

Dopo la funzione, davanti alla tomba per la quale il prete aveva trovato un posto d'onore, nella terza fila dietro al presbiterio, il padre sorreggeva la madre. Calarono la bara e uno dopo l'altro vi buttarono sopra tre manciate di terra. Papà Gustav aveva messo in mano una rosa bianca a ciascun membro della sua famiglia.

Questa rosa è come la vita di Tonja, pensò Ricarda. *Magnifica, eppure recisa prima che potesse sbocciare*. Le venivano in mente tutte le cose che avrebbe voluto dirle ancora. Quello che le faceva più rabbia era non averla ringraziata abbastanza la sera della Vigilia per la bella sciarpa che le aveva confezionato all'uncinetto in settimane di lavoro. Anzi, si era addirittura lamentata che fosse troppo lunga. Buttò la rosa nella fossa e si strinse più forte nella sciarpa.

Fu in quel momento che si accorse che Florentine la stava fissando. Le due ragazze non si parlavano dall'incidente. Ricarda vide la contessina Henriette dare una leggera spinta alla nipote.

Anche il prete sembrava al corrente di quanto stava per accadere: «Datevi la mano, bambine».

Le due giovani esitarono, si sentivano a disagio sotto gli occhi di tutti i presenti.

Ricarda avvertì la mano umida di Florentine nella sua e la sentì sussurrare, quasi impercettibilmente: «Grazie, Ricarda, per avermi salvata».

La voce solenne del prete tuonò sul cimitero: «Che la morte della vostra sorella e amica intessa tra voi un legame d'amore. Un legame che Dio onnipotente, nella sua misericordia, proteggerà. Amen».

Florentine ripeté a voce alta: «Amen».

Anche a Ricarda venne spontaneo ripeterlo.

Un *legame d'amore* era quello che c'era tra lei e Tonja, seppur con tutte le contraddizioni tipiche di una ragazzina della sua età nei confronti di una sorella maggiore. La figlia dei conti le era sempre stata indifferente, fino a quel momento. Ed era certa che, d'ora in poi, ogni volta che l'avrebbe incontrata le sarebbe tornata in mente la morte della sorella. Come avrebbe potuto amare Florentine, se era stata proprio lei a spezzare il suo legame con Antonia?

Florentine camminava su e giù per la sua stanza. A Henriette sembrava un animale in gabbia. «Zia Jette, io devo andarmene di qui» ripeté per l'ennesima volta.

«E io ti ho già detto che resterò fin dopo capodanno.»

«Dubito che tu voglia farlo. Non sopporti Freystetten, l'hai detto tu stessa.»

«Questa conversazione non porta a niente, Flora.» Il sorriso che Henriette le rivolgeva era affettuoso, nonostante fosse a un passo dal perdere la pazienza. «Nella vita molto spesso non conta quello che desideriamo. Abbiamo dei doveri e dobbiamo portarli a compimento. È inutile discutere.»

«Ho ringraziato Ricarda come volevi tu, lo hanno visto tutti.» Florentine si sedette di fronte allo specchio della toeletta. Si chinò in avanti e osservò la ferita sopra l'occhio sinistro. «Mi rimarrà una cicatrice.»

«Ti ricorderà per sempre di ringraziare Dio per essere viva. Per tutto il resto, c'è la cipria.» Henriette andò alle spalle della nipote e le mise in ordine la splendida chioma ramata.

«Non sopporto l'atmosfera di questo posto, zia Jette. È tutto così cupo. La morte di Antonia, il nonno malato. Devo andarmene. Capodanno a Berlino… Ormai vivi lì da due anni e non sono ancora mai venuta a trovarti.»

«Sei esagerata come al solito. La nostra residenza di Berlino non ti è mai interessata.»

«Ero una bambina. Ma adesso non lo sono più. Dopo Capodanno non avremo più tempo, perché dovrò tornare a Brighton. Ti prego.»

Florentine lanciò un'occhiata dal basso alla zia, con i suoi occhi verdi lievemente strabici. Henriette amava e odiava quello sguardo allo stesso tempo.

«Prima di partire, dovresti passare un po' di tempo con Ricarda, Flora. Glielo devi.»

«Sì, zia Jette» rispose lei docile.

Non aveva la minima intenzione di fare conoscenza, o addirittura amicizia, con un'altra figlia di un giardiniere e di una cuoca. Quando la zia se ne fu andata, Florentine si mise a pettinarsi i capelli. Poi posò la spazzola e iniziò a provare diverse espressioni del viso allo specchio. Era alla ricerca del sorriso perfetto, il sorriso col quale avrebbe incantato tutti.

Il castello, con le sue quarantasette stanze disposte su tre ali, era un colosso difficile da tenere sotto controllo. Eppure bastava chiedere a uno degli oltre venti domestici dove si trovasse un qualsiasi membro della famiglia, e lo si veniva a sapere. Henriette salì le scale scavate nell'arenaria dell'Elba nell'ala nuova del castello, quella riservata a suo padre. La famiglia di Raimund, invece, occupava l'ala opposta. Il conte Franz non amava il chiasso dei bambini.

«Contessina, la piccola Petersen è ancora da vostro padre» le disse il segretario Krompholz, non appena ebbe raggiunto il primo piano. «Ma è già stato chiamato il medico.»

«Il medico? Perché, è peggiorato?» *Anch'io sono un medico*, avrebbe voluto dire.

«Sua Signoria ha qualche problema con le gambe» rispose Krompholz.

Henriette bussò ed entrò nella stanza luminosa che riteneva una delle più belle di tutto il castello. Suo padre era disteso a letto e sorrideva. Ricarda era seduta su una sedia di fronte a lui, anche lei sorrideva felice. Non appena vide entrare Henriette, scattò in piedi.

Il conte si rivolse alla figlia: «Pensa un po', Jette, fino a ieri la piccola Ricarda non conosceva i numeri primi. E adesso siamo già arrivati fino a 900. Dove eravamo rimasti, Ricarda?»

«994 non è un numero primo, Altezza» affermò la ragazza.

«Vi siete proprio trovati, voi due.»

A Henriette venne in mente l'immagine di suo padre e del padre di Ricarda chinati sui progetti del parco del castello. Che un paesaggista dovesse conoscere la matematica, lo aveva scoperto solo allora. A quanto pareva, sua figlia gli somigliava.

«Krompholz dice che ti fanno male le gambe» disse Henriette, cambiando argomento.

«Non preoccuparti, l'erba cattiva non muore mai.»

«Fammi almeno dare un'occhiata.»

«Ci penserà Jungheinrich» ribatté il padre.

In quel momento Krompholz introdusse nella stanza il medico di campagna. Henriette conosceva il dottor Jungheinrich fin da quando era bambina. Ed era proprio per questo che dubitava fortemente che fosse la persona giusta per occuparsi del padre. Riuscì a dare solo un'occhiata di sfuggita alla gamba nel momento in cui Jungheinrich scostò la coperta. Era rossa e gonfia.

Se Jungheinrich avesse sbagliato qualcosa, avrebbe potuto mettere in pericolo la vita di suo padre. Ma non fece in tempo a dirlo, perché il conte la pregò di aspettare fuori mentre il dottore lo visitava. La sua presenza era sgradita quanto quella della tredicenne.

Henriette dovette aspettare quasi un'ora nella stanza accanto, prima che l'anziano medico avesse terminato la sua visita.

«Allora, dottore, come sta mio padre?» Sapeva bene che non avrebbe mai accettato di parlare con lei da medico a medico.

«Ho massaggiato e praticato un salasso a Sua Altezza» rispose Jungheinrich. «I domestici dovrebbero aiutarlo a fare due passi. E ogni tanto bisognerebbe farlo sedere su una sedia a rotelle e portarlo in giro. Sua Altezza non è più giovane, ma si rimetterà. Scherzava sulle straordinarie doti matematiche della piccola Petersen. Quella bambina lo mette di buon umore.»

Henriette lo ascoltò a malapena e lo congedò con parole gentili, ma per niente sentite. Era probabile che il medico del villaggio avesse appena commesso degli errori fatali. L'edema arrossato della gamba poteva indicare una trombosi. Massaggiando la gamba, il trombo avrebbe potuto staccarsi e risalire verso il polmone. Ma la teoria non serviva a nulla. Il padre avrebbe dovuto accettare di farsi visitare da lei! Non conosceva neanche l'origine dei suoi disturbi. Secondo le scarse spiegazioni fornite in autunno da Jungheinrich, il padre doveva essersi rotto il bacino cadendo dalla scala.

"L'erba cattiva non muore mai."

Eccome se muore, pensò Henriette. *Chiedi al tuo amato giardiniere, anche lui ti dirà che l'erba cattiva muore eccome. Come tutto ciò che Dio ha creato.*

Ricarda non era brava a leggere a voce alta e lo ripeté a Sua Altezza anche quella mattina dell'ultimo dell'anno. Era ancora al primo capitolo, stava leggendo: «E dunque esiste nella...» si interruppe prima di riprendere «mineralogia», poi prese fiato, mentre individuava già il prossimo ostacolo: «Molte parole per metà greche e per metà *lita*...».

«Latine, Ricarda. Il latino è la lingua della scienza.»

Impegnata com'era nella lettura, non si era accorta dell'ingresso della contessina, che le posò una mano sulla spalla. «Non alzarti, o perderai completamente il filo. E così siete in viaggio verso il centro della terra. Ti piacerà, papà» disse. «E anche a te, non appena avrai fatto un po' di pratica con la lettura» aggiunse, rivolgendosi a Ricarda.

«Procediamo lentamente» rispose il conte. «Spero che raggiungeremo la nostra meta.»

«È una magnifica mattinata. Esco a cavalcare per un po', ma prima volevo sapere come stai.»

Henriette indossava già l'abito da cavallerizza e gli stivali.

«Ti guarderò mentre cavalchi là fuori, Henriette. Ho sempre desiderato vederti cavalcare in questo parco. Finalmente oggi mi darai questo piacere.»

Henriette si chinò sul padre seduto sulla sua sedia a rotelle davanti alla finestra. «Non è meglio che ti visiti, papà? Sei sicuro di stare bene?»

Non stava affatto bene, Ricarda se n'era accorta non appena era entrata nella stanza, mezz'ora prima. Riusciva a malapena a stare dritto, continuava a toccarsi la gamba e contraeva il viso come se provasse dolore, anche se quando si accorgeva che Ricarda lo guardava, faceva finta di niente.

«Sei una brava figlia, Jette, ma mi ha già visitato Jungheinrich. Ora vai a cavalcare nel parco.»

Ricarda capì che la contessina non se ne voleva andare. Dava dei colpetti di frustino sugli stivali, il mento le tremava. Ma poi si fece forza.

«Ricarda, se succede qualcosa al conte chiamami subito.»

«Sì, certo, contessina.»

La contessina, indecisa, indugiò ancora un momento e fece un altro tentativo: «Papà...» ma si rese conto subito che ogni riferimento alle sue capacità di medico non avrebbero avuto alcun effetto sul padre. Alla fine lasciò la stanza con un sospiro appena percettibile.

Poco dopo il conte iniziò a tossire. Succedeva spesso e Ricarda ne approfittava sempre per individuare le parole difficili che la aspettavano. Ma stavolta l'accesso di tosse si fece talmente intenso, che Ricarda posò il libro a terra.

«Altezza?» sussurrò. Poi, con più decisione: «Altezza, vado a chiamare aiuto?».

Solo allora trovò il coraggio di avvicinarsi alla sedia a rotelle, dove l'uomo si teneva il petto con le mani. Aveva gli occhi sporgenti per lo sforzo di tossire.

"Chiamami subito..." Ricarda sentì riecheggiare le parole della contessina.

La vide cavalcare lontano, in fondo al parco, il corpo muscoloso ondeggiava elegante sulla sella.

«Altezza, devo andare a chiamare aiuto» disse al conte.

Si aggrappò alla maniglia, sul montante della finestra alta, e riuscì a fatica a girarla. Non appena vi riuscì, si mise a gridare con tutto il fiato che aveva in gola: «Aiuto!».

Ma proprio in quell'istante la contessina scomparve dietro a una collina.

Ricarda si voltò verso il vecchio conte, che le afferrò una mano e la tenne stretta per un istante. Poi la lasciò e disse qualcosa che Ricarda non riuscì a capire. Quando si chinò su di lui, questi allungò di nuovo una mano per afferrarla, la tirò a sé con le sue ultime forze e sussurrò qualcosa.

«Fai qualcosa...» lo sentì dire, e pensò che il conte finalmente le avrebbe chiesto di chiamare qualcuno ad aiutarlo, prima che aggiungesse: «...di prezioso, della tua vita.»

Dalla bocca uscì schiuma mista a sangue, la testa gli ricadde sul petto e ogni forza abbandonò il suo corpo.

Ricarda corse alla porta, la spalancò e urlò per le scale: «Aiuto! Presto! Aiuto!»

La candela sulla tomba di Antonia era l'unica flebile lucina nel buio della notte. Nessun altro a Freystetten metteva una candela ai propri morti. La fiammella indicò a Karla la via per raggiungere sua figlia. Accese la candela che aveva portato e sostituì quella che c'era, ormai ridotta a un mozzicone, illuminando i fiori e le corone ben conservati dal freddo.

Gustav e i suoi due aiutanti avevano preparato la maggior parte dei mazzi di fiori e intrecciato le corone. La corona più bella, ovviamente, l'avevano riservata alla famiglia dei conti.

Con eterna riconoscenza, era scritto sul nastro.

«Nostra figlia muore e mio marito intreccia una corona a nome vostro» disse Karla sottovoce.

La corona spiccava al centro della tomba. Lì nel mezzo dava

fastidio. Karla la tirò su e la spostò da una parte con un po' troppo impeto, tanto da farla finire sulla tomba accanto. Non ci fece caso. Rimase lì a lungo, immobile, il mozzicone di candela in mano. Le colò la cera sulle dita, ma non reagì. Poi, quando il fondo della candela cedette e lo stoppino acceso le finì sulla mano nuda, lasciò cadere il piccolo rimasuglio di cera nella neve. Si inginocchiò, tirò fuori il suo rosario di legno e si mise a pregare.

Prima il Padre Nostro, poi tre Ave Maria, poi un Gloria al Padre. Recitò quindici Ave Maria, intervallate da quattro Padre Nostro e un Gloria al Padre. Intanto aveva cominciato a nevicare, ma Karla non se ne accorse nemmeno.

Era ben lontana dall'aver terminato il rosario quando suo marito Gustav finalmente la trovò. Stava inginocchiata, col busto diritto e le mani nude giunte davanti al petto. Vedendola così, con il foulard nero coperto di neve che le avvolgeva la testa, per un attimo ebbe l'impressione che le fosse spuntata l'aureola. Gustav si avvicinò piano alla moglie, che pregava ancora con la stessa voce ferma di quando aveva iniziato.

«Tu sei benedetta fra le donne e benedetto è il frutto del tuo seno, Gesù.»

A quel punto Gustav disse a voce alta: «Amen», nonostante non fosse né cattolico, né credente. Karla si guardò intorno, sembrò non riconoscerlo. Allora lui la aiutò ad alzarsi e sentì che aveva le dita completamente gelate.

«Karla, ti ammalerai a stare qui al gelo e sotto la neve… Hai ancora due figlie, loro hanno bisogno di te» le disse in tono fermo.

Sua moglie si voltò a guardarlo, ma l'oscurità non gli permetteva di individuarne i lineamenti. «Nostra figlia non giace nemmeno in terra consacrata, Gustav. Io sono l'unica che può fare qualcosa perché la sua anima trovi la via del Paradiso.»

«Questo è un cimitero, Karla, anche se non è cattolico» ribatté Gustav. «Seppelliranno qui anche il conte Franz, domani.»

La donna rifiutò la mano che lui le porgeva e si incamminò inciampando per via delle ginocchia irrigidite dal freddo. «Hanno ammazzato Antonia! I tuoi conti e le tue contesse non sono gente timorata di Dio!»

Vivevano in quella comunità da quindici anni. Gustav pensava che Karla fosse felice lì. Certo, la morte di Antonia era una cosa terribile, ma si era trattato di un incidente. A quanto pareva, sua moglie non ragionava lucidamente. Nessuno aveva ucciso sua figlia.

A metà gennaio la neve era scomparsa, la temperatura era salita sopra lo zero e le strade erano inzuppate dall'acqua del disgelo. Il parco era una fangosa massa verde-marrone e non invogliava certo a metterci piede. Una delle porte del giardino d'inverno era socchiusa e permetteva a Henriette di sentire il cinguettio degli uccelli nel parco, che le sembrava lontanissimo.

L'opera degli ultimi anni di vita di suo padre, si sarebbe detto in futuro parlando del conte Franz Von Freystetten. Henriette non aveva mai saputo che farsene, di quel parco, e per un ironico scherzo del destino era proprio lì che il padre aveva voluto vederla cavalcare, poco prima di morire. Quando invece avrebbe dovuto essere al suo fianco. La morte del conte l'aveva costretta a fermarsi al castello più del previsto. Ma l'indomani, dopo l'apertura del testamento, sarebbe tornata a Berlino, dove l'aspettava il suo studio medico.

Mentre il notaio scartabellava tra i documenti, Raimund, appena rientrato da Parigi, si sforzò di soffocare uno sbadiglio. Luise, seduta vicino a Henriette, teneva la mano della cognata, anziché quella del marito. Di fronte a Raimund era seduto il fratellino minore di Florentine, Friedemann. Florentine, invece, era tornata a Brighton già da un pezzo. Una ragazzina come lei non doveva aspettarsi niente da quelle circostanze. Solo gli uomini avevano diritto all'eredità, le donne erano considerate una presenza puramente ornamentale. Henriette ormai aveva smesso da tempo di farsi il sangue amaro per questo.

La lettura del testamento fu una sorpresa. Non si sarebbe mai aspettata tanta coerenza da suo padre: al figlio Raimund non aveva lasciato nemmeno un marco, né una pietra del castello, né un angolo delle sue immense proprietà terriere. Il fratello ne usciva a mani vuote, fatta eccezione per il titolo. Stando all'etichetta, a partire da quel momento passava dalla posizione di "conte ereditario" a quella di conte a tutti gli effetti, anche se la cosa non era mai interessata a nessuno.

Il vecchio Freystetten non aveva mai considerato Raimund un "vero uomo", perché solo i soldati erano "veri uomini". Raimund, invece, si era sempre considerato un artista. Aveva realizzato una serie di statue, ma dopo l'inaspettata morte del fratello maggiore aveva improvvisamente perso ogni interesse per la scultura. La sua ultima opera era rimasta incompiuta. Henriette non ne aveva mai scoperto il motivo. Da qualche anno Raimund possedeva una galleria d'arte a Parigi, in cui vendeva dipinti di pittori contemporanei come quello che era stato ospite a Freystetten per Natale. Se Raimund ne ricavasse dei guadagni, sua sorella non lo sapeva. Si vedevano solo castello, per il resto conducevano vite del tutto separate.

Quindi l'intera eredità spettava a Friedemann. Il dodicenne condivideva con il nonno l'interesse per le farfalle e per i pipistrelli, almeno così le aveva riferito Luise. Henriette lo riteneva un ragazzo dolce, silenzioso e attento. Chissà se un giorno sarebbe diventato un ufficiale come il nonno? O magari un artista come il padre?

Le era impossibile farsi un'idea chiara su quel ragazzino. Non si intendeva molto di bambini e ormai, a trentaquattro anni, la questione era da ritenersi chiusa. La sua vita era piena anche senza figli.

Procedendo con la lettura del testamento, Henriette si compiacque del fatto che il proprio appannaggio fosse esattamente della stessa entità della rendita del fratello. Inoltre, il padre le aveva lasciato la casa di recente costruzione nel maestoso viale di Berlino Unter den Linden, dove viveva ormai da due anni. In quel modo lei non avrebbe più avuto preoccupazioni per il resto della vita. L'unica situazione irrisolta era il castello di famiglia rimasto senza un padrone. Almeno finché il piccolo Friedemann non fosse diventato maggiorenne, tra nove lunghi anni. Un possedimento così oneroso non sarebbe certo sopravvissuto tanto a lungo.

Terminata la parte di testamento che riguardava i membri della famiglia, furono fatti entrare il capo giardiniere Petersen e il segretario Krompholz, che ascoltarono impassibili mentre il notaio leggeva le ultime volontà del loro datore di lavoro.

«Gustav Petersen, con la presente ti nomino amministratore a vita. Il fedele Krompholz ti saprà aiutare nel migliore dei modi.» Il notaio si schiarì la voce. «Segue una nota personale di Sua Altezza: "Petersen, sei stato come un figlio per me. Porta avanti in mio nome ciò che abbiamo iniziato insieme."».

Per qualche secondo regnò un silenzio raggelato. Il primo ad alzarsi fu Raimund. Tutti si aspettavano che avrebbe detto qualcosa di significativo o che avrebbe dato sfogo alla sua rabbia. Ma l'unica cosa che disse fu: «Statemi bene».

Lasciò la stanza sorridendo, nonostante avesse appena subìto quella che doveva essere la più bruciante sconfitta della sua vita. Quello fu uno dei rari momenti in cui Henriette si sentì orgogliosa di suo fratello. Ed era convinta che anche suo padre lo sarebbe stato, giacché è proprio nell'affrontare le sconfitte che si vede il valore di una persona.

«Ricarda, oggi dovrà cucinare Emmi. Dille che sono malata» le disse la madre di primo mattino.

Era il terzo giorno di fila che glielo sentiva dire. Se ne stava sdraiata sotto le coperte, senza muoversi, nel soggiorno che suo padre aveva sempre cura di scaldare bene.

«Vuoi che vada a chiamare il dottore?»

Per tutta risposta, la madre disse: «Vai a lavorare. E porta con te Rosel».

Prima di uscire, Ricarda mise un berretto in testa alla sorella.

Rosel le diede una gomitata nel fianco. «Non sono mica una bambina piccola!»

«È tornato il freddo» rispose Ricarda.

Aveva studiato l'andamento delle temperature nel taccuino di suo padre. Alle cinque e mezzo del mattino aveva registrato 2,5 gradi.

Le due sorelle dovettero fare il giro di tutto il castello prima di raggiungere l'ingresso di servizio e da lì le cucine. La tenuta era ormai deserta. Se n'erano andati tutti, anche la contessina Henriette era ripartita da una settimana. Nell'enorme castello c'erano solamente la contessa Luise e il piccolo conte ereditario Friedemann. E ovviamente i molti domestici, ai quali però Ricarda non stava pensando.

«La vostra mamma è ancora malata?» chiese subito Emmi.

Ricarda e Rosel annuirono in silenzio.

«Ho fatto le crêpes.»

Il sorriso di Emmi era affettuoso, e le sue crêpes erano soffici e dolci. Alle due ragazzine piaceva quella cuoca grassottella, una madre di tre figli assolutamente imperturbabile.

Rosel, dopo la colazione, andò a dare una mano in lavanderia. Ricarda rimase in cucina e aiutò a preparare il consommé con gnocchetti e la cotoletta con cavolfiore per il pranzo. Le piaceva lavorare, ma la cosa che preferiva in assoluto era la sua lezione delle nove. Da quando Florentine frequentava la scuola all'estero, le figlie del giardiniere venivano istruite da un precettore insieme a Friedemann.

«Altrimenti è così solo...» aveva sentito dire una volta alla contessa.

La lezione si svolgeva in una stanza disadorna nell'ala del castello riservata alla contessa Luise. Fino a quel momento, Antonia era sempre stata l'allieva più grande. La vista della sua sedia vuota procurò a Ricarda una fitta al cuore.

Friedemann e Rosamunde non erano molto veloci nel fare i calcoli, ma Ricarda stava attenta a non dare a vedere che si annoiava. Stava guardando fuori dalla finestra, quando vide sua madre scendere per la strada d'accesso. Poco dopo la vide salire i dodici scalini che univano il sentiero al cimitero della cappella.

Va di nuovo alla tomba di Tonja, ci va ogni giorno, pensò Ricarda. Però per lavorare era troppo malata. E come se non bastasse, stava cominciando a piovere!

Ricarda aveva perso la concentrazione. Non faceva che pensare a sua madre inginocchiata sulla terra fredda, senza alcun riparo dalle intemperie.

Una volta finite le tre ore di lezione, tornò da Emmi in cucina per aiutarla con gli ultimi preparativi per il pranzo, che doveva essere servito a mezzogiorno e un quarto in punto. La donna stava preparando frittelle di mele ripiene come dessert.

«Emmi» disse Ricarda mentre sbollentava il cavolfiore «sta ancora piovendo. Penso che la mamma sia rimasta alla tomba.»

«Hai di nuovo guardato il cimitero, invece di studiare?»

«Emmi, ma perché la mamma prega così tanto?»

«A me sono morti tre figli» rispose Emmi senza interrompere quello che stava facendo. «Questo è un momento molto difficile, Ricarda. Tua madre mi ha aiutato ogni volta. Stavolta tocca a noi.» Immerse le frittelle nell'olio bollente. «Avvisa una delle cameriere che il pranzo è pronto per essere servito. Poi cerca di riportare a casa tua madre. Qui me la cavo da sola.»

Un misto gelido di pioggia e nevischio batteva incessante da est. In un primo momento Ricarda pensò che sua madre se ne fosse andata, ma avvicinandosi intravide un fagotto di stoffa nera che girava intorno alla tomba di Antonia. Si rifiutò di credere a ciò che stava vedendo: la madre stava strisciando in ginocchio attorno alla tomba della figlia, mormorando parole incomprensibili.

Quella vista le provocò una fitta al cuore. La pioggia gelata iniziava a inzuppare i suoi vestiti; chissà come doveva essere bagnata sua madre!

«Mamma, fa freddo. Non vieni a casa?»

La madre la guardò e scosse la testa. «No, bambina mia, devo fare penitenza.» E ricominciò a strisciare sul terreno fangoso.

Non spettava a Ricarda contraddire sua madre, né tantomeno interromperla. Impotente, si voltò e andò a chiedere consiglio in canonica.

Il prete si limitò a dire: «Tua madre ha una fede profonda. Va' a casa e lascia che faccia pace con Dio».

Allora andò a cercare suo padre nel primo posto che le venne in mente, la limonaia. Lì uno degli aiutanti le comunicò che suo padre era al castello: «La contessa ha mandato a chiamarlo. Voleva che pranzasse insieme a lei».

Ricarda non immaginava che suo padre pranzasse al castello!

«Adesso che tuo padre è amministratore, la contessa ha molto di cui discutere con lui» commentò Emmi al riguardo.

Suo padre mangiava al tavolo con la contessa Luise mentre sua madre strisciava nel fango attorno alla tomba di Antonia! Ricarda sentiva che tutto questo era ingiusto. Prima la morte di Tonja, poi la morte del vecchio conte. Freystetten si stava sfasciando.

Per sei settimane Ricarda dovette assistere all'aggravarsi della salute di sua madre senza poter fare nulla. Quando il dottor Jungheinrich era tornato a visitarla aveva comunicato al padre: «Karla soffre della malinconia tipica delle donne. A volte succede, dopo la morte di un figlio». Il padre aveva annuito in silenzio. Ma Ricarda pensava: possibile che una febbre così alta e una tosse così forte derivassero dalla "malinconia"? E poi si era ricordata della morte del vecchio conte e si era spaventata. A quel punto, facendosi coraggio, aveva scritto una lettera alla contessina Henriette, a Berlino, consegnandola poi alla contessa Luise con la preghiera di inviarla alla cognata.

Dopo pochi giorni, la contessina Henriette stava già visitando sua madre nel soggiorno di casa. Le misurò la febbre e la auscultò. Poi frugò nella sua borsa, ne estrasse un barattolo e lo tenne davanti alla bocca di Karla.

«Tossisci e sputa qui dentro, Karla, sì, più forte… Brava.»

Poi tappò il barattolo e lo mise nella borsa.

«Da quanto tempo hai la febbre?» domandò la contessina.

Vedendo che sua madre non rispondeva, Ricarda disse: «Sono quasi tre settimane, contessina. Credete anche voi che la mamma soffra della malinconia delle donne?»

«No, Ricarda. Hai fatto bene a chiedere il mio aiuto. Tua madre dev'essere fiera di te» rispose la contessina. «Dove posso lavarmi le mani?» Poi, vedendo lo sguardo interrogativo di Ricarda, aggiunse: «Lavatevi sempre le mani, dopo essere stati con la mamma. L'igiene è la cosa più importante quando si ha a che fare con i malati.»

Ricarda si domandò cosa fosse questa "igiene". Versò dell'acqua nella bacinella e porse una saponetta alla contessina. L'asciugamano era lì accanto.

«Questo non è fresco di bucato, Ricarda» osservò la contessina.

Ricarda ne cercò subito un altro. Da quando sua madre non era più in grado di lavorare, la gestione della casa era stata un po' trascurata.

«Tua madre ha bisogno di aria fresca» disse la dottoressa. «Qui dentro si soffoca.»

Quando Henriette stava per lasciare la casa del giardiniere, sentì lo sguardo di Ricarda su di sé. All'improvviso le venne un'idea. Quella ragazzina assetata di sapere, che lottava per salvare la vita a sua madre nonostante tutti gli ostacoli… non meritava forse una ricompensa?

«Se vuoi, Ricarda, puoi venire con me al castello e ti faccio vedere come si analizzano le cose al microscopio.»

«Sì» rispose subito Ricarda, senza avere la minima idea di cosa intendesse dire la contessina.

Riusciva a malapena a star dietro al passo svelto della contessina, mentre camminavano insieme verso il castello. Risalirono la strada che conduceva all'ingresso, lungo la quale si trovava l'edificio dove vivevano i domestici, e intanto sentiva tantissime domande bruciarle dentro.

«Posso dire una cosa, contessina?» domandò Ricarda.

Henriette abbassò lo sguardo sulla ragazzina che le arrancava accanto. In quel momento si ricordò della richiesta del padre di dimostrare la propria riconoscenza alla piccola. E comunque fino a quel momento non le era venuto in mente niente di meglio della dote. «Cosa mi vuoi dire?» chiese.

«Mi sono spaventata tanto per la mamma, perché il suo modo di respirare mi ricordava qualcosa» iniziò a dire Ricarda. «Contessina, come quella volta che avete preso Florentine... Le avete restituito l'aria. Non so bene come si dice. Perdonate la goffaggine delle mie parole. Ma questa cosa della mia mamma... Quando respira. È una specie di fischio... Non so come potrei descriverlo. E un po' succedeva a Flora...»

«Anch'io ho sentito il fischio.» Henriette osservò la ragazzina con maggiore attenzione. Era diversa dagli altri figli dei contadini della zona. Si faceva domande su come funzionava il respiro! Le parve una cosa degna di nota. «Continua, Ricarda.»

«Io inspiro e mi riempio di aria. Mia mamma non ci riesce. A volte tossendo sputa sangue. Ma come può esserci sangue dove dovrebbe esserci l'aria?» Ricarda alzò le spalle. «Era questo che pensavo.»

«Non c'è niente di sciocco, in quello che dici. Ti spiegherò come funziona, Ricarda» disse la contessina. E mentre raggiungevano il castello, nella sua mente iniziò a prendere forma un'idea. E se per quella ragazzina avesse potuto fare qualcosa di più, del semplice finanziamento di una dote?

Henriette aveva deciso di invitare di nuovo Luise in biblioteca, in modo da poter condurre indisturbata quella conversazione decisiva.

Avrebbero compiuto entrambe trentacinque anni, quell'anno. Henriette in maggio e Luise in agosto. *Sembra proprio la personificazione dell'estate*, pensò Henriette quando la vide entrare leggiadra nella biblioteca.

«Brutte notizie, Lou. Ho motivo di pensare che Karla abbia preso la tubercolosi.»

«Oh, no, povera! E potrebbe aver contagiato qualcuno?»

«Stai tranquilla, mia cara, ho già parlato con tutti. Karla non lavora in cucina da tempo, quindi non c'è alcun pericolo.»

«Ma da qualche parte deve pur averla presa!»

La verità era spaventosa: la devotissima Karla aveva pianto talmente tanto sulla tomba della figlia, da farsi venire una polmonite. E suo marito non era stato abbastanza attento da accorgersi di cosa stava succedendo. «È importante fare in modo che Karla guarisca e io avrei una proposta» disse Henriette. «Una mia cara amica con la quale ho studiato a Zurigo, Käthe Hausmann, conosce un sanatorio a Garmisch, fondato dalle monache.»

«Garmisch? È sul mare?»

«No, sulle Alpi. E se davvero è tubercolosi, questa cura non durerà settimane, ma mesi. Anche se dipende dalle condizioni della paziente.»

«Oh!» esclamò Luise, mentre il suo volto si illuminava improvvisamente.

«Ma c'è un'altra cosa che vorrei discutere con te, Lou. Sei stata tu stessa a farmi avere la lettera di Ricarda. La sua descrizione della malattia della madre mi ha molto colpito. Nel frattempo ho avuto modo di osservare la ragazzina più da vicino e mi è venuta in mente una cosa. Vorrei portare Ricarda con me a Berlino» disse. «Riceverebbe un'istruzione e vivrebbe con me. Con sua madre lontana, per lei sarebbe comunque dura stare qui.»

Luise osservò la sua amica. «Vuoi prenderla con te come se fosse tua figlia, Jette?»

«Ma certo che no!» si schermì Henriette ridendo. «Sarebbe la mia protetta, e comunque a tempo debito. Papà aveva espresso il desiderio che io mi occupassi della ragazza.»

«Tu non ci sai fare con i bambini» le fece presente Luise.

«La mia governante, la brava signora Merger, ha dei figli. Lei saprà cosa fare» ribatté Henriette.

«Credo che Ricarda non sia una ragazza semplice. A quanto dicono, pensa troppo.»

E questo era esattamente ciò che Henriette trovava tanto affascinante in lei, ma evitò di ribattere all'osservazione di Luise. Probabilmente la cognata non avrebbe capito le sue obiezioni.

«Guarda che non potrai restituirla, se non si rivela all'altezza delle tue aspettative, Jette.»

Henriette dovette riconoscere che si stava assumendo un'enorme responsabilità. Ma era decisa a mettersi alla prova. In fin dei conti, era tutta la vita che sperimentava cose nuove. Perché non provare a calarsi, almeno per un po', nel ruolo di una madre?

La casa in Unter den Linden

Marzo 1877

Quella notte Ricarda non dormì neanche un minuto. Continuava rigirarsi nel letto, fissando la notte scura a occhi sgranati. Berlino! Sarebbe partita il mattino successivo insieme alla contessina. Avrebbe lasciato la bellissima e tranquilla Freystetten alla volta della grande città, della quale non sapeva niente.

Qualche anno prima il padre era stato a Berlino per pochi giorni, e quando, una volta rientrato, Ricarda lo aveva assalito con le sue domande, aveva risposto laconicamente: «C'è puzzo, c'è rumore e c'è troppa gente».

E quello era il posto in cui avrebbe vissuto a partire da quel momento?

All'improvviso da sotto la porta della camera dove dormivano lei e Rosel si insinuò una flebile striscia di luce. Suo padre aveva acceso la lampada a petrolio. Ricarda sentì il cuore batterle all'impazzata. Era già arrivato il mattino?

In ansia, tese l'orecchio ai rumori che provenivano dal salotto. Il padre stava ravvivando il fuoco, il segno inconfutabile che un nuovo giorno stava per iniziare. Lo stomaco di Ricarda si contrasse, si sentì percorrere da un brivido e, nonostante si fosse ripromessa di essere forte, per qualche strano motivo le sfuggì un singhiozzo.

«Piangi?» le domandò Rosel.

Allora neanche lei dormiva!

«No, non piango.»

«Invece sì che piangi. Prima muore Tonja, poi la mamma deve andare in ospedale...»

Ricarda sentì che anche sua sorella stava per scoppiare in lacrime.

«... e adesso te ne vai anche tu, e io rimango da sola, Rica. Voglio che torni tutto come prima!»

Non tornerà mai più tutto come prima, pensò Ricarda asciugandosi le lacrime. «Verrò a trovarti, Rosel.»

«Non sai se potrai farlo. La contessina è molto severa. Devono fare tutti come dice lei» ribatté Rosel.

Nel giro di un secondo, la piccola si era infilata nel letto della sorella e si stringeva forte a lei. «Mi mancherai tanto, Rica. Perché non rimani?»

Ricarda ripensò con amarezza alla conversazione che aveva avuto con suo padre. «La contessina dice che vuole portarti a Berlino come sua protetta. Se lo dice lei, è quello che faremo» le aveva detto. Non l'aveva neanche guardata negli occhi, era rimasto tutto il tempo in piedi di fronte a lei a braccia conserte. Ricarda non aveva idea di cosa pensasse del fatto che sua figlia se ne andasse nella puzzolente e rumorosa Berlino. E di certo non le aveva chiesto se fosse d'accordo o meno. «Ora devi andare da lei» si limitò ad aggiungere.

La contessina l'aveva ricevuta nella sua stanza privata. «Hai l'occasione di cambiare vita» le aveva detto con un sorriso.

Io non voglio cambiare vita, aveva pensato Ricarda, mentre la sentiva parlare di un'ottima scuola e di una camera tutta per sé in casa sua. Quando, poco dopo, la ragazza era rientrata a casa, aveva trovato un sacco di tela sopra al letto e suo padre l'aveva invitata a metterci tutto il necessario per partire.

Il padre aprì la porta della loro camera. La sua figura imponente riempiva quasi tutta la cornice. «Alzati, Ricarda» disse. «Non dobbiamo far aspettare la contessina.»

«Ricarda, dobbiamo andare! Su!» disse la contessina Henriette con una punta di impazienza nella voce. Era già seduta in carrozza, con lo sportello aperto. Ma Ricarda rimaneva stretta a Berta. La cagnolina osservava il tutto coi suoi occhi color ambra, senza capire cosa stesse accadendo. La piccola Rosel stava appoggiata al padre, entrambi tenevano le braccia incrociate davanti al petto. Il padre, grande, forte e immobile come un albero. La sorellina fragile e indifesa.

Ricarda lasciò andare il cane e strinse un'ultima volta a sé il padre e Rosel. «A presto.» Non aggiunse altro per evitare di scoppiare di nuovo in lacrime.

«Il treno non ci aspetta, Ricarda» la esortò la contessina.

Era la prima volta che la ragazza metteva piede nella carrozza nobiliare. Era laccata di un lucido blu notte e sulle portiere era riprodotto lo stemma dei Freystetten, con le spade incrociate e l'aquila. Ricarda posò un'ultima volta a terra il sacco di tela che conteneva quasi tutto ciò che possedeva e salutò il padre e Rosel con entrambe le mani. Poi caricò il bagaglio nella carrozza, salì e chiuse forte gli occhi, mentre la vettura si metteva lentamente in marcia.

«Avevo undici anni» sentì dire alla contessina «quando ho provato per la prima volta quello che stai provando tu adesso. È come se ti stessero togliendo l'aria, vero? Anch'io all'epoca stavo partendo per Berlino. Non esistevano ancora i treni, che oggi in due ore raggiungono la città. C'era solo la carrozza, che mi sballottò per otto ore su sentieri sconnessi e polverosi. E per tutto il tempo, l'unica cosa a cui ho pensato era: perché? Non riuscivo a pensare ad altro. Però non piansi, no, non potevo. Non avevo più nemmeno una lacrima, le avevo versate tutte sulla tomba di mia madre.»

Ricarda non sapeva quasi nulla della contessina che stava seduta di fronte a lei, immobile e con lo sguardo fuori dal finestrino. Sembrava quasi che fosse sola nella vettura e che parlasse tra sé.

«Mentre la carrozza mi dondolava, vidi mia madre davanti a me. Era stata una donna bella e fiera. Finché non si era ammalata. Da quel momento, il suo volto si era gonfiato, non riusciva più a parlare e la sua bocca emanava un odore terribile. Le si erano guastati tutti i denti e un ciarlatano che non sapeva quel che faceva glieli aveva tolti tutti. Mia madre è morta per un avvelenamento del sangue. Prima di andarsene, ha sofferto le pene dell'inferno per giorni e giorni. E io, seduta in questa carrozza, ebbi un'illuminazione e seppi cosa avrei fatto della mia vita. Nessuna persona che amavo sarebbe mai più dovuta morire in mezzo a tante sofferenze.»

La contessina si passò un fazzoletto sugli occhi.

A un tratto lanciò un'occhiata talmente dura a Ricarda, che la ragazza si spaventò.

«Dalla sofferenza non deve nascere altra sofferenza, ma una nuova forza. Se ora ti stai chiedendo perché sei seduta qui con me mentre tuo padre e tua sorella sono rimasti lì, pensa a tua madre.»

«Sì, contessina.»

«Ti ho fatto paura con le mie parole. Perdonami. Volevo solo farti coraggio.»

«È quello che avete fatto» rispose Ricarda con un filo di voce, anche se pensava l'esatto opposto. Come sarebbe potuta andare d'accordo con quell'estranea? Certo, era una donna intelligente, ma a volte dava l'impressione di essere molto severa. Anche se doveva avere un buon cuore, considerando come aveva aiutato prima Flora, poi sua madre. A tratti, però, tornava a essere del tutto inaccessibile. Ricarda pensò intimorita a Berlino e a tutto ciò che la aspettava.

Willi, il vetturino della famiglia Freystetten, fermò la carrozza di fronte alla stazione di Gusow. Davanti all'edificio in mattoni c'erano un paio di viaggiatori, che le guardarono con aria sospettosa. Nei paesini della poco popolosa provincia di Brandeburgo tutti quanti sapevano chi viveva e chi lavorava nel castello. Ricarda indovinò facilmente i loro pensieri: *Cosa ci fa la figlia del giardiniere nella carrozza insieme alla contessina? Vorrà forse andare a Berlino?*

Willi consegnò a Ricarda un pacchetto avvolto nella carta di giornale. «Da parte di mia moglie» si limitò a dire. «Emmi dice di stare attenta, nella grande città».

«Grazie.»

Willi portò le due grandi valigie della contessina nel disadorno atrio della stazione. Ricarda lo seguì con la sua sacca sulle spalle. La contessina entrò nella biglietteria e chiese due biglietti in prima classe. Ricarda capì che avrebbe viaggiato anche lei nella classe di lusso solo quando la donna attraversò l'atrio e si diresse dritta verso la sala d'attesa di prima e seconda classe, ignorando quella di terza. Nella stanza c'erano altre donne e uomini, ma la contessina Henriette sembrava distinguersi da tutti gli altri.

Le signore indossavano per lo più capi all'ultima moda, abiti dal lungo strascico e dalle gonne gonfie. La contessina, invece, indossava un abito da viaggio, con una camicetta bianca con le ruche, una giacca corta e una gonna dalla quale spuntava addirittura la punta delle scarpe. Faceva a meno del corsetto, delle imbottiture e dello strascico e, a differenza delle agghindatissime compagne di viaggio, non portava quasi nessun gioiello. Ricarda fece di nuovo caso alla sua postura perfettamente eretta, con la schiena sempre dritta e la testa leggermente sollevata. Tentò istintivamente di emularla, ma si rese conto che tornava quasi subito a incurvarsi.

«È il tuo primo viaggio in treno, Ricarda, devi osservare tutto nei dettagli» le disse la contessina prendendola per mano. Anche lei sembrava leggermente emozionata. «Andiamo al binario, così vedrai la locomotiva entrare nella stazione. Ma non spaventarti anche se fa molto rumore.»

«Vi siete procurata una nuova cameriera» osservò un ufficiale che aspettava vicino a loro. «Dovrebbe provare con le ragazze della Prussia orientale, hanno molte meno pretese.»

«Grazie del consiglio, sottotenente, ma Ricarda è la mia protetta.» Ecco che tornava quella parola che aveva già usato suo padre e che Ricarda non aveva mai sentito prima.

La locomotiva nera spuntò dal suo stesso vapore, sferragliò, cigolò e lanciò un fischio che le fece male alle orecchie.

Ricarda, seduta nello scompartimento accanto alla contessina, aveva mille domande che le rimbalzavano in testa. Insieme a loro viaggiavano altre due signore dagli ampi e ingombranti vestiti, che ignorarono del tutto la presenza di Ricarda. Fuori scorreva il paesaggio nel suo lento risveglio dal torpore invernale. L'idea che il vagone potesse rovesciarsi la impauriva un po'.

«Puoi mangiarlo, se vuoi» le disse la contessina indicando il pacchetto che Ricarda stringeva tanto forte che sembrava aggrapparcisi.

Emmi le aveva preparato dei panini al sanguinaccio che emanavano un profumo delizioso. Ma le occhiatacce delle due signore che dividevano lo scompartimento con loro le avevano fatto passare l'appetito.

«Non ho per niente fame» disse Ricarda, nascondendo i panini sotto il cappotto.

«Contadinella, che hai, il prosciutto sugli occhi?»

Ricarda inciampò per il forte colpo alla spalla. Non si era nemmeno accorta di intralciare qualcuno.

«Ma stai attenta!» ringhiò un fattorino che procedeva ricurvo verso l'uscita con due valigie caricate sulla schiena.

Ovunque si fermasse o camminasse, su quel binario aveva sempre la sensazione di stare tra i piedi a qualcuno. Le donne che avevano viaggiato nel loro scompartimento si avviarono verso l'uscita ondeggiando pomposamente i fianchi e tirandosi dietro gli strascichi sul pavimento polveroso. Ricarda si sentiva completamente fuori luogo: non era né cameriera, né padrona.

«Siamo di nuovo in guerra?!» urlò un ragazzino della sua età proprio accanto a lei.

Ricarda ebbe un sussulto. Ma il ragazzo continuò a urlare: «I russi minacciano gli ottomani? Leggetelo sul *Vossische*!».

Solo allora Ricarda capì come mai il ragazzo si agitasse tanto: doveva vendere i giornali. Il suo grido a squarciagola, in effetti, attirò alcuni passanti, che contribuirono a far calare la pila di giornali che teneva piegati sul braccio.

La contessina diede istruzioni a un fattorino su dove portare i suoi bagagli. Ricarda osservò stupefatta l'uomo che caricava sul carretto anche la sua borsa di tela, prima di andarsene a passo spedito. Avrebbe mai più rivisto le sue cose?

«Prendiamo la carrozza» disse Henriette in tono allegro. «Così potrai guardare Berlino.»

Ricarda, che pure era cresciuta accanto all'imponente castello, osservò con occhi sgranati l'edificio da cui erano appena usciti e si rese conto che solo la stazione Est di Berlino era più grande del magnifico palazzo di Freystetten.

«Dicono che gli abitanti di Berlino arriveranno a un milione entro l'anno» commentò Henriette.

Ricarda la fissò a bocca aperta. «Davvero? E cosa ci fa qui tutta questa gente?»

«È la prima volta che vieni a Berlino, eh?» si intromise il vetturino.

La contessina sorrise indulgente.

Ricarda pensò alla chiesina di Freystetten e a tutte le volte che, durante la messa, aveva contato i fedeli presenti. Si sentì del tutto insignificante. Cosa ci faceva lì?

La cosa che più la disturbava era il penetrante odore di escrementi.

Anche a Freystetten le acque reflue scorrevano lungo i sentieri, ma non erano certo paragonabili a quelle. Qui c'erano vere e proprie fogne a cielo aperto che scorrevano a fianco della strada. *C'è puzzo, c'è rumore e c'è troppa gente.* Ripensando alle parole del padre, Ricarda sentì lo stomaco contrarsi, anche se tentò di non darlo a vedere.

«Guarda, quello è il Castello di Berlino» disse Henriette dopo un po'.

«È lì che vive l'imperatore?»

«No, bambina» rispose il vetturino, nonostante nessuno l'avesse interpellato. «La casa dell'imperatore è un po' più piccola. Fai attenzione, tra poco lo vedrai.»

«Ogni giorno, all'ora di pranzo, si affaccia alla finestra del suo studio per assistere alla cerimonia del cambio della guardia» le spiegò Henriette.

Il vetturino fermò la carrozza vicino alla Nuova Guardia.

Mentre i soldati prussiani marciavano a passo cadenzato e con le armi in spalla, alla finestra d'angolo di un palazzo era affacciato un signore molto anziano in uniforme.

«Bella vita, il nostro imperatore, sorridere e salutare con la mano.»

La carrozza riprese il suo percorso sulla larga strada lastricata. Ricarda era impressionata da quel viale fiancheggiato da alberi secolari disposti ordinatamente su quattro file parallele. La città in quella zona sembrava più tranquilla e l'odore di escrementi era a malapena percepibile.

Il vetturino fermò la carrozza non lontano da dove avevano visto l'imperatore.

«Siamo arrivate» disse la contessina. Ricarda alzò lo sguardo su una casa di quattro piani inserita in una fila di altri edifici. Dall'ingresso uscì con passi energici una donna dall'aria risoluta che andò incontro alla carrozza.

«Bentornata a casa, contessina. Le vostre valigie sono arrivate poco fa.» La donna, che Ricarda stimò avere qualche anno più della contessina, fece un inchino.

«Malwine, lei è Ricarda. Abiterà da noi.» Henriette si rivolse a Ricarda. «La signora Merger si occupa della gestione della casa. È il mio braccio destro e anche il sinistro.»

«Grazie, contessina, troppo gentile. La contessina si occupa di talmente tante cose, che due mani non basterebbero.» Poi lanciò un'occhiata fugace a Ricarda e aggiunse: «Benvenuta».

A Ricarda quel benvenuto suonò piuttosto freddo. *Speriamo di non doverci avere troppo a che fare con questa signora Merger,* pensò.

Un domestico in livrea aprì loro la porta; Ricarda seguì la contessina e la signora Merger attraverso l'ingresso e su per un'ampia scalinata che portava ai piani superiori. Come al pianterreno, anche al primo piano c'erano due porte in vetro a battente e due ingressi laterali più sobri.

«Volete pranzare, signora contessina?» domandò la signora Merger.

«C'è un tale profumino, Malwine. Penso che Ricarda e io gradiremmo senz'altro qualcosa da mangiare, non appena ci saremo rinfrescate.»

«Vado a chiamare Guste, perché mostri alla signorina la sua stanza» disse Malwine.

La contessina si ritirò e Malwine scomparve dietro una porta. Ricarda rimase sola nell'ampio ingresso rischiarato da una finestra, sentendosi un po' spersa. Dopo qualche minuto comparve una ragazza poco più grande di lei. Indossava l'abito nero delle domestiche, con un grembiule bianco e una cuffia.

«Mi chiamo Auguste. Devo portarti alla tua stanza.»

Fece strada a Ricarda lungo corridoi avvolti dall'oscurità. In fondo a uno di questi si fermò e aprì una porta. «È questa.»

Ricarda vide una stanza più grande del soggiorno dei suoi genitori. Dentro c'erano un letto, un comodino, un armadio, un tavolo con delle sedie e persino una toeletta. Ricarda rimase immobile a fissare quella meraviglia.

«Questa è la mia stanza?» domandò incredula. Cosa avrebbe dovuto farsene di tutto quello spazio?

Auguste si strinse nelle spalle, perplessa.

Sul tavolo notò qualcosa che sembrava totalmente estraneo a quella stanza: il sacco di tela con dentro i suoi pochi abiti. E così l'aveva ritrovato, o magari era stato lui a ritrovarla, poco importava. Camminando sulle assi di quercia del pavimento, entrò in quella che da ora in poi sarebbe stata la sua stanza e si guardò intorno stupefatta.

Fu allora che vide di fronte a sé una ragazzina con un cappotto nero un po' logoro e un berretto di lana tirato fin sopra le orecchie, e le parve che anche lei fosse fuori luogo in quella stanza. Si spaventò, prima di rendersi conto che era lei stessa riflessa nello specchio. Si tolse in fretta il cappello e lo strinse con entrambe le mani davanti allo stomaco. Lo specchio, nella sua cornice di legno scuro, le restituiva la sua immagine per intero. Non si era ancora mai vista così, perché a casa sua non esistevano specchi come quello.

La sera prima aveva passato la cera sulle sue scarpe marroni fino a tirarle a lucido. Voleva fare buona impressione, in quella grande città. Ma adesso le sue belle scarpe erano già tutte sporche, gliele avevano calpestate non appena scesa alla stazione di Berlino Est.

«Ti faccio vedere la casa?» chiese Auguste.

Un paio di porte oltre la sua camera c'era una stanza rivestita di piastrelle bianche. Ricarda non aveva mai visto niente di simile.

«Questa è la stanza da bagno» disse Auguste avvicinandosi a un lavabo fissato al muro e girando un rubinetto dal quale uscì un flusso d'acqua.

Ricarda si avvicinò incuriosita e ammirò il marchingegno. «Da dove viene l'acqua?» domandò. Poi si chinò e vide che veniva portata via da un altro tubo. «E dove va a finire?»

«In Unter den Linden ci sono già gli scarichi. Ci finisce tutto quello che viene dalle case. È una cosa nuova!»

Poi si avvicinò a una vasca. «Qui dentro fa il bagno Sua Signoria!» disse raggiante. «E adesso il water.» Auguste passò accanto a Ricarda e andò ad aprire una porta lì vicino.

«Guarda qui!» Tirò una catenella e Ricarda sentì uno scrosciare d'acqua. «Lo sciacquone. La signora Merger dice che una roba simile non ce l'ha neanche Sua Maestà a palazzo!»

A Ricarda ci volle qualche secondo, prima di capire cosa le stava mostrando Auguste. «Anch'io userò questo?» domandò poi.

«Lo usiamo tutti. E qui c'è un altro lavandino con l'acqua corrente.» La domestica aprì un altro rubinetto. «Sua Altezza ci tiene molto che ci laviamo sempre le mani. E sempre col sapone, non dimenticarlo!»

Poi le due ragazze entrarono in cucina, dove la signora Merger si stava dando da fare con un attrezzo che, evidentemente, serviva per cucinare. A Ricarda quell'oggetto, rivestito di piastrelle lucide con sei portelli di dimensioni diverse sul davanti e sei piastre sopra, sembrò enorme. Nell'aria c'era un delizioso profumo di brodo di manzo.

«Questo è un forno fantastico. Sotto puoi cuocere contemporaneamente su più livelli, mentre di sopra usi le piastre. E in più riscalda anche la cucina!» Auguste guardò Ricarda con aria raggiante.

«Guste, la finisci di chiacchierare? Aggiungi un po' di legna, piuttosto. E non dare del tu alla signorina, che sta con i signori.» Poi squadrò Ricarda con aria sprezzante. «Anche se adesso non si direbbe affatto; vedrai che la contessina la ripulisce a modo.» Poi si voltò verso Auguste: «Quando hai finito con il forno, vai a chiedere alla contessina se possiamo servire il pranzo». La ragazzina fece per eseguire gli ordini ricevuti, ma Malwine aggiunse, severa: «Guste, non dimentichi niente?».

Auguste tornò indietro e andò a un lavandino sul quale era montato un altro rubinetto che faceva uscire l'acqua dal muro. Si lavò le mani con cura e corse fuori dalla cucina.

«Quanti anni avete, signorina Ricarda?» domandò la signora Merger.

«Ne ho compiuti quattordici. Il mio compleanno è stato due settimane fa.»

«Non importava essere così precisi. Anch'io ho una ragazza come voi, a casa. La mia figlia più grande si chiama Mine. Ha dodici anni. Deve lavorare. Ogni giorno che Dio mette in terra. E Frieda, la mia seconda, lavora anche lei da quando ha otto anni, da un sarto, in una cantina a Wedding. Non c'è luce e non c'è aria. Fanno proprio una bella vita, quasi come le principesse.»

Neanch'io sono cresciuta nella bambagia, pensò Ricarda, senza però osare contraddirla. «Mi dispiace» disse, invece, intimidita. «Posso aiutarvi in cucina, signora Merger?»

«Per queste cose c'è la Guste.» Malwine Merger si era già rimessa ai fornelli e stava immergendo il mestolo in uno dei tegami per assaggiarne il contenuto.

Le decorazioni floreali della sala da pranzo erano state consegnate quella mattina. Quando a Freystetten si svolgeva una cena, il padre di Ricarda doveva procurare dei fiori dai colori allegri. Qui, invece, c'erano solo fiori bianchi, garofani e calle raccolti in piccole composizioni. Ricarda pensò che si trattasse di un errore, non era mica una cerimonia funebre…

«La contessina li vuole esattamente così» aveva detto la signora Merger pagando il ragazzo che li aveva consegnati. «Oggi è l'ultimo sabato del mese e, come al solito, si riunisce il Circolo Bianco.»

Nella sala da pranzo dagli arredi scuri, quelle composizioni floreali risultavano un po' serie, ma eleganti. Ricarda trovò invece le portate un po' troppo frugali, per la tavola di una nobildonna: minestra di cerfoglio, brasato con purè di patate, e per finire composta di mele con crêpe.

Poi iniziarono ad arrivare le ospiti: tutte signore dai volti pallidi, quasi senza trucco; indossavano abiti scuri, per lo più senza corpetto, e portavano i capelli con la riga al centro e stretti in una crocchia sulla nuca. Erano quasi tutte dell'età della contessina, che le accolse baciandole sulle guance. Ricarda invece doveva starle accanto e salutare con piccoli inchini.

Alle prime quattro delle cinque signore, la contessina disse: «Mia cara, lei è Ricarda, la mia protetta. Più tardi si presenterà lei stessa.»

«Oh, sono molto curiosa di vederti in questo nuovo ruolo» rispose una. «Certo che ti sei presa un gran bell'impegno» commentò un'altra.

All'ultima che entrò, la contessina disse: «Helene, eccola, è lei: Ricarda».

Lei fu l'unica a porgerle la mano.

«Sono felice di conoscervi, Ricarda. D'ora in avanti, ci vedremo molto spesso.»

«La signorina Lange sarà una delle tue insegnanti» le spiegò la contessina.

Intimidita da quella donna imponente che la guardava dall'alto, Ricarda non ebbe il coraggio di chiedere niente.

«Ricarda, in questa casa puoi sempre chiedere, se pensi che la tua domanda sia adeguata» disse la contessina.

Che significa adeguata?, pensò Ricarda, decidendo, col cuore in gola, di cogliere l'occasione per scoprirlo. «Le donne possono insegnare in una vera scuola?»

La signorina Lange sorrise e a Ricarda piacque quel sorriso ampio e sincero, che spazzò via la severità dal suo volto. «Sì, possiamo. È l'unico, tra i mestieri che le donne possono svolgere, in cui è previsto che usino solo la loro intelligenza.»

La contessina scoppiò a ridere. «Oh, Helene, come riesci a dire tu le cose!» Posò una mano sul braccio della sua ospite e la condusse in sala da pranzo. «Le attività professionali delle donne saranno proprio il nostro argomento di oggi.» Era già sulla soglia, quando si voltò di nuovo verso di lei. «Ricarda, raggiungici tra un'ora, per favore.»

Henriette si fidava ciecamente di Malwine per quanto riguardava gli allestimenti necessari per il "Circolo Bianco del sabato". Non si prendeva neanche il tempo per controllare. E anche stavolta, entrando nella sala con le sue cinque ospiti, trovò tutto come se lo aspettava. A capotavola era sistemata la statuina di una donna nuda immersa nella lettura di un libro. A Henriette piaceva arredare l'ambiente con elementi simbolici come quella raffigurazione di Calliope, la musa della scienza e della filosofia.

Il "Circolo Bianco" era composto da quattro membri abituali e da altre due signore che partecipavano come ospiti. Quel giorno una delle due ospiti era Hope Adams, un giovanissima ragazza inglese con madre tedesca. Studiava a Lipsia e aveva una pettinatura molto inusuale, per la moda contemporanea: portava i capelli corti come un uomo.

L'altra era una donna piuttosto robusta di gran lunga più anziana delle altre, motivo per cui Henriette la presentò per prima: «La recentissima scuola femminile di Lucie Crain gode di un'ottima reputazione. Anche la mia protetta, che dopo avrete modo di conoscere meglio, frequenterà le Scuole Crain e la mia amica Helene Lange vi lavora come insegnante. Dalla più anziana alla più giovane: Hope, prima che questa domanda ci faccia impazzire... Perché questa pettinatura insolita? Potreste svelarcelo?»

La ragazza rimase perfettamente seria. «Per andare all'università indosso anche i pantaloni e la redingote. Come tutte voi sapete, in Germania le donne non hanno il permesso di studiare. Perciò mi sono detta: se è questo che gli uomini chiedono, allora lo avranno. E io ottengo ciò che voglio. Al contempo, viene messa in luce l'assurdità di tale disposizione. Sotto i miei vestiti, resto comunque una donna. E nella testa ho la stessa cosa degli uomini: un cervello!»

Le signore batterono sul tavolo in segno di approvazione e Malwine lo scambiò erroneamente per il segnale con cui le chiedevano di servire l'arrosto di manzo. «Ecco l'unico maschio della stanza: un manzo. Buon appetito.»

Non appena Malwine se ne fu andata, prese la parola Minna Cauer, una delle fondatrici del circolo insieme a Helene e Henriette: «Jette, tu sei andata a studiare a Zurigo. Perché non hai fatto come Hope?»

«Io ho avuto la grande fortuna di avere alle spalle una famiglia benestante, che mi ha pagato gli studi in America e a Zurigo» rispose lei. «L'istruzione è un bene riservato ai privilegiati. Ma assisteremo al momento in cui questo privilegio verrà meno. È per questo che noi tutte ci battiamo. Perché le donne non devono valere meno degli uomini. Basti pensare all'obbligo di nubilato.»

«Cosa accadrebbe se lo Stato riservasse agli uomini lo stesso trattamento che riserva alle donne?» disse Helene. «Nessun insegnante avrebbe più il diritto di sposarsi! Il buon senso dovrebbe suggerire agli uomini che il nubilato delle insegnanti dev'essere soppresso!»

«Per le scuole private questa legge non vale» intervenne Lucie.

In compenso, Henriette sapeva delle gravi difficoltà economiche delle Scuole Crain e che lo stipendio di Helene bastava a malapena per arrivare a fine mese.

«Le poche eccezioni di insegnanti assunte dalle scuole private non cambiano la sostanza, e cioè che lo Stato licenzia qualunque insegnante donna che decida di sposarsi» affermò Minna.

«Mio marito insegna, ma io non posso farlo. Questo mi dà la forza di combattere per cambiare le cose. Sto pensando di fondare un'associazione per la difesa dei diritti delle donne.»

«Buona idea» commentò Helene.

Ma Lucie prese le distanze. «L'idea di per sé è condivisibile» disse «ma la lotta aperta alle autorità nuoce alla causa.»

«Lucie, rispetto la vostra posizione» rispose Minna. «Ma se le donne non denunciano apertamente le ingiustizie, resteranno per lo più madri e mogli, e il lavoro sarà sempre visto come quando si va al parco a sfamare gli uccellini: una briciola che gli uomini ci lanciano tenendo la pagnotta saldamente tra le mani.»

Entrare in quella sala, al cospetto di quelle signore vestite di nero e dallo sguardo severo... Ricarda sapeva che era un grande onore. La figlia di un giardiniere invitata in un consesso di donne dell'alta società. Ma cosa avrebbe detto? Non riusciva a farsi venire in mente niente. Dopo un'ora, Malwine servì la composta di mele e tornando le disse: «La contessina dice che adesso potete andare, signorina».

Ricarda si avvicinò esitante alle sei signore che la guardavano con occhi gentili e fece un inchino.

«Siediti, Ricarda!» La contessina le indicò una sedia vuota vicino a lei, a capotavola. «Il tuo caro padre dice sempre che pensi troppo. Ho detto alle mie amiche che secondo me è una buona cosa che tu pensi tanto. Davanti a te ci sono solo donne che pensano. È una cosa che ti fa paura?»

Certo che sì, pensò Ricarda, dal momento che quelle signore le incutevano grande timore. Ma poi scosse coraggiosamente la testa. «Mia mamma dice che Dio ci ha dato la testa anche per pensare, oltre che per mangiare.»

Le donne si scambiarono occhiate sorprese.

«Vostra madre è un'insegnante?» domandò la più giovane.

«No, è una cuoca.»

«E anche eccellente» confermò la contessina. «Ma tua mamma è anche domestica, non è vero? Ha molte mansioni da svolgere.»

«Anche voi volete diventare una cuoca?» chiese la signorina Lange, che in futuro sarebbe stata l'insegnante di Ricarda.

La domanda la colse di sorpresa. Non aveva mai riflettuto su cosa avrebbe voluto fare della sua vita. «Quello della cuoca è un buon lavoro» rispose dopo un attimo di esitazione. «Posso fare un'altra domanda?»

«Certo che sì! Puoi fare tutte le domande che vuoi.»

«Le donne sanno pensare bene come gli uomini?»

Alcune tra le donne risero o sorrisero e Ricarda ebbe l'impressione di aver posto una domanda molto stupida.

«Scusate, che sciocca. È ovvio che gli uomini pensano meglio delle donne» si affrettò ad aggiungere.

«No, no, no!» esclamarono tutte insieme scandalizzate.

«Le ultime scoperte scientifiche» spiegò la contessina «dimostrano che il cervello femminile è grande quanto quello maschile. Per cui non c'è motivo di pensare che sia meno prestante.»

«I cervelli saranno anche grandi uguali» disse la signora più anziana «ma il coraggio con cui un uomo persegue i suoi obiettivi manca alla maggior parte delle donne.»

«E adesso te lo chiedo di nuovo: anche tu vuoi fare la cuoca come tua mamma?» domandò la ragazza più giovane, che portava i capelli tagliati a uomo.

Ricarda avrebbe voluto rispondere tante cose a quella domanda. La questione non si esauriva certo con un sì o con un no. Ovviamente le era bastata quella breve incursione nella vita della contessina per scoprire che c'erano molte altre opzioni, oltre al lavorare in una cucina buia per preparare pietanze deliziose da far gustare nel salone o nel giardino d'inverno, alla luce delle candele e al suono della musica. La questione non stava neanche nella differenza tra servire ed essere serviti. Le donne che la stavano guardando rappresentavano qualcosa di completamente diverso, a cui Ricarda non riusciva ancora a dare un nome. Ma una cosa l'aveva già capita: le donne potevano aspirare a qualcosa di più che stare in cucina.

Fai qualcosa di prezioso della tua vita. Erano state queste le ultime parole del conte. E adesso avrebbe tanto voluto chiedere cosa significasse "prezioso" in questo contesto. Ma non ne ebbe il coraggio.

«Forse stiamo un po' intimorendo la signorina Petersen. In fin dei conti, avrà tempo per scoprire chi è e cosa vuole» disse la signorina Lange sorridendo comprensiva. A quel punto Ricarda fu congedata.

«Hai già dei progetti concreti sulla ragazza?» domandò Helene, non appena Ricarda si fu chiusa la porta alle spalle. «E per quanto tempo resterà da te?»

«Sua madre starà in cura per un bel po'. Sicuramente resterà qui fino al suo ritorno.» Henriette si appoggiò allo schienale della sedia. «Se ho dei progetti? Dipende da quanto si rivelerà giudiziosa una ragazzina come lei, e per scoprirlo avrò bisogno del tuo aiuto, mia cara amica. Perché sarai tu a farle lezione.»

Malwine non riusciva a capire le intenzioni di Henriette. «Ma... contessina,» disse «può venire il sarto direttamente qui a casa. Non c'è motivo di disturbarvi.»

«Lo faccio volentieri, Malwine! È una magnifica giornata di primavera e Ricarda non ha ancora mai visitato la Friedrichstadt. Questa è l'occasione perfetta.»

Mentre Malwine se ne andava scuotendo la testa imbronciata, Ricarda dentro di sé dava ragione alla contessina. Era in quella grande città ormai da una settimana e non aveva mai messo piede fuori. Se ne stava seduta tutto il giorno alla finestra della sua stanza, che si affacciava nel piccolo giardino sul retro, a lavorare a maglia una sciarpa per sua madre che, come diceva suo padre, doveva patire un gran freddo lassù in mezzo alle montagne bavaresi. Le aveva già scritto due lettere, ma per il momento non le aveva ancora risposto.

Ricarda uscì di casa al fianco della contessina, che era vestita all'ultima moda. Per la strada lastricata, larga dieci volte il sentiero di paese a cui era abituata, riecheggiava lo scalpiccio ritmato delle carrozze. Alcune signore passeggiavano lungo il viale. Nella prima traversa che presero tutto divenne più caotico: guidatori di carri, fattorini coi carretti e domestici che si urlavano volgarità a vicenda. In quella via la città tornava alla frenesia percepita da Ricarda appena vi era arrivata. Chiunque camminasse lentamente veniva urtato da qualcuno. Per fortuna la contessina imboccò ben presto delle vie secondarie più tranquille.

«Come prima cosa, devi vedere il Mercato dei Gendarmi, la piazza più bella della Friedrichstadt, anzi, forse di tutta Berlino» disse la contessina, euforica.

Una grande piazza racchiusa tra due chiese e decorata simmetricamente con aiuole a prato e fontane sarebbe un mercato?

«Ma non vendono niente, qui!» esclamò Ricarda.

«Vuoi vedere un vero mercato? E va bene! Faremo anche questo.» La contessina indicò l'edificio che si innalzava accanto a loro. «Questo è il Teatro Regio. Che ne dici se una volta ci guardiamo insieme uno spettacolo?»

Un paio di giorni prima, la contessina le aveva mostrato il

Brockhaus Conversations Lexikon in biblioteca. Ricarda vi aveva letto per caso qualcosa sul teatro e sulle eleganti sale in cui si svolgevano le rappresentazioni.

«Non posso» disse.

«Perché no, Ricarda?»

La ragazza abbassò lo sguardo sui propri abiti e la contessina capì.

«Questo è un problema che risolveremo!»

Henriette guardò quella ragazzina accanto a sé, che pareva più concentrata sulla punta delle proprie scarpe che sulla magnificenza di Berlino. In cosa si era andata a cacciare… Eppure le procurava una gioia immensa introdurre questa ragazza a un mondo che le era del tutto estraneo. Pensò che era un'eternità che non andava al *Gersons Bazar*, nonostante vivesse nel cuore pulsante della città! In fin dei conti, questa ragazza stava portando anche un po' di svago, nella sua vita.

Una volta raggiunta la piccola piazza Werderschenmarkt, circondata da case di tre o quattro piani, la contessina andò dritta verso un maestoso palazzo. Ricarda si sentiva talmente a disagio che Henriette non poté fare a meno di notarlo.

«Non preoccuparti, Ricarda, *Gersons Bazar* è una sartoria. Lì compreremo dei vestiti nuovi per te e quello che non troveremo lo faremo cucire. Qui lavorano centinaia di sarti e sarte.»

Uscieri in livrea aprirono loro le porte con una serie di inchini che a Ricarda parvero esagerati. Dopodiché si ritrovò in un cortile interno sormontato da un'ampia cupola di vetro e circondato da portici. Signore eleganti dai larghi cappelli e i sederi imbottiti volteggiavano maestosamente da una parte all'altra del negozio, circondate da commessi che svolazzavano loro intorno come uccelli neri.

Ricarda si sentiva fuori posto. Cosa ci faceva lì? Avrebbe voluto scappare, ma la cosa sarebbe stata comunque impossibile, dal momento che due degli uccelli neri avevano già accerchiato la contessina, che esponeva loro le sue richieste. Ricarda cercava invano una buca in cui sprofondare.

«Grazie, abbiamo bisogno di un minuto per noi» disse Henriette, dopo aver guardato Ricarda. La felicità che provava a mostrare a Ricarda un mondo nuovo le aveva fatto dimenticare una cosa: la piccola veniva da un paesino dove nessuno la degnava di uno sguardo, mentre quel posto era pieno di sconosciuti che le gravitavano attorno.

Henriette prese Ricarda per mano. «Facciamo come se non volessimo comprare niente. Girelliamo qui intorno e osserviamo cosa fanno gli altri. Che ne dici?»

Ricarda si sentì allargare il cuore. Camminando per i portici accanto alla contessina osservava stupefatta ciò che accadeva intorno a lei. Alcune ragazze mostravano gli abiti a signore più anziane che, da dietro i loro occhialini e con la testa scetticamente inclinata, esaminavano con sguardo critico le stoffe o squadravano invidiose le giovani indossatrici. Le sarte prendevano misure, mentre uomini zelanti presentavano stoffe pregiate srotolandole sui tavoli. Nell'aria c'era un odore pungente e morbido allo stesso tempo, un misto di profumo, cipria, polvere e gessetti che correvano sulle stoffe. Sopra a tutto riecheggiava un inestricabile groviglio di voci, alcune delle quali parlavano lingue straniere. L'atmosfera era di operosità, che pur nella rapidità dei movimenti non risultava frenetica, quanto piuttosto dinamica.

Uno spettacolo impareggiabile!

Passarono davanti al tavolo di una giovane commessa che stava spiegando alla cliente i vantaggi di certi bottoni rivestiti di seta per adattarsi meglio allo stile dell'abito: «Il porpora è il colore del momento, gentile signora».

Ricarda si domandò perché mai si dovessero rivestire di seta dei bottoni. Non era terribilmente caro, oltre che insensato? I bottoni non avevano forse la sola funzione di chiudere un indumento?

Si voltò verso la contessina e vide che stava parlando con due degli onnipresenti commessi-uccelli neri. Avevano i capelli impomatati e perfettamente pettinati, i baffi arricciati, e indossavano panciotto e redingote. Una *mise* perfetta per il tè del pomeriggio a Freystetten. E qui la sfoggiavano per vendere dei vestiti?

Dove l'aveva mai portata, la contessina? Ricarda pensò a Rosel e ai suoi genitori. Come avrebbe fatto a spiegargli tutto questo?

La contessina le aveva comprato degli abiti magnifici. Ricarda era uscita dal negozio indossando un vestitino dalla linea aderente e un cappotto da città perfettamente intonato. Aveva dovuto provarsi tantissimi capi: vestiti da scuola dai colori dimessi, da casa con tanto di grembiuli in coordinato e anche delle sottovesti in tela di cotone, un abito di seta pregiata in stile principesco per la sera e un altro di raso con volant per le occasioni pomeridiane. La contessina aveva pensato anche alle scarpe: le calzavano a pennello ed erano di cuoio finissimo. Era la prima volta che Ricarda riceveva un paio di scarpe che non fossero già consumate da qualcuno. Dovette provarsi anche i guanti, di cui vennero ordinate direttamente sei paia. Un cappellino azzurro con le piume completava la sua *mise* da passeggio.

Di solito la sarta confezionava a Ricarda e alle sorelle un vestito nuovo all'anno. Ogni capo veniva indossato fino alla consunzione, gli abiti venivano modificati più volte per non doverne cucire di nuovi per tutto l'anno. E adesso aveva ricevuto così tante cose nuove da non riuscire neanche a contarle. Ricarda pensò a quanto sarebbe stata felice Rosel di avere anche solo uno di quei vestiti.

Gli acquisti furono consegnati alla casa in Unter den Linden. La vita della contessina era piena di servizievoli fantasmi che sbrigavano per lei ogni incombenza. E Rica si era ritrovata all'improvviso a far parte di questa vita all'insegna del lusso. Le piaceva, certo, ma allo stesso tempo le dava una sensazione che non riusciva a definire bene, che le faceva pensare a Tonja.

Adesso stavano attraversando il Dönhoffplatz, perché la contessina le aveva fatto una promessa: le avrebbe mostrato un mercato vero.

«Le venditrici, Ricarda, guarda! Eccole qui!» esclamò la contessina.

Una serie di donne grasse e avvolte in innumerevoli strati di stoffa se ne stavano accovacciate a terra, accanto a cavoli e cesti pieni di mele e patate, mentre uomini decantavano a gran voce la freschezza del loro pesce, i macellai offrivano code di maiali e zampe di bue dentro vasche di latta piene di sangue scuro posate a terra, dove sputavano centinaia di passanti. Un ragazzo grassottello vendeva nastri da una cassetta legata al collo. Ovunque c'erano mani che afferravano e lasciavano andare. C'era un odore sgradevole. Era tutto frenetico. Rozzo. La spintonavano a ogni passo, ma le si rivolgevano tutti con «signorina»: evidentemente adesso aveva l'aspetto di una persona altolocata.

«Non fate quel viso triste, signorina, e prendete una mela! E voi, cara signora, volete due chili di mele della Elsa?»

«E due dozzine di uova, se sono fresche» rispose Henriette.

«Stamani ci stava seduta sopra la gallina. Fanno un marco e quaranta centesimi.»

In quella saltò su un bambino che se ne stava accovacciato accanto alla venditrice. Ricarda stimò che avesse quattro anni. La contessina gli disse dove consegnare i prodotti e il bimbo corse via con sulla schiena un cesto di vimini grande quasi quanto lui.

La contessina la condusse poco più avanti, fino a raggiungere il ponte con la chiusa che attraversava la Sprea. Alla loro destra si trovava un lungo edificio, dai cui portici si diffondeva un profumo di caffè che Ricarda aveva imparato a conoscere al castello di Freystetten. Anche se il caffè era solo per i signori.

Un usciere in livrea aprì loro la porta del Café Josty e le condusse a un tavolo. Un pianista suonava discrete melodie e le persone facevano conversazione a bassa voce. E tutto questo a soli due passi dal caos del mercato. *Berlino è una città strana*, pensò Ricarda, *piena di impressioni discordanti*.

«Concediamoci qualcosa di buono!» disse la contessina quando arrivò il cameriere per prendere l'ordinazione. «Che ne dici di torta di mele con panna? Insieme a una tazza di cioccolata calda!»

Ricarda annuì in silenzio, intimorita da quell'atmosfera strana. Al tavolo accanto stavano servendo del caffè a una signora. Era seduta accanto a gente che beveva il caffè! Lei, la figlia del giardiniere.

«Anch'io prenderò lo stesso!»

«Molto volentieri, contessina.»

Ricarda ne dedusse che la conoscevano, in quel posto. «Siete così gentile con me, contessina. Non me lo merito.»

«Tutti meritano qualcuno che sia gentile con loro. E poi te lo leggo in faccia che hai nostalgia di casa. Ti capisco molto bene.

Qui è tutto molto diverso. Ma non perderti d'animo, Ricarda. Le nostre radici sono a Freystetten, ma abbiamo braccia che tendono verso l'alto come i rami di un vecchio albero. E raggiungono altre persone, te ne accorgerai. Già da domani inizierà un capitolo tutto nuovo per te. E credimi: ti piacerà. Farai una delle esperienze più importanti della tua vita.»

«Due porzioni di torta di mele con panna e due cioccolate calde per la contessina e la gentile signorina» disse il cameriere.

«Di che esperienza parlate?»

«Noi due adesso beviamo cioccolata perché piace a entrambe. E la stessa cosa succederà domani a scuola. Scoprirai che ci sono altre ragazze come te: assetate di conoscenza.»

Ricarda si portò con cautela la tazza alla bocca, tenendola con due mani, e ne assaggiò il contenuto. Non aveva mai bevuto una cioccolata calda, ma questo non lo confessò alla contessina. Ne assaporò il gusto dolce e amaro al contempo. Era un sapore nuovo. Poi ne bevve un altro sorso e pensò che era la cosa più buona che avesse mai assaggiato in vita sua.

Quando la contessina voleva una carrozza, la cameriera Auguste correva all'angolo con la Friedrichstrasse, dove c'erano sempre dei vetturini in attesa di clienti. Normalmente Auguste aveva l'ordine di richiedere una carrozza di seconda classe, cioè tirata da un solo cavallo. Quando invece la contessina aveva fretta, ne prendeva una di prima.

Quella mattina, il suo primo giorno di scuola, Ricarda sentì la contessina dire: «Auguste, penso che la prenderemo di prima».

Poco dopo, una carrozza trainata da due cavalli aspettava davanti a casa.

«Dove vi porto, contessina?» domandò il vetturino tenendo aperta la portiera.

«Landgrafenstrasse, vicino al giardino zoologico. Alle Scuole Crain.»

«Con piacere!»

Ricarda non si era ancora abituata ai molti strati del suo vestito da scuola. Le sembrava impossibile riuscire a salire sulla carrozza senza rovinarlo.

«Posso fare una domanda?» chiese, non appena si fu sistemata sul veicolo.

«Solo se mi prometti di non chiedermi più se puoi fare una domanda, quando siamo sole.» Henriette sorrise.

«Come fate a salire con questi abiti alla moda?»

La contessina sospirò. «Prima era ancora peggio! C'era un anello rigido che circondava la vita. Ti ci potevi a malapena muovere. E lunghi strascichi che raccoglievano tutto lo sporco dalla strada! Quando quella moda passò mi sono sentita sollevata, ma questa nuova tendenza di strizzarsi in minuscoli corpetti non mi pare affatto meglio!» La contessina guardò fuori dal finestrino. «Guarda un po' gli uomini, come camminano disinvolti. Le donne, invece, sembrano bambole anziché persone! Quindi goditi gli anni della gioventù, mia cara.» Poi le sfuggì un altro sospiro. «Comunque hai ragione, dobbiamo esercitarci a salire in carrozza.»

«Non sapevo che i vestiti fossero così importanti, per le persone» disse Ricarda. «Ieri quella donna al mercato mi ha chiamato "signorina". Pensavo che scherzasse. Ma subito dopo anche il cameriere: "gentile signorina". Tutto nell'unica ora in cui ho passeggiato con indosso i vestiti nuovi. Prima non era mai successo!»

«Se manterrai sempre gli occhi così aperti, imparerai molto anche solo da ciò che ti succede.»

«Allora devo chiedervi una cosa che sicuramente...»

La contessina sollevò una mano per interromperla. «Siamo tra di noi. Come ti ho detto, non devi giustificarti per le tue domande.»

Ricarda si trattenne comunque un istante, prima di parlare. «Vostro fratello è conte. Perché voi, anche se siete adulta, non siete contessa? È una cosa che mi sono sempre chiesta.»

Per un attimo la contessa la guardò sorpresa, poi scoppiò a ridere. «È l'etichetta, si chiama così. Le consuetudini sociali non prevedono che una contessa non abbia un conte. Perciò si usa il diminutivo per designare i casi come il mio.» Sorrise. «È la stessa differenza che c'è tra signorina e signora. Solo le donne sposate possono farsi chiamare "signora", tutte le altre vengono considerate qualcosa di più piccolo, "signorine" appunto.»

«Sembra complicato.»

«Ma no… l'estrazione di un dente è di gran lunga più interessante! A proposito, nel tardo pomeriggio ho una paziente. Se vuoi, puoi assistere.»

Nel frattempo avevano percorso un bel tratto di strada. Assorta com'era nella conversazione, Ricarda non aveva fatto caso al tragitto. Notò che da un lato della strada ora c'era un bosco e dall'altro delle case isolate, come dei piccoli castelli.

Henriette interpretò lo sguardo di Ricarda. «Questo parco si chiama Giardino Zoologico. Dall'altro lato della strada ci sono le ville di alcuni cittadini molto prestigiosi. Sono sicura che in poco tempo avrai grande familiarità con questa zona, perché siamo vicinissime alla tua scuola.»

«Non sono mai stata in una scuola. È un po' come andare a lezione dal precettore?»

«Una cosa simile. Ma sei abbastanza intelligente da capire come dovrai comportarti» rispose la contessina.

Poco dopo la carrozza si fermò di fronte a un edificio con

un'ampia scalinata e un portale a colonne. Ragazze ben vestite entravano con i loro eleganti genitori. Avevano tutti l'aria di essere principi, conti o comunque nobili. Ricarda provò la spiacevole sensazione di essere fuori luogo. Il vetturino aprì la portiera e le tese la mano, ma Ricarda nell'agitazione la mancò. Per fortuna l'uomo la riprese all'ultimo secondo.

Ci è mancato poco, pensò lei arrossendo.

Il primo piede trovò subito lo scalino giusto, ma il secondo rimase impigliato in uno dei tanti strati di stoffa del suo vestito. Prima che potesse rendersene conto, Ricarda si ritrovò distesa per terra di fronte alla carrozza. Era caduta sul morbido, giacché il terreno in quel punto era fangoso. Trattene a stento le lacrime di rabbia per la sua goffaggine e si fece aiutare dal vetturino a rialzarsi, ma non fu facile per via dell'abbondanza di stoffa del suo vestito. Alla fine sentì la mano forte della contessina prenderla da sotto l'ascella e tirarla su.

«Dobbiamo decisamente esercitarci nella discesa» disse pungente.

Ricarda si guardò. Il suo vestito nuovo era completamente ricoperto di fango.

Si comincia bene, pensò.

Nella piccola stanza dalle alte finestre erano allineati dieci banchi. Vi stavano sedute quindici ragazze e tutte guardavano Ricarda. Si erano sistemate in modo da lasciare liberi due banchi. A uno sedeva una ragazzina da sola, i cui tratti fisici si distinguevano nettamente da quelli delle altre. Inoltre era l'unica a non sghignazzare. Tutte, infatti, trovavano l'apparizione di Ricarda talmente spassosa, da non riuscire a smettere di ridere.

Non era stato semplice togliere il fango dall'abito con così poco tempo a disposizione. Anzi, era stato impossibile e Ricarda non aveva fatto altro che allargare ancor più le macchie, passandoci sopra con la mano. Lo spiacevole incidente aveva avuto come ulteriore conseguenza il fatto che Ricarda fu l'ultima a entrare in classe.

Ma Lucie Crain, la simpatica e paffuta fondatrice della scuola che Ricarda aveva conosciuto al Circolo Bianco, non presentò lei, bensì la contessina che la accompagnava: «Salutate una delle benefattrici della nostra scuola, la contessina Freystetten. Suo nonno è stato Cancelliere di Stato di Sua Maestà il Re Federico Guglielmo III, e lei è la prima dottoressa di Berlino. Una donna laureata in medicina a tutti gli effetti, che ha studiato all'università di New York, nella lontana America, e a Zurigo, in Svizzera. Un esempio per tutte le giovani ragazze che ambiscono a un'istruzione.»

Ricarda sentì gli «oh» e gli «ah» pieni di stupore delle sue future compagne di scuola. Fissavano a bocca aperta la contessina, i cui abiti rosso bordeaux sembravano brillare di luce propria. Henriette ringraziò e lasciò la stanza. Dopo la sua magnifica apparizione, Ricarda si sentiva ancora più a disagio nel suo vestito sporco.

«Come possiamo vedere, c'è stato un incidente. Ma non è un buon motivo per sghignazzare, è una cosa che può succedere a chiunque.»

Lucie Crain aveva detto quelle parole con le migliori intenzioni, ma una ragazza in prima fila colse l'occasione per rispondere: «A chiunque venga in città dalla campagna».

Ricarda non sapeva bene cosa pensare di quella ragazza bionda scuro. Le sue maniere le ricordavano Florentine, anche se era un po' più rotonda di lei. Perché quella ragazza sconosciuta mostrava tanta cattiveria nei suoi confronti? Solo perché era un po' goffa?

Lucie Crain fece finta di non aver sentito. «Signorina Petersen, il vostro posto è accanto alla signorina Kallstadt.»

La strana ragazza al banco da sola l'aveva osservata per tutto il tempo. Ricarda le si avvicinò e accennò un inchino. La ragazza sorrise timida. Ricarda non sapeva bene come comportarsi, per cui si limitò a dire il suo nome.

«Io sono Kumari» rispose lei.

La sua pelle era più scura di quella delle altre. Ricarda diventava di quel colore dopo un'estate passata all'aria aperta, a Freystetten.

«Kumari è un bel nome» disse.

«Mia madre viene da Ceylon. Mi ha messo lei questo nome.»

«Mia madre viene dalla Spagna. Mi ha messo lei il nome.»

Le due ragazze si guardarono in silenzio per un istante, perplesse. Poi si misero entrambe a ridere.

«Dov'è Ceylon?» domandò Ricarda.

«Dov'è la Spagna?» le fece eco Kumari.

Quella ragazza aveva un'aria così gentile, che per un attimo Ricarda dimenticò gli sguardi affilati come coltelli di tutte le altre.

All'altro capo della stanza, la signorina Crain batté con un martellino sulla cattedra. «Signorine, salutate la vostra insegnante di tedesco, la signorina Lange.»

La signorina Lange aveva lo stesso aspetto di quando Ricarda l'aveva vista nella sala della contessina, seria ma con uno sguardo benevolo che adesso rivolgeva alla modesta classe. Le ragazze dovettero alzarsi una per una, fare un piccolo inchino e dire il proprio nome. Ricarda non riusciva a ricordarli tutti e si chiedeva come avrebbe fatto la signorina Lange.

«Per conoscerci un po' meglio, adesso vi farò delle domande e voglio che alziate la mano per rispondere. Innanzitutto: qualcuno di voi sa chi è Wolfgang von Goethe?» domandò Helene Lange.

Tutte alzarono la mano. Fuorché Kumari.

«Signorina Petersen, diteci il titolo di una delle opere del signor Goethe.»

Ricarda ebbe un vuoto improvviso; non le veniva in mente nessuna risposta a quella domanda. Dagli altri banchi si sentirono delle risatine. La graziosa biondina sussurrò, un po' troppo forte: «Di sicuro si intende meglio di pastoni per i maiali».

La signorina Lange sorvolò sulla scena muta di Ricarda: «Chi di voi ha letto o visto a teatro *Ifigenia in Tauride*?»

Si alzarono diverse mani intorno a Ricarda, che scambiò un'occhiata fugace con Kumari e poi abbassò lo sguardo. Avrebbe tanto voluto sparire sotto il banco.

«Che consesso di giovani istruite!» commentò l'insegnante. «Frughiamo un po' nella memoria: da quale paese proviene Ifigenia?»

Alzarono la mano in due e la signorina Lange fece un cenno alla ragazzina saccente con il vestito scuro: «Prego, signorina Singer».

«Ifigenia è greca.»

«Giusto, signorina Singer.»

La signorina Lange aprì un libro e si mise a leggere: «*Con quanta vergogna confesso che a te, con riluttanza tacita, servo, dea, a te che mi hai salvata*». Poi posò il libro. «Mie care ragazze, questa è la situazione di partenza dell'opera: Ifigenia è stata salvata dalla morte. Lei è riconoscente per questo e lavora in Tauride come sacerdotessa per la sua salvatrice, la dea Artemide. Ma non lo fa volentieri. Perché è malata di nostalgia per la sua patria. In altre parole: leggere di Ifigenia, talvolta sarà come guardarvi allo specchio.»

Ricarda e Kumari si scambiarono uno sguardo interrogativo.

«Forse da qui a domani qualcuna di voi saprà dirmi perché Ifigenia è una figura teatrale così importante per noi donne. Questo è il compito che vi do.»

Alla fine della lezione, Ricarda seguì le altre ragazze verso l'uscita. Sentì una mano che la prendeva a braccetto.

«Come pensi di fare, per il compito a casa?» le domandò Kumari.

Era più bassa di Ricarda di una spanna.

«La contessina ha un sacco di libri» rispose. *Spero che abbia anche questo*, pensò.

Kumari la guardò disorientata. «Mio padre invece non ne ha nessuno.»

Scesero i pochi gradini che le dividevano dalla strada su cui, una dopo l'altra, sfilavano le carrozze venute a riprendere le studentesse.

In quel momento passò loro accanto la signorina Lange, che si fermò a chiedere: «Allora, com'è andato il primo giorno di scuola?».

«Bene» mentì Ricarda. Poi esitò un istante, incerta se fare o meno la domanda che le bruciava dentro. Ma la contessina non l'aveva forse incoraggiata a chiedere sempre senza timore? «Signorina Lange, dove possiamo procurarci la I… in…»

«*Ifigenia in Tauride*. Purtroppo ne ho solo una copia, ma te la presto volentieri, Ricarda. Forse tu e Kumari potete studiare insieme?»

L'energico cenno affermativo di Kumari non lasciava margine a dubbi. «Io vivo a pochi passi da qui, nella Kurfürstenstrasse. Ti va di venire, Ricarda? Sarebbe bello!»

«Ma mi aspettano a casa.» Anche se in realtà intendeva dire: *Ho i vestiti troppo sporchi per andare da qualsiasi altra parte.*

«Non è un problema, Ricarda. Tra poco vedo la contessina Freystetten a casa di un'amica comune. La avviserò io. Non preoccuparti, conosco la famiglia Kallstadt. Ti troverai bene con loro.» Poi rivolse a Kumari un sorriso e un cenno di intesa. «Salutami Friedrich!»

Non appena l'insegnante si fu allontanata, Ricarda domandò: «Hai un fratello?».

Un ampio sorriso illuminò il volto di Kumari.

Era una sensazione nuova, quella di passeggiare per le strade della sconosciuta Berlino con la piccola ed esile Kumari sotto braccio. Una sensazione nuova ma bella! Era come se, con quella breve passeggiata attraverso un quartiere inesplorato, cominciasse una nuova libertà. La Kurfürstenstrasse era diversa dal maestoso viale Unter den Linden. Piccole case rurali si alternavano ad altre più nuove ed eleganti, e dai canali delle acque reflue saliva un fetore spaventoso. Di certo lì nessuno faceva caso a un vestito sporco.

Per raggiungere la casa di Kumari, dovettero attraversare un ponticello di assi sotto il quale scorreva lenta l'acqua putrida. Ma Ricarda se ne accorse a malapena, poiché era presa dalla conversazione con Kumari.

«Hai viaggiato per mesi su una nave?» le domandò. «Ci si può anche dormire, sulla nave?»

«Sì, certo! Capita di non vedere la terraferma per settimane e settimane.»

«Terribile! Solo acqua?»

«È bello invece, perché dondola.» Sorrise. «Ma quando dondola troppo… si vomita tutto quello che si è mangiato.» Sorrise di nuovo.

A Ricarda piaceva il suo sorriso, sulle guance le si formavano due fossette a forma di mezzaluna che rendevano il suo volto ancora più morbido.

«Mio padre» proseguì Kumari «dice che il viaggio per Ceylon durava più del doppio otto anni fa, perché le navi dovevano circumnavigare l'Africa. Adesso c'è il Canale di Suez, che attraversa il deserto arabo. Tutto intorno c'è solo sabbia e ci si passa in mezzo con la nave.»

Ricarda non riusciva a immaginare una nave che attraversava il deserto. In compenso, Kumari non aveva mai sentito parlare del signor von Goethe.

Al primo piano della casa, una donna minuta e dalla pelle scura aprì la porta e abbracciò teneramente Kumari, parlandole concitatamente in una lingua straniera. Quando vide Ricarda, giunse le mani sotto il mento in segno di saluto e chinò la testa con un sorriso.

«Benvenuta nella nostra casa» disse scandendo lentamente le parole.

La madre di Kumari era poco più alta della figlia, la sua pelle era più scura e i vestiti che indossava erano di una stoffa colorata e luccicante.

«Friedrich! Friedrich!» urlò una strana voce gracchiante da dentro l'appartamento buio.

«Zitto!» sbottò Kumari e subito nell'appartamento riecheggiò un'eco gracchiante: «Zitto!».

Kumari prese Ricarda per mano e la trascinò in casa con un'impazienza così candida da farle scordare di essere un'estranea. Il salotto era immenso, dai soffitti altissimi, ma molto buio e pieno di palme simili a quelle che suo padre teneva nella limonaia di Freystetten.

«Adesso puoi fare conoscenza con Friedrich. Friedrich, di' "Buongiorno"».

«Buongiorno.»

Per un attimo Ricarda rimase esterrefatta, prima di scoppiare in una sonora risata.

In una gabbia dorata a forma di cupola era appollaiato un uccello rosso brillante con un imponente becco ricurvo. Teneva la testa leggermente inclinata e scrutava Ricarda con i suoi occhi verde chiaro.

«Friedrich» gracchiò l'uccello.

«Ricarda» rispose lei divertita.

«Carda» ribatté l'animale.

«È un uccello parlante? Com'è possibile?»

«Mio padre viaggia in tutto il mondo. Commercia con gli animali, li vende ai giardini zoologici» spiegò Kumari. «Friedrich è un pappagallo che ha portato dal Brasile.» Sorrise. «Nel lunghissimo viaggio in nave, mio padre si è accorto che Friedrich sapeva parlare.»

«Dov'è il Brasile?»

«In Sudamerica. Io non ci sono mai stata. Ho vissuto a Ceylon, nel Siam e in Australia. Ma quando ero *baby*.»

La contessina l'aveva incoraggiata a fare tutte le domande che voleva. Ma questo era troppo: non aveva mai sentito né di quei Paesi, né tantomeno la parola *baby*. Strinse forte il libriccino della signorina Lange.

«Vogliamo leggere…» lanciò un'occhiata furtiva al titolo dell'opera: «*Ifigenia in Tauride*?».

«Ti va di mangiare qualcosa, prima? La mia mamma ha cucinato» propose Kumari. «Ti piace il cavolfiore al curry?»

«Curry! Curry!» esclamò il pappagallo.

«Sì» rispose Ricarda per educazione, anche se in realtà non aveva idea di cosa fosse.

Lei e Kumari studiarono insieme per ore, perché la sua nuova amica non conosceva tante parole. Ricarda le aveva spiegato tutto pazientemente. Adesso stava salendo di corsa le scale della casa in Unter den Linden, dove la signora Merger le aprì la porta.

«Sono in ritardo?»

La signora Merger le lanciò un'occhiata severa. «Cambiatevi, lavate via tutti i batteri dalle mani e poi andate all'ambulatorio.»

L'appartamento era diviso in due parti. Quella più piccola era riservata a ricevere i pazienti e consisteva di una sala d'attesa con quattro sedie, dalla quale si accedeva al vero e proprio ambulatorio attraverso una porta scorrevole. Ricarda bussò esitante.

«Entra pure, sto preparando gli strumenti per l'estrazione di un dente.»

La dottoressa aveva disposto i suoi arnesi luccicanti su un telo pulito, sopra a un tavolino. Lì vicino c'era una poltrona dall'aria comoda. Henriette mostrò alla sua allieva, sbigottita, che era regolabile, in modo che il paziente potesse stare in una posizione semisdraiata.

«È un modello nuovo, me lo sono fatto spedire da Londra.»

«Questa Londra è lontana?» domandò Ricarda.

«Perché me lo chiedi?» si sorprese Henriette, che si immaginava di ricevere piuttosto qualche domanda sull'operazione che stava per svolgere.

«Sono stata a casa di una nuova compagna di classe, Kumari. Lei parla inglese con sua madre. Suo padre vende leoni agli zoo e si trova a Londra proprio adesso.»

Quando si erano incontrate, Helene Lange le aveva raccontato che Ricarda aveva già stretto amicizia con una compagna. Le Scuole Crain rappresentavano per quella ragazza di campagna un'ulteriore e inaspettata fortuna: grazie alle altre allieve, Ricarda avrebbe potuto ampliare i propri orizzonti.

«È la capitale dell'Inghilterra. Ci vuole qualche giorno per raggiungerla. Florentine vive lì vicino, potresti parlarne con lei la prossima volta che vi vedete a Freystetten.» Henriette accese due lampade a gas che inondarono la stanza di una luce accecante, rovinando l'atmosfera accogliente.

Vicino alla scrivania scura luccicava uno scheletro bianco che spaventò Ricarda. «Sembra un fantasma!»

Henriette rise. «È l'aspetto che abbiamo tutti, una volta tolti la pelle, i tendini, i muscoli, il sangue, le viscere e tutti gli altri organi interni. Con uno scheletro si può studiare l'anatomia umana. Ecco, guarda per esempio l'avambraccio: lo sapevi che ci sono due ossa dentro? L'ulna e il radio.»

Ricarda si tastò il braccio. «Ma non si sentono!»

«E adesso la bocca. Guarda i suoi denti e senti i tuoi. Vedi? Siete parenti! E comunque Anton mi fa compagnia fin dall'inizio dei miei studi. È molto paziente. Se vuoi sapere qualcosa sulle tue ossa, chiedi ad Anton.»

Lo scheletro la superava in altezza di mezza spanna, per cui Ricarda poteva vedere dentro la testa.

«Lo scheletro di Anton è fatto solo di ossa?»

«Sì.»

«Quindi i suoi denti sono ossa?»

Le capacità deduttive della ragazza erano notevoli! «Esattamente. I denti fanno parte delle ossa. Per questo estrarli è così doloroso. Ritieniti fortunata a non averlo ancora dovuto fare! Se abbiamo un buco in un dente, significa...»

Aspettò che Ricarda concludesse la frase.

«Significa che abbiamo un osso bucato!»

«Ecco perché è pericoloso per la salute. Ma questo non lo sa quasi nessuno.»

Suonarono la campanella alla porta di casa.

«Te ne accorgerai con la paziente che viene adesso.»

La contessina tirò fuori da un armadio di quercia scura un telaio da ricamo, un telo bianco e dell'ovatta, e dispose tutto sul tavolino degli strumenti vicino alla poltrona.

«Ci serve per la narcosi. Sai cos'è?»

Ricarda scosse la testa.

«La paziente viene addormentata con l'etere che c'è in questa boccetta, in modo che non senta dolore. È un nuovo metodo americano, ma va usato con grande cautela. Se somministri troppo etere, i pazienti possono morire. Cosa che purtroppo è già successa. Quindi massima attenzione con questa boccetta: posso maneggiarla solo io.»

Henriette si rese conto di cosa aveva detto solo dopo aver concluso la frase. La ragazza in realtà avrebbe dovuto solo assistere. Ma le sembrava così rapida nell'apprendere, che azzardò: «Però un aiuto potrebbe essermi utile. Reggerai il telaio e lo dovrai tirare quando te lo dico io.» Poi sistemò qualche altro strumento sul tavolino vicino alla poltrona. «Ti va di aiutarmi, non è vero?»

«Sì, certo!» Ricarda sentiva ronzare la testa dall'eccitazione. In più, il suo stomaco combatteva furiosamente contro il curry piccante mangiato da Kumari.

A quel punto bussarono alla porta scorrevole e la signora Merger disse: «Contessina, è arrivata la signora».

La paziente era una donna imponente, con un ampio vestito nero e un grosso cappello che le metteva in ombra il viso. Si teneva un fazzoletto premuto contro la guancia e gemeva sommessamente. Con lei c'era una ragazzina che teneva gli occhi bassi e un giovane robusto.

«Benvenuta, Vostra Altezza. La cameriera e la guardia del corpo possono prendere posto e aspettare qui. Malwine, portate qualcosa da bere, per favore.»

Henriette condusse la donna, che era avvolta in una nuvola di profumo inebriante, alla poltrona. Ricarda fece un inchino.

«Accomodatevi, mia cara!»

Henriette fece cenno a Ricarda di seguirla. Dietro un paravento di seta bianca c'era un lavandino dove Henriette si lavò le mani. Ricarda la aspettava con un asciugamano pulito in mano e Henriette le sorrise.

«Impari in fretta. Adesso tocca a te.»

Mentre Ricarda si lavava le mani, Henriette disse: «Appoggia il telaio sul viso della paziente tenendolo con le braccia tese finché non ti dico di toglierlo. Non inalare l'etere».

Henriette tornò dalla paziente e spiegò il procedimento anche a lei. Poi le osservò il cavo orale con uno specchietto e le chiese di mordere un pezzo di sughero. Quando Henriette glielo ordinò, Ricarda fece ciò che le era stato chiesto. La bocca della paziente emanava un fetore nauseabondo e l'etere era così pungente che a Ricarda si rovesciò lo stomaco. Si voltò di lato nel vano tentativo di sfuggire a quegli odori ripugnanti.

Ben presto la paziente chiuse gli occhi e sembrò essersi addormentata. Henriette le sentì il polso e poi sostituì il pezzo di sughero con un divaricatore per tenerle aperta la bocca. La luce forte della lampada a gas mostrò chiaramente le deplorevoli condizioni dei denti della paziente.

«Questa donna fa parte della più alta società, Ricarda. Eppure neanche lei ha cura dei suoi denti. Ma ce ne occupiamo subito. Ah, eccolo qui.»

Trionfante, sollevò con la pinza il dente nero completo di radice per mostrarlo a Ricarda. La ragazza fissò il dente marcio intriso di sangue, e sentì che quello spettacolo era davvero troppo per il suo stomaco. Fece appena in tempo a voltarsi di lato, ma non a raggiungere il lavabo dietro al paravento. Il curry giallo e semi-digerito si era già riversato sul parquet di quercia.

«Però, è molto giallo» commentò fredda la contessina.

Ricarda scoppiò in lacrime: «Perdonatemi, contessina. Mi dispiace tanto!»

«Lo spero bene, Ricarda. Menomale che la paziente è narcotizzata. E adesso ricomponiti. Solo le donne deboli piangono. Andiamo avanti. Concentrati, adesso.»

Appoggiò il dente nero in un recipiente sul tavolino.

«Prendi quella bacinella – esatto, quella – e tienila vicina al viso della paziente. Bene, così.»

Ricarda vedeva a malapena cosa faceva, perché le lacrime, la vergogna e la rabbia per quello che le era successo non volevano saperne di placarsi. E neanche la voglia di vomitare era passata.

La contessina sembrava non accorgersi nemmeno di quell'odore nauseante. «Adesso sciacquiamo via con cautela il sangue» disse. «Raccoglilo con cura nella bacinella. Adesso tamponiamo la ferita con pezzi di stoffa pressati e sterilizzati, che dopo butteremo via. Alla fine, sterilizzeremo tutti gli strumenti facendoli bollire, perché la cosa più importante è tenere i batteri lontani dalle ferite aperte.»

Ancora alle prese con i conati di vomito e le lacrime, Ricarda osservò la contessina che lavorava concentrata e contemporaneamente le spiegava tutto nei dettagli. Estrasse con delicatezza la molla che aveva tenuto aperta la bocca e la passò a Ricarda.

«Metti anche questa nella bacinella con gli strumenti da sterilizzare. E poi sbrigati a ripulire il pavimento.»

La dottoressa sentì il polso alla sua paziente, mentre Ricarda si affrettava a riempire d'acqua un secchio.

«Chiedi aiuto ad Auguste, io devo svegliare la paziente.»

Ricarda corse fuori e per poco non si scontrò con la signora Merger, nel corridoio. «Dov'è Auguste? Ho bisogno del suo aiuto subito!»

La signora Merger arricciò il naso, contrariata. «Guste è uscita per delle commissioni. Quindi tocca a me ripulire quella porcheria.» Poi scostò Ricarda e aggiunse: «Andate a darvi una sistemata, almeno questo riuscirete a farlo, spero».

Quando Ricarda rientrò nella stanza, la signora Merger aveva appena finito di pulire il pavimento e la contessina stava dando dei colpetti sulle mani della paziente.

«Vostra Altezza, avete superato l'intervento!»

«Sono morta?»

«Ma cara, non vorrete mica rovinarmi la reputazione!» disse la contessina, con un sorriso. «Adesso vi do qualche goccia di antidolorifico a base di morfina.» Mentre faceva scendere la tintura in un bicchiere d'acqua, disse: «Dobbiamo parlare con urgenza della situazione dei vostri denti, in modo da migliorare la qualità della vostra vita».

Aiutò la paziente a tirarsi su sulla poltrona. La donna pareva iniziare pian piano a rendersi conto di dove si trovava.

«Oh, contessina, mi sento così strana. Non riesco nemmeno ad alzarmi.»

Poi vide Ricarda: «Lei chi è?».

«Non preoccupatevi. Ricarda mi ha assistito nell'intervento. Non farà parola con nessuno della vostra visita.»

Anche volendo, Ricarda non aveva la minima idea di chi fosse quella donna.

La contessina consegnò un pacchetto alla paziente. «Qui dentro c'è un bastoncino con delle setole di cavallo. Da ora in poi dovrete usarlo per pulirvi i denti. In quella boccetta c'è un farmaco che dovrete passarvi sui denti: entrambe le operazioni vanno ripetute al mattino e alla sera. E se vi fa piacere, consigliatelo anche ad altre persone, ai vostri familiari e ai vostri cari, nel loro stesso interesse.»

La donna si alzò lentamente dalla poltrona e disse: «Siete un angelo! Estrazione indolore!».

«Oggi vi consiglio di bere solo acqua e domani ci rivediamo per un controllo. Mi piacerebbe parlare di cos'altro possiamo fare per i vostri denti.»

La contessina fece cenno a Ricarda di aprire la porta scorrevole. Nella sala d'attesa l'uomo robusto e la domestica saltarono in piedi e corsero a sostenere la loro padrona.

La donna guardò di nuovo Ricarda, che lesse in quello sguardo un sentimento inaspettato: profonda gratitudine.

Non appena fu rimasta sola con la contessina, disse: «Mi dispiace di essermi comportata così male. Vi ammiro molto per non aver perso la calma.»

«Non devi ammirarmi. È più che sufficiente che tu impari qualcosa da me. Per esempio, io non mangio niente prima di un'estrazione come questa e credo che da ora in poi non lo farai neanche tu.»

Doveva considerarlo un rimprovero? Ricarda non lo sapeva. I modi della contessina la incoraggiavano e la confondevano allo stesso tempo. *Solo le donne deboli piangono*, le aveva detto, in un tono che le era penetrato fino in fondo all'anima. In effetti, la debolezza era l'ultima cosa di cui aveva bisogno, se voleva tenere testa alla contessina.

«Contessina, avete fatto di nuovo un bella porcheria!»

Malwine Merger fece scivolare le pinze insanguinate, il divaricatore per la bocca e gli altri strumenti in una pentola piena d'acqua che bolliva sulle piastre della cucina. In un'altra pentola stava facendo sterilizzare delle strisce di stoffa nuove.

«Lo sai, Malwine, devi farle bollire per un'ora» disse la contessina. Poi si rivolse a Ricarda: «Sei stanca? O vogliamo parlare dell'intervento?».

«Non sono affatto stanca!»

«Allora ti mostro il mio santuario. Vieni!»

Il *santuario* era una piccola stanza adiacente all'ambulatorio. Al centro c'era un tavolo con due microscopi come quello che Ricarda aveva visto nella stanza della contessina al castello. Di sedie, però, ce n'era una sola. Anziché prendervi posto, la contessina invitò Ricarda a sedersi.

«Oggi sei stata molto brava» disse in tono decisamente dolce. «In futuro terremo sempre un secchio a portata di mano.»

«Non succederà più, contessina!»

«Puoi sperarlo, ma non puoi essere certa che sia così.»

La contessina pronunciò quelle parole in fretta e Ricarda se le sentì piovere addosso come frecce acuminate. In realtà non aveva idea di cosa le fosse successo.

«Oltretutto la paziente era la moglie di uno degli uomini più ricchi della Germania» proseguì. «E io ho grandi progetti per lei. Vorrei farne l'ambasciatrice di una cura dei denti più attenta per le donne del nostro giovane Paese. E per riuscirci, Ricarda... Non ti immagini nemmeno quanto sia importante!»

«Per via della vostra signora madre.»

«Esattamente! Sai quanta gente muore solo perché ha trascurato la propria salute? Il marito della signora von Bleichröder è il consigliere del nostro cancelliere del Reich, von Bismarck. Immagina un po'» esclamò la contessina, visibilmente eccitata «l'influenza che una donna del suo rango potrebbe esercitare sulla salute di tutto il popolo tedesco!» Henriette capì dallo sguardo di Ricarda che non la stava seguendo. «Spero tu sappia chi è il cancelliere von Bismarck, giusto?»

Ricarda scosse la testa intimorita. Quante cose non sapeva! E quanto pretendevano da lei.

Henriette tentò di dissimulare quanto l'ignoranza della figlia del giardiniere la sconcertasse. Doveva assolutamente parlare con Luise del precettore. Cosa mai insegnava a quei ragazzi?

In un tono di artificiosa indulgenza, spiegò: «Sua Maestà fa sempre questa battuta: "Sono un imperatore agli ordini del signor von Bismarck"».

«Quindi la vostra paziente può avere un'influenza sulle autorità?»

«Adesso sì che hai capito, Ricarda. Le donne possono influire sulla politica solo indirettamente. Ma un alito che non è più pestilenziale aiuterà senz'altro a fare un passo avanti in questa direzione.»

Quando, alla fine di quella giornata così densa di avvenimenti, Ricarda si buttò sul letto, si sentiva confusa. La contessina era a tratti gentile e a tratti scostante. Era imprevedibile. Ma la cosa le procurava anche una certa eccitazione, perché era tutto nuovo per lei. E poi quella strana paziente! Aveva capito bene? Davvero un dente marcio poteva influire sulla storia di tutto il Paese? Le sembrava una cosa inconcepibile.

«In piedi» disse la signora Merger sgarbata.

Ricarda si stropicciò gli occhi e andò nel bagno illuminato da una lampada a gas che pendeva al centro del soffitto. Nel giro di una settimana si era abituata al lusso dell'acqua corrente, anche se aveva ancora ben impressi nella mente i tempi in cui doveva uscire in pieno inverno e pompare l'acqua gelida dal pozzo dietro casa. Quest'anno lo avrebbe fatto Rosel al posto suo? Il pensiero della sorellina le procurò una fitta al cuore. Era meglio non pensare alla sua famiglia.

Prese lo spazzolino di crine di cavallo e ci mise sopra la polvere dentifricia. La sera prima la contessina le aveva spiegato di cosa era composta quella polvere: ossa e conchiglie tritate e ridotte in cenere, farina di pietra pomice e bicarbonato. Gli ingredienti non la allettavano, ma c'era un'aggiunta determinante che rendeva tutto l'insieme addirittura piacevole: la menta. Tuttavia, Ricarda era certa che avrebbe usato la polvere dentifricia anche senza il sapore di menta, perché la sensazione di poter adoperare qualcosa che non conosceva ancora quasi nessuno la elettrizzava.

Mentre la signora Merger le raccoglieva bruscamente i capelli in due folte trecce arruffate, gliele appuntava in cima alla testa e vi applicava dei nastri intonati alla fantasia del vestito, Ricarda le raccontò della polvere dentifricia.

«Mah, signorinella, cosa credete? Come dovremmo fare noi con quattro figli?» esclamò. «È già molto se hanno tutti da mangiare! Adesso dovrei preoccuparmi di spazzolargli i denti con il crine di cavallo?»

Indicò i guanti bianchi nuovi preparati per Ricarda. «La contessina si è raccomandata che le ricordassi di indossare i guanti, per uscire» disse la signora Merger.

Ricarda si osservò nel grande specchio che aveva nella stanza. Le piaceva la sua nuova immagine, e anche i cambiamenti che c'erano stati nella sua vita le parevano interessanti, alcuni persino belli. Ma era ancora ben lontana dal sentirsi a suo agio in quella casa, a scuola e addirittura in città. Se avesse potuto scegliere, sarebbe tornata immediatamente a Freystetten.

Per il secondo giorno di scuola, alla signora Merger era stato assegnato il compito di accompagnare Ricarda a piedi. Dopodiché avrebbe dovuto andarci da sola, anche se ancora non si immaginava come avrebbe fatto. Quella grande città le metteva paura. Ma non aveva altra scelta, per cui preferì rinunciare a fare conversazione con la brusca governante e tentò di memorizzare tutti gli angoli ai quali svoltarono, in modo da non perdersi quando sarebbe stata sola. Camminando era più facile rendersi conto di quali zone erano sicure e quali meno.

«Qui è meglio se allungate un po' il passo» le consigliò Malwine attraversando una delle zone malfamate.

Ricarda vide dei bambini che andavano in giro nel freddo di aprile con i piedi scalzi e le labbra blu, sentì la tosse secca di una esile madre con dei figli ridotti a pelle e ossa: uno lo portava sulla schiena, un altro se lo trascinava dietro per la mano e un terzo la teneva per l'orlo della gonna. Quando le passò accanto, Ricarda udì la donna brontolare il figlio minore e si accorse che non aveva quasi più denti in bocca.

«Sapevate che i denti sono ossa?» domandò a Malwine.

«Ecco perché ci si rosicchiano così bene gli altri ossi!»

«Se nell'osso c'è un buco si crea un veleno, dice la contessina. E questo veleno fa ammalare tutto il corpo» insistette Ricarda dando sfoggio del suo nuovo sapere.

«Ma quante cose sapete, voi sì che siete furba» commentò la signora Merger, lasciando Ricarda con l'impressione di aver detto una cosa molto sciocca.

Lo sguardo della signorina Lange passò in rassegna le ragazze. «Allora, siete riuscite a trovare la risposta alla mia domanda di ieri?»

«Artemide è la dea delle donne e Ifigenia viene protetta da Artemide. Senza Artemide, Ifigenia sarebbe morta» rispose Eleonore, la ragazza saccente che già il giorno prima aveva fatto indispettire Ricarda.

«Da chi deve essere protetta Ifigenia?» domando l'insegnante.

Solo Eleonore alzò la mano, ma la domanda toccò a Kumari: «Signorina Kallstadt, volete provare voi?».

Ricarda sapeva che la sua nuova amica era in grado di rispondere, perché il giorno prima avevano studiato e alla fine erano giunte a una conclusione incredibile. E invece Kumari scosse la testa in silenzio.

«Signorina Petersen? Voi?»

«Da suo padre. Voleva ucciderla. Anche se mi sembra una cosa impensabile» rispose Ricarda.

«E perché sembra una cosa impensabile? Chi conosce la risposta?» domandò ancora l'insegnante.

Di nuovo rimasero tutte in silenzio. Solo Ricarda alzò la mano. «Per via del vento, anche se questa cosa non la capisco.»

La classe rise.

«La nostra contadinotta e la sua negra!» disse a mezza voce Eleonore, all'orecchio della sua compagna di banco.

La signorina Lange andò al banco di Eleonore e la guardò dall'alto.

«La signorina Petersen ha ragione, signorina Singer. Sembra incredibile, ma questo padre ha davvero sacrificato la sua figlia maggiore. Perché Agamennone è un guerriero e per lui ogni mezzo è valido. In quel momento aveva bisogno di vento per spingere le vele delle sue navi. La dea responsabile del vento è Artemide, la dea della guerra e della caccia. Perciò Agamennone decide di ingraziarsela sacrificando la figlia maggiore. Ma Artemide fa un incantesimo: crea una nuvola che inghiotte Ifigenia facendola scomparire senza lasciare traccia. Artemide non vuole che Ifigenia muoia. Perché no?»

Silenzio. Nessuno sapeva la risposta. Ricarda si ricordò di quanto aveva trovato difficili le parole di quel poeta. Non le aveva capite fino in fondo, eppure le piaceva la figura di Ifigenia, che viveva lontana dalla sua patria e doveva sposare un re sconosciuto.

A un tratto capì cos'avevano in comune lei e Ifigenia.

«Sì, signorina Petersen?»

Non si era neanche accorta di aver alzato la mano.

«La contessina vuole che Ifigenia le sia devota. Vuole che diventi come lei.»

Per un attimo calò il silenzio, poi si udì Eleonore commentare: «Oh, la nostra campagnola ha grandi progetti!»

Fu solo in quel momento che Ricarda si accorse di essersi sbagliata e si sentì avvampare.

La signorina Lange attenuò le che si era creata con un'altra domanda: «E cosa ci insegna il comportamento di Artemide?»

Nessuna delle ragazze era in grado di rispondere.

La signorina Lange si piazzò di fronte alla saccente Eleonore e disse: «Perché vi tormento con questa storia? Per annoiarvi? No! Voglio farvi pensare alla coesione tra le donne. Gli uomini non vogliono donne forti. Se le donne si fanno la guerra anche tra di loro, cosa otteniamo? Signorina Singer, vogliamo sentire tutti la vostra risposta.»

La ragazzina petulante abbassò lo sguardo e non disse niente.

Era ormai maggio, quando Ricarda trovò sul tavolo della sua stanza una lettera.

Dalla grafia sulla busta capì che era di Eleonore Singer. I rapporti tra lei e la sua compagna di classe erano migliorati dai tempi di *Ifigenia*, perché nel frattempo Ricarda andava d'accordo con tutte le altre ragazze, cosa che aveva spinto Eleonore a rinunciare ai suoi commenti taglienti, ma in generale non si parlavano quasi mai. Perciò, ricevere una lettera da parte sua era molto strano. Ricarda aprì la busta e ne estrasse un invito.

Cara Ricarda! Tra poco sarà il mio quattordicesimo compleanno. Vorrei invitarti a trascorrere la giornata con me e la mia famiglia all'Isola dei Pavoni.

«È impazzita» disse Ricarda a mezza voce, prima di buttare l'invito nel cestino con gesto deciso. A volte il comportamento di Eleonore le ricordava ancora Florentine e il suo modo di mettersi sempre in mostra, una cosa alla quale Ricarda non riusciva ad abituarsi.

Quella sera, la contessina mise quella lettera davanti a Ricarda, sul tavolo apparecchiato per la cena. «Perché l'hai buttata via?»

Ricarda alzò le spalle perplessa: «Non potevo, forse?»

«È sconveniente rispondere a una domanda con un'altra domanda.»

«Scusate, contessina.» Cosa doveva rispondere? Che Eleonore Singer era una stupida oca con cui non voleva passare neanche un secondo oltre alla scuola? Neanche questo le pareva molto *conveniente*.

«Allora? Non posso avere una riposta adeguata?» la incalzò Henriette.

«Quella ragazza non mi piace, contessina.» Ricarda arrossì.

«Una risposta sincera. Puoi essere più precisa?»

La vita con la contessina era abbastanza piacevole, in generale. Ma c'erano anche giorni, come per esempio quello, in cui il suo voler avere sempre ragione la affaticava. In quei casi doveva soppesare ogni singola parola, prima di aprire bocca.

«Pensavo che la mia posizione fosse chiara, dato che avevo buttato via l'invito» disse Ricarda.

«Questa era una risposta precisa e completamente priva di emozione. È così che dev'essere, Ricarda. Malwine, adesso gradiremmo la minestra di asparagi e poi vorremmo rimanere sole.»

Era molto raro che Malwine venisse messa alla porta, quando lei e la contessina mangiavano. Per cui Ricarda intuì che l'aspettava qualcosa di spiacevole. E pensare che la minestra di asparagi aveva un profumo delizioso!

Per fortuna poté finire la sua porzione, prima che l'altra iniziasse a parlare: «Non vai a scuola solo per imparare dai libri. Anche le persone con le quali acquisisci queste conoscenze hanno un ruolo. Pensaci: questa non è una scuola qualunque. Le ragazze che la frequentano sono tutte di buona famiglia. I loro genitori vogliono che diventino qualcosa di speciale. Se ti sforzassi un po', avresti anche tu questa possibilità. Per questo è importante che ti faccia delle amicizie in questi ambienti».

Ricarda non capiva dove volesse portarla, con quel discorso.

«Sì, contessina. Ma Kumari è un'amica fantastica.»

«Ti serve più di un'amica. Secondo te perché frequenti proprio quella scuola? Perché io e Helene Lange siamo buone amiche da tanto tempo. Non lo sapevamo, quando ci siamo conosciute la prima volta, ma abbiamo imparato a conoscerci e ad apprezzarci, e adesso ci sosteniamo a vicenda. Quindi dai una possibilità anche alle persone con cui l'inizio non è stato promettente. Impara a conoscerle al di fuori della scuola. Poi sarai sempre in tempo a tirare le tue conclusioni.»

Henriette le restituì la lettera facendola scivolare sul tavolo. Poi suonò il campanello che aveva di fronte a sé per richiamare Malwine.

Ma a Ricarda la prospettiva di fare una gita con Eleonore Singer aveva fatto passare l'appetito.

Una settimana dopo, due carrozze piene di ragazze partirono alla volta dell'Isola dei Pavoni, dato che la festeggiata aveva invitato tutta la classe, anche se solo in otto avevano accettato l'invito. Non tutte erano pronte ad affrontare le sei ore di viaggio, con partenza alle nove del mattino e rientro previsto la stessa sera alle sei. Se la contessina non le avesse fatto quel discorso, non sarebbe andata neanche Ricarda. E invece se ne stava seduta con Kumari, Eleonore e un'altra ragazza di nome Margarete nella prima carrozza, seguita dalla seconda. I genitori e il fratello di Eleonore erano partiti prima, e il convoglio era chiuso da altre due carrozze con i domestici.

Dondolavano su sentieri polverosi da un'eternità. Berlino era ormai lontana e Kumari non si stancava mai di esprimere la sua gioia per la primavera. La sua spontaneità aveva sciolto la tensione che aleggiava tra loro all'inizio del viaggio.

«Guardate tutti quei boccioli sugli alberi. È un miracolo. Prima è tutto spoglio e poi, a un tratto, ci sono queste minuscole foglioline!»

Ricarda guardò l'amica di fianco a lei. Era raggiante!

«Certo che ti emozioni per poco» commentò Eleonore pungente.

«A Ceylon non esiste l'inverno» rispose Kumari, senza dare cenno di essersi offesa. «Comunque mi piace anche la neve.»

«Non lo capisco. La neve è fredda» disse Eleonore, rivolgendosi da quel momento solo a Margarete, una ragazza esile dai capelli biondo grano.

Finalmente un traghetto caricò le carrozze e a quel punto Ricarda capì perché Eleonore aveva voluto festeggiare il suo compleanno proprio lì. L'isola si trovava al centro del romantico mormorio del fiume Havel, ricoperta da querce secolari, e ovunque passeggiavano pavoni che facevano la ruota, come se fossero stati presi da un sogno e proiettati magicamente nella realtà. In un punto dell'isola dal quale si poteva godere della vista sull'intero fiume, c'era un minuscolo castello, o meglio i suoi resti. Sembrava uscito da un dipinto.

«È stato fatto così mezzo distrutto apposta» raccontò Eleonore rivolgendosi a Margarete. «Era il castello d'amore del re.» La ragazza sghignazzò. «Lì si incontrava con la sua amante. Una donna borghese!»

«Però, dovevano fare un bel pezzo di strada per incontrarsi» osservò Kumari, che non sembrava turbata dal fatto che Eleonore avesse smesso di considerare lei e Ricarda.

Le ragazze sghignazzarono imbarazzate e Eleonore proseguì: «Avevano un sacco di figli insieme, il re e il suo amore segreto».

«Allora dovevano amarsi moltissimo! Che bello!» sospirò commossa Margarete.

«Sei stata molto gentile ad invitarci, Eleonore» intervenne Ricarda non sapendo bene cos'altro dire.

«In realtà è stata un'idea di mia madre» precisò la festeggiata.

«Perché devi farti delle amiche?» domandò Ricarda ripensando alla conversazione con la contessina.

Eleonore annuì.

«Perché voi due non siete amiche, Margarete?» intervenne Kumari.

L'esile biondina scosse la testa. «Mio padre è solo farmacista.»

Una risposta che Ricarda fu in grado di capire solo quando Eleonore aggiunse: «Decide mia madre chi posso frequentare. Dice che nel nostro ambiente funziona così».

Ricarda provò quasi compassione per la sua compagna di scuola. Ciò che lei aveva considerato uno spiacevole episodio di prevaricazione da parte della contessina, per Eleonore a quanto pareva era pane quotidiano. Poteva essere amica di qualcuno solo se riteneva possibile un'ascesa sociale.

I domestici allestirono sedie e tavoli su un prato di fronte alla serra delle palme. Era un edificio particolare, fatto di stretti pali di legno che incorniciavano le vetrate alte fino al tetto, senza alcuna decorazione.

«Eleonore, adesso puoi mostrare alle tue compagne di classe la serra delle palme» disse la signora Singer. «Ma non fate imprudenze e non sporcatevi.»

Solo Eleonore, Margarete, Kumari e Ricarda approfittarono dell'occasione, mentre le altre ragazze continuarono nei loro tentativi di acchiappare i pavoni che si muovevano impettiti tutto intorno. L'aria umida faceva colare gocce d'acqua dalle foglie e al tempo stesso faceva così caldo che le ragazze si tolsero i cappotti.

A Ricarda sembrava di essere in paradiso. C'era una grande quantità di palme di ogni forma e grandezza, ma tutte erano sovrastate da un'unica palma talmente grande che la cima arrivava a sfiorare la cupola che formava il soffitto.

Procedendo sui sentieri di pietra finemente decorata, le ragazze scoprirono cespugli di caffè e una pianta con dei frutti ricurvi raccolti a grappolo. Kumari ne colse un paio, ne sbucciò uno e lo passò a Eleonore.

«Un regalo di compleanno. È una banana. Si può mangiare» disse.

Eleonore la respinse. «Grazie, ma non posso.»

«Perché no?» domandò Kumari stupefatta.

«Io mangio solo le cose che mi permette mia madre.»

«Le banane non sono velenose!» protestò Kumari. «Si possono mangiare.» Per darne dimostrazione, ne staccò un morso lei stessa.

«Non è per questo» disse Eleonore, abbassando lo sguardo. «Mia madre dice che sono troppo grassa.»

«Ma non è vero!» esclamò d'istinto Ricarda. «Tu non sei grassa!»

«Non è così semplice.» Eleonore scosse la testa con decisione. «Mia madre mi sta cercando un marito.»

«Già adesso?» replicò Ricarda. Lei non si era mai nemmeno posta la questione.

«La contessina non sta cercando nessuno per te?» le domandò sorpresa Margarete.

A Ricarda venne da ridere. «Sicuramente no! Vuole che io riceva una buona istruzione.»

«Tutte noi andiamo a quella scuola per questo motivo» disse Eleonore. «Così saremo un partito migliore.»

«Vuoi dire per sposarci?» Ricarda credette di non aver capito. «Che sciocchezza! Io me lo scelgo da sola, il marito. E mi dovrà prendere così come sono.» Poi aggiunse, sorridendo: «Anzi, come sarò. Perché al momento non voglio aver niente a che fare con la questione.»

Margarete la fissò come se avesse una malattia contagiosa. «Però lo sai che serve del tempo per trovare il marito giusto, che poi ci sono due anni di fidanzamento, l'organizzazione del matrimonio e tutto il resto.» Margarete sembrava sinceramente preoccupata. «Passano almeno tre o quattro anni. E devi sposarti al più tardi a diciotto anni, se non vuoi passare per una vecchia zitella. Non starebbe bene.»

«La contessina non si è mai sposata» disse Ricarda pensierosa. «Ha studiato e cava i denti a donne anche molto influenti.» Staccò un morso dalla banana che le aveva passato Kumari. «È buona.»

Eleonore staccò un pezzetto dalla sua e lo fece sciogliere in bocca. «Certo che tu sei molto diversa dalle altre ragazze» disse poi.

«E ti sembra una cosa brutta?»

«In realtà, no» rispose Eleonore cacciandosi in bocca un altro pezzo di banana e rivolgendo a Ricarda un accenno di sorriso.

Kumari lasciò la serra delle palme per prima. Andò a sedersi sugli scalini e si prese la testa tra le mani.

«Che hai? Ti senti poco bene? È per via dei discorsi sugli uomini, sul matrimonio e sulla magrezza?»

«No.» All'improvviso Kumari scoppiò in lacrime. «È per via dell'odore.»

«L'odore nella serra?» Ricarda pensò alle strane reazioni che stavano avendo le ragazze su quell'isola. Che fosse un posto magico?

Kumari annuì decisa. «È l'odore che c'è a Ceylon dopo un acquazzone.» Poi fu di nuovo sopraffatta dai sentimenti. «Ho così tanta nostalgia di casa. Mia madre non fa che piangere, da quando siamo qui.» Kumari non riusciva a calmarsi.

La tristezza della sua amica ricordò a Ricarda che anche lei non vedeva la sua famiglia da qualche settimana. A suo padre quella serra delle palme sarebbe sicuramente piaciuta.

Ricarda si sedette accanto a Kumari. «Perché una volta non vieni qui con tua madre e le mostri questa serra?» domandò. «Magari la aiuterebbe un po'.»

«Sai, quei discorsi che le altre due facevano sul matrimonio... Se non fossi qui a Berlino, ma a casa, anche mia madre mi starebbe cercando un marito.» Appoggiò la testa sulla spalla di Ricarda e la guardò con occhi bagnati di lacrime, ma sorridendo. «Sono così contenta di essere qui con te.»

A quel punto le raggiunsero anche Eleonore e Margarete. Dal prato, le altre ragazze facevano loro cenno che il picnic era pronto.

«Di' loro che arrivo subito, Margarete» disse Eleonore. «Intanto scegliti un posto.»

Margarete se ne andò via allegra, mentre Eleonore si sedette sul gradino vicino a Ricarda e Kumari.

«Io non voglio un marito» disse senza tanti giri di parole. «È terribile l'insistenza di mia madre su questa cosa. Non fa che organizzare ricevimenti con giovani uomini che mi studiano e che non sanno cosa dire. Io voglio solo studiare per non essere stupida. E non per finire chiusa in casa come moglie e madre.» Sospirò.

Il discorso fu interrotto bruscamente dal fratello di Eleonore, più grande di un anno, che le raggiunse camminando su dei trampoli di legno che si era legato sotto le scarpe, nonostante fosse vestito da adulto, con la redingote, la camicia bianca e il papillon. Aveva le guance arrossate, i capelli che gli ricadevano sul viso e l'aria di divertirsi un mondo.

«Ma cosa vi piglia? A tavola!» esclamò.

Kumari e Ricarda presero la festeggiata a braccetto.

«La testa serve per pensare, non solo per mangiare, dice sempre la mia mamma. Ma ogni tanto il buon cibo può aiutare a scacciare i brutti pensieri» osservò Ricarda.

Le otto compagne di classe se ne stavano impettite e formali sulle sedie in ghisa da giardino, davanti a una tavola apparecchiata a festa, con posate d'argento, porcellane e tovaglia damascata.

«Eleonore, ti piace la tua festa di compleanno?» domandò il signor Singer.

«Padre, vi ringrazio per questa bella giornata» rispose lei.

«Lore, non prendere così tanto fegato d'oca. Pensa alla tua linea» la riprese sua madre.

Poi il padre si rivolse a Ricarda. «Voi siete la protetta della contessina Freystetten, dico bene?»

Ricarda annuì.

«A quanto si dice, è una donna sorprendente. Se ne sente molto parlare. Un amico mi ha riferito che sua moglie è una paziente della contessina.»

Ricarda non sapeva cosa rispondere. Ricordava solo che la contessina si era raccomandata di non menzionare mai i nomi delle sue pazienti. Promessa abbastanza facile da rispettare, dato che se li era già dimenticati tutti.

Ricarda aveva imparato già a Freystetten che quello che si faceva a tavola si chiamava "fare conversazione". A quanto pareva, alla sua scuola erano previste due lezioni a settimana sulla materia, ma purtroppo non si era ancora trovata un'insegnante disponibile. E la cosa le dispiaceva infinitamente adesso che il padre, la madre e il fratello di Eleonore, nonché metà della sua classe la stavano guardando pieni di aspettativa.

«Sono molto felice che la contessina Henriette mi faccia vivere da lei» disse dopo un po', con la netta sensazione che fossero tutti quanti sollevati dal fatto che alla fine le fosse venuto in mente qualcosa da rispondere.

«Prima dove vivevate, cara ragazza?» domandò a quel punto la madre di Eleonore.

«Al castello Freystetten» rispose Ricarda, felice di essere tornata su un terreno più familiare.

«Quindi siete anche voi una giovane nobile?» domandò la signora Singer con un sorriso accattivante.

«No, no. Mio padre è capo giardiniere, a Freystetten.»

Dall'espressione dei signori Singer, Ricarda intuì che era appena scesa di vari gradini nella loro scala gerarchica.

«Allora sarete sicuramente in grado di apprezzare questo

posto» concluse la madre di Eleonore, rivolgendole un sorriso che la fece rabbrividire.

«E per voi, signorina Kallstadt, è come per la signorina Petersen?»

«Sì, è molto bello qui, grazie» rispose Kumari a bassa voce.

«Di cosa si occupa vostro padre, se è lecito domandare?» proseguì la madre.

«È nel commercio di animali» disse Kumari.

«Animali di che genere? Mucche? Maiali?» la incalzò la signora Singer.

Le compagne di scuola ridacchiarono. Ricarda percepì il suo senso di insicurezza e in cuor suo desiderò scappare da lì insieme alla sua tenera amica. Ma Kumari sembrò non rendersi conto della velata offesa nascosta in quelle parole e si limitò a scuotere la testa ridendo. «Animali di altro genere. Come i leoni o le scimmie. Mio padre viaggia in tutto il mondo per trovarli.»

«Vostro padre è forse Jakob Kallstadt?» domandò il padre di Eleonore.

«Sì» rispose Kumari.

A quel punto il signor Singer si rivolse al resto della classe. «Il signor Kallstadt ha appena regalato due bellissimi elefanti indiani al nostro zoo.»

«Mio marito è nel consiglio d'amministrazione dello zoo di Berlino» spiegò la signora Singer con un sorriso orgoglioso.

In quel momento Ricarda capì quanto Eleonore fosse da compatire. I suoi genitori erano persone che giudicavano gli altri solo dalle apparenze. Per questo un venditore di animali esotici era al di sopra di un commerciante di maiali: perché riforniva di elefanti lo zoo del padre di Eleonore.

Più tardi, la madre di Eleonore si avvicinò a Ricarda e la prese per mano, conducendola leggermente in disparte.

«Pensate di potermi fare un piccolo favore?»

Adesso, così da vicino, Ricarda riconobbe nell'alito della donna lo stesso odore che emanava la bocca della signora influente che era andata da loro qualche settimana prima.

«Ma certo, signora Singer.»

«La contessina opera nel suo appartamento, dico bene?»

«Viviamo in Unter den Linden.»

«Potreste mettere una buona parola per me, affinché la contessina mi conceda un appuntamento?»

«Ma certo. Volete che comunichi a Eleonore la data e l'ora?»

«Preferisco che la cosa rimanga tra di noi. La contessina potrebbe mandarmi un fattorino.»

Ricarda pensò che la gente poteva anche atteggiarsi nei modi più raffinati, ma anche dietro la più magnifica delle facciate poteva nascondersi un dente marcio.

Quando, alla fine di quella lunga giornata, Ricarda raggiunse la casa in Unter den Linden, vide una carrozza che se ne stava andando e un'altra che si fermava, facendo scendere un'elegante signora. Ricarda e la donna raggiunsero il portone nello stesso istante e il portiere aprì loro con un profondo inchino. Le due signore appena arrivate si salutarono come se fossero vecchie conoscenti, ma aspettarono a salire l'ampia scalinata che portava al piano superiore. Ricarda aveva appena raggiunto la porta dell'appartamento, quando al piano di sotto arrivò una terza signora. Le aprì la signora Merger.

«La contessina tiene di nuovo un salotto?» domandò Ricarda.

«Oggi c'è il Circolo di Igea!» esclamò la contessina che stava accorrendo, animata da quell'euforia che a Ricarda piaceva tanto. «Sai chi era?»

«Una dea greca?» Di fronte a un nome strano, di solito con questa ipotesi ci si azzeccava. «Avrà sicuramente qualcosa a che fare con la pulizia.»

«Molto bene. Come lo sai?»

«Da quella volta, nella casa dei miei genitori. Vi ricordate? Voi richiamaste la mia attenzione sull'igiene e io vi passai un asciugamano pulito.»

«Sì, mi ricordo.»

Suonarono alla porta.

«Contessina, prima che mi dimentichi» aggiunse in fretta Ricarda «la madre di Eleonore, la signora Singer, vorrebbe che curaste i suoi denti.»

«Le manderò un fattorino. A proposito, com'è andata?»

Data la fretta della contessina, la risposta doveva essere concisa: «Istruttivo».

La contessina esitò. «Allora avevo ragione? Dovevi solo conoscerla meglio, per conquistare la sua amicizia.»

«Senz'altro a Eleonore serve un'amica che la capisca.»

«Questo mi pare un buon inizio» commentò la contessina, prima di correre giù a salutare le sue ospiti.

Henriette aveva deciso di accogliere le sue ospiti come in un salotto normale, per cui le signore avevano potuto accomodarsi informalmente sulle poltrone. Al centro del cerchio c'era una statuetta di Igea tra due piccole palme. Nell'angolo vicino alla maestosa credenza, larga quasi la metà del salone, c'era Auguste seduta su una sedia, con le mani posate sul grembiule bianco e il capo chino. Pronta accanto a lei, c'era una raffinata selezione di liquori.

«Sono felice di poter essere qui, contessina» disse la baronessa Bleichröder.

La presenza più importante di quel circolo, Henriette la doveva alla sua paziente. La moglie del cancelliere del Reich, la principessa Johanna von Bismarck, era considerata irraggiungibile per qualsiasi salotto. Il fatto che questa donna alta e magra, sui cinquantacinque anni, fosse venuta, dava a Henriette la conferma che la baronessa Bleichröder poteva aprire molte porte. E il tutto per un dente malato. Oltre che per il marito, ovviamente.

Henriette attese che la principessa le tendesse la mano e nel prenderla fece un profondo inchino.

«Vostra Altezza, è un grande onore per me» disse.

«Contessina, in quanto più anziana fra le due, vorrei chiedervi di tralasciare le formalità, in questa cerchia.»

«Come desiderate! Allora lasciatemi cogliere l'occasione per presentarvi tutte. Procedo nell'ordine con cui vi siete sedute: Johanna von Bismarck, Rosalie Virchow, Emma von Bleichröder, Emilie Solm, Franziska Biberti.» Poi aggiunse, con un sorriso: «Molte di voi si conoscono già, ma ci tenevo a creare anche delle nuove conoscenze».

«Mia cara, voi siete come un ragno che tesse la tela. Mi piace. Gli uomini hanno le loro alleanze. A noi donne mancano» disse la baronessa Bleichröder.

«Grazie del complimento. Signora Virchow» disse poi, rivolgendosi alla più anziana delle presenti «vostro marito rappresenta un esempio luminoso, per noi donne medico. E con noi intendo anche Emilie Solm e Franziska Biberti, con le quali ho studiato medicina a Zurigo.»

Henriette si avvicinò alla credenza.

«Avete mai assaggiato il liquore all'uovo? Lo ha inventato di recente un signore di Aquisgrana. Auguste sarà felice di servirvene un goccio.»

Quando tutte le signore ebbero in mano il minuscolo bicchiere, Henriette disse: «Sarebbe auspicabile che noi donne non lasciassimo in mano agli uomini tutte le branche della salute». Poi si rivolse a Emilie Solm. «Quest'oggi vorrei cominciare dai piani tuoi e di Franziska. Voi due avete un progetto che merita il nostro appoggio. Franziska, hai avuto tu questa magnifica idea!»

Henriette sapeva che Franziska, originaria dell'Isola di Rügen e più giovane di lei di un anno, ci metteva sempre un bel po' prima di sentirsi a suo agio all'interno di un gruppo.

«È proprio come dici tu, Jette. Noi donne restiamo un passo indietro laddove potremmo benissimo eccellere per le nostre capacità.»

Franziska Biberti, con i suoi zigomi alti, gli occhi di un azzurro trasparente e le sopracciglia nere che le conferivano una bellezza un po' aspra, fece un profondo respiro, le guance in fiamme.

«Solm e io abbiamo in mente di fondare una clinica per donne in cui lavorino solo donne» annunciò Franziska Biberti. «Nessuna segretezza. Nessuna inutile vergogna che danneggi le donne quando è in ballo la loro vita. Quante donne muoiono perché si rifiutano di farsi visitare da un uomo! Queste cose succedono proprio oggi, in questa città, in questo momento.»

Per un attimo calò il silenzio. *Il silenzio che cala quando un tabù viene espresso a voce alta*, pensò Henriette.

«Sarà difficile trasformare questo considerevole proposito in realtà» disse alla fine la principessa von Bismarck. «Gli uomini non apprezzeranno che delle donne esercitino la professione di medico. Tuttavia, il vostro progetto ha il mio caldo consenso.»

Henriette guardò la sua amica e capì che si sarebbe aspettata una reazione più entusiasta. Ma era convinta che queste poche parole significassero comunque un barlume di speranza.

Ricarda non riusciva a dormire. La visita all'Isola dei Pavoni aveva risvegliato in lei la nostalgia di casa. Si chiedeva come stessero Rosel e suo padre, e se la salute di sua madre, laggiù sulle Alpi, stesse migliorando. Si alzò e prese la carta da lettere dal cassetto del comodino. Scrisse al padre e gli raccontò della serra delle palme. Immaginò la distesa del parco di Freystetten. In quel periodo gli alberi erano al massimo del loro splendore e il padre cavalcava per il parco con Berta al suo fianco, per godere dei frutti del proprio lavoro. Poi scrisse alla madre e le raccontò della sua nuova amica Kumari, venuta a Berlino da un angolo di mondo talmente esotico da essere inimmaginabile.

Come stai, mamma?
Spero tanto che tu stia bene, tra le montagne. Purtroppo non ho ancora ricevuto neanche una lettera da parte tua. Ti prego, scrivimi!

Sigillò le buste e andò in cucina a prendere un bicchiere d'acqua. Sentendo delle voci, si fermò sul pianerottolo. Riconobbe distintamente quella della contessina, ma le altre due no. Ma come mai la contessina conversava con le suoi ospiti in cucina? In quell'istante entrò dalla porta d'ingresso dell'appartamento la signora Merger, che si spaventò a morte nel vedere Ricarda immobile sul pianerottolo debolmente illuminato dalla lampada a gas.

«Volete farmi morire di paura?»

«Mi dispiace. Volevo solo prendere dell'acqua.»

In quel momento, Ricarda si accorse che la signora Merger era andata a prendere un bricco di latta pieno di birra.

«Venite. Le signore non mordono mica...»

Ricarda si sentiva a disagio con la sua camicia da notte bianca e i capelli sciolti, dei riccioli neri come la pece. Scivolò in cucina dietro alla signora Merger e mise un bicchiere sotto il rubinetto.

«Chi è questo fantasmino notturno?» sentì scherzare la contessina. «Perché non ti avvicini, Ricarda!»

Le tre donne avevano le guance arrossate e i vestiti in leggero disordine, ma sembravano molto allegre sedute lì al tavolo di cucina. Ricarda accennò un inchino, mentre la contessina le presentava le sue due ospiti.

«Hai davanti tre amiche che stanno ricordando i tempi in cui studiavano insieme.»

«Ci accontentavamo di poco, Jette!» esclamò Franziska.

«C'erano più che altro libri e polvere sui libri, ma è stato un periodo meraviglioso» commentò Emilie.

Ricarda trovò che le due ragazze si somigliassero vagamente. Avevano volti magri e pallidi, con le guance appena colorite, e abiti semplici come quelli delle contadine.

«Siete tutte dottoresse?» domandò Ricarda riuscendo a stento a frenare la curiosità.

«La dottoressa Biberti e la dottoressa Solm vogliono aprire un ospedale per donne.»

«Non è che vogliamo farlo, lo faremo!» precisò la dottoressa Biberti. Non appena le tre donne furono di nuovo sole, domandò: «Chi è quella ragazzina, Jette? Cosa hai in mente per lei?» Poi scoppiò a ridere. «Giochi a fare la mamma?»

«Non ci penso nemmeno, Franzi! Fintanto che sua madre è al sanatorio, le assicuro l'istruzione alla quale non avrebbe mai avuto accesso. Cosa succederà in futuro è tutto da scoprire» rispose Henriette. E in effetti in quel momento non sapeva ancora quanto la ragazza sarebbe rimasta e cosa ne sarebbe stato di lei. Da un punto di vista scientifico, la risposta più sincera sarebbe stata: è un esperimento di cui ignoro il possibile risultato.

Due donne che aprono un ospedale? Ricarda, tornando nella sua stanza, pensò che fosse una cosa incredibile. Allora la contessina non era l'unica dottoressa che combatteva per i diritti delle donne. Anche le sue due amiche avevano un sogno temerario. Un ospedale gestito da donne, per le donne. Quanto le sarebbe piaciuto partecipare a quel progetto e lavorare lì dentro.

Ma non fu altro che un pensiero silenzioso, che fece capolino in qualche angolo della sua mente e che decise di stroncare sul nascere. Persino la contessina era dovuta andare all'estero per diventare medico. E voleva provarci lei, la figlia di un giardiniere e di una cuoca? Peccava di presunzione anche solo a pensarlo.

Completamente sveglia, Ricarda si tirò su a sedere sul letto. Ma perché si proibiva di immaginarsi medico come la contessina? Di cosa viveva l'uomo, se non di sogni? Esisteva forse un sogno più nobile di aiutare il prossimo? Ripensò a come la contessina aveva salvato la vita di Florentine. Un essere umano che combatteva contro la morte… e ne usciva trionfante!

Non esisteva niente di più desiderabile. Ma non per le persone come lei, ormai a Ricarda era chiaro. E questa era l'amara verità.

Il leone nel cortile

Luglio 1878

Ricarda si era abituata a quella vista. Quando tornava da scuola o da casa di un'amica, trovava sempre davanti a casa una carrozza che arrivava o che ripartiva. La casa in Unter den Linden, nell'anno e mezzo in cui vi aveva abitato, non si era trasformata solo in un centro della vita sociale della città; la contessina, infatti, era ormai il medico di riferimento delle signore dell'alta società. Persino molte madri delle compagne di scuola di Ricarda richiedevano i suoi servizi. Succedeva spesso che una compagna le mettesse in mano un biglietto con una richiesta di appuntamento. A volte Ricarda sentiva quel ruolo di messaggera un po' come un peso, ma non lo faceva mai trasparire. Era talmente grata alla contessina per tutto ciò che stava accadendo nella sua vita, che lei stessa avrebbe considerato la seppur minima protesta come chiara irriconoscenza nei confronti della sua benefattrice.

Ma alcune di quelle madri Ricarda avrebbe preferito non incontrarle in casa, e tra queste c'era quella di Eleonore. Invece quel giorno la signora Singer aveva appuntamento alle quattro del pomeriggio. Era una bellissima giornata estiva, i raggi del sole si rifrangevano sul rigoglioso tetto di foglie del Grande Giardino Zoologico, coppie eleganti passeggiavano sui comodi sentieri. Quella era la strada che Ricarda percorreva per andare a scuola nei giorni di bel tempo.

«Gentile signorina, posso osare proporre di accompagnarvi?»

Di fronte a lei era comparso, ancora una volta, Emanuel Singer; leggermente sudato, con gli occhi scintillanti e i riccioli neri che ricadevano sbarazzini sulla fronte.

Nei mesi precedenti era successo ciò che Ricarda riteneva impossibile: lei ed Eleonore, la sorella di Emanuel, erano diventate amiche, anche se non proprio strette, e a volte Ricarda poteva addirittura andare a trovare Lore nella loro villa al Giardino Zoologico. Nel corso di questa frequentazione, Emanuel aveva notato Ricarda.

«Guarda che ho letto il mio *Faust* e non mi pare che Gretchen faccia una bella fine! Quindi grazie!» esclamò Ricarda.

Nel frattempo, espressioni di quel genere le venivano abbastanza spontanee. Ormai era in città da oltre un anno e la timida ragazzina di campagna aveva capito che non bastava la sua discrezione silenziosa per imporsi sulla spacconeria dei berlinesi.

«E dài, Rica!»

Lei si fermò e guardò il ragazzo dritto negli occhi, più di quanto le avessero insegnato durante le lezioni di buone maniere. Ma in fin dei conti, non aveva intenzione di diventare una contessa. Conoscere l'etichetta era importante, certo, ma sapeva anche che a volte era necessario ignorarla.

«Emanuel, possiamo essere amici. Ma preferirei che non mi facessi la posta sulla strada verso casa. Non sta bene.»

Poi lo spostò delicatamente di lato e continuò per la sua strada.

«Ma quando potremo incontrarci? C'è questa possibilità?»

«Incontrarci? E perché mai?»

«Non hai mai pensato che la vita non è fatta solo di studio?» Piegò un ginocchio a terra e guardò in su verso di lei con un sorriso. «Rica, tu sei l'amore della mia vita.»

«Hai sedici anni. Può succedere di tutto, nei prossimi sessanta.»

Ricarda corse via, lasciandolo lì in ginocchio. *E questo cos'era?*, si domandò. E perché il suo cuore batteva così veloce? *Che stupidaggine*, si rimproverò. *Ho quindici anni, non posso permettere che un ragazzo mi faccia delle avances. Il fratello di Lore, per giunta!* L'amicizia con Lore non le sembrava ancora abbastanza solida per poter essere messa alla prova. Con Kumari era completamente diverso, la loro amicizia nasceva dal profondo del cuore.

Avrebbe dovuto parlarne con la contessina? Respinse subito quel pensiero: si trattava di un argomento troppo intimo. Ma allora con chi poteva parlarne? Chi avrebbe potuto darle un buon consiglio sull'argomento?

Attraversò di corsa la Porta di Brandeburgo e il Pariser Platz, pensando che ne avrebbe parlato volentieri con sua madre. Ma sapeva che questo era impossibile. Non l'aveva più vista da quando aveva lasciato Freystetten. Riceveva solo una sua lettera ogni sei mesi: troppo poco per condividere i suoi sentimenti. La scrittura non era un elemento in cui sua madre si trovava a proprio agio. Era ancora al sanatorio e, da quanto le aveva scritto, pregava molto. Di conseguenza, quel Natale a Freystetten era stato molto diverso dal solito, giacché suo padre non era il tipo da dare un senso di calore e intimità all'atmosfera. Ma più di ogni altra cosa, a Ricarda era pesato il cambiamento nella sua sorellina Rosel. Sembrava quasi che la invidiasse per l'occasione che aveva avuto di vivere a Berlino. Dopo le feste, Ricarda fu addirittura felice di ripartire con la contessina.

A parte Kumari, non aveva nessuno con cui confidarsi. Ma Kumari di giovani e ostinati corteggiatori ne sapeva ancora meno di lei. Poteva coinvolgere nelle proprie vicende sentimentali la sua benefattrice? Proprio lei, che sembrava considerare le emozioni come una malattia? *Forse dovrei provarci comunque*, si disse Ricarda.

Era passato un bel po' di tempo da quando Henriette aveva curato i denti della signora Singer. La moglie del banchiere era più giovane di lei di un anno, come aveva scoperto durante le loro conversazioni. Ma oltre a questo, non avevano nulla in comune. La contessina era troppo cortese per darlo a vedere, ma quella donna interessata solo al marito e alla vita sociale la annoiava a morte. Jessica Singer non sembrava interessata neanche ai propri figli. In compenso, aveva subito acconsentito al trattamento con lo spazzolino di crine di cavallo e la polvere dentifricia, che nel suo caso era particolarmente necessario. Da quando era in cura da Henriette, la signora Singer si era fatta estrarre due denti. A fronte di una considerevole somma di denaro.

«Cara contessina, vi sono così grata per...»

Jessica Singer era riuscita ad arrivare fino all'ambulatorio, ma adesso le mancava il fiato. Dovette sedersi.

Come d'abitudine, Henriette le sentì il polso.

«Non vi sentite bene? Avete le pulsazioni troppo alte. Siete forse in affanno?»

La signora Singer scosse la testa. Solo allora Henriette si accorse che nella sua paziente c'era qualcosa di diverso. Non avrebbe saputo dire cosa di preciso, anche perché era passato troppo tempo dall'ultima volta che si erano viste.

A un tratto la signora Singer scoppiò in lacrime. «Penso di essere in stato interessante.»

«In questo caso c'è da rallegrarsi. Quando ha avuto l'ultima mestruazione?»

«Sarà stato intorno alla metà di febbraio» rispose Jessica Singer a fil di voce. «Voi siete un vero medico, giusto?»

«I miei titoli non vengono riconosciuti nell'Impero. Per questo sul cartello fuori dalla porta c'è scritto "Dott. Med. a Zurigo".

Se volete vi do il nome di un collega che può occuparsi di voi.»

«No, no! Voglio che lo facciate voi!»

Henriette invitò la sua paziente a spogliarsi dietro la tenda e la seguì per aiutarla. Indossava un elaborato e rigonfio abito con un corsetto di stecche di balena legato così stretto da comprimerle completamente il ventre gravido. Un'altra donna alla stessa età gestazionale avrebbe avuto già una pancia prominente. La dottoressa auscultò il battito del bambino con lo stetoscopio e poi si tirò su.

«Sembra forte e regolare. Ma è assolutamente necessario che adattiate il vostro guardaroba alle circostanze attuali. Il bambino ha bisogno di spazio. Legandovi così stretta, mettete a rischio la sua salute.»

«Lo so.»

Henriette esitò. A giudicare da quella risposta, non sembrava intenzionata a tenere il bambino. «Signora Singer, cosa state cercando di dirmi?»

«Voi non potete parlare di quello che succede in questa stanza, giusto?»

Henriette annuì. Sperò di non dover sentire ciò che temeva. Ma la sua speranza fu delusa, anzi: le cose stavano anche peggio di come si aspettava.

«Quindi vostro marito non si è coricato con voi negli ultimi sei mesi?» domandò cercando di riassumere il lungo e lacrimoso racconto della paziente. «Di conseguenza, non sa neanche ciò che sta succedendo nel vostro corpo. E il figlio della baronessa Bleichröder si è mostrato disinteressato di fronte alla notizia che diventerà padre?»

In effetti, la situazione della paziente era delicata. L'amante era il figlio del potente datore di lavoro di suo marito. Cosa che la signora Singer sapeva già da prima.

«Voi conoscete tutte queste persone. Sono così in imbarazzo, contessina!»

«Di questo non dovete in alcun modo preoccuparvi. Io sono salottiera e medico allo stesso tempo. Finora le due cose si sono sempre integrate benissimo, ma sono perfettamente in grado di separarle.»

Quanto avrebbe desiderato che non fosse così. Quali obiettivi si sarebbero potuti raggiungere! Intere dinastie erano andate distrutte per gli intrighi di medici che avevano accesso ai segreti delle donne. Henriette era affascinata da quelle storie, ma personalmente non avrebbe mai fatto niente del genere.

«Troveremo una soluzione. Cosa provate per lui?»

«Contessina! Siete molto diretta.»

«In questo caso è necessario esserlo.»

Jessica Singer distolse lo sguardo, in imbarazzo. «Sono troppo vecchia per lui, e oltretutto sono sposata. Questo bambino non deve nascere.»

«Nessun dottore e nessuna dottoressa vi farebbe abortire un bambino in salute, signora Singer. Senza contare il fatto che tale procedimento metterebbe a rischio la vostra vita.»

Una gravidanza a quell'età era un grande regalo per la madre! Era un ritorno alla freschezza della gioventù, quella gioventù che Henriette stessa, guardandosi allo specchio, vedeva svanire giorno dopo giorno. Ma la contessina riuscì a dissimulare i propri sentimenti e non si lasciò sfuggire neanche un sospiro.

«Dovete chiedere a vostro marito il permesso di assentarvi quattro mesi per una cura. Ditegli pure di chiedere consiglio a me e io lo guiderò nella scelta più utile per voi.»

«Una cura? In che senso, contessina?»

Con un sorriso benevolo da dottoressa comprensiva, Henriette le spiegò: «Una cura fino alla fine della gravidanza vi farà bene. Passerete qualche mese tra le montagne, per poi tornare dal vostro fortunato marito snella e slanciata come prima».

«E questo...?» domandò indicandosi il ventre.

«Il bambino dovrà e potrà vivere anche senza di voi. Quindi dovrete averne una gran cura fin da subito. La vostra unica responsabilità è metterlo al mondo sano.»

«Dove trascorrerò il periodo di cura?»

«Questo ve lo farò sapere presto. Ma non dovete far parola con nessuno del fatto che vi sto aiutando. Altrimenti la nostra amicizia si macchierebbe di un'ombra scura.»

Dopo che la signora Singer se ne fu andata, Henriette andò a sedersi alla scrivania del suo *santuario* e compilò un telegramma. Si domandò se fosse il caso di affidarlo ad Auguste, ma poi decise che la breve passeggiata fino all'ufficio del telegrafo, nella Französische Strasse, le avrebbe fatto bene.

Ricarda si sentì sollevata vedendo che davanti a casa non c'era la carrozza dei Singer: evidentemente la madre di Eleonore era già andata via. Il portiere spalancò la porta e si inchinò come al solito. Ricarda ormai si era convinta che l'avesse scambiata per una contessina, una principessa o qualcosa di simile. Ogni volta le veniva da drizzare la schiena e inclinare la testa. Stava salendo il primo scalino, quando vide la contessina scendere.

«State uscendo?» domandò.

«Vado solo all'ufficio del telegrafo per inviare due righe a un'amica.» Raggiunse Ricarda e rimase immobile per un istante. «Sembri diversa, è successo qualcosa?»

Il portiere allungò il collo.

«Posso accompagnarvi per un tratto?» domandò Ricarda.

Non appena misero piede sul viale animato, la contessina si

guardò intorno sorpresa. «Ma che giornata meravigliosa. Non me n'ero neanche accorta. E che profumo! Non è straordinario?»

In effetti, Ricarda era convinta che quella strada desse il meglio di sé in estate. Le chiome dei tigli erano alla loro massima espansione e i loro piccoli fiori diffondevano nell'aria un profumo dolce e seducente .

«Dovremmo fermarci in un caffè, dopo. Che ne pensi? Hai tempo?»

«Non ci sono pazienti, oggi?»

«Sì, ma tra due ore. E solo una signora.»

In effetti, quella era una giornata di lavoro fuori dal comune, per la contessina. Di solito all'ambulatorio c'era un continuo viavai. Ricarda aveva sentito le sue compagne di studi dire, scherzando, che ormai era di gran moda farsi curare gli acciacchi dalla contessina.

«Stasera alle otto si riunisce il Circolo della Lettura, che tra tutti è quello che necessita di meno preparativi. Le signore leggono tanto e sono felici di poter condividere la loro opinione. Io non ho mai il tempo di leggere, è lo svantaggio di lavorare tanto. Ma almeno il circolo mi tiene al passo con i tempi.»

Ricarda osservò ammirata la contessina che chiacchierava camminando per strada. Parlava e si muoveva con una tale sicurezza, che Ricarda al suo fianco si sentiva insignificante. Si domandò se fosse possibile imparare ad avere un portamento come quello. Anche nel nuovo ufficio del telegrafo, dove Ricarda non era mai stata, gli uomini si fecero subito da parte non appena la contessina mise piede nel padiglione. L'impiegato dietro alla grata di ferro la salutò con deferenza.

«Al Dottor Hausmann a Monaco, contessina. Con piacere. Fanno dieci centesimi.»

«È tutto enorme qui dentro, non è vero?» domandò la contessina a Ricarda, notando il suo sguardo stupefatto.

Sotto l'ampio soffitto a volte di vetro c'erano centinaia di telegrafi, a ognuno dei quali era seduto un impiegato a scrivere.

«Da qui puoi metterti in contatto con tutto il mondo. E soprattutto: il mondo può mettersi in contatto con te. È questo che fa di una città una metropoli, e noi ne faremo parte. Ma ora basta. Oggi è una di quelle giornate da gelato al Caffè Kranzler!»

Ricarda era passata un'infinità di volte davanti a quel caffè, che si trovava proprio di fronte alla casa della contessina. Soprattutto nelle stagioni miti, aveva osservato malinconica la sua clientela elegante seduta nel cosiddetto *dehors*, uno spazio ritagliato dal marciapiede del viale Unter den Linden. Ora che vi stavano sedute anche lei e la contessina, trovò che c'era un po' troppo rumore. Le voci dei molti clienti tessevano una fitta rete di suoni in cui era molto difficile seguire lo svolgersi dei propri pensieri. Ricarda lo disse alla contessina, che si mise a ridere.

«So cosa intendi! Ma ti ci abituerai, ormai abiti in una grande città.» Poi si chinò verso di lei e aggiunse, in tono confidenziale: «Senti ancora la mancanza di Freystetten, vero?».

«Soprattutto la sua quiete. Per questo mi piace tanto tornare a casa attraversando il Giardino Zoologico. Mi fa stare bene.»

Il cameriere servì loro due coppe viennesi con gelato alla vaniglia decorate con spicchi di mela, fragole, cialde e panna montata: sembravano due piccole opere d'arte. Ricarda non sapeva nemmeno come si mangiasse una cosa simile e aspettò di vedere come si comportava la contessina.

«Mi sei sembrata molto in subbuglio prima, quando sei tornata a casa» disse Henriette. «Sulla via del ritorno è successo qualcosa che ti ha turbato?»

«Come fate a saperlo?»

«Oh, Ricarda! È estate e tu sei una bellissima quindicenne in fiore che passeggia da sola nel Giardino Zoologico.» Guardò Ricarda con un sorriso che sembrava quasi amorevole.

«Non sono bellissima» ribatté lei, abbassando la testa e arrossendo.

«Tu ancora non lo sai, ma i ragazzi se ne accorgono già. Vorresti rivederlo, questo giovanotto?»

Ricarda scosse la testa. «Però succederà di certo. È il fratello di Lore.»

«Ah, il giovane Singer. Bene, bene.» La contessina prese con il cucchiaino un po' di panna montata e la lasciò sciogliere in bocca. «La domanda è: a te piace? Se la risposta è no, diglielo nel modo più gentile possibile, altrimenti questi salamelecchi ti faranno solo perdere tempo. Se invece la risposta è sì, allora rallegrati di piacere a qualcuno. Non c'è niente di sbagliato in questo.»

«Ma è proprio questo il punto: non lo so. Come faccio a scoprirlo?»

La contessina sospirò. «Ormai è passato un bel po' di tempo, da quando mi ponevo io questa domanda. Ho avuto a che fare con tantissime cose, ma con l'amore quasi mai.»

«Non vi siete mai voluta sposare?»

Ricarda si spaventò per l'indiscrezione della sua domanda, ma la contessina si limitò a prendere dell'altro gelato e a gustarne il sapore di vaniglia, prima di rispondere.

«A pensarci bene, no» disse. «A vent'anni avevo un fidanzato. All'epoca lavoravo come insegnante a Londra. Ovviamente lui pretendeva che io smettessi di lavorare, una volta sposati. È stata una decisione difficile, che ha avuto ripercussioni su tutta la mia vita. Ma non me ne sono pentita mai. Altrimenti oggi non sarei chi sono. Però il prezzo da pagare è la rinuncia ad avere figli.»

La contessina tacque, il suo sguardo si perse in lontananza e Ricarda, in quel preciso istante, capì che nel cuore della sua benefattrice si nascondeva una ferita profonda.

«Le due cose non sono mai compatibili? Sposarsi e avere un lavoro?»

«Io non conosco nessuna donna a cui sia riuscito. Ma le cose cambiano in fretta. Io sono ottimista e penso che arriverà il giorno in cui alle donne non verranno negate delle possibilità per il solo fatto di essere donne. Tu sei molto giovane, hai tempo di ponderare bene le tue decisioni. Sfrutta questo tempo per farti una cultura, in modo da diventare una di quelle donne che potranno essere qualcosa di più di una moglie fedele.» Henriette sospirò e sorrise. «Mi sono persa nei discorsi. Torniamo al tuo corteggiatore.»

La contessina prese una fragola e la assaggiò. «Penso di saper rispondere alla tua domanda su come scoprire se è quello giusto. Pensa ai suoi genitori. Se loro ti piacciono, allora lui è quello giusto. Perché sono loro ad averlo generato e presto o tardi lui somiglierà a sua madre o a suo padre.»

A Ricarda per poco non andò di traverso il gelato che aveva appena messo in bocca.

La contessina la guardò stupita. «Ho detto qualcosa che non va, Ricarda?»

«No, la vostra risposta mi è di grande aiuto. Adesso so cosa devo fare.»

La contessina le sfiorò appena il dorso della mano. «Lo penso anch'io» disse accennando un sorriso.

Nella Kurfürstenstrasse non c'era mai un odore gradevole. Soprattutto adesso, in estate, i canali di scolo davanti alle case, nei quali ristagnavano le torbide acque reflue, emanavano un fetore insopportabile. Nonostante questo, almeno due volte a settimana Ricarda accompagnava la sua amica Kumari a casa, per studiare insieme a lei. Ricarda era felice di sentirsi accolta ogni volta dal gracchiante «Carda» di Friedrich. Invece Kumari non era ancora mai stata da Ricarda, perché la madre non voleva che frequentasse case estranee.

Una volta arrivate davanti all'ingresso, che si trovava su un lato del cortile, Ricarda sentì un odore più pungente di tutti gli altri che ammorbavano la zona. Si tappò il naso e fece per salire di corsa le scale dell'abitazione di Kumari, quando udì un urlo spaventoso.

«Cos'è stato?» domandò.

«Ieri mio padre ha portato dei leoni» rispose Kumari, come se fosse la cosa più normale del mondo.

«Leoni? Leoni veri?»

«Vieni, te li faccio vedere.»

In cortile c'erano delle stalle disposte a rettangolo e una rimessa che un'impresa di trasporti usava per le sue carrozze. Adesso una di queste carrozze, protetta da alte inferriate, se ne stava in mezzo al cortile circondata da uomini che lavoravano per ripararne l'asse posteriore. Il ruggito proveniva da una delle stalle, davanti alla quale si era radunata una frotta di bambini urlanti, mezzi nudi o dai vestiti stracciati. I leoni non si vedevano e Ricarda provò una profonda ripugnanza all'idea di mescolarsi, con il suo bel vestito della scuola, a quel nugolo di bambini sudici.

Kumari le fece cenno di seguirla. Le due entrarono nella stalla accanto, dove c'era lo stesso terribile odore. Quando il leone ruggiva, il suo richiamo riecheggiava assordante fra quelle mura basse.

Il pavimento era ricoperto di paglia e le finestre erano fessure così sottili che Ricarda non riusciva a vedere quasi niente. Andò a sbattere contro Kumari, che le indicò un punto davanti a loro. Nella semioscurità, Ricarda intravide una gabbia di ferro con un'ombra immobile al suo interno. A un tratto dalla gabbia si sentì soffiare. Ricarda sussultò. «Cos'è?»

«La leonessa.»

Non appena i suoi occhi si furono abituati all'oscurità, Ricarda riuscì a identificare la leonessa, in piedi nella gabbia. L'animale continuava a spalancare la bocca e a soffiare contro le due ragazze. Di fronte a lei giaceva la carcassa di un animale. La stalla era piena di mosconi, faceva caldo e l'aria era soffocante. Ricarda sentiva il cuore batterle all'impazzata per l'eccitazione e il disgusto.

Kumari le fece strada verso la seconda stalla, da cui proveniva quell'odore infernale. Anche lì c'erano una gabbia massiccia, un caldo opprimente, i mosconi. Dietro le sbarre c'era il leone, che faceva due passi da un lato, si voltava, due passi dall'altro lato, si fermava, ruggiva e poi ripartiva. Era un animale imponente, dal manto chiaro e la criniera scura. Di fronte a lui, la frotta di bambini urlanti lo guardava dalla fessura superiore della porta, chiamandolo per provocarlo.

Quando, per un istante, ci fu un po' meno rumore, Ricarda espresse il suo pensiero: «Non vorrei essere il leone».

«Neanch'io» rispose Kumari.

«Quanto tempo dovrà restare qui?»

«Dovrebbero già essere tutti e due a Lipsia» le spiegò Kumari non appena furono uscite dalla stalla. «Qualche settimana fa hanno aperto un nuovo zoo, al quale mio padre ha già venduto molti animali. Ma poi la carrozza con le gabbie si è rotta.»

«Da dove vengono i leoni?»

«Dall'Africa.»

Durante l'inverno, la signorina Lange aveva iniziato con le lezioni di geografia. Ma all'Africa non era stato dedicato molto tempo. A Ricarda erano rimaste impresse poche cose: che lì il sole era particolarmente bruciante, che c'erano gli animali selvatici e che le persone venivano chiamate "negri". A quanto pareva, neanche la signorina Lange giudicava l'Africa particolarmente importante.

«Vuoi vedere anche le scimmie?» domandò Kumari con occhi scintillanti. «Sono così carine.»

Dal lato opposto del cortile, Kumari aprì la porta di un'altra stalla, un tempo destinata ai cavalli, e fece cenno a Ricarda di entrare, richiudendosi immediatamente la porta alle spalle per evitare che i bambini se ne accorgessero. Dentro c'erano due gabbie e in ciascuna stava accucciata una scimmietta. Non appena entrarono le ragazze, i due animali saltarono su. Lì vicino c'erano altre quattro gabbie vuote.

«Le altre scimmie mio padre le ha vendute oggi» disse Kumari. «Conosce un uomo che le addestra e le rivende ai suonatori di organetto.»

Una delle due scimmiette allungò una zampa tra le sbarre come a chiedere qualcosa da mangiare. Ricarda toccò la sua mano minuscola e asciutta. Per fortuna nella borsa della merenda le erano rimasti due spicchi di mela da darle.

«Domani se ne saranno andate anche loro. Mio padre dice che non riesce a stare dietro a tutte le richieste» disse Kumari, mentre attraversavano il cortile per andare a casa.

«Tuo padre è a casa?» domandò Ricarda, entrando nell'appartamento al primo piano.

«È andato alla stazione a prendere i nubiani.»

«Sono altri animali?»

«No, sono persone che vengono dall'Africa. Non li ho mai visti neanch'io. Sono molto curiosa. Anche loro poi proseguono per Lipsia.»

«Si occupano dei leoni?»

«No, sono appena stati esposti alla Zoo Umano di Amburgo. Mio padre dice che si fermeranno poco a Lipsia, giusto il tempo di pubblicizzare i leoni. Quando ci sono i nubiani, allo zoo vanno più visitatori. Dice che sembra più autentico, se ci sono leoni e africani insieme.»

«Quindi tuo padre commercia anche in esseri umani» ne dedusse Ricarda.

Kumari la guardò e scoppiò nella sua risata cupa. «Ma Ricarda! I nubiani sono felici di poter stare un po' da noi. E a Berlino fa un bel calduccio, adesso.» Poi prese la sua amica a braccetto e aggiunse: «In fondo, anch'io sono qui».

Le due ragazze erano sedute in camera di Kumari a studiare e ad aiutarsi a vicenda con i compiti, quando bussarono alla porta. Si affacciò la madre di Kumari. La signora Kallstadt si faceva vedere di rado, tanto che Ricarda aveva avuto pochissimo a che fare con lei, nonostante frequentasse assiduamente la casa. La madre di Kumari disse qualcosa alla figlia nella sua lingua, che nel frattempo Ricarda aveva scoperto essere il singalese.

«Torno subito, Rica» disse Kumari, uscendo di corsa. Quando rientrò, poco dopo, sembrava diversa. Rica le chiese cosa fosse successo e lei rispose: «Abbiamo visite. È venuta mia zia da Ceylon».

«Chissà com'è contenta tua mamma! Almeno non sarà più sola.» Poi ci pensò un attimo e aggiunse: «Vuoi che smettiamo di studiare? Vuoi stare un po' con tua zia?»

«No, non andartene! Mia zia si è ammalata, per questo mia mamma è preoccupata. Perché anche lei dovrebbe essere esposta allo Zoo Umano qui a Berlino, domani.»

«Ah, è venuta per questo?»

«Mio padre ha un contratto con un gruppo di singalesi. Viaggiano in tutta Europa, sono tornati proprio ieri da Vienna. Mia zia recita la parte della madre. Interpretano una famiglia, anche se non si sono mai visti prima.»

Ricarda non capiva. Poi, quando Kumari le spiegò che si trattava di mostrare agli spettatori come vive una famiglia esotica a Ceylon, domandò: «Quindi espongono tua zia come se fosse un animale allo zoo?».

Kumari ebbe un attimo di esitazione, poi disse con voce incerta: «Sì».

«Che malattia ha tua zia?»

«Ha la febbre e delle macchioline rosse che in certi punti si trasformano in delle pustole con un liquido giallo sulla punta.»

«Vuoi che chieda alla contessina di visitare tua zia?»

Kumari guardò Ricarda con occhi pieni di gioia e sollievo. «Oh, sarebbe bellissimo.»

Per quanto ci provasse, a quel punto Ricarda non riuscì più a concentrarsi. I suoi pensieri tornavano costantemente alla zia di Kumari, nella stanza accanto, malata e così lontana da casa.

Quando alla fine lasciarono la camera di Kumari, trovarono in mezzo al corridoio tre uomini alti e magri dalla pelle scura, con indosso pantaloni lunghi, camicie bianche, redingote e cilindro in mano. Accanto a loro c'era il padre di Kumari, vestito allo stesso modo, ma più in carne e di due spanne più basso.

«Non sapevo che tu fossi qui, Rica» disse. «Guarda, abbiamo ospiti.»

Ricarda accennò un inchino, imbarazzata.

«Venite dall'Africa, vero?» domandò agli sconosciuti, che le sorridevano cordiali.

«Rica, loro non capiscono la tua lingua!» Il signor Kallstadt scoppiò a ridere. «Ma sono gentilissimi, sorridono sempre e non hanno pretese.»

«Me ne stavo andando, signor Kallstadt. Kumari ha detto che sua zia è malata. Potrei sentire la Dottoressa Freystetten se viene a visitarla.»

«È gentile da parte tua, ma non stare a disturbarti. Vedrai che guarisce presto.» Poi si rivolse ai tre uomini alti: «*Come on, boys!*».

Kumari e Ricarda si scambiarono uno sguardo interrogativo.

Ricarda tornò a casa nel tardo pomeriggio con in testa tutto ciò che aveva visto in casa Kallstadt. Era ancora nell'ingresso, quando udì due voci sconosciute che conversavano con la contessina.

Poi la sentì chiamare: «Ricarda, vieni qui da noi, per favore!»

In salotto c'erano una signora elegante e un signore, entrambi avevano un aspetto molto cordiale.

«Lei è Ricarda. Si sta trasformando in una giovane donna. Rica, lei è la mia migliore amica, Käthe Hausmann, abbiamo studiato insieme a Zurigo. Anche lei è medico. E lui è il suo cugino di Monaco, il signor Georg Kögler, dottore in giurisprudenza.»

Ricarda non era entusiasta di quella visita in quel momento, in realtà aveva urgenza di parlare con la contessina della zia malata di Kumari, perché non aveva capito il motivo per cui il signor Kallstadt avesse rifiutato il consulto di un medico. Ad ogni modo, si inchinò come da galateo e sfoderò il sorriso che ci si aspettava da lei.

«Salute» disse Georg Kögler, usando un'espressione che Ricarda non aveva mai sentito prima.

Il signor Kögler era un uomo prestante, di un'età che Ricarda non era in grado di definire. Aveva metà volto coperto da una barba curata, i capelli fini, le guance appena arrossate e gli occhi vivaci e gentili. La signora Hausmann aveva un aspetto diverso dalle altre amiche della contessina. Il suo volto era più morbido, l'acconciatura dei ricci castani non era così stretta, e indossava un abito verde chiaro.

Ricarda ricorse al tono da conversazione leggera che aveva imparato da poco. «Venite da Monaco? Il viaggio sarà stato lungo.»

«Chi vuole venire a Berlino deve metterlo in conto.»

A Ricarda sfuggì un sospiro. «Ho un peso sul cuore e dovrei parlarne alla contessina con una certa urgenza» disse.

«Ah, sì?» Henriette la guardò con una punta di irritazione. «Non l'avresti menzionato, se non fosse davvero urgente.»

Poiché la contessina non fece cenno di voler uscire insieme a lei dalla stanza, Ricarda iniziò a raccontare, con qualche esitazione, della zia malata di Kumari, tralasciando tutto il resto.

«È il vaiolo!» Käthe Hausmann si portò una mano alla bocca, inorridita.

«Ma non dovrebbero essere tutti vaccinati?» domandò Ricarda.

Lei stessa era stata vaccinata a undici anni insieme a tutta la sua famiglia, un anno prima che diventasse obbligatorio.

«Hai detto che questa donna viene da Ceylon. Sono certa che a Ceylon non vaccinano la gente contro il vaiolo» fece presente Henriette.

«In realtà è arrivata da Vienna» precisò Ricarda. «Dove si è esibita con altri cinque singalesi.»

«Lo Zoo Umano di Vienna. Ho letto qualcosa al riguardo. È stato un grande successo» disse Georg Kögler.

«A Vienna il vaiolo sta dilagando, miei cari. L'Impero austro-ungarico non applica le stesse norme del Reich tedesco.»

«Questo mi rende ancora più felice del fatto che tu abbia avuto il coraggio di anteporre un'emergenza medica alle convenienze sociali» dichiarò la contessina. Poi si rivolse all'amica. «Non è vero, Käthe?»

«Assolutamente! Sono colpita» rispose lei. «Dimostra lungimiranza, oltre che coraggio. Adesso bisogna occuparsi della faccenda. Questa donna deve andare in ospedale prima che possa attaccare il vaiolo a qualcun altro. Non si può aspettare un minuto di più.»

«Vado subito dai Kallstadt» disse la contessina. «Tu, Ricarda, occupati dei miei ospiti.»

Ricada si sentì avvampare. «Certamente, contessina!». *Ma come si fa?*, pensò.

Non appena Henriette scese dalla carrozza nella Kurfürstenstrasse con la sua valigetta da medico, si chiese come facesse Ricarda a sopportare quel fetore. Virchow aveva ragione, i lavori della rete fognaria di Berlino procedevano troppo a rilento. Proprio lì, a due passi dal giardino zoologico visitato da gente di tutto il mondo, c'era da vergognarsi della propria città. Si portò un fazzoletto profumato alle rose sotto il naso e lanciò un'occhiata al cortile, dove un capannello di persone si accalcava davanti alla stalla. Il leone non ruggiva più e tutti protestavano e urlavano perché ricominciasse.

Le aprì il signor Kallstadt in persona. A quanto pareva, non era troppo stupito di vederla.

«Contessina, che onore!»

«L'onore è mio! Signor Kallstadt, chiedo scusa per essere venuta qui senza preavviso, ma un caso di vaiolo è passibile di denuncia.»

«Vaiolo, contessina? Come vi viene in mente?»

L'atteggiamento sicuro dell'uomo la fece dubitare per un istante. Ma poi confidò nel fatto che Ricarda non avesse esagerato nella descrizione.

«La cosa più semplice è che mi faccia un'idea io stessa.»

Il signor Kallstadt si mise a ridere. «Con tutto il rispetto per la vostra posizione e il vostro sapere: questa è casa mia. Sarò lieto di invitarvi qui in un'altra occasione. Ma oggi no. Ho degli ospiti.»

Henriette non aveva messo in conto una reazione tanto ostile.

«Non me ne andrò finché non avrò visto la donna, signor Kallstadt» disse, decidendo di fidarsi della capacità di giudizio di Ricarda. «A Vienna il vaiolo dilaga. Dubito che una persona che viene da Ceylon sia vaccinata e domani la vedranno gli abitanti di Berlino. Se non mi fa entrare, tornerò entro un'ora al massimo. Ma non da sola.»

«Terza porta a destra» bofonchiò il signor Kallstadt facendosi da parte.

Nella carrozza, la minuta singalese tremava nonostante la calda serata estiva. Sua sorella provava continuamente a coprirla, ma Henriette glielo impediva. Grazie al lungo periodo passato in Inghilterra, fu in grado di spiegarle in inglese che le pustole avevano bisogno di prendere aria.

La madre di Kumari parlava un inglese rudimentale, mentre sua sorella Thusali neanche una parola. L'ammalata viaggiava per l'Europa da quasi un anno. Henriette dovette prendere atto con orrore che c'erano persone che venivano strappate alle loro radici per essere esposte in una mostra.

La meta di Henriette era dall'altra parte della Sprea, nella zona industriale di Berlino, dietro la fabbrica metallurgica Borsig, la manifattura di porcellane e il birrificio Moabit. Henriette non conosceva bene il Lazzaretto Comunale. Sapeva solo che era stato fondato sei anni prima da Rudolf Virchow per i malati di colera, di tifo e di vaiolo. In mezzo a un boschetto di giovani alberi, c'erano numerose baracche a graticcio dall'aspetto poco invitante. Alcune di queste erano già state demolite per fare spazio a nuove costruzioni.

Il vetturino si fermò davanti a una sbarra. «Da qui le signore dovranno proseguire a piedi!»

Henriette spiegò la situazione a un signore con una giacca grigia consunta e una targhetta appuntata sul petto con la scritta "Guardiano".

«Qui non ci sono più malati di vaiolo, signorina.»

«Io sono un medico» ribatté lei «e ho con me una donna col vaiolo allo stadio iniziale.»

«Le donne non sono medici!»

Henriette sapeva che non aveva senso discutere con quell'uomo. Quello di guardiano non era un ruolo per cui veniva richiesta una formazione medica. L'unico requisito era non essere troppo schizzinosi riguardo alle malattie.

Le due singalesi portavano un leggero foulard colorato sulla testa e sulle spalle. Henriette chiese a Thusali di mostrare al guardiano il proprio volto, dove le pustole del vaiolo erano evidenti.

«Che cosa sarebbe?» domandò il guardiano.

«Vaiolo, buon uomo. Per caso ne volete un po' anche voi?» domandò Henriette con un sorriso cordiale.

L'uomo, sconvolto, fece un balzo all'indietro e le indicò dove andare. Dopo l'esperienza con lui, la contessina decise che era più saggio non presentarsi subito come medico e chiese alla capo infermiera di dare un'occhiata a Thusali.

«Dove avete preso questa donna? Cosa ci fate insieme a lei?» la rimproverò l'infermiera.

«Viene da Vienna. È probabile che abbia contratto il vaiolo nell'epidemia che c'è là.»

«E voi come fate a sapere tutte queste cose?»

«Potreste per favore avvisare un medico?»

«Intanto lei viene come me!» disse indicando Thusali.

«Parla praticamente solo singalese e qualche parola di inglese.»

«Ma quante cose sapete!»

Henriette sorrise, ma dentro ribolliva di rabbia. Perché era sempre la stessa storia con le infermiere? Erano quasi tutte testarde e scortesi. Negli anni della sua formazione aveva avuto quasi sempre cattive esperienze con loro. Lei e Käthe erano giunte alla conclusione che un motivo fosse l'invidia, perché le infermiere lavoravano sodo e guadagnavano poco. La maggior parte dei medici, al contrario, volteggiavano arroganti da una sala all'altra. Cosa le autorizzava dunque, in quanto donne, a considerarsi al di sopra delle loro pari? Queste riflessioni le avevano portate a evitare scontri aperti.

Aspettò dunque per un bel po' insieme alle due donne, finché non comparve un uomo in camice bianco che avrà avuto all'incirca la sua stessa età.

«Avete portato voi questa donna? Chi è?» domandò il medico in tono severo. Non aveva idea di avere a che fare con una collega. Henriette spiegò la situazione e poi concluse: «Ieri sono arrivate anche altre persone a Berlino. Non sono a conoscenza del numero di contagiati tra queste».

Durante il suo resoconto, la postura del medico si era modificata. Da un'aggressività latente era passato a un atteggiamento difensivo, come dimostravano le braccia che adesso teneva incrociate sul petto. «Come fate a sapere queste cose? Chi siete?»

«Perdonatemi. Non abbiamo avuto occasione di presentarci. Henriette Von Freystetten.»

«Permettetemi: dottor Feldmann, Heinrich. Ma voi cosa avete a che fare con queste persone?»

«Mi hanno chiamata perché sono un medico.»

Conosceva già le domande che sarebbero seguite e rispose a tutte.

«Be'» mormorò Feldmann alla fine «il mio campo non sono le malattie infettive, ma la medicina interna. Oltretutto non abbiamo la certezza che si tratti di vaiolo. Per la verità, non ci sono più casi di vaiolo da tempo, per questo stanno per demolire tutto, qui. Al momento per i ricoveri è rimasto solo un reparto infettivo generico, con letti liberi.»

«Quindi potete prendere in cura questa donna?»

«Quando c'è il rischio di un'epidemia non si tratta di potere, ma di dovere. Non parlano la nostra lingua, vero?» domandò guardando la madre di Kumari, accanto a loro.

«Sarebbe sicuramente meglio se potesse restare anche la signora Kallstadt.»

Poi tradusse tutta la conversazione in inglese.

«Conoscete anche l'inglese?» le domandò Feldmann sorpreso.

«Ho studiato in vari paesi, tra cui l'America, perché…»

«Un buona formazione in medicina può trovarla solo in Germania.»

Henriette sorrise. «Purtroppo le donne no, caro collega.»

«Io non penso che siamo colleghi.»

«Mi rallegra il fatto che siate in grado di pensare.» Poi cambiò argomento. «Caro collega, cosa ritenete opportuno fare, riguardo agli altri casi sospetti?»

«Manderemo un agente di polizia. Datemi l'indirizzo, ci penso io.»

Più tardi, mentre cercava una carrozza dopo aver lasciato l'ospedale, la contessina pensò a Ricarda e alla sua amicizia con Kumari. Il signor Kallstadt non sarebbe certo rimasto entusiasta dell'esito della vicenda.

Quando finalmente trovò un vetturino disponibile, gli disse di portarla al Pariser Platz. Ma mentre l'uomo stava già incitando il cavallo, ebbe un'idea che le fece dimenticare tutta la rabbia appena accumulata. «Vetturino, ho cambiato idea. Prima portatemi nella Kanonierstrasse, all'angolo con la Französische.»

Ricarda aveva scoperto che fare salotto con due adulti non era poi così difficile. Ma forse dipendeva anche dalla spontaneità di Käthe Hausmann, che da subito le aveva proposto con grande semplicità: «Posso darti del tu? Chiamami pure Käthe».

E adesso Käthe stava commentando: «Sono felice che nel frattempo ti sia ambientata, qui a Berlino. Henriette ogni tanto ti fa fare da sua assistente?»

«Sono molto impacciata» ammise Ricarda.

«Ti sarai sicuramente già fatta un'idea su cosa vorresti fare dopo la scuola.»

Ricarda non aveva dimenticato il suo sogno segreto di diventare medico, ma non ne aveva fatto mai parola con nessuno, neanche con le sue amiche, perché tutti quanti la consideravano una persona realista, con i piedi per terra. Per cui si limitò a dare la stessa risposta di tutte le sue compagne di classe: «Penso che l'insegnante sarebbe un mestiere adatto a me».

«Davvero?» domandò la signora Hausmann sorpresa. «E come mai?»

Ricarda, a sua volta, si sorprese del fatto che qualcuno non considerasse la sua risposta come ovvia, ma riuscì a dissimulare e a rispondere: «Non dimenticherò mai la prima lezione della signorina Lange. Quanto poco sapevo! E quanto poco so, ancora adesso. È come se ci fossero delle stanze di cui conosco l'esistenza ma che per me restano chiuse. Come sarebbe bello trovare la chiave per tutte!».

«Helene Lange, vero? Sì, la conosco.» Negli occhi di Käthe Hausmann c'era benevolenza. «È senz'altro una fonte d'ispirazione per le ragazze giovani.»

«Sicuramente troverete presto un uomo e vi sposerete. I vostri figli avranno una madre istruita» disse il signor Kögler.

Ricarda detestava quell'argomento. Di recente Eleonore era scoppiata in singhiozzi senza più riuscire a smettere, proprio perché sua madre, poco prima di partire per una cura, le aveva presentato l'ennesimo corteggiatore: un uomo in cerca di una donna fedele e nel quale Eleonore non trovava niente di interessante.

Motivo per cui la reazione di Ricarda fu piuttosto impetuosa: «È ingiusto che un'insegnante debba rimanere nubile, mentre un uomo può sposarsi e fare tutti i mestieri che vuole. Allora preferisco rinunciare al matrimonio!»

«E chi si occuperebbe dei figli, se la madre lavorasse?» domandò il signor Kögler.

Ricarda sospirò. «Ma non potrebbero…» Si interruppe.

«Certo che gli uomini potrebbero occuparsi dei figli. Perché non dirle, certe cose?» domandò Käthe.

«Be'» ribatté Georg Kögler con la voce profonda dell'uomo sicuro di sé «perché altrimenti la signorina Ricarda finirebbe come te: divorziata.»

Käthe lanciò al cugino un'occhiata furibonda. «Vediamo se Anna si farà piegare tanto facilmente al ruolo di donna di casa.» Poi si rivolse a Ricarda e spiegò: «Il signor Kögler sta per sposare la nostra cugina. Il nostro bisnonno ha avuto una ricca discendenza.»

«La vostra futura moglie non ha un lavoro?» domandò Ricarda. «E cosa farà tutto il giorno?»

Georg si agitava nella poltrona, a disagio. «E che ne so io. Farà le cose che fanno le donne.»

Mia madre lavorava e si è anche occupata di me e delle mie sorelle, pensò Ricarda, mentre i ricordi che le riaffiorarono le stringevano un nodo in gola. «Ho trascurato i miei doveri di padrona di casa. Posso offrivi del cognac?»

«Posso chiedervi un bicchiere di birra?» domandò Kögler.

«La famiglia di Georg possiede il birrificio più grande della Baviera e lui è il consulente legale dell'Unione dei Birrai» spiegò Käthe. «Non produce la birra, ma sa come portare gli altri a berla.»

«Allora non resta che andare a prenderla.» Ricarda fece per alzarsi, ma Käthe la fermò: «In quanto padrona di casa, non dovresti andare tu. Penso che la mia amica Henriette avrebbe mandato una cameriera a procurare della birra.»

Ricarda fino a quel momento non aveva mai dato un incarico alla signora Merger. Ma adesso non c'era altra scelta. Oltretutto non vedeva la governante dalla mattina.

«Auguste, dov'è la signora Merger? La contessina le ha dato la giornata libera?» domandò Ricarda quando trovò la ragazza in cucina.

Di solito la governante aspettava che tutti gli ospiti se ne andassero, tanto più che questi due sarebbero rimasti anche a dormire.

Auguste scosse la testa. «No, signorina. Se n'è andata stamani e non è tornata.»

«Non è strano?»

Auguste non seppe cosa rispondere. O forse non volle. Ricarda aveva imparato già al castello che le cose funzionavano così: i padroni non condividevano ciò che sapevano con i domestici e viceversa. E le situazioni come quella le ricordavano che ormai stava dall'altra parte della barricata. Comunque, non poté fare a meno di impartire l'ordine lei stessa. Anche il "signorina" nella risposta di Auguste era una cosa alla quale non riusciva proprio ad abituarsi.

Il grosso orologio a pendolo della sala aveva appena battuto le nove, quando Ricarda sentì finalmente aprirsi la porta di casa.

«Spero che nel frattempo Jette non abbia vaccinato tutta Berlino contro il vaiolo» disse Käthe ridendo.

La contessina rientrò in compagnia di Franziska Biberti ed Emilie Solm. Da quando avevano fondato insieme il Circolo Igea, oltre un anno prima, frequentavano la casa con regolarità, una volta al mese. Ricarda fece un piccolo inchino e le due dottoresse, così somiglianti tra loro, la salutarono con un cenno cordiale, prima di abbracciare Käthe come se fosse una sorella che non vedevano da tempo.

«Quando Jette ci ha detto che eri in città, abbiamo mollato tutto e siamo venute. Che felicità!» esclamò Emilie.

«E rimarrò qui con voi, mie care. Sto divorziando e voglio rifarmi una vita a Berlino.»

La contessina era raggiante. «Ma è magnifico, Käthe! Ho spazio a sufficienza qui, puoi rimanere quanto vuoi.»

«Così saremo finalmente riunite! Dobbiamo assolutamente organizzare qualcosa tutte insieme» disse Franziska Biberti.

«Io avrei già un'idea, mi ci ha fatto pensare poco fa un'infermiera al lazzeretto» intervenne la contessina. «Quella donna non sapeva niente del suo lavoro. Quello che manca agli ospedali comunali è un luogo di formazione per le infermiere, perché conoscano almeno i fondamenti. Una paziente ha una polmonite grave o solo un po' di tosse? Morirà o possiamo aiutarla?»

«Sarebbe meraviglioso se ci fossero donne in grado di assumersi certe responsabilità grazie al loro percorso di studi» concordò la dottoressa Biberti.

«Mi sembrano dei progetti ambiziosi, signore mie. Vi auguro buona fortuna.» Georg si ritirò con queste parole e anche Ricarda salutò la compagnia, dicendo che aveva lezione la mattina seguente. Mancando all'appello la signora Merger, prima di andare raccolse velocemente le stoviglie usate.

«Jette mi ha scritto di recente dei vostri progetti per un ospedale. A che punto siete?» domandò Käthe Hausmann.

«Nessuno ci dà uno spazio in affitto» rispose la dottoressa Solm. «L'unica cosa che possiamo fare sono le visite a domicilio alle donne indigenti, alle domestiche e alle operaie. Anzi, ora che ci penso, proprio ieri ho visitato anche una donna dell'alta società. Mi ha detto che il marito non riusciva a trovare un buon dentista, le ho dato il tuo indirizzo, Jette.»

«Sarebbe il primo uomo a farsi curare volontariamente i denti da un medico donna!»

La contessina scoppiò a ridere mentre Ricarda si chiudeva la porta del salone alle spalle. Adesso Henriette era con tre sue compagne di studi. Quattro dottoresse, incredibile! Ma la più simpatica di tutte le sembrava la signora di Monaco, Käthe. Se fosse venuta a vivere in casa con loro, l'atmosfera forse non sarebbe stata sempre così seria.

Il mattino seguente Ricarda si alzò molto presto per studiare. In cucina incontrò Auguste, che le disse subito: «Scusate, devo chiedervi una cosa». La domestica teneva lo sguardo basso e si contorceva le mani. «Ieri avevate chiesto della signora Merger.»

«Non c'è neanche oggi? È malata? Ha bisogno di aiuto?»

Auguste fece un cenno di assenso appena percettibile.

«La Mine ha qualcosa che non va, signorina.»

Fino a quel momento, Ricarda non aveva quasi mai parlato con la signora Merger di questioni personali. La governante aveva sempre troncato sul nascere conversazioni simili.

«Mine è sua figlia?» Ricarda rifletté. «Ha un paio di anni meno di me. Tredici, vero?»

«Però non potete dirlo alla contessina.»

«Va bene, Auguste. Non lo farò. Allora?»

«C'è stato un incidente con la Mine» proruppe Auguste.

Poco dopo, Ricarda uscì in strada nel suo vestito estivo verde chiaro con il colletto di pizzo. Subito dopo la visita alla signora Merger, aveva intenzione di andare a scuola. Non era una gran deviazione ed era in anticipo, per cui sperava di arrivare comunque puntuale per l'inizio delle lezioni.

Il viale Unter den Linden era ancora intorpidito dal sonno, ma non appena svoltò nella Friedrichstrasse il traffico si fece intenso. I contadini trainavano per strada i pesanti carri con cui erano partiti dalla campagna nel cuore della notte. I venditori ambulanti spingevano le loro carriole, superavano i carri ingombranti dei contadini, a volte anche a quattro cavalli, si scontravano tra loro, si insultavano e ricominciavano a correre.

Là, dove la raffinata Dorotheenstadt incontrava la Friedrichstadt, i negozi e gli alberghi erano eleganti. Ma la meta di Ricarda era molte traverse più a sud, in una zona dove di solito non aveva motivo di andare. Non solo le case erano fatiscenti e in alcuni casi addirittura pericolanti, ma per strada ciondolavano persone che evidentemente non avevano un posto dove dormire. Donne trasandate le tagliavano la strada, vacillanti e puzzolenti di alcol, urlandole dietro che doveva essersi persa.

A un angolo di quella stessa via aveva recentemente mangiato un gelato al caffè Kranzler, ma a ogni isolato che superava, il quartiere si faceva più miserabile. Di notte i macellai avevano ucciso gli animali e il sangue fresco diluito con l'acqua scorreva lungo la strada mescolandosi alla pioggia notturna. I primi raggi del sole si riflettevano nelle grosse pozzanghere, creando uno strato di nebbiolina che andava a posarsi sul sudiciume della strada. Ricarda procedeva a zig zag per non sporcarsi le belle scarpe nuove.

«Che fai, vai a ballare, bella signorina?» le abbaiò contro una donna.

Cosa ci faccio qui?, si chiese Ricarda. Mentre camminava, pensò che non sapeva niente della governante. E questo nonostante la signora Merger le preparasse da mangiare, le sistemasse i vestiti e le pettinasse i capelli. Tutti compiti che un tempo svolgeva sua madre.

«Dovete percorrere tutta la Friedrichstrasse, fino alla piazza Belle Alliance» le aveva detto Auguste.

Ricarda raggiunse la piazza dalle belle aiuole verdi. In cima alla colonna al centro della piazza si ergeva una statua raffigurante la Vittoria che innalzava una corona di alloro sulla città. Intorno alla piazza c'erano alcune case signorili e altre più semplici, di varie dimensioni. Ricarda pensò di aver sbagliato. Per quanto la parte finale della Freidrichstrasse le fosse sembrata claustrofobica, quella piazza era invece ampia e spaziosa.

Cercò tra i numeri civici e quando finalmente trovò il 236

attraversò un ingresso stretto che la condusse in un cortile interno, al quale ne era collegato un secondo e poi un terzo. Cortili nei quali luce e aria entravano a malapena, circondati com'erano da edifici a più piani. Già a quell'ora del mattino c'erano bambini che urlavano, madri che sbraitavano, uomini che spingevano carretti cigolanti, sbuffando e brontolando: «E fatti da parte!», e poi sputavano per terra. Un uomo spingeva un organetto sul pavimento sconnesso, mentre la sua scimmietta tentava di liberarsi dalla fune a cui era legata. Dopo aver ricevuto una pacca sulla testolina, l'animaletto si appollaiò sull'organetto guardandosi intorno con occhi spauriti.

Ricarda non sapeva dove andare. Domandò della signora Merger a una donna magra che le stava andando incontro.

«Cosa volete da lei?»

«Voglio farle visita.»

La donna magra squadrò Ricarda dalla testa ai piedi.

«Be', se credete. Terzo cortile a sinistra.»

Il terzo cortile non era né peggio né meglio degli altri, forse solo un po' più rumoroso, giacché i lattonieri stavano martellando all'aperto per sfruttare la frescura del primo mattino. Ricarda poggiò la mano sulla spalla nuda di uno di loro.

«Dove posso trovare Malwine Merger?»

L'uomo, che teneva tra le labbra dei chiodi che le sue esperte mani conficcavano poi in qualcosa di indefinibile, indicò con un lieve cenno del capo l'ingresso di un seminterrato, poi si rimise a martellare.

Nonostante l'ora, sugli scalini sudici del portone erano seduti due bambini ancora piccoli, pallidi e con grandi occhi affamati. I due, un bambino e una bambina di poco più grande, erano molto silenziosi e non appena Ricarda fece per entrare, si scansarono per farla passare.

La signora Merger vive con la sua famiglia in un seminterrato, pensò Ricarda sconvolta.

Ricarda scese i tre o quattro scalini che portavano allo scantinato umido. Già da fuori aveva visto che le finestre dell'appartamento affacciavano sul pavimento del cortile. Su un biglietto appuntato con un chiodo alla porta di legno malandato campeggiava la scritta "Merger". C'era un silenzio inquietante.

Ricarda alzò la mano per bussare e raccolse tutto il suo coraggio. Stava per immischiarsi nella vita di una persona che fino a quel momento era sempre stata tutt'altro che cordiale con lei. Era davvero una buona idea? Del resto, la signora Merger e sua figlia erano in difficoltà, altrimenti Auguste non avrebbe mai chiesto il suo aiuto.

«Signora Merger? Sono Ricarda Petersen.»

Non successe niente e Ricarda temette di aver fatto un errore ancora più grande di quanto immaginasse. Non solo stava facendo irruzione nella vita di Malwine, ma anche in quella della sua famiglia. Quattro figli, un marito. E nessuno di loro la conosceva.

Doveva bussare di nuovo? No, le mancava il coraggio. Doveva andarsene subito. A scuola. Avrebbe fatto appena in tempo.

«Signora Merger?» sentì dire alla propria voce, senza essere convinta che provenisse da lei. «Siamo preoccupate per voi!»

Stava già per andarsene, quando la porta si aprì di uno spiraglio.

«Cosa ci fate qui?» Malwine la fissava sbigottita. «Andate via.» E richiuse la porta.

Ricarda fissò la vernice scrostata. «Cos'è successo, signora Merger? Cosa devo dire alla contessina?» Ricarda si sentiva completamente smarrita.

La porta si riaprì. La signora Merger afferrò Ricarda per la mano e la tirò dentro. Scesero altri due scalini e l'odore di muffa si fece pungente.

«Venite dentro. I vicini stanno già guardando.»

Fuori era pieno giorno, ma lì sotto, in quella stanza a malapena rischiarata da tre piccole finestrelle, una fioca lampada a gas doveva supplire alla mancanza di luce. Era appoggiata su un tavolo in fondo alla stanza, con poche pentole appese alla parete e una bacinella con la brocca appoggiata per terra. In varie parti delle pareti e del soffitto l'intonaco era venuto via.

All'altro lato della piccola stanza, Ricarda vide il volto pallido di una ragazzina, con due occhi scavati che la fissavano. D'istinto fece mezzo passo indietro. E poi sentì quello strano odore, che non aveva niente a che fare con la muffa, e udì un terribile lamento.

«Non sta bene, la Mine» disse Malwine. «Per questo non sono potuta venire, ieri. E nemmeno oggi.»

Con cautela, per non rischiare di urtare qualcosa nella semioscurità, Ricarda procedette con cautela nella direzione da cui proveniva il gemito.

«Mine? Io sono Rica. Mi capisci?»

La risposta fu un mugolio indefinibile.

«Cosa ti succede?»

Di nuovo quel verso strano, nel quale restava ben poco di umano.

«Perde sangue. Molto sangue. Credo che morirà.»

«Perché non avete chiamato la contessina?»

«Oh, signorina Ricarda. Queste sono cose che non conoscete e che non dovreste neanche conoscere. Succedono. Non è giusto che succedano. Ma la mia Mine ora sta perdendo tutto il sangue.»

«Ma non possiamo lasciare che accada, signora Merger! Vado a chiamare la contessina.»

«No, invece. Il buon Dio vuole così. E ormai è troppo tardi. La Mine si è bucata e adesso sanguina.»

Ricarda non capiva a cosa si riferisse. «Ma si potrà pur fare qualcosa per evitarlo!»

«No!» ribatté Malwine. «Per noi le cose vanno così. Andatevene. Se volete fare qualcosa per me, dite alla contessina che sono malata e che torno domani. Ma non dite niente della Mine. E ora andate.»

A scuola Ricarda non riuscì a concentrarsi su niente. Kumari le domandò perché fosse così preoccupata, ma lei non trovò le parole per descrivere ciò che aveva vissuto quella mattina. I suoi pensieri si arenavano sempre sulle stesse domande. Aveva sbagliato a obbedire alla signora Merger e ad andarsene? Non avrebbe dovuto avvisare la contessina? Forse lei avrebbe potuto aiutare Mine.

Quando tornò alla casa in Unter den Linden, la contessina aveva delle pazienti. Käthe la assisteva, come le disse Auguste, e Ricarda si limitò a riferirle che l'indomani la signora Merger sarebbe tornata a lavoro.

Ricarda si ritrovava ancora una volta tra due fuochi: non era né padrona né servitrice, era venuta a conoscenza di una tragedia che riguardava una domestica, ma di cui la padrona non doveva sapere niente. Altrimenti Auguste sarebbe andata direttamente dalla contessina, perché aiutasse la figlia della signora Merger.

«Insomma, ma dov'è Malwine?» domandò la contessina poco dopo. «Qualcuno potrebbe spiegarmi cosa sta succedendo?»

Ricarda aspettava quella domanda. «È malata.»

«E tu come lo sai?»

No, così non avrebbe funzionato. Una semplice bugia non avrebbe risolto niente. «Contessina, posso parlarvi da sola?»

«Certo» rispose secca Henriette.

Andarono nel *santuario*, quella piccola stanza che dava tanta sicurezza.

«Stamani, prima di scuola, sono stata dalla signora Merger e…»

«Come fai a sapere dove abita?» La contessina non faceva niente per dissimulare il suo cattivo umore.

«Preferisco tenerlo per me. Non è lontano da qui. Quando sono arrivata, sua figlia giaceva nel letto pallida come la morte…»

«E poi?»

«La signora Merger ha detto che Mine si era bucata e che adesso sanguinava. Non so cosa significa. Mine aveva inzuppato di sangue il pagliericcio del letto. Non riusciva a parlare. Era debolissima. E la signora Merger voleva per forza che me ne andassi.»

La contessina rimase immobile senza dire niente. Guardò prima Ricarda, poi nel vuoto.

«Oh, mio Dio. Mi dispiace tanto che tu abbia dovuto assistere a una cosa simile» sussurrò poi.

Ricarda alzò le spalle. «Non potevo fare altro che guardare. Qualsiasi parola sarebbe stata fuori luogo. La signora Merger una volta mi ha detto che Mine è la sua figlia maggiore.»

La contessina abbracciò Ricarda e la strinse forte a sé, una cosa che non aveva mai fatto prima.

«Sei davvero sorprendente, Rica» disse con una voce che celava sia ammirazione che una sfumatura di malumore. «Però non dovresti immischiarti in cose che riguardano il personale di servizio.»

«Perdonatemi, contessina, Mine ha due anni meno di me. È lei a essere in difficoltà. Io sono rimasta coinvolta solo per caso.»

«Questo è vero, certo.» Per la prima volta Ricarda ebbe l'impressione che la contessina non sapesse cosa fare, proprio lei che agiva con grande sicurezza in ogni situazione.

La porta si aprì ed entrò Käthe, quasi irriconoscibile nel grezzo abito grigio da lavoro e il grembiule, ma vedendo Ricarda fece per tornare subito indietro: «Scusate, non volevo disturbare».

«Capiti a proposito, Käthe» disse la contessina. «In questo momento mi sento cedere la terra sotto i piedi. Ricarda mi ha raccontato di una terribile esperienza di cui è stata inconsapevolmente testimone stamani all'alba. Ricarda, penso che dovrebbe saperlo anche Käthe.»

Ricarda lasciò che la contessina riportasse gli avvenimenti alla sua amica.

«Dobbiamo fare qualcosa» fu la reazione spontanea di Käthe. «Ci vado subito. Magari si può ancora aiutare quella ragazza! Anche se ormai abbiamo perso molto tempo.»

«Ti accompagno, Käthe.»

«Non se ne parla nemmeno, Jette! Ti conoscono tutti. Non puoi correre questo rischio, con un caso di aborto finito male...»

«Käthe, ti prego!» la ammonì la contessina lanciando un'occhiata in direzione di Ricarda.

«Aborto finito male, che significa?» domandò la ragazza.

La contessina guardò la sua amica e scosse la testa per impedirle di parlare.

«Jette, Ricarda non può più vivere nella bambagia, ormai è tardi.» Käthe fece un breve sospiro. «Al di là delle questioni mediche: perché una ragazzina di tredici anni è incinta? C'è qualcosa che non torna. Rica, dammi l'indirizzo per favore. Ci vado subito!»

Ricarda iniziava a mettere insieme le tessere del puzzle. Mine aspettava un bambino!

«Mine si è bucata la pancia per uccidere il bambino che le cresceva dentro?» domandò Ricarda sgomenta.

«Temo che sia andata così, sì» disse Käthe.

In quel momento suonarono alla porta di casa.

«Il mio primo paziente uomo. Me ne ero completamente scordata!» esclamò la contessina.

Nell'ambulatorio, Ricarda preparò gli strumenti necessari. Da un paio di mesi aveva il permesso di tirar fuori dall'armadio anche la boccetta di etere. Sistemò sul tavolino le garze bollite e pressate.

«Molto bene» la lodò Henriette. «Puoi chiedere al paziente di entrare?»

«Subito, contessina.»

Stava per andare, quando la sua benefattrice la fermò. «D'ora in avanti è meglio se mi chiami "dottoressa" davanti ai pazienti. Perché non è la contessina a curarli, ma il medico.»

«In effetti è molto più logico, dottoressa.»

Henriette dissimulò un sorriso. Quella ragazza aveva una logica solida! Ma allo stesso tempo aveva anche cuore e coraggio. Una combinazione rara.

Ricarda presentò il paziente nel modo in cui era stata istruita. Quando la contessina non conosceva il nome del paziente, era suo compito informarsi in sala d'attesa.

«Dottoressa Von Freystetten, il signor Julius Bötzow.»

Era un uomo con un'imponente barba scura e un abbigliamento decisamente elegante. Henriette capì a una prima occhiata che era ricco, anche se a rivelarlo erano solo piccoli dettagli. La stoffa pregiata dell'abito, la raffinata spilla di perla che teneva il papillon, la piccola catena d'oro dell'orologio nella tasca del panciotto. Il suo sguardo rivelava una certa abitudine a impartire ordini, anche se non era un militare. Un uomo d'affari. Forse della sua stessa età? Gli uomini di quel tipo normalmente avevano molte riserve nei confronti dei medici donne...

«Sono lieta che siate venuto» disse.

«Be', spero di poter dire la stessa cosa, una volta lasciato l'ambulatorio!»

Il suo sorriso esprimeva riserbo e curiosità al tempo stesso.

«È molto raro che i dentisti non facciano male ai loro pazienti.»

«L'importante è sopravvivere. C'è un sacco di gente che ha ancora bisogno di me!»

«La mia amica, la dottoressa Biberti, mi ha detto di aver conosciuto vostra moglie, recentemente. Dev'essere stato un incontro inusuale» disse, intendendo che Franziska curava solo operaie e senza praticamente chiedere un compenso.

«Il mio birrificio si trova ancora nella Alte Schönhauser Strasse e la dottoressa Biberti è stata tanto gentile da curare alcune delle nostre operaie, su richiesta di mia moglie. È così che si sono conosciute. E la dottoressa Biberti ha una grande stima di voi.»

«Ci stimiamo fin da quando studiavamo insieme a Zurigo. E adesso ci siamo ritrovate qui a Berlino.»

Henriette condusse il signor Bötzow alla poltrona, che lui osservò con sguardo fiducioso. Fece un cenno a Ricarda, che coprì gli abiti pregiati del paziente con una stoffa pesante.

«C'è un problema in particolare che vi assilla, signor Bötzow, considerata la rapidità con cui siete venuto da me?»

Il paziente aprì la bocca e Ricarda sistemò la luce in modo da illuminare bene il suo interno.

«Inizierei con una breve pulizia generale dei denti, per poi passare a occuparmi del vostro dente del giudizio in basso a sinistra.»

«Farà male?»

«La prima parte, poco. La seconda parte, penso di sì, ma ho visto casi molto più gravi del vostro. Per entrambe le operazioni avrò bisogno dell'assistenza della signorina Ricarda.»

Con le sue pazienti si era rivelato efficace stimolare la conversazione, in modo da farle concentrare su cosa dire quando avrebbero potuto rispondere. A quanto pareva era un buon metodo per distrarle, che adesso voleva usare anche con il suo primo paziente uomo.

Mentre iniziava la pulizia, domandò: «Dicevate che il vostro birrificio si trova *ancora* nella Alte Schönhauser Strasse. Significa che state per traslocare un intero birrificio? Immagino sia un'impresa titanica!»

Nelle brevi pause durante l'operazione di pulizia, il signor Bötzow le raccontò che negli ultimi anni il mercato della birra di Berlino aveva subìto profondi cambiamenti, ai quali lui aveva saputo reagire nel migliore dei modi. La nuova tipologia di birra a bassa fermentazione andava prodotta a temperature fredde, cosa che nel vecchio stabilimento non era facile fare. Per questo stava facendo costruire un nuovo birrificio nella Prenzlauer Chaussee.

«E cosa ne farete del vecchio? Lo demolirete?»

«Solo in parte. Vi farò costruire degli appartamenti. La città sta crescendo in fretta e con gli appartamenti si guadagna bene. E in più la vecchia fabbrica ha ancora spazio per ospitare delle attività...»

Henriette tese le orecchie. Quelle erano informazioni estremamente interessanti. Ora non restava che sfruttarle. Posò una mano sul braccio del suo paziente. «Devo interrompervi per un istante. Adesso tocca al dente del giudizio. Purtroppo è necessario estrarlo.»

«Prendo la boccetta speciale?» domandò Ricarda solerte.

Henriette scosse la testa. Sentiva di dover fare un tentativo: usare la completa attenzione del paziente al posto dell'etere. Impedendo al pover'uomo qualunque possibilità di obiezione, gli raccontò dei progetti di Franziska ed Emilia di aprire un ospedale per donne.

«Purtroppo però c'è un problema...» Poi fece una breve pausa e disse: «Bene, e adesso un attimo di coraggio!».

Ed estrasse il dente.

«Vedete, eccolo qui. Ricarda, sciacquiamo la ferita. Signor Bötzow, vi prego di sputare nella scodella che vi passerà Ricarda. Bene. Adesso, Ricarda, tampona.» Henriette riprese il filo dei suoi pensieri: «Le mie amiche non trovano nessuno disposto ad affittare loro uno spazio idoneo. Perché sono donne. E le donne non possono essere medici, come sappiamo.» Gli rivolse un sorriso malizioso. «Per cui, se ci fosse qualcuno disposto ad affittare degli spazi in un quartiere operaio, questo qualcuno farebbe un ottimo affare non solo per se stesso. Per le operaie, che si ammalerebbero meno. E per la bella sensazione di essere di aiuto agli altri. E ovviamente non sarebbe beneficienza, perché le mie amiche pagherebbero un affitto. Ricarda, puoi togliere le garze, adesso. Signor Bötzow, vi sentite bene?»

Il paziente tastò con la lingua il posto vuoto lasciato in bocca dal dente. «Rimarrà così?»

«Ci ricrescerà sopra la gengiva. I denti del giudizio sono un regalo del buon Dio ai dentisti. Per il resto sono completamente inutili.»

«Non ho praticamente dolore. Come ci riuscite?»

«Desidero aiutare gli altri fin da quando ero piccola e in più amo il mio lavoro. Tutto qui. Ah, per oggi non mangiate niente. Però è concesso bere birra.»

Bötzow la guardò ancora un istante, un istante che sarebbe stato di troppo, in circostanze normali. Henriette tentò di capire dai suoi occhi se gli era arrivato il messaggio. Non riuscì a capirlo, ma pensò comunque di aver detto tutto ciò che c'era da dire, per quel giorno. Non sarebbe tornata sull'argomento dell'ospedale per donne. Quell'uomo si sentiva capace di ogni cosa. Henriette glielo leggeva in faccia. Togliere un dente senza far soffrire: quale modo migliore di impressionare un uomo?

La lunga e tiepida serata estiva volgeva ormai al termine, mentre Ricarda e la contessina sterilizzavano gli strumenti e le garze nella cucina di Malwine. La finestra era aperta, gli uccellini cantavano e il profumo dei tigli riempiva la stanza.

«Credete che il signor Bötzow affitterà i suoi spazi alla dottoressa Biberti e alla dottoressa Solm?» domandò Ricarda.

La contessina immerse nell'acqua bollente qualche altra striscia di stoffa.

«È quello che spero. Ma il vero messaggio che volevo trasmetterti è un altro: cogli sempre un'occasione, se pensi che ne valga la pena. Approfittane senza esitare, tenta la fortuna. È proprio questa la tua forza, io lo so. Stamani ti sei messa in cammino per dare una mano senza pensarci un attimo. Io ho fatto la stessa cosa con i mezzi che ho a disposizione. Io non posso andare da Malwine e chiederle: "Come stai?". La sola domanda la metterebbe in imbarazzo. Penserebbe subito di avermi dato una brutta impressione. Io sono una nobile e, credimi, anche la mia condizione ha i suoi svantaggi.»

«Se non foste nobile, io non sarei qui.»

«Anche questo è vero. Per cui dobbiamo interpretare i nostri ruoli per come il buon Dio ha voluto che fossero» rispose la contessina. «Adesso vai a dormire, domani hai scuola.»

Ricarda stava già per andarsene, quando le venne in mente che quella giornata non avrebbe avuto alcuna logica se non avesse detto ciò che ancora le passava per la testa. «Se il signor Bötzow ha posto per l'ospedale delle donne, potreste anche chiedergli se ha un appartamento migliore per la signora Merger e la sua famiglia? Nel posto in cui abita è tutto umido, buio, angusto e senza speranza.»

«Sì, Ricarda, è una buona idea.»

Ricarda uscì, lasciando la contessina da sola a pulire pensierosa le pezze di stoffa nella pentola, e in corridoio si imbatté in Georg Kögler, che stava rientrando.

«Santo cielo, Ricarda! Mi avete fatto prendere un bello spavento!» Scoppiò a ridere. «Ho appena incontrato il mio collega Bötzow. Che coincidenza! Il re della birra di Berlino che se ne va a spasso da queste parti.»

«Il re della birra?» domandò Ricarda stupita.

«Ma sì, certo! Lui ha il birrificio più grande di Berlino e la mia famiglia il più grande di Monaco. È naturale che ci conosciamo.»

«Allora temo di aver appena buttato via il dente del giudizio di sua maestà» disse Ricarda guardando il re della birra bavarese con finta perplessità.

«Quindi non era un caso che io abbia incontrato Bötzow?»

«Se la dottoressa Freystetten togliesse un dente anche a voi, signor Kögler, lo sarebbe senz'altro di più. Buonanotte.»

Fece un piccolo inchino e se ne andò.

Henriette era in una nuvola di vapore, ma né il calore né l'umidità le impedivano di chiedersi come fosse possibile che il punto di vista di una ragazza così giovane la colpisse tanto. La piccola figlia del giardiniere le apriva gli occhi su cose che avrebbe dovuto vedere lei stessa già da un pezzo. Proprio lei, che era un medico, non si era mai posta il problema di come vivesse la sua dipendente. Non aveva voluto vedere.

Sentì dei passi in corridoio, ma era Georg, non Käthe. Lo ascoltò a malapena mentre le raccontava del suo incontro con Bötzow, si fece più attenta solo quando disse che era costretto a ripartire per Monaco l'indomani per motivi di lavoro. «Sono rimasto poco, ma sono stato molto bene qui, Jette» disse. «Ricarda è proprio un cavallo selvaggio. Sono molto curioso di vedere cosa ne sarà di lei.»

Come si educa una ragazza non ancora adulta?, si domandò Henriette quando Georg se ne fu andato. Avrebbe dovuto tenerle a freno la lingua o andava bene così com'era? Decise di consultarsi con Helene Lange alla prima occasione e intanto si ritirò nella sala di lettura con *Orgoglio e Pregiudizio* di Jane Austen, in attesa che rientrasse Käthe.

La sua amica arrivò poco dopo con un aspetto spaventoso. La pettinatura mezza disfatta, una manica del vestito strappata, il volto sporco e le guance arrossate. Ma lo sguardo era fiero. Henriette capì subito che Käthe aveva combattuto una delle sue battaglie. Anche se non aveva l'aria di averla vinta. La contessina ritenne più opportuno non fare domande e si limitò a versarle un cognac.

«È inconcepibile la miseria in cui vive quella gente! Per la Mine ovviamente non ho potuto fare più niente, c'era da immaginarselo. La signora Merger dice che è morta nel pomeriggio.»

Käthe bevve un generoso sorso di cognac. «Sua figlia lavorava come domestica da un avvocato e sua moglie, nella Leipziger Strasse. Come Auguste da te. Dormiva su un soppalco nel corridoio destinato ai domestici. Il bravo avvocato le faceva gli occhi dolci... Era una bambina, una sciocca bambina nel corpo di una donna sbocciata troppo presto. All'inizio era addirittura grata di quelle attenzioni, le prime che avesse mai ricevuto in vita sua. Ma a un certo punto si è accorta che c'era qualcosa che non andava in lei. Ma alla madre lo ha detto solo una settimana fa. Malwine ha mantenuto la calma, le aveva detto che dove si mangia in sei si mangia anche in sette. Ma Mine sapeva che non era vero. Si sfamano a malapena già adesso.»

In una breve pausa di quel monologo, Henriette disse: «Avevo già in mente di alzarle lo stipendio».

«Non ti sto rimproverando niente. Malwine dice che suo marito si beve tutti i soldi che entrano. Se anche tu le alzassi lo stipendio, a lei e ai bambini non arriverebbe niente. La costringe a dirgli quando riceve la paga e quel giorno la aspetta all'angolo della Friedrichstrasse per prendergliela. E purtroppo non si può fare niente in merito, perché si sa che un uomo per legge può impedire alla propria moglie di lavorare.» Si concesse un altro sorso di cognac.

Henriette rivolse all'amica uno sguardo preoccupato. «Ti ho vista raramente ridotta in questo stato.»

«Anch'io, Jette!» Si guardò i vestiti. «Questo sporco è terra. Terra del campo santo.»

«Vuoi dire che hai...»

«Malwine e io abbiamo caricato quella povera creatura su un carretto e l'abbiamo portata al cimitero di fronte al Hallesches Tor, dove non fanno tante domande. Una creatura così ha ricevuto troppo poco dalla vita e ancora meno dopo la morte.»

Käthe bevve un ultimo sorso di cognac, poi si alzò. «Adesso mi serve un bagno» disse.

L'autunno volgeva al termine, i tigli avevano perso quasi tutte le loro foglie dorate. Ricarda stava rientrando a casa dopo aver passato il pomeriggio a studiare da Kumari insieme a Eleonore, che nel frattempo chiamavano semplicemente "Lore". Le tre ragazze erano diventate buone amiche e condividevano anche le loro preoccupazioni. In quei giorni era Lore ad aver bisogno di aiuto, giacché sua madre, appena tornata dal periodo di cura, era in balìa di un umore altalenante che avvelenava anche la vita di sua figlia. Si era messa in testa di farle sposare un uomo più grande di cinque anni che lavorava nella banca del padre.

Ma il giudizio di Lore era inequivocabile: «Un mostro puzzolente!». Al solo ricordo dell'espressione di Lore, Ricarda sorrise.

Ah, queste madri! La mamma di Kumari soffriva ancora di nostalgia per il suo paese, mentre quella di Ricarda aveva finalmente scritto che sarebbe tornata a casa per Pasqua. Dopo due anni di cura!

«Devi solo ringraziare Dio che sia sopravvissuta alla malattia» aveva commentato la contessina.

Ricarda appese il cappotto nel guardaroba e mentre stava per andare in camera sua, la signora Merger le si parò davanti. «Venite con me.»

Ricarda la seguì in cucina, dove vide una torta al cioccolato sul tavolo.

«È per voi. Per aver messo una buona parola per me. Domani traslochiamo nella Alte Schönhauser Strasse» disse, spingendo la torta verso Ricarda.

«Sono molto felice per voi, signora Merger. Grazie.»

La contessina non le aveva detto di aver trovato una nuova

sistemazione per la signora Merger. Si era limitata a menzionare il fatto che le sue amiche Solm e Biberti avevano finalmente trovato il posto giusto per il loro ospedale femminile, nell'ex birrificio del signor Bötzow, il suo paziente. L'inaugurazione era stata qualche settimana prima.

«Vi va di mangiare la torta con me?» domandò Ricarda.

«Ho troppe cose da fare e domani non vengo» disse la signora Merger lasciando di corsa la cucina. Ricarda non aveva voglia di mangiare la torta da sola e decise che l'avrebbe portata l'indomani a scuola.

Pensò che la contessina era una donna davvero formidabile. Cambiava il destino della gente senza dire niente a nessuno. Lo aveva fatto anche con lei, e all'inizio non ne era stata affatto entusiasta. Eppure adesso non riusciva più a immaginare di vivere a Freystetten. Per fortuna fino a quel momento la contessina non aveva parlato del suo ritorno a casa appena fosse rientrata la madre. Ma sapeva che quella conversazione avrebbe avuto luogo, prima o poi.

Lasciare Kumari e Lore, abbandonare la scuola, vivere in campagna, andare al pozzo dietro casa per prendere l'acqua al mattino... Il tempo si sarebbe lasciato semplicemente riavvolgere? La sua vita a Berlino sarebbe stata solo un bel sogno. Ricarda aveva bisogno di sapere cosa ne sarebbe stato di lei in futuro. Doveva assolutamente affrontare l'argomento con la contessina. Ma al contempo non c'era niente che desiderasse di meno.

Estranea in casa propria

Aprile 1879

La neve fresca appena caduta scintillava alla luce dei lampioni a gas, mentre gli strascichi della contessina e di Florentine la sollevavano in mulinelli davanti a Ricarda e Käthe, che seguivano i loro passi nel Mercato dei Gendarmi. Ricarda aveva ancora nel naso l'odore del teatro, un sentore leggero e dolciastro che mischiava cipria, profumo, polvere e legno, anche se l'aria fresca e innevata della sera lo stavano facendo pian piano sparire. Ma le immagini di quella serata erano ancora ben impresse nella sua mente, quelle strane figure create dalla fantasia di uno scrittore e portate in vita dagli attori. Quasimodo, Esmeralda… che nomi, che destini! Un uomo storpio e sordo che incanta un'intera città col suono delle sue campane. Una zingara disprezzata dalla gente di città e adorata dagli uomini.

«Quasimodo è un mostro orribile. Mi ha fatto una tale paura… Una sciocchezza romantica, ma comunque divertente. Voi non trovate?»

Florentine si era voltata per coinvolgere Ricarda e Käthe nella conversazione.

«Quest'opera insegna anche che tutti meritano di essere amati, al di là del loro aspetto fisico o della loro condizione. A me è piaciuta questa cosa» rispose Ricarda.

Le chiacchiere di Florentine la indisponevano. Era stata una serata così bella, la sua prima volta a teatro, nonostante la promessa che le aveva fatto la contessina quando vi erano passate davanti ormai due anni prima.

«Ricarda, la metti sempre su un piano così serio. Io volevo solo essere divertente.»

«Be', io non riesco a essere divertente, Florentine. Non sono un'attrice.»

«Voi due siete proprio come acqua e fuoco!» osservò Henriette.

«Grazie, zia Jette. Non avrei saputo dirlo meglio. Io brucio e Ricarda spegne tutto!» esclamò Florentine scoppiando a ridere.

«E tu cosa ne pensi, Rica, ti è piaciuto?» Le quattro donne, nel frattempo, avevano raggiunto Unter den Linden e si dirigevano verso casa.

«Intanto grazie infinite per la serata, contessina, mi è piaciuta tantissimo! Il teatro mi ha incantata, l'ho trovato magnifico.»

«Allora ci torniamo presto insieme» le disse Käthe in tono complice. «Anche io mi sento così, erano anni che non andavo a teatro.»

«E noi due andremo a teatro a New York, zia Jette! New York dev'essere magnifica! La città più grande del mondo e noi lì nel mezzo, zia Jette!»

Fece una giravolta da ballerina, il suo abito da sera con lo strascico e il mantello coordinato descrissero un cerchio sul selciato sporco.

Era un abito di seta verde chiaro, accollato e bordato di un minuscolo merletto che slanciava ancora di più il suo collo di cigno. I capelli rosso-dorati erano impreziositi da una rosa bianca posta di lato con un fermaglio. Persino Ricarda, nonostante fosse stata per lo più rapita dalla sontuosità del teatro, si era resa conto che tutti i signori presenti avevano posato gli occhi su Florentine. Solo allora constatò di essere completamente invisibile nel suo semplice abito da sera rosso scuro. Ed era esattamente quello che desiderava: osservare tutto senza destare interesse.

«Ma prima bisogna attraversare l'Atlantico, Flora» disse Henriette. «E non sarà divertente, in questo periodo dell'anno. Le onde giocano con il piroscafo come se fosse un guscio di noce. Una volta durante la traversata passai giorni e giorni chiusa in cabina.»

«Sarà una grande avventura, zia Jette. Stavolta anche l'attraversamento della Manica non è stato tanto male.» Poi si strinse forte a Henriette e aggiunse: «E poi ci sono io con te, zia Jette.»

Probabilmente era la centesima volta che diceva "zia Jette" quella sera. Era come se volesse mettere in chiaro di essere l'unica ad avere dei diritti sulla contessina, pensò Ricarda.

Florentine era arrivata alla casa in Unter den Linden una settimana prima, sventolando il diploma finale del suo collegio di Brighton, in Inghilterra, e facendo di tutto per non doversi separare mai dalla contessina. Non faceva che chiamarla, inscenando una commedia fin troppo palese. Ma Ricarda poteva capirla. Avere intorno a sé qualcuno della famiglia dopo tanto tempo era davvero una bella sensazione.

Alla fine del mese la contessina avrebbe accompagnato sua nipote in America e fatto visita a delle vecchie amiche. Käthe invece sarebbe rimasta a Berlino portando avanti lo studio medico da sola e Ricarda era addirittura felice alla prospettiva di quei tre mesi che si preannunciavano più rilassati del solito.

Ma prima c'erano le vacanze di Pasqua, che avrebbero trascorso tutte e tre a Freystetten.

Non appena il suo sguardo si perse nella vastità del paesaggio, Ricarda iniziò a godersi il viaggio verso quella che era stata casa sua. Ormai viveva in città da tanto tempo e la profezia della contessina si era avverata: a Freystetten aveva le radici, ma i suoi rami si allungavano verso i cieli di Berlino. E Berlino, o almeno così sperava con tutta se stessa, sarebbe stata il suo futuro. Quel giorno, il capriccioso clima di aprile regalava una limpida luce primaverile. L'indomani Padre Gutschmid avrebbe celebrato la messa di Pasqua nella chiesina del villaggio. Ma la cosa che Ricarda attendeva di più era rivedere sua madre.

Florentine non la finiva più di parlare. Le sue parole scorrevano più veloci dello sferragliare delle ruote del treno sui binari.

«A Brighton non si parla d'altro, zia Jette. Una donna istruita dell'alta società vuole diventare un medico. Come te. L'Inghilterra è molto più avanti rispetto al Reich tedesco. È vergognoso che io debba viaggiare fino alla lontana America per una formazione che un uomo può benissimo ottenere a Berlino. Tu cosa ne pensi, Ricarda? Non dici niente.»

Ricarda si costrinse a rivolgere a Florentine un sorriso cordiale. «Perché su questo punto concordo perfettamente con te, Florentine.»

«Be', mi sembra un giudizio molto distaccato, Ricarda. Tu non trovi, zia Jette?»

«Io penso che Ricarda abbia la testa da tutt'altra parte, Flora.» La contessina guardò Ricarda con un sorriso.

«La tua Rica. Si vede che la conosci molto bene, zia Jette.»

Ricarda ebbe l'impressione di aver ricevuto una pugnalata tra le costole.

«Florentine, cosa intendi dire con questo?»

«Perdonami, zia Jette.» Florentine inspirò rumorosamente e si mise a guardare fuori dal finestrino.

Per come teneva ora la testa, Ricarda riusciva a vedere distintamente la cicatrice sopra il suo occhio sinistro. Era lunga poco più di una falange e aveva i margini leggermente irregolari, come un piccolo strappo. Alla luce normale era a malapena visibile, ma in Ricarda risvegliava il ricordo di quel terribile momento in cui si era ritrovata il volto di Florentine davanti agli occhi, sulla superficie del lago ghiacciato. Era pallida e la ferita sanguinava. Sentì il cuore stringersi come in una morsa. Come mai aveva ancora tanta difficoltà a sopportare la presenza di Florentine?

«Stavo pensando a come sarà rivedere mia madre dopo due anni, Florentine. Non volevo sembrarti distaccata, al contrario» disse in un tono più conciliante possibile. «Anzi, sarei molto curiosa di sapere quale aspetto della medicina ti interessa di più.»

«Non capisco. Mi interessano tutti, ovviamente.» Florentine sembrava offesa.

Quando parlava con lei, Ricarda aveva sempre l'impressione di sbattere contro un muro di gomma. «Ma sì, la contessina è dentista, Käthe e la dottoressa Solm si sono specializzate nei disturbi delle donne, la dottoressa Biberti soprattutto negli organi interni.»

«Questo verrà fuori col tempo, Ricarda. È proprio per questo che si studia, no?»

«Io non sapevo quasi niente di medicina, quando ho iniziato a studiare» disse la contessina a sostegno della nipote e rivolgendole un sorriso. «Studiando, gli interessi cambiano.»

Nell'immensa vastità della campagna, un contadino passava sul campo l'aratro legato dietro al suo cavallo. Ci avrebbe messo giorni e giorni a mettere in fila un solco dopo l'altro. Sopra di lui volava uno stormo di oche selvatiche. E Berlino? In confronto era un groviglio inestricabile in cui non si distinguevano i singoli individui.

«Anche tu hai intenzione di fare un mestiere importante come quello che ho scelto io?» le domandò Florentine.

«Sì, certo. Anche mia madre ha imparato un mestiere.»

«Quindi vuoi diventare una cuoca?» domandò Florentine, dandole di nuovo l'impressione di avere una lama puntata addosso.

«Non è una decisione che posso prendere da sola. Ma mi vedrei bene come insegnante.» Si accorse che la sua risposta aveva colto la contessina di sorpresa. Ma cos'altro avrebbe potuto dire? Che voleva studiare medicina anche lei? Che voleva diventare come la contessina? Ricarda sapeva che non avrebbe mai avuto le possibilità che si stavano aprendo a Florentine. E se la prese con se stessa per quello stupido senso di invidia che sentiva bruciare dentro. Tanto più insensato, dato che non portava a niente. Anche diventare insegnante come la signorina Lange era una scelta rispettabile e utile al prossimo. Tutto il resto erano fantasticherie prive di qualsiasi logica.

«La signora Hausmann dice che assisti spesso mia zia in ambulatorio. Non ti è mai venuto in mente di diventare tu stessa un medico?» domandò Florentine.

Perché non mi chiedi anche se desidero volare nel cielo come un uccello?, pensò Ricarda. Ma non aveva intenzione di raccogliere la provocazione di Florentine. Ne approfittò invece per fare la domanda che la tormentava ormai da tempo: «Contessina, pensate che potrei frequentare la scuola fino alla fine del ciclo, l'anno prossimo?»

«Ma certo! Perché non dovresti?»

«Be'... Adesso che mia madre è di nuovo...»

La contessina la tolse subito dall'imbarazzo: «Oh, Ricarda, avremmo dovuto parlarne da tempo. Nei prossimi giorni affronterò l'argomento con tuo padre. Sono sicura che non avrà niente in contrario.»

Com'era misero l'appartamento, com'era basso il soffitto e annerito dal fumo il salotto! Sua madre le andò incontro e il primo pensiero di Ricarda fu che se la ricordava più alta.

«Sei cresciuta, Ricarda» disse la madre in quel momento. «Ormai sei più alta di me. L'ho sempre detto a tuo padre: vedrai che Ricarda diventerà alta come te.»

Poi tese il braccio e le sfiorò la testa con tanta delicatezza, che Ricarda lo percepì appena.

«I capelli li hai presi da me. Ti piacciono?»

«Sì, mamma. Li porto sempre come ora.»

Li aveva stretti in una crocchia sulla nuca, ma alle tempie i forti riccioli neri rifiutavano di essere domati. Detestava i suoi capelli.

«Sei ancora più seria di com'eri prima.»

Ricarda alzò le spalle senza dire niente.

«Studi molto dalla contessina, a Berlino?»

«La contessina è molto paziente con me. Ma mi piace e a scuola ho delle ottime insegnanti.»

«È un bene, Ricarda. Quando alla tua età dissi di voler studiare, mio padre mi picchiò. Sono stata fortunata che mi abbia permesso di diventare cuoca.»

«Non me lo avevi mai detto, mamma.»

«Ai bambini non si raccontano certe cose.»

Si voltò verso la stufa dove era posata la teiera e versò due tazze di tè. Madre e figlia si sedettero al tavolo e il silenzio che seguì ebbe su Ricarda un effetto paralizzante. Sua madre sembrava invecchiata ben più dei due anni in cui non si erano viste. Aveva un'aria sana e la pelle leggermente abbronzata, ma le ciocche di capelli bianchi erano così numerose da essere visibili anche alla debole luce della stanza. Ma non era quella la principale differenza rispetto a prima, bensì l'espressione dei suoi occhi. Ricarda non ci trovò più alcuna curiosità nei confronti della vita.

«Sei guarita, mamma?»

La madre annuì. Le sue dita, un tempo sempre rovinate dal lavoro, erano lisce e giocherellavano con la tazza.

«La tubercolosi se n'è andata, Ricarda. Ma con lei anche la mia vita di prima.»

Ricarda sentì che le mancava l'aria. «Che vuoi dire?»

«Due anni sono molto tempo, non è vero?»

«La contessa ti ha restituito il tuo vecchio impiego?»

La madre scosse la testa. «No. Il dottor Jungheinrich dice che non posso più farlo. Ci pensa Emmi.»

«E tu cosa fai?»

«Io sono qui e non sono qui.»

La madre fece un sorriso talmente disperato che Ricarda le prese le mani e le strinse forte.

«Mi dispiace tanto, mamma. Che posso fare per te?»

«Niente, Ricarda. Dio ha voluto che la mia vita andasse così.»

Ricarda si rese conto solo in quel momento dell'unica cosa che era cambiata nella stanza. Un piccolo altare con un Cristo crocifisso e una Madonna accanto. Maria assisteva disperata alla morte del figlio. Davanti all'immagine c'era una ciotola con dell'acqua.

«Ti piace il mio altare? Ho portato tutto dalla Baviera» disse la madre. «Quella è acqua benedetta dell'abbazia di Ettal. Ci sono andata varie volte in pellegrinaggio. Mi faceva bene stare nell'abbazia e pregare.»

Le immagini del passato riemersero dalle tenebre dell'oblio come fantasmi, mostrando a Ricarda sua madre che strisciava nella neve attorno alla tomba di Antonia.

«Preghi ancora così tanto?» domandò Ricarda.

«Anche tu dovresti trovare sostegno nella preghiera» disse la madre.

«Domani andremo in chiesa insieme» rispose Ricarda.

«Io in quella chiesa non ci vado, Ricarda. Pregherò qui a casa, al mio altare.»

«Perché?»

«Perché lì ci sono miscredenti, Ricarda.»

In cucina c'era un delizioso profumo di dolci. Sul tavolo di legno tirato a lucido era disposta con cura una gran quantità di agnelli pasquali, resi gialli dall'uovo e dallo zafferano nell'impasto. Mancava solo la spolverata di zucchero a velo. Ricarda pensò che quei rituali di Freystetten, quella studiata accuratezza, erano rimasti gli stessi di sempre.

La mattina della domenica di Pasqua ognuno avrebbe ricevuto uno degli agnelli di Emmi. I padroni sui piatti della colazione e i domestici da Emmi stessa. Tutti gli altri agnelli li avrebbero portati al prete.

«Allora, ragazza di città, sei tornata a prendere un po' di aria buona?»

Il grembiule di Emmi era coperto di farina, la sua fronte era imperlata di sudore e le guance erano arrossate.

«Emmi! Hai un aspetto magnifico!»

«Oh, Rica, l'apparenza inganna. Tua madre ti ha raccontato che da ora in poi dovrò sbrigarmela da sola? Il dottore dice: Karla, niente più lavoro! Dovrebbero metterci quel ciarlatano in cucina, almeno capirebbe cos'è il vero lavoro.»

«Ma Rosel non ti aiuta?»

«Al momento sta servendo nel giardino d'inverno. La contessa sta dando un piccolo ricevimento.»

«Rosel serve?» domandò Ricarda. Quella sì che era una novità! «Prima non glielo facevate fare, perché rovesciava sempre tutto.»

«Ti stupirai. Rosel è cresciuta. Da quest'estate frequenterà la scuola per domestiche di Francoforte. Diventerà una cameriera, come tua madre. Ma purtroppo non abbastanza alla svelta da potermi essere di aiuto.»

A luglio Rosel avrebbe compiuto quattordici anni e a quel punto avrebbe seguito le orme della madre. E di Tonja, anche se Ricarda non voleva pensarci. Fino a quel momento aveva anche evitato di volgere lo sguardo verso il retro del parco, perché sapeva che la vista del lago le sarebbe stata insopportabile. Non era stata neanche alla tomba della sorella, ma a quello voleva rimediare prima del suo rientro a Berlino.

Aveva appena lasciato la cucina per il corridoio buio della cantina, quando le si fece incontro Rosel con in mano un vassoio carico di porcellane pregiate. Da un pezzo ormai non lo aveva più portato, ma Ricarda ricordava benissimo che, una volta arrivata a destinazione, la schiena era a pezzi.

«Avevo sentito del tuo arrivo.»

Sua sorella, lievemente affannata, la superò ed entrò in cucina. Ricarda la seguì. Rosel posò il vassoio sul tavolo, vicino ai catini per lavare le stoviglie, senza far fare alle porcellane neanche un tintinnio. Indossava l'uniforme nera da domestica e una cuffietta di trina sulle trecce biondo scuro.

«Sei stata dalla mamma?» le domandò, caricando con cura la composta di susine su un altro vassoio.

«Sì. Sai dov'è papà?»

«Se mi aiuti a portare su le cose, lo vedrai. Ma prima indossa un grembiule e non scordarti la cuffietta.» La voce di Rosel aveva un tono vagamente ostile.

«Che vuoi dire?»

«La contessa tiene molto alla compagnia di vostro padre. Ecco cosa voleva dire Rosel» si intromise Emmi posando la panna montata sul vassoio.

Ricarda prese un grembiule dal gancio e se lo legò in vita. Poi si mise una cuffietta in testa e si mosse per prendere il vassoio dalle mani di Rosel, ma questa si voltò di scatto.

«Ma che fai! Io scherzavo. Tu non sei una domestica. Dovresti sentire cosa dice di te la contessina. Rica di qua, Rica di là, cosa non conosce e cosa non sa fare Rica, e bla, bla, bla. È un'assistente preziosa, impara così in fretta! Fiorellino, fiorellino. E la principessina Florentine intanto ribolle! Se continua così, le si fonderà la coroncina sulla testa. No, è meglio che tu rimanga in cantina, o dove vuoi.»

«Rosel, ma come parli!» tentò di calmarla Emmi.

Rosel se ne andò con passo deciso, tenendo il vassoio ben saldo tra le mani. Ricarda rimase a guardarla finché non scomparve dalla sua vista. A quanto pareva, sua sorella non era più una piccola Rosel, ma una Rosamunde inviperita.

«Non prendertela, Rica» disse Emmi togliendole la cuffietta dalla testa.

«Ma cosa le ho fatto?»

«Niente, Ricarda. Sei stata via. Fai un'altra vita. Cosa ti aspettavi? Lei fa le stesse cose, come tutti noi qui. Niente passeggiate in Unter den *Buchen*, o come si chiama.»

«Linden» la corresse mogia Ricarda.

Emmi le mise in mano una scodella di composta di susine e panna.

«Mangia questo, Rica. Allora? Almeno raccontami qualcosa della grande città.»

«Che intendevi, quando hai detto che la contessa tiene molto alla compagnia di papà?» domandò invece Ricarda.

«Anche tua madre è stata via due anni. È un sacco di tempo.»

Ricarda non capì perché Emmi avesse scelto le stesse parole che aveva usato sua madre, né cosa intendesse dire. Ma l'istinto le diceva che era meglio non fare altre domande.

La piccola chiesa di Freystetten era piena fino all'ultima panca, come sempre nei giorni di festa, ma stavolta Ricarda non contò i presenti. La contessa e sua cognata Henriette avevano preso i loro posti in prima fila di fronte al pulpito, un velo di pizzo scuro le proteggeva dagli sguardi delle donne sedute dietro di loro. Nell'attesa che il piccolo organo riempisse la chiesa con il suo suono familiare, le fedeli starnazzavano come in un pollaio. Molte di loro non si vedevano da un'intera settimana e avevano urgenza di raccontarsi le novità. Dal chiacchiericcio emergevano frammenti di frasi affilate come lame. Chissà se Henriette e Luise sentivano quel che dicevano le donne alle loro spalle.

«Povera Karla.»

«Questo è troppo per lei.»

«Torna a casa e il marito non c'è più.»

«E il conte dov'è?»

«Quello trova a Parigi ciò che qui gli manca.»

Ricarda non capiva perché la gente compatisse sua madre. Rosel invece sembrava capirlo benissimo. Stava seduta con gli occhi chiusi e le mani raccolte in grembo, come se si trovasse senza ombrello in mezzo a un acquazzone e non potesse far altro che sopportarlo.

Dall'altro lato della chiesa c'era Gustav Petersen, di una spanna più alto degli altri uomini. Suo padre guardava dritto davanti a sé, imperturbabile come uno scoglio all'infrangersi delle onde. Vicino a lui era seduto il giovane conte ereditario, che non riusciva a tener ferme braccia e gambe. Friedemann era cresciuto molto, ma si vedeva che era ancora un bambino.

Ricarda sentì la musica dell'organo e il canto della comunità risuonarle nelle orecchie. Un tempo in quella chiesa si sentiva al sicuro, parte di una comunità, adesso le pareva di star seduta sugli spilli e non vedeva l'ora di andarsene.

Dopo la messa, uscì dalla chiesa insieme a Rosel e sul sagrato incontrò suo padre. Scesero insieme i pochi gradini fino al sentiero. Nel frattempo, i quattro membri della famiglia dei conti avevano raggiunto la nuova aiuola rotonda di fronte all'ingresso del castello. Henriette e Luise a braccetto, Florentine a sinistra e Friedemann a destra.

«Tu hai idea di cosa fossero quelle chiacchiere in chiesa? Perché la gente dice quelle cose?» domandò Ricarda a sua sorella, non appena si furono allontanate dagli altri.

«Quale sarebbe la parte che non capisci?» sibilò Rosel. «Nostro padre sostituisce il conte da ogni punto di vista. Adesso ti è abbastanza chiaro?»

«Non ci credo!» Ricarda rimase immobile, come impietrita. «È per questo che sei così ostile con tutti quanti?»

«E perché non dovrei? La contessa non mi sopporta. Ma io pulisco la sua merda, mi faccio sfottere e nei suoi giorni no – e credimi, ce ne sono tanti – mi becco anche qualche ceffone. Ma non mi fanno male. A meno che io non pensi a te che nel frattempo te ne vai a spasso per Berlino. Allora sì che fanno male. Oh, povera Rica! Non ti piace la mia risposta!»

«Mi dispiace che le cose stiano così, Rosel, credimi. Ma cosa posso fare per cambiarle? Emmi mi ha detto che tra poco te ne andrai, sarai felice, immagino.»

«Felice di cosa, Rica? Torni a casa da estranea e tra poco succederà anche a me. Mamma e papà non si parlano. La nostra famiglia non esiste più, da quando è morta Tonja.»

Ricarda, vedendo che le si riempivano gli occhi di lacrime, si avvicinò con cautela alla sorella, che nel frattempo era diventata alta quasi quanto lei, e la abbracciò dolcemente. Per un attimo la sentì irrigidirsi, prima di rinunciare a ogni resistenza e ricambiare l'abbraccio.

Le due sorelle rimasero così, abbracciate ai bordi dell'aiuola di fronte al castello, sentendosi divise dal presente ma unite dal passato.

Henriette aspettava in biblioteca l'arrivo di Luise, in ritardo come al solito, e intanto cercava di fare ordine nei suoi pensieri prendendo appunti sul suo diario. Era venuta a sapere del chiacchiericcio in chiesa. Luise non le aveva detto una parola di lei e Petersen, neanche nelle lettere che le spediva di tanto in tanto a Berlino.

La questione la riguardava, in quanto cognata? O in quanto sorella di Raimund? Petersen era sposato. Nel frattempo non era più giardiniere bensì amministratore, ma la differenza di estrazione sociale rimaneva. Una cosa era certa: il chiacchiericcio nuoceva alla reputazione della famiglia.

L'amore mi sembra un percorso a ostacoli in cui il cavallo non salta mai abbastanza, facendo cadere ogni volta la sbarra più alta, scrisse nel diario.

Non appena Luise entrò, Henriette capì subito che le voci erano vere. Sua cognata sembrava nervosa, rideva in maniera affettata. *Lei mi conosce quanto io conosco lei*, pensò Henriette, *sa cosa voglio sapere da lei, per questo è nervosa. Oh, se solo potessimo discorrere del tempo!*

«Stavo pensando a Friedemann» disse Henriette usando la sua abituale tecnica di non andare subito dritta al punto. «Sta per compiere quindici anni. Che progetti hai per lui?»

«Andrà a Potsdam quest'anno per cominciare la sua carriera militare» rispose Luise.

«Un'idea magnifica. L'ho osservato, mi pare che vada d'accordo con Petersen.»

«Ha bisogno di un padre, Jette. Vostro padre aveva assunto quel ruolo, ma ormai sono due anni che è morto» rispose Luise.

«Anche per Petersen è stato come un padre, la cosa ha una sua logica. E poi Petersen non ha figli maschi. Se la cava bene come amministratore?» domandò Henriette avvicinandosi gradualmente all'argomento.

«È per questo che passiamo tanto tempo insieme, Jette. Non è come dice la gente, credimi.»

Luise, che non usava mai la cipria, aveva le guance leggermente arrossate.

«Non voglio che ti giustifichi con me. Raimund mi ha scritto qualche settimana fa dicendo che non vuole tornare a Freystetten. Ho risposto facendogli presente le sue responsabilità e lui non ha reagito. E tu sei sola in questo castello. Dev'essere come una gabbia, per te.»

Luise scosse la testa. «No, io amo questo castello, il suo parco, la vastità dei suoi spazi, la pace, l'armonia. Ho iniziato a dipingere con l'acquerello. Mi piace.»

«Cosa dipingi?»

«Il parco, di recente la limonaia. Ci sei stata? Hai visto cosa è riuscito a fare Gustav? È magnifica.»

«A sentirti parlare, verrebbe da dar credito alla gente.»

Luise la guardò dritta in faccia. «Io amo Gustav, come ho amato solo un'altra persona in vita mia. Ma non è un amore fisico.»

«E lui?»

«Non lo so. Non ne parliamo mai. Quando siamo insieme,

siamo felici. È una cosa grande, anche se a sentirla sembra piccola.»

«Ma la gente pensa altro. Tu sei sola e lui è un uomo prestante.»

«Non tradirei mai Raimund. Anche se lui non c'è più, per me. Lui mi ha salvata e io gli sarò sempre grata per questo. Ti prego, lasciami questo amore innocente, non facciamo del male a nessuno.»

I suoi occhi avevano un bagliore che Henriette conosceva fin dall'infanzia e che tradiva la sua insicurezza e la paura di non essere capita.

«Lascia che ti racconti una storia, al riguardo» proseguì Luise. «Un giorno entrai nella limonaia rimessa a nuovo e vidi, vicino allo stagno, la statua lasciata incompiuta da Raimund. Gustav non mi aveva chiesto il permesso, l'aveva semplicemente tirata fuori dalla scuderia dove tuo fratello l'aveva fatta mettere.»

«Intendi la statua che doveva raffigurare Friedrich?»

«Dopo la morte di Friedrich, Raimund non ha mai dato un volto alla statua.»

«Petersen sa come è morto Friedrich?»

Luise annuì. «Eravamo insieme quando abbiamo scoperto la statua nella scuderia, così gli ho raccontato del duello.»

Henriette sentì i battiti del cuore accelerare. «Gli hai detto anche che tu e Friedrich vi amavate?»

A Luise si riempirono gli occhi di lacrime. «Non ce n'è stato bisogno. Lui me l'ha letto negli occhi e io ho letto nei suoi che aveva capito.» Scoppiò in una risata nervosa. «Puerile, non trovi?»

«Quanto tempo fa avete scoperto la statua nella scuderia?»

Luise ci pensò un istante e poi disse: «Quasi dieci anni».

Henriette ebbe grosse difficoltà a nascondere la sua sorpresa. «E lo ami da allora?»

«Da molto prima.» Guardò il vuoto con occhi sognanti. «Non so di preciso da quando.»

«E mio padre non se n'è mai accorto? Passava un sacco di tempo con Gustav.»

«Ci ha sempre unito l'interesse comune per il parco. Ma solo adesso abbiamo modo di vederci ogni giorno indisturbati. Tuo padre mi ha fatto un grande regalo d'addio, designandolo amministratore.»

«Comunque, non si può andare avanti così, Luise. Le voci su te e Petersen devono essere messe a tacere. E non puoi lasciare Karla Petersen ad ammuffire in casa. Ridalle il suo vecchio impiego di cameriera. Almeno tapperai la bocca a quella gentaglia.»

Luise sospirò. «Hai ragione, come sempre.»

Ma Henriette era ben lungi dall'essere soddisfatta. Avrebbe dovuto essere più severa? È vero, Luise era una romantica, ma davvero Petersen si accontentava di ammirare la bella contessa solo con gli occhi? Oppure la cognata la stava prendendo in giro?

Il martedì dopo Pasqua il sole non era ancora sorto che Ricarda si svegliò sentendo sua madre che si stava vestendo e si annodava con cura il grembiule dietro la schiena.

«Che hai intenzione di fare, mamma?» domandò assonnata.

«Il mio lavoro» rispose semplicemente Karla Petersen.

«La contessa te l'ha restituito? Ma è magnifico!»

Sua madre la guardò in modo strano. Sul volto aveva una sfumatura di tristezza, ma anche una specie di felicità. «Non devo ringraziare la contessa, Rica.»

«E chi allora?»

Karla prese tra le mani la testa della figlia, la inclinò leggermente e le dette un bacio sulla fronte. «Dio tiene su di noi la sua mano benevola. Non dimenticarlo mai.»

Berta se ne stava sdraiata davanti all'ingresso della limonaia a godersi il sole primaverile che le scaldava il manto argentato. Sentendo Ricarda avvicinarsi, si svegliò e le corse incontro. Ma non saltava più come un tempo e suo padre le aveva anche tolto l'abitudine di abbaiare di felicità, come faceva da cucciola. Ricarda le accarezzò il pelo intiepidito dal sole, le grattò la gola e si fece leccare le mani.

«Ah, eccoti qua» disse suo padre, facendola voltare.

Vedendolo così, di fronte alla sua piccola limonaia, con i pollici nelle tasche dei pantaloni, una camicia bianca ben stirata e i biondi capelli ispidi e spettinati, Ricarda non poté immaginarselo in nessun altro luogo se non quello. Non era un uomo che avrebbe potuto passeggiare per la raffinata Berlino. Sua figlia pensò che era come quella terra a cui dava forma: ostinato, intransigente e testardo. Non aveva mai visto la sua natura con la chiarezza con cui la distingueva ora, incontrandolo dopo tanto tempo. In quel momento le sembrò che non ci fossero voci più improbabili di quelle che aveva sentito in chiesa: Luise non era una donna adatta a lui.

«Vieni» disse, facendole strada nella limonaia.

Un tempo ci teneva solo una fila di palme a svernare, mentre adesso l'aveva trasformata in un piccolo paesaggio esotico con cespugli di banani, aranci, piante tropicali e persino uno stagno con i pesci rossi, accanto al quale si ergeva una strana statua. Raffigurava un uomo al quale lo scultore non aveva dato un volto.

Un sistema di condutture collegate a una serie di stufe cilindriche di ferro forniva all'ambiente il calore necessario. Ricarda si fece dire il nome delle piante e la loro provenienza. Il padre pronunciò quei nomi esotici senza la minima incertezza. Si accomodò su una sedia vicino allo stagno e gliene indicò una seconda. «Rica, alla fine di quest'anno scolastico dovresti tornare a casa.»

Fu come un fulmine a ciel sereno, perfettamente nello stile del padre. Ricarda sentì un nodo stringerle la gola. «Lo ha detto la contessina?» domandò sconvolta.

«La contessina mi ha comunicato che dovresti restare a Berlino un altro anno.» Si mise a caricare la pipa. «Ma io sono tuo padre e dico che sei rimasta lì già abbastanza. Quella città non è adatta alle ragazze non sposate.»

Tu non conosci Berlino!, urlò Ricarda dentro di sé. Ma ovviamente non poteva contraddire il padre. «E cosa dovrei fare qui?»

«Tornerai a stare vicino alla tua famiglia. Sarebbe una gioia per tua madre, ora che è tornata a casa e che Rosel sta per andare a Francoforte. Conosco un posto dove potresti svolgere il ruolo di governante. È a solo un'ora da qui. Conosci il castello Schwuchow? I principi sono in bancarotta e il barone von Herzberg lo ha acquistato l'anno scorso. Lui ha due figlie, che tra un anno avranno bisogno di una governante brava e istruita. Qualcuno come te» sottolineò, accendendosi la pipa con aria pensierosa. «Ho già discusso tutti i dettagli con i baroni. Ti daranno un buono stipendio. Se un giorno ti sposerai, potrai mantenere il posto finché non avrai un figlio tuo. Sempre che tuo marito te lo permetta, ovviamente. È una grande concessione.»

«Sì, lo so» disse Rica in un sussurro. Ribattere non avrebbe avuto alcun senso. In quanto figlia, non ne aveva il diritto e in ogni caso era troppo sconvolta per farlo. Governante in un castello di campagna, lontana dalla vita pulsante della città… Ricarda provò un'improvvisa sensazione di vuoto. Tutti i suoi sogni segreti svanirono in un istante come bolle di sapone.

Si alzò con le gambe tremanti, facendo il possibile per dissimulare i suoi sentimenti. «Posso andare, adesso?»

Il padre annuì in silenzio.

Cosa fanno le donne tutto il giorno

Giugno 1879

Il gruppo delle studentesse che avevano avuto il permesso dai genitori di partecipare al nuovo corso di educazione fisica per ragazze era piuttosto esiguo. Solo sei compagne su una classe che ne contava ormai ventidue poterono partecipare, le altre sedici dovettero tornare a casa. I loro genitori ritenevano sconveniente che delle giovani donne si concentrassero sul loro corpo. E comunque, se fossero state più di sei, non ci sarebbe stato posto sufficiente per fare gli esercizi. Il corso si svolgeva una volta alla settimana e insieme a Ricarda lo frequentavano anche Kumari ed Eleonore. Le ragazze spostavano i banchi e le panche da una parte, per poi essere guidate negli esercizi da miss Stone, una giovane insegnante che veniva dall'Inghilterra e che teneva anche le lezioni di inglese.

«I piegamenti in avanti sono un esercizio molto faticoso. Può essere svolto solo se le signorine si sentono bene» le avvisò miss Stone, osservando le sei studentesse in fila, nei loro soliti abiti da scuola.

Poi aprì un po' la finestra e fece entrare nella stanza l'aria mite di giugno. «L'aria fresca è importante per i nostri esercizi. Siete tutte in salute? Allora bene, ma mi raccomando fate piano e non esagerate. Le braccia sono distese e rilassate lungo il busto. Così. Poi le solleviamo lentamente verso l'alto tenendole distese. Portatele vicine alla testa, dovete cercare di toccare il soffitto con la punta delle dita. Poi inspiriamo lentamente. Ed espiriamo. Non fate ricadere indietro le braccia.»

Fece un giro intorno alle ragazze.

«Benissimo così. Stendiamo le ginocchia. Ci prepariamo a piegare in avanti il busto tenendo le ginocchia tese. Fate piano, non siamo abituate a questo tipo di sforzo, per cui dovete usare grande cautela.»

Miss Stone girò intorno a ciascuna delle sue studentesse, attentissima a non farle esagerare con questi movimenti mai affrontati prima. L'insegnante si trovava dietro a Ricarda e stava incoraggiando il gruppo a tornare in posizione verticale, quando nella stanza si udì un tonfo sordo. Lore si era ripiegata su se stessa come un burattino.

«Manteniamo tutte la calma! Tornate su molto lentamente, signorine.»

Ricarda percepì il panico nella voce di miss Stone. Lei, dal canto suo, si sentiva bene e aveva deciso, poco prima che Lore rovinasse a terra, che avrebbe ripetuto gli esercizi di miss Stone una volta tornata a casa, in camera sua. Si inginocchiò accanto all'amica e le mise una mano dietro il collo per sollevarla leggermente. Com'era leggera Lore!

«Lore, mi senti?»

«Miss Rica, non potete farlo! Dobbiamo chiamare un medico.»

In quel momento Lore aprì gli occhi e guardò Ricarda sorpresa.

«Andiamo a chiamare un medico, miss Lore. Rimanete distesa!»

«No! Niente dottori, per favore. Mi rialzo subito. *I'm doing well*, miss Stone» aggiunse citando una delle ultime frasi inglesi che aveva imparato e tornando a sfoderare il suo sorriso.

A quanto pareva la sua richiesta fu ascoltata, perché miss Stone si limitò a rispondere istintivamente con un paio di rapide frasi in inglese che nessuna delle presenti comprese.

Ricarda andava una volta alla settimana a casa di Lore, dove pranzavano e poi si mettevano a studiare insieme, e così fece anche quel giorno dopo l'incidente durante la ginnastica.

«Sei sicura di non esserti fatta male, quando sei caduta?» le domandò Ricarda.

Lore fece cenno di no. «A volte mi succede. Vado giù così, senza motivo.»

«Un po' di nevrastenia è normale alla vostra età» si intromise la madre di Lore.

Le ragazze mangiarono insieme alla signora Singer. Il fratello frequentava dalla primavera un collegio a Parigi. Nel salutare Ricarda, aveva scherzato: «Non dimenticare il tuo Faust, Gretchen.» E in effetti lei non lo aveva del tutto dimenticato. Le capitava di chiedersi, soprattutto dopo la sconvolgente conversazione con suo padre a Pasqua, se quella volta non avesse avuto una reazione troppo presuntuosa. Non si era neanche presa la briga di conoscerlo davvero. Ma nel profondo del cuore sapeva di aver fatto la cosa giusta a non cedere alle sue lusinghe.

La cuoca aveva preparato un pranzo prelibato, a base di pesce con salsa di panna e patate. Ricarda se lo gustò e si sarebbe volentieri concessa una seconda porzione, se non fosse sembrato inopportuno nei confronti di Lore e sua madre che avevano a malapena toccato cibo.

«Eleonore ha ricevuto un cavallo nuovo» disse Jessica Singer. «Oggi è una magnifica giornata, non hai voglia di fare una cavalcata con Lore nel Giardino Zoologico? Potresti usare il mio cavallo, Ricarda.»

«Grazie, ma io non so cavalcare, purtroppo.»

«Ma vieni almeno a dare un'occhiata a Bella!» esclamò Lore.

Le stalle erano un po' distanti, ma ancora sul terreno adiacente al Giardino Zoologico.

Lore accarezzò il sottile e dolce muso della sua cavalla. «Adesso la tiro fuori.»

Fece scorrere il paletto per aprire la porta del box, dietro cui la cavalla iniziava a scalpitare. All'inizio sembrava che fosse inciampata, ma poi Ricarda, in allarme per l'episodio avvenuto a scuola, vide Lore che buttava indietro la testa e roteava gli occhi in modo strano. Balzò in avanti e riuscì per un soffio a infilarsi tra Lore e la trave della porta. Ma Lore si era comunque ferita alla fronte e perdeva sangue. Ricarda posò l'amica a terra con delicatezza.

«Di nuovo» disse Lore appena fu tornata in sé.

La madre di Lore, che era andata alla stalla indossando un abito inadeguato con corpetto e strascico che limitava molto i suoi movimenti, guardava impotente le due ragazze a terra e passò a Ricarda un fazzoletto. «Ferma il sangue, Ricarda, ti prego. Quel bel vestito! La nostra sarta lo aveva appena confezionato.»

«Lore non può cadere continuamente in questo modo» disse Ricarda premendole il fazzoletto di cotone sulla ferita. «Poteva anche farsi male in modo serio. Posso fare una proposta?»

«Vuoi dire che dovrebbe visitarla la contessina?»

«La contessina al momento si trova in America. La sostituisce un altro medico che si chiama Hausmann.»

Quando parlava delle due dottoresse della casa in Unter den Linden, Ricarda parlava sempre di "medico", senza specificarne il genere. Aveva scoperto che in questo modo era tutto più semplice.

«Allora mandiamo un fattorino per chiedere che venga!»

«Non faremmo prima se prendessimo la vostra carrozza e ci andassimo subito?»

«Sono felice che mia figlia abbia trovato un'amica come te, Ricarda. Andiamo, allora.»

Una volta sedute in carrozza, Ricarda si rese conto di quanto la sua amica fosse magra e pallida, aveva un'aria fragile.

«Ricarda, ho una domanda che mi perseguita da tanto tempo» disse la signora Singer interrompendo il silenzio cadenzato dallo scalpiccìo degli zoccoli sulla strada. «Tu sei la figlia della contessina, non è vero?»

La domanda la colse di sorpresa.

«In che senso?»

«La contessina è tua madre, non è vero? Non devi rispondermi. Lo sospettano tutti. E va anche bene che sia così. Alcune donne hanno dei segreti e sono felici quando incontrano altre donne che le capiscono.»

Che cosa significava? Quando Ricarda le fece notare che il suo aspetto era completamente diverso da quello della contessina e che comunque sua madre era un'altra, la signora Singer si limitò a rivolgerle un sorrisetto eloquente, che lasciò Ricarda ancora più perplessa.

La signora Merger guardò stupita le inattese accompagnatrici di Ricarda. «Le signore dovranno aspettare, purtroppo.»

«Grazie, signora Merger. Vado a dare un'occhiata» disse Ricarda facendo strada alle due ospiti nella piccola sala d'attesa.

Dalla partenza della contessina, Käthe Hausmann aveva preso in carico molte delle sue pazienti. Non era molto esperta nella cura dei denti e non ne aveva mai fatto mistero con Ricarda, ma essendo pratica come la sua amica della somministrazione dell'etere, le capitava qualche volta di occuparsi anche di estrazioni. Ed era proprio ciò che si accingeva a fare in quel momento.

«Desiderate che vi assista, dottoressa?»

«Certamente, signorina Ricarda.»

Qualche giorno prima si erano accordate sull'utilizzo di un registro formale di fronte ai pazienti e nel frattempo riuscivano a usarlo senza dover sopprimere una risatina. E ormai da tempo non c'era più bisogno di menzionare l'igiene delle mani.

Non appena la paziente fu incosciente, Ricarda informò la sua amica su Lore che aspettava nella stanza accanto e sull'episodio alla stalla.

«Il cognome di Lore è Singer, hai detto?»

«Sì. Perché me lo chiedi?»

«Non importa. Mi passi la pinza?»

Käthe estrasse il dente con mano sicura, anche se dall'espressione tesa del suo volto si intuiva che non si era ancora abituata all'odore.

«Adesso possiamo sciacquare?» domandò Ricarda.

«Non essere impaziente! A una persona incosciente non fa piacere che le si getti in bocca dell'acqua senza preavviso» disse facendo l'occhiolino a Ricarda.

Quando Ricarda aprì la porta scorrevole che dava sulla sala d'attesa, ebbe la netta impressione che Jessica Singer si irrigidisse. Percepiva che le due donne stavano reagendo l'una alla presenza dell'altra in modo strano. Tuttavia, le presentò come aveva imparato a fare dalla contessina.

Dopo il primo, evidente, attimo di panico, la madre di Lore disse: «Ah, siete voi il medico».

Quelle parole non suonarono come una domanda, ma come un'affermazione. Per qualche motivo, sembrava che Käthe e la signora Singer si conoscessero. Ma Käthe ignorò la sorpresa dell'altra e si rivolse immediatamente a Lore, che le raccontò cosa era successo.

«Spero che non vi succeda ogni giorno» disse Käthe.

«Ma sì, dottoressa. Oggi tre volte.»

Quindi c'era stata anche un'altra caduta di cui Ricarda non sapeva niente! Pensò che doveva essere una sensazione orribile, quella di perdere continuamente il controllo del proprio corpo.

«Allora sedetevi, prima che succeda ancora.» Dopo che Käthe le ebbe posto qualche altra domanda, disse: «Portate già il corsetto, occasionalmente?».

Quello era l'argomento di conversazione principale tra le amiche e compagne di classe di Ricarda. L'infanzia ormai era passata, la cosa era innegabile, anche se Ricarda avrebbe volentieri rimandato la questione ancora un po'. Detestava l'idea di rinchiudersi in una gabbia di stecche di balena.

«Sì, durante le vacanze di Pasqua ne ho ricevuto uno nuovo. Dona una linea perfetta al busto e mi fa la vita stretta» riferì Lore orgogliosa.

«Però è stretto, non è vero? E vi state già limitando con il cibo?»

Jessica Singer rispose al posto di sua figlia: «Ma certo, dottoressa. Eleonore segue il mio consiglio. Si sa che noi donne, per esser belle, dobbiamo soffrire».

Käthe scosse la testa. «Non è che dobbiamo. Io per esempio ci ho rinunciato, altrimenti non potrei lavorare.»

«Questo è il rovescio della medaglia per la donna che lavora» commentò la signora Singer con aria grave.

«È possibile» rispose Käthe. «Invece lo svantaggio di una vita stretta è lo spostamento degli organi interni. Ricarda, ti dispiace srotolare lo schema dell'anatomia umana?»

Accanto allo scheletro Anton c'era un cavalletto allungabile con un gancio in cima, al quale Ricarda appese, dopo averlo srotolato, un cartellone. Käthe indicò gli organi interni e mostrò il punto in cui il corsetto li comprimeva, spiegando che gli svenimenti erano dovuti a quello.

«Ma a scuola non indossavo il corsetto» osservò Lore.

«Il risultato della vostra alimentazione, cara signorina, è la clorosi di cui soffrite.»

«La clor… cos'è?» domandò Eleonore impaurita.

«La clorosi» le spiegò Käthe «è un altro termine per indicare l'astenia. Vi suona più familiare?

Eleonore scosse la testa.

«Come insorge la clorosi? Di solito a seguito dell'anemia, che è un impoverimento del sangue. Il sangue è la nostra linfa vitale. Se ne abbiamo troppo poco o se il nostro sangue non è sano, la pelle diventa pallida.»

«Oh, ma è terribile! Dottoressa, fate qualcosa!» esclamò la madre di Lore.

«Si può curare. Signora Singer, propongo di tenere Lore qui con me in osservazione per un paio di giorni, in modo da poter avviare la cura. Qui in casa abbiamo la possibilità di fare quest'eccezione, trattandosi di un caso del tutto particolare.»

Ricarda ebbe la netta impressione che Lore la ritenesse un'ottima idea.

Il giorno seguente, quando Auguste mise in tavola le portate del pranzo e la signora Merger ebbe riempito i piatti, Lore si ritrasse. Il suo disagio era evidente.

«Ho chiesto a Malwine di cucinare qualcosa di nutriente» disse Käthe. «Gnocchetti d'uovo fritti come antipasto, cotoletta con insalata di cavolo e patate lesse. Per il dessert cosa avete deciso alla fine, Malwine?»

«Crêpes con composta di mele, signora Käthe.»

«Ottimo! Buon appetito a tutti.»

Neanche Ricarda andava matta per gli gnocchetti d'uovo, anche se quelli, ripassati nel burro, non erano niente male. Lore li assaggiò appena e fu altrettanto restia con la portata principale.

«L'astenia» disse Käthe tagliandosi un pezzo di carne «non è innocua e non va sottovalutata. Il problema non sta tanto nel pallore, che anzi molte donne reputano di gran moda. Si dice che debbano risplendere solo guance e labbra. Ma le vostre guance e le vostre labbra non risplendono affatto. E a quanto pare non apprezzate neanche il nostro cibo.»

«Ma devo entrare in questo corsetto, dottoressa!»

«Chi non mangia si ammala. A quel punto non serve a niente entrare in un corsetto.»

«Non è così semplice, dottoressa.»

Käthe schiacciò una patata con la forchetta e la portò alla bocca.

«Dovete nutrirvi per bene, altrimenti continuerete a svenire. E alla fine morirete.»

A quel punto anche Ricarda riprese a mangiare, mentre Lore si scostò con la sedia dal tavolo.

«Voi volete mettermi all'ingrasso. Allora preferisco andarmene, dottoressa. Vi ringrazio comunque. Arrivederci.»

Lore lasciò la stanza e Ricarda le corse dietro.

«Non andartene, Lore. La dottoressa Hausmann ha ragione. La moda non può prevalere sulla nostra salute! Torna indietro, ti prego.»

Lore scosse la testa. «No, Rica, non posso!»

Poi, sull'orlo delle lacrime, corse fuori dall'appartamento. Quando Rica rientrò in sala da pranzo, Käthe si stava godendo la sua crêpe.

«Temo di aver sovrastimato le mie possibilità con Eleonore» sospirò, continuando imperterrita a mangiare.

«È davvero grave come dici?» domandò Ricarda.

«Se non comincia a ragionare, lo sarà di certo. Sono molte le ragazze come lei, ma purtroppo succede anche alle donne adulte. Al momento è una vera e propria epidemia! Solo questa settimana ho visto quattro pazienti con la clorosi. In forme diverse, ovviamente. Il corsetto è una delle tendenze della moda più pericolose per la salute. La vita non è mai abbastanza stretta. Queste donne stupide si ammalano per loro stessa scelta.»

Ormai il cibo era freddo e comunque Ricarda aveva perso l'appetito. Käthe avrà anche avuto ragione, ma aveva comunque l'impressione che con Lore avesse fatto un errore.

«Ti sembrerà che sia stata troppo dura con la tua amica, Rica. Ma io ho i miei principi» disse Käthe mentre bevevano il caffè. «La clorosi si cura solo se la paziente è collaborativa. Di pazienti che vogliono guarire ne ho a sufficienza, quindi la prossima volta che Eleonore sviene e chiede di un medico, portala dalla Biberti e dalla Solm nella Alte Schönhauser.»

«Lore non è abituata a quegli ambienti!»

Ricarda riconobbe nello sguardo della dottoressa una punta di compassione. «Se tieni alla tua amica, segui il mio consiglio.»

Qualche settimana dopo, in una calda giornata di fine luglio, le tre amiche camminavano lungo la Kurfürstenstrasse, come sempre quando andavano a studiare da Kumari dopo la scuola. Come molte delle sue compagne, Lore aveva iniziato a indossare il corsetto ogni giorno, anche a scuola, e aveva smesso di frequentare le lezioni di ginnastica. Si era fatta ancora più pallida, aveva due ombre violacee sotto gli occhi e le labbra screpolate. Si fermò per l'ennesima volta.

«Ho un mal di testa lancinante» disse con voce stanca.

Aveva la fronte sudata. Kumari e Ricarda, che invece si rifiutavano di lasciare i loro comodi abiti per seguire la moda, camminavano piano per solidarietà nei confronti dell'amica. Kumari, che era addirittura un po' ingrassata, le portava la borsa.

Andò tutto bene finché non svoltarono nella Kurfürstenstrasse, che negli ultimi due anni si era fatta sempre più animata. Vi avevano costruito delle nuove case a quattro piani, ma ancora nessuna rete fognaria. Il fetore era insopportabile e Ricarda si tappava il naso, emulata poi da Kumari e alla fine anche da Lore.

«La mia testa» gemette Lore. Poi all'improvviso si accasciò su se stessa e cadde a pochi centimetri dal canale di scolo delle acque reflue. Le due amiche, sconvolte, l'aiutarono a rialzarsi. Lore riuscì a fatica a fare gli ultimi passi fino a casa di Kumari.

La madre di Kumari osservò quell'ospite tutta impolverata per la caduta e sentenziò: «Questa ragazza deve andare in ospedale».

«Mia madre ha ragione» commentò Kumari. «Non possiamo continuare a far finta di niente. Lore, ti stai ammalando a forza di non mangiare.»

Eleonore rivolse alle amiche uno sguardo disperato. Alla fine disse, in un sussurro: «Sono d'accordo. Portatemi alla casa in Unter den Linden.»

Rica e Kumari, che nel frattempo era stata messa al corrente dall'amica della decisione di Käthe, si scambiarono uno sguardo complice.

«Non ti curerà la dottoressa Hausmann, Lore» disse Ricarda. «Conosco un altro posto che si occuperà di te. Ma prima dobbiamo andare da tua madre per chiederle il permesso.»

«Non si può fare» sbottò Lore, mentre le lacrime iniziavano

a scenderle copiose. «Mia madre è partita e non so quando tornerà.»

Rica non era più tornata a casa di Lore, dopo la sua ultima visita che era terminata con il consulto in Unter den Linden.

«Allora chiederemo a tuo padre» disse Ricarda.

Ma quella proposta non fece che peggiorare le cose, perché a quel punto Lore scoppiò in singhiozzi. «Anche lui è partito. Ma senza mia madre.»

«Allora ti accompagniamo noi» dissero Rica e Kumari all'unisono.

Le sale semibuie dell'ospedale nella Alte Schönhauser Strasse erano in netto contrasto con il lusso nel quale erano solite ricevere i loro pazienti la contessina e Käthe. L'ex birrificio si trovava in una strada stretta dietro al Hackescher Markt. Una zona deprimente in cui erano sorti numerosi appartamenti affacciati sui vari cortili. Gli ambulatori di Franziska Biberti ed Emilie Solm erano nella parte del birrificio che un tempo era dedicata agli alloggi degli operai e alle officine dei carrozzai e dei costruttori di botti. Lì accanto, in una stanza con cucina, vivevano la signora Merger e i suoi figli, mentre il marito era rimasto nel vecchio alloggio. O almeno così aveva raccontato Käthe a Rica, senza scendere troppo nei dettagli. Dalla morte della povera Mine, tra Malwine e Käthe si era instaurato un legame piuttosto forte, mentre Ricarda non aveva più osato chiedere di andare a trovarla, perché aveva capito che la governante ci teneva molto a proteggere la propria vita privata.

Il quartiere residenziale nella Alte Schönhauser non era miserabile come quello in cui stavano prima, ma anche qui c'era molto rumore e la spazzatura non veniva portata via di frequente. Ricarda era convinta che quello fosse il posto giusto per un medico che vuole assistere la gente bisognosa. Prima di allora c'era stata solo due volte: poco dopo l'inaugurazione, alla fine dell'estate precedente, e poi di nuovo a gennaio.

Fin dalla sua prima visita, Ricarda aveva avuto l'impressione che le due dottoresse fossero letteralmente prese d'assalto dalle pazienti. Erano per lo più operaie e domestiche. In effetti, l'obiettivo di un "Ospedale Femminile" era proprio raggiungere quel tipo di utenza.

Alla sua seconda visita, Franziska Biberti le aveva detto: «Le signore mandano prima le loro cuoche e cameriere, poi, vedendole guarire, vengono anche loro».

Le due dottoresse visitavano nei loro ambulatori fino a ottanta pazienti al giorno. Iniziavano alle sette del mattino e finivano alle nove di sera. "Dieci centesimi per una visita di base" era scritto su un cartello all'ingresso. Chi non poteva permetterselo, veniva visitato gratuitamente.

Ricarda non avrebbe mai portato la sua amica Lore in un posto simile se Käthe non le avesse detto espressamente: «Le figlie dell'alta società devono svegliarsi e guardare in faccia la realtà, Rica. Volteggiano su una vita che diventa ogni giorno più stretta. Si ammalano anche quando potrebbero stare bene, mentre un sacco di gente non ha di che mangiare. E per cosa? Per una presunta bellezza. È triste. Perciò, se Lore si ammala per i suoi digiuni volontari, è bene che veda il vero volto della malattia.»

Man mano che la carrozza si avvicinava alla meta, Ricarda si faceva sempre più nervosa. E se Käthe non ci avesse visto giusto, con il suo consiglio? Avrebbe perso l'amicizia di Lore? E magari anche quella di Kumari, che la considerava la guida della loro piccola comunità?

«È questo il posto? Sei sicura che sia l'indirizzo giusto, Rica?» domandò Lore.

Anche Kumari sembrava a disagio.

«Questo non è un luogo adatto alle signore» sentenziò il vetturino voltandosi indietro. «Volete che vi porti in un posto più bello?»

«Siamo nel posto giusto» confermò Ricarda.

Poi a un tratto le fu tutto chiaro: Emilie Solm e Franziska Biberti credevano in ciò che facevano. E Käthe l'aveva spinta a impegnarsi nella battaglia portata avanti dalle quattro dottoresse.

L'orario in cui le tre amiche arrivarono all'Ospedale Femminile non era dei peggiori. Prima di loro c'erano solo diciassette pazienti in coda. Di sera il numero di donne in attesa si faceva notevolmente più alto, come osservò una di loro.

La sollecitudine nell'aiutare l'amica aveva fatto dimenticare a Ricarda che lei stessa aveva bisogno di nutrirsi, di quando in quando. Ma quel pensiero perse d'importanza nel vedere le condizioni miserabili delle pazienti in attesa. Soffrivano quasi tutte di gravi eruzioni cutanee o di violenti accessi di tosse.

«Rica, dobbiamo aspettare ancora a lungo? Non potresti velocizzare la cosa?» domandò Lore.

Ricarda si sarebbe fatta avanti volentieri, fosse anche solo per il suo stomaco che gorgogliava. Proprio in quel momento vide Franziska Biberti che invitava una donna a entrare, ma passare avanti alle altre era la strategia giusta, se voleva seguire il piano di Käthe? In fin dei conti, Lore avrebbe semplicemente dovuto fare ciò che tutte le donne, in mezzo alle quali stava aspettando, desideravano più di ogni altra cosa: mangiare ciò che c'era in tavola.

Ricarda combatteva contro la sensazione di fame, alla quale si aggiungeva l'odore di povertà che permeava tutto l'ambiente e che le ricordò vagamente i lunghi inverni nella sua casa a Freystetten, in attesa che i vestiti si asciugassero alla stufa. Sembrava passata un'eternità…

«Ricarda? Siete voi? Perché ve ne state lì fuori? Ci serve una mano, qui! Venite dentro, rendetevi utile!» Emilie Solm aveva riconosciuto Ricarda in mezzo alle pazienti in attesa.

«Dottoressa Solm, sono qui per la mia amica Lore. È lei.»

«Clorosi!» Emilie Solm sospirò rumorosamente, in modo che tutte la potessero sentire. «Non si vede spesso, da queste parti.»

Prese Lore per mano e la portò via con sé. Rica e Kumari le seguirono. Ricarda era un po' a disagio nei confronti di tutte le altre donne che aspettavano da ore e alle quali stavano passando avanti.

«Biberti, c'è Ricarda della Jette. Può dare una mano!» disse Emilie alla sua amica.

Franziska Biberti era china sull'ascesso della sua paziente, ma il bisturi era fuori dalla sua portata e le pentole per la sterilizzazione era vuote. Sì, c'era decisamente bisogno di aiuto. Ma anche Ricarda aveva solo due mani. Spedì Kumari a prendere dell'acqua, accese la stufa e vi mise a bollire l'acqua portata dalla sua amica. Compì quelle operazioni con leggerezza, felice di poter essere d'aiuto e di concorrere alla realizzazione di qualcosa di buono.

A un tratto si accorse che fuori si era fatto buio e che la maggior parte delle pazienti era stata visitata. Il tempo era volato.

Fu solo allora che Ricarda si accorse con sgomento di aver dimenticato la sua amica malata: «Kumari, dov'è finita Lore?».

La casa accanto all'ospedale era uno stretto edificio di mattoni nel cui androne ristagnava un odore di muffa. Ricarda e Kumari vi entrarono e salirono le scale.

«Abbiamo solo due camere per la degenza delle pazienti»

spiegò la dottoressa Biberti facendo loro strada. «E ringraziamo il cielo che il signor Bötzow ci abbia messo a disposizione anche questa parte.»

Lore giaceva in uno dei quattro letti stipati nella piccola stanza. Altri due letti erano occupati da pazienti che dormivano e il quarto era libero. Una grezza coperta grigia ricopriva la sagoma di Lore, raggomitolata su un lato. Era una visione pietosa. Una ragazza dell'alta società fiera e raggiante come lei si era ridotta a un mucchietto di ossa tremanti.

«Ha i brividi per la febbre. La Solm le ha messo un paio di borse dell'acqua calda. Ovviamente nel frattempo andrebbero sostituite» disse la dottoressa Biberti. «Ma anche noi abbiamo solo quattro mani.» Poi guardò le due ragazze e aggiunse: «Chi di voi può restare qui a occuparsi della vostra amica?».

«Rimango io» disse Ricarda senza un attimo di esitazione.

«Lore morirà?» domandò Kumari con voce tremante.

«Faremo in modo che non succeda» disse Franziska. «La febbre con i brividi è una conseguenza della malattia. È quello che chiamiamo un "sintomo".»

«Käthe dice che si può curare» intervenne Ricarda.

«Avrebbe dovuto curarsi prima, adesso è a uno stadio molto avanzato. Dopo così tanto tempo, un essere umano può anche morire di stenti.»

«Povera Lore!» Kumari si sedette vicino alla sua amica e le carezzò la testa, impotente. «Domani torno a trovarti» le disse. Poi si rivolse a Ricarda: «Mi dispiace, ma devo andare. Vengo a darti il cambio domani».

«Potresti fermarti un attimo dalla dottoressa Hausmann e dirle che rimango qui?»

Kumari la strinse brevemente a sé, poi corse via in preda all'agitazione.

«La vostra amica è molto sensibile» disse Franziska Biberti con un sorriso dolce.

Tornarono di sotto e Ricarda, mentre scaldava l'acqua per le borse di Lore, raccontò del brusco tentativo di Käthe di far mangiare Lore.

«La nostra Hausmann!» scoppiò a ridere Franziska. «I suoi metodi sono sempre stati rigidi. Non sopporta le smancerie da femminucce.»

A Ricarda tornò in mente di quando la contessina l'aveva redarguita per essersi messa a piangere e pensò che le due donne avevano molto in comune.

«Temo che la signorina Singer non sia malata solo nel corpo» disse la dottoressa Biberti. «Probabilmente anche la sua condizione interiore ha un influsso sulla malattia. Magari voi, in quanto sua amica, potreste parlare con lei per cercare di capirlo.»

Nel sottotetto dell'ospedale l'aria era soffocante. Ricarda non riusciva a dormire, non faceva che rigirarsi, tormentata dai pensieri.

Aveva interrotto la sua solita vita da un momento all'altro per soccorrere la sua amica e nel farlo si era ritrovata coinvolta nella frenesia dell'Ospedale Femminile. In casa della contessina ogni paziente veniva ricevuta con la massima calma, mentre qui l'importante era riuscire a garantire l'assistenza medica di prima necessità. Non c'era da stupirsi: in una città con un milione di abitanti, di cui la metà erano donne, quello era l'unico ambulatorio rivolto a un'utenza femminile di estrazione sociale bassa! E poi ce n'era un secondo, per l'alta società, in Unter den Linden. Fino a quel momento Ricarda non aveva mai riflettuto su quell'aspetto, non si era mai chiesta se fosse giusto o meno.

Ma dopo ciò che aveva vissuto quel pomeriggio e quella sera, sentiva il dubbio insinuarsi dentro di lei.

Con quale semplicità l'avevano invitata a dare una mano le due dottoresse. E come le era venuto naturale darsi da fare. E che sensazione gratificante, quella di poter essere d'aiuto, di sentirsi utile.

La sua vita in Unter den Linden non aveva niente a che fare con ciò che aveva vissuto in quell'ospedale. Perché doveva vivere nella bambagia come una principessa? Lei non era una principessa e non voleva neanche esserlo. E una volta finita la scuola sarebbe dovuta tornare in campagna, per fare la governante in un castello. Non avrebbe permesso che la sua vita fosse così monotona!

«Neanche tu riesci a dormire?» domandò Lore con un fil di voce.

«Sei sveglia?»

«Mi fa tanto freddo.»

«Vuoi che mi sdrai accanto a te?»

«Se non ti disgusta, Rica.»

«Non penso che le tue ossa a punta mi faranno venire i lividi.»

Si sdraiò accanto all'amica e si stupì di come fosse caldo il suo corpo.

«Morirò, Rica.»

«Solo se è quello che vuoi.»

«Perché dici così?»

«Perché è la verità.»

«Forse lo voglio davvero.»

«Ho un sacco di pensieri in testa, Lore.»

«Anch'io. Mi chiedo perché mai sono venuta al mondo.»

«Stiamo per finire la scuola, forse è normale porci queste domande» osservò Ricarda. «Ma non basta porsi delle domande, dobbiamo anche essere pronte a trovare le risposte.»

«Oh, Rica, sei sempre così saggia. E tu l'hai trovata una risposta?»

«No. Insomma, perché studiamo?»

«È una buona domanda.»

«Poco fa pensavo al cugino di Käthe Hausmann. Lui dava per scontato che sua moglie non avrebbe lavorato. Allora io gli ho chiesto cosa avrebbe fatto tutto il giorno, e lui mi ha risposto che avrebbe fatto le cose che fanno le donne. Cosa fa tua madre, Lore?»

A Lore sfuggì una risatina. «Fa quello che fanno le donne.»

«A me non basta. Voglio arrivare alla sera e poter dire di aver realizzato qualcosa di concreto. Come la dottoressa Hausmann, anzi, come la Biberti e la Solm. Ognuna di loro due ha aiutato quaranta donne alla fine di ogni giornata. Te lo immagini? Sono quattro donne all'ora di media.» Ricarda non aveva perso la sua passione per i numeri.

«Davvero?» domandò Lore.

«Io, quando arrivo a sera, ho pulito la casa dei padroni, mi sono occupata dei miei sei marmocchi e ho procurato la birra a mio marito» risuonò una voce nell'oscurità. «Se volete, potete dare una mano a me.»

«Mi dispiace, forse abbiamo parlato troppo forte» sussurrò Ricarda.

«No, ragazzina, hai perfettamente ragione. Alla tua amica va tutto troppo bene. Che si metta a far qualcosa e vedrà come migliora.»

Il mattino dopo, Ricarda lasciò a malincuore la sua amica, che finalmente dormiva profondamente, per andare a casa e poi a scuola. Ma prima si fermò a salutare le due dottoresse, che bevevano un tè nella loro minuscola cucina prima di lanciarsi nella frenesia di una nuova giornata.

«Avevate ragione, dottoressa Biberti» disse Ricarda. «La mia amica è malinconica. Ho paura che sia stanca di vivere.»

Franziska Biberti scambiò uno sguardo complice con Emilie Solm. «Ci piacerebbe fare un esperimento, con Eleonore.»

«Di che genere?»

«Vorremmo che desse una mano qui, magari un'ora o due al giorno. Vedremo. In questo modo potrebbe anche ripagarci per la degenza.»

«Ma dovreste spiegarle tutto quanto! Non ne avete il tempo.»

«Henriette ci aveva parlato della vostra logica infallibile, Ricarda.» Emilie Solm scoppiò a ridere. «Avete perfettamente ragione. Per questo abbiamo deciso di coinvolgere anche voi in questo "esperimento", come lo definisce la Biberti.»

«Volete che sia io a istruire Lore? Sì, posso farlo, ma lei deve essere d'accordo» rispose Ricarda pensierosa. «In fin dei conti quello che so non è molto. Ho provato a osservare la dottoressa Freystetten in alcune pratiche, ma niente di più.»

«Non siate così modesta, Ricarda» disse la dottoressa Biberti. «La Solm e io vi abbiamo vista all'opera, ieri sera, e siamo rimaste decisamente colpite.»

Solo quando si ritrovò a percorrere a passo svelto la Alte Schönhauser, già ingorgata dal traffico nonostante l'ora del mattino, Ricarda realizzò quello che era successo: aveva acconsentito a dare una mano alle due dottoresse per due ore ogni pomeriggio, con l'obiettivo di mostrare a Lore il "senso della vita". La dottoressa Solm aveva usato questa espressione, che a Ricarda era piaciuta molto. Questa proposta aveva un unico inconveniente: le avrebbe impedito di assistere Käthe all'ambulatorio.

Ma Käthe non ebbe alcuna obiezione, quando Ricarda le raccontò i nuovi sviluppi.

«Pensavi che fossi contraria? Assolutamente no, anzi! È arrivato il momento di metterti alla prova anche al di fuori di queste quattro mura. E in questo caso farai doppiamente del bene: alla tua amica e alle pazienti.»

Il giorno stesso Ricarda mise al corrente anche Kumari.

«Credi che le due dottoresse lascerebbero aiutare anche me? Potresti insegnare a tutte e due, così nel giro di poco tempo potremo darci il cambio.»

A sentire quelle parole, Ricarda ripensò all'entusiasmo con cui la contessina aveva proposto l'istituzione di una scuola per infermiere. Decise comunque di non farne parola con Kumari, limitandosi a farle notare che doveva chiedere prima il permesso ai genitori.

Le due dottoresse furono felicissime della notizia. Ricarda si rese conto che era stata proprio la presenza di Kumari a spingere Lore ad accettare: in quel modo si sarebbero rese utili tutte e tre insieme.

Il lavoro all'Ospedale Femminile si rivelò ben presto una benedizione, sia per le pazienti che per le ragazze. Ogni giorno imparavano qualcosa di nuovo. Aiutavano le dottoresse svolgendo compiti che andavano ben oltre la sterilizzazione degli strumenti e delle garze, o l'approntare le borse dell'acqua calda.

Nel giro di qualche settimana, era stato raggiunto un ritmo grazie al quale le tre amiche erano concretamente coinvolte nelle attività nella Alte Schönhauser.

Lore smise ben presto di essere una paziente e si trasformò in un preziosissimo aiuto. Certo, rimaneva pur sempre fragile e delicata, ma aveva assunto un colorito più salubre e aveva addirittura preso qualche etto provvidenziale. L'unica cosa che contava era che fosse soddisfatta di ciò che era riuscita a fare nel corso della giornata.

Poiché il corsetto era d'intralcio per il lavoro all'Ospedale Femminile, Lore non ci si strizzava più al mattino. A una cauta domanda di Ricarda, aveva risposto: «I miei genitori sono sempre in viaggio, per fortuna. E la nostra governante mi tiene il gioco. Mia madre ancora non sa che passo tutto questo tempo con la gente povera.»

Le ragazze davano una mano a orari diversi, per cui era piuttosto raro che si incontrassero all'ex birrificio. Ma in quel giorno di fine estate si ritrovarono tutte e tre all'ingresso dell'ospedale, ognuna con la sua tazza di tè in mano. Per strada c'era già la quiete tipica della sera e lo spazzino aveva iniziato a pulire con la sua scopa.

«Per come conosco tua madre, l'idea non le piace» osservò Ricarda.

«Infatti mi chiede sempre cosa ci faccio, qui» disse Kumari.

«Sapete, credo che dovremmo chiarirci le idee su un aspetto: cosa vogliamo fare della nostra vita?» domandò Ricarda.

«Be', tu diventerai una governante, io sposerò un banchiere e tu, Kumari, troverai un principe!» Lore rise, entusiasta.

«Molto divertente» borbottò Kumari.

«Governante… è l'ultima cosa che voglio diventare» disse Ricarda decisa.

Le amiche la guardarono esterrefatte. «Vuoi contraddire tuo padre?» domandò Kumari.

«Solo il pensiero di marcire in un castello di campagna mi fa venire il mal di pancia» sospirò Ricarda. «Ci dev'essere un modo per poter decidere della nostra vita.»

«Be', forse alla fine diventeremo davvero delle insegnanti» propose Lore.

«Non è poi così diverso dal fare la governante. Tuo padre lo accetterà di sicuro.»

A Kumari stava molto a cuore l'armonia. *Non si rende conto che così peggiora le cose*, pensò Ricarda.

Arrivò il guardiano notturno e accese con un bastone la lanterna a gas all'ingresso dell'ospedale.

Ricarda la guardò con occhi sognanti. «Perché tutti si aspettano che noi donne accettiamo le cose per come sono? Perché non proviamo a lottare per i nostri sogni? È una cosa che continuo a chiedermi, da quando vengo qui.»

«E qual è il tuo sogno, Ricarda?» Kumari la fissava con i suoi occhi grandi.

«Vuol diventare un medico» sentenziò Lore asciutta.

«Che sciocchezza» rispose Ricarda. «Sappiamo tutte e tre che è impossibile. Ma...»

«Ma?» Le due amiche pendevano dalle sue labbra.

«La contessina aveva un'idea. Non so cosa ne sia stato, poi.»

«A proposito, quando torna dall'America?» domandò Lore.

«Käthe ha ricevuto una sua lettera proprio ieri. Si è ammalata lei, per una volta, e non può mettersi in viaggio per il momento.»

«E qual è l'idea che aveva avuto?» domandò Kumari.

«Era il giorno in cui ha portato tua zia al lazzaretto. Tornando a casa ha detto a Käthe, alla dottoressa Solm e alla dottoressa Biberti che voleva fondare una scuola per infermiere.»

«E cosa sarebbe?» domandò Lore.

«E cosa c'entra con noi?» la incalzò Kumari.

Ricarda fece un sospiro. «La contessina non ne ha mai più parlato. Ma io me la immagino così: una scuola in cui le donne imparano a prendersi cura dei malati. Noi lo abbiamo fatto e basta. C'è stata l'occasione e ci fa piacere aiutare altre persone. Con una formazione adeguata potrebbe diventare un mestiere per la vita.»

«Infermiera. Sarebbe come un'aiutante per il medico.» Kumari guardò trasognata l'ospedale ormai avvolto dalla semioscurità. Aveva un'unica luce che brillava all'ingresso, che lo rendeva accogliente come un nido a cui tornare.

Quelli che stanno lassù e quelli che stanno laggiù

Ottobre 1879

Dalla Alte Schönhauser alla casa in Unter den Linden non c'era che una mezz'ora di cammino, ma intorno al Hackescher Markt c'erano troppi angoli bui e troppe bettole che vendevano alcolici. Era una zona malfamata in cui poteva accadere che la polizia arrestasse una giovane donna per il semplice fatto di andarsene a giro da sola la sera perché poteva trattarsi di una prostituta. A Ricarda bastavano le voci che giravano, non ci teneva a sperimentarlo in prima persona. Anche Kumari e Lore erano dello stesso avviso, per cui nessuna delle tre ragazze si azzardava a percorrere quel tratto di strada dopo il tramonto. Quando il lavoro era tanto e uno dei letti nel sottotetto era libero, restavano a dormire lì.

Data la mancanza di soldi, quella sera la dottoressa Biberti aveva acconsentito a ricoverare solo una paziente con un ascesso al piede che le impediva di camminare fino a casa. La donna sentiva molto dolore e per distrarsi raccontò a Ricarda la sua vita. Una vita da cameriera, iniziata in una tenuta a Königsberg e ormai al quinto impiego a Berlino.

«Ovviamente ho sempre perso il posto per colpa delle mie gambe.» Fece un profondo sospiro. «Vorrei tanto sapere che ne sarà di me.»

Nelle cinque settimane in cui aveva lavorato in pianta stabile dalla Solm e dalla Biberti, Ricarda ne aveva sentite tante di storie come quella, storie di gente sfruttata che le rimanevano in testa anche dopo aver lasciato l'ospedale.

Trascorsa una notte praticamente insonne, Ricarda si alzò all'alba e lasciò il sottotetto. Come d'abitudine, sarebbe passata da casa a rinfrescarsi e a mangiare qualcosa, per poi recuperare un po' di studio arretrato e andare a scuola. Non era ancora del tutto sveglia quando lasciò lo stretto edificio adiacente all'ospedale. In strada riecheggiava uno strepitare di voci concitate, insolito per quell'ora del mattino.

Ricarda lo sentì distintamente: «Aiuto! Aiuto» gridava una voce di donna.

Senza pensarci neanche un istante, corse nella direzione di quel grido insieme a qualche altra persona per rendersi utile.

«Sono i miei bambini! Non toccarli!»

Nonostante le grida isteriche della donna, Ricarda aveva l'impressione di conoscere quella voce. In mezzo alla fitta schiera di curiosi accalcati, però, non riusciva a vederla. La situazione nel frattempo si era fatta confusa, perché tutti i presenti urlavano gli uni sugli altri. Ricarda si avvicinò esitante. Fu allora che vide la signora Merger in mezzo al capannello di gente.

Ricarda si aprì un varco tra le donne urlanti. Due bambini, una femmina e un maschio, piangevano aggrappati alla mano della governante. Un uomo la stava colpendo e lei non riusciva a scansarlo per via dei bambini. A loro volta, il gruppo di donne infuriate malmenava l'uomo.

Perché a nessuno viene in mente di portar via i bambini?, si domandò Ricarda, facendosi strada fino al centro della scena.

«Dite ai bambini di venire da me!»

La signora Merger, che indossava una camicia da notte lunga fino ai piedi e strappata in alcuni punti, la guardò per un istante senza capire, ma subito dopo ordinò ai bambini di andare con lei. Ricarda li prese e li portò via di lì. Si ricordava dei due piccoli, li aveva visti davanti allo scantinato nella Friedrichstrasse, la loro vecchia casa, il giorno in cui era morta Mine.

Ricarda sentiva il cuore batterle forte per l'agitazione. «Quell'uomo che picchia la mamma è vostro padre?»

La bambina annuì.

«Perché è così arrabbiato?»

«La mamma non gli dà più i soldi.»

«Vi porto al sicuro.»

Non conoscendo altri posti, l'unica cosa che le venne in mente fu l'Ospedale Femminile.

Ma in quell'istante sentì il marito di Malwine gridare: «Quella donna sta portando via i miei bambini!».

Non poteva che riferirsi a lei! Ricarda prese i due bambini e cominciò a correre. Dal niente comparve un robusto poliziotto in uniforme blu, con tanto di elmo chiodato e sciabola al fianco, che bloccò loro il passaggio verso il vicino ospedale.

«Sono vostri questi marmocchi?» domandò il gendarme.

Ricarda scosse la testa.

«Lasciateli andare!»

«Volevo solo aiutare.»

«Parlate solo se ve lo dico io.»

Il tono sgarbato del poliziotto la colse di sorpresa. Non stavano forse dalla stessa parte? Non volevano forse entrambi proteggere i bambini?

In quella, arrivò correndo la signora Merger, accompagnata da altre due o tre donne altrettanto sconvolte.

«Di chi sono questi mocciosi?» domandò il poliziotto.

Malwine e suo marito risposero all'unisono: «Miei, signor gendarme!».

Il gendarme fece un cenno al marito di Malwine e tirò fuori un grosso taccuino per prendere appunti. «Nome?»

«Emil Merger, calzolaio. Qui mi conoscono tutti, signor gendarme.»

Il signor Merger non era perfettamente stabile sulle gambe, ma il poliziotto sembrò non accorgersene.

«Prendete i bambini e sgomberate l'area!»

«Non potete farlo, signor gendarme!» urlò Malwine.

«Nome!»

Ma Malwine era troppo agitata e si mise a sbraitare: «Lui li picchia e beve come un ossesso. Questi sono i miei bambini, mi occupo io di loro!».

«Se non chiudete la bocca vi metto in galera.»

«Allora mettetemici! Ma con i miei bambini!» urlò la signora Merger agguerrita.

I due bambini si nascosero dietro Ricarda in cerca di protezione. Il poliziotto cercò di acciuffarli, ma Ricarda si mise in mezzo. «Signor gendarme, state commettendo un'ingiustizia!» gli urlò contro.

«Sono io la legge!»

«Non potete portar via i figli a una madre. Non vedete che quell'uomo è ubriaco?»

Anziché rispondere, il poliziotto mise in bocca il fischietto e dette fiato al suo richiamo per lo stretto vicolo. Un secondo dopo stava accorrendo un gruppetto di uomini in uniforme, mentre le altre donne si erano schierate al fianco di Malwine. Ricarda era intrappolata tra loro e il muro dell'edificio.

«Date qua i bambini!» ordinò il gendarme.

«Li darò solo alla loro madre!»

«Resistenza a pubblico ufficiale!» ringhiò il poliziotto paonazzo di rabbia.

Di nuovo risuonò il fischio.

«Sono entrambe in arresto!» sbraitò il gendarme indicando Ricarda e la signora Merger. «Portatele via!»

A Ricarda arrivò una botta in testa che la fece barcollare.

Successe tutto molto in fretta e con grande brutalità. Ricarda non fece neanche in tempo a rendersene conto, che già la stavano spingendo dentro la carrozza verde dei detenuti. Ancora stordita per il colpo in testa, non vide i due alti gradini, sbatté lo stinco, cadde, si rialzò a fatica. E già da dietro stavano spingendo dentro la signora Merger, che le cadde addosso. Ricarda inciampò e batté la testa contro la parete di legno. Qualcuno l'acciuffò al volo e la aiutò a sedersi sulla panca. Fu solo allora che si rese conto della presenza di altre donne nella carrozza, anche se era ancora troppo intontita dal colpo per osservarle bene.

Fino a quel momento, Ricarda aveva sempre considerato la polizia come una garanzia di protezione. E quando aveva portato via i bambini dalla lite lo aveva fatto animata dalle migliori intenzioni. Doveva trattarsi per forza di un errore! Ma quando la porta fu chiusa e sprangata dall'esterno, quando i cavalli partirono tirandosi dietro la carrozza dondolante, si rese conto che era stata davvero arrestata. Guardò fuori dalle finestre protette da inferriate. Una bambina che non aveva mai visto prima la guardava dalla strada.

In un attimo di lucidità, Ricarda le urlò: «Mi chiamo Rica! Di' alle dottoresse cos'è successo!».

Vedendo che la bambina, di circa otto anni, non reagiva, urlò ancora una volta: «Sono Rica! Dillo alle dottoresse!».

La piccola corse via, ma Ricarda non riuscì a vedere se faceva ciò che le aveva chiesto, perché la carrozza della polizia stava già raggiungendo Hackescher Markt. Ricarda guardò ancora fuori, ma nessuno si interessava alla carrozza verde della polizia; al contrario: vedendola passare la gente si voltava dall'altra parte.

Cosa ne sarebbe stato di lei, se la bambina sconosciuta non avesse avvisato le dottoresse? Solo allora, sentendosi prendere dallo sconforto, si accorse del dolore alla testa e allo stinco. Toccò il punto indolenzito della gamba e si accorse che era gonfio, poi si guardò la mano e vide che era insanguinata. Con l'altra mano si sfiorò la fronte: c'era solo un bernoccolo, niente sangue. Sentiva crescere nella testa un dolore che faceva a pugni con l'indignazione per l'ingiustizia subita. Era livida di rabbia.

In quel momento si accorse dello sguardo su di lei. Seduta di fronte c'era la signora Merger. Nella penombra della vettura riusciva a malapena a riconoscerne il volto.

«Che storia è questa? La polizia non può fare una cosa simile!»

«Come mai dovete sempre immischiarvi? Anche se so che avevate buone intenzioni.»

«Volevo solo aiutare.»

«Le signorine come voi non aiutano quelle come noi» disse una delle donne.

«Lasciatela in pace!» intervenne un'altra. «Può avere un cuore anche se è dell'alta società!»

«Sono i padri di quelle come lei che hanno fatto le leggi per cui ci troviamo qui adesso. Tutte pensate a favore delle autorità. Che lo dica, a suo padre, quando la verrà a prendere» commentò una terza donna.

«No!» esclamò Malwine. «Lei non è una di quelle. È una brava ragazza.»

Nonostante lo stordimento, Ricarda si rese conto che la signora Merger aveva preso le sue difese.

«Tu sei la ragazzina che aiuta le dottoresse» disse una donna il cui volto Ricarda non riusciva a vedere per via dell'oscurità all'interno e la luce accecante dell'esterno. «Mi hai fasciato la gamba, di recente. Sei stata brava.»

All'improvviso calò il silenzio. Non si sentiva altro che lo scalpiccio degli zoccoli sul lastricato e il cigolio metallico delle ruote.

A poco a poco gli occhi di Ricarda si abituarono alla semioscurità della carrozza e vide chi erano le compagne di quel viaggio obbligato. Sapeva che la donna alla quale aveva fasciato la gamba era una prostituta e probabilmente lo erano anche le altre, che presentavano lo stesso abbigliamento provocante.

Ricarda guardò fuori dalla finestrella con le sbarre. La città si stava svegliando ai primi raggi di sole.

«Dove ci portano?» domandò Ricarda.

Stavano percorrendo delle strade che non aveva mai visto prima.

«Nella Barnimstrasse» rispose una delle donne.

«E cosa c'è lì?»

Si udì un rumoroso sospiro, ma ci volle un bel po' prima che qualcuna articolasse una risposta.

«Il carcere femminile.»

Ricarda pensò di aver capito male. In carcere? E tutto perché aveva cercato di mettere al sicuro due bambini?

«Scendete, signore!»

Mentre scendeva dalla vettura, Ricarda batté nuovamente, stavolta la fronte. Qualcuno la prese per mano e la tirò via. Incespicò in avanti e si accorse di essere nel cortile di un edificio imponente, con cinque piani di finestre le une sulle altre. Fu spintonata, procedette lungo corridoi, attraversando cancellate di ferro che si aprivano e si richiudevano. Entrò in una stanza piena di donne che parlavano tutte insieme. Alcune stavano sedute su delle panche, altre stavano in piedi o appoggiate alla parete. Erano donne che Ricarda non aveva mai incontrato prima, anzi, era proprio per non incontrarle che non attraversava mai Hackescher Markt dopo il tramonto. A lei non fece caso nessuno. Non facevano che chiacchierare tra loro, nessuna pareva particolarmente preoccupata, ridevano e sembravano felici di rivedersi. Quando si avvicinava loro una guardia, la insultavano o le facevano gli occhi dolci. Le guardie, dal canto loro, rispondevano con insulti ancora più scurrili o si limitavano a sghignazzare. Sembrava una specie di gioco. Le donne per lo più non sembravano avvilite, o quantomeno non davano l'impressione di essere lì per la prima volta.

«Sedetevi, signorina Ricarda. Avete un aspetto terribile.»

Ricarda sentì qualcosa di umido sul volto e quando vi passò sopra una mano si accorse che era sangue.

«Cosa ci facciamo qui, signora Merger?»

«Aspettiamo.»

«Aspettiamo cosa?»

«Tra poco ci lasceranno andare.»

«Perché avete litigato con vostro marito? Mi sono spaventata. E con i bambini nel mezzo.»

«Il piccolo si chiama Otto, la bambina Lotte. Adesso sono con Emil.» Malwine fece un gesto sprezzante con la mano. «Tanto lui non sa che farsene. Tra poco li manderà via.»

«E poi?»

«Mia mamma li troverà.»

«Stanno con vostra madre, quando siete a lavoro da noi?»

«Basta con tutte queste domande.»

Malwine Merger si zittì, come faceva sempre quando la conversazione andava troppo sul personale. Ricarda l'aveva accettato fino a quel momento, adesso però la cosa la indisponeva. Aveva voluto aiutarla perché lo riteneva un atto di umanità dovuto. Ma evidentemente si sbagliava. O era bianco o era nero. Non esisteva una via di mezzo. Era doloroso riconoscerlo, ma doveva decidere da che parte voleva stare, perché le cose non potevano andare avanti in quel modo. Era una clandestina, la figlia di un giardiniere introdotta abusivamente nella vita dell'alta società.

«Con me!»

Un grosso gendarme che entrava a malapena nella sua uniforme blu fece cenno a Ricarda di seguirlo. Ma lei esitò, perché tutte le altre donne erano ancora lì ad aspettare.

«Veloce, muoversi!»

«Andate pure! Vi fanno uscire.» La signora Merger tentò di tranquillizzarla.

Ricarda seguì il poliziotto, obbediente. Faceva fatica a camminare per via della gamba gonfia e aveva male alla testa. Fu condotta in una piccola stanza e si sentì prendere dal panico quando si rese conto che era un'aula adibita a tribunale.

Da una porta laterale entrarono due uomini, uno in uniforme e l'altro con una toga nera. Presero posto chiacchierando e ridendo tra loro. Quello in uniforme di fronte a Ricarda, l'altro al suo fianco.

«Nome, indirizzo?» domandò il primo.

«Ricarda Petersen. Quale indirizzo devo fornire? Quello dei miei genitori o quello della contessina?»

«Quindi siete cameriera. L'indirizzo dei padroni!»

L'uomo in uniforme prese nota e si rivolse al togato: «Signor Procuratore, la Corte è pronta per ascoltare la vostra dichiarazione.»

«Signorina Ricarda Petersen. Siete accusata di resistenza a pubblico ufficiale e istigazione alla rivolta. Il pubblico ministero chiede per voi tre mesi di reclusione.»

«Imputata, cos'ha da dire a sua discolpa?» domandò l'uomo in uniforme.

«Non ho diritto a un avvocato?» domandò Ricarda esterrefatta.

«Non con la pena che il pubblico ministero richiede per voi. Sennò non finiremmo mai. Allora, come vi dichiarate?»

«Io non ho fatto niente. È tutto un malinteso. Vi prego, dovete credermi!» Mentre parlava, si rese conto che quelle parole dovevano essere esattamente le stesse che diceva ogni imputata. Ma cos'altro avrebbe potuto dire?

«In nome di Sua Maestà l'Imperatore, emetto adesso il verdetto: considerata la giovane età dell'imputata, riduco la pena a quattro settimane di reclusione. Maresciallo, portatela via e fate entrare la prossima.»

Ricarda fu presa per un braccio e portata via, incapace di aggiungere anche solo una parola.

Nella stanza in cui aspettava, da un tempo trasformatosi in piccola eternità, si era raccolta un'altra decina di donne. Da lì Ricarda fu portata via attraverso il cortile della prigione. Nel frattempo al dolore alla testa e alla gamba si era aggiunta una fame feroce. Un'occhiata al cielo limpido di Berlino rivelò alla ragazza cresciuta in campagna che ormai si era fatto primo pomeriggio.

Non aveva più visto Malwine Merger e non aveva scambiato parola con nessun'altra donna. Si vergognava non solo per il fatto di trovarsi lì, ma anche e soprattutto perché fino a quel momento aveva sempre considerato le donne tra cui adesso si trovava come persone che valevano meno di lei. Le evitava, se le incontrava per strada. Perché erano povere, sgraziate, trasandate, ignoranti.

Poco tempo prima, Ricarda aveva fasciato l'avambraccio a una donna. Una ferita da taglio. Non aveva prestato attenzione alla paziente, si era concentrata solo sulla ferita da curare. E adesso l'aveva ritrovata nella sala d'attesa della prigione. Forse anche lei era finita lì per un'ingiustizia? Succedeva sempre tutto così all'improvviso, che chiunque poteva ritrovarsi in prigione da un momento all'altro?

Quel pensiero le procurò un dolore fisico. Quattro settimane di reclusione! Cosa ne sarebbe stato della scuola? E del lavoro all'Ospedale Femminile? E Käthe? La contessina sarebbe rientrata dall'America prima che lei uscisse? Era impensabile! E le sue amiche? Come avrebbero reagito Kumari e Lore? E suo padre! Un uomo semplice e retto come un albero. Non doveva venirlo a sapere.

Sentì le gambe cedere, intorno a lei girava tutto.

Qualcuno la afferrò per un braccio e la tenne su.

«Su, su, piccolina. Andrà tutto bene, vedrai!»

«Ma io non ho fatto niente!»

«Nessuna di noi ha fatto niente. Ma cosa ne farebbero delle loro belle prigioni nuove, senza nessuno da metterci dentro?»

La donna sorresse Ricarda fino alla porta successiva. Fu allora che vide la fasciatura all'avambraccio della sua ex paziente. Nel frattempo era diventata nera di sporcizia.

«La fasciatura andava cambiata dopo una settimana. Ve l'avevo detto» esclamò.

«Il bianco della fasciatura era troppo delicato. Il nero è meglio» rispose la donna scoppiando a ridere.

La diaconessa era una donna bassa e tozza, il volto morbido era strizzato nella cuffia bianca della tonaca. Scrutava con occhi vispi e scettici ogni nuova arrivata. Ricarda notò gli angoli della sua bocca, che disegnavano due curve ripide verso il mento. Non aveva mai avuto a che fare con una diaconessa, anche se la contessina le aveva parlato di queste fervide protestanti che si occupavano delle pazienti negli ospedali. Le aveva descritte come donne prepotenti e imperiose.

«Questa in infermeria» disse quando fu il turno di Ricarda.

«Grazie» sfuggì istintivamente a Ricarda.

Ma l'infermeria non era altro che una sala enorme piena di letti in cui ristagnava un fetore di urina e putrefazione. La maggior parte delle donne che occupavano i letti giaceva in uno stato di semi-incoscienza.

«Siediti qui» sentì dire a una voce inaspettatamente dolce dietro di sé. Si voltò e vide la diaconessa, che non aveva più l'aria autorevole di poco prima.

«Sei messa male, figliola» disse. «Chi è stato?»

«Io stessa» rispose Ricarda. «Mi hanno colto così alla sprovvista che quando mi hanno spinto nella carrozza verde sono andata a sbattere da tutte le parti.»

La donna studiò Ricarda con maggior attenzione. «Tu non sei una donna di strada. Ora stai ferma.»

Le tamponò la fronte con l'alcol. Bruciava.

«Quanto devi rimanere?»

«Quattro settimane.»

«Passano in fretta, vedrai. Perché zoppichi? Fammi vedere la gamba. Qualcuno sa dove sei?»

«No, non credo. Stamani ero dalle dottoresse Solm e Biberti. Le conoscete?»

«Sì, so perfettamente chi sono. Cosa ci facevi da loro?»

«Le aiuto, per quanto posso.»

La diaconessa si fermò e guardò Ricarda sorpresa.

«E perché ti hanno arrestata? Cosa hai fatto?»

Ricarda le raccontò tutta la storia. E solo a parlarne, si sentì già un po' meglio.

Gli sbuffi e i fischi della locomotiva ricordarono a Käthe quanto fosse spiacevole il compito che l'aspettava. Come avrebbe spiegato al giardiniere Petersen ciò che era successo?

E quella brutta notizia non era neanche la cosa peggiore di quella missione. Quello che la faceva davvero arrabbiare era che si riteneva in parte responsabile di come erano andate le cose. Aveva esposto una ragazza ingenua e di buon cuore alla ferocia del mondo senza prepararla adeguatamente.

Un paio di giorni prima dell'arresto e della condanna di Rica, aveva discusso con la Biberti e la Solm della presenza sempre più massiccia di polizia in città. Un articolo di giornale aveva esaltato la sicurezza di Berlino, che schierava un poliziotto ogni trecentocinquanta abitanti.

Quando, la sera dell'arresto di Rica, Franziska era andata ad avvisare Käthe in Unter den Linden, aveva detto: «Ecco qua, Käthe. Troppa polizia è dannosa come la medicina in eccesso. È una questione di misura, altrimenti la città si ammala.»

Poi le aveva raccontato quello che era riuscita a sapere: «Ha sfidato un gendarme. Non è stata una mossa saggia. I gendarmi perdono il controllo di fronte alla resistenza a pubblico ufficiale.»

«È una cosa da lei. Rica è animata da un profondo senso di giustizia» aveva ribattuto Käthe.

«E ha ragione! Una volta ho avuto una paziente con una spalla slogata. Le ho chiesto come avesse fatto e mi ha risposto che era stato un poliziotto. Quando le ho chiesto il motivo, mi ha detto che il suo banchino al mercato dovrebbe avere un numero appeso. In pratica la donna non aveva la licenza per vendere al mercato. E via nella carrozza verde. Ce l'avevano buttata sopra con tale violenza da slogarle una spalla. La stessa cosa sarà successa a Ricarda. Sono i regolamenti a essere sbagliati. In Prussia i cittadini non hanno alcun diritto. A proposito: la donna per cui Ricarda si è esposta è la signora Malwine, la governante di Jette. È in casa? Lei potrebbe saperne qualcosa di più.»

Malwine si era presentata al lavoro solo nel pomeriggio. Cosa di cui Käthe non si era nemmeno accorta, perché era occupata con le pazienti. Quando la interrogarono, la signora Merger raccontò tutta la storia. Lei, a differenza di Ricarda, era stata rilasciata subito perché era colpevole di un reato minore.

«Perderò il mio posto, dottoressa Hausmann?»

«Certo che no!» rispose istintivamente Käthe.

Solo durante il viaggio in treno, a distanza di qualche giorno, aveva riflettuto sul terrore nel quale dovevano vivere le persone come Malwine: tormentate dai mariti, senza la protezione della polizia e preoccupate per il proprio stipendio.

«E adesso che facciamo?» aveva chiesto Käthe.

Franziska si era informata alla polizia circa la situazione di Ricarda. Adesso sapevano che la loro protetta si trovava nel carcere femminile. Quello che non erano riuscite a scoprire era la durata della pena.

«Non ci posso credere, Franzi! Sei stata al penitenziario e nessuno ti ha saputo dire niente?»

«Funziona così, Käthe. Dovremmo ingaggiare un avvocato.»

Ovviamente non ne conoscevano nessuno e a Käthe era venuto in mente suo cugino solo dopo che Franziska se n'era andata. Georg era un avvocato! Lui era a Monaco, ma forse poteva consigliare loro un collega di Berlino.

Serve avvocato per Ricarda – Stop – Subito – Stop – È in carcere ingiustamente – Stop

Il giorno dopo, all'ora di pranzo, un fattorino le aveva consegnato la risposta di Georg e Käthe era andata subito dall'avvocato consigliato dal cugino. Allo studio la aspettavano, perché Georg aveva anticipato loro la questione. Fino a quel momento, Käthe era rimasta fiduciosa che sarebbe andato tutto bene.

Ma poi l'avvocato l'aveva guardata con aria compassionevole e le aveva detto: «Se voi non siete la tutrice della minorenne, non posso fare niente. Dovete portare qui il padre della ragazza.»

Era esattamente quello che aveva cercato di evitare. E adesso Käthe se ne stava seduta su un treno che la avvicinava inesorabilmente alla meta, mentre continuava a chiedersi come avrebbe riferito a Gustav Petersen la notizia che sua figlia era in carcere. Mentre lui era convinto che stesse dalla contessina.

«Quella della cella 37 sta partorendo. Prendi l'acqua calda» aveva detto la diaconessa. Ricarda non era stata preparata in nessun modo all'avvenimento. Stava succedendo e basta.

Ricarda indossava la stessa uniforme delle altre detenute, un semplice vestito blu con un grembiule bianco e un fazzoletto in testa, anch'esso bianco. Il fazzoletto poteva indossarlo solo chi aveva un compito da svolgere, altrimenti la testa doveva restare scoperta. Una detenuta in cinque minuti poteva deturpare alle nuove arrivate i capelli che erano cresciuti per dieci o dodici anni, a volte anche di più. Anche i bei capelli neri e forti di Ricarda erano stati tagliati. La regola valeva per tutte, in modo che nessuna rischiasse di diffondere i pidocchi. Tutto ciò che le era rimasto in testa erano delle informi ciocche corte. Per fortuna nel carcere non c'erano specchi, da nessuna parte. Ma l'immagine delle altre detenute le faceva intuire quanto anche lei dovesse essere brutta.

Tuttavia, il taglio dei capelli non era stata l'esperienza peggiore di quell'ingiusta incarcerazione. Era stato altrettanto umiliante doversi spogliare di fronte alle custodi e alle altre detenute per essere lavata con getti di acqua fredda. Anche questo per evitare i pidocchi.

E comunque a Rica era andata relativamente bene, perché la diaconessa Edith, che l'aveva presa sotto la propria ala protettrice, una volta scoperto il tesoro in cui era incappata nel suo ospedale carcerario, non aveva perso tempo e aveva chiesto alla direzione di metterle a disposizione la detenuta Petersen. In questo modo Ricarda poteva quanto meno rendersi utile.

Come adesso, che stava per nascere un bambino. Le urla della partoriente riecheggiavano nei corridoi della prigione già da due ore. Un'assassina non aveva il diritto di partorire in infermeria, doveva farlo sul pavimento della sua cella, sotto gli occhi di un custode.

In confronto il taglio di capelli non era niente!

Dovettero camminare a lungo, passando davanti a un'infinità di celle e facendosi aprire un cancello dopo l'altro dalle guardie che avevano le chiavi. Alla fine, Ricarda posò la brocca con l'acqua ormai non più tanto calda vicino alla diaconessa, che si era tirata su le maniche e inginocchiata tra le gambe della partoriente.

«Le mani, Sorella Edith» si affrettò a dire Ricarda. «Il sapone è lì vicino a lei.»

La diaconessa sospirò. «Hai avuto delle brave insegnanti, figliola» disse, lavandosi velocemente le mani.

Poco dopo, Ricarda vide un neonato per la prima volta in vita sua: il sangue, la patina che lo ricopriva, il visino un po' deformato dal parto, le manine e i piedini grinzosi, il grosso cordone ombelicale.

«Dammi le forbici» disse la diaconessa.

Ricarda ancora non sapeva a cosa servissero, ma le parve comunque una buona idea pulirle. Quando Sorella Edith le usò per tagliare il cordone ombelicale, Ricarda aveva imparato un'altra lezione. La diaconessa prese la creatura per le gambe e tenendola a testa in giù gli diede una pacca sul sedere, per farla urlare.

«Spingi ancora! Forte!» disse alla giovane madre. Poi si rivolse a Ricarda: «Tu prendi il bambino».

Così dicendo, le mise in mano quella minuscola creatura appena nata. Ma come si teneva una cosa così piccola e fragile, che fino a un minuto prima se ne stava ancora nella pancia della mamma, protetta dal mondo esterno?

«Devi tenergli su la testa. Sennò gli casca all'indietro e muore. Il braccio sotto il corpo e la mano a tenere la testa. Portalo in infermeria e lavalo. Ti raggiungo subito.»

Ricarda tenne tra le mani quella creatura nuda e urlante come se fosse l'oggetto più prezioso al mondo.

I commenti delle altre detenute, divise su tre piani, erano cattivi e carichi di odio. «Fallo cascare! È il favore più grande che puoi fargli, a quel verme!» urlarono da una delle celle buie. Allungavano le mani tra le sbarre per cercare di strapparle via il neonato.

Era come passare sotto le forche caudine. I corridoi che dividevano le celle erano così stretti che ci passava una sola persona alla volta. *Come possono le persone essere così cattive le une con le altre?*, si chiese Ricarda. Mai e poi mai avrebbe pensato che esistesse un posto come quello.

Il neonato strillava a più non posso, mentre Ricarda cercava di lavargli via il sangue e gli altri residui appiccicosi dal corpo. Nel farlo, continuava a parlare con la creatura, come se potesse consolarla. Non appena lo ebbe ripulito, lo avvolse in un asciugamano, lo tirò su con gesti impacciati e lo cullò tra le braccia.

Finalmente arrivò Edith, le prese il bambino dalle braccia e le mostrò come fasciarlo. Alla fine delle operazioni il piccolo sembrava un pacchetto, sbucava solo la testa.

«Lo porto alla madre?» domandò Ricarda.

La diaconessa esitò per un istante, prima di rispondere: «No, lascialo qui per ora. Vai piuttosto a pulire la cella».

Ricarda era talmente sopraffatta dalle emozioni che, pur sembrandole strano, andò a pulire la cella senza fare altre domande. La giovane madre giaceva in silenzio sul suo materasso buttato a terra, sorvegliata da una guardia alla porta.

«Cos'è?» La voce della detenuta, che fino a poco prima aveva urlato così forte, era ridotta a un sussurro.

Ricarda si fermò, mise lo spazzolone da parte e si inginocchiò vicino a lei.

«Avete avuto un bel maschietto. Volete che ve lo porti?»

«A che gli serve? Domani mi impiccano.»

Quelle parole le rovinarono addosso come macigni.

«Cosa avete fatto?»

«Ho ucciso il tizio che mi ha messo quel verme nella pancia.»

«Oddio! E che ne sarà del bambino?»

«Questo lo scoprirai tu, non io.»

«Come vi chiamate?»

«Niente nomi, Petersen! Continua a pulire, muoviti!» urlò la guardia fuori dalla porta.

Quando Ricarda si chinò per rimettersi a pulire, la giovane madre le sussurrò: «Ero Wilma. Non dimenticarmi».

Dopo due ore scarse di viaggio, Käthe scese alla stazione di Gusow. Un contadino le diede un passaggio sul suo carro fino a Freystetten.

«Chi andate a trovare, al castello?» domandò l'uomo.

«Il signor Petersen.»

«Cosa volete da Petersen?»

«Oh, solo salutarlo.»

«La gente che viene dalla città porta sempre brutte notizie» rispose il contadino.

All'arrivo, Käthe dovette farsi aiutare dall'uomo per scendere dal carro, che era piuttosto alto. Si guardò intorno. Allora era da qui che proveniva la sua amica Jette. Una tenuta enorme! Due persone a cavallo, accompagnate da due cani dal manto argentato e lucido, stavano risalendo il sentiero. Le andarono incontro e svoltarono prima dell'aiuola. Una bellissima donna, raggiante nei suoi abiti eleganti, accompagnata da un uomo giovanile, dall'aspetto piuttosto rude. Si trattava chiaramente di una coppia.

«Scusate» disse Käthe. «Sto cercando il giardiniere, il signor Petersen.»

La coppia fermò i cavalli e i cani si accucciarono senza abbaiare. La signora le sorrise. «Il signor Petersen è lui. È l'amministratore della mia proprietà.»

«Ah… Ricarda mi aveva detto…» Perché Ricarda definiva suo padre un giardiniere? Quest'uomo somigliava più al proprietario del castello. E si comportava come il marito della donna. «Scusatemi. Quindi voi dovete essere la contessa Luise.»

L'incantevole signora sembrava ancora lievemente divertita. «E voi, mia cara?»

«Dottoressa Käthe Hausmann, un'amica di Jette, pardon, della contessina.»

«Credo che mia cognata mi abbia parlato di voi. Vivete a Monaco, non è vero?»

«Nel frattempo mi sono trasferita a Berlino. Vostra cognata e io lavoriamo insieme allo studio medico.»

A Käthe non era sfuggita l'attenzione con cui Petersen la scrutava. *Ricarda ha il suo stesso sguardo indagatore*, pensò.

«Avete menzionato Ricarda, signora Hausmann. Che succede a mia figlia?» domandò l'uomo.

«È una questione piuttosto spinosa.»

«Non riesco proprio a immaginarmelo, ma ho l'impressione che ci siano delle difficoltà.»

«Purtroppo è così, signor Petersen.»

«Parliamone al castello. Vi indicheranno il mio ufficio. Con il vostro permesso.»

Petersen cavalcò via con la contessa al suo fianco. I due procedevano allo stesso passo, accompagnati da quei cani dall'aspetto insolito.

Käthe aveva accompagnato la madre di Ricarda alla clinica di Garmisch, tre anni e mezzo prima. Una donna devota, distrutta dalla morte della figlia. Come poteva Karla Petersen sopportare che suo marito vivesse in tale armonia con la contessa?

La diaconessa mise il neonato in braccio a Ricarda. Il bambino piangeva già da un pezzo.

«Portalo laggiù, in fondo alla sala. La donna con la gamba amputata ha ancora latte, che lo nutra lei. Poi riportalo qui.»

Edith sembrava parlare di un oggetto, anziché di un neonato. Ma nel frattempo Ricarda aveva fatto l'abitudine a quei suoi modi bruschi. Come poteva fare, altrimenti, a occuparsi di quaranta donne? Da sola, per giunta! Anche adesso, con l'aiuto di

Ricarda, il lavoro era comunque troppo. I sentimenti sarebbero stati solo d'intralcio.

Ormai era da un bel po' che Ricarda non aveva il tempo di pensare alla sua vita di prima. Non si fermava mai, svuotava vasi da notte, portava acqua alle donne allettate, cambiava bendaggi. La donna alla quale aveva portato il bambino si scostò il vestito. Quasi non aveva la forza di portarsi al seno il neonato, che si attaccò voracemente. Ricarda dovette aiutarla.

«Fatemi vedere la gamba» le disse.

Un medico che, stando alle parole di Edith, passava dalla prigione due volte alla settimana, aveva amputato la gamba della donna all'altezza del ginocchio. La ferita era in putrescenza e l'altra gamba era tutta nera ed emanava un odore nauseabondo. Ricarda le posò una mano sulla fronte: bruciava per la febbre. Gli occhi erano vitrei. Era probabile che non si rendesse neanche conto di ciò che faceva. Ricarda non poté fare altro che pulirle la ferita e cambiare la fasciatura. Riportò il bambino, finalmente addormentato, da Edith e le riferì le pessime condizioni della paziente.

«Tra un giorno o due si libera il letto» rispose la diaconessa.

«Intende dire che morirà?»

«Ha dei batteri nella gamba. Le donne muoiono, quando hanno quella malattia. Una su cento sopravvive all'amputazione. Lo sa anche lei. È andata così.»

«E chi allatterà il neonato?»

«Tra poco verranno a prenderlo.»

«E cosa ne sarà di lui?»

«Finiscono tutti a Tegel.»

«Cos'è Tegel?»

«Un villaggio al nord.»

Edith passò a Ricarda una pila di coperte perché le portasse alle lavandaie. C'era già stata, erano recluse che, come lei, svolgevano un compito all'interno del carcere.

«Avete fatto nascere un altro marmocchio?» domandò una delle lavandaie. «È vivo?»

«Lo portano a Tegel» disse Ricarda il più disinvolta possibile.

«I prezzi sono calati» rispose la donna. «Più di cinquanta marchi non te li dà nessuno per un marmocchio così. Ce ne sono troppi.»

«I neonati vengono venduti?» Ricarda non aveva resistito a lungo nei panni di quella informata sui fatti.

«Non lo sapevi? E i soldi vanno al carcere.»

Quella sera arrivò un uomo, prese il figlio dell'assassina che sarebbe stata giustiziata il giorno dopo, lo mise in un cestino e se ne andò senza salutare. Ricarda si lasciò cadere su una sedia. Avrebbe tanto voluto riuscire a piangere per quel minuscolo esserino e per sua madre. Ma la miseria che la circondava era così avvilente che non riusciva a versare neanche una lacrima.

Nello studio dell'amministratore del castello di Freystetten regnava un senso di ordine. Alle pareti erano appesi due dipinti a olio raffiguranti lo stesso signore, un uomo dallo sguardo altero e la barba imponente. In uno era in compagnia dei due cani non comuni che Käthe aveva visto poco prima con Petersen e la contessa e nell'altro teneva in mano una farfalla trafitta da un lungo spillo. Fu lì che Käthe capì che si trattava del padre di Jette. Quante volte le aveva menzionato la passione per le farfalle del suo "vecchio signore"!

Quando Petersen entrò a passo svelto nella stanza, Käthe si chiese per un istante se avrebbe dovuto alzarsi e fare un inchino, ma poi decise di rimanere seduta. L'uomo sembrò non accorgersi nemmeno di questa scarsa dimostrazione di rispetto. Käthe ignorava l'età del padre di Rica. Di certo non era nel fiore degli anni, sebbene avesse ancora l'aspetto di un giovanotto.

«Di cosa si tratta, signora Hausmann?»

Käthe aveva specificato di essere "dottoressa", perché lui non ne aveva tenuto conto? Si risentì un po', come ogni volta che succedeva.

«Ricarda è stata messa in carcere, signor Petersen. Per ingiuria verbale contro un gendarme, da quanto ne sappiamo. Le mie colleghe e io abbiamo cercato di tirar fuori Ricarda da questa sgradevole situazione, ma purtroppo non ne abbiamo avuto la possibilità, giacché viene richiesta la presenza del tutore. Per questo devo chiedervi di venire con me a Berlino, in modo che l'avvocato possa prendere in carico il caso di Ricarda.»

Gustav iniziò a caricare la pipa. «Ingiuria verbale di che genere, signora Hausmann?»

«Ricarda deve aver reagito in un modo che è stato interpretato come resistenza a pubblico ufficiale.»

«Dev'esserci senz'altro un errore. Mia figlia non farebbe niente del genere. Dov'è successo? E in quale contesto?»

Dopo che Käthe ebbe riportato i fatti, la reazione del padre di Ricarda la convinse di aver fatto un errore a rivolgersi a lui: «Com'è possibile? Ricarda dovrebbe andare a scuola, non aggirarsi per i quartieri più miserabili di Berlino!» Si alzò indignato. «Come ha potuto abusare così della mia fiducia?»

«Con rispetto, signor Petersen, non è quello che ha fatto. È molto volenterosa e studia. E anziché starsene con la testa tra le nuvole, si occupa delle persone malate. Qui non è Ricarda quella sotto accusa.»

Gustav Petersen fissò Käthe. A quanto pareva, non era abituato a essere contraddetto da una donna. «Berlino non mi è mai piaciuta» disse scuotendo la testa. Era palpabile che la situazione fosse per lui difficile da affrontare.

In quel momento bussarono alla porta e subito dopo entrò la contessa Luise.

«Posso essere di qualche aiuto?» domandò.

A giudicare dallo sguardo che Gustav Petersen rivolse alla contessa, Cupido doveva aver scagliato su di loro tutte le frecce della sua faretra. D'altra parte era altrettanto evidente che la contessa aveva origliato la conversazione.

«La signora mi ha riferito di una grave ingiustizia subita da Ricarda» disse Gustav.

Che stupida!, si rimproverò Käthe. *Era esattamente così che avrei dovuto dire.*

A quell'ora di pomeriggio avanzato, il lungo edificio nel quale abitavano i domestici del castello era avvolto dalla penombra. Uno dei camerieri aveva spiegato a Käthe dove viveva Karla. Dovette bussare più volte, prima che la moglie di Petersen aprisse. In un primo momento, Käthe pensò di aver sbagliato porta. Come poteva essere invecchiata così tanto in poco tempo? Quando avevano parlato, aveva scoperto che Käthe era più giovane di lei di un solo anno, ma nel frattempo sembrava essersi trasformato in un decennio.

«Karla, sono io, Käthe. Vi ricordate? A Garmisch!»

«Ma certo, dottoressa Käthe! Che bella sorpresa. Entrate. Mi stavo preparando alla preghiera serale. Volete pregare insieme a me?»

Käthe a suo tempo si era accorta subito che, al di là della tubercolosi, il peso più grande che gravava su Karla era una profonda tristezza. Per questo dopo qualche mese era tornata a Garmisch da Monaco e l'aveva accompagnata all'abbazia di

Ettal. E quello che vedeva adesso era un tentativo di guarigione che non aveva niente a che vedere con la medicina.

Il piccolo altare in salotto era illuminato da alcune candele. Aveva un'aria dignitosa, accogliente, il simbolo della fede che si fa rifugio nel momento in cui la tua casa ti è diventata estranea.

Käthe si inginocchiò vicino a Karla e recitò le preghiere come non faceva da tanto tempo. Le parole, ripetute migliaia di volte, erano ancora tutte impresse nella mente, ma neanche quella volta trovò conforto o sostegno.

Un'ora dopo salutò la madre di Ricarda, che non le aveva chiesto niente sul motivo della sua visita a Freystetten. Dal canto suo, Käthe non aveva avuto il coraggio di strappare quella donna sola all'abbraccio della sua fede, dove non c'era spazio per una realtà impietosa come quella del carcere femminile.

Käthe pensò che fosse giusto così. Non tutti dovevano scoprire quanto potesse essere brutale la vita a Berlino.

A Berlino pioveva a dirotto. Gustav Petersen, con l'abbigliamento rustico dell'uomo di campagna, camminava a grandi passi in direzione dello spoglio edificio di mattoni. Käthe non riusciva a stargli dietro. Almeno l'avvocato consigliatole da Georg era rimasto al suo fianco a proteggerla con l'ombrello.

A un primo sguardo, l'interno del carcere non dette a Käthe l'impressione spaventosa che si sarebbe aspettata. La zona dell'ingresso era ampia e nuova, la sala d'attesa pulita e ben illuminata. L'avvocato confabulò con varie guardie, tornando in continuazione a guardare Käthe e Petersen con un sorriso di scuse. Alla fine aprirono una porta e la prima impressione di Käthe lasciò spazio al suo opposto. Inferriate e spazi angusti. Grida che riecheggiavano per i corridoi dell'edificio a più piani.

Come può Ricarda aver resistito anche un solo giorno qui den-

tro?, pensò Käthe. Dall'espressione sul volto di Petersen, capì che anche lui stava pensando la stessa cosa.

«Deve andare via da qui» disse, dopo che si erano lasciati alle spalle la quarta cancellata di ferro.

«A sedere!» ordinò secca la guardia. Dal tono sembrava fossero loro i condannati. «Non potete dare niente alla detenuta.»

Poi sentirono il rumore di una serratura che scattava e si aprì una porta laterale. Entrò una donna giovane con un vestito blu e un grembiule bianco, poche ciocche di capelli in testa. Era l'ombra di se stessa.

«Rica!» esclamò Käthe sconvolta. Anche Petersen aveva avuto un sussulto, ma era riuscito a controllarsi.

«Seduti! Tutti quanti! Non la toccate! Non datele niente!»

Ricarda si sedette. Non aveva mai visto Käthe in quelle condizioni e anche il padre sembrava combattere con i propri sentimenti. Stringeva il cappello tra le mani come fosse uno straccio. L'avvocato, invece, seduto di fronte ai suoi documenti, non la conosceva per come era prima. Rica si sforzò di sorridere.

«Mi dispiace, papà.»

«Stai bene? Ti trattano bene?» domandò il padre.

Ricarda annuì. «Mi danno il permesso di lavorare in infermeria.» Guardò Käthe. «C'è solo la diaconessa Edith. Con quaranta pazienti. C'è troppo lavoro da fare. La sera crollo sul letto come morta.»

«Siamo venuti a tirarti fuori di qui» disse il padre.

«Il vostro processo non è stato equo. Lo contesteremo, signorina Petersen» aggiunse l'avvocato.

Käthe notò che Ricarda aveva cambiato atteggiamento. Non solo per le braccia che aveva incrociato sul petto, ma anche per il suo sguardo, che fino a poco prima era felice per la visita inattesa e che adesso si era rabbuiato.

«È molto gentile da parte vostra, avvocato. Tuttavia, vorrei rinunciare al vostro aiuto» disse.

«Senza rappresentanza legale non potrete uscire di qui, signorina Petersen.»

«Questo lo so.»

«Ricarda, non sono d'accordo!» Gustav Petersen serrò i pugni. «Ma cosa ti è successo? Ero convinto che conducessi una vita ordinata e ti ritrovo in carcere in mezzo a delle criminali. E ci vuoi anche rimanere, nonostante ti venga offerto aiuto?»

«In questo convengo con tuo padre» intervenne Käthe. «È bello che tu voglia aiutare la diaconessa nel suo difficile compito, ma il principio è sbagliato. In questo modo avalli indirettamente la tua condanna, Ricarda.»

Non avevo considerato questo aspetto, ammise a se stessa Ricarda. «Può darsi, Käthe. Ma non è questo il punto. Io non ho commesso alcun reato e sono stata condannata a quattro settimane di detenzione. Qui dentro ci sono duecentoquaranta donne e sono convinta che la maggior parte di loro sia stata trattata ingiustamente come me. Però non viene nessuno a tirarle fuori. Io non sono migliore di loro e qui dentro posso essere utile. Quello che posso fare non è molto, ma se non lo faccio io non lo farà nessuno.»

Suo padre non disse una parola. Posò il cappello sul tavolo e si mise a stirarlo con le sue grandi mani. Ancora e ancora.

Käthe si sforzò di mantenere il controllo. Quella mattina era arrivato un telegramma.

Arrivo a Berlino domenica. Stop. Saluti Jette. Stop.

Avrebbe dovuto usare quest'ultima arma per far tornare in sé la ragazza?

«Tu e il tuo senso di giustizia, Ricarda.» Gustav Petersen scosse la testa. «Se è questo che vuoi, assapora pure la pena che chiedi di scontare. Io non avevo mai messo piede in un carcere e puoi star certa che non lo farò mai più.» Si alzò di scatto. «Adesso me ne vado.»

Quanta amarezza in quelle parole. Lui non voleva capirla e Ricarda sentì contrarsi ogni frammento del suo corpo, il respiro farsi accelerato, nel tentativo di reprimere le lacrime. Perché nessuno doveva accorgersi che la sua forza era solo una maschera.

«Guardia, posso salutare questa ragazza coraggiosa con un abbraccio?» domandò Käthe.

«È proibito. La legge è la legge» rispose l'agente, che aveva seguito attentamente tutta la conversazione.

Se non hai niente, non sei niente

Novembre 1879

Ricarda girò la testa a destra, poi a sinistra, sollevò un po' il toupet, se lo calò di nuovo sulla fronte. Alla fine lo buttò in un angolo. Il suo aspetto era quello che era. Il parrucchiere per signore che aveva aperto il salone in Unter den Linden un paio di mesi prima aveva fatto del suo meglio. Ma ormai il suo era un taglio da uomo.

Käthe aveva giustamente osservato: «L'importante non è cosa c'è sulla testa, ma cosa c'è dentro», ma le reazioni al taglio obbligato rivelarono che il suo punto di vista era un po' troppo progressista.

«I tuoi bei capelli!» aveva gridato Kumari, in una reazione tutto sommato comprensibile.

«Sembri un maschio!» era invece sfuggito a Lore, decisamente esagerata.

«La vostra pettinatura mi ricorda quella di Hope Adams» aveva invece osservato l'insegnante che tanto ammirava, la signorina Lange. A Ricarda bastò quel commento per sentirsi di nuovo in pace con il mondo. Ricordava con piacere il suo incontro nel salotto della contessina con la giovane dottoressa, che le aveva dato l'impressione di essere una donna combattiva.

Si passò una mano tra i capelli, per dare loro un po' più di volume, e sospirò. Nonostante tutte le belle cose che si potevano dire su questa sua pettinatura, rimaneva comunque il dispiacere per i suoi bei capelli. Alla fine che avevano fatto, poi, non poteva neanche pensarci.

«Ci fanno delle parrucche» le aveva spiegato Edith.

Le era dispiaciuto lasciare la diaconessa, nonostante il duro lavoro, le privazioni e i destini miserabili in cui si era imbattuta. Edith non le aveva raccontato molto di sé, ma Ricarda aveva capito che per tutta la sua vita aveva dato molto più di ciò che aveva a disposizione. Ogni sera si ritirava per un'ora a pregare nella chiesa della prigione. Ricarda l'aveva accompagnata una volta sola, di più non lo avrebbe sopportato. Le ricordava troppo la devozione di sua madre.

Bussarono alla porta e si affacciò Käthe.

«Sei pronta, Rica?»

«Non ho altra scelta! Quante donne ci sono?»

«Non le ho contate. Ma a una relazione sul carcere femminile vengono tutte. Tira fuori tutto quello che ti pesa sul cuore. Forse, anzi sicuramente, farai ascoltare a queste donne una voce che altrimenti non sentirebbe nessuno.»

Le carezzò dolcemente le guance con le sue mani infilate nei guanti di pizzo nero.

«Sei bella, intelligente e coraggiosa. Puoi farcela.»

«Se mi dici così, non riesco neanche più a pensare!» Scoppiò a ridere. «Ma se ci sono finita per caso, come una stupida!»

«È proprio questo il punto! È così che ci trattano le autorità. Ma non dovrebbe funzionare in questo modo. Raccontalo, per favore!»

Prese Ricarda sotto braccio e insieme entrarono nel salone. Le donne applaudirono educatamente per salutarla, lei fece un inchino e quando fu arrivata alla sedia che era stata preparata per lei si accorse di non essere neanche arrossita. E questo nonostante ci fossero decine di donne dell'alta società che la fissavano come un oggetto prezioso.

«Sono felice di accogliere Ricarda Petersen nel nostro circolo» disse la contessina alle sue ospiti.

Henriette era tornata dall'America un mese prima e quando Käthe le aveva riferito, con ogni possibile riguardo, la notizia di Ricarda, per lei era stato come prendere uno schiaffo in pieno viso. Certo, era imperdonabile che un'integerrima ragazzina di sedici anni finisse in carcere, ma era anche convinta che grazie alle proprie conoscenze nelle alte sfere della politica avrebbe potuto far rilasciare Ricarda il giorno stesso del suo arresto. Non aveva dubbi sul fatto che Käthe avesse fatto tutto il possibile ingaggiando un avvocato e non aveva affatto apprezzato il modo in cui Ricarda aveva rifiutato quella via di uscita. E ancor meno aveva apprezzato gli sviluppi della vicenda, cioè che Lore e Kumari avessero raccontato alle decine di pazienti che vedevano ogni giorno del presunto eroismo della loro amica. Henriette riteneva superfluo quel crescendo di entusiasmo.

Oltretutto riteneva che l'ingiustizia – obiettiva, ne era convinta – subita da Ricarda si sarebbe potuta evitare, se la ragazza non avesse contraddetto un gendarme. Il suo era stato un atteggiamento inopportuno, al di là dell'infantile slancio giustizialista. Henriette sospirò. Visto che ormai il danno era fatto, aveva deciso quanto meno di trarne il meglio. Per questo Ricarda doveva raccontare a quelle donne privilegiate in che stato, a ben guardare, versava Berlino. Tuttavia, Henriette era sulle spine, perché considerando il livello del pubblico, l'iniziativa non era certo priva di rischi.

Per fortuna Ricarda aveva trovato il tono giusto, fino a quel momento.

«Il mio destino non mi ha avvilito più di tanto» stava dicendo la sua protetta. «Perché se mi paragonavo alle giovani donne di cui mi prendevo cura lì dentro, non potevo che sentirmi fortunata. Gerti ha solo due anni più di me ed è stata condannata a quindici anni di reclusione. Un giovane le aveva fatto delle avances, l'aveva messa incinta e poi se l'era data a gambe. Non aveva un posto dove dormire e il cibo non bastava neanche per lei. Mi ha detto che il bambino sarebbe morto di fame. Perciò ha bevuto un infuso che l'avrebbe fatta abortire. Solo che qualcuno l'ha denunciata e Gerti è stata condannata. Mi ha detto che qualsiasi cosa avesse fatto, sarebbe stata comunque sbagliata.»

Ricarda bevve un sorso d'acqua. Henriette si accorse che la ragazza era ancora troppo agitata per far caso alle reazioni delle ascoltatrici. Poi prese a raccontare di Wilma ed era evidente che avesse grandi difficoltà a controllare le proprie emozioni. «Un giorno, dopo che Wilma era stata impiccata, ho curato una donna che in passato aveva diviso la cella con lei. Da quanto mi ha raccontato, Wilma era originaria della Bucovina ed era stata attirata a Berlino due anni prima dall'uomo che poi avrebbe ucciso. Lui si definiva un "impresario". Anch'io, come Wilma a suo tempo, ho chiesto che cosa si intendesse con "impresario" e la donna me lo ha spiegato. Wilma invece lo ha scoperto dalle botte e dai calci con cui l'uomo la costringeva a battere la strada e adescare uomini. In realtà non sapeva di preciso di chi fosse il bambino che ha partorito. E in tribunale non ha mai ammesso di aver lavorato come prostituta. Perché si vergognava, mi ha confessato la donna. Wilma non era una persona cattiva, era semplicemente disperata.»

Le donne tacevano imbarazzate. Solo la moglie del banchiere, la baronessa Bleichröder, prese la parola: «Signorina Ricarda, questo che ci ha raccontato è un destino terribile. Ma le prostitute mentono, si sa. È un elemento che ha preso in considerazione?»

Ricarda stava per rispondere, ma la sua insegnante Helene Lange, anche lei tra il pubblico, la anticipò: «Baronessa Bleichröder, come può una donna vivere nella verità, se tutta la sua vita si basa su una menzogna? Vive in un dilemma irrisolvibile. Sono decine di migliaia le donne costrette a sopravvivere in questo modo.»

«Queste donne sono due volte vittime» convenne Minna Cauer, l'ex insegnante che aveva dovuto rinunciare al proprio lavoro perché si era sposata. Tra le cause che le stavano a cuore c'era anche quella delle donne di strada. «Perché i nostri gendarmi estorcono alle prostitute dei cosiddetti "favori". Mentre i loro sfruttatori la passano liscia.»

«Il destino di Wilma ci insegna che le grandi città crescono troppo in fretta» disse Henriette. «New York, ad esempio, è terribilmente sporca e trasandata. Non sanno più dove mettere tutti gli immigrati europei in cerca di fortuna. Dobbiamo evitare che la nostra Berlino si incammini in questa deplorevole direzione.»

«Non arriveremo a tanto. Se le informazioni che ho sono corrette, Berlino ha centodue posti di polizia. La gentaglia viene messa in carcere» rispose Johanna von Bismarck.

Ricarda non aveva idea di trovarsi di fronte alla moglie dell'uomo più potente del Reich e rispose: «Il gendarme che mi ha buttato dentro la carrozza verde ha detto: "Io sono la legge". Perdonate la mia ignoranza, devo farvi una domanda: può un poliziotto essere la legge?»

Possibile che Ricarda fosse così astuta da porre quella domanda? Henriette sentì che la ragazza stava per oltrepassare un limite.

«Non avrà voluto dire questo» ribatté Johanna von Bismarck. «La legge ovviamente è appannaggio di Sua Maestà l'Imperatore tedesco.»

«E in questa legge è forse scritto che io debba essere incarcerata quattro settimane per aver fatto notare a un gendarme che stava commettendo un'ingiustizia?» domandò Ricarda.

Henriette sentì che l'impeto giovanile di Ricarda doveva essere riportato sui giusti binari il prima possibile. Oltretutto aveva chiaramente assunto un tono inadeguato. «Non si può far la frittata senza rompere le uova» si intromise dunque battendo le mani. «A volte viene punita la persona sbagliata e stavolta è toccato a te. È inevitabile, se vogliamo che in città regnino ordine e giustizia.»

Ricarda si sentì avvampare. «Intendete dire che approvate la mia condanna, contessina?»

Henriette rimase senza fiato. Cos'era successo alla sua Ricarda? Compromettерla di fronte alle signore dell'alta società! Si sforzò di sorridere. «Un'ingiustizia rimane un'ingiustizia. Grazie per la tua testimonianza.»

Ricarda ebbe l'impressione che la stessero buttando fuori. Si alzò, tremante di rabbia. La contessina l'aveva tradita. Come aveva potuto pugnalarla alle spalle proprio in quel momento? «Avrei dovuto immaginare da che parte stavate, contessina!»

Rivolse alla sua benefattrice un inchino profondo, si avviò a passi decisi verso la porta e uscì velocemente dalla stanza. Henriette era senza parole. Davvero quattro settimane di carcere potevano cambiare a tal punto una persona? Oppure era lei a essersi sbagliata sul conto della ragazza?

Ricarda si era messa un cuscino sulla testa per attutire ogni rumore. Non voleva sapere più niente di un mondo nel quale un poliziotto che commetteva un'iniquità finiva comunque per essere giustificato. E dalla contessina, oltretutto!

Già durante le lunghe notti in carcere, quando nonostante la fatica del giorno non riusciva a prendere sonno sul suo pagliericcio, Ricarda si era tormentata con una domanda: era giusto che vivesse in un palazzo, quando il suo cuore batteva per i più poveri tra i poveri?

Sentì che le sfioravano una spalla e pensando di sapere chi fosse disse, voltandosi: «Oh, Käthe, non posso continuare a vivere così!»

Fu solo allora che vide la contessina seduta sul suo letto.

«Sono stata via troppo a lungo» disse Henriette. «Ho l'impressione che io e te siamo diventate un po' come due estranee.»

Ricarda si tirò su, scese dal letto e si sistemò il vestito. «Sì, contessina, lo penso anch'io.»

«Sei arrabbiata. Mi dispiace. Credo di essermi espressa male.»

«Le vostre parole rispecchiano i vostri interessi, contessina.»

«E i miei interessi non coincidono più con i tuoi?»

«Io non ho un castello, né un palazzo, né uno studio medico. Io non sono niente. Perciò non possiamo avere gli stessi interessi. Voi mi avete aiutata e vi sarò sempre riconoscente per questo. Ma adesso penso che abbiate fatto abbastanza per me. La vita che conduco qui dentro non è la mia.»

«Cosa significa?»

«Una volta finita la scuola, voglio iniziare una vita diversa.»

Henriette sussultò. «Tu vuoi ferire me, ma buttando via tutto questo ferisci solo te stessa. Pensa bene a quello che fai, Ricarda.»

«Ci ho pensato, contessina. Per ventotto lunghe notti. Mentre una marea di donne intorno a me gridavano, sbraitavano, si insultavano, russavano e soffrivano di flatulenze rumorose e fetide. All'inizio ho pensato che non l'avrei sopportato. Poi sono venuti Käthe e mio padre con un avvocato, e in quel momento ho capito: non voglio essere niente di più di quello che è la gente delle mie condizioni. Io sono una di loro.»

«Ricarda, queste sono fantasie romantiche. Nessuna di quelle donne è in grado di formulare frasi come quelle che usi tu. Davvero vuoi essere una di loro? Non essere sciocca! In questa casa sei diventata una pietra preziosa. E adesso vuoi tornare a essere un granello di sabbia tra milioni di altri granelli? È ridicolo.»

Ricarda scosse la testa avvilita. La contessina non aveva recepito niente di ciò che voleva dirle.

«Volete che sia come voi. Anch'io l'ho desiderato a lungo. Io vi ammirerò sempre per ciò che siete riuscita a ottenere. Ma adesso so che non potrò mai essere come voi. Io devo andare per la mia strada.»

All'improvviso era tutto così semplice! Ricarda provò una sensazione piacevole, come una liberazione.

Il cielo color acciaio di novembre riversava sulla città una spessa cortina di neve. Ricarda stringeva forte la lettera nella tasca del cappotto. Aveva passato gli ultimi giorni a tirarla fuori, leggerla e riporla nel suo nascondiglio dietro lo specchio. Poi un giorno aveva deciso di parlarne con Kumari e si era portata la lettera nella Kurfürstenstrasse.

Kumari le aveva proposto di parlarne anche con Lore. «Secondo me è una cosa che potrebbe interessare anche lei. Perché non ci proviamo tutte insieme?»

Le tre amiche ne avevano parlato in gran segreto e si erano date appuntamento al Magdeburger Platz proprio in quel mesto pomeriggio di fine novembre.

Ricarda fu la prima ad arrivare. Aveva iniziato a portare una *capote* color antracite con le falde piegate verso il basso, per nascondere il taglio di capelli. Lore lo chiamava il suo "mantello dell'invisibilità" e a Ricarda piaceva l'idea di girare inosservata per la città. Al contempo, il cappellino le dava un'aria signorile. La prima a seguire questa moda della *capote* era stata Kumari, seguita da Lore un paio di giorni dopo. Lore, delle tre, era quella che aveva subìto più cambiamenti nel corso dell'ultimo anno scolastico. Aveva abbandonato l'ambizione di accontentare sua madre e ora il suo nuovo modello era la dottoressa Biberti. Ed eccola che svoltava l'angolo e raggiungeva Ricarda. Si abbracciarono. «Sono così emozionata, Rica. Ma non ho detto niente a mia madre, te lo giuro!»

Gli accordi erano questi. «Prima parliamo con la madre superiora» aveva sentenziato Ricarda. «La contessina non ha grande stima delle diaconesse e di certo avrà i suoi motivi. Ma noi dobbiamo farci un'idea nostra. Poi combatteremo per il nuovo obiettivo.»

«Hai portato la lettera di Edith?» domandò Kumari come prima cosa, mentre si univa a loro salutandole con un abbraccio.

Ricarda aveva imparato a memoria le parole che Edith aveva appuntato su un pezzo di carta poco prima del suo rilascio. Aveva usato la pagina bianca in fondo a un libretto dell'evangelista Johannes Gossner che teneva in camera sua. Erano poche righe che avrebbero potuto aprire alle tre ragazze un futuro tutto nuovo.

Stimata Superiora Sieglinde! Vogliate ascoltare la ragazza che vi porterà questa lettera, la signorina Ricarda Petersen. Io la ritengo un'anima buona e un aiuto prezioso. Che Dio vi benedica. La vostra devota Edith.

«E se la Superiora Sieglinde non c'è?» domandò Lore.

«Se ci vede arrivare, significa che c'è!» esclamò Ricarda elettrizzata. Prese le due amiche sotto braccio e insieme si avviarono verso uno spoglio edificio nella Lützowstrasse. Non avevano idea di cosa le aspettasse. Per il momento, Ricarda era fiera di se stessa, perché per la prima volta stava cercando di dare una svolta alla propria vita da sola, senza l'aiuto di un adulto.

Sorella Sieglinde posò la lettera di Edith sulla scrivania di fronte a sé e osservò le tre ragazze, che a loro volta cercavano di farsi un'idea della persona che avevano davanti. Ricarda pensò che la superiora sembrava la sorella maggiore di Edith. Le sue amiche sembravano intimidite e Ricarda conosceva Kumari abbastanza bene da sapere che avrebbe preferito incontrare un leone, piuttosto che essere esaminata così attentamente.

«L'Ospedale Elisabeth è stato fondato oltre quarant'anni fa da Padre Johannes Gossner per assistere i malati poveri e senza mezzi. Per farlo, da oltre quattro decadi formiamo giovani donne al caritatevole mestiere dell'infermiera. Il tutto si svolge secondo i dettami della fede protestante. Tu sei cristiana?» domandò la madre superiora a Kumari.

Kumari annuì in silenzio.

«E tu?» domandò poi a Ricarda, che annuì a sua volta.

«E anche tu?» domandò infine a Lore.

Lei scosse la testa.

«Una diaconessa lavora nel nome di Gesù Cristo per realizzare il proprio amore per il prossimo. Solo una cristiana credente può farlo. Se lo siete e ne avete la prova, potete – naturalmente solo con il consenso dei vostri genitori – iniziare il percorso di formazione.»

Poco dopo, le tre ragazze se ne stavano in piedi davanti all'ingresso dell'ospedale, sotto la neve.

«Non sei né battezzata, né cresimata?» domandò Ricarda, che non si era mai posta domande del genere.

«No.» Lore scosse la testa. «Siamo ebrei. Nessuno me lo aveva mai chiesto prima, non ha mai avuto molta importanza.» Sembrava confusa. «Ma se voglio curare le persone, che importanza ha se sono cristiana o ebrea? Quindi la superiora voleva dire che non potrò mai essere una diaconessa?»

«Temo che abbia detto proprio questo» confermò Ricarda.

«Io ho mentito, Rica» disse Kumari con un fil di voce. «Non sono mai stata battezzata. Mia madre è buddista e mio padre non è un buon cristiano.»

Ricarda guardò le sue amiche negli occhi e li trovò pieni di sgomento e delusione. Piegò la lettera di Edith e la fece scivolare nella tasca. Finiva così quel primo tentativo di prendere in mano la propria vita? Tutte e tre volevano diventare infermiere. Ma com'era possibile, se solo le brave cristiane ricevevano una formazione adeguata?

Mentre le tre ragazze attraversavano Berlino in direzione della Alte Schönhauser, la neve si accumulava sul marciapiede; Ricarda rifletté sulla situazione.

Una donna poteva lavorare solo se il marito glielo permetteva. Una donna non poteva lavorare, se lo Stato glielo impediva, per esempio nel caso delle insegnanti sposate. Una donna poteva diventare diaconessa solo se era cristiana. A pensarci bene, una donna non poteva fare niente senza il permesso di qualcun altro. Eppure conosceva quattro dottoresse, anche se avevano dovuto lasciare il Reich tedesco per ottenere una formazione medica.

A quel punto le venne in mente Florentine, alla quale si apriva proprio quell'opportunità. Lei non doveva chiedere né a un uomo, né allo Stato, né alla Chiesa. Solo alla zia Henriette. Una ragazza come lei non aveva dunque altra scelta che approfittare dei privilegi di una ricca benefattrice? A meno di non voler fare la domestica, o la cuoca, o la governante, o l'insegnante?

«Se non hai niente, non sei niente» dicevano le donne in carcere. A sentire loro, la povera gente non poteva aspettarsi altro che una vita di oppressione.

«Mia mamma ha così tanta nostalgia di casa» disse Kumari all'improvviso. «Ogni volta che arriva l'inverno, peggiora. Lei e mio padre non si parlano più tanto. E comunque lui sta per ripartire.»

«E tu? Vorresti tornare al caldo, a Ceylon? Tra le banane e le palme?» domandò Lore.

«No! Io ho voi due. È molto meglio. Ma non voglio che ci separino» rispose Kumari. «Ormai mancano pochi mesi alla fine della scuola. Penso che mi farei anche battezzare e cresimare, pur di rimanere insieme a voi.»

Lore si fermò in mezzo al marciapiede. «È questa la soluzione! Se vogliono solo cristiane, vorrà dire che diventeremo cristiane.»

«Non potete cambiare la fede come si cambia un abito!» esclamò Ricarda. «Io non potrei mai smettere di credere in Gesù Cristo per credere in...» Si guardò intorno. «In quell'albero laggiù.»

Le due ragazze si guardarono a lungo.

«Rica ha ragione» disse Lore.

«Sì, è vero» concordò Kumari.

«Vorrei non averla» osservò Ricarda.

Come sono ingenua, pensò, mentre il vento le spruzzava in faccia la neve. *Se non chiedo sostegno alla contessina, come posso convincere mio padre che ho altri piani per il mio futuro? Che voglio curare le persone?* Ricarda non voleva finire a fare la governante in un castello di campagna. E anche per le sue amiche la posta in gioco era alta. Sia Lore che Kumari sarebbero state obbligate dalle loro madri a sposarsi.

Cosa farebbe la contessina, al posto mio?, si domandò Ricarda. Quando le venne in mente la risposta a questa domanda, le scappò una risata. «Andiamo da Kranzler per una cioccolata calda, così vi espongo la mia idea.»

«Quale idea? Intanto anticipaci qualcosa» la incalzò Kumari.

«Forse possiamo battere i nostri nemici con le loro stesse armi» accennò Ricarda, continuando a sorridere.

Una paziente che aveva pernottato nel piccolo sottotetto dedicato alle degenti aveva lasciato uno sgradevole regalo: pidocchi. In realtà le dottoresse ripetevano sempre alle loro aiutanti di controllare tutte le pazienti, ma per vari motivi non era sempre possibile. A quel punto, i pagliericci che usavano come letti dovettero essere bruciati e tutte le coperte lavate. Le tre amiche lavorarono fino a tardi per riportare la stanza a uno stato accettabile. La dottoressa Solm era già andata via per raggiungere la casa di suo fratello e della sua famiglia nella Friedrichstrasse, doveva viveva. La dottoressa Biberti, invece, era ancora alle prese con la sterilizzazione degli strumenti per l'indomani.

«Noi avremmo una domanda» disse Ricarda avvicinandosi insieme alle due amiche.

«Oh, dalle vostre facce sembra una cosa importante!»

«Sì, dottoressa Biberti. Ne va del nostro futuro» disse Lore. «Non sappiamo come andare avanti.»

Le raccontarono tutto quanto e alla fine Ricarda pose la domanda che la tormentava da tempo.

Proprio come Ricarda aveva sperato, Franziska Biberti girò la domanda a Henriette non appena si rincontrarono al Circolo Igea.

«Una scuola per insegnare alle ragazze il mestiere di infermiera?» domandò Henriette. «Sì, giusto, è una cosa che mi era venuta in mente poco prima di andare in America.»

I sei mesi passati all'estero le avevano fatto scordare un progetto che un tempo le era sembrato così importante.

«Il dottor Virchow ha appena fatto costruire due nuovi ospedali, a Friedrichshain e a Moabit» osservò Käthe, rivolgendosi poi alla moglie del più importante progettista di strutture sanitarie dell'Imperatore, anch'essa presente: «Signora Virchow, non potreste sondare il terreno con vostro marito, per capire se c'è la possibilità di aprire in uno dei due ospedali un'organizzazione simile?».

«Conosco già la risposta» rispose Rose Virchow. «Ed è: "Niente donne nel mio ospedale!". Nemmeno io posso metterci piede.»

«Non permette neanche che vi vengano curati i disturbi femminili!» intervenne Franziska, indignata.

«Forse dovremmo smettere di aspettare che gli uomini ci diano il permesso di fare le cose. In America esistono delle organizzazioni che si chiamano *Private Nursing School*, cioè "Scuola privata per Infermiere"» rifletté a voce alta Henriette. «Questa è una strada che potremmo intraprendere: fare da sole.»

Emilie Solm guardò la sua amica con aria diffidente. «E come te lo immagini, Jette? Costerà dei soldi, soldi che non abbiamo.»

«Ovviamente non sarà una cosa in grande stile» concordò Henriette. «Dovremo iniziare in piccolo.»

Franziska Biberti ridacchiò. «Per puro caso, conosco tre ragazze che sarebbero perfette per iniziare la formazione da infermiere: Lore, Kumari e Ricarda.»

«E sono già di grande aiuto» osservò Emilie.

«Sì, ma non dobbiamo più lasciare la loro formazione al caso. Bisognerebbe procedere in modo sistematico» rispose Franziska Biberti.

«Un'idea magnifica» disse Käthe guardando le donne intorno a sé con un sorriso. «Ci sono due posti dove possono imparare e che già conoscono. Il nostro ambulatorio qui in Unter den Linden e il vostro ospedale nella Alte Schönhauser. Quattro dottoresse che si occupano di tre aspiranti infermiere. Ognuna di noi è specializzata in cose diverse, possiamo farcela!»

Le amiche continuarono la discussione, mentre i pensieri di Henriette tornarono all'istante in cui il padre morente le aveva chiesto di tenere d'occhio Ricarda. A suo tempo, si era chiesta se il padre non avesse esagerato a legare il suo destino a quello della figlia del giardiniere.

In un primo momento aveva cercato di defilarsi da questo impegno, per poi invece assecondarlo al punto da accogliere Ricarda in casa propria. Da allora, tra loro si era instaurato un legame profondo. Ma poi... il carcere, la ribellione. Nel frattempo il loro rapporto si era notevolmente raffreddato. In medicina si parla di "frattura", o di "strappo". La maggior parte degli strappi guarivano da soli, la maggior parte...

«Non dici più niente, Jette» notò Franziska Biberti. «Ci stai? Sei delle nostre?»

«Sì, certo» rispose Henriette con voce ferma. «Che domande mi fai?»

Che facce serie che avevano, le due dottoresse vestite nero! Ricarda guardò Käthe e la contessina, sedute in prima fila nella sobria sala riunioni della scuola: entrambe avevano un'espressione da funerale. E pensare che quella giornata grigia dell'aprile

1880 segnava l'inizio di una nuova vita per Ricarda. Rivolse loro un sorriso colmo di gratitudine.

«Oggi per voi inizia la vita vera» stava dicendo la signorina Lange.

Ricarda ascoltava distrattamente le parole della sua amata insegnante. Erano successe così tante cose in quei tre anni! Aveva visto spesso il volto più duro della vita. Un volto per lo più feroce, ma qualche volta anche aperto in una specie di sorriso ottimista. In ogni caso, lei, Kumari e Lore avevano imparato a non farsi impressionare da quella volubilità.

Anche quel giorno la vita aveva riservato loro una dura lezione: tutte le altre studentesse erano accompagnate dai loro genitori, mentre le tre amiche erano lì da sole. La madre di Kumari non se l'era sentita di partecipare a un evento del genere e suo padre era di nuovo partito per qualche sperduto angolo del mondo. La madre di Lore era arrabbiata perché la figlia la ostacolava in tutti i suoi progetti. Karla Petersen non aveva avuto il coraggio di andare da sola nella grande città e il padre di Ricarda ce l'aveva con lei per come aveva deciso di proseguire la sua vita dopo il diploma. Glielo aveva detto chiaro e tondo durante la festa di Natale.

«Il barone von Herzberg conta sul fatto che sarai la governante delle sue figlie. Cosa dovrei dirgli? Che preferisci curare le donne malate?» aveva domandato il padre quando lei gli aveva spiegato le proprie intenzioni. «Cosa vuoi fare della tua vita?» Poi il suo sguardo si era fatto ancora più duro, prima di pronunciare quella frase: «Vuoi farti contagiare da quelle malate e morire giovane anche tu?»

Morire giovane anche tu... Non aveva dovuto aggiungere niente, il riferimento alla morte di Tonja era abbastanza esplicito.

«Insegnare ai bambini è una bella cosa. Potrei anche farlo, ma ciò che è successo a Tonja non smetterebbe mai di tormentarmi, papà. Devo fare qualcosa che aiuti le altre persone, nella pratica. Per farle guarire. Ti prego, papà, permettimelo. Fallo per Tonja.»

Il padre l'aveva osservata a lungo, prima di mettersi a caricare la pipa con il solito rito. «Quindi vuoi dedicare la vita a curare le persone?»

«Sì.»

«Allora sii felice della tua scelta, anche se io non riesco a capirla» le aveva detto con un sorriso amaro.

Almeno sua madre si era dimostrata giustamente orgogliosa di lei, cosa che a Ricarda fece un grande piacere. Ovviamente le aveva parlato dell'amore per il prossimo e soprattutto di Gesù Cristo.

Per Ricarda la cosa più importante era essere riuscita a convincere suo padre, perché ogni giorno che passava all'ospedale nella Alte Schönhauser provava la stessa sensazione del primo giorno: la consapevolezza di essere nel posto giusto.

«Un riconoscimento particolare va alla signorina Ricarda Petersen» disse in quel momento la signorina Lange.

Ricarda sentì gli occhi di tutti puntati su di sé. La mano di Lore andò a cercare la sua e Kumari le diede una spintina affettuosa, dicendo: «Te lo sei meritato».

«Fai un passo avanti e ringrazia» le sussurrò Lore.

Detesto essere al centro dell'attenzione, pensò Ricarda. Ma poi prese coraggio e fece un passo avanti, si schiarì la gola e disse: «Quando sono arrivata qui non sapevo chi fosse Ifigenia e cosa avesse perso in Tauride. Mi domandavo cosa c'entrassi io con quella ragazza. Ma oggi so che a tutti noi prima o poi capita di approdare su un'isola avvolta dalla nebbia. Di vagarvi senza una meta. Ma la nebbia si dirada prima o poi, proponendoci una nuova domanda: il problema sta nella nebbia o nella nostra percezione? Signorina Lange, vi sarò per sempre grata per avermi insegnato a pormi domande come questa».

Stava già per tornare al suo posto, quando sentì che mancava qualcosa. «Oggi non sarei qui se la dottoressa Freystetten non me ne avesse dato l'opportunità. Contessina, vi ringrazio con tutto il cuore.»

Tutti i genitori presenti onorarono il suo discorso con un applauso composto, mentre Ricarda tornava a sedersi tra Kumari e Lore. Fu allora che vide la contessina fare una cosa che le capitava solo molto di rado: si stava asciugando lacrime di commozione.

Ricarda le era davvero riconoscente per tutto ciò che le aveva permesso di fare, anche se non era tornata sulla sua decisione: la dottoressa Henriette Von Freystetten sarebbe stata sempre un modello per lei, ma su tutto il resto avrebbe deciso da sola.

Lore e Kumari presero Ricarda per mano. «Siamo forti» disse Lore.

«Significa che adesso siamo adulte?» domandò Kumari. Le altre due non poterono che scoppiare a ridere di fronte al suo sorriso sbarazzino.

Un incontro estremamente piacevole

Autunno 1882

Nei due anni e mezzo di formazione nell'Ospedale Femminile nella Alte Schönhauser Strasse, Ricarda aveva sviluppato una specie di sesto senso per le situazioni critiche. Di solito nelle stanze della clinica regnava un rumore di sottofondo fatto di chiacchiere, lamenti e qualche risata. Nei terribili momenti in cui una paziente si trovava in pericolo di vita, calava un silenzio irreale. Subito dopo, però, scoppiava il caos, e più improvviso era, più rumore faceva. Come in quel momento.

«Una dottoressa, presto!» urlò allarmata una voce femminile.

Ricarda, che in quel momento lavorava all'accettazione, si trovò di fronte una donna intorno ai quarant'anni che teneva tra le braccia una bambina con la testa rovesciata indietro e le mani strette al collo, come se volesse strapparsi via qualcosa. Annaspava in cerca d'aria, con rantoli lunghi e sibilanti. La creatura, di circa cinque anni, aveva la fronte sudata e gli occhi sporgenti, il volto era già bluastro e leggermente gonfio, le vene del collo ingrossate. Era il volto terrorizzato di una bambina che sentiva su di sé il tocco freddo della morte.

Difterite, concluse subito Ricarda. Ogni minuto era prezioso.

Le malattie contagiose che in città si diffondevano rapidamente erano molte. Ma la difterite faceva patire ai bambini le pene dell'inferno. Era quasi impossibile sopravvivere, quando "l'angelo sterminatore dei bambini" andava a caccia di nuove vittime. Se un piccolo contraeva la difterite, si ammalava quasi sempre tutta la famiglia, spesso l'intero condominio, talvolta anche gli abitanti della via. Era un flagello per il quale non esisteva rimedio, motivo per cui la difterite era un inferno anche per i medici.

In quei terribili momenti, Ricarda si sforzava di mantenere la calma, perché non c'era niente di peggio che trasmettere alle pazienti il messaggio: "Anch'io, come voi, non sono altro che un'infima creatura nelle mani onnipotenti di Dio".

Per fortuna in quel momento il lettino dietro la tenda più vicina a lei era libero. Nella seconda stanza c'era Käthe, che nel frattempo lavorava sia all'ambulatorio in Unter den Linden sia all'Ospedale Femminile. Stava medicando un taglio sul braccio di una paziente.

«Stendete la bambina sul lettino e liberatele il torace» disse Ricarda. Poi aprì la porta della stanza accanto e disse in tono pacato: «Dottoressa, credo che serva una tracheotomia».

Di fronte alle pazienti o alle loro familiari non veniva mai usata l'espressione "incisione della trachea", che le avrebbe spaventate a morte.

«Allora qui finisci tu» rispose Käthe Hausmann con lo stesso tono pacato, prima di andare dalla bambina.

Ricarda ci mise pochi secondi a finire la medicazione al braccio, poi si precipitò ad assistere Käthe. Dietro la tenda, la dottoressa si era chinata sulla bambina e l'aveva auscultata. Dopo averle controllato anche la bocca, si raddrizzò e si rivolse a Ricarda.

«La madre dice che la bambina ha avuto il raffreddore per qualche giorno, seguito poi da raucedine e affanno. Stanotte si è svegliata con un accesso di tosse che non passava mai.» Käthe indicò le profonde cavità tra le costole della bambina. «Un caso lampante di angina membranosa.» Si riferiva alla tosse da crup, il cui espettorato somigliava a lembi di pelle scura. «Adesso, per favore, prepara tutto per la tracheotomia.»

Allora non era difterite! Ricarda fece un sospiro di sollievo.

Mentre prendeva il bisturi, la cannula e le garze sterili, sentì Käthe dire alla madre: «Andrà tutto bene, signora… Come vi chiamate?»

«Thomasius. Sono la vedova del guardiano della chiusa. Dottoressa, guarite la mia Hildchen!»

«Guardiano della chiusa? Vivete sulla Sprea? L'appartamento è umido?»

«Viviamo al Krögel» rispose laconicamente la donna.

Ricarda passò a Käthe il necessario per l'intervento.

«Adesso uscite un istante, come madre è meglio se non vedete cosa fa la dottoressa. Non ci vorrà molto. Vengo subito a prendervi, signora Thomasius.»

Già dopo i primi sei mesi nella Alte Schönhauser, Ricarda aveva capito che era di grande aiuto ricordarsi il nome delle pazienti. Le rendeva più propense a fidarsi. Anche Lore e Kumari l'avevano subito imitata.

La vedova Thomasius uscì ubbidiente. La sua Hildchen annaspava ancora in cerca d'aria. Ricarda la immobilizzò mentre Käthe incideva longitudinalmente la trachea, appena sotto la laringe. Poi vi inserì immediatamente una cannula d'argento. L'effetto della tracheotomia era sempre straordinario e stavolta non fu da meno: la piccola paziente si rilassò immediatamente e ricominciò subito a respirare, liberata.

Durante le lezioni teoriche che teneva alle ragazze due volte alla settimana nella sua casa in Unter den Linden, Henriette aveva spiegato ciò che Ricarda in quel momento osservava rapita: non appena l'aria riusciva a raggiungere di nuovo i polmoni e il cuore faceva riprendere la normale circolazione, in quelle piccole creature tornava a scorrere la vita.

«Sconfiggere la morte è il trionfo più grande» disse Ricarda, commossa. Erano i momenti come quelli che le davano la certezza che il percorso per diventare infermiera fosse stata la scelta giusta.

Käthe sistemò la ferita, poi si voltò ammiccante verso di lei: «Adesso puoi andare a prenderti la tua ricompensa».

Con «prenderti la tua ricompensa» intendeva il momento in cui si poteva dire a una madre una frase come quella che Ricarda poté riferire: «Vostra figlia vi aspetta, signora Thomasius».

La signora si precipitò nell'ambulatorio, che in quel momento era vuoto. Tutte le donne erano rimaste fuori dalla porta, a una rispettosa distanza. Ricarda percepiva chiaramente la loro paura per una nuova ondata del flagello.

«Hildchen Thomasius non ha la difterite» disse con voce ferma. «Ha il crup, per via del fiume Sprea. La dottoressa Hausmann l'ha salvata.»

Ricarda sapeva che le cose non erano così semplici. Solo nei giorni successivi avrebbero scoperto se Hildchen sarebbe sopravvissuta. Ma per le donne di strada queste parole furono un grande sollievo.

La gente diceva che il Krögel era il luogo più miserabile di Berlino. Molte pazienti di Ricarda venivano da lì, perché dove non c'era una vita dignitosa si scatenavano le malattie peggiori. O forse era il contrario? A soli diciannove anni, Ricarda aveva troppo spesso occasione di porsi questa domanda. Se la stava ponendo anche in quel tardo pomeriggio, mentre andava a trovare Hildchen. Tra i suoi compiti di infermiera rientrava anche il monitoraggio delle condizioni delle pazienti dopo le loro dimissioni. Col suo paso spedito, dall'ospedale nella Alte Schönhauser al Krögel le ci volevano dieci minuti circa. Percorse la larga Klosterstrasse con le sue case borghesi a tre piani, davanti alle quali in quel periodo autunnale i castagni facevano cadere a terra i loro frutti lucidi. I bambini di strada facevano a gara a chi ne raccoglieva di più e più grandi. Le campane della chiesa suonavano vecchi corali a più voci. Il campanile, alto e snello, diffondeva le sue melodie ben oltre il quartiere, arrivando fino al cupo Krögel.

In quella zona, le case a più piani erano talmente addossate, che per gli stretti vicoli riusciva a malapena a passare un carro. Nell'aria ristagnava un fetore di immondizia e muffa, l'intonaco si staccava dalle facciate e il lastricato era coperto di muschio scivoloso. Nel punto in cui la strada si allargava, Ricarda si fermò un istante a guardare la meridiana, affissa in cima a una facciata dove il sole riusciva a illuminarne l'asta. Sotto campeggiava la scritta: "Mors certa, hora incerta".

Chiunque avesse inciso quell'aforisma non si era certo posto il problema che in quella zona così povera nessuno conoscesse il latino. Ricarda, invece, era felice che la signorina Lange lo insegnasse a lei e alle sue due amiche come parte del piano di formazione progettato dalle quattro dottoresse. Ma una volta capito il significato di quelle parole, Ricarda si domandò che senso avessero. Perché proprio lì, in quel quartiere così povero, avevano inciso la frase: "La morte è certa, solo la sua ora è incerta"? Il suo compito – una continua battaglia contro la morte – era proprio quello di rimandare quell'ora il più possibile.

Con le ultime note delle campane ancora nelle orecchie, Ricarda si avvicinò alla casa a tre piani leggermente aggettata sul vicolo, in fondo al quale si percepiva lo sciabordio delle acque della Sprea. L'umidità nell'aria dovuta alla vicinanza del fiume era malsana e le pazienti di Ricarda ovviamente lo sapevano. «Signorina, credete che altrove la morte sarebbe più gentile con noi?» le aveva chiesto una volta una donna malata di tubercolosi. Da quel momento Ricarda non aveva mai più fatto riferimento alle condizioni abitative delle pazienti.

Nell'androne buio e angusto c'erano dei bambini che giocavano. Non c'era nessuno a tenerli d'occhio, perché i genitori erano o a lavorare o in casa malati. Ricarda salì le scale accompagnata dal tossire squassante degli uomini dietro le porte delle case. In autunno l'aria all'interno di quegli edifici era ancora sopportabile, ma via via che avanzava l'inverno il fumo denso che dalle ciminiere si infiltrava negli appartamenti si faceva più pungente. Questo, unito all'umidità, aveva fatto ammalare Hildchen di crup.

«Hildchen, sono io, Rica!» Ricarda tentò di assumere un tono ottimista.

La piccola era seduta al tavolo di cucina, dalle finestre nel soffitto inclinato filtrava già poca luce. Distese sul tavolo davanti a lei c'erano ciambelle di ogni tipo, che la madre avrebbe fritto e cercato di vendere quella stessa sera davanti al teatro al Mercato dei Gendarmi o all'Opera in Unter den Linden. Offriva brezel e ciambelle alla cannella, al burro, al limone o alle mandorle. In quel momento, però, la vedova Thomasius si trovava ancora a vendere i suoi prodotti al mercato sul Dönhoffplatz. Ricarda sapeva che era inutile farle notare che la bambina si sarebbe ripresa prima stando distesa a letto. Senza l'aiuto della figlia ammalata non sarebbe mai riuscita a sbrigare tutto il lavoro del giorno. L'appartamento a Krögel era al contempo una benedizione, per la sua vicinanza al mercato, e una maledizione, per la sua aria malsana.

«Ti senti meglio, Hildchen?» domandò Ricarda caricando di legna la stufa e versando del tè in una brocca.

«Sì, sì» disse la piccola con voce flebile.

«Adesso ci cambiamo questa fasciatura al collo, ma prima voglio guardarti un attimo la gola e sentirti il polso. Poi ci beviamo un tè caldo, piano piano.»

Hildchen ormai conosceva i rituali delle visite di Ricarda. Era già la quinta volta che ci andava. Aveva appena finito tutte le operazioni, quando si udì bussare brevemente alla porta, che poi fu aperta dall'esterno.

«Siegfried!»

Hildchen saltò su e corse incontro al giovane, talmente alto che entrando si era istintivamente chinato per non battere la testa. Indossava un'uniforme con la giacca blu, il colletto rosso in tinta con i risvolti delle maniche e i pantaloni bianchi, anche se sembrava ancora molto giovane, vent'anni o poco più. Il suo volto aveva lineamenti piacevoli adornati da un paio di baffetti.

«Buonasera!» disse con voce gradevole e profonda, togliendosi il berretto con la visiera.

«Molto piacere, Siegfried Thomasius!»

Si inchinò, tenendo il berretto sotto il braccio come da etichetta. Fu solo allora che Ricarda vide i suoi magnifici occhi azzurri. Il suo ingresso l'aveva talmente spiazzata che non riuscì a dire una parola.

«Lei è Ricarda» disse gioiosa la bambina tutta pimpante.

Il giovane aveva un'aria talmente vitale e vivace che Ricarda non poté fare a meno di pensare una cosa che le strappò una risata. Il giovane ufficiale si guardò irritato. «Ho forse qualcosa che non va?»

«No. Cioè, sì. Insomma, quello che voglio dire è… niente.»

«Come dite, signorina?»

A Ricarda sfuggì un'altra risata. Non si riconosceva! Per fortuna la piccola Hildchen fu contagiata dalla sua ilarità e alla fine anche il giovane si distese.

A quel punto, Ricarda riuscì finalmente a calmarsi. «Perdonatemi» disse. «Non stavo ridendo di voi. Quando siete entrato, mi è venuto in mente un incontro fatto qualche anno fa. Una mia amica mi condusse nel suo cortile e dentro la stalla c'era un leone, un leone vero.»

«Sul serio? Somiglio a un leone?»

«No, ma… Mi sono solo stupita vedendovi entrare all'improvviso.»

Ricarda lo vide riflettere. «Capisco, intendete dire che sono fuori luogo in questo ambiente. Speravo di incontrare mia madre, ma vedo che la mia sorellina non sta bene. Cosa ti è successo, Hildchen?»

«Sto bene, Siegfried!» lo contraddisse la bambina.

Ma la laringe danneggiata dalla tosse aveva a tal punto modificato la sua voce, che il fratello le si avvicinò preoccupato. Vide la fasciatura al collo e guardò Ricarda. «Che significa? E comunque cosa ci fate voi qui, signorina?»

Ricarda si irritò per il proprio comportamento. «Mi dispiace. La cosa dei leoni, intendo. Sono qui a controllare vostra sorella. Vostra madre ha portato Hildchen all'Ospedale Femminile. La dottoressa Hausmann le ha dovuto fare una tracheotomia…»

«Un'incisione della trachea! Santo cielo!» Tentò di accarezzare la bambina con gesti un po' impacciati. «Hildchen, ti sei beccata il crup?»

Ricarda sussultò. «Sapete cos'è una tracheotomia?»

«Sarebbe strano il contrario, dato che sono un allievo

dell'Istituto regio di Medicina e Chirurgia Federico Guglielmo.»

«Che nome lungo» osservò Ricarda. «Ma se ho capito bene, è un luogo dove si impara il mestiere del medico.»

«Avete capito bene. Sto scrivendo la tesi proprio adesso.»

La sua prima impressione non era sbagliata: un leone nel cortile…

«E vi interessate a un ambito in particolare della medicina?»

«Sono specializzato nella cicatrizzazione delle ferite.»

«Dopo un'amputazione spesso non guarisce. Le pazienti non muoiono per l'intervento, ma per le sue conseguenze. Vorrei tanto che si potesse trovare una soluzione. È su questo che fate ricerca?»

«Sì!» Il giovane si sedette al tavolo ricoperto di ciambelle e la osservò con aperta ma compiaciuta curiosità. «A sentirvi parlare, sembra che la medicina sia la vostra vita!»

«No» si schermì Ricarda arrossendo. «Sto studiando da infermiera. Per questo mi occupo di Hildchen.»

«Ospedale Femminile, avete detto? Nel senso che i medici sono donne? Qui a Berlino? Non ne ho mai sentito parlare! Chi sono queste signore?»

Ricarda gli raccontò delle dottoresse Biberti, Solm e Hausmann, e della contessina, che si occupavano della formazione sua e delle sue amiche. In quel momento si aprì la porta ed entrò la vedova Thomasius, curva sotto il peso di un cesto di vimini.

«Hildchen, sono pronte le ciambelle?» domandò posando il cesto. Poi si voltò e vide il figlio, che si era alzato in piedi.

«Siegfried! Sei venuto a trovarci!»

Ricarda non aveva mai visto un ragazzo salutare la madre con tanto affetto e commozione. Si rese conto che la sua presenza era di troppo, per cui si inchinò e fece per andarsene. Il giovane ricambiò l'inchino e, quando Ricarda aveva già la mano sulla porta, disse: «Signorina, con il vostro permesso vorrei chiedere il vostro cognome».

«Semplicemente Petersen» rispose lei arrossendo.

«Signorina Ricarda Petersen, che incontro inaspettato ed estremamente piacevole!» disse. «Grazie per prendersi cura della mia sorellina.»

Scendendo le scale, Ricarda non sentì né i colpi di tosse degli altri inquilini, né il puzzo di muffa. Sentiva solo il suo cuore che batteva all'impazzata.

Da qualche tempo, nel piccolo ambulatorio di Henriette in Unter den Linden c'era un gran viavai di pazienti nuove. Erano donne che attiravano l'attenzione di tutti per le strade di Berlino per il loro abbigliamento inusuale: ampie cuffie bianche e grembiuli a fiori legati su ampie gonne, di solito rosse scure. Da anni ormai tra le donne dell'alta società era in voga assumere una balia soraba. Nel maggio di quell'anno era nato il primo pronipote di Sua Maestà, il principe ereditario Guglielmo. La ventiquattrenne principessa Augusta lo aveva fatto allattare da una balia. Le signore dell'alta società l'avevano poi presa a modello e avevano deciso anche loro di far allattare i propri figli da altre donne. Ma prima volevano assicurarsi che le balie fossero sane avendo potuto apprezzare le doti di Henriette, avevano iniziato a chiedere alla contessina delle visite accurate anche per le loro balie, pratica che a sua volta divenne di gran moda.

«Cos'avranno da fare di così importante, le nostre signore, per non poter allattare i propri figli!»

Ricarda fece accomodare una balia soraba con queste parole della contessina che le rimbalzavano ancora in mente. Henriette cominciò con la solita routine di quegli incontri. Aveva approntato una lista per lo scopo, da seguire dall'inizio alla fine.

Ricarda doveva inserire i dati: salute della donna, dimensioni e conformazione del seno, vita sessuale e così via.

«È una cosa che detesto! Qui non c'entra l'arte medica, ma la banale capacità di osservare una persona» disse Ricarda a Lore, quella sera.

«Sei troppo severa nel tuo giudizio» ribatté Lore. «Sai bene perché la dottoressa Freystetten lo fa. Quello che riceve dalle sue ricche pazienti, lo spende per aiutare le donne che non hanno nessun altro al mondo.»

La contessina gestiva ormai da un anno una casa di cura per madri e figli. La finanziava con le entrate dell'ambulatorio, dal quale distava solo quattro isolati, perché nonostante i suoi contatti non era riuscita a ottenere dei finanziamenti statali. Ma di tutto ciò non aveva mai fatto parola con Ricarda. Fra di loro si era instaurato un rapporto impersonale, dal quale rimaneva esclusa la sfera privata.

«Se anche fosse, Lore,» borbottò Ricarda «rimane una cosa moralmente riprovevole che una donna debba affittare il proprio seno. Non dovremmo chiederci se la contessina stia appoggiando qualcosa che andrebbe invece combattuto?»

«No, Rica! Una dottoressa non può interrogarsi sulle questioni sociali! Neanche la tua contessina. Cosa può farci, se le donne non vogliono allattare? Quantomeno trae il meglio dalla situazione e la trasforma in un affare. Proprio come le balie.»

«Ti sembra un affare il fatto che una donna non sviluppi un legame diretto con il proprio bambino?» Ricarda balzò in piedi. «Tuo padre è banchiere, è per questo che sei così comprensiva?»

«Rica, come puoi dire una cosa simile? Non parlo con mio padre da anni. Lo sai.»

Lore aveva chiuso i rapporti anche con sua madre, motivo per cui avevano nominato suo tutore un avvocato.

Guardò perplessa la sua amica. «Rica, cosa ti fa arrabbiare tanto da renderti così irascibile?»

La domanda ebbe l'effetto di uno spillo con un palloncino: all'improvviso le balie non c'entravano più niente e l'unica cosa che Ricarda vedeva erano due occhi azzurri che la fissavano curiosi.

«Non lo so» rispose.

«Sciocchezze, Ricarda!» La sua amica scoppiò a ridere. «Questa non me la bevo. Dormiamo vicine ogni notte e da una settimana a questa parte non fai che girarti e rigirarti. Parli nel sonno. Tranquilla, non ho capito neanche una parola. Cos'è che ti opprime? E non venire a raccontarmi delle balie!»

Le due amiche dividevano da sei mesi una stanza in una pensione all'interno del triangolo in cui si svolgeva tutta la loro vita: l'Ospedale Femminile, l'ambulatorio in Unter den Linden e la nuova casa di cura della contessina. Almeno la sera avevano modo di dormire in un letto tutto loro. La stanza, spaziosa e ben arredata, aveva un unico difetto: la signora Gottlieb, che proprio in quel momento si stava affacciando senza bussare alla loro porta.

«Voi due, amichette del cuore! Venite, è pronta la cena. Raccontatemi qualcosa della vostra giornata.»

A Ricarda quella vedova dai capelli grigi era piaciuta fin dal loro primo incontro, perché aveva l'aria di una persona bisognosa di cure, come un uccellino caduto dal nido. In realtà le cose non stavano proprio così: le sue figlie si erano sposate, una in Australia e una in Sudamerica, e il marito era morto. Rimasta sola nel nido, la signora Gottlieb non sapeva più che fare della sua vita ed era stata paziente della contessina per via di gravi problemi di digestione.

«La vostra vita è troppo povera di avvenimenti, signora Gottlieb. Vi serve qualcosa da fare» le aveva detto Henriette.

«Quella casa enorme! E senza nessuno dentro!» aveva osservato la donna durante una delle visite.

«Sareste disposta a dare alloggio a due giovani infermiere?» le aveva chiesto Ricarda prima di salutarla.

Perché se c'era qualcosa che aveva imparato dalla contessina, era sfruttare le occasioni, e d'altra parte sapeva che Lore non sopportava più di vivere insieme alla madre, sempre pronta ad attaccare briga. In quel modo, Ricarda avrebbe potuto fare il primo passo per uscire dall'ala protettrice della contessina.

Ricarda fu felice dell'invito a cena della signora Gottlieb, che le evitò di rispondere alla domanda di Lore sul perché fosse così agitata.

Un paio di giorni dopo, di sera, Ricarda era di turno all'accettazione dell'Ospedale Femminile e si ritrovò davanti una giovane ed esile ragazza. Aveva i capelli sciolti color grano, gli occhi tristi e spenti, e il braccio piegato in modo strano. Dalla manica sbucava l'osso rotto e insanguinato. Le altre donne accalcate intorno a questa creatura sfortunata e a loro volta in attesa di essere curate non sembravano rendersene conto. Ricarda seguì gli insegnamenti che aveva ricevuto e mantenne la calma. Si alzò e disse: «Vado a chiamare una dottoressa». Poi andò nella piccola cucina, dove la dottoressa Biberti si stava concedendo una pausa.

«Frattura esposta. Potete occuparvene?»

«Vengo subito, Ricarda.»

In attesa della dottoressa, Ricarda prese nota del nome, dell'indirizzo e dell'età della paziente. Aveva solo un anno più di lei. Mentre la Biberti le ripuliva la ferita e le steccava l'osso, Ricarda distraeva la paziente con una conversazione che ne rivelò la profonda miseria.

L'esile ragazza lavorava da anni come balia. Ma non per famiglie ricche. Il suo ultimo incarico era presso la moglie di un macellaio che aiutava il marito in negozio. Nel giro di dodici mesi aveva dato alla luce due figli, entrambi allattati da lei. Il maggiore dei due aveva un anno e le aveva rovinato i capezzoli a furia di morderli. Le era stato intimato di continuare, ma era stata costretta a smettere per via dell'infiammazione. A quel punto, il racconto della ragazza aveva preso risvolti che Ricarda riteneva impossibili da credere: era stato il suo stesso padre a costringerla a lavorare come balia, quando a sedici anni e senza un marito aveva dato alla luce il suo primo figlio. Il padre aveva dato via il neonato e affittato la figlia a donne che non allattavano. Quando, in seguito all'infezione ai seni, l'introito da balia era venuto meno, il padre alcolizzato era andato su tutte le furie e l'aveva picchiata fino a spezzarle il braccio.

«Non possiamo rimandarti da tuo padre» decise la dottoressa Biberti.

Chiese a Ricarda di accompagnarla alla casa di cura, dove quella sera sarebbe stata di turno Kumari. Delle tre, lei era quella più incline a stare per ore seduta al capezzale delle pazienti, ad ascoltare le loro storie, a piangere insieme a loro o magari incoraggiarle a prendere una strada alternativa. Ricarda era convinta che le amorevoli attenzioni di Kumari contassero, per il recupero delle pazienti, almeno quanto le cure delle dottoresse e delle infermiere.

Ricarda uscì insieme alla giovane balia nella stradina stretta. Il pavimento era umido e Ricarda prese la ragazza sotto braccio, facendo bene attenzione a dove metteva i piedi. La luce dei lampioni si rifletté su un paio di stivali di pelle tirati a lucido. Ricarda alzò lo sguardo su un paio di pantaloni candidi e poi su una giacca blu con i risvolti delle maniche rossi... Il suo cuore si mise a battere all'impazzata.

«Buonasera, signorina Petersen!»

«Oh, signor Thomasius. Che sorpresa!»

Lui si tolse il berretto e si inchinò. «Perdonatemi, se vi rivolgo la parola così, in mezzo alla strada. Non sta bene.»

«Vi perdono, eccezionalmente!» rispose Ricarda senza riuscire a trattenere una risatina. «Accompagno la signorina alla casa di cura. Prendiamo il tram.»

A partire dal febbraio di quell'anno, le distanze si erano decisamente accorciate, perché con il nuovo e puntualissimo tram c'era una sola fermata a dividere la Banhof Börse dalla Friedrichstrasse. Inoltre, la corsa sferragliante sui binari sopraelevati passava di fronte ai piani residenziali delle case ed era ogni volta un'esperienza.

«Se non avete niente in contrario, potreste unirvi a noi.»

«Con grandissimo piacere!» rispose Thomasius.

Per qualche misterioso motivo quell'uomo le faceva venire voglia di ridere, nonostante non ci fosse niente di ridicolo in lui.

«Perché ridete, signorina?»

«Non lo so. Di solito non rido così tanto.»

«Allora lo prendo come un buon segno.»

«Sì, anch'io, signor Thomasius. La vostra visita si è fatta attendere. Pensavo che la vostra curiosità per l'Ospedale Femminile fosse maggiore.»

«Oh, l'Ospedale, certo!»

Aveva l'aria di esser stato colto in flagrante e a Ricarda venne di nuovo da ridere.

«Vi occupate anche di operazioni chirurgiche?» domandò lui per salvare le apparenze.

«Steccare una frattura non la definirei una vera e propria

operazione. Nel vostro istituto dal nome lungo vi occuperete senz'altro di casi più complessi.»

«Istituto regio di Medicina e Chirurgia Federico Guglielmo.»

«*Charité*, ad esempio, sarebbe più breve» buttò lì Ricarda.

«Mi piace cha abbia un nome complicato.»

«Perciò avete scelto la scuola per il suo nome?»

«Anche Ospedale Femminile delle Dottoresse di Zurigo è piuttosto lungo.»

«È la legge che lo impone» spiegò Ricarda.

«E voi, signorina? Diventerete medico anche voi?»

«Io non posso studiare» rispose lei, correggendosi subito: «E comunque non voglio».

«Tra potere e volere c'è una bella differenza. Neanch'io potevo, però lo volevo.»

«Voi siete un uomo, signor Thomasius. Se un uomo vuole ottenere qualcosa, lo ottiene.»

Tuttavia, Ricarda capiva cosa intendeva dire: proveniva da una famiglia povera e la sua formazione costava molti soldi. O almeno così immaginava, anche se fino a quel momento non si era mai chiesta come venivano finanziati studi di quel genere. «Come siete riuscito a studiare?» gli domandò.

«Sarebbe possibile, una volta raggiunta la nostra meta, invitarvi a bere una cioccolata calda, signorina? Così potrei rispondere alla vostra domanda.»

Ricarda aveva completamente dimenticato la paziente che teneva sottobraccio. Non appena si voltò a guardarla, si accorse che la giovane balia la guardava con un ampio sorriso stampato in faccia.

Invitata da un uomo, di sera, al ristorante Dressel in Unter den Linden, e senza alcun preavviso! Ricarda camminava a un metro da terra. Veniva direttamente dall'ospedale, per cui indossava il suo solito vestito scuro. Nell'istante in cui un uscere in livrea aprì loro la porta e fece il saluto militare all'ufficiale Thomasius, Ricarda vide le donne che erano nel ristorante. Eleganti, colorate, agghindate. Enormi cappelli addobbati di piume.

«Santo cielo, signor Thomasius, non si può!»

Lui la guardò spaventato. «Che c'è, signorina Petersen?»

«Guardatemi!»

«Vi vedo!»

«Il mio abbigliamento è del tutto inadeguato.»

Intanto li aveva raggiunti il maître. L'accompagnatore di Ricarda confabulò brevemente con lui e subito si spostarono in una vivace saletta laterale i cui ospiti indossavano abiti decisamente meno formali. Sui tavoli di legno lucido stavano boccali di birra e gli uomini fumavano. Ricarda fece un sospiro di sollievo. Il signor Thomasius, nella sua splendida uniforme, si sedette vicino a lei. Per la prima volta Ricarda provò un senso di disagio. Fino a quel momento aveva prevalso l'allegria, ma adesso sentiva la tensione salire. Non si era mai ritrovata in una situazione simile, neanche nelle sue fantasie. Oltretutto non le veniva in mente niente di opportuno da dire per rompere il silenzio.

«Sono stato qui un paio di anni fa» iniziò il signor Thomasius. «Con mio zio. Per questo sapevo dell'esistenza di questa stanza.»

«È meglio qui. Voglio dire, la sala grande è più elegante...» Ricarda si schiarì la gola. Non si riconosceva. Doveva trovare il modo di raggiungere un terreno più familiare. «Prima parlavamo della vostra formazione» disse educatamente.

«Forse avete già sentito parlare della *Pépinière*?»

Proprio in quel momento, quando la conversazione stava

per decollare, arrivò il cameriere per prendere le ordinazioni. Ordinarono entrambi una cioccolata e ricominciarono a combattere contro il silenzio.

«Pepi... Di cosa stavate parlando?»

«Oh, la *Pépinière*! Giusto, ecco cosa volevo dire.» Anche lui sembrava sollevato all'idea di parlare di un argomento che conosceva bene. «È l'istituto di formazione per i medici militari che frequento io. È un termine francese che significa vivaio, perché noi rappresentiamo la nuova generazione in via di formazione. Dura nove semestri e poi dovrò servire nell'esercito per altrettanti anni.»

Ricarda fece un rapido calcolo: il ragazzo sarebbe dovuto rimanere nell'esercito per tredici anni e mezzo. Un sacco di tempo!

«In questo modo potete evitare di pagare la scuola?»

«Se vi state chiedendo perché il figlio del guardiano della chiusa... Mio zio da parte di padre non si è mai sposato. Per questo ho la fortuna di essere sostenuto da lui economicamente. E voi? Provenite senz'altro da una famiglia altolocata.»

Ricarda scoppiò a ridere. «Sempre che un giardiniere e una cuoca possano definirsi altolocati!»

«Ai miei occhi, eccome. I vostri genitori vivono a Berlino?»

«Al castello Freystetten, nella Marca.»

«Un castello? E voi siete cresciuta lì?»

Ricarda pensò ai bambini che aveva visto giocare nelle sudice strade berlinesi. «Non me ne rendevo conto» disse «ma ho avuto un'infanzia felice. Gli spazi ampi, il verde, il lago in cui mia sorella e io...»

Si interruppe, ebbe un attimo di esitazione prima di riprendere il controllo. Ma lui se n'era già accorto.

«Non c'è bisogno di parlare di questo lago» disse.

«No, non fa niente. Ogni tanto devo ripensarci, altrimenti non me ne libererò mai. Mia sorella è annegata in quel lago e io non ho potuto fare niente per impedirlo» chiuse subito il discorso.

«Mio padre è morto quando avevo tredici anni. Voleva spostare una chiatta nella diga ed è rimasto incastrato. Ma io sono sicuro che sta bene nel posto in cui è adesso. A volte, di notte, lo sogno. Gli chiederò di controllare come sta vostra sorella. Come si chiamava?»

«Antonia. Io mi trovo qui solo perché lei è morta.»

E Ricarda gli raccontò tutta la sua storia, una storia che non aveva mai raccontato a nessuno, neanche a Lore e Kumari.

«Scusate, se vi ho scaricato addosso tutte queste cose.»

«Non dovete scusarvi per la vostra vita, signorina Petersen. Al contrario: vi ringrazio e sono onorato del fatto che abbiate riposto in me la vostra fiducia» rispose lui, guardandola con i suoi meravigliosi occhi azzurri.

Quando lasciarono il locale, avevano a malapena assaggiato le loro cioccolate.

«Posso sperare di rivedervi presto?» domandò il giovane sfiorandole la mano con un bacio per salutarla.

I pranzi domenicali dalla contessina e da Käthe erano diventati, per le tre ragazze, un piacevole rituale. In quella giornata grigia di fine ottobre, Malwine aveva preparato i rognoni arrosto con gnocchi di patate e cavolo rosso. Le posate tintinnavano sobrie sulla porcellana di Meissen azzurra e Augusta riempiva i calici con vino della Mosella. Era tutto come sempre, solo che Ricarda non aveva appetito. Era nervosa per il suo secondo appuntamento, che poi in teoria era il terzo anche se il primo non contava. Mancavano poche ore. E pensava anche a Hildchen, che aveva chiesto con discrezione notizie del fratello nel corso delle visite successive. Non era né fidanzato, né sposato.

«Se Siegfried si sposa, il suo lavoro sarà più importante per lui» le aveva detto la bambina, citando la madre come fonte della propria saggezza.

A Ricarda sfuggì un sospiro.

«Rica, sentiamo la tua mancanza» disse la contessina.

Ricarda si sentì avvampare. «Il cibo è delizioso!» si affrettò a commentare.

Lore ridacchiò. Il suo piatto era quasi vuoto, mentre gli gnocchi di Ricarda sembravano rosicchiati da un topolino. Ma anche Kumari aveva mangiato poco e Ricarda si rese conto solo allora dell'aria depressa della sua amica.

«Devo fare una comunicazione» disse Kumari.

Rica avrebbe voluto abbracciarla solo per lo sforzo che doveva esserle costato attirare l'attenzione su di sé.

«Come sei formale» disse Käthe. «Cos'è successo?»

«Devo interrompere la mia formazione» disse Kumari fissando il piatto davanti a sé.

«Cosa? Non è possibile!» sbottò Lore.

Le guance di Kumari si rigarono di lacrime. «Mio padre ha chiesto la separazione da mia madre» disse. «E io devo tornare con lei a Ceylon.»

«Quando?» domandò Ricarda senza fiato. A un tratto l'immagine di Siegfried sembrò lontanissima.

«La nostra nave salpa il primo di dicembre.»

«Così presto!» esclamò Lore.

Entrambe ignorarono l'etichetta e si alzarono da tavola per andare ad abbracciare la loro amica.

«Avrai banane e palme a volontà» provò a consolarla Lore, senza troppa convinzione.

«Allora cambieremo i nostri piani e faremo in modo che da ora in poi tu lavori solo nella Alte Schönhauser, per fare più esperienza possibile.» Käthe ancora una volta si rivelò quella con più senso pratico.

«No, dottoressa Hausmann, al contrario. D'ora in poi voglio lavorare solo alla casa di cura. Tanto non imparerò mai tutto quello che voglio imparare, è troppo.»

«Ma esistono i libri, Kumari. Ti farò arrivare la letteratura più recente. Continuerai la tua formazione a Ceylon» disse la contessina.

Kumari annuì, trattenendo le lacrime.

«Pochi mesi fa, il dottor Koch ha scoperto il bacillo della tubercolosi» disse. «Gli occhi di tutto il mondo sono puntati su Berlino. Ceylon è un posto sperduto nel niente.» Le lacrime le bagnavano il volto incontrollabili.

«Non è vero, Kumari» disse Ricarda. «È la tua patria. Una volta tornata, la amerai. E noi verremo a trovarti. Promesso!»

La contessina portò il bicchiere alla bocca e poi disse lentamente: «E chi intendi, adesso, quando dici "noi"?»

Mi ha scoperta. Come ho potuto sperare che non se ne accorgesse?, pensò Ricarda.

«Questo ve lo farò sapere non appena lo scoprirò» rispose, fiera di aver respinto con tanta eleganza la curiosità della contessina.

«Tutte noi abbiamo ancora molto da imparare. Ogni giorno» disse la contessina con un sorriso agrodolce. Poi tornò sull'argomento principale: «Vedila così, Kumari. Magari diventerai la prima dottoressa di Ceylon. Penso che sia un obiettivo che ti potresti porre.»

Alla fine del pranzo, Ricarda fu la prima a rimettersi il cappotto per andare via.

«Non vieni con noi?» domandò Lore, una volta uscite in strada.

«Mi dispiace» rispose Ricarda mortificata. «So che dovremmo occuparci di Kumari adesso, ma sono già in ritardo.»

«Non ti preoccupare, Rica. Un giorno me lo presenti? Sarei molto felice di conoscere...» Lore si avvicinò all'orecchio di Ricarda: «... il tuo Siegfried».

«Nel sonno ho...? Oh!»

«Il tuo segreto è il mio segreto.» Lore le diede un bacio sulla guancia e prese sottobraccio Kumari, che le aveva raggiunte in quel momento.

Siegfried l'aspettava dall'altra parte della Porta di Brandeburgo. Faceva freddo e la sua bella uniforme era nascosta da un ampio cappotto grigio. Quando la vide avvicinarsi batté i tacchi e piegò il busto in un inchino rigido e formale. Ma poi tirò fuori dalla manica una rosa rossa e gliela porse.

«Il capitano medico è anche un mago» disse lei con un sorriso malandrino. «Il che è auspicabile, giacché una ragazza per bene non dovrebbe accettare una rosa da un ufficiale.»

«Non sono ancora capitano medico. Ci vorrà ancora qualche anno» rispose lui.

«Che sollievo. Dunque siete solo un mago. Grazie per la rosa, è la prima che ricevo.»

«Ma non l'ultima.» Siegfried rise e aggiunse: «Almeno da parte mia, spero».

Con la dovuta distanza imposta dall'etichetta, camminarono fianco a fianco fino al Giardino Zoologico. Giovani uomini percorrevano i sentieri sui bicicli, alcuni con grande dimestichezza, altri piuttosto goffamente, e ogni tanto qualcuno cadeva a gambe all'aria sul pavimento polveroso.

«Tutti futuri pazienti» scherzò Ricarda.

«Per quanto mi riguarda, solo se sono soldati» rispose Siegfried. «Nei nostri ospedali non vengono curati i civili.»

«Quindi non potreste portarci neanche vostra sorella o vostra madre?»

«Non potrei curarle neanche privatamente. Diventerò medico, ma non possiedo niente, nessuno strumento. Lo stesso problema si pone con la mia tesi di dottorato. Non ho nessun campione biologico da analizzare al microscopio. Anche se nel mio laboratorio di Tempelhof ho un microscopio magnifico. Ma, come ho detto, nessun campione. Posso solo teorizzare» disse.

«In questo potrei aiutarvi» rispose lei di getto. «Da noi arrivano pazienti con ferite di ogni genere. Venite e servitevi!»

«Non potrei fare neanche questo» rispose lui, con grande sorpresa di Ricarda. «Non immaginate nemmeno quante regole ci sono per i militari. A partire dai miei vestiti. Solo il protocollo per l'abbigliamento è un volume di oltre quattrocento pagine.»

«Per l'amor del cielo, ma cosa ci sarà mai scritto? E voi lo avete letto tutto?»

Un bambino di due anni al massimo, vestito come un adulto, corse dritto addosso a Siegfried e rovinò a terra. Il giovane lo sollevò e lo rimise in piedi.

«Nessuno leggerebbe dieci pagine su, per dire, il colore e la qualità della dragona.»

«Dragona?» rispose Ricarda ridendo.

«Non ridete. In questa città sono d'istanza oltre ventimila soldati. Quindi ci sono oltre ventimila dragone!»

«Santo cielo! Anche voi avete una dragona?»

«Certo! Alla prima piccola trasgressione ci viene requisita e poi bisogna darsi un gran da fare per riconquistarla. Sono regole ferree. Quindi niente campioni dalle vostre pazienti. E comunque le donne non hanno accesso all'istituto. Mai!»

«Nemmeno sotto forma di campione di tessuto?» domandò Ricarda sforzandosi di trattenere una risata.

«Questo è da verificare!»

Le sorrise in un modo che a Ricarda piacque.

«E avreste il permesso di mostrare il vostro prezioso microscopio a un amico?»

Siegfried rifletté un istante. «Certo, purché sia un uomo.»

«Già, servirebbe proprio un mago» rispose lei con un sorriso.

«Cosa intendete dire, signorina Petersen?»

«Mi è appena venuta un'idea.»

Certe volte, all'alba, scendendo in tutta fretta dal tram per correre all'Ospedale Femminile, Ricarda incontrava la lattaia con il suo carretto trainato da un cane. La ragazza, di quattordici o quindici anni al massimo, non era l'unica a usare un cane per tirare il suo carro pieno di bidoni di latte. Ma a Ricarda capitava spesso di notarla, perché il suo cane era particolarmente bello e curato, e ricordava vagamente un lupo. Di solito la lattaia camminava a fianco del cane, ma quel giorno era seduta sul carretto in mezzo ai bidoni, nonostante una nuova legge imperiale a tutela degli animali lo vietasse espressamente. L'animale tirava avanti ansimando: soffriva, ma faceva comunque il suo lavoro. E a quanto pareva anche la ragazza, nonostante non fosse in grado di camminare. Aveva un polpaccio quasi il doppio dell'altro.

Nonostante il ritmo frenetico della metropoli non lasciasse spazio alla compassione per gli sconosciuti, quella mattina Ricarda decise di avvicinarsi alla lattaia. Si chinò sul cane e gli rivolse delle parole di incoraggiamento, prima di voltarsi verso la ragazza.

«Io mi occupo di curare i malati e la vostra gamba non ha un bell'aspetto. Posso aiutarvi?»

«Non vedi che non ho tempo per queste cose?»

«Lo vedo. Cos'è successo?»

«Il cagnaccio della moglie del macellaio ha attaccato la mia Alexa. Io mi sono messa in mezzo e quella bestia mi ha morso.»

Mentre la ragazza parlava, Ricarda si era chinata sulla ferita: aveva sfumature di ogni colore, stava marcendo e puzzava terribilmente.

«Se non ti fai aiutare, tra un paio di giorni sarai morta» disse Ricarda con la schiettezza necessaria a farsi capire dalla gente di strada.

«Sei pazza? Come puoi dire una cosa simile? Vai, Alexa!»

«Alte Schönhauser. Chiedi dell'Ospedale Femminile! Oggi è aperto fino alle otto!» le urlò dietro Ricarda.

Per fortuna Ricarda era riuscita a spaventare la lattaia con il suo drastico avvertimento. La ragazzina si presentò nel primo pomeriggio, appena finito il giro di consegne. Käthe, che era di turno in quel momento, era già stata informata. Prelevò subito un campione di tessuto e lo consegnò a Ricarda, poi disinfettò la ferita con lo iodoformio e lasciò a Ricarda il compito di applicarvi le garze imbevute di acido fenico e di fermarle con una fasciatura.

Ricarda aggiunse il campione di tessuto agli altri due che aveva messo da parte per il suo incontro con Siegfried e quando Lore le dette il cambio, si precipitò a casa per dare inizio alla sua trasformazione.

Perché durante la passeggiata con Siegfried, a Ricarda era tornata in mente la giovane Hope Adams, che aveva conosciuto anni prima nel salotto della contessina. Se ci era riuscita lei a passare da uomo e ad accedere agli studi di medicina, perché non poteva provare anche Ricarda a compiere un'impresa simile? Non era disposta a tagliarsi di nuovo i capelli, dopo averli faticosamente fatti ricrescere per due anni, perciò aveva optato per nasconderli sotto un cappello. La cosa si era rivelata più complicata del previsto, poiché un uomo doveva toglierselo spesso per salutare. Alla fine aveva deciso di spacciarsi per uno studente e di indossare una coppola: in questo modo sarebbe bastato portare due dita alla visiera, per salutare. Durante una delle visite alla sorella, che nel frattempo stava meglio, si era fatta prestare dei vecchi abiti di quando Siegfried era ragazzino. Hildchen aveva riso a crepapelle guardando Ricarda provarseli. Purtroppo in quella casa non c'erano specchi per ammirare il risultato della sua trasformazione...

Ricarda, con indosso il suo travestimento, uscì un po' esitante dalla casa in cui viveva con Lore. Era tardo pomeriggio, la gente intorno a lei camminava di fretta e nessuno la degnava di uno sguardo. Così procedette a passo sempre più deciso fino al nuovo tram trainato da cavalli che l'avrebbe portata fino a Tempelhof. Non aveva mai preso quella vettura a due piani che procedeva sui suoi binari, trainata da due ronzini, e nella quale i posti erano orientati secondo il senso di marcia.

«Sali, ragazzo!» le urlò il controllore, dandole conferma che il suo travestimento funzionava.

La scala a chiocciola che conduceva allo scomparto superiore era talmente stretta che vi potevano accedere solo gli uomini. Ricarda in un primo momento si sentì a disagio in quella compagnia, ma piano piano iniziò a godersi la nuova prospettiva: non solo quella maschile, ma anche quella della città, che da dove si trovava adesso sembrava quasi srotolarsi ai suoi piedi.

Com'era grande Berlino! Percorsero la Belle Alliance Strasse attraversando Kreuzberg, un quartiere fino a poco prima quasi disabitato e adesso, per far fronte alla crescita esponenziale della città, pieno di palazzi a più piani. Quando arrivarono all'immensa piazza d'armi, al campo di Tempelhof, ebbe l'impressione che la città finisse lì. Il villaggio di Tempelhof era la sede del lazzeretto della Seconda Guarnigione, dove era stato mandato Siegfried per scrivere la sua tesi. Ricarda raggiunse l'ospedale militare allestito in aperta campagna, i movimenti impacciati da quegli abiti a cui non era abituata. Non si accorgeva del vento gelido, impegnata com'era a cercare di controllare il cuore che batteva all'impazzata. La sua trasformazione sarebbe stata convincente? E che faccia avrebbe fatto Siegfried?

Lo vide da lontano, in piedi davanti al portone che chiacchierava con le guardie. Sopra l'uniforme portava un camice bianco da medico.

«Eccolo qui, lui è mio cugino!» disse Siegfried ai due soldati di guardia al portone.

Le chiesero nome e indirizzo.

«Petersen, studente in medicina al primo semestre!» borbottò brusca come lo erano sempre gli uomini e portandosi due dita alla visiera.

Lo sguardo sprezzante che rivolsero al suo strano abbigliamento la indusse a tirarsi su i pantaloni calanti. A Siegfried sfuggì un sorriso, ma si astenne da qualsiasi commento.

Come tutti gli ospedali nuovi di Berlino, anche questo era composto da edifici in mattoni a un solo piano che si estendevano su un'ampia area. Quella disposizione aveva lo scopo di isolare eventuali malattie infettive in un solo edificio.

Siegfried la accompagnò direttamente al laboratorio. Non avevano molto tempo, alle sette e mezzo Ricarda doveva essere fuori di lì. Il giovane mise i campioni sotto il moderno microscopio ottico, appena messo a punto da Ernst Abe e Otto Schott a Jena. Grazie alla luminosità e alla potenza di quella nuova invenzione, Ricarda riuscì a identificare bacilli e virus non visibili con la lente dei microscopi normali.

Siegfried sembrava nel suo elemento. «Individuare un agente patogeno al microscopio non è semplice, perché non si sa cosa cercare. Molti sono difficili da riconoscere, a volte magari se ne vede uno, ma non si è in grado di identificarlo. Spesso c'è bisogno di renderli visibili, prima. Un composto incolore e naturale è come un pesce o una medusa che nuotano in un mare infinito: non si riesce a distinguerlo dall'ambiente che lo circonda.»

Ricarda osservò di nuovo il brulichio sotto la lente, affascinata.

«Uno di questi batteri scatena l'infezione. Ma quale? Come si fa a scoprirlo?»

«E poi arriva la domanda decisiva: come possiamo impedire a questi batteri di portare avanti il loro infame operato?» disse Siegfried. «Vedete, signorina... Perdonate, signore...»

Aveva completamente perso la bussola. «Non torna che ci diamo del voi, siamo cugini. Voglio dire... No? Cosa facciamo adesso?»

Lei gli tese la mano, arrossendo leggermente: «Io sono Ricarda! Allora, cugino Siegfried, cosa stavi dicendo?»

Lui le prese la mano delicata, indugiò un istante, poi la sollevò e la avvicinò al naso.

«Un netto sentore di acido fenico con un tocco di iodoformio. Usi un profumo molto gradevole, Richard. Le signore cadranno tutte ai tuoi piedi.»

«Se lo annusano, svengono.» Ricarda scoppiò a ridere.

Era una sensazione nuova, quella di star seduta così vicino a un uomo per la prima volta. Certo, a tenerli insieme erano le analisi al microscopio e la ricerca di batteri, che per qualsiasi altra donna sarebbe stata una circostanza assai poco romantica. Ma il cuore le diceva che c'era qualcosa di più dei semplici batteri. C'era tutto, c'era la sua vita. Quest'uomo si interessava alle sue stesse cose e rideva di ciò di cui rideva lei. E poi era così bello. Le piaceva che, nonostante la moda maschile del momento, portasse solo un paio di baffi che lasciavano intravedere le sue labbra ben disegnate. Quelle stesse labbra che adesso le facevano venire dei pensieri non troppo adeguati alla situazione.

«Guarda lassù a sinistra, è proprio quello che intendevo» disse Siegfried, che concentrato sul lavoro com'era non si era accorto dello sguardo trasognato di Ricarda. La fece guardare nella lente. «Non avevo mai visto questi batteri.»

Per fortuna Ricarda aveva catalogato i campioni. «È della lattaia.»

Lui la guardò, le guance lievemente arrossate e gli occhi scintillanti di euforia. «E se fosse come ti ho detto? Un'infiammazione scaturita da un certo tipo di batteri. Cioè questo che stiamo guardando adesso. Dobbiamo poterlo dimostrare. Oh, ci servono campioni, Ricarda! Molti campioni da mettere a confronto.»

«Vorrà dire che dovrò venire più spesso» rispose lei.

Ricarda si allungò per passargli un nuovo vetrino nello stesso istante in cui lo stava prendendo anche lui. Le loro mani si sfiorarono e Siegfried le rivolse uno sguardo talmente profondo, che Ricarda si sentì sciogliere.

Il taglio

Dicembre 1882

«Incantevole come al solito, contessina!» Le dita affusolate di Yves sfiorarono un'ultima volta l'acconciatura di Henriette, che osservava allo specchio del coiffeur il suo riflesso con le prime ciocche di capelli grigi. Era una donna di trentotto anni e li dimostrava tutti.

«*Merci*, Yves, voi sì che sapete lusingare una signora» rispose, prima di tornare all'ambulatorio con la testa ingombra di pensieri.

Mancavano tre settimane a Natale, eppure non sentiva nessun trasporto emotivo per quella festa religiosa, che per lei significava tornare a Freystetten e dunque dalla sua famiglia. Florentine aveva scritto qualche giorno prima informandola che sarebbe tornata dall'America per le feste e per presentare il suo fidanzato. Diceva di essere molto felice e che non vedeva l'ora di sapere cosa ne pensasse sua zia di Mister Jones.

Mister Jones: il nome non era certo all'altezza del marito di una contessina, e quello non era che un risvolto della questione. L'altro non era da meno: con questo matrimonio e la conseguente messa al mondo di figli, ormai la generazione protagonista della famiglia non era più la sua. Lei stessa aveva rinunciato a entrambe le cose senza troppo sforzo, perché le giornate erano sempre ricche di cose da fare e la sua vita era piena anche così.

Bastava non pensare a quanto le mancasse l'amore. E l'allegria. Le luci sfavillanti, il ballo, un bicchiere di champagne… *Vivo come una suora*, pensò Henriette. *Perché mi ingabbio nei miei doveri e nel mio lavoro?*

Camminava a passi lenti verso la casa in Unter den Linden. Aveva mezz'ora prima della lezione teorica alle tre aspiranti infermiere. Era l'ultima lezione alla quale partecipava anche Kumari. Malwine aveva predisposto tutto il necessario per una piccola sorpresa di addio.

Davanti a una casa vide un soldato e un ragazzo dai vestiti logori. Si davano la mano, evidentemente si stavano congedando, ma sembrava che non volessero lasciarsi. Non era solo strano che un soldato si incontrasse con un ragazzo dall'aspetto così umile, c'era anche qualcos'altro in quella scena che la disturbava, qualcosa di indefinibile…

Ah, ma quella è la casa in cui vivono Lore e Ricarda, rifletté Henriette. Poi il ragazzo, che indossava una coppola, sollevò lo sguardo e incontrò il suo. Henriette avrebbe riconosciuto quegli occhi tra mille!

Che situazione compromettente! La contessina indugiò un istante, ma poi sfoderò un sorriso di circostanza e passò oltre, perché quello era l'unico modo in cui una donna del suo rango poteva reagire a una circostanza simile. Lo svantaggio, purtroppo, consisteva nel fatto che non avrebbe avuto modo di scoprire cosa ci fosse sotto. Ricarda vestita da uomo!

Sul tavolo di legno lucido dell'osteria Dressel, in Unter den Linden, erano posati due libri sulla medicina e sull'assistenza ai malati, un regalo d'addio della contessina alla sua allieva Kumari. Di tanto in tanto Kumari accarezzava sovrappensiero le costose copertine di cuoio, mentre Lore non la finiva più di parlare. Ce la stava mettendo tutta per convincerla di quanto sarebbe stata bella la sua vita a Ceylon. Ricarda riusciva a percepire fisicamente il dispiacere di Kumari, mentre Lore evocava una felicità lontana, da vivere sotto un immenso cielo nel quale splendeva sempre il sole.

«Ci rivedremo!» esclamò. «Verremo a trovarti a Ceylon. Ci puoi scommettere che verremo.»

Kumari si sforzò di annuire, anche se sapevano tutte che era impossibile. Per tre ragazze nubili come loro viaggiare dall'altra parte del mondo era come raggiungere la luna.

«Rica, di' qualcosa anche tu! Sei così silenziosa» la incoraggiò Lore, con una punta di disperazione nella voce.

A Ricarda sfuggì un profondo sospiro, del quale si rese conto solo quando vide le due amiche che la fissavano sconcertate.

«Sì, faremo così» disse fiaccamente.

All'improvviso sul volto di Kumari comparve un piccolo sorriso, che le scavò le due fossette a forma di mezzaluna.

«Di recente ho letto una storia su *Gartenlaube*» raccontò. «Diceva che quando una donna innamorata fa un sospiro, significa che il suo amore per lui è profondo come un pozzo nel quale cade un sassolino.»

Lore e Rica si scambiarono un'occhiata fugace. «Diglielo, una buona volta!»

Ricarda sospirò di nuovo. «Oh, Kumari, non lo so.»

L'amica sorrise guardandola con i suoi grandi occhi neri e sognanti. «Intanto raccontami quello che sai!»

«Analizziamo tessuti al microscopio e studiamo i batteri. È meraviglioso. Scopriamo un mondo nuovo e appassionante! Non potete immaginarvi quanto possono essere diversi tra loro i batteri! Siegfried ha questo microscopio incredibile che fa vedere tutto!»

«Anche il suo cuore?» domandò Kumari.

Le tre ragazze scoppiarono a ridere, anche se Ricarda, che non ammetteva i propri sentimenti nemmeno a se stessa, non aveva alcuna intenzione di farlo con le amiche. Era forse innamorata di Siegfried? C'era una parte di lei – la sua testa – che si opponeva fermamente a questa ipotesi. A cosa portava l'amore? Al matrimonio? Era questo che voleva? La risposta era un complicato groviglio di sensazioni e dati di fatto... Se solo si potessero gestire i sentimenti con la stessa razionalità dei numeri!

Doveva assolutamente parlare con qualcuno che potesse aiutarla. Le sue amiche, che pure significavano tanto per lei, avevano entrambe rinunciato all'amore: Kumari perché sua madre non la perdeva di vista un attimo e Lore perché si dedicava anima e corpo agli studi.

«Si traveste da maschio per poterlo incontrare all'ospedale militare» spifferò Lore. «Non la riconosceresti nemmeno.»

Ricarda fu lieta della piega data da Lore alla conversazione. «Credo che la contessina mi abbia riconosciuta, oggi pomeriggio» disse. «Sono stata incauta. Quando è passata davanti a casa Siegfried si stava congedando.»

«Pensi che ti sgriderà?» domandò Kumari preoccupata.

«È forse proibito travestirsi da uomo?» ribatté Lore maliziosa.

«Devi scrivermi come andrà avanti tra te e Siegfried, Rica! Ogni giorno, capito? Voglio essere coinvolta nelle vostre vite, non potete dimenticarmi!»

Gli occhi di Kumari si stavano già riempiendo di lacrime, quando Lore afferrò il bicchiere di birra e lo sollevò in aria: «A noi! Rimarremo vicine, a prescindere dalla distanza. Perché niente può separare delle vere amiche.»

A quel punto anche Kumari e Ricarda alzarono i bicchieri e brindarono. «A noi e al futuro!»

Nella cucina della signora Gottlieb c'era un delizioso profumino di miele caldo, mandorle, cedro candito e arance amare. Ricarda e Lore, con indosso dei grembiuli bianchi, stavano l'una di fianco all'altra, di fronte al forno.

«Adesso la potassa» disse Ricarda.

Era il sabato sera prima della terza domenica dell'avvento.

«Hildchen sarà felicissima dei biscotti di panpepato» disse Lore. «Quando sei stata da lei l'ultima volta?»

«Tre giorni fa. Non stava male come l'altra volta, ma la signora Thomasius dovrebbe cercare con la massima urgenza un'altra sistemazione per lei e per la piccola.»

Pesò la cannella di Ceylon e la aggiunse all'impasto.

«Hanno riacceso le caldaie e tutto il fumo che esce dalle ciminiere entra direttamente nelle case» disse Lore. «La settimana scorsa la dottoressa Solm ha avuto i primi casi di bambini morti. Le condizioni degli appartamenti sono disperate e i bambini sono i primi a morire.»

«E Siegfried non può farci niente. Il suo misero stipendio non basta ad affittare un altro appartamento per la madre e la sorella.»

Ricarda aveva fissato il giorno seguente con Siegfried a casa loro per festeggiare la terza domenica dell'avvento con la sorellina. La madre invece non ci sarebbe stata, perché lavorava al mercatino di Natale a Kringel. Finalmente si sarebbe goduta un momento privato con Siegfried senza doversi travestire da "Richard" e senza che lui dovesse comportarsi come un integerrimo medico in uniforme.

«Cosa ti piace di lui?» domandò Lore mescolando con cura il contenuto della pentola.

«Tutto!» Ricarda rise. «Non ragiona come gli altri uomini… È uno studioso, un ricercatore. È appassionante avere a che fare con lui.»

Lore annuì. «Capisco cosa vuoi dire, Rica. Abbiamo bisogno di uomini adatti a noi. Neanch'io potrei mai innamorarmi di un pallone gonfiato che pensa solo ai soldi. Se un giorno mi sposerò, sarà con qualcuno che mi permette di lavorare e che i miei genitori sicuramente non sopporteranno!»

«Ma io sì che dovrò sopportarlo!» esclamò Ricarda. «Che bello sarebbe: io, te e i nostri mariti.»

«È una prospettiva molto lontana nel tempo» commentò Lore.

Ricarda aggiunse all'impasto quattro cucchiai di liquore di ciliegie.

«Basta così» la fermò Lore. «La ricetta è quella di tua mamma?»

«Sì, ma non la faccio da anni» ammise Ricarda.

«Questo pan di zenzero è molto sostanzioso! Hildchen si rimetterà senz'altro in forze» disse Lore. Poi scrutò l'amica con aria curiosa. «Lo sposeresti?»

«Sì» ribatté lei d'istinto, spaventandosi subito dopo per la spontaneità della sua riposta e cercando di ritrattare: «Cioè, in linea di principio. Ancora non lo conosco abbastanza. Ma credo che sia l'uomo dei miei sogni.» Poi scoppiò a ridere. «È pazzesco che io dica una cosa simile. Prima di incontrare lui, non sapevo neanche di avere un uomo dei sogni!»

«I medici militari possono essere mandati d'istanza ovunque. Cosa fai, se Siegfried viene spedito a Cottbus o chissà dove? Hai mai pensato a questa eventualità?»

Quella domanda la colse impreparata. «Come posso pensare al futuro, se il presente è ancora così vago?»

La signora Gottlieb si affacciò in cucina con indosso una vestaglia pesante e la cuffia da notte. «C'è un profumo così paradisiaco che mi ha fatto alzare dal letto» disse, incantata.

«Il paradiso può aspettare, signora Gottlieb!» rispose Lore. «Presto vi sentirete meglio.»

«Domani regalate un biscotto di pan di zenzero anche a me?»

«Con immenso piacere, signora Gottlieb» disse Ricarda.

«Sono così felice di avere in casa due ragazze giovani che si intendono di medicina. Specialmente adesso, che sono molto malata.»

Non appena se ne fu andata, Ricarda sussurrò all'amica: «La contessina l'ha visitata di recente. Stavolta ha davvero qualcosa di grave all'addome.»

E Lore aggiunse: «E poi si sente sola. È stata sposata per quarantun anni. Immagina un po', Ricarda, se ti sposassi domani e il tuo matrimonio durasse quarantun anni: avresti anche tu sessant'anni come la signora Gottlieb.»

Era tre volte la sua età! Eppure Ricarda trovò quel pensiero seducente come un guanto caldo sulle mani.

Il cielo incombeva grigio e pesante sulla città. Già dalla strada, Ricarda avvertì l'odore pungente delle ciminiere che le toglieva il fiato e la faceva tossire. Era tardo pomeriggio, le poche lampade a gas erano già accese e diffondevano la loro luce fioca. Ma lei pensava solo a Siegfried. Aveva calcolato che erano passati tre mesi esatti da quando si erano incontrati la prima volta nel sottotetto della famiglia Thomasius.

Salì la stretta scala del condominio. Nonostante fosse la domenica dell'avvento e facesse molto freddo, lungo le scale bighellonavano alcune ragazzine, che ingannavano il tempo giocando con dei fili. Anche Ricarda da bambina faceva sempre il gioco della matassa. Quando arrivò in cima bussò alla porta. Era arrivata un po' in anticipo, perché voleva che Siegfried trovasse tutto addobbato nel modo più carino possibile.

«Hildchen, sono io, Rica! Posso entrare?»

Non ricevendo risposta, aprì la porta. Non si vedeva niente, la stanza era avvolta da una luce plumbea e c'era odore di cenere. *È triste che una bambina sia costretta a vivere qui*, pensò.

«Hildchen, c'è il pan di zenzero!» esclamò con tutta l'allegria che riuscì a improvvisare. «Lo abbiamo fatto Lore e io! Anche Siegfried sta arrivando! Festeggiamo insieme l'avvento.»

Posò il cesto con i biscotti e accese la lampada. Non appena la tenue luce rischiarò la stanza, vide Hildchen distesa a terra, le mani strette attorno al collo e le gambe raccolte nello sforzo di sopravvivere.

«Oh, mio Dio! Hildchen!» Ricarda appoggiò la lampada sul tavolo come sempre ingombro di ciambelle e si inginocchiò accanto alla bambina.

La piccola stava rannicchiata, dalla bocca usciva un misto di schiuma e catarro. Aveva avuto un nuovo accesso di tosse da crup, solo che stavolta non c'era nessuno con lei. Ricarda si mise Hildchen su un ginocchio come aveva visto fare alla contessina quando aveva salvato Flora e le diede dei colpetti sulla schiena per farla tossire.

"Mors certa, horta incerta" era scritto a pochi passi da lì, sotto la meridiana. *È tutto qui*, pensò Ricarda. *La morte vince solo quando ci diamo per vinti.*

La bambina riuscì a tossire e a espellere l'angina membranosa, ma fu subito presa da un attacco di tosse così violento che rischiava di soffocare. Aveva bisogno di aria e di vapore caldo. Ma aprire la finestra non avrebbe fatto che peggiorare le cose e la stufa era talmente fredda che ci avrebbe messo troppo a scaldarsi.

Prese la sorellina di Siegfried in braccio e si precipitò giù per le scale, dove le bambine che giocavano sembrarono non accorgersi nemmeno del suo passaggio. Stava correndo per i vicoli grigi e ammuffiti con la piccola in collo, quando sentì qualcuno gridare: «Ricarda!».

«Siegfried! Grazie a Dio! Hildchen sta male. Dobbiamo portarla in ospedale.»

Era sicura che ci avrebbe trovato qualcuno, nonostante fosse domenica sera.

«Forse più tardi le dottoresse la sistemeranno nella casa di cura nella Friedrichstrasse. Sei d'accordo?»

«Ma certo. Anzi, ti sono grato!»

Siegfried le prese Hildchen dalle braccia e insieme corsero a perdifiato fino alla Alte Schönhauser. Ma quando arrivarono, trovarono l'ospedale chiuso. Intanto la tosse di Hildchen si era fatta così violenta, che il suo volto stava passando dal bianco candido al bluastro.

«Non ci arriva alla Friedrichstrasse! Siegfried, soffocherà qui, davanti all'ospedale!»

«Quando tornano le dottoresse?»

«Non lo so. Ma io ho la chiave. Hai mai fatto una tracheotomia?»

«Oddio, no, Ricarda! Oltretutto a mia sorella! Non riuscirei mai a inciderle il collo.»

Ricarda aprì. Non doveva essere passato molto tempo dalla chiusura, perché il fuoco ardeva ancora nella stufa. Mise a bollire dell'acqua, aggiunse legna, sterilizzò un bisturi e tirò fuori una cannula d'argento. La prima era stata tolta alla bambina il giorno dopo la tracheotomia e la ferita nel frattempo era guarita.

«Cosa fai?»

«Sono sicura che tra pochissimo arriverà una dottoressa, di

ritorno da una visita domiciliare. Almeno potrà iniziare subito. Come sta Hildchen?»

Siegfried le diede qualche colpetto sulla schiena e le pulì via il catarro. Ricarda gli passò una scodella piena di acqua bollente perché provasse a farle inalare il vapore. Ma la piccola era già troppo debole e non faceva che scuotersi convulsamente.

Ma dov'erano le dottoresse? Ricarda corse alla porta e si affacciò in strada, dove stavano passando alcune donne.

«Avete visto le dottoresse?»

Le donne scossero la testa.

«Non possiamo più aspettare. Dobbiamo intervenire, Siegfried!»

«Io non posso. E oltretutto non sarei nemmeno autorizzato a farlo, come te del resto.»

«Io?» Ricarda esitò. Non ci aveva pensato, ma nel corso degli anni aveva assistito a talmente tante di quelle operazioni, che sapeva perfettamente dove posizionare il bisturi e quali movimenti fare, in quale ordine…

Rimase immobile accanto ai due fratelli, senza sapere cosa fare.

«Non posso stare qui a guardarla morire, Siegfried. So che non possiamo operare, ma se non lo facciamo ci morirà tra le braccia!»

«E se Hildchen morisse sotto i ferri? Te ne pentiresti per il resto della vita.»

Ed eccola di nuovo lì, quell'immagine ormai impressa dentro di lei: Antonia che fluttua priva di forze sotto il ghiaccio. E lei che aveva dovuto assistere inerme. Senza dire una parola, Ricarda iniziò a lavarsi le mani col sapone, strusciando fino a farle diventare rosse.

«Correrò il rischio, Siegfried» disse poi con voce ferma.

Lui teneva ancora Hildchen tra le braccia, che si contorceva e scalciava nella sua lotta per sopravvivere. Siegfried fece del suo meglio per immobilizzarla, perché Ricarda era pronta ed era indispensabile che avesse libero accesso al collo della bambina.

«Dio onnipotente, aiutaci» sussurrò Siegfried.

«Amen» disse Ricarda, posizionando il bisturi nel punto esatto del collo dove sapeva di dover incidere.

«Ferma!»

Ricarda fece un balzo indietro.

Käthe Hausmann si precipitò su di lei e le prese il bisturi di mano. «Ricarda, sei impazzita?»

Ricarda aveva quattro paia di occhi puntati addosso, i volti delle dottoresse erano come maschere di pietra. Nel salotto era buio, c'era solo qualche lampada accesa, le tende erano tirate e le signore erano tutte vestite di nero. Sembrava un funerale. Ricarda era madida di sudore e riusciva a malapena a nascondere il suo tremore.

«Come prima cosa, vogliamo sapere come giustifichi il tuo comportamento, Ricarda» disse la contessina con voce bassa ma ferma.

«Non voglio giustificarlo, contessina. Mi dispiace molto per ciò che è successo.»

«Questa risposta non ci basta» rispose la contessina. «Vogliamo che ci spieghi cosa ti è passato per la testa in quel momento. Solo così potremo farci un'opinione che ti renda giustizia. Quindi, ti ascoltiamo.»

Henriette percepiva la paura della ragazza, le sembrava quasi di sentire il suo tremore nel proprio corpo. Ma non poteva dare segni di indulgenza, perché Ricarda doveva capire fino in fondo il rischio che aveva corso. E anche subirne le conseguenze. Sarebbe stato il regalo di Natale più terribile e spietato che avesse mai fatto.

Perché è così cattiva?, pensò Ricarda. *Ho fatto un errore, un terribile errore. Ma deve per forza umiliarmi in questo modo? Ero animata dalle migliori intenzioni. Ma questo non conta...*

«Mi dispiace, contessina» disse, facendosi coraggio. «Adesso vi spiego: volevo evitare che la bambina morisse. Mi è tornata in mente una situazione simile della mia vita e non volevo ritrovarmi impotente a guardare la piccola soffocare. Sono andata nel panico e ho agito senza riflettere.»

«Questo non è vero, Ricarda» intervenne Käthe. «Quando sono entrata, ho visto che tenevi il bisturi nel punto perfetto e con l'angolazione perfetta. Non puoi certo dire di non aver riflettuto. La tua condotta era pianificata e, considerate le condizioni della paziente, anche opportuna. Ma comunque sbagliata.»

Ricarda aspettò che Käthe aggiungesse qualcosa, ma lei tacque. E così anche le altre. Il nuovo orologio a pendolo della sala batté in quel momento otto rintocchi. Ricarda sussultò a quei gravi colpi.

«La Solm e io pensiamo che volessi giocare a fare la dottoressa per fare colpo su quel giovane» disse la dottoressa Biberti.

«No!» Ricarda dovette attingere a tutto il suo autocontrollo per non esplodere di indignazione. «Lui stesso studia medicina.»

«Cosa?» Käthe scoppiò a ridere. «Non ci posso credere! Si è presentato solo come Siegfried Thomasius. Non mi ha detto di essere uno studente di medicina.»

«Non c'è stata occasione» ribatté Ricarda. «Dopo l'operazione abbiamo portato la bambina nella Friedrichstrasse, dove il signor Thomasius ha dovuto congedarsi perché in quanto uomo non aveva il permesso di entrare. E poi il suo unico pensiero era la preoccupazione per sua sorella.»

La dottoressa Solm la guardò scettica. «Ho capito bene? Il giovanotto è il fratello della paziente? E lui avrebbe acconsentito a farti operare sua sorella? Da quanto tempo e quanto approfonditamente lo conosci, per infondergli tanta fiducia?»

Ricarda fu grata alla penombra della stanza che nascondeva il suo volto arrossito. Abbassò lo sguardò e cercò una risposta. Quel processo la stava mettendo in serio imbarazzo!

«Forse inizio a capire» disse lentamente la contessina. «Qualche giorno fa, davanti alla pensione dove abiti, ho visto un ragazzo che stranamente ti somigliava molto. Era insieme a un soldato. Ora scopriamo che il signore della domenica dell'avvento è uno studente di medicina. Se si tratta della stessa persona, suppongo che tu stia seguendo le lezioni di medicina travestita da ragazzo.»

Ricarda rimase senza fiato. La contessina non aveva capito tutto, ma quasi.

«Domenica ti sei ritrovata davanti a una paziente che aveva bisogno urgente di un intervento medico. E non volevi agire come un'infermiera, ma come un medico. E volevi farlo subito» concluse la contessina.

«No, contessina, non è questo che ho pensato. Dovete credermi!»

«Sarà difficile, se le cose stanno come ha detto la dottoressa Freystetten. Stanno così?»

«Non è così grave» disse Ricarda. «Porto solo dei campioni di tessuto al signor Thomasius, che sta studiando la cicatrizzazione delle ferite. Ce ne stiamo al microscopio a cercare i batteri che potrebbero scatenare il processo di infezione.»

«Al microscopio?» Domandò Käthe. «Tutto qui?»

«Sì.»

«Meglio così» si limitò a dire la dottoressa Biberti. «Ma questo non cambia il fatto che domenica hai commesso un errore. Se la bambina fosse morta sotto i ferri, la polizia non avrebbe solo fatto chiudere l'ospedale, ma probabilmente qualcuno sarebbe anche finito in carcere. Tu di sicuro, e forse anche il signor Thomasius, che comunque avrebbe dovuto interrompere i suoi studi. E magari anche una di noi, visto che ogni occasione è buona per attaccarci. Il mestiere del medico può farlo solo chi ha studiato per anni, non basta saper tenere in mano una lama. Quello sa farlo anche un macellaio. È solo questo il punto ed è di questo che dobbiamo parlare.»

Quelle parole suonarono come una sentenza a morte.

«Io penso che dovremmo interrompere la tua formazione» disse la dottoressa Solm. «Hai tradito la nostra fiducia e non ho più intenzione di lavorare insieme a te.»

«Anche io sono di questo avviso» concordò la dottoressa Biberti.

«Essendo l'episodio avvenuto nei nostri ambulatori, non ho niente da obiettare» disse la contessina.

«Per quanto mi dispiaccia, Ricarda,» concluse Käthe «sono d'accordo anche io. Hai fatto un ottimo lavoro, troverai senz'altro una scuola di infermiere che ti ammetta. Da quanto ne so, c'è il progetto di aprirne una. Jette, tu hai qualche notizia in più.»

«Potrebbe volerci ancora un po', ma la principessa Vittoria sembrerebbe pronta a prendersi questo impegno, dopo che si è sparsa la voce del nostro lavoro. Per cui vorrei concludere con una richiesta che prego tutte voi di rispettare: questo episodio resterà tra di noi. Nessuna dovrà farne parola, per evitare di mettere in pericolo il nostro ambizioso progetto.»

Le quattro signore bussarono sul tavolo in segno di approvazione.

«E infine, una considerazione personale» aggiunse la contessina. «Umanamente capisco la tua azione, Ricarda, ma professionalmente la disapprovo. La lezione più importante che devi imparare è che siamo responsabili delle vite che siamo chiamate a proteggere. Per questo non dobbiamo mai superare i nostri limiti.»

Ricarda si chiuse la porta alle spalle senza fare rumore e finalmente permise alle lacrime di sgorgare. Uscì dalla casa in Unter den Linden come in punta di piedi. Un sogno si era appena dissolto. E solo durante questa conversazione si era accorta di quanto fosse importante.

Sì, voleva diventare un medico. Finalmente osò ammetterlo a se stessa. Proprio adesso che l'avevano cacciata come un cane che ha morso la sua padrona. Proprio adesso che il sogno era davvero irrealizzabile.

Pioveva a dirotto, ma a lei non importava. Mancavano tre giorni alla Vigilia e le persone che incontrava per strada avevano un'aria felice. Ma Ricarda non sapeva più per cosa essere felice. Avrebbe voluto parlare con Kumari, farsi massaggiare l'anima da quell'amica che sapeva sempre come consolarla. Prima di raccontare tutto a Lore voleva far visita a Hildchen per vedere come stava. La trovò in un lettino del piccolo ambulatorio nella Friedrichstrasse, il suo aspetto era terribile. Accanto a lei c'era la madre, anche se a quell'ora avrebbe dovuto vendere i suoi brezel. Vedendola entrare, la signora Thomasius si alzò. A Ricarda piaceva quel suo atteggiamento discreto. «È così debole, signorina Petersen. Non so come farla stare meglio. Non appena tornerà a casa ricomincerà tutto da capo.»

«Non potreste trovare un altro appartamento?»

«E come, signorina? I soldi che guadagno bastano a malapena per quello che abbiamo. Mi sono morti così tanti figli. Ormai mi sono rimasti solo il maggiore, Siegfried, e la più piccola, Kriemhild.»

Ricarda pensò di nuovo alla sua infanzia e alla fortuna che aveva avuto, in confronto a Hildchen. Eppure la prospettiva di tornare a Freystetten e dover ammettere il proprio fallimento proprio sotto Natale la atterriva.

«Se solo sapessi di un luogo dove Hildchen potrebbe rimettersi» disse la signora Thomasius. «Di recente, mentre vendevo i miei brezel davanti al Teatro dell'Opera, ho sentito dei signori che stavano per andare a fare delle cure tra le montagne, dove c'è l'aria pura. Ma noialtre non possiamo neanche sognarla, una cosa simile.»

«Già» concordò Ricarda. «La vita non è generosa con tutti allo stesso modo.»

Anche se… Rosel non abitava più a casa. Le aveva scritto da Francoforte sull'Oder per dirle quanto si trovasse bene alla scuola per domestiche. Quindi nella sua vecchia casa c'era spazio. Anche se il giorno della sua caduta in disgrazia non era certo il più opportuno per proporre l'idea. Ma forse la contessina avrebbe dato prova del suo buon cuore e le avrebbe comunque permesso di offrire una sistemazione a Hildchen fino alla sua guarigione. In fondo, era pur sempre Natale…

Poco dopo e con la testa ancora ingombra di pensieri, Ricarda arrivò a casa della signora Gottlieb. Stava per appendere il cappotto bagnato nel guardaroba dell'ingresso, quando vide che vi era appesa una mantella di loden come quella che indossava sempre Käthe. A Berlino i soprabiti smanicati come quello erano rari. Il "tribunale" si era espresso da poco più di un'ora e mezza.

Presagendo una disgrazia, Ricarda si precipitò verso la camera da letto della padrona di casa. «Signora Gottlieb? Vi sentite bene?»

«Siamo qui, Rica» rispose Lore al suo posto.

Ricarda la trovò insieme a Käthe nella camera da letto della signora Gottlieb. Käthe era seduta sul letto e la auscultava, mentre Lore era in piedi di fianco a lei con un'espressione preoccupata. Käthe senza dire una parola lanciò uno sguardo d'intesa a Lore, che condusse Ricarda fuori dalla stanza. Una volta uscite, le fece cenno di rimanere in silenzio portandosi un dito davanti alle labbra. Quando furono in camera poterono finalmente parlare.

«Cos'è successo alla signora Gottlieb?»

«Ero passata da casa a cambiarmi e l'ho vista sdraiata sul pavimento del bagno» spiegò Lore. «Sono riuscita a tirarla su, a sentirle il polso e anche a metterla a letto. Poi sono corsa all'ambulatorio in Unter den Linden. Te n'eri appena andata e dalle facce delle quattro dottoresse ho capito che...»

Ricarda alzò gli occhi al cielo.

«Adesso ne parliamo, Rica.» Lore la strinse in un breve abbraccio. «Ho detto loro della signora Gottlieb e Käthe è venuta subito. E l'ha visitata.»

Lore si passò una mano sugli occhi, improvvisamente colmi di lacrime. «Che giornata terribile! Käthe mi ha detto che la nostra generosa signora Gottlieb non vivrà ancora a lungo.»

«Santo cielo! L'intestino?»

Lore annuì. «La dottoressa Freystetten la sta curando già da un po'. Ha un'ulcera che diventa sempre più grossa.»

«E se provassimo a toglierla, la paziente morirebbe di sepsi. Perciò la contessina non glielo ha mai detto, per evitare che si chiedesse in continuazione quanto le rimaneva da vivere» concluse Ricarda.

«Proprio così, signorina Sapientona.» Lore le diede un colpetto sul braccio. «Ma insomma! Kumari e io ti diciamo da anni che in realtà vuoi diventare un medico. Tu l'hai sempre negato, ma è questa la tua vera vocazione, Rica. E adesso hai mandato tutto a rotoli!»

«Non c'era proprio niente da mandare a rotoli, Lore. Non avrei avuto alcuna possibilità comunque. Chi credi che mi pagherebbe gli studi? Pensi forse che non mi ci sia già lambiccata il cervello?»

«Käthe mi ha raccontato tutto durante il tragitto.» Lore si lasciò cadere sul letto. «Non dovevano essere così dure con te.»

Ricarda sospirò rumorosamente. «La contessina è così. Non ha mai avuto pietà di fronte agli errori.» Poi si sdraiò nel letto accanto all'amica e si mise un cuscino sulla faccia.

Ricarda non udì neanche bussare, uscì da sotto il cuscino solo quando sentì che le scuotevano una spalla con dolcezza e premura. «Che c'è? Oh, Käthe, sei tu!»

Käthe la guardò con aria preoccupata. «La signora Gottlieb non sta per niente bene.» Le accarezzò dolcemente una guancia. «Ma a volte la sfortuna di una persona rappresenta la fortuna di un'altra.»

Siegfried se ne stava immobile nella sua bella uniforme sul binario della stazione Schlesisch, dalla quale adesso partivano i treni della Ostbahn in direzione di Küstrin.

«Contessina, la mia famiglia vi è debitrice. Portare Hildchen con voi a Freystetten è un regalo di Natale infinitamente generoso» disse.

«In questo modo ho anche la possibilità di conoscervi un po', signor Thomasius» rispose la contessina. «Anche se non sarebbe stato inopportuno se vi fosse stata occasione prima.»

«È vero, contessina. Ma le cose sono in continuo movimento.»

«Ogni tanto alcune di queste "cose" potrebbero anche fermarsi. In questo senso, spero di rivedervi presto.»

La contessina aveva scelto abiti sontuosi per il viaggio. Non indossava colori scuri come al solito, ma un bel celeste intenso e luminoso, e al collo aveva una pelliccia di visone bianca. Prese Hildchen per mano e salì sulla carrozza di prima classe, mentre Siegfried e Ricarda rimasero in piedi sul binario, in cerca del modo più opportuno di salutarsi.

«A nome di Hildchen: grazie, Ricarda» disse Siegfried.

Lei sorrise. «Anche io ringrazio Hildchen, perché se non fosse per lei non ci saremmo mai incontrati.» Gli tese la mano. «Tornerò poco dopo Natale.»

Lui le prese la mano e disse: «Spero che tuo padre acconsenta alla proposta della dottoressa Hausmann».

Altrimenti non ci vedremo per molto tempo, pensò Ricarda.

«Ti penserò» aggiunse lui, schiarendosi la voce. «Mi manchi già.»

«Avrai tempo per stare un po' con tua madre, a Natale? Altrimenti starà sempre sola.»

«Ho un paio d'ore di permesso la sera della Vigilia.»

«Povero te. Sempre di turno.»

«È il destino di noi scapoli.» Poi le fece l'occhiolino. «Magari un giorno le cose cambieranno.»

La locomotiva emise un fischio acuto e avvolse il binario nel suo vapore bianco. I due si strinsero la mano e si guardarono negli occhi. Al secondo fischio, le loro mani si separarono con un sussulto e Ricarda salì in carrozza.

Solo quando guardò giù e lo vide in piedi al binario, le venne in mente di dire: «Ti auguro un felice Natale!».

A quel punto lui trasalì e si portò una mano alla tasca. Poi corse lungo il treno che si stava mettendo in marcia e le passò attraverso il finestrino una scatolina chiusa da un fiocco sottile. «Ti penserò!» disse.

La piccola Hildchen, emaciata e con profonde occhiaie, se ne stava rannicchiata tra la maestosa contessina e Ricarda, vestita invece con abiti scuri. Lei e la sua mentore non avevano scambiato una parola dall'inizio del viaggio, limitandosi a rivolgere qualche frase di circostanza alla bambina in mezzo a loro.

«Sei abbastanza al caldo, piccolina?» domandò la contessina.

Ricarda istintivamente le sistemò lo scialle.

Come sarebbe stato questo viaggio senza Hildchen?, si chiese. *La contessina mi avrebbe ignorato come sta facendo adesso?*

«Per quanto tempo vi fermate?» domandò, nel tentativo di dare avvio a una conversazione.

«Non molto. Sai che Florentine è già a Freystetten con il fidanzato?»

«Non ho nessun contatto epistolare con Florentine, ma sono molto felice di sapere che si è fidanzata» rispose Ricarda, del tutto indifferente alla questione. All'improvviso, però, le venne in mente una cosa. «E come vanno gli studi di Florentine? Vi ha scritto qualcosa, in merito?»

«Immagino che vada tutto bene.»

Ricarda ormai aveva imparato a conoscere quel sorriso tirato della contessina. Probabilmente la sua risposta significava che Florentine stava trascurando gli studi.

Tornò a regnare il silenzio, interrotto solo dal rumore delle ruote del treno sui binari. La vasta campagna fuori dal finestrino era di un grigiore desolante. Hildchen tossì ed entrambe ne approfittarono per rivolgere a lei tutta la loro attenzione.

«Quello che hai fatto è stato coraggioso» disse la contessina all'improvviso. «Voglio che tu sappia che ho detto la stessa cosa anche alle altre. Il coraggio non giustifica certo la tua azione, però ti definisce. È una cosa che ho sempre apprezzato di te.»

Quando ho tirato fuori Florentine dall'acqua non sono stata coraggiosa, pensò Ricarda. *Ho solo fatto ciò che l'istinto mi diceva di fare.*

«Grazie.» Non sapeva bene cos'altro dire. Tra loro due si era spezzato qualcosa e Ricarda non sapeva se la ferita si sarebbe mai rimarginata.

«Immagino sarai d'accordo che io parli con tuo padre» disse la contessina, quando erano ormai vicine alla meta. «Naturalmente parlerei nell'interesse tuo...» Fece una breve pausa. «E senz'altro nell'interesse della signora Gottlieb. Perché ha bisogno di una persona attenta che si occupi di lei.»

Ricarda cercò di studiare le sue intenzioni senza farsene accorgere. Lo stava dicendo controvoglia? O Käthe era stata tanto convincente da far sì che si offrisse come mediatrice?

Il volto di sua madre, segnato dalla fatica, si illuminò. «Chi hai portato con te, Rica?»

Ricarda le presentò la piccola. «Speravo che potesse restare qui da noi per qualche tempo, mamma.»

«Ma certo! Molto volentieri. Cos'ha?»

Ricarda, di fronte a un pasto caldo e sostanzioso, iniziò a raccontarle la storia, ma per alcuni dettagli aspettò che la bambina, esausta, si addormentasse nel lettino di Rosel, avvolta da calde coperte.

«Avevi buone intenzioni, volevi aiutare Hildchen. Questo dovrebbe capirlo anche la contessina. Mi dispiace che ti abbiano fatto interrompere la formazione da infermiera, ma se papà dovesse acconsentire a farti lavorare dalla signora Gottlieb, per te sarebbe un bene, no?»

«Oh, sì. La signora Gottlieb è una persona d'oro.» *Anche se occuparsi ogni giorno di molti esseri umani è diverso dall'occuparsi sempre dello stesso*, pensò Ricarda, anche se aveva deciso che questa cosa non l'avrebbe mai confessata a nessuno. La signora Gottlieb era la sua seconda occasione di lavorare come infermiera. Se davvero la principessa Vittoria aveva intenzione di aprire una scuola, forse in futuro poteva sperare di riprendere lì la sua formazione.

«E questo signor Siegfried? Vi vedete spesso?» domandò la madre accennando un sorriso.

«Ah già, mi aveva dato una cosa!»

Ricarda balzò in piedi e andò a prendere la scatolina dalla tasca del cappotto. Dentro, avvolto nella carta velina, c'era un angioletto di legno dipinto, di circa dieci centimetri, che suonava la tromba. Ricarda sapeva che manufatti come quello, originari della città di Seiffen sui Monti Metalliferi, venivano venduti al mercatino di Natale, anche se ci era sempre passata senza farci troppo caso.

Il regalo era accompagnato da due righe vergate con una scrittura obliqua.

Per te, cara Ricarda. Che questo angioletto ti accompagni come un angelo custode, giacché tu sei il mio. Con sincera ammirazione, Siegfried.

Ricarda lesse e rilesse quelle parole. Lo rivide in piedi al binario che guardava in su, verso di lei, negli occhi lo spavento di aver dimenticato il regalo.

«Hai trovato l'amore» disse la madre. «Allora Berlino ha portato anche qualcosa di buono.»

«E tu e papà? Che ne è di voi?»

«Lo vedi qui, forse? Con l'amore è così: non puoi decidere quando arriva e quando se ne va. Ma io amo tuo padre e ogni giorno lo vedo felice. E questo mi basta.»

«Allora è vera la storia di lui e della contessa?» Ricarda era sconvolta. A quanto pareva aveva sbagliato a giudicare suo padre. «Questa cosa ti ferisce, mamma!»

«Certo che mi ferisce. Tempo fa abbiamo avuto una lunga discussione. Mi ha chiesto di lasciarlo libero. Ma l'uomo non può dividere ciò che Dio ha unito. Sopporterò il dolore e troverò conforto nella preghiera.»

Il piccolo altare in soggiorno si era fatto ancora più bello e, data la stagione, i fiori freschi che lo decoravano non potevano che provenire dalla limonaia del padre. Quel mazzo sembrava raccontare che grande e complicato enigma è l'amore.

Questa sua giovane felicità le dona, pensò Henriette. Flora non era mai stata così bella. Luise sapeva di essere in debito con sua figlia e aveva invitato a Freystetten una gran quantità di ospiti di sangue blu da Berlino, città nella quale era cresciuta. Natale in campagna, *très chic.* Oltretutto, il fidanzamento di una contessina con un baronetto delle ferrovie americano rappresentava un evento notevole. Non era cosa da tutti i giorni!

Nel giardino d'inverno, Florentine volteggiava leggera al ritmo del valzer tra le braccia di questo Mister Jones, che per i gusti di Henriette era un po' troppo rozzo. Luise, invece, sedeva accanto al marito Raimund e li guardava con espressione sognante. Poco prima Mister Jones aveva chiesto la mano di Flora nel suo orribile inglese da americano cresciuto negli Stati del sud. Una messa in scena davvero insulsa, come se quel caro ragazzo non fosse lì a verificare la nobiltà della casata da cui discendeva la sua principessa.

Mister Edwin Jones III! Gli americani ricchi e i loro nomi presi in prestito dai papi, dagli imperatori e dai re europei! Henriette non vi vedeva altro che il ridicolo tentativo di costruire una storia familiare, quando in realtà non era altro che gentaglia con gli stivali da cowboy affondati nel fango del proprio passato. No, non sopportava quell'uomo che stringeva con le sue dita grasse le esili mani della nipote. Ma per Mister Jones essere il terzo significava disporre di un ingente patrimonio creato da Jones I o Jones II – di preciso non lo sapeva neanche Florentine – grazie alla costruzione delle linee ferroviarie.

Florentine aveva descritto sommariamente a sua zia ciò che apprezzava tanto del suo Jones III, usando queste parole: «È che mi porta in palmo di mano!».

«Ero convinta che tu sapessi camminare anche da sola» aveva risposto Henriette. «È per questo che sei andata in America, volevi diventare un medico.»

«Infatti, Edwin mi concede ogni libertà!»

Ecco un'altra donna che ripeteva quella frase tanto odiata da Henriette. «Avevi già il privilegio di disporre di ogni libertà, Flora. Perché devi dire che è un uomo a *concedertele*? È come farsi rinchiudere in una prigione e lodarne la magnifica vista.»

Florentine aveva guardato la zia senza capire. «Ma è gentile da parte sua, non trovi anche tu?»

«Dimmi la verità: stai ancora studiando o no?»

«Per il momento ho dovuto conoscere la sua famiglia e ambientarmi in America. Ma non preoccuparti, zia Jette, i miei progetti non sono cambiati.»

I magnifici capelli ramati di Flora erano impreziositi da un diadema. Sembrava molto più una principessa delle fiabe che una futura dottoressa. La cosa era talmente evidente, che solo un cieco poteva non accorgersene. In quel momento, sorprendentemente, il fratello Raimund stava invitando sua moglie Luise a ballare. Henriette lo trovava cambiato, e non solo perché era dimagrito tanto, cosa che gli conferiva un aspetto decisamente più sano. Ma non c'erano dubbi che ormai fosse troppo tardi: Luise lo trattava con gentilezza, ma anche con distacco. Invece Henriette non aveva ancora visto il padre di Ricarda, quella sera.

Uno dei signori presenti le fece un inchino e lei lo prese come un gesto di compassione nei confronti di una vecchia zitella. Ma decise di stare al gioco comunque, anche solo per il gusto di tornare a ballare dopo tanto tempo. Quanto le faceva bene! Che senso di leggerezza le dava scivolare su quel tappeto di note!

«Contessina, state conducendo voi!» le fece notare il suo cavaliere.

«Una vecchia abitudine! Perdonatemi.»

Henriette si rese conto di non essere concentrata. I suoi pensieri si erano spostati dal ballo a Ricarda. Era stata troppo severa con lei? No, la ragazza doveva imparare la lezione. E poi non le avrebbe fatto male assistere la signora Gottlieb. E menomale che si era dimostrato dello stesso avviso anche il padre di Ricarda, quando aveva avuto occasione di parlarci. Per il momento non era disposta a concedere altro. Ma chissà cosa avrebbe riservato il futuro…

La fine e l'inizio

Gennaio 1884

La signora Gottlieb tossiva di nuovo così forte che Ricarda temette che l'aria le venisse a mancare una volta per tutte. Accessi come quello erano diventati sempre più frequenti e neanche i suffumigi di canfora riuscivano più a placarli.

«Siamo alla fine. Le metastasi del tumore hanno raggiunto i polmoni» aveva confidato Käthe a Ricarda già qualche settimana prima. «Se la signora Gottlieb non fosse la guerriera che è, la malattia l'avrebbe già sconfitta da un pezzo.» Poi aveva stretto la mano di Ricarda e aveva aggiunto: «E se non fosse per le tue cure attente, ovviamente».

Ricarda si prendeva cura della sua padrona di casa da oltre un anno. Nel frattempo era tornato gennaio, un gennaio grigio e umido, la cui aria, appesantita dai fumi dei comignoli sulle case, era come un veleno per gli anziani e gli ammalati.

Divideva ancora la stanza con Lore e l'amica la teneva aggiornata sugli sviluppi negli ambulatori delle dottoresse, le cui iniziative personali avevano finalmente destato l'interesse della principessa ereditaria Vittoria. «La moglie dell'erede al trono vuole fondare una scuola per infermiere» le aveva comunicato Lore. «Ma tutto dovrà essere fatto secondo le sue volontà, non vuole dare l'impressione di appaltare la gestione alla contessina. Ovviamente la contessina è risentita per questo, anche se non lo darebbe mai a vedere.»

Ma i piani della principessa non stavano procedendo in fretta come sperato. Stavano ancora discutendo sulla costruzione di un edificio idoneo vicino all'ospedale di Friedrichshain.

«Dobbiamo avere pazienza» diceva Lore. Le due amiche speravano ancora di poter frequentare insieme una scuola pubblica per infermiere, una volta che la signora Gottlieb – anche se nessuna delle due osava dirlo a voce alta – fosse passata a miglior vita.

L'attenzione di Ricarda, che si era persa nei suoi pensieri, fu richiamata dalla tosse della sua assistita. «Rica» la chiamò, con la voce ridotta a un sussurro.

«Sì, signora Gottlieb?»

«Aprite il primo cassetto del mio scrittoio e tiratemi fuori il libretto degli assegni.»

La donna usava quel nuovo metodo di pagamento per saldare le spese di cui non poteva più occuparsi personalmente, in modo che Ricarda potesse sbrigare quelle commissioni al posto suo.

Stavolta la signora Gottlieb compilò l'assegno con una somma ingente e quando glielo passò, Ricarda vide che c'era il suo nome sulla riga del beneficiario. «No, signora Gottlieb, non se ne parla nemmeno. Ho fatto solo il mio lavoro e voi in cambio mi avete fatto vivere qui.»

L'ammalata scosse la testa. «In fin dei conti questi soldi non sono per voi, Ricarda, ma per tutte le persone di cui vi prenderete cura.» Poi raccolse le ultime forze di cui disponeva e disse, con voce insolitamente ferma: «Diventate un medico, Ricarda. So che è il vostro grande sogno. Il mio ultimo desiderio è che possiate aiutare altre persone come avete fatto con me.»

Ricarda sentì salire le lacrime agli occhi e abbracciò delicatamente la sua paziente per ringraziarla.

«Ancora un po' di morfina, Ricarda. I dolori…»

Quando, all'alba del giorno dopo, Ricarda tornò al capezzale della signora Gottlieb, le vide sul volto l'ombra di un sorriso. Per un attimo pensò che fosse diretto a lei, ma poi si accorse che la donna era scivolata nel sonno profondo dal quale non si fa ritorno.

Poco dopo arrivò Käthe per la sua visita abituale. Lore e Ricarda la misero al corrente dell'ultima generosa azione della signora Gottlieb.

«Davvero pensi di rifiutare i soldi, Ricarda?» domandò Käthe.

«Dice che non è giusto accettare così tanti soldi da una paziente» disse Lore. «Ma in fondo era quello che la signora Gottlieb voleva, no?»

Käthe andò allo scrittoio, dov'era ancora appoggiato l'assegno. «È una bella cifra, Ricarda, e anche se non è sufficiente a pagarti tutti gli studi, sicuramente basterà per un primo periodo.»

Ricarda se lo aspettava, ma in quel momento non le interessavano né i soldi né l'ammontare della cifra: l'unica cosa a cui pensava era il suo sogno, che finalmente era a portata di mano. Fu solo in quel momento che si rese conto di quali sarebbero state le conseguenze. «Se inizio a studiare, dovrò lasciare tutte voi» disse con un'improvvisa fitta al cuore.

«E anche Siegfried» aggiunse Käthe impassibile.

«E anche Siegfried» ripeté Ricarda.

«Nessuno può prendere questa decisione al posto tuo» disse Käthe, posandole una mano sulla spalla.

Era così raro che Siegfried avesse del tempo libero! E c'erano così tante cose di cui parlare! Ricarda dovette aspettare due intere settimane prima di poterlo finalmente salutare di fronte a quell'ospedale lontano, alle porte della città, in un sabato pomeriggio gelido e nevoso. Ma il tempo orribile aveva un innegabile vantaggio: nessuno faceva caso a quell'uomo in uniforme e a quella graziosa fanciulla riparata da un ombrello che contravvenivano alle leggi prussiane camminando a braccetto. Siegfried aveva solo quattro ore di permesso, per cui riuscirono a malapena a raggiungere con il tram la piazza Belle Alliance per godersi il calduccio e la cioccolata calda di un caffè. Dopo varie esitazioni, Ricarda riuscì finalmente a raccontargli dell'inaspettata eredità. Adesso veniva la parte decisiva, nonché la più difficile.

«Ma quello che ti ha fatto la signora Gottlieb è un dono del cielo» disse Siegfried.

«Tu dici? E cosa dovrei fare?» domandò Ricarda trattenendo il respiro.

«Accettarlo, ovviamente! Studiare!»

«Ma dovremmo dividerci, Siegfried. Ci vogliono giorni per raggiungere Zurigo!»

«È vero.» Bevve un sorso della sua cioccolata, pensieroso. «Solo le cose semplici sono di facile conquista, ma arriverà un giorno in cui non ti basteranno più e a quel punto ti rattristerai pensando all'occasione che hai deciso di non cogliere. Non scorderò mai il modo in cui hai posato il bisturi sul collo di Hildchen. Allora non era ancora il momento, ma c'era così tanta decisione nei tuoi gesti che ho capito subito che prima o poi sarebbe successo.»

«E noi? Che ne sarà del nostro futuro?»

«Il nostro amore supererà questa prova. È molto più forte di qualsiasi altra circostanza.»

Vedendolo lì, seduto, serio e pensieroso e con dei baffetti di panna sopra il labbro superiore, Ricarda avrebbe tanto voluto abbracciarlo, se solo non fosse stato sconveniente. Gli pulì teneramente la panna con un dito, che portò poi alle proprie labbra in un unico, morbido movimento. Il tutto senza neanche arrossire.

Più tardi lo riaccompagnò all'ospedale. La neve continuava a turbinare intorno ai loro vestiti, l'ombrello non riusciva a ripararla, ma la proteggeva comunque dallo sguardo dei passanti. Siegfried la baciò sulla bocca, tenendole un braccio stretto attorno alla vita.

«Ti penso sempre, di giorno e di notte» le sussurrò a un orecchio per salutarla.

Una donna emancipata

Marzo 1884

«Signorina Petersen, siete voi?»

Ricarda si trovò di fronte un uomo prestante e vestito di tutto punto che alzò il cilindro con una mano, mentre nell'altra teneva un sottile bastone da passeggio dal pomello d'argento.

«Signor Kögler? Perdonatemi, non vi avevo riconosciuto.»

Georg Kögler accennò un sorriso. «Sei anni sono tanti e a quanto vedo non sono l'unico a essere cambiato. Se me lo permettete, sono felice di ritrovarvi così graziosa.»

«La ragazzina che interrompeva le conversazioni senza essere stata interpellata non è venuta a Monaco con me» rispose lei con un sorriso.

Ricarda aveva atteso quell'incontro con un vago senso di disagio. Aveva ancora ben impresso nella memoria il momento in cui dovettero portare d'urgenza la zia di Kumari all'ospedale per un sospetto di vaiolo. Nel frattempo l'amica le aveva scritto di averla ritrovata a Ceylon in perfetta salute.

Il signor Kögler le prese la piccola valigia, che non sembrava sufficiente a contenere il necessario per iniziare una nuova vita.

«È tutto qui? O avete fatto spedire i bagagli direttamente a Zurigo?»

«Non mi serviva altro» disse Ricarda. «I libri li comprerò lì.»

«Allora avete grandi progetti!» esclamò lui, accompagnandola verso l'uscita della nuova stazione centrale di Monaco. «Quando mia cugina Käthe mi ha scritto che avevate intenzione di studiare a Zurigo, ho espresso il desiderio di ospitarvi, come faceste voi con me in Unter den Linden. Ripenso spesso e con piacere a quei giorni.»

Mentre attraversavano l'atrio ampio e luminoso, Ricarda studiò con discrezione l'uomo al suo fianco. Lo ricordava un po' goffo e tendente al pingue, mentre adesso era molto dimagrito e la barba si era trasformata in un paio di baffi ben curati. La sua carrozza, con tanto di stemma e scritta "Birrificio Regio", li attendeva di fronte all'ingresso principale.

Il viaggio in treno passando da Lipsia, Hof e Norimberga era durato tutto il giorno. Eppure Ricarda si sentiva più emozionata che stanca. Era il suo primo viaggio lontano da Berlino, attraverso una Germania che si risvegliava dal torpore invernale.

«Allora, vi piace Monaco?» domandò il signor Kögler.

«Sì, è carina» rispose Ricarda. «Manca molto al centro città?»

Il suo accompagnatore scoppiò a ridere. «Siamo già in centro!»

«Oh, che imbarazzo!» disse Ricarda ridendo a sua volta.

La stazione centrale della città bavarese le era sembrata più piccola di tante stazioni di Berlino.

«Non dovete paragonare la nostra Monaco con la capitale dell'Impero. È molto più fascinosa!»

La residenza di città del signor Kögler, non lontana dalla stazione, era un edificio solenne nel quale Ricarda fu immediatamente circondata da una fitta schiera di domestici.

«Avrete sicuramente fame, vogliamo andare subito a cena?»

Servirono cervo arrosto, canederli e insalata di cavolo rosso. La carne era morbida e squisita.

«Ho abbattuto io stesso questo cervo.»

Per come lo conosceva, Ricarda decise di chiedergli: «Avete una vostra riserva di caccia?».

«Nelle Alpi, a Berchtesgaden. Ma raccontatemi di voi. Käthe mi ha scritto che lavoravate come infermiera. Com'è che avete deciso di iniziare gli studi in medicina?»

Ricarda gli raccontò della signora Gottlieb e del suo generoso regalo. «È stata una decisione molto sofferta» disse. «E spero di non aver sbagliato a scegliere di allontanarmi tanto da casa. Purtroppo come donna non ho alternative, se voglio studiare medicina.»

Georg Kögler la guardò pensieroso. «È un grande passo quello che avete deciso di affrontare. Significa che avete davvero rinunciato al matrimonio? Nessun giovane è riuscito a conquistare il vostro cuore?»

Quella domanda fu come una pugnalata. Avrebbe potuto parlare per ore di Siegfried e di quanto fosse emozionata all'idea della sua imminente discussione della tesi. Di quanto fosse fiera di lui. Ma alla fine nascose tutto questo dietro un sorriso. Lei e Siegfried avevano deciso che solo loro avrebbero custodito quel prezioso legame, almeno finché non sarebbe arrivato il giorno di annunciarlo al mondo al suono delle fanfare... Ricarda sussultò, accorgendosi di essersi lasciata sfuggire un profondo sospiro.

Stavolta fu il signor Kögler a rivolgerle un sorriso eloquente. «Non ho intenzione di strapparvi questo segreto.»

Ricarda cambiò argomento il più in fretta possibile: «E voi, signor Kögler? Ormai sarete felicemente sposato da un pezzo».

Lui fermò a mezz'aria la mano con cui stava per portarsi la forchetta alla bocca e riappoggiò il boccone nel piatto. «Be', lo sono stato. Il motivo per cui mia moglie non è qui... Anna è morta due anni fa dando alla luce nostro figlio.»

«Ma è terribile. Mi dispiace.»

«Ho cercato consolazione nei libri degli uomini saggi e mi sono imbattuto in un prete di nome Schleiermacher e nel suo *Catechismo razionale per nobili donne*, dove ho letto ciò che scriveva ormai ottant'anni fa. Incitava le donne a desiderare la cultura, l'arte, la saggezza e il senso dell'onore degli uomini.» Georg Kögler tacque qualche secondo, prima di aggiungere: «Mi siete venuta in mente voi, la ragazza ribelle in casa della contessina».

«Mi arrabbiai perché diceste che le donne non dovevano lavorare. Mi avrete sicuramente considerato impertinente, in quell'occasione.» Ricarda provava un po' di imbarazzo, soprattutto perché nel frattempo il suo interlocutore era profondamente cambiato. «Adesso non sono più una ribelle.»

«Invece sì. Altrimenti sareste rimasta a Berlino, accettando le cose per come sono.»

«E voi pensate di risposarvi?»

«Non so se avrò di nuovo la forza di trasformare i miei sogni in realtà.» Il signor Kögler si sforzò di sorridere. «Ad ogni modo, domani ripartirete per Zurigo. Sono felice che abbiate avuto il coraggio di desiderare la cultura degli uomini!»

Alzò il calice e brindò alla sua salute.

Ricarda si sorprese a paragonare Kögler a Siegfried. A un primo sguardo i due uomini sembravano l'uno l'opposto dell'altro in tutto e per tutto. Eppure sentiva che avevano qualcosa in comune. Anche se non avrebbe saputo dire cosa.

Le due ragazze iniziarono a parlare solo quando erano ormai vicine alla meta. Ricarda stava guardando le alte montagne ancora coperte di neve che nascondevano l'orizzonte e la città ai loro piedi, che con tutti i suoi campanili non sembrava affatto piccola come se l'era immaginata. Fu a quel punto che rivolse la parola alla sua compagna di viaggio.

«Posso chiedervi una cosa?»

«Sì, certo.»

La giovane, di poco più grande di Ricarda, sembrava felice di quell'iniziativa. Anche lei portava un cappellino, un cappotto e un paio di stivali. La sua espressione seria si era schiarita solo quando Ricarda le aveva rivolto la parola.

«Per caso siete di Zurigo? Sapreste dirmi dove siamo?»

«Purtroppo no.» Scosse lievemente la testa e tornò alla sua espressione seria.

«Quindi andate a far visita a qualcuno?»

«No.» Scosse di nuovo la testa. «Ci vado per studiare.»

«Medicina, per caso?» buttò lì Ricarda.

A quel punto, il volto della sconosciuta si illuminò. «Oh, sì! Anche voi? Me lo ero un po' immaginato, ma non avevo il coraggio di chiedervelo.»

«È lunga arrivare fino a Zurigo, vero?» osservò Ricarda. «Sarebbe bello poter studiare in Germania.»

«Berlino ha una bellissima università ed è così vicina a Potsdam» rispose la ragazza con un sospiro.

Ricarda credette di non aver capito bene. «Venite da Potsdam? Io sono di Berlino, più o meno. Ricarda Petersen.»

La ragazza le tese la mano, raggiante. «Pauline Dombrowski. Se ci dessimo del tu? In fin dei conti saremo compagne di studi. Che fortuna!»

Prima che il treno arrivasse in stazione, Ricarda ebbe giusto il tempo di scoprire le informazioni più importanti su Pauline. Era l'unica femmina dei sette figli del parroco del villaggio di Caputh, vicino a Potsdam. Pauline non avrebbe avuto molte prospettive in quel contesto ed era stato il padre stesso a incoraggiarla a realizzare il suo sogno. Ricarda pensò che a quanto pareva anche in una casa clericale come quella il *Catechismo razionale per nobili donne* aveva avuto una sua eco dopo tanti anni.

Pauline, come lei, cercava un alloggio, ma Ricarda aveva un piccolo vantaggio su questo punto perché Käthe le aveva dato un indirizzo: «Prova dalla mia ex padrona di casa. Se lei non ha niente di disponibile, troverai comunque qualcosa in zona. A Oberstrass c'erano molte affittacamere già ai tempi miei. Non è lontano dall'università e sei un po' in alto, con una bella vista.»

Pauline viaggiava con tre valigie, per cui una volta scese Ricarda gliene prese una e insieme si misero in cammino. Doveva aver smesso di piovere da poco, perché le strade sterrate erano fangose e la canalizzazione non era presente dappertutto. Ricarda ebbe l'impressione che il tempo fosse tornato indietro, ai giorni felici in cui lei e Lore andavano a trovare Kumari nella Kurfürstenstrasse. Quel pensiero la immalinconì un po', ma la fece anche sentire improvvisamente giovane come quando era arrivata a Berlino per la prima volta. Spensierata, ingenua, piena di speranza. Si fermò in mezzo alla strada e fece un profondo sospiro.

«Sono felice di essere qui» disse. «Questa diventerà la nostra città!»

Pauline, già talmente accaldata per quel primo tratto di strada da far spuntare qualche ricciolo increspato da sotto il cappellino, la guardò raggiante, come se non aspettasse altro che quella frase d'incoraggiamento.

La padrona di casa di Käthe era morta da anni, ma la dritta sul quartiere si rivelò comunque preziosa, perché i cartelli "Camere in affitto" erano appesi a moltissime case.

Anche se le risposte che ottennero furono: «No, non affittiamo alle signore». E poi: «Solo signori». E ancora: «Non vogliamo donne emancipate qui».

«Cosa sono le donne emancipate?» ribatté Ricarda.

«Basta guardarvi! Sempre a replicare. Una brava donna non replica mai.»

«Capisco» disse Ricarda mentre le sbattevano la porta in faccia.

Pauline stava già mettendo il broncio.

«Io vengo da Berlino» disse Ricarda con ostinazione.

E poi si ricordò del leone nel cortile di Kumari e sorrise. Non esisteva città più folle di Berlino. Sentì che già le mancava. *Avanti*, pensò andando a bussare alla porta successiva. Era una casa stretta, a un solo piano, con le imposte di legno e il tetto molto sporgente; aveva un'aria vagamente fiabesca e ricordava un po' la casa di una strega.

«Sì?» domandò un'esile e anziana signora che arrivava a malapena alla spalla di Ricarda.

«Abbiamo letto sul cartello che affittate camere. Possiamo sperare di essere vostre ospiti?»

«Ma certo! Entrate, signore!»

A Ricarda piacque subito quella vecchina con la pelle simile a una pergamena, tesa sugli zigomi alti.

«Mi rendo conto che si è fatto un po' tardi, ma non è facile per due giovani… donne trovare un alloggio.»

«Quanto vorreste rimanere?»

«Un paio d'anni, se è possibile.»

«Mi piace il vostro umorismo, signorina!»

Gli occhi azzurri della padrona di casa brillarono divertiti.

«Sono venticinque franchi al mese a testa» disse. «In camera non potete cucinare, né mangiare, né fumare, né ricevere visite.»

«Possiamo vederla?»

La donna le condusse in una piccola stanza senza riscaldamento e senza luce, arredata con un unico armadio decrepito. Era una sistemazione meno comoda di quanto avesse sperato, ma Ricarda non lo diede a vedere. Quanto meno avrebbe potuto pagare tutto il primo anno di affitto usando solo i suoi risparmi. Le due ragazze si presentarono.

«Io sono la signorina Bitterli.» Dal modo in cui aveva sottolineato la propria condizione di nubile, sembrava andarne molto fiera. «Vi auguro un buon soggiorno. Ah, e dovreste pagare subito, per favore.»

La sala d'attesa del rettore dell'università era già piena di studenti. Giovani uomini in completi scuri, con i capelli impomatati e pettinati con la riga al centro, alcuni con un monocolo puramente decorativo all'occhio, la maggior parte con un paio di occhialetti appollaiati sul naso. Quando entrarono, nessuno degnò Pauline e Ricarda di uno sguardo, con loro grande sorpresa e sollievo. Solo a un'occhiata più attenta Ricarda vide tra i presenti anche alcune donne e non tutte indossavano abiti scuri e dimessi e il cappellino d'obbligo. Un paio tra loro portavano vestiti colorati e i capelli addirittura sciolti. Lei e Pauline si scambiarono uno sguardo sorpreso. Zurigo era così diversa dalla Germania! Nessuno si meravigliava che delle donne volessero studiare. Nell'attesa, Ricarda raccontò a Pauline della contessina e di Käthe, che si erano iscritte a quella stessa università quattordici anni prima.

«A un primo sguardo si potrebbe pensare che gli svizzeri siano antiquati, vedendo com'è tutto ben curato» commentò Pauline. «Ma credo che abbia ragione mio padre quando dice che c'è più libertà di pensiero senza un imperatore o un re.»

Ricarda pensò che forse era vero: persino la contessina aveva bisogno dell'approvazione delle autorità per fare qualsiasi cosa e il procedimento spesso finiva sulla scrivania di Sua Maestà l'Imperatore in persona.

Quando le due ragazze dovettero compilare il registro con i loro dati, un paio di signori si avvicinarono per leggere la loro provenienza. Ricarda era piuttosto divertita da quel loro interesse, mentre Pauline ne fu visibilmente irritata, abituata com'era alla grande discrezione degli uomini prussiani. Dopo un'altra lunga attesa, il custode con indosso l'uniforme dell'università invitò prima Pauline e poi Ricarda a entrare dal rettore.

«Salve» disse con aria grave il rettore, un uomo di età avanzata che troneggiava dietro un'immensa scrivania. «E così volete studiare medicina qui da noi. La maggior parte delle donne non ha idea di cosa le aspetta. Sapete che dovrete sezionare cadaveri? Avete già una qualche esperienza nel campo?»

Anche lui parlava con accento svizzero, che Ricarda apprezzava molto. Le pareva che desse a ogni cosa una certa leggerezza. Ma soprattutto apprezzò l'ultima domanda, che le diede l'occasione per dimostrare le sue conoscenze.

«Bene, di ragazze viziate ne abbiamo già abbastanza» rispose il rettore con un sorriso. «Io sono il professor Überli. Da domani vi insegnerò anatomia.» Poi le passò un libriccino. «Il nostro statuto, che va rispettato in ogni suo dettaglio. C'è anche un paragrafo sui duelli. Almeno su questo punto con le donne possiamo stare tranquilli! Ad ogni modo: i duelli sono proibiti.» Poi si alzò e le tese la mano. «Benvenuta!»

«Un'ultima domanda, professore: quanto tempo ho per mettermi in pari con la licenza di maturità?»

«Dovrete occuparvene parallelamente agli studi universitari. L'importante è che abbiate finito quando scrivete la vostra tesi.»

Fuori dall'ufficio incontrò di nuovo Pauline. «Credo che non faremo altro che studiare» le disse la sua nuova amica con aria allegra. «Non riesco a immaginare niente di più bello.»

Ricarda non sapeva come Pauline ci riuscisse. Ormai studiavano lì da sei mesi e non appena rientravano dall'università la sua compagna di stanza cadeva come morta sul letto e dormiva fino al mattino dopo. E così aveva fatto anche quel giorno, nonostante a lezione avessero sezionato una rana. Un compito alquanto disgustoso, durante il quale una studentessa era svenuta, un'altra aveva vomitato e la maggior parte aveva sghignazzato senza motivo. Dovevano tagliare via la testa dell'anfibio e poi aprirgli il corpo con un unico taglio longitudinale. L'impassibilità di Ricarda attirò l'attenzione di uno dei suoi compagni di studi.

«Che donna coraggiosa! Non vi fa schifo proprio niente a voi.»

Ma non era questo il motivo per cui Ricarda stava passando la sua ennesima notte in bianco. Il letto di quella minuscola stanza era il luogo dove dormiva, dove scriveva e dove studiava. E il trambusto che proveniva dalle altre tre stanze della pensione era insopportabile nonostante i tappi di cera nelle orecchie, perché i muri erano talmente sottili che anche un colpo di tosse faceva già troppo rumore. Purtroppo lei e Pauline si erano accorte solo tre giorni dopo il loro arrivo che la signorina Bitterli aveva affittato le piccole stanze di casa sua a ben otto studentesse. Ma in fondo Ricarda poteva capirlo, perché Zurigo era una città piena di stranieri in cerca di alloggio. Delle persone che incontravi per strada, una su tre era venuta a Zurigo dall'estero, principalmente per la sua floridissima industria tessile sempre alla ricerca di nuovi operai, ma anche per l'università.

Ricarda aveva avuto modo di dedicarsi alla sua passione per la scrittura delle lettere fin dalle lunghe notti in casa della signora Gottlieb. E anche da Zurigo aveva continuato a condividere le sue impressioni con Kumari, nella lontana Ceylon.

Come sono contenta della formazione ricevuta dalle "nostre" dottoresse! Grazie alle loro referenze sul mio lavoro come infermiera, mi hanno dato un posto qui all'ospedale universitario, ci lavoro nei fine settimana e a volte di notte. Pensa che ho addirittura incontrato un medico che si ricordava della contessina. Perciò i miei giorni qui sono pieni di anatomia, chimica, zoologia, fisiologia e patologia. E per il diploma di maturità si aggiungono greco e matematica avanzata. Spesso dedico le nottate alla cura dei malati, perché mi sono accorta di aver bisogno di pochissimo sonno per poter iniziare una nuova giornata. Anche gli studenti maschi sono molto più disinvolti, qui. Di recente uno mi ha detto: «Che fortunate che siete voi donne: non dovete andare in birreria e potete passare tutto il vostro tempo a studiare». Qualche tempo fa siamo stati in visita al giardino botanico, come parte del programma. E mentre noi donne ci occupavamo delle piante, gli uomini non facevano che lamentarsi perché avevano voglia di birra. L'anatomia è tutto un universo a sé: pensa che solo il bacino ha trenta parti diverse, ognuna col suo nome specifico in latino. Se solo a suo tempo ci fossimo rese conto di quante cose non sapevamo! Come vedi, io sto bene, anche se non posso negare di sentire la mancanza di tutte le persone care che mi scaldano il cuore. Anche perché purtroppo non ho tempo per niente che vada oltre l'amicizia superficiale con la mia compagna di stanza.

La lettera non avrebbe raggiunto la lontana Ceylon che qualche mese dopo. Nel frattempo il bambino che Kumari portava in grembo e di cui le aveva scritto nella sua ultima lettera sarebbe senz'altro nato. Da quanto le aveva detto, era stata abbastanza fortunata da sposare un uomo che amava. Vivevano insieme tra le montagne dell'isola, nella zona dove si trovavano le piantagioni di tè, perché il marito lavorava come amministratore di un'azienda inglese che operava nel settore.

Ricarda non poté fare a meno di pensare a Siegfried. Nelle lettere che si scambiavano potevano esprimere la loro intimità molto meglio che standо seduti al tavolo di un caffè. La rigida etichetta prussiana era a dir poco soffocante per gli amori appena sbocciati.

Siegfried era riuscito ad andare a trovare Hildchen a Freystetten, anche se purtroppo in quell'occasione aveva dovuto darle una brutta notizia: la loro madre era stata investita da una carrozza ed era morta a seguito delle ferite riportate. Da qualche tempo, Hildchen aveva preso il posto di Rosel come domestica. Le amorevoli cure di Karla l'avevano fatta rifiorire. Per la madre era un nuovo e inaspettato compito al quale si era dedicata con zelo ancora maggiore dopo la morte della signora Thomasius.

Rosel, invece, non aveva mai risposto alle sue lettere, ma Ricarda sapeva dalla madre che nel frattempo aveva iniziato a lavorare come governante a Potsdam, presso la famiglia di un ufficiale. Quindi era probabile che le sue lettere fossero semplicemente andate perse.

E poi c'era una lettera della contessina che Ricarda continuava a rileggere. Si scrivevano regolarmente; all'inizio Ricarda aveva preso quello scambio più come un dovere che come un piacere, anche se in seguito aveva cambiato prospettiva. Dopo lo screzio che avevano avuto, era più facile relazionarsi per iscritto che non faccia a faccia. In quel momento si trovava in America con la contessa Luise per le nozze di Florentine e Edwin Jones III. Stranamente la contessina non aveva speso molte parole al riguardo, nonostante l'avesse definito un grande evento sociale e che tutti i giornali avessero raccontato della *German Princess.*

Florentine vive in un castello in stile inglese nella campagna a nord di New York, sul fiume Hudson. È un edificio molto grande in cui non abita quasi nessuno, motivo per cui deve dare continuamente dei ricevimenti. Non passa giorno che non si beva champagne, commentava la contessina con una punta di sarcasmo.

Ricarda si guardò intorno nella sua stanzetta semibuia. A un metro da lei c'era la testa bionda e riccioluta di Pauline posata sul cuscino. Era un po' come essere nella sua casa a Freystetten con Tonja, che dormiva accanto a lei. Erano passati quasi nove anni dall'incidente sul lago. Un'eternità! E adesso Flora viveva lontano, in un castello deserto. Ricarda pensò che avrebbe potuto farlo anche a Freystetten e all'improvviso provò un moto di compassione per quella ragazza così ricca e così sola. Si chiese perché mai Dio le avesse concesso una seconda vita, se poi non la usava per fare qualcosa di utile su questa terra, anziché pensare solo a se stessa. Non c'era niente che le fosse più estraneo di una vita come quella di Flora.

Ricarda riprese la lettera di Siegfried arrivata il giorno prima. Era la più importante di tutte.

> *Cara Ricarda, la tua descrizione delle caratteristiche di Zurigo mi ha talmente affascinato che non posso aspettare oltre! Mia cara donna emancipata, se permetti che ci "emancipiamo" per un paio di giorni dai nostri doveri, sarei molto lieto di poterti fare visita!*

Ricarda teneva accanto al letto la scatolina con dentro l'angelo di legno che le aveva regalato a Natale. Lo tirò fuori e lo baciò teneramente.

La sorpresa era riuscita! Siegfried scese dal treno e allungò una mano per aiutare una signora a scendere. Subito dopo, Ricarda vide Lore sul binario! Le due amiche si abbracciarono e si tennero strette. Solo dopo venne il turno di Siegfried. I loro rapporti erano ancora formali per cui si limitarono a stringersi la mano. Era la prima volta che Ricarda lo vedeva in abiti civili e trovò che gli stessero benissimo. Sulla schiena portava uno zaino al quale erano legati due bastoni da cammino e un cavalletto.

«Mi sento così strano senza uniforme» ammise, osservando Ricarda. «Oh, Rica, sei dimagrita! Non c'è da mangiare, in Svizzera?»

«Eccome se c'è, e anche molto nutriente! Ma nell'alloggio non ho la cucina e devo andare al ristorante, che è caro» rispose Ricarda, beandosi della sua vicinanza mentre lui le porgeva il braccio.

Lore invece la prese amichevolmente per mano e iniziò subito a metterla al corrente delle novità: «Sua Altezza la principessa Vittoria ha ascoltato il consiglio delle nostre dottoresse».

Come suonava strano "le nostre dottoresse". Così familiare eppure già un po' distante.

«Adesso è certo che la prima scuola statale per infermiere aprirà il prossimo anno. Faremo parte dell'ospedale di Friedrichshain, quindi avremo accesso a tutti i pazienti e potremo imparare un'infinità di cose.» Lore era euforica.

Solo pochi mesi prima anche Ricarda si sarebbe unita all'entusiasmo dell'amica. Ma adesso, lontana da Berlino, rifletteva su come in Germania si dovesse festeggiare se lo Stato permetteva alle donne di imparare il mestiere dell'infermiera, mentre in Svizzera avevano il permesso di studiare medicina ormai da decenni.

«Lore ha già assistito mezza Berlino» intervenne Siegfried con una punta di ironia. «Da quando siamo partiti, non fa che parlare delle sue infermiere della scuola di Vittoria.»

«Mi hai chiesto tu se volevo venire» si giustificò Lore fingendosi offesa.

Ah, è così, pensò Ricarda. *Aveva bisogno di una dama di compagnia. Interessante.*

«Ho dei progetti magnifici per noi» disse Ricarda. «Assisteremo alla vendemmia, faremo delle passeggiate e anche un giro sul lago di Zurigo.» Poi scoppiò a ridere. «Tutte cose che non ho ancora fatto.»

«Dove abiti? Mi piacerebbe vedere la tua casa!»

«Tu Lore puoi, ma Siegfried no, è proibito agli uomini entrare nelle pensioni femminili. Anzi, qui le chiamano stanze per donne… A meno che…»

Siegfried capì subito dove voleva andare a parare: «Io vestito da donna?» Si mise a ridere. «No, preferirei fare progetti per il futuro, anziché guardare al passato.»

«Ormai sei un vero dottore» disse Ricarda.

«Ah, a proposito: qualche settimana fa ho avuto come paziente all'ospedale di Tempelhof un giovane allievo ufficiale. Il suo nome mi ha alquanto insospettito: Friedemann Von Freystetten.»

Ricarda lo guardò sorpresa. «Com'è piccolo il mondo! Gli è successo qualcosa?»

«Una ferita da arma da fuoco… Ma lo sai, i medici hanno il segreto professionale. Comunque non preoccuparti, sta bene. Peraltro, questo posso dirlo perché è un dettaglio privato, ha una ragazza incantevole. Una creatura di rara bellezza. È venuta a prenderlo alla fine del mio turno, quei due sono molto innamorati.»

«Me lo ricordo bambino» rispose Ricarda. «E invece tra non molto diventerà il padrone del castello.»

Per Siegfried aveva prenotato una camera non lontano dalla casa della signorina Bitterli, in una pensione a buon mercato che per fortuna aveva una stanza anche per Lore. Ma non voleva che l'amica si sentisse a disagio a fare tutte le escursioni come terza incomoda, così Ricarda invitò Pauline, che fu molto felice di accettare: «Abbiamo visto decisamente troppo poco della nostra nuova città!».

Nei giorni seguenti fecero un giro in barca sul lago, passeggiarono tra i vigneti di Stäfa, videro i contadini alle prese con la vendemmia e assaggiarono il buon vino svizzero, che nessuno di loro resse troppo bene, e alla fine presero per il rotto della cuffia l'ultima nave per tornare a Zurigo, ridendo a crepapelle per tutto il tempo. Esplorarono la cosiddetta gola Küsnachter Tobel, dove poterono ammirare i pendii scoscesi, le cascate scroscianti e la leggendaria tana del drago. Ma la cosa che a Ricarda piacque di più fu la sua prima salita su una montagna. Dalla cima dell'Etzel i quattro escursionisti poterono godere di un'ampia vista sul lago di Zurigo. Siegfried tirò fuori per la prima volta il suo cavalletto e disegnò il panorama montuoso.

Temperò la matita con il coltello e abbozzò le prime linee.

«Hai talento!» si complimentò Ricarda.

«Facciamo spesso le esercitazioni in mezzo alla natura. Mi piace catturarla e farla mia anche solo in parte.» Scrutò l'orizzonte. «Guardate quante montagne ci sono più alte di questa. È lì che dovremmo andare. Ce la sentiamo?»

«Voi uomini non vi accontentate mai» commentò Lore sorridendo. «Io non credo di sentirmela.»

«Un amico mi ha detto che i ghiacciai che si vedono lassù sono indimenticabili!» disse Siegfried.

«Ghiacciai? Solo il nome mi fa rabbrividire di freddo» intervenne Pauline.

«Mi sono informato: le condizioni atmosferiche sono buone.

Potremmo provarci già domani. Ci serviranno tre giorni, quindi faremmo giusto in tempo.»

Ricarda vide i suoi occhi brillare per il desiderio di avventure sconosciute.

«Io ci sto!» esclamò entusiasta. Dopo tutti quei mesi passati a lavorare o tra le mura anguste della sua stanza, non era ancora sazia di aria e di spazi aperti.

Più tardi, quel giorno, Lore la prese a braccetto e le disse: «Pauline e io abbiamo deciso di mandare solo te e Siegfried ai ghiacciai. Per quanto sia bello stare tutti insieme, è ora che voi due abbiate finalmente un po' di tempo per voi.»

«Lore!» A Ricarda venne da ridere. «Pensavo tu fossi qui in qualità di dama di compagnia!»

«Una brava dama di compagnia deve capire quando è il momento di farsi da parte. Siete una coppia così bella» disse Lore. «O almeno vorrei che lo diventaste.»

Ricarda abbracciò l'amica. «È molto dolce da parte tua.»

L'amico che Siegfried aveva menzionato era un collega conosciuto all'ospedale militare a Tempelhof.

«È appassionato di montagna fin da quando era piccolo. Mi ha dato questa cartina.» Siegfried spiegò il pezzo di carta con cura, come se fosse la mappa di un tesoro. «Il battello ci lascerà qui, dove prenderemo la carrozza che ci porterà in questo piccolo paesino. Ci arriveremo intorno all'ora di pranzo, poi ci procureremo dei viveri e inizieremo la salita al monte. Pernotteremo sulla cima, in una baita. Esattamente qui» precisò indicando un punto della mappa. «Restiamo su tutto il giorno seguente e riscendiamo la mattina dopo.»

La guardava con occhi scintillanti, che rivelavano una forza straordinaria.

«Non sei arrabbiato che le ragazze non vengano?» gli chiese Ricarda sorridendo.

Nonostante il freddo e la sottile bruma autunnale che avvolgeva il lago, Ricarda e Siegfried non erano gli unici escursionisti a imbarcarsi sulla prima nave per Rapperswil. Ricarda era infreddolita e felice per quel braccio che la circondava teneramente. Finalmente si trovavano in un posto dove nessuno faceva caso alle regole del decoro, alle buone maniere e alla morale. Ricarda pensò che sarebbe arrivata fino in capo al mondo così, anche se non sarebbe stato certo quel piccolo lago a dargliene l'occasione. A Rapperswil comprarono pane, burro e speck, e durante il tragitto in carrozza Ricarda preparò dei panini che mangiarono con grande appetito. Stavano stretti l'uno all'altra, senza parlare e godendosi il momento come se dovesse durare in eterno.

Quando iniziarono la salita al monte, intorno all'ora di pranzo, Siegfried le dette il suo bastone e fece attenzione a non camminare più in fretta di lei. Non riuscì invece a farsi dare lo zaino, Ricarda aveva insistito per tenerlo ad ogni costo, anche se la salita si fosse rivelata più faticosa del previsto.

«È una questione di principio» disse. «Noi femmine possiamo fare le stesse cose di voi maschi. Dobbiamo solo crederci.» Rise. «Di recente durante una dissezione è svenuto uno studente, mentre di solito succede sempre alle ragazze, purtroppo. Mi sono sentita molto sollevata, anche se gli altri uomini presenti sembravano piuttosto risentiti. A quel punto ho detto a Pauline, a voce abbastanza alta: "Anche se è un uomo, è pur sempre un essere umano".»

«Vorrei essere un topolino sotto al tuo tavolo, per vederti in quelle situazioni!»

«E io ti prenderei e ti aprirei con il bisturi per guardarti dentro.»

«Ma quello che ho dentro appartiene già a te da tempo» disse Siegfried prendendole la mano e portandosela al cuore.

Ricarda fece come se avesse perso l'equilibrio e si lasciò afferrare da lui. Si ritrovò con la testa sulla sua spalla, e lui si chinò verso di lei e la baciò. Dimostrare il suo amore in quel modo le sembrò la cosa più naturale del mondo, per cui non fece niente per impedirlo. In fondo, Berlino era così lontana.

«Una stella cadente! Presto, esprimi un desiderio!» Ricarda strinse forte la mano di Siegfried.

«Il mio più grande desiderio si è già avverato. Anzi, più che un desiderio, un sogno.»

La strinse più forte a sé. In quella notte d'autunno faceva freddo alla baita di montagna, ma il cielo era ancora più limpido di quello delle notti d'inverno a Freystetten. Ricarda non aveva mai visto così tante stelle cadenti in vita sua.

«Ti svelo il mio più grande desiderio…» disse Siegfried appoggiando la testa alla sua.

Lei sollevò una mano per fermarlo, ma lui lo disse comunque: «Io voglio sposarti, Ricarda Petersen».

«Lo sai che i desideri non vanno pronunciati, sennò non si avverano!»

«Va bene, allora anziché desiderarlo te lo chiedo: vuoi diventare mia moglie? Il cielo e tutte le sue stelle mi sono testimoni.»

Ricarda pensò che non c'era posto più bello per accogliere quelle parole, né un uomo migliore per pronunciarle. Aveva capito fin dal loro primo incontro che Siegfried era l'uomo dei suoi sogni e senza neanche sapere di averne uno! Tanto più folle le pareva che Siegfried le chiedesse la mano in quel luogo straordinario che non aveva mai immaginato neanche nei suoi sogni.

«Sì» disse pienamente consapevole di sé e dei propri sentimenti. «Voglio passare la mia vita con te. Fino alla fine.» La sua voce era ferma, ma il cuore le batteva all'impazzata.

Si abbracciarono e godettero del silenzio e della completa assenza di obblighi e preoccupazioni. La neve e il ghiaccio delle Alpi Glaronesi brillavano in lontananza alla pallida luce della luna. Sotto la baita dove pernottavano sonnecchiava un laghetto le cui acque erano lambite da una lingua del ghiacciaio che non si scioglieva neanche in estate.

Il mattino seguente, mentre Ricarda improvvisava una colazione, Siegfried disegnò il lago incorniciato dal panorama strabiliante delle montagne. Dopo che ebbe finito il primo schizzo, mangiarono pane, burro e speck, bevvero l'acqua cristallina di una cascata lì vicino, respirarono l'aria pura e godettero della magnifica vista l'uno accanto all'altra.

«Quello che abbiamo adesso è tutto ciò di cui si può aver bisogno» disse Ricarda.

«Invece no» rispose Siegfried. «Abbiamo bisogno di sogni. Sogni da trasformare in realtà.»

«Sì, sono d'accordo. Ma niente palazzi e niente ricchezze.»

«Giusto. E quando ci sembrerà di non avere abbastanza, guarderemo le stelle nel cielo come ieri sera, ovunque esse siano.»

Ricarda rimase interdetta. «Ovunque esse siano? E dove dovrebbero essere, se non sopra di noi?»

Lui mangiò l'ultimo boccone di pane e si voltò a guardarla. «In Germania stanno succedendo grandi cose, Ricarda. E vorrei che noi ne facessimo parte. La nostra patria ha bisogno di un posto al sole. Stanno pensando di fondare delle colonie in Africa e io ho deciso di studiare medicina tropicale. È una grande opportunità per noi giovani medici! Per questo sto imparando a disegnare, perché la nostra patria avrà bisogno di immagini di quelle terre così lontane, per condividere il nostro sogno con tutti coloro che sono rimasti a casa.»

«Il nostro? Intendi mio e tuo?»

«Certo! Immagina: io e te che viviamo tra i selvaggi. Cureremo insieme quelle popolazioni primitive. Non è un sogno che vale la pena di perseguire?»

«In Africa? Ma se sono già felice di essere arrivata con te su questa montagna!»

Per un attimo pensò che scherzasse, ma guardandolo negli occhi capì che il suo era proprio un desiderio da stella cadente. *Certo*, pensò Ricarda, *è normale per chi è cresciuto al Krögel sognare un continente dove splende sempre il sole, dove una sorella non si ammalerebbe mai della "tosse che viene dall'acqua", dove non c'è odore di umido e l'intonaco non si scrosta dalle pareti.*

«Ti capisco così bene.»

Aveva ancora davanti agli occhi la casa dai soffitti bassi dei suoi genitori, che un tempo era stata tutto il suo mondo. Si vide mentre esplorava la serra delle palme sull'Isola dei Pavoni, vide suo padre fumare la pipa nella limonaia che lui stesso aveva allestito, sentì Lore che diceva qualcosa sulle banane e Kumari lamentarsi per la nostalgia del suo caldo paese natio.

Lì su quella montagna, al riparo dal mondo, tutti quei frammenti di vita componevano un'immagine coerente e piena di senso.

«Ma ci vorrà ancora un po' di tempo, prima che io sia in grado di curare i selvaggi.»

«Questo lo so.» Siegfried la baciò. «In realtà a questo punto dovrei metterti al dito un anello, ma non ce l'ho, perché non avrei mai osato sperare in tanta fortuna» disse.

Ricarda colse due fiori con il gambo abbastanza lungo, gliene mise uno in mano e gli legò l'altro all'anulare.

«Ti amo» disse Siegfried.

Poi si abbracciarono e si tennero stretti. In quel momento, Ricarda ne era certa, era iniziato il viaggio della loro vita insieme.

Un figlio indesiderato

Estate 1886

Il nome aveva un suono molto dolce: Burghölzli. Ricarda, a sentirlo nominare, immaginava un luogo accogliente, dove sentirsi protetti, un'immagine che stonava non poco con quel monumentale edificio grigio a tre piani incastonato su una collina a ridosso del lago di Zurigo. Anche in quella mite mattinata estiva, dopo aver risalito la via che portava a Burghölzli, si chiese com'era possibile che la Svizzera avesse dato un nome così dolce a una clinica psichiatrica.

La risposta che le aveva dato il professor Diener era stata fascinosa, anche se poco risolutiva su questo punto: «Questa vostra domanda denota proprio lo spirito della giovane donna che auspico per la cura dei nostri pazienti» aveva risposto. «Ma potete stare tranquilla che a Burghölzli non minimizziamo niente, al contrario: trattiamo i nostri pazienti non da reclusi ma da esseri umani. Non ci limitiamo a infilare tutti in una camicia di forza, ma esploriamo nuovi percorsi curativi. E per fare questo abbiamo bisogno di qualcuno come voi, Petersen. Gente con un'innata attenzione alla persona ma che disponga comunque delle competenze mediche necessarie.»

Come ogni sabato, sapeva che avrebbe trovato il piccolo Bert affacciato alla finestra ad aspettarla. Ricarda fece una piccola deviazione per poter passare davanti a lui e salutarlo. Nonostante non vi fossero dubbi che provasse felicità per le sue visite, il bambino, di undici anni, non reagiva mai.

"Isteria infantile" recitava la diagnosi del professore di neurologia. L'anamnesi era spaventosa: crampi ricorrenti, paralisi prima parziale poi totale delle gambe, e infine rifiuto di comunicare, sia con le parole che a gesti. La terapia: morfina, integrata poi con la cocaina. Essendo un suo paziente privato e spendendo i genitori ingenti somme di denaro, il professore aveva pensato di sperimentare una via alternativa: «E sarà compito vostro, Petersen. Provate ad aprirvi un varco e ad accedere alla psiche di questo ragazzo».

All'inizio Ricarda l'aveva considerata una sfida al di sopra delle sue possibilità, ma aveva accettato comunque dal momento che il professore le aveva lasciato carta bianca sul metodo: «Bisogna pensare in modo differente alle complesse strutture dell'essere umano. Una cosa sono i nervi, un'altra è la psiche. Dobbiamo scoprire se e come gli uni influenzano l'altra.»

Da allora erano passati poco meno di sei mesi e anche quel giorno Ricarda si trovava di fronte alla clinica psichiatrica e salutava guardando in su. Nessuna reazione, come sempre in quei lunghi mesi. Tanto lavoro e nessun risultato! Ricarda stava per proseguire scoraggiata, quando il bambino sollevò esitante una mano e rispose al saluto. Ricarda fu talmente felice di quel successo apparentemente minimo, che posò la borsa a terra e si mise a salutare con entrambe le mani. Poi corse da lui per la terapia, che quel giorno consisteva nel massaggio alle gambe paralizzate.

Il fine settimana dopo, Bert la salutò con un vero e proprio movimento della mano. Durante la terapia, Ricarda gli raccontò della sua giornata all'ospedale, perché si era resa conto che gli faceva bene sentir parlare delle altre persone. Anche se non rispondeva mai e il massimo a cui poteva aspirare era un accenno di sorriso.

«Se non sbaglio, ti avevo raccontato che recentemente abbiamo dovuto operare un pescatore, che brontolava tutto il tempo perché sentiva male. Allora io gli ho detto che se non la smetteva di brontolare sarebbe tornato a casa malato come prima e a quel punto si è zittito. Ecco, oggi quel pescatore è tornato e mi ha portato un regalo. Non indovinerai mai cosa!»

«Un pesce» disse finalmente il bambino, dopo mesi di silenzio.

Una voce interiore consigliò a Ricarda di non dimostrare entusiasmo, ma di continuare come se niente fosse, perché non era detto che un'esternazione spontanea fosse il segnale che la terapia funzionava.

«Ma io non ho la cucina. Cosa me ne faccio di un pesce, mi sono chiesta?»

«Lo porti al ristorante dove mangi sempre» disse il bambino.

«È esattamente quello che ho fatto. Oggi ho invitato la mia amica Pauline al ristornate e abbiamo mangiato pesce. E come al solito abbiamo chiacchierato a lungo. Poi, quando dovevo andare via, l'ho salutata e le ho detto che venivo da te. E lei mi ha chiesto: Bert proverà mai a camminare? E io le ho risposto: se succede, Pauline, sarai la prima a saperlo. Giusto, Bert?»

«Voglio provarci» disse lui con un simpatico accento svizzero.

Il lunedì successivo incontrò il professore all'università, poco prima dell'inizio della lezione. «Ho letto la vostra relazione, Petersen. Continuate così» le disse di sfuggita, mentre se ne stava andando.

«Be', non può certo definirsi una lode sperticata» commentò Pauline che aveva assistito alla scena.

«Forse questo passo avanti non dipende da me» rifletté a voce alta Ricarda. «La morfina tranquillizza le persone e la cocaina ridà loro il buonumore. Da un po' di tempo Bert riceve entrambi i farmaci solo due volte a settimana. E se finora gli avessero dato la terapia sbagliata?»

«E pensi che Diener lo abbia capito?»

Ricarda ne era convinta. Si sedette vicino a Pauline mentre il professore stava per iniziare la sua lezione di anatomia sui nervi del collo e della testa. Un custode portò in aula la salma di un uomo.

«Dombrowski e Petersen, fatevi avanti. Il cadavere è tutto vostro!»

Quando rientrarono a casa della signorina Bitterli, quella sera, ad aspettare Ricarda c'erano tre lettere.

Pauline scosse la testa meravigliata. «Certo che sei più operosa di un'ape!»

Le avevano scritto Kumari, sua madre e Siegfried, ma le sue erano sempre le ultime che leggeva, per tenersi il meglio alla fine. Kumari le scriveva di quanto fosse felice di aver dato alla luce un figlio, che aveva chiamato Lal, il prediletto.

Mio marito dice che somiglia a me, ma non sarà così a lungo. Presto somiglierà a lui. Vorrei che tu potessi vederlo, Rica!

Le parole di Rica le procurarono una lieve fitta al cuore. La loro infanzia non sembrava così lontana, eppure la sua amica aveva già partorito il primo figlio. E lei? Represse un sospiro e prese in mano la lettera di Siegfried. Ma poi si costrinse a rimetterla giù. Prima quella di sua madre!

All'inizio il tono del resoconto della madre era piacevole, le raccontava di essere tornata in buoni rapporti con la contessa, anche se del padre non faceva menzione. Poi aggiungeva: *Al ca-*

stello corre voce che il matrimonio di Florentine in America vada molto male. E infine la notizia più importante: *Qualche giorno fa è tornata Rosel da Potsdam, dove lavora, insieme al giovane conte. È molto cambiata e una madre sa giudicare i sentimenti di sua figlia. Sono sicura che Rosel e il giovane Friedemann si siano innamorati. Ma sai com'è fatta Rosel: lei non parla di certe cose.*

Ricarda posò la lettera e si mise a riflettere. Chi le aveva parlato di Friedemann e della sua fidanzata? E poi finalmente le fu tutto chiaro! Quando Siegfried glielo aveva raccontato, lei si era limitata a rispondere che pensava a Friedemann come a un bambino… *Una ragazza incantevole… Quei due sono molto innamorati…*

«Oh, mio Dio!» esclamò a voce alta.

Pauline, già mezza addormentata, sussultò per lo spavento. «Cos'è successo?»

«La mia sorellina ama il conte. E lui ama lei. Nient'altro. Continua pure a dormire.»

«E va bene» disse l'amica voltandosi dall'altra parte. Ma qualche secondo dopo saltò su perfettamente sveglia: «Cosa? Tua sorella? Lui è conte, e lei?»

«Nel frattempo è diventata governante» disse Ricarda, che non aveva notizie più precise.

«È una cosa che possono fare? E la mamma del conte… No, si dice contessa, vero? Lei cosa ne dice?»

Per poco Ricarda non espresse a voce alta il suo pensiero: *Quella non può permettersi di esprimere giudizi, essendo innamorata di mio padre.* Invece rispose: «Vorrei saperlo anch'io».

«È da tanto tempo che non torni a casa, Ricarda.»

«Quest'inverno sono tre anni.»

«Anch'io» rispose Pauline con un nodo alla gola.

La lontananza da casa era una nota dolente comune a tutte

le studentesse, anche se evitavano accuratamente di parlarne. Aprire cadaveri, contare le fibre muscolari, dissezionare viscere… Tutti questi compiti li svolgevano al meglio per non passare per fragili donnette agli occhi degli uomini. Ma nessuna parlava di come si sentiva dentro.

Finalmente toccò alla lettera di Siegfried. Quando la aprì, sul suo letto piovvero petali di rosa.

> *Ti ricordi quel mago che ti regalò una rosa? Ecco un saluto da parte sua. Spero tu rimanga bendisposta nei suoi confronti, anche se purtroppo non ti porta buone notizie. Oggi ho ricevuto il mio ordine di marcia, Ricarda. Africa tedesca del Sud-Ovest. Tra pochi giorni verrò mandato ad Amburgo, dove mi imbarcherò alla volta della Baia di Lüderitz. Perché la nostra nuova colonia ha bisogno di soldati e i commilitoni hanno bisogno di medici. Saremo solo io e un altro collega a dividerci tutto il lavoro. Non so dirti quando tornerò, so solo che un giorno lo farò. Ti scriverò ogni volta che ne avrò la possibilità. E tu devi promettere di aspettarmi, così al mio ritorno potremo sposarci. Perché io ti amo, mia futura moglie. Tuo, Siegfried.*

«No!» sbottò Ricarda. Non le restava che questa semplice parola per contrastare il corso degli eventi, giacché nel post scriptum alla lettera, era scritto: *Sono appena stato informato che parto già dopodomani per Amburgo. Con amore.*

Doveva succedere, diceva una voce razionale dentro di lei. Perché Siegfried nel frattempo aveva studiato medicina tropicale e di conseguenza la patria richiedeva i suoi servizi in un paese lontano. Quell'uomo con la sua struggente passione per le terre sconosciute stava davvero per trasferirsi in Africa.

E il loro amore? Aveva qualche possibilità di sopravvivere,

con mezzo mondo a dividerli? Certo che voleva aspettarlo, ma quanto tempo sarebbe passato, prima che potessero rivedersi? Teneva ancora stretta tra le mani la lettera di Siegfried. Il pensiero di dovergli stare lontana così a lungo rischiò di farla crollare.

«Africa?» domandò Pauline, ormai perfettamente sveglia. «Non è pericoloso, con tutte quelle belve?»

Ma Ricarda lo considerava il pericolo minore. Loro due condividevano un sogno! E adesso lui lo avrebbe realizzato da solo.

Il professore non era molto prodigo di commenti riguardo ai progressi del piccolo Bert, ma il fatto che le facesse così spesso l'onore di chiamarla al tavolo anatomico durante la lezione, per Ricarda era già di per sé una lode. Per quanto riguardava la guarigione del bambino avevano preferito parlare di un miracolo, piuttosto che di un errore medico perpetrato fino a quel momento, anche se l'uso combinato di morfina e cocaina fu comunque guardato con occhio più critico a partire da quel momento. All'inizio dell'inverno Bert fu di nuovo in grado di camminare, per cui i genitori andarono a riprenderselo.

«Infermiera Ricarda, tu mi hai guarito» le disse il bambino con le lacrime agli occhi.

«Hai fatto tutto da solo» rispose lei carezzandogli la testa.

«La fate facile voi, Petersen. Non sapete neanche cosa significa» le disse più tardi il professore, assegnandole un altro caso, apparentemente diverso dal primo. La diagnosi era "nevrastenia", di cui Ricarda seppe qualcosa in più solo dopo aver consultato il *Compendio delle malattie della psiche*. Era un termine che indicava la debolezza di nervi.

«Se la mia tesi di partenza è corretta, scoprirete che nessuno dei due pazienti va curato dal punto di vista neurologico. Ovvero che l'origine della malattia non è organica, Petersen.»

Diener le mise in mano una pila di fogli scritti a mano dai medici che si erano susseguiti nei quindici anni di malattia della paziente. Quella sera Ricarda si portò tutto il materiale a letto e sprofondò nella sofferenza di quella donna di poco più grande di lei.

«Perché ti fai schiavizzare da Diener?» domandò Pauline. «Io e te dovevamo proseguire la nostra formazione nel reparto maternità dell'ospedale universitario. Non ci tieni a essere presente nel momento in cui un neonato vede la luce per la prima volta?»

«Ma certo, Pauline! Infatti sarà il prossimo reparto in cui andrò. Ma Diener mi dà l'opportunità di scoprire la psiche umana. Non è un'occasione che capita tutti i giorni.»

«E perché è così importante? Una gamba rotta è una gamba rotta, non serve a niente conoscere la psiche!»

«Adesso ti leggo tutto quello che è successo a Heidi, la donna di cui mi prenderò cura.»

«No, Ricarda, altrimenti non chiuderò occhio» mugugnò Pauline rigirandosi nel letto.

Era forse questo che intendeva il professore, quando le aveva parlato della sua "innata attenzione alla persona"? *Ma ce l'ho davvero o sono solo curiosa e assetata di conoscenza?*, si chiese. Ma poi rivide sua madre alla tomba di Tonja. Per terra, nel gelo, convinta di dover fare penitenza e insensibile a qualunque cosa le dicesse la figlia. E poi si era ammalata al punto di perdere quasi la vita.

Era stata solo la sua fede a spingerla in quella direzione? O c'era qualcos'altro dietro? Era questa la domanda che doveva tormentare anche il professor Diener: possono i dottori guarire la psiche senza medicine né bisturi? Inimmaginabile! D'altra parte, Diener sembrava esserne convinto ed era proprio a questo che doveva la sua notorietà ben oltre i confini svizzeri, tanto che persino i suoi colleghi inglesi e americani gli scrivevano per avere consigli. Almeno con Bert la sua terapia basata sull'attenzione alla persona aveva avuto successo.

La vita di Heidi si rivelava sempre più cupa e complessa, man mano che Ricarda andava avanti con la lettura dei resoconti dei suoi medici.

La madre era morta dandola alla luce, il padre si era risposato e con il passare degli anni erano nati altri quattro figli tra fratelli e sorelle. A diciott'anni aveva avuto il primo episodio di "umor nero" e venne ricoverata in una clinica psichiatrica dalla quale fu poi data per guarita e dimessa. Era seguito un periodo felice, segnato dal matrimonio e dalla nascita del primo figlio, ma quattro anni dopo, alla morte del secondo, la melanconia era tornata. I medici l'avevano curata con salassi, bagni freddi e caldi, e una purga. Senza risultati. A quel punto Heidi aveva tentato il suicidio. Si era buttata dalla finestra, rimanendo per fortuna completamente illesa. Adesso era paziente del professor Diener, che doveva restituirla guarita al marito – un viticoltore di Stäfa – e al figlio primogenito.

Ricarda sospirò. Che enorme responsabilità le stavano affidando! Quella notte non riuscì a chiudere occhio.

Non è stata una buona idea portarsi a letto una storia clinica. Non lo farò mai più. Bisogna lavorare con la testa e non con il cuore, scrisse quella stessa notte in una lettera a Lore. *Neanche il più grande dei cuori ha abbastanza spazio per contenere le miserie che abitano le stanze d'ospedale.*

«Ormai sono pochissimi i casi che necessitano della camicia di forza.» Con queste parole il professore aveva fugato i dubbi di Ricarda sui metodi della clinica psichiatrica l'estate precedente. Ma entrando nella stretta stanza d'ospedale di Heidi, di appena tre anni più grande di lei, la trovò legata e quasi impossibilitata a muoversi. Quella visione la colse impreparata.

«È proprio *indispensabile*?» domandò all'infermiera usando un termine che aveva sentito dal professore.

L'infermiera Marietta, una donna non più giovane e di grande esperienza, annuì con un'espressione altrettanto dispiaciuta. «Stanotte è andata in bagno. Qui siamo al terzo piano e l'hanno trovata in piedi sul davanzale della finestra. Una giovane collega l'ha riacciuffata appena in tempo. Heidi ha avuto un angelo custode.»

La paziente, tuttavia, non sembrava desiderarne uno. Fissava il pavimento. Ricarda si inginocchiò e la guardò in faccia. Conosceva quello sguardo offuscato dalla morfina.

«Vorrei rimanere sola con lei, infermiera.»

Marietta si ritirò.

Ricarda si sedette vicino a Heidi e la trovò talmente esile che non riusciva a immaginarsela a lavorare nel vigneto, piegata sotto il peso di una gerla.

«Sei triste?» le domandò.

«Non posso più vivere. Devono annegarmi nell'acqua» rispose Heidi.

«Da quanto ne so, i contadini annegano nell'acqua i cuccioli di gatto. Tu non sei un gatto. Perché dovrebbero farlo anche a te?»

Heidi sollevò la testa e guardò Ricarda, anche se dava più l'impressione di trapassarla e di fissare un punto dietro di lei. «Io sono la disgrazia del mondo.»

«Hai dato alla luce un figlio, Heidi. Una madre non può essere la disgrazia del mondo.»

Nonostante le parole di Ricarda volessero essere gentili, al sentirle la paziente iniziò a scuotersi in violenti sussulti. All'inizio Ricarda si spaventò, ma poi iniziò a capire cosa stava facendo. O meglio cosa avrebbe voluto fare, se le corde che la legavano non glielo avessero impedito. Cercava di colpirsi la pancia. Parlare, invece, non voleva o non poteva più farlo.

Tornata nella stanza dei medici, Ricarda scorse di nuovo tutta la storia clinica di Heidi. I medici si concentravano principalmente su due aspetti: regolare le evacuazioni e regolare il ciclo mestruale. Al momento del suo ricovero Heidi presentava un disturbo a entrambe le funzioni, cosa che si verificava nella maggior parte delle pazienti. Diener le aveva prescritto infusioni e bagni a base di senna, un'erba della famiglia delle Cesalpinioidee, e di ginepro sabina, ma fino a quel momento la terapia era stata efficace solo contro la costipazione.

Quando Ricarda incontrò il suo professore, il giorno dopo, gli pose la domanda che l'aveva assillata per tutta la notte: «È possibile che la paziente aspetti un bambino?».

«Ce ne saremmo accorti, Petersen!»

«Non ho trovato alcun riferimento a visite ginecologiche.»

«Burghölzli è una clinica psichiatrica.»

«Anche le malate di mente possono essere incinte.»

Il professore le rivolse uno sguardo affilato come una lama. Ricarda sentì tremare le gambe per la paura.

«Con la vostra logica, Petersen, arriverete lontana.»

Non appena le riportò la conversazione, Pauline esclamò: «Tu sei pazza, Ricarda! Non puoi mica parlare così a un professore!»

E come avrebbe dovuto parlarci? Era una questione di vanità o si volevano guarire le persone? Ma queste domande Ricarda le tenne per sé.

Quando, qualche giorno dopo, il professore formulò una nuova diagnosi, a Ricarda bastò dare un'occhiata alla cartella clinica per capire che la sua intuizione era stata corretta.

«La melanconia» il professor Diener adesso definiva così la malattia di Heidi «è dovuta principalmente alla gravidanza in corso e a un disturbo della circolazione e dell'afflusso di sangue alla testa. Prevedo la guarigione al termine della gravidanza, con un puerperio debitamente seguito.»

È chiedere troppo che il professore mi riconosca un piccolo merito per aver contribuito all'idea?, si domandò Ricarda. E comunque, come poteva Diener riconoscere nella gravidanza la causa di una melanconia che aveva spinto Heidi a tentare di togliersi la vita? Partendo da questo presupposto, ogni gravidanza portava con sé il rischio di suicidio!

Non aveva finito di formulare questo pensiero, che le riaffiorò alla mente un'immagine del passato. Una cantina umida, un letto di paglia, una bambina che sanguinava.

La Mine si è bucata.

Ricarda sentì le lacrime inondarle gli occhi. *All'epoca non capivo un bel niente*, pensò, mentre le risuonavano in testa le parole di Käthe: «Perché una ragazzina di tredici anni è incinta?».

Quella volta la domanda era caduta nel vuoto, perché la piccola Ricarda non doveva capire cos'era successo. Ma adesso, dieci anni dopo, Ricarda capì a cosa si riferiva Käthe. Mine era stata violentata ed era per questo che non voleva tenere il bambino.

Un ricordo sepolto da oltre dieci anni che torna fuori all'improvviso, pensò Ricarda, chiedendosi se potesse esistere un destino comune che legava una bambina di Berlino e una viticoltrice svizzera.

Gli esami di matematica e latino erano fissati per la primavera seguente. Ricarda voleva passarli entrambi al primo tentativo per non perdere tempo. Il diploma di maturità era un presupposto indispensabile alla discussione della tesi e prima si laureava, prima sarebbe stata libera di iniziare la sua vita con Siegfried. Magari persino in Africa. Decise di dedicare meno tempo alla scrittura delle lettere, di impiegare le ore notturne per studiare per il diploma e di passare qualche pomeriggio da Heidi. Perché se la sua intuizione era giusta, la paziente si trovava ancora in pericolo di vita. Heidi respingeva qualsiasi tentativo di avvicinarla a parole, motivo per cui a Ricarda era venuta l'idea di raccontarle di sé. Di quella mattina che aveva corso lungo tutta la Friedrichstrasse e trovato Mine.

«Non capivo cosa le fosse successo. Io stessa ero solo una bambina» le disse.

Ricarda non aveva mai visto Heidi piangere, era più facile che diventasse aggressiva nei confronti del proprio corpo. Adesso, invece, stava piangendo.

«Il bracciante» disse.

Ricarda ci mise un po' a decifrare la parola nella cadenza svizzera della paziente.

«Il bracciante è il padre del tuo bambino?» domandò.

«Sì» sussurrò Heidi.

«E lui lo sa?»

«No.»

Ricarda e Marietta si scambiarono uno sguardo inorridito. Poi prese la parola l'infermiera, con l'atteggiamento risoluto di una madre. Ricarda riuscì a seguire solo qualche stralcio della conversazione, che si svolse in svizzero stretto.

«Ama il bracciante e non vuole più stare con suo marito» disse l'infermiera, posando una mano sulla spalla di Ricarda. Quest'ultima non sapeva bene come interpretare quel gesto, non capiva se era un segno di stima da parte di una donna più anziana o un'esortazione alla coesione femminile.

«Ero completamente fuori strada. Non c'è stata alcuna violenza» disse Ricarda a conclusione del suo resoconto a Pauline, quella sera a letto. «Quello che aspetta Heidi è un figlio nato dall'amore.»

Pauline scosse la testa. «No, Ricarda, questo non è vero. Quello che aspetta Heidi è un figlio nato dalla passione. Lei ha spezzato il proprio vincolo matrimoniale. È questo che la tormenta. Sono stati i sensi di colpa a farla ammalare.»

Ricarda tacque, turbata. Non c'entravano né la malattia mentale, né la violenza. Dunque, alla fin fine, non era l'amore la forza suprema che sottometteva gli uomini, ma la morale. Era quello l'elemento più potente. Ma parlarne con Pauline, la figlia di un parroco, sarebbe stata una causa persa in partenza.

Erano pochi gli studenti che smaniavano per sezionare cadaveri durante le lezioni di anatomia e quel giorno il professor Überli aveva assegnato un compito particolarmente spinoso.

«Questo feto è nato morto alla trentaseiesima settimana di gravidanza. Perciò avrete l'occasione di studiare l'anatomia di un neonato e di confrontarla con quella di un adulto» disse.

Ricarda sperò con tutta se stessa che le venisse risparmiata la dissezione di quel piccolo essere umano quasi completamente formato. Fece un sospiro di sollievo, vedendo che il professore passava il coltello per le dissezioni a un altro studente. Ma la sera, camminando verso Burghölzli, aveva quelle immagini ancora ben nitide nella mente. Il tragitto dall'università alla clinica era di circa un'ora e quel giorno fu felice di poter sfruttare quel tempo per mettere un po' di ordine nei suoi pensieri.

Non appena arrivò, le corse incontro l'infermiera Marietta. «La vostra paziente sta di nuovo dando i numeri!»

Il che significava dover ricorrere di nuovo alla camicia di forza. Nel frattempo Heidi era arrivata in fondo alla gravidanza e il ginecologo, un medico con lo studio nella zona di Seefeld, giù al lago, aveva stimato la data di nascita intorno a Natale.

Proprio a Natale, sospirò Ricarda tra sé. Era un pessimo periodo per mettere al mondo un figlio indesiderato. La madre malata di mente poteva farsi prendere dall'entusiasmo e interpretarlo come un segno del cielo. Ma in fin dei conti questa possibilità non era realistica: Ricarda era molto più preoccupata che la paziente potesse scivolare addirittura in uno stato di afflizione ancora più profondo. Era per questo che in cuor suo sperava che il medico si sbagliasse.

Più la pancia cresceva, più Heidi sviluppava odio nei confronti di se stessa, odio che esprimeva con crisi autolesionistiche. In quel momento si stava lanciando contro la parete della sua stanza. Era una visione scioccante, ma Ricarda si sforzò di mantenere la calma, cosa che a volte si rivelava di qualche utilità in momenti come quello. Oltretutto, secondo la sua teoria, Heidi usava quegli atteggiamenti per provocare una qualche reazione in chi la guardava.

Perciò si limitò a dire: «Vengo ora dall'università, dove abbiamo sezionato il cadavere di un neonato. Vuoi che ti racconti?»

Heidi fece altri due passi, poi si bloccò. «No» disse con voce sorprendentemente debole. «No, non farlo.»

Poi si lasciò cadere sul letto. In quel momento entrò in stanza Marietta con un collega che teneva in mano una camicia di forza enorme, fatta fare su misura per Heidi. I due guardarono sbalorditi la paziente sdraiata sul letto, senza fiato. La crisi era passata. Marietta lanciò uno sguardo di apprezzamento a Ricarda, che si guardò bene dal riferirle la tecnica che aveva usato per calmare Heidi. Si sedette vicino alla paziente e le prese la mano. In quello stesso istante, Heidi sussultò e lanciò un grido di dolore. Ricarda vide che aveva del sangue tra le gambe.

Heidi disse, nel suo dialetto: «Arriva».

Ricarda pensò che quella donna aveva già messo al mondo due figli e si ricordò di cosa aveva letto sui parti spontanei. Ma quella era una clinica psichiatrica, non c'erano né sale parto né levatrici! Per questo Diener aveva previsto di trasferirla all'ospedale la settimana successiva, in una stanza messa in sicurezza.

«Fammi dare un'occhiata» si offrì Ricarda.

Heidi non oppose resistenza. Un nuovo grido della partoriente fece accorrere Marietta.

«Andate a chiamare il ginecologo. Deve venire subito. E anche una levatrice. Ci siamo» disse Ricarda, cercando di mantenere il più possibile la calma.

«Avete mai fatto partorire una donna?» domandò Marietta.

«No. E non posso neanche farlo» rispose Ricarda senza esitare.

Si ricordò del primo bambino che aveva aiutato a far venire alla luce, quella volta in carcere. Di Wilma, che l'aveva implorata di non dimenticarla. E si ricordò con quanta premura Edith aveva aiutato la creatura a nascere, a prescindere dalle circostanze.

«Ad ogni modo serviranno acqua calda e moltissimi teli» disse Ricarda. «E più luce!»

Marietta corse fuori e Ricarda la sentì impartire ordini a destra e a manca.

«Respira più lentamente, Heidi. Spingi solo quando te lo dico io e se senti arrivare una doglia. Non prima. Devi dosare le tue forze. Ce la faremo, il dottore sta arrivando.»

Heidi ripeté le sue parole e respirò insieme a Marietta, che nel frattempo era tornata, mentre Ricarda preparava tutto il necessario. Accorsero anche altre infermiere.

«È stato chiamato il medico?» domandò Ricarda.

Marietta si chinò su Ricarda e le sussurrò all'orecchio: «Non farà in tempo. Si vede già la testolina».

Ricarda scrutò i volti delle presenti. «E chi farà partorire Heidi?»

«Voi.»

«Non posso farlo, Marietta. Voi siete infermiera!»

«Neanch'io posso farlo.»

Perché mi ritrovo sempre in queste situazioni disperate?, si domandò Ricarda.

Intanto la testa premeva per uscire e Heidi spinse con tutte le sue forze.

«Bravissima, Heidi. Ci siamo quasi» la incoraggiò Ricarda.

Probabilmente madre e figlio ce l'avrebbero fatta da soli, ma qualcuno doveva comunque tagliare il cordone. E poi c'era la placenta! Aveva solo letto qualcosa al riguardo in un libro, in teoria l'argomento non lo avrebbero trattato che a febbraio!

E a un tratto eccolo lì, il piccolo era uscito. L'aspetto era molto simile al feto che aveva sezionato quella mattina, ma per fortuna iniziò subito a urlare. Respirava! Ricarda tagliò il cordone ombelicale, poi avvolse il neonato in un telo e lo posò tra le braccia di Heidi, che singhiozzava sommessamente.

Le infermiere si strinsero attorno alla giovane madre.

«Santo cielo, è il giorno più bello che io abbia mai vissuto qui dentro» disse una di loro, sopraffatta dall'emozione.

In quel momento Ricarda si accorse della quantità innaturale di sangue che la paziente continuava a perdere. Quali altre conseguenze avrebbe avuto l'episodio autolesionistico? E dov'era finito il medico?

Ricarda cambiò per l'ennesima volta le pezze sulla fronte e sui polpacci della donna febbricitante.

«Come sta?» domandò Marietta prendendo la scodella con le pezze ormai calde che Ricarda le stava passando.

«Malissimo. La febbre non scende, anzi continua a salire.»

«Santo Dio, proteggi questa povera donna» disse Marietta.

«Che ore sono?» domandò Ricarda.

«Circa le tre del mattino. Signorina Petersen, ormai sono quarantott'ore che siete sveglia. Non volete riposarvi un po'?»

Ricarda scosse la testa in silenzio.

Heidi nel frattempo non era più lucida, se ne stava distesa sul letto pallida e madida di sudore. Cos'era andato storto? Chi aveva sbagliato? O era stata Heidi stessa la causa di tutto? Eppure Ricarda aveva la netta impressione che fosse stato il ginecologo a sbagliare.

Quando era finalmente arrivato, diverse ore dopo il parto, aveva subito visitato la puerpera.

«Non volete lavarvi le mani?»

Nonostante la domanda di Ricarda, il medico doveva aver procurato un'infezione alla paziente.

«La placenta non si stacca certo da sola» aveva detto, con un forte accento svizzero.

A questa conclusione ci sarebbe arrivata anche lei, dal basso delle sue scarse conoscenze in materia. Perché non aveva seguito il consiglio di Pauline e non aveva studiato ginecologia, anziché lanciarsi sulla psiche? Era stato un errore, un errore madornale.

«Heidi, mi senti? Hai dolore?»

La paziente mormorò qualcosa, ma era solo un sussurro espresso nel suo dialetto. Ricarda non capì e chiese l'aiuto di Marietta.

«Sta dicendo il nome di un uomo. Ueli.»

«È suo marito?»

«Non lo so.»

«Non è mai stato qui? Non ha neanche voluto vedere il bambino?»

Marietta scosse la testa. «Adesso il piccolo è con la balia. Domani il professore deve decidere cosa ne sarà di lui.»

«Magari vedendo il bambino guarisce» disse Ricarda.

Marietta si limitò ad aggrottare la fronte scettica e distolse lo sguardo. Aveva ragione: Heidi non ce l'avrebbe fatta.

A un certo punto, verso l'alba, Ricarda si assopì e quando, poco dopo, si risvegliò con un sussulto, Heidi stava fissando il soffitto con gli occhi sbarrati. Inspirò con un gorgoglio ed espirò molto lentamente. Poi la testa le ricadde sul petto. Ricarda le sentì il polso. Heidi aveva smesso di respirare.

«Che tu possa trovare la pace, Heidi.» Si chinò sulla giovane donna e finalmente poté abbracciarla.

Ricarda discese la collina su cui sorgeva Burghölzli mentre la luce del mattino iniziava a rischiarare il cielo, facendosi strada tra le pesanti nuvole adagiate sul lago. Sulla strada sferragliavano le prime carrozze, ma Ricarda percepiva i rumori intorno a sé come ovattati.

Aveva di nuovo commesso il suo vecchio errore: aveva assunto un compito per il quale non era all'altezza. Come aveva fatto a pensare di poter aiutare una donna così gravemente malata?

Bisognava pensare prima al corpo e solo dopo allo spirito. Se n'era resa conto quando ormai era troppo tardi.

Quella stessa sera, dopo mesi di silenzio, scrisse di nuovo alla contessina, che era sempre stata ed era tuttora un'ottima consigliera nelle questioni mediche. Le raccontò la storia di Heidi e le chiese cosa avrebbe dovuto fare, in futuro, per non farsi coinvolgere così profondamente nella vita di una persona sconosciuta.

La risposta arrivò qualche settimana dopo. La contessina le ricordava il giuramento di Ippocrate: *Metterò la mia opera al servizio del malato, al meglio delle mie possibilità e del mio giudizio.* A questo l'esperta dottoressa aggiungeva anche un consiglio: *Non devi farti coinvolgere dal dolore o dalla malattia delle tue pazienti. Ippocrate dice espressamente che l'unica cosa importante è restare concentrati sull'interesse del paziente.* E poi concludeva: *Sarebbe bello se tu riuscissi a tornare a Berlino una volta. È ora che io e te parliamo un po' con calma.*

Ricarda non poté che darle ragione. Per quanto il loro rapporto fosse divenuto complicato negli ultimi anni, una cosa non l'avrebbe mai dimenticata: era stata la contessina a darle il primo impulso per la scelta del suo mestiere. Senza di lei, Ricarda probabilmente non avrebbe mai lasciato Freystetten. Che importanza aveva tutto il resto? Era felice all'idea di rivederla e curiosa di sapere se fosse cambiata.

Il matrimonio di Freystetten

Estate 1887

Alla fine dovettero passare altri sei mesi di lavoro e di studio, prima che Ricarda trovasse il modo di tornare a Berlino. Tra tutte le cose che vi avrebbe trovato e tutte le persone che vi avrebbe rincontrato, quella che più le premeva era una: Siegfried, che nel frattempo era rientrato in Germania. Quando Ricarda, dopo un giorno e mezzo di viaggio, arrivò con il cuore in gola alla nuova stazione di Berlino Anhalt, ad aspettarla al binario trovò Lore. La gioia di rivedersi fu tale, che le due amiche si abbracciarono a lungo, tra le lacrime. Quando alla fine si separarono, Ricarda si guardò intorno con aria interrogativa.

«Lui non c'è» disse Lore.

Quelle parole colpirono Ricarda come un pugno allo stomaco. «Ah, no? E perché?»

«Mi ha mandato un telegramma.» Lore le passò il foglio su cui l'impiegato del telegrafo avevo incollato il messaggio di Siegfried: *Un'operazione. Mi dispiace. Vedrò Rica domani.*

«Almeno avremo più tempo per noi!» esclamò Lore felice. Poi trovò un fattorino che si occupasse del bagaglio di Ricarda e la prese a braccetto per uscire dalla stazione.

Per quanto fosse contento di rivedere la sua amica dopo tanto tempo, Ricarda provava una punta di amarezza. Lei e Siegfried non si vedevano da tre lunghi anni, durante i quali si erano solo scambiati delle lettere. Lei stessa, quando aveva deciso di studiare a Zurigo, non si sarebbe mai immaginata che sarebbe stato così difficile stargli lontano.

«Non sarebbe stato così grave, se Siegfried non fosse Siegfried» osservò Lore mentre passeggiavano per le strade di Berlino. «Sapevi a cosa andavi incontro, scegliendo lui. Un uomo il cui secondo nome è Viaggio e il terzo Avventura» scherzò Lore.

«Sì, e di cognome fa Patria» aggiunse Ricarda.

«Non essere così amareggiata, sapevi fin dall'inizio che in quanto medico militare non avrebbe praticamente avuto una vita privata» osservò Lore.

«E tu? Sei sempre e solo Lore, l'infermiera della scuola di Vittoria?» Ricarda guardò l'amica con un sorriso. «Oppure qualcuno è finalmente riuscito a competere con la tua uniforme e a farsi strada nel tuo cuore?»

In realtà, quel giorno Lore non indossava l'uniforme, ma un vestito molto austero che nascondeva del tutto le sue forme femminili. «C'è stato qualcuno» disse arrossendo leggermente. «Un medico dell'ospedale di Friedrichshain. Ma è finita. Mi ha mentito, quando diceva di essere libero.»

«Mi dispiace, Lore! Che mascalzone!»

«Sono sopravvissuta» disse l'amica a bassa voce, ma Ricarda capì subito che la sua ferita non era ancora guarita.

Nel frattempo avevano raggiunto Unter den Linden e solo lì Ricarda si rese conto di quanto quella grande città le fosse diventata estranea. Il viale, che un tempo era stato casa sua e che aveva amato per la sua opulenta eleganza, sembrava essersi cambiato d'abito. Un'infinità di fiacre e di omnibus tirati da cavalli percorrevano l'ampia carreggiata, la gente si ammassava nei molti caffè spuntati sul marciapiede, venditori ambulanti offrivano le caramelle e i dolcetti che tenevano nelle cassette appese al collo e le persone non camminavano più spedite e decise, ma se ne andavano a spasso godendosi il sole. Proprio come lei e Lore.

«Un tempo avrei fatto qualche battuta sui contadini della provincia che vogliono vedere il gran mondo» disse Ricarda sovrappensiero.

Le due amiche si sedettero in uno dei tanti caffè lungo la strada e Lóre raccontò entusiasta della scuola per infermiere della principessa Vittoria, dove il suo lavoro da apprendista le dava enormi soddisfazioni. A un tratto si fermò e guardò Ricarda. «Ma tu hai la mente altrove, a cosa stai pensando?»

«Mi dispiace, Lore. Io faccio un viaggio infinito e lui mi liquida con un telegramma. Avevamo dei progetti insieme. Tutto questo non ha senso. Sono sicura che nel frattempo si è sposato con un'altra.»

«Con il suo stipendio attuale non potrebbe neanche permetterselo. Un ufficiale deve dimostrare di poter mantenere la moglie e i figli.»

«Tra non molto anch'io avrò uno stipendio!» osservò Ricarda.

«Questo lo sappiamo. Ma le regole sono regole. Se qualcuno non vuole attenervisi, deve lasciare l'esercito e rimborsare tutte le spese della formazione. Sarebbe rovinato» le spiegò Lore. «E tu con lui.»

Il cameriere posò i loro caffè sul tavolo e fece l'occhiolino a Ricarda, che distolse lo sguardo con evidente insofferenza. «E tu come fai a sapere tutte queste cose?»

Lore abbassò lo sguardo. «Quel medico di cui ti ho parlato, sai... Ha fatto lo stesso percorso di Siegfried, ma anni fa.»

Ricarda bevve un sorso di caffè e osservò le coppie che passeggiavano felici lungo il viale.

«Gli fai un torto ad avercela con lui» disse l'amica. «Voi vi amate, Rica. Non c'è niente di più bello al mondo. Ma amare qualcuno richiede sacrificio.»

Ricarda le prese la mano. «Hai ragione. Grazie per questa lavata di capo, non è giusto che io lo aggredisca con la mia delusione. E adesso fammi vedere la tua nuova vita alla scuola per infermiere!»

Per Rica. Porta di Brandeburgo. Alle nove. Siegfried.

Certo, non era un invito particolarmente romantico quello che il fattorino consegnò alla porta della scuola per infermiere, dove Ricarda poteva pernottare in una stanza per gli ospiti durante il suo soggiorno berlinese. Ma era comunque felice di aver avuto finalmente notizie di Siegfried. Probabilmente aveva dettato il telegramma a un suo assistente.

Raggiunse il monumento simbolo di Berlino in perfetto orario, con un vestito estivo azzurro e un cappellino dal quale sfuggivano, e non per svista, due boccoli scuri. Siegfried la stava già aspettando, ovviamente in uniforme e, quando gli fu vicina, si inchinò profondamente e le prese la mano. Solo il più attento degli sguardi avrebbe notato che quel baciamano era stato ben più lungo di quanto prevedessero le infinite norme prussiane che regolamentavano quel tipo di convenevoli. Eppure a Ricarda sembrò durare un istante e dopo il lungo periodo di separazione quella distanza le pareva insostenibile.

Siegfried la guardò raggiante. «Andiamo a fare una passeggiata nel parco» propose.

Ricarda gli chiese, con un po' troppa foga: «Quanto tempo hai?»

«Fino a stasera.» Le porse il braccio e mentre camminavano

le strinse forte la mano. «Fai dei passi belli lunghi, per essere una signora» le fece notare Siegfried.

«Ah, hai avuto modo di fare confronti?»

«No! Voglio soltanto dire...»

«A Zurigo non faccio che correre di qua e di là. È una città piccola paragonata a Berlino, ma è tutto così dispersivo. E poi lì nessuno fa caso a come cammini. O al tuo aspetto. Invece nella nostra Berlino è evidente che si pone molta attenzione al guardaroba.»

Siegfried scoppiò a ridere. «Negli ultimi tempi ho visto solo sabbia e roveti, e ho avuto a che fare solo con aborigeni che non indossavano abiti e non capivano niente di quello che dicevo. Non mi sono ancora riambientato qui.»

Quel tanto atteso incontro le stava dando una sensazione diversa da quella che si aspettava. L'ultima volta che si erano visti, Siegfried aveva un che di ancora giovanile, mentre adesso era diventato a tutti gli effetti un uomo abituato ad assumersi delle responsabilità. Aveva alle spalle diciotto mesi in Africa, di cui le aveva a malapena scritto nelle sue rare lettere. Una separazione di tre anni era troppo lunga per una coppia con progetti così ambiziosi.

Passeggiare per il parco, un luogo dai mille occhi, di certo non avrebbe aiutato a scacciare quel senso di estraneità. Cosa potevano fare? Ricarda rifletté più in fretta che poté.

«Prendiamo una carrozza fino al Giardino Zoologico» propose alla fine. «Già che non sono potuta venire in Africa con te, vorrei almeno immaginare le impressioni che devi aver avuto.»

Mentre procedevano sotto il tetto di foglie del parco in direzione dello zoo, Ricarda domandò: «Allora, ti è piaciuta l'Africa?»

«Posta così, la domanda è un po' sleale.» La guardò con occhi che parlavano d'amore. «Stando qui con te, nella zona più bella di Berlino... Come faccio a parlare bene dell'Africa? Non puoi immaginare quanto sia diversa. Con tutto il verde che vedi qui! Prova un po' a immaginare: viaggi per giorni e giorni e non vedi altro che sabbiosa steppa marrone e arbusti brulli e spinosi. Ogni tanto incontri delle persone che non usano indumenti e che sono come bambini. Che si impauriscono perché hai la pelle bianca e forse anche perché indossi un'uniforme come non ne hanno mai viste prima. Del fucile invece non hanno paura, perché non sanno cos'è. Se fai loro qualche regalino, ti sono immensamente grati.»

Siegfried fece una lunga pausa e Ricarda si rese conto di quanto tutte quelle impressioni fossero ancora fresche nella sua mente.

«È un altro mondo, non si può paragonare al nostro.»

«E gli animali? Ne avrai pur visto qualcuno!»

Nel frattempo erano arrivati allo zoo e si erano fermati di fronte al recinto delle antilopi, dove Ricarda vide i piccoli springbok per la prima volta.

«Questi piccoletti corrono come fulmini sulla sabbia. Poi c'è l'orice, un animale con delle corna incredibili, lunghe quasi quanto il corpo. Ed è molto schivo, passa la vita a scappare.»

«Hai cacciato qualche animale?»

Siegfried scosse la testa. «No, a volte all'alba andavo nel deserto a disegnare. Per i soldati semplici è quasi impossibile adattarsi a quelle condizioni. Il padre del nostro cuoco era un cacciatore, ma Emil non era tanto convinto. Lui era abituato a sparare dai palchetti, non certo ad appostarsi e strisciare nella sabbia... Comunque ci ha provato. Ma ha trovato un serpente!» Siegfried scoppiò a ridere. «E così per Emil si è chiuso il capitolo della caccia in Africa.»

«Il serpente l'ha morso?»

«No, ma non voleva correre il rischio.»

Avevano raggiunto il recinto delle giraffe e Siegfried le osservava pensieroso.

«Sai, noi tedeschi siamo partiti con grande ingenuità per l'Africa del Sud-Ovest. C'è solo deserto. Non c'è acqua da nessuna parte. Spesso mi chiedevo cosa se ne facesse la Germania di quell'immensa distesa di sabbia. E poi i commilitoni si ammalavano in continuazione. Il delirio tropicale era all'ordine del giorno. La gente impazzisce e tu, come medico, non puoi farci niente. Puoi solo rimandarli a casa, il che significa rifare un viaggio di giorni e giorni attraverso quella landa desolata per raggiungere la nave.»

«Sembri deluso.»

«No, non sono deluso, Rica. La vastità, il cielo infinito, la maestosità dei paesaggi. Veder fiorire il deserto dopo la pioggia è come assistere a un miracolo. Solo che non siamo lì per ammirare il paesaggio, ma perché la nostra patria ha bisogno di colonie che le siano di qualche utilità. Ma lì non abbiamo niente da cercare, perché non c'è niente di buono.»

Ricarda osservava incantata il manto delle giraffe che risplendeva sotto il caldo sole di Berlino. Pensò che doveva essere bellissimo vedere quegli animali nel posto in cui vivevano. Eppure allo stesso tempo le pareva impossibile raggiungere un giorno quelle terre.

«Non fai che parlare di bisogni e di utilità, ma dove sono finiti i tuoi sogni?» gli domandò.

Mentre si avvicinavano alla gabbia dei leoni, Ricarda ripensò alla storia che la legava a Kumari.

«Questi animali li ha importati il padre di Kumari. Era il suo sogno. E se adesso noi siamo qui ad ammirare queste fiere che vivono nella nostra città è solo grazie alla visione di quell'uomo. Quindi penso che dovremmo sognare anche noi» disse Ricarda. «Non dimenticherò mai la miseria in cui abbiamo vissuto, ma adesso l'abbiamo superata, per cui dobbiamo a nostra volta restituire qualcosa a chi ha più bisogno. I selvaggi dell'Africa hanno medici?»

Siegfried scoppiò a ridere. «No, non conoscono la medicina.»

«Vedi? Aspettano noi!»

«La tua passione, Ricarda, mi fa tornare a credere nel nostro sogno.»

Poi si inginocchiò e aprì una scatolina.

«Ecco i nostri veri anelli, Rica. Se ancora lo vuoi, prendi questo anello come simbolo del nostro legame. Questo anello ti ricorderà il posto al sole al quale un giorno, forse, ci siederemo insieme. Perché noi siamo fatti l'uno per l'altra.»

Ricarda, con il cuore che le batteva all'impazzata, gli tese la mano tremante e Siegfried le infilò l'anello all'anulare sinistro. Poi si alzò e Ricarda ripeté la piccola cerimonia con lui. E a quel punto si baciarono, proprio accanto alla grotta dove dormiva maestoso il leone.

«Il leone ci è testimone» disse Ricarda ridendo. «Non vedo l'ora di passare la vita insieme a te.»

In quel momento così felice, decise di non pensare a quanto tempo ci sarebbe ancora voluto, prima che quelle promesse diventassero realtà.

Lo sguardo critico di Henriette scivolò sulla bella composizione di girasoli che decorava la tavola apparecchiata a festa nella sala da pranzo. Quelli che all'apparenza sembravano dettagli, come una decorazione floreale, erano per la contessina un segno di continuità e di ospitalità. Dall'esterno, la vita di Henriette non sembrava affatto cambiata, nonostante tutto intorno a lei stesse subendo cambiamenti profondi.

L'imperatore, l'epicentro del mondo tedesco, aveva raggiunto la veneranda età di novant'anni e il figlio Federico soffriva di una forma di tumore alla laringe talmente grave che non si sapeva neanche se sarebbe vissuto abbastanza a lungo da succedergli. Mentre Guglielmo, il nipote dell'imperatore, anche se nessuno osava dirlo apertamente, era uno storpio animato da una bruciante ambizione e sposato alla donna giusta, Auguste Victoria, che per fortuna Henriette era riuscita a farsi amica fin da subito. A qualcosa serviva essere la nipote di un ex Cancelliere di Stato. E allo stesso tempo era anche tra le prime donne a esser diventata medico. La moglie del principe era una donna intelligente, in grado apprezzare le competenze di Henriette e delle sue colleghe. Le donne si stavano svegliando dal loro sonno secolare, e senza neanche bisogno di essere baciate da un principe.

L'era del risveglio della forza femminile era iniziato dalle donne stesse. E buona parte del cammino era stata tracciata proprio in quel salotto, cosa di cui Henriette era piuttosto orgogliosa, anche se non lo dava a vedere. Agiva alla vecchia maniera, in silenzio e con efficienza, perché la situazione era complicata: quei progressi si dovevano alle stesse persone che il Cancelliere di Stato Bismarck perseguitava in quanto socialiste, e una donna del rango di Henriette non poteva prendere apertamente le loro difese. Eppure quelle donne stavano portando tutte le altre in una nuova epoca! Come l'amica di Henriette, Minna Cauer, i cui progetti di fondare un'associazione femminile si erano concretizzati nel Circolo Bianco. Poi avevano deciso di chiamarla Associazione delle Donne e si erano poste un obiettivo ambizioso.

«Parità dei diritti per le donne in tutti i campi!» aveva tuonato Minna.

«Vuoi dire dalla scuola all'università? Addirittura in politica? Il diritto di voto alle donne?» aveva chiesto Henriette.

«Naturalmente. E anche nell'esercizio della professione» aveva aggiunto Helene.

«Per farlo, dobbiamo raggiungere tutte le donne» aveva osservato Henriette. «Loro non conoscono il proprio potenziale. Si nascondono dietro agli uomini.»

«Nasceranno delle organizzazioni femminili con l'obiettivo di aprire gli occhi a tutte le donne. E non solo qui, ma ovunque. Ad Amburgo, a Lipsia, a Francoforte, a Monaco. Sarà un movimento di tutta la Germania.»

Henriette sentì la voce dell'amica risuonarle nella memoria e infilò sovrappensiero un'altra calla nel vaso di fronte alla statuetta di Calliope.

Pensò che lei e le sue amiche andavano ormai per i cinquanta e che era ora che una nuova generazione di donne venisse coinvolta nella battaglia per i propri diritti. Era un vero peccato che sua nipote Florentine non fosse la persona giusta per farlo. Era una fortuna che avesse ottenuto il divorzio da quel cowboy delle ferrovie. Se solo una delle cause fosse stata il desiderio di autodeterminazione femminile… E invece no: girava tutto intorno a uno squallido adulterio. Che noia.

Da questo punto di vista, Ricarda era di ben altra tempra ed Henriette si era segnata le frasi delle sue lettere che la facevano ben sperare.

Ecco cosa ho imparato dal mio lavoro a Burghölzli: gli uomini formulano diagnosi sulle donne. Non sanno niente della vita delle loro pazienti, eppure si arrogano il diritto di farlo. Basterebbe questo a giustificare l'esistenza di noi dottoresse.

Quella era la stessa combattività che aveva spinto lei, Käthe, Franziska ed Emilie a intraprendere il loro cammino. Quella lettera risaliva a sei mesi prima, poco prima di Natale, quando Ricarda aveva appena perso una paziente. E adesso finalmente si sarebbero riviste.

E pensare che aveva praticamente dovuto implorarla di venire, e se alla fine era successo era solo grazie a Lore Singer, con cui si frequentava ogni tanto e che nel suo fitto scambio epistolare con Ricarda era riuscita a convincerla. La contessina sapeva bene che Berlino non era che una tappa intermedia e che il vero motivo del ritorno di Ricarda era ciò che sarebbe successo a Freystetten.

Persino in certi salotti di Berlino non si faceva che parlare delle "Nozze di Freystetten", come venivano definite. L'ordine prestabilito sarebbe stato stravolto e Henriette aveva deciso di affrontare la cosa con una buona dose di indifferenza. Era abbastanza sicura che ci sarebbe riuscita, perché era da tempo che nel suo cuore non c'era più spazio per Freystetten. Nel giro di qualche giorno i vari temperamenti della propria famiglia si sarebbero scontrati gli uni contro gli altri e Florentine, come al solito, avrebbe cercato di stare al centro dell'attenzione. E questo nonostante stavolta ricoprisse un ruolo secondario.

Ma cosa pensava Ricarda di queste nozze? E come avrebbero reagito lei e Florentine a rivedersi? E Florentine e Rosel? Sarebbe stato un vero e proprio spettacolo!

Henriette ridacchiò divertita tra sé.

Suonarono il campanello e l'energico passo di Malwine fece tremare le assi del pavimento. Poi si udì la voce incerta di Lore: «Sono arrivata troppo presto, Malwine».

«Ma no, cara, va benissimo, la contessina è nel salone.»

Henriette si meravigliò che Malwine avesse legato molto più con la figlia del banchiere che con Ricarda, che proveniva da un contesto umile. Salutò Lore con affetto e si fece raccontare come andavano le cose per le infermiere della scuola.

«I medici si rendono conto del fatto che completiamo il loro lavoro. Esattamente come avevate previsto, contessina» le disse Lore.

«Anche Ricarda soggiorna lì, vero?» domandò Henriette, che da un paio d'anni aveva iniziato a rivolgersi a Lore con il più rispettoso "voi".

«Rica è un'amica molto cara» rispose Lore. «È così bello averla con me per qualche giorno.»

Henriette annuì, ma rimase in silenzio. Certo, sarebbe stato bello anche se fosse andata a stare da lei, ma la frattura che si era creata tra loro dopo la faccenda della tracheotomia non si era mai rimarginata. Rica non era più la figlia che Henriette avrebbe voluto avere, era più come una "buona amica", una definizione che Henriette detestava.

Poco dopo rientrò anche Käthe, che si precipitò subito nel salone. Ormai da qualche settimana aveva un innamorato, che aveva addirittura presentato a Henriette. Carl, così si chiamava, era più giovane di quasi dieci anni.

«Per gli uomini è normale. Oltretutto io sono una donna che fa un mestiere da uomo!» aveva detto scoppiando a ridere, come se stesse scherzando. Ma Henriette era convinta che la sua amica volesse precorrere i tempi anche da questo punto di vista. Carl Fürstenberg era un brav'uomo, su questo non si discuteva: Käthe aveva buon gusto. E poi la ringiovaniva.

Henriette aveva fatto caso al nuovo profumo della sua amica, molto femminile, e le aveva dato un bacio sulla guancia, dicendo: «Sono felice per te».

«Sarà bello ancora per un bel po'» aveva risposto Käthe.

Henriette sapeva a cosa si riferiva l'amica: quelle cose, quando accadevano, andavano sempre allo stesso modo. Le donne come loro venivano sfiorate dall'amore come da una fugace brezza primaverile, che si perdeva poco dopo tra i rami spogli dell'autunno.

Finalmente giunse il suono del campanello che preannunciava l'arrivo di Ricarda. Henriette andò al buffet e posò la limonata di Malwine sul tavolo. Aveva preso l'abitudine, quando la cerchia di ospiti era ridotta, di fare tutto da sola, perché l'atmosfera era più intima senza domestici nella stanza. Da fuori si sentì la breve conversazione tra Malwine e Ricarda, che poi finalmente varcò la soglia del salone. Le guance appena arrossate dalla calura estiva, i meravigliosi capelli neri sciolti e un bel sorriso sul volto, anche se velato da una vaga insicurezza.

«Eccomi qua!»

La timida ragazzina di un tempo si era trasformata in una donna sicura di sé. Che trasformazione! Henriette era stupefatta. Il suo progetto, che non aveva mai padroneggiato del tutto ma anzi si era svolto seguendo una propria autonomia, era arrivato a compimento. La figlia del giardiniere era diventata una donna di mondo. E non c'era dubbio che Henriette avesse contribuito a quel cambiamento, anche se la maggior parte del lavoro Ricarda l'aveva fatto da sola.

«Sei magnifica» disse Henriette andandole incontro con passi decisi. «Sono felice che tu sia finalmente tornata.»

«Sono cambiate così tante cose» disse Ricarda. «Ma qui ci si sente sempre protetti come dentro una fortezza.»

«Le porte di questa fortezza sono sempre aperte per te. Non vogliamo salutarci con un abbraccio?»

Henriette sentì la tensione abbandonare piano piano il corpo di Ricarda. Poi vide l'anello al suo dito. «Ti sei ufficialmente fidanzata con il signor Thomasius?»

Ricarda si stupì che la contessina ricordasse quell'incontro alla stazione, avvenuto ormai anni prima. «Un po' invidio mia sorella» rispose. «L'amore l'ha colpita come un fulmine e adesso si sposa. Per la vita che facciamo Siegfried e io, dobbiamo avere una grande pazienza. Spero che potremo sposarci alla fine dei miei studi.»

«E quando pensi di finire?» domandò la contessina.

«La tesi dovrebbe essere pronta per la primavera del 1890. Lore, non guardarmi così! Ormai non manca molto.»

«Se qualcuno ha la tenacia per farlo, quella sei tu» disse Lore.

Malwine servì come primo piatto una minestra di pomodoro leggera con erbe aromatiche e guarnizione di panna.

«Avete notizie di Kumari?» domandò Käthe.

«È nato il suo secondo figlio. Una femmina, alla quale ha dato un nome bellissimo: Yanthi» raccontò Lore.

«È una persona così piena d'amore, di certo sarà una madre eccezionale» disse Henriette.

Ricarda conosceva abbastanza bene la contessina da cogliere la sottile sfumatura negativa nelle sue parole, per cui disse: «So che Kumari non si limiterà ad assolvere il suo ruolo di madre. È una donna con troppi interessi. Continuerà la sua formazione».

«Ne sono convinta anch'io» concordò Lore.

«Purtroppo non sappiamo come funzionano le cose a Ceylon» aggiunse Käthe. «Ma c'è sicuramente bisogno di donne con competenze mediche in grado di assistere altre donne.»

La contessina iniziò a parlare di lavoro solo quando furono tutte sedute a bere il caffè: «Ricarda, il tuo periodo di lavoro a

Burghölzli ormai è terminato, ma io continuo a pensare alla tua paziente Heidi. Sembra averti turbato molto».

«Adesso sto lavorando nel reparto di ginecologia dell'ospedale universitario, anche per guadagnare qualcosa. Abbiamo dalle due alle tre nascite al giorno e nella maggior parte dei casi va tutto bene. Ma è il procedimento post parto che ogni tanto mi fa ripensare a Heidi e alla sconsideratezza dimostrata dal medico in quell'occasione. Se ne avessi saputo qualcosa di più, sarei intervenuta.»

«Io non conosco la storia. Cos'è successo?» domandò Käthe.

Ricarda le fece un breve resoconto dei fatti, fino all'entrata in scena del medico: «Quell'uomo ha detto queste due scandalose frasi: "È solo una pazza" e "Ci vorrà poco". Con il suo piacevole dialetto ha addolcito il significato mortifero delle sue parole. Era… carino. Ha reso carina una sentenza di morte».

Tutte le presenti guardarono Ricarda incredule.

«Quell'uomo ha messo in discussione l'immagine stessa che avevo della professione del medico. Voi, contessina, mi avete citato il giuramento di Ippocrate, ma i medici sono pur sempre esseri umani e in quanto tali sono influenzati dai loro punti di vista personali. E gli uomini pensano da uomini, non possono pensare da donne. Per questo ritengo che solo le dottoresse possano curare le donne. Sono fermamente convinta che Heidi sarebbe ancora viva se fosse stata seguita da un medico donna fin dall'inizio.»

«Un punto di vista radicale» osservò Käthe.

«I medici uomini ti lapiderebbero se lo dicessi pubblicamente» fece presente la contessina.

«Lo so» disse Ricarda. «Le donne che combattono per i propri diritti parlano di "parità" e si riferiscono alla sfera pubblica. Io mi riferisco alla sfera in cui la donna è più vulnerabile: cioè quando ha un medico uomo al proprio capezzale. Sono decisa ad accennare alla cosa nella mia tesi.»

«Almeno la morte straziante di Heidi non sarebbe stata del tutto vana» commentò Käthe.

«Sarebbe bello» disse Ricarda a bassa voce. «La sua morte è stata una terribile ingiustizia ed è proprio per questo che sono felice di diventare una dottoressa.»

«Hai sempre desiderato fare questo mestiere» disse la contessina. «E sei riuscita a mettere a frutto il tuo talento. Al contrario di altre persone, che pur avendo tutte le possibilità...»

La contessina era troppo elegante per fare il nome di Florentine in quel contesto, ma Ricarda colse l'allusione. Ad ogni modo decise di non insistere sull'argomento, avrebbe comunque incontrato Flora di lì a pochi giorni. A quel punto la contessina le domandò: «Sei d'accordo se dopodomani andiamo insieme in treno a Freystetten?».

Un pensiero improvviso fece scoppiare Ricarda a ridere. «Rosel mi ha chiesto di farle da damigella d'onore, ma credo che passerò più tempo a sentirle il polso, che a tenerle lo strascico!»

Ricarda aveva sentimenti contrapposti riguardo a quel matrimonio: da un lato sarebbe stato il grande giorno di Rosel ed era sinceramente felice per le sue nozze con il conte, ma dall'altro aveva la sensazione che i due futuri sposi immaginassero il loro futuro più semplice di quanto sarebbe stato in realtà. Era una buona idea che la figlia di un dipendente sposasse il conte?

«La nascita, il matrimonio e la morte. Sono queste le tre pietre miliari che marcano il nostro percorso di vita.»

Quel giorno la voce di Padre Gutschmid tuonava nella chiesina di Freystetten con particolare veemenza. La gente aveva riempito la chiesa fino all'ultimo posto in piedi e c'era addirittura una piccola folla accalcata sul sagrato, pur di non perdersi l'evento più importante non solo dell'anno, ma dell'intero decennio.

Per rendere la chiesa più capiente avevano aggiunto delle sedie davanti alla prima panca, per cui Ricarda si era trovata seduta a pochi centimetri dagli sposi. Vicino a lei c'era sua madre, Karla, e le donne della famiglia comitale – Henriette, Luise e Florentine – mentre dall'altra parte sedevano i due padri. Ovviamente Gustav non si era lasciato sfuggire l'occasione per riempire gli alti vasi da terra con magnifiche composizioni floreali.

«Lo sposo e la sposa sono stati battezzati e confermati nella nostra piccola chiesa e la nostra comunità è piena di gioia e di orgoglio per il fatto che abbiano scelto questo posto, la loro casa, anche per unirsi in matrimonio. Lo prendiamo come il segno di una nuova vita che allieterà le vecchie mura del nostro castello e sulla quale la nostra fertile terra potrà tornare a fiorire.»

Il prete fece una pausa per soffiarsi rumorosamente il naso e Ricarda ebbe il sospetto che si stesse commuovendo per le sue stesse parole. Guardandosi furtivamente intorno, si rese conto che anche alcune donne stavano piangendo per la commozione.

Padre Gutschmid ha ragione, pensò Ricarda, *la gente del villaggio ha bisogno di un segnale di ripresa.*

Da piccola non si era mai fatta domande sul posto in cui viveva e sull'influsso che il vecchio conte Franz aveva su Freystetten e sulle terre circostanti. L'unica cosa che aveva visto era il regno di suo padre, quel parco sterminato, ma non si era mai chiesta da dove venissero i soldi per mantenerlo. Solo durante i suoi anni nella casa in Unter den Linden le era capitato di sentir parlare la contessina dei fasti del passato e della grande responsabilità della propria famiglia nei confronti di quelle terre. Le ricchezze dei conti avevano contribuito alla nascita di un'agricoltura variegata: un tempo c'erano oltre venti famiglie di contadini che coltivavano il tabacco nelle fertili paludi dell'Oder, oltre a un birrificio, un fabbro e un carrozzaio. Ma nel corso del tempo tutto questo era scomparso.

E adesso il giovane conte e sua sorella erano in piedi di fronte al prete; sulle loro spalle gravava la speranza di un nuovo inizio. Ma Rosel sapeva cosa ci si aspettava da lei. «Friedemann ha grandi progetti. Dice sempre che Freystetten ha bisogno del bacio del principe per risvegliarsi» le aveva sentito dire Ricarda.

«Friedemann, sposando Rosamunde sposi una ragazza che è cresciuta su questa terra» disse il prete con tutta la teatralità di cui era capace. «Vi conoscete da quando siete piccoli, ma Dio ha riunito i vostri destini solo nella lontana Potsdam, per il bene del nostro villaggio natio e della sua gente. Perché non basta il sangue blu per regalare un futuro al nostro paese. Serve anche il sangue di questa terra.»

A Ricarda parve che stesse esagerando un po', anche se sapeva perfettamente perché il prete ci mettesse tanto fervore. Nella sua piccola chiesa non c'erano mai stati tanti fedeli di sangue blu. Almeno la metà dei presenti era imparentata con i Freystetten e si era sposata in Russia, in Inghilterra o in Francia. Ricarda avrebbe tanto voluto sapere cosa ne pensavano di quel matrimonio campagnolo.

Poi il prete pose finalmente agli sposi le due fatidiche domande. Quando fu il turno di Rosel, rispose troppo precipitosamente: «Sì!» e solo dopo si rese conto che mancavano altre due parole, che si affrettò ad aggiungere: «Lo voglio».

«Vi dichiaro marito e moglie» disse il prete.

Poi i due sposi si scambiarono gli anelli e Ricarda andò istintivamente a toccare quello che Siegfried le aveva regalato qualche giorno prima. *Quando arriverà anche per noi questo momento?*, si domandò.

Poco dopo stava sollevando lo strascico di Rosel. Durante il viaggio in treno, la contessina aveva raccontato a Ricarda da dove proveniva quell'abito da sogno con i suoi fiori di broccato rosa pallido su seta bianca, accollato, con le maniche strette e un *Cul-de-Paris* sporgente che nel frattempo era tornato di moda. Rosel era dovuta andare a provarlo tre volte nell'atelier di una sarta di Berlino. La contessina non l'aveva detto, ma Ricarda era convinta che glielo avesse regalato lei. Solo un gusto raffinato come il suo poteva immaginare un abito come quello. Rappresentava anche l'unico gioiello indossato dalla sposa, fatta eccezione per la sua bellezza.

Quella che aspettava Rosel era una vita da castellana, che le avrebbe regalato molti agi. Eppure Ricarda non le invidiava quella fortuna. Lei stessa non avrebbe potuto immaginare di trascorrere tutta la vita a Freystetten. Voleva studiare, aiutare la gente, esplorare il mondo. La vita aveva in serbo qualcosa di diverso per lei, Ricarda ne era convinta.

Henriette dette un'occhiata al menù del banchetto nuziale.

Ostriche di Whitstable. Brodo di tartaruga. Consommé. Trota con patate novelle. Filetto di renna con funghi porcini, spugnole e pomodori. Beccaccia su crostone di pane e verdurine. Pisellini freschi con costine al tartufo. Paté di fegato d'oca di Strasburgo con tartufi. Insalate e composte. Sorbetto d'ananas e gelati. Torte. Flan alla spagnola.

Poiché un matrimonio di quel tipo richiedeva uno sforzo culinario al di fuori della portata delle cucine di Freystetten, erano stati chiamati i cuochi dell'Hotel Victoria in Unter den Linden, che si erano portati dietro molte delle prelibatezze che avrebbero offerto. Ma Karla, la madre della sposa, era riuscita ad aggiungere il suo flan a conclusione del menù.

Il tavolo degli sposi nel giardino d'inverno rispecchiava la nuova esplosiva costellazione familiare. Luise, seduta accanto a Friedemann in alta uniforme, non aveva rinunciato a piazzare Gustav Petersen tra lei e la povera Karla. Seguiva il posto di Ricarda e accanto a lei c'era una sedia ancora vuota ma pensata per Florentine. Subito dopo era stato messo il conte Raimund, per cui Henriette si era ritrovata tra il padre dello sposo e la sposa. Cosa che di per sé poteva sembrare un po' bizzarra, anche se era stata fatta per due ragioni precise: la prima, far stare vicine Ricarda e Florentine e la seconda, evitare troppi contatti tra membri della famiglia animati da antipatie reciproche. Una buona disposizione dei tavoli era un'arte, Henriette lo sapeva fin da quando era in fasce.

Ma dov'era Flora? Che stesse ancora rimuginando sulla conversazione che avevano avuto? O sarebbe arrivata al punto di boicottare il banchetto nuziale?

La sera prima Henriette aveva fatto una bella ramanzina alla nipote. Finalmente! Certo, aveva aspettato troppo, ma una lettera non avrebbe avuto lo stesso effetto. Per cui aveva convocato Florentine nella biblioteca e aveva chiuso bene la porta. Flora sembrava non capire, per cui Henriette era andata subito al punto.

«Sono preoccupata per il tuo futuro, mia cara.»

«Non c'è bisogno, zia. Sono riuscita a spillare milioni di dollari a Mister Jones. Ha pagato cara la sua infedeltà. Perché forse ti sei persa il dettaglio più grazioso: mi ha tradito persino il giorno del nostro matrimonio. Oh, se l'ho dissanguato!» disse con voce piena di soddisfazione.

«Già, la separazione più cara d'America. Persino qui è giunta voce, Flora. Un tempo fornivamo cancellieri allo stato, mentre adesso forniamo titoloni per la gioia del popolo avido di scandali. Spero ti sia chiaro cosa questo significhi anche per il tuo nome.» Henriette rivolse alla nipote un sorriso gelido, di quelli che sapeva l'avrebbero ferita. Ma il silenzio di Flora le fece dubitare che avesse capito. «Mi hai scritto da Monte Carlo dicendomi che avevi avuto una gran fortuna alla roulette» aveva continuato allora. Il suo sorriso benevolo nascondeva il tranello in cui stava conducendo la nipote.

«Lavori troppo. Dovresti goderti un po' la vita anche tu!» ribatté Flora.

«Dev'essere divertente passare la vita al tavolo da gioco con accompagnatori affascinanti e fiumi di champagne.»

«È che il tempo mi passa solo così, zia.»

«Ma purtroppo passano anche la gioventù e la bellezza. E a volte anche i soldi. E poi la gente dirà: "Florentine aveva tutte le possibilità, poteva diventare una delle prime dottoresse della Germania, e invece ha bevuto troppo champagne ed è caduta per le scale del casinò".»

Henriette si godette l'espressione stupita di Flora, che aveva un braccio ingessato e aveva chiesto alla zia se avesse potuto levarglielo un paio di giorni dopo.

«Sono caduta da cavallo, zia!» esclamò indignata.

«Può anche darsi. Ma il braccio te lo sei rotto al casinò di Monte Carlo. Quello in cui ti muovi è un mondo piccolo, Flora, anche se a te sembra il contrario. Non sono poi così tante le personalità di spicco e si conoscono tutte tra loro. E tu non passi certo inosservata. La gente sa che sei la "contessa milionaria". Soprattutto in Costa Azzurra.»

«A quanto pare anche tu conosci quella gente» sbottò Flora.

«Te ne stai qui a sgridarmi come se fossi una bambina stupida.» Si alzò e fece per andarsene.

«Siediti, Flora, non ho ancora finito.»

Florentine ebbe un attimo di esitazione, poi fece come le aveva detto.

«Qualche ora fa ho avuto una conversazione altrettanto gradevole con tuo padre» continuò Henriette imperturbabile. «È in bancarotta, com'era prevedibile. E tu sei seduta su una montagna di soldi. Darai una mano a tuo padre. Glielo devi.»

«E perché non viene lui stesso a chiedermelo?»

«Non è nel suo stile.»

«Invece il tuo stile è dire a tutta la famiglia quello che dobbiamo fare.»

«Proprio così, Flora. Perché se non lo faccio io non lo fa nessuno. Freystetten un tempo era un nome onorato, tuo fratello si sposa domani e vuole ridargli il suo antico lustro. Il tuo matrimonio è stato un errore, ma questo errore ti ha reso ricca. Fanne qualcosa di buono.»

«E secondo te cosa dovrei fare?»

«Investi i tuoi soldi in una casa nel quartiere più bello di Berlino, che affitterai tra gli altri anche a tuo padre, che finalmente concluderà la sua avventura parigina. Punto numero due: compra una villa a Zurigo. Käthe conosce un banchiere fidato che può gestire queste transazioni per tuo conto.»

«E saresti tu a decidere queste cose? Cosa dovrei farci io a Zurigo?»

«Secondo te, Flora? Quello che la sorella della tua futura cognata fa da anni.»

«La sorella della mia cosa?» sbottò Florentine. Poi fece una pausa. «Intendi dire...?»

«Sì, parlo di Ricarda, che studia lì medicina da oltre tre anni. È una gioia avere a che fare con lei.»

«E immagino che stia finanziando tu questa operazione.»

«No. Ricarda non vuole i miei soldi, si paga gli studi lavorando come infermiera. Dice di non aver bisogno di più di quattro ore di sonno profondo e io la capisco, per me era la stessa cosa.»

«Quindi dovrei prendere a modello la figlia della cuoca?»

«Sbagliato» disse Henriette pungente. «La tua capacità di ragionare dev'essere annegata dentro un bicchiere di champagne. Ricarda studia e tu cadi ubriaca per le scale del casinò. Secondo te chi delle due è sulla strada giusta?»

«E per fare questo mi serve una villa a Zurigo?»

«Il banchiere saprà spiegarti meglio di me i vantaggi di questa scelta. E comunque ti servirà a riavvicinarti a Ricarda» disse Henriette scandendo bene le parole. «Lei vive a Zurigo in una minuscola stanza che divide con una compagna di studi. Tu le offrirai un alloggio migliore in cambio di un aiuto con lo studio. Hai perso diversi anni.»

Florentine fissò la zia senza dire una parola. Henriette percepì l'incontenibile rabbia che infuriava nella sua graziosa testolina e le rispose con un sorriso.

«Adesso posso ritirarmi, zia?»

«Ma certo, Flora. Immagino tu abbia molte cose su cui riflettere e sono sicura che giungerai alla giusta conclusione.»

Dopo che Florentine se ne fu andata, Henriette tirò fuori il suo diario. *Ovviamente Flora non è tenuta a dare seguito alle mie richieste*, scrisse. *Ma è abbastanza intelligente da sapere che, se non lo facesse, perderebbe il mio sostegno. In fin dei conti, ha sempre dato ascolto alla sua madrina.*

Henriette sospirò. Non poteva far altro che sperare che la sua influenza su Flora fosse ancora quella di un tempo.

Florentine fece il suo ingresso nella sala quando le ostriche erano già state portate via, attirando l'attenzione di tutti. Il tempo tra la cerimonia e il pranzo lo aveva impiegato per cambiarsi d'abito, scegliendone uno che metteva in bella mostra il suo braccio appeso al collo. A testa alta e sorridente, avanzò lentamente fermandosi a salutare tutti i tavoli, come se fosse la padrona di casa. La guardavano tutti. L'abito era di seta bordeaux, guarnito di pizzo nero e naturalmente dotato a sua volta di uno sporgente *Cul-de-Paris* e di uno strascico. Al contrario della sposa, indossava il gioiello che faceva tutta la differenza: tra i suoi capelli ramati risplendeva un diadema tempestato di diamanti.

Henriette ebbe una brutta sensazione, quell'apparizione le ricordava uno squallido teatrino di provincia. Cosa voleva dimostrare Flora? La sua ricchezza? La sua posizione sociale? La sua felicità? Iniziò a dubitare che il suo piano avrebbe funzionato.

Ricarda, impegnata nella conversazione con sua madre, all'inizio non si era neanche accorta dell'ingresso di Florentine.

«Ovviamente è la prima volta che mi siedo con commensali simili, Rica» le stava sussurrando lei. «Non riuscirò a buttar giù neanche un boccone. Come può Rosel farci questo? Adesso lei è la padrona, ma io che cosa sono?»

Ricarda sapeva cosa sarebbe successo. «Tu sei la madre della sposa, quindi vali almeno quanto lei. Togliti quell'espressione spaventata dalla faccia e goditi la giornata. Guarda com'è raggiante Rosel. Il nostro anatroccolo è diventato un cigno.»

«Non l'ho mai considerata un anatroccolo» la contraddisse la madre.

Ricarda decise di lasciar perdere. Era troppo facile tirar fuori il ricordo di quella bimba goffa che faceva cadere sempre tutto. Adesso era una contessa raggiante che tendeva la mano per farsela baciare da qualche signore impomatato, con una tale eleganza che sembrava non aver fatto altro per tutta la vita. Poi Rosel si accorse che Rica la stava fissando dall'altra parte del tavolo, alzò una spalla con gesto civettuolo e inclinò la testa.

Sembrava dire: «Be', che te ne pare?».

«Ecco il mio posto» sentì dire Ricarda a Florentine in quello stesso istante. Alzò lo sguardo e le venne istintivamente da scivolare indietro con la sedia. Stava per alzarsi, ma all'ultimo si trattenne e rimase seduta dov'era.

«Cos'è successo al tuo braccio?» domandò, senza tanti preamboli.

«Anch'io sono felice di rivederti, Ricarda» rispose Florentine pungente.

«Lo potevi dare per scontato, che fossi felice di vederti. Il braccio è rotto?»

Florentine sospirò. «Lo era. Suppongo che a questo punto la frattura si sia rinsaldata.»

«Quindi non era scomposta?» domandò Ricarda.

Florentine rimase un attimo interdetta, ma si riebbe subito e disse: «No».

Ricarda non fece in tempo a godersi quel suo piccolo trionfo che incrociò lo sguardo della contessina, in cui lesse una lieve sfumatura di biasimo. A quel punto si ricompose. Era facile provocare, ma in fin dei conti a cosa avrebbe portato?

«Allora, ti è piaciuta l'America? Sarà sicuramente molto diverso da qui» disse, assumendo il tono di una conversazione da tavola.

«Sono le persone che hanno un modo diverso di relazionarsi tra loro. Sono aperte, ti danno il benvenuto, sono generose» rispose Florentine.

Ricarda non sapeva se considerarla una velata critica al suo comportamento. Le risultava sempre difficile fare conversazione con Florentine, era come se tra loro ci fosse una barriera.

Florentine si indicò il braccio. «Per rispondere alla tua domanda: ho avuto un incidente a cavallo. Anche tu cavalchi?»

«Per un periodo ci ho provato, ma adesso sono anni che non mi capita più l'occasione.»

«Che ne dici se domani ci facessimo una cavalcata nel parco? Appena la zia Henriette mi ha tolto il gesso.»

«Non dovresti stare un po' a riposo?»

«Sei gentile a preoccuparti, Ricarda. Ma il buon Willi ha dei cavalli che potrebbe cavalcare anche un paralitico.»

Ricarda si trovò con le spalle al muro. Perché non aveva detto semplicemente di non saper cavalcare? E soprattutto, perché mai avrebbe dovuto trascorrere del tempo con Florentine? Chissà per quanto tempo non si sarebbero riviste, ormai conducevano due vite molto diverse.

Ci fu una pausa imbarazzata che Florentine sfruttò per voltarsi verso il padre, il quale aiutò la figlia impedita dal gesso a tagliare la carne. Ricarda invece cercò di tornare alla conversazione con sua madre. Karla, completamente ignorata da Gustav, stava spilluzzicando di malavoglia.

«Stavolta non hai cucinato tu?» le domandò Ricarda a bassa voce.

La madre scosse la testa. «Si è occupata di tutto la contessina.»

«Sembri contrariata.»

Karla guardò la sposa, che era raggiante. «Per molti anni ho brancolato nel buio, Rica. Ma tua sorella ha acceso una luce nella mia vita.» Guardò Ricarda con un sorriso assorto. «Dio non mi ha dimenticata.»

In quel momento, Hildchen, la sorellina di Siegfried che nel frattempo aveva compiuto dieci anni, versò acqua fresca nei bicchieri di madre e figlia e Karla le rivolse uno sguardo pieno di affetto.

Appena la bambina fu abbastanza lontana da non sentire, la madre di Ricarda disse: «Hai salvato la vita di Hildchen, Rica.» Posò una mano sulla sua. «Sei una brava persona.»

Era una tiepida serata estiva. Sull'ampia terrazza il quartetto d'archi eseguiva un valzer dopo l'altro. Poco prima del crepuscolo furono accese un'infinità di fiaccole, che avvolsero il parco del castello in una luce romantica. Le coppie volteggiavano al ritmo della musica. Per la prima volta Ricarda capì perché la nobiltà avesse bisogno di tenute così sfarzose. Erano semplicemente la cornice perfetta per una festa indimenticabile. Osservò sua sorella, che si lasciava condurre dal marito. I due sembravano essersi scordati dei loro numerosi ospiti, bastavano l'uno all'altra per entrare danzando in quella nuova vita. Era una coppia meravigliosa.

Ricarda ripensò a quando la contessina le aveva consigliato di osservare i genitori di un corteggiatore. La contessa Luise era bella e stupida, mentre il conte Raimund non lo capiva proprio. A vederla così, Rosel aveva fatto la scelta sbagliata. Eppure non sembrava proprio! Possibile che la contessina non capisse niente in fatto di amore? E poi perché evitava gli uomini come il diavolo l'acqua santa? Ormai da tempo aveva raggiunto una posizione che nessun matrimonio avrebbe più potuto mettere a repentaglio.

Uno dei domestici in livrea strappò Ricarda ai propri pensieri, fermandosi di fronte a lei con un vassoio pieno di bicchieri di champagne, che lei rifiutò ringraziando. Stava giusto pensando che era arrivato il momento di ritirarsi, quando le si avvicinò la contessa Luise in un abito di seta rosa antico che le faceva una vita di vespa. Ricarda provò l'impulso di andarsene, ma farlo sarebbe stato un affronto.

«Possiamo ancora darti del tu?» le domandò Luise.

«Perché no? Nel luogo della propria infanzia si resta bambini per sempre.»

«Ah, hai detto proprio una bella cosa, Ricarda. Anche se non è vero, ormai sei diventata una signora. La mia cognata Henriette dice che sei andata a Zurigo e che ti stai facendo strada. Non è una cosa da poco.»

«Grazie, Altezza. Le vostre lodi mi onorano.» Ricarda si chiese dove sarebbe andata a parare quella conversazione.

«Non parli molto di te stessa e la cosa mi piace. Sei sempre stata così. Dimmi, cara Ricarda, quando hai deciso di diventare medico?»

Questa domanda la colse del tutto impreparata. «La risposta sarebbe molto lunga, Altezza. Probabilmente dovrei raccontarvi metà della mia vita. Sono stati molti i momenti in cui, da infermiera, ho pensato: chi aiuta questa bambina che non vede via d'uscita a riemergere dalla sua miseria? E chi aiuta questa madre che è troppo ignorante per assistere suo figlio? E chi aiuta questa donna che il marito maltratta peggio di un contadino il suo cavallo?» Dall'espressione della contessa, capì di aver usato parole un po' troppo colorite. «Perdonatemi, Altezza, ma questo argomento mi appassiona molto.»

«Non devi scusarti. Hai visto molta miseria, si capisce dalle tue parole. Ti ammiro per il modo in cui affronti la vita e per voler aiutare chi incontri a cambiare il proprio destino. Ma immagino che tu sia anche grata alla contessina Henriette, che ti ha aperto le porte giuste.»

Quante cose avrebbe voluto rispondere in quel momento Ricarda, se solo avesse potuto. Sentì il suo corpo che si contraeva. Fin dove poteva arrivare, considerando che la sua interlocutrice aveva sulla coscienza il matrimonio dei suoi genitori? Doveva essere gentile sempre e comunque?

Lo sguardo di Ricarda si spostò sugli ospiti che danzavano, dietro ai quali si scorgeva il lago che brillava innocente nella luce bluastra della sera. Tutto il peso del suo passato sarebbe rimasto per sempre legato a quel lago. Ma non poteva lasciarsi andare, perciò si sforzò di sorridere e cercò le parole giuste per ritirarsi con eleganza.

La contessa la anticipò: «Sarai sicuramente felice che anche Florentine venga a stare a Zurigo. Così potrai mostrarle tutto. Sarà bellissimo per entrambe!»

Ricarda credette di aver capito male. «Che interessante novità» disse.

Florentine a Zurigo! Bastava saper fare due più due, per capire che poteva esserci solo la contessina dietro a tutto questo.

In quell'istante l'orchestra fece una pausa e la musica si interruppe. Le coppie lasciarono la pista da ballo e i domestici andarono loro incontro con le coppe di champagne. Rosel e Friedemann, che si tenevano a braccetto sorridenti, stavano andando verso il loro tavolo al bordo della terrazza quando si incrociarono con Florentine e il suo accompagnatore, che Ricarda non conosceva. Tutte e quattro presero lo champagne che veniva loro offerto e fecero un brindisi. Poi Florentine consegnò il proprio bicchiere al suo accompagnatore e si tolse il diadema dalla testa.

«Questo adesso è tuo, cognata Rosamunde. Io posso comprarmene degli altri, mentre tu sei ancora all'inizio.» Poi tentò di sistemare il diadema tra i capelli di Rosel, ma i suoi gesti erano impacciati, forse per lo champagne o forse per il gesso.

Era talmente in difficoltà che Friedemann dovette riacciuffare la sorella poco prima che cadesse a terra. Non appena fu di nuovo in equilibrio, Florentine staccò una rosa da una delle opulenti decorazioni floreali e se la mise tra i capelli al posto del diadema.

«Mi è stato detto che ho troppi soldi» disse con una risatina. Poi si voltò e andò diretta verso Ricarda. «Tu cosa ne pensi, damigella d'onore Ricarda? Ho troppi soldi?»

«Si ha troppo di qualcosa solo quando non si sa cosa farne.»

«Allora ho appena fatto il regalo giusto. Grazie per il tuo appoggio, Ricarda» rispose Florentine prima di svuotare il suo bicchiere in un unico sorso.

A quel punto Friedemann si riebbe dallo stupore che l'aveva come paralizzato e prese la sorella a braccetto conducendola attraverso la sala. Mentre si allontanavano, Ricarda gli sentì dire: «Esigo che tratti mia moglie con rispetto! Altrimenti non sarai più la benvenuta qui».

Il padre la convocò nella limonaia, come aveva già fatto anni prima. Ricarda sentì una fitta allo stomaco al ricordare quella Pasqua in cui le aveva imposto di diventare governante. Nel frattempo era divenuto il rispettato amministratore della tenuta davanti al quale le persone si inchinavano. *Ma noi figlie non abbiamo più bisogno dei suoi consigli*, pensò Ricarda. Infatti Rosel adesso era la sua datrice di lavoro e anche Ricarda aveva organizzato la sua vita in modo indipendente.

Proprio come quella volta a Pasqua, il padre la aspettava nel suo rifugio con indosso una camicia bianca con le bretelle e la pipa in mano. Era invecchiato, i capelli ancora folti ma quasi grigi. Le rughe attorno agli occhi erano più profonde e adesso, d'estate, donavano ai suoi lineamenti duri un fascino che, Ricarda se ne accorgeva solo ora, non poteva non attrarre una donna come Luise. Berta, che se ne stava accucciata ai suoi piedi come sempre, le fece le feste. Quando il padre la guardò, Ricarda fu colta da un pensiero inquietante: e se le donne fossero per lui come i fiori? Che sbocciano tra le sue mani e quando appassiscono lui passa al fiore successivo?

«Hai cambiato qualcosa nella tua limonaia?»

«Non ne ho avuto il tempo, negli ultimi anni. Il lavoro nella proprietà si è rivelato molto più impegnativo di quanto avessi immaginato. Sapevi che abbiamo ricominciato a coltivare il tabacco? Servono molte più entrate per mantenere la tenuta.»

«Questo si era capito anche dalla predica di Padre Gutschmid. Freystetten è messa così male?»

«Sì.» Il padre la invitò a prendere posto su una sedia. «Senza i soldi che ci arrivano da Berlino e, ultimamente, anche dall'America, non saremmo sopravvissuti. Ma ora voglio parlare con te del futuro.» Caricò la pipa. «Ho avuto una lunga conversazione con mio genero. Per farla breve: lascerò Freystetten.»

«Te ne vai? E perché, papà?»

«Non ci arrivi da sola?»

Ricarda trattenne il fiato. Stando a ciò che diceva sua madre, lui amava la contessa. Quindi, dopo il matrimonio tra Friedemann e Rosel, la sua posizione non era più sostenibile, perché il giovane conte non poteva certo permettere che sua madre e suo suocero avessero una relazione. A Ricarda girò la testa a pensare a quegli intrecci. Suo padre, quell'uomo così orgoglioso, in fondo le faceva pena. Il parco di Freystetten era per lui l'opera di tutta una vita. «Quando te ne vai?» domandò.

«Il conte Friedemann non mi ha dato una scadenza. È un uomo rispettabile e voglio lasciargli i conti in ordine.» Accarezzò la cagnolina. «Berta e io ce ne andremo a Rügen.»

«E la mamma? Cosa ne sarà di lei?»

Il padre tirò dalla pipa e osservò il fumo azzurrognolo con aria pensierosa. «Sono certo che sarà una fantastica nonna per i figli di tua sorella.»

Anche Ricarda ne era convinta e in effetti quella era sicuramente la soluzione migliore. Ma come figlia, l'idea che la sua famiglia cadesse a pezzi le era insopportabile. Anche se a pensarci bene non cadeva proprio a pezzi. Cambiava solo forma.

Il giovane conte Friedemann aveva riunito la famiglia nella stanza illuminata dal sole dove undici anni prima era morto suo nonno. Indossava di nuovo l'uniforme da sottotenente, ma con i primi due bottoni aperti. Henriette trovò che quell'aspetto un po' indignato gli donasse.

«Cos'è che vuoi, Flora?» stava chiedendo. «Te ne vai in giro per il mondo, arrivi qui due giorni prima del mio matrimonio e il mattino seguente mi comunichi che ho sposato la donna sbagliata. Proprio tu. È il tuo divorzio che ti dà il diritto di giudicare?»

«Come osi parlarmi così! Sono la tua sorella maggiore! E comunque io amavo Edwin, altrimenti non lo avrei mai sposato.»

«E io amo Rosamunde.»

«C'è una bella differenza, Friedemann. L'estrazione sociale, per esempio. E poi Edwin aveva un patrimonio» disse Florentine. «Una circostanza, questa, che non è tornata affatto scomoda alla nostra famiglia, negli ultimi anni.»

«Sapevo che avresti sollevato questo punto» rispose Friedemann. «Io dovevo completare la mia formazione a Potsdam. Come potevo occuparmi contemporaneamente del castello? Ma adesso siamo sulla strada giusta.» Lanciò una breve occhiata a Luise. «Grazie alla mamma.»

A quel punto intervenne il conte Raimund, che stava interpretando la parte di quello annoiato a morte dalla conversazione: «Tuo nonno ha voluto che ereditassi tutto tu, Friedemann. Per cui tua madre ha fatto solo il suo dovere. Freystetten, per me, non è che un cognome».

«Del quale peraltro ti approfitti ampiamente» ribatté Luise in tono pacato. «Abbiamo ricevuto dei reclami, qui a Freystetten. Sei in debito con certa gente di Parigi per oltre centomila marchi.»

«In effetti è andato storto qualcosa, ma niente che vi riguardi» saltò su Raimund.

Henriette sedeva dritta su una sedia vicino alla finestra e osservava la sua famiglia litigare. *Queste persone non devono stare assieme*, pensò, *non si fanno del bene a vicenda.* Ma Friedemann aveva insistito per tenere questo incontro: adesso che anche gli ultimi ospiti del matrimonio erano ripartiti era giunto il momento di fare un po' di ordine, per così dire.

«Così non arriviamo da nessuna parte» intervenne Henriette. «Dovremmo andare a cercare le cose che ci uniscono, non quelle che ci dividono.»

«Le cose che ci uniscono non sono poi così tante» disse Florentine in tono acido.

«Sì, invece» la contraddisse Henriette, severa. «Portiamo tutti questo grande cognome e siamo responsabili della sua reputazione. Io esigo che ognuno di voi, in tutto ciò che fa, tenga sempre bene a mente il prestigio della nostra famiglia. È vostro dovere. Florentine, adesso ti prego di fare a tuo padre l'offerta di cui abbiamo parlato ieri.»

Florentine divenne paonazza, iniziò ad ansimare e a camminare febbrilmente avanti e indietro per la stanza. Henriette le aveva tolto il gesso, per cui aveva di nuovo a disposizione entrambe le braccia, che alzò in aria in un gesto teatrale.

«E va bene! Allora così sia: papà, mi faccio carico io dei tuoi debiti. Il resto te lo spiega zia Henriette, che tira le fila come fossimo marionette.»

«Florentine, il tuo comportamento è inaccettabile!» esclamò Friedemann. «A quanto pare hai perso ogni rispetto nei confronti di tua zia e di tuo padre. La ricchezza non giustifica un simile comportamento.»

«Non dirmi cosa devo e cosa non devo fare» sibilò lei.

«Sono io il padrone di casa, Florentine. Ed esigo che tu moderi i termini.»

«Un padrone di casa sul lastrico e con la figlia della cuoca come moglie. Gran nome, antica tradizione. I miei complimenti!»

«Lascia immediatamente Freystetten» disse Friedemann a denti stretti, sull'orlo di esplodere dalla rabbia.

«Col tuo permesso, prima andrò a cavallo con tua cognata. Perché anche il piano della zia Henriette prevede che padroni e domestici fraternizzino. Per il bene del nostro grande nome.» Fece un inchino. «Statemi bene, famiglia.»

Florentine si precipitò fuori dalla stanza, lasciandosi dietro un pesante silenzio.

«Davvero vuoi studiare a Zurigo come dice tua madre?» domandò Ricarda.

«Ah, ti ha detto così?» rispose Florentine spiazzata. «E? Cosa ne pensi? Sarai felice di avere vicino una persona fidata che viene dal tuo stesso paese.»

Lo intendeva seriamente? Ricarda si voltò a guardarla solo un istante, perché doveva concentrare tutta la sua attenzione sul cavalcare. Anche Willi, il responsabile dei cavalli e delle carrozze a Freystetten, le aveva assicurato che per l'occasione le avrebbe dato "il ronzino più buono di tutto il Brandeburgo".

«Cosa ti aspetti dai tuoi studi a Zurigo?» domandò Ricarda.

«È da così tanto tempo che vivo dove si parla inglese! È ora che io torni a parlare la mia lingua madre. E poi Zurigo ha un'ottima reputazione. Tu sei felice lì, no?»

«Assolutamente sì, e poi la città è deliziosa.»

«Mi hanno detto che il tuo alloggio è molto angusto, per cui mi è venuta un'idea, Ricarda. Voglio comprarmi una casa a Zurigo, abbastanza grande per ospitare anche te.»

Tutto, ma non questo!, pensò Ricarda. Ma chissà quale effetto avrebbe avuto sulla nuova costellazione di Freystetten mostrare apertamente il suo rifiuto. In fin dei conti, lei e Florentine ormai appartenevano alla stessa famiglia nel senso più ampio del termine, anche se quel pensiero le era così estraneo da paralizzarla.

«Che offerta allettante» si limitò a rispondere.

«Allora, sei d'accordo?» la incalzò Florentine.

«Riparliamone quando sarai a Zurigo» rispose Ricarda.

Le due cavallerizze avevano raggiunto la riva del lago dove Flora e Antonia erano cadute in acqua, ormai quasi undici anni prima. Ricarda, vedendo un grosso masso sulla sponda, fermò il cavallo. Era una pietra rotonda, come capitava di trovarne in quelle zone, ma era evidente che non appartenesse al paesaggio ordinato del parco. Si avvicinò e vide che sulla pietra bruna era incisa una scritta. "In memoria di Antonia. Natale 1876."

«Guarda, Flora! Hanno dedicato una pietra ad Antonia» esclamò Ricarda piena di gioia, voltandosi verso Flora.

Ma Florentine non si era fermata, il suo cavallo la stava portando via con un galoppo leggero.

Non aveva potuto declinare l'offerta della contessina.

«In memoria del vecchi tempi, Ricarda, rimani un po' nella casa in Unter den Linden prima di tornare a Zurigo. Ci sarà anche Käthe» le aveva detto durante il viaggio in treno per tornare a Berlino. Florentine era ripartita il giorno prima e Ricarda non l'aveva più vista dopo la breve cavalcata insieme.

Nella sua vecchia stanza, che non aveva trovato una nuova destinazione ed era rimasta identica, aveva fatto un lungo e profondo sonno. Al mattino incontrò Malwine Merger in cucina, che le versò una tazza di caffè.

«Come stanno i bambini?» le chiese Ricarda. «La piccola Lotti ormai deve avere sedici anni.»

Il volto di Malwine si illuminò. «Lotti è una ragazza magnifica e in salute. Ha trovato lavoro da un'ottima famiglia a Halensee. È bellissimo lì, c'è molto verde e le persone sono gentili. Le è andata bene, alla Lotti. Di Otto invece avete saputo, signorina Ricarda, no?»

Ricarda si stupì molto di come la signora Merger parlasse apertamente dei figli, dato che in tutti quegli anni era sempre stata estremamente riservata. D'altra parte, era un po' in imbarazzo a dover ammettere di non sapere niente del figlio minore di Malwine.

«Otto l'hanno investito. Una carrozza del birrificio. Non si è neanche fermata. È successo nell'inverno di due anni fa, il mio Otto non ha superato i quattordici anni.»

«Ma è terribile» disse Ricarda. Ripensò a quando era finita in carcere per aver cercato di metterlo in salvo da suo padre.

In altre parole, dei quattro figli della signora Merger era sopravvissuta solo Lotte. Era una cosa sconvolgente. Perché anche Frieda, la secondogenita, era morta come sua sorella Mine a tredici anni, ma di tubercolosi. Frieda era quella che lavorava ogni santo giorno per un sarto in un'umida cantina a Moabit.

«Quelli che ama di più, Dio li chiama a sé per primi» disse la signora Merger tagliando una spessa fetta di pane e porgendola a Ricarda insieme a un pezzo di burro.

«Non c'è bisogno di farla tanto lunga, no?» disse.

Per un attimo si guardarono negli occhi e in quel momento Ricarda pensò che tra di loro sarebbe potuto andare tutto in modo diverso. Perché non erano mai entrate in confidenza? Neanche il fatto di essere state insieme nel carcere femminile aveva cambiato il loro rapporto. Erano rimaste due estranee, che tolleravano una vicinanza reciproca solo a piccole dosi. Una contraddizione che rappresentava una realtà.

Poco dopo si unì a loro anche Käthe, in abiti da passeggio. Veniva da fuori e aveva un'espressione raggiante.

«Rica! Santo cielo, come ai vecchi tempi! Malwine, avete una tazza di caffè e una fetta di pane anche per me?»

«Ma certo, signora Käthe! Come sta il vostro signor Carl?» domandò in tono confidenziale.

«Credo che sia molto felice» disse Käthe ridendo. Poi si rivolse a Ricarda. «Sta per arrivare una mia buona amica con sua figlia, che deve curarsi i denti. Non ci vediamo da secoli e vorrei tanto portarla al Kranzler per fare due chiacchiere. Ti dispiacerebbe assistere Jette?»

«Molto volentieri! Sennò finisce che perdo completamente la mano!»

L'amica di Käthe aveva un'aria risoluta ma amichevole, mentre la bambina sembrava molto timida.

«La nostra bimba adottiva, Amalia, è con noi già da due anni. Ma ancora non parla. Amalia, di' buongiorno alla mia amica Käthe.»

La piccola, una graziosa bambina bionda, non proferì nemmeno quell'unica parola.

«Abbiamo provato di tutto, ma senza risultati. Forse il problema sono i denti» spiegò la signora.

Le raggiunse anche la contessina e dopo qualche minuto di convenevoli lei e Ricarda accompagnarono Amalia nell'ambulatorio. Quanto meno la bambina sembrava disposta a farsi fare una visita approfondita.

«La madre adottiva dice che non parla e vorrebbe sapere se dipende dai denti» le spiegò Ricarda.

La contessina osservò attentamente la bocca della bambina. «Ha le caratteristiche tipiche della denutrizione. I denti di latte che le sono rimasti cadranno presto, ma i denti nuovi sono già malati. Amalia, ti lavi i denti?»

La piccola annuì.

Dopo una visita accurata, la contessina emise la sua sentenza: «Non è per i denti che non parli, Amalia. Mi sta venendo un'idea, Ricarda. Tu a Burghölzli hai avuto come paziente un bambino che come Amalia non voleva parlare.»

Ricarda ricordava con piacere il piccolo Bert. Era ancora dell'opinione che il ragazzino fosse stato curato nel modo sbagliato e che la miscela di cocaina e morfina avesse avuto effetti devastanti su di lui. Che si trovassero di fronte a un caso simile?

«Non varrebbe la pena che tu provassi a occuparti di Amalia? Magari riesci a farla parlare. Potreste fare una gita insieme. Che ne dici?»

Siegfried tirò Ricarda a sé quel poco che il decoro gli permetteva. I soldati come lui dovevano sottostare a rigide regole di etichetta, tutte contenute in un grosso volume. Perché un soldato doveva comportarsi in modo esemplare e indossare l'uniforme anche in pubblico, anche quando, proprio come adesso, si trovava sul tram che conduceva a un quartiere fuori Berlino.

«La contessina ha avuto proprio una buona idea» disse Siegfried. «Se non fosse per lei, non staremmo andando a Grunewald!»

«L'idea è stata sua, ma la meta me l'ha consigliata la signora Merger» rispose Ricarda. «Lo sapevi che c'è uno stabilimento balneare? Con tanto di parco dei divertimenti!»

Nessuno dei due da bambino aveva nemmeno sognato simili amenità, per cui erano entrambi abbastanza emozionati. Amalia, invece, non aveva mostrato nessun entusiasmo alle parole "parco dei divertimenti" e "lago".

Siegfried si chinò di nuovo sulla bambina, che se ne stava seduta tutta in ghingheri vicino a Ricarda. «Sei contenta di andare al parco dei divertimenti, Amalia? Potrai andare sulla giostra e mettere i piedi nel lago!» disse Siegfried accentuando la parlata berlinese.

La piccola non disse niente e non ebbe alcuna reazione.

«Dalle tempo» gli disse Ricarda a bassa voce.

In realtà ci sarebbero volute settimane o mesi per strappare quella bambina alla sua rigidità. Le intenzioni della contessina erano senza dubbio nobili, ma Ricarda non era entusiasta della cosa, perché quell'assolato sabato era l'unico giorno in cui Siegfried poteva lasciare l'ospedale militare. L'indomani lei doveva ripartire e sarebbero passati di nuovo dei mesi prima che potessero rivedersi.

Come se le avesse letto nella mente, Siegfried disse con un lieve sospiro: «Il tempo, già, il tempo. Ne abbiamo troppo poco, sotto ogni punto di vista.»

Una giovane coppia prese posto sulla panca di fronte a loro. La donna rivolse a Ricarda un sorriso gentile.

«Avete già una figlia così grande… Chissà come siete felice.» Poi si chinò su Amalia. «Come ti chiami, bambina mia?»

Amalia non rispose, si limitò a fissarla con un'espressione come di ghiaccio, e la donna si ritrasse con aria stupita.

«È molto timida» disse Siegfried.

Scesero alla stazione successiva – Grunewald – e solo allora Ricarda si rese conto di quanto quell'impresa sarebbe stata complicata. L'ambiente protetto di una clinica rendeva molto più semplice l'avvicinamento a una psiche ferita.

I tre si diressero verso Halensee in mezzo a una fiumana di gente con cestini pieni di carabattole e frotte di bambini al seguito. Qualche centinaio di metri dopo trovarono un cartello che recitava: "Qui le famiglie possono prepararsi il caffè". Era strano leggere quelle parole e dare l'impressione di essere già una piccola famiglia, quando in realtà la realizzazione di quel sogno era ancora molto lontana.

C'era una gran confusione di voci, un insieme di corse, spintoni, risate e rimproveri. Sembravano tutti felici di essere sfuggiti alla vita quotidiana e di ritrovarsi in quel piccolo mondo fatto di allegria. Era un vero e proprio parco dei divertimenti, con tanto di giostre e bancarelle per il tiro al bersaglio e il gioco dei dadi, anche se l'attrazione principale era senza dubbio lo scivolo d'acqua: una specie di barca rettangolare che con un gran fracasso discendeva la collinetta fino a raggiungere il lago e riversava il suo carico di bambini urlanti nell'acqua. Gli adulti, nessuno dei quali aveva mai visto e men che meno provato un simile divertimento, esultavano e ridevano.

Amalia, pur essendo vicinissima al centro dell'azione, non sembrava affatto interessata. Se ne stava immobile, del tutto impassibile. Siegfried e Ricarda si scambiarono uno sguardo perplesso.

«Il problema non sta solo nel rifiuto di parlare» ne dedusse Ricarda. «La bambina per qualche motivo ha innalzato un muro intorno a sé, un muro che noi dobbiamo abbattere. Ma come?» Sospirò.

Siegfried comprò dello zucchero filato e Amalia lo accettò volentieri, ma si limitò a portarlo in giro come se lo dovesse posare da qualche parte e non lo assaggiò nemmeno. Il sospetto di Ricarda che non sarebbe bastata una gita come quella per aiutare la bambina, si era dimostrato fondato. A quel punto decise di prendere il meglio dalla situazione e di godersi la giornata senza giocare al dottore.

Tra il banchino del tiro al bersaglio e la giostra a catena sulla quale donne, uomini e bambini sorvolavano in cerchio la fiera, c'era una costruzione in legno con il cartello "Zoo umano Weltermann".

Un uomo con frac e cilindro, entrambi un po' sgualciti, urlava: «Signore e signori, avvicinatevi, venite a vedere! Ammirate! Stupitevi! Nel nostro teatro vi mostreremo gli esseri umani più selvaggi, provenienti dagli angoli più remoti del mondo!»

«Non ci credo: uno zoo umano!» esclamò Ricarda prendendo per mano il riluttante Siegfried. «Vieni! Anche tu, Amalia!»

«No, Rica, non puoi farmi questo. Io ci sono stato, in Africa.»

«Quando si è in ballo, bisogna ballare» disse lei ridendo e Siegfried dovette cedere.

«L'uomo più forte del mondo! E la donna più piccola del mondo! Dalla selvaggia Africa! Solo qui, nella galleria Weltermann!»

Ricarda si ricordò della zia di Kumari e anche di suo padre, che trafficava con gli esseri umani come faceva con gli animali. Ma la curiosità era troppa: voleva vedere di cosa si trattava.

Dentro era ancora buio e silenzioso, perché erano stati i primi a entrare. Gli ultimi che avevano assistito allo spettacolo precedente erano appena usciti dalla porta laterale, e l'atmosfera era un po' lugubre.

Siegfried lanciò a Ricarda uno sguardo implorante. «Ce ne andiamo?»

«Ormai abbiamo pagato!»

Amalia reagì a quell'ambiente in modo inatteso. Camminò lentamente verso il palco, continuando a tenere in mano lo zucchero filato come una piccola bandiera di ghiaccio. In quel momento Ricarda vide ciò che la bambina aveva scoperto già da un po'.

Accanto al palco c'era una donna minuscola e dalla pelle così nera che quasi spariva nell'oscurità che la circondava. Era alta quasi quanto Amalia, che le si avvicinò con grande naturalezza. La donna era di costituzione gracile e coperta solo da un minuscolo pezzo di stoffa sui fianchi.

Ricarda si spaventò. Cosa ci faceva lì quella minuscola donna indifesa? "La donna più piccola del mondo" aveva urlato l'imbonitore. E in effetti aveva ragione.

Anche Siegfried sembrava scioccato, nonostante la sua esperienza in Africa. Non disse una parola.

«Vuoi dello zucchero filato?»

Amalia aveva parlato! Per la prima volta dopo anni!

La bambina era vicinissima alla donna e le porgeva lo zucchero filato. L'africana allungò una mano e ne staccò un pezzo per metterselo in bocca. Ma quel piccolo movimento del braccio bastò a mostrare che tremava in tutto il corpo. Era come una foglia di pioppo che si agitava così veloce nel vento che quasi non si notava. Ma Amalia doveva essersene accorta, perché mise via lo zucchero filato, si tolse la giacchina che aveva indosso e la posò con grande cura sulle spalle nude della donna.

«Tu hai sempre freddo» disse la bambina.

Allora l'africana tese il braccio e non fu subito chiaro cosa avesse in mente. La sua mano si avvicinò lentamente ai boccoli biondi di Amalia, che capì e si chinò in avanti per farsi toccare.

«Sei tutta sola?» chiese la bambina.

La minuscola donna non disse niente, si limitò a staccare un altro pezzetto di zucchero filato. Amalia le diede tutto il bastoncino, che lei non aveva neanche assaggiato. Era come se avesse portato quella leccornia fin lì da molto lontano solo per consegnarla a quella donna sconosciuta.

Sotto il tendone si accesero le luci e Ricarda si accorse che nel frattempo erano entrate altre persone. Il momento magico era finito.

Il proprietario dell'attrazione ricominciò con le sue chiacchiere. Era sbucato dal niente e si era avvicinato ad Amalia e all'africana. Sollevò con slancio la minuscola donna, che teneva ancora in mano lo zucchero filato, e dopo averle sfilato la giacchina la passò a un gigantesco uomo bianco che se la posò sul braccio piegato.

«Signore e signori! Ammirate! La Principessa Kulle-Kük-Kük dalla selvaggia Africa, dove gli uomini si nutrono ancora di altri uomini. Ma oggi, grazie a questa meravigliosa bambina di Berlino, la Principessa Kulle-Kük-Kük assaggia per la prima volta lo zucchero filato berlinese! E le piace! Signore e signori, un applauso! Un caloroso applauso!»

L'uomo corse verso Ricarda, Siegfried e Amalia e li trascinò nel cono di luce.

«Un signor ufficiale e sua moglie sono i genitori di questa meravigliosa bambina che ha fatto questo generoso regalo alla Principessa Kulle-Kük-Kük. Come ti chiami, bambina?»

Amalia guardò in su verso la donna seduta sul braccio del

gigante. Aveva in mano la giacca e la teneva verso l'alto. «Ha freddo. Dalle la giacca.»

Il pubblico rise e il titolare, benché irritato, fece quello che Amalia gli chiedeva.

«La Principessa Kulle-Kük-Kük con una giacca berlinese!» urlò poi. «Applauso!»

Ricarda era sconvolta. Quando, dopo qualche secondo, si volse verso Amalia, si accorse con orrore che la piccola era scomparsa.

La bambina era andata a rifugiarsi vicino al lago. Se ne stava seduta sulla riva, con il volto illuminato dal sole.

«Perché sei scappata?» domandò Ricarda non appena l'ebbero raggiunta. Era affannata e nella sua voce c'era una punta di rimprovero.

Si chinò su di lei, che di nuovo non reagì. Era come se non avesse neanche registrato la sua presenza. Ricarda si sentì sopraffare da un senso di impotenza, e Siegfried, che sembrava in preda alla stessa sensazione, si sedette, si tolse le scarpe e mise i piedi nell'acqua.

«Che bello» disse.

Ricarda avrebbe seguito volentieri il suo esempio, ma in quanto donna avrebbe dovuto togliersi le calze, un'operazione troppo complicata per essere fatta senza una cabina. Invece, con sua grande sorpresa, lo fece Amalia! Nel giro di qualche secondo, sguazzava con i piedi nell'acqua accanto a Siegfried. In quel momento, Ricarda capì. Con Amalia bisognava comportarsi con la naturalezza che aveva dimostrato lei nell'andare incontro all'africana e nel darle il suo zucchero filato e la sua giacca. Per cui non disse più niente, si sedette per terra accanto a loro e si godette il momento.

In fin dei conti, la vita è molto semplice, se accettiamo ciò che è semplice, pensò. *Peccato che ci si riesca solo molto di rado.*

Il tempo con Siegfried era passato troppo in fretta. Per approfittare di ogni istante, Ricarda lo accompagnò con il tram a cavalli fino all'ospedale di Tempelhof. La conversazione girava ancora attorno agli avvenimenti del giorno, ma la tristezza dell'addio imminente era già palpabile.

«Purtroppo il proprietario dello zoo umano non sapeva – o non voleva sapere – da dove provenisse quella minuscola donna» disse Siegfried. «Secondo me appartiene alla tribù dei cosiddetti pigmei. Vivono nel cuore della giungla africana.»

«Sono sicuramente persone molto schive. Come Amalia. Credo che sia stato quello l'elemento che le legava» disse Ricarda.

«La tua contessina non credeva ai propri occhi!» Siegfried scoppiò a ridere. «Per non parlare della madre adottiva. Ricarda, godrai per sempre di grande prestigio agli occhi di quella donna. Sei la dottoressa che ha ridato la parola a sua figlia.»

«E pensare che non è affatto merito mio. È assurdo, io ero semplicemente curiosa di vedere uno zoo umano.»

«Giusto. Altrimenti non saremmo entrati.» Siegfried le strinse la mano. «Ma è proprio questo che amo di te! Il tuo spirito libero. Vai avanti per la tua strada senza barriere nella testa. È il presupposto migliore per aiutare gli altri. Credo che oggi tu mi abbia aperto gli occhi.»

Ricarda arrossì: nessuno le aveva mai fatto un complimento simile. Poi lui le diede un bacio sulla guancia.

Si avviarono a braccetto in direzione dell'ospedale. Camminavano lentamente, come se potessero fermare il tempo. Siegfried le rivolse uno sguardo profondo.

«A prestissimo, amore mio» disse.

«Lo spero tanto! Se solo fosse più facile vederci» rispose Ricarda, anche se il suo pensiero era: *Quando potremo finalmente sposarci e godere di una vita insieme, anziché doverci limitare a sognarla?* Rimase in silenzio, per non aumentare la tristezza che già affliggeva i cuori di entrambi.

«Il tempo scorrerà veloce, se penseremo l'uno all'altra, Ricarda.»

La baciò un'ultima volta, poi il portone della Guarnigione si richiuse dietro di lui e i doveri che entrambi dovevano assolvere tornarono a separarli.

Ricarda rimase sola; sentiva come un macigno sullo stomaco. In quella mezza giornata, lei e Siegfried avevano vissuto insieme qualcosa di completamente nuovo: la vita aveva assegnato loro un ruolo del tutto inedito. Una coppia con un figlio. Un sogno che non si sarebbe realizzato finché Siegfried non si fosse liberato dai suoi impegni.

La prospettiva era bellissima, anche se in quel momento le pareva lontana dalla realtà come la luna, che in quel momento guardava la terra dal suo alone lattiginoso in mezzo al cielo notturno. Suo padre le aveva insegnato che una luna così melanconica presagiva un cambio improvviso del tempo.

Del resto, non avrebbe sopportato una luna luminosa e cristallina in quella triste serata di addio, mossa da una brezza mite che sembrava promettere grandi cose.

La luce del mondo

Inverno 1888

La notte era stata tranquilla, fino a quel momento.

Ricarda aveva seguito solo due parti, che si erano svolti senza complicazioni. Le piaceva il dottor Wagner, il medico di turno, un uomo anziano e quasi completamente calvo che la trattava con gentilezza. Era abituato a lavorare con infermiere come lei, che si pagavano gli studi in medicina lavorando nel reparto di ginecologia. Ovviamente di notte, perché di giorno c'era da studiare. Non che il dottor Wagner la compatisse per questo, perché anche lui, come le disse, aveva faticato molto nel suo percorso da figlio di contadino a medico. Ma adesso era tormentato dalla gotta e le sue mani erano sempre più rigide.

«Fate voi, Petersen» aveva detto a Ricarda per entrambi i parti.

Non c'era scuola migliore di quell'anziano ed esperto medico che la affiancava con benevolenza.

Adesso Wagner si era ritirato nella sala medici per riposare un po', mentre Ricarda sedeva nella saletta delle infermiere e scriveva una lettera a Kumari. Ogni tanto il sonno si impossessava di lei, e si riprendeva ogni volta con un sussulto. Si strinse nella coperta che le avvolgeva le spalle, tremando per il freddo e per la stanchezza.

Kumari era infelice. Ora che finalmente si sentiva a casa a

Ceylon e che aveva due bambini piccoli, avrebbe dovuto lasciare l'isola. Suo marito doveva avviare delle piantagioni di tè in Kenya per conto dell'azienda inglese per la quale lavorava. Ricarda doveva sbrigarsi a risponderle, perché Kumari aveva avuto un'idea magnifica: *Mio marito dev'essere a Londra a maggio e ho pensato che potremmo passare da Berlino. Così ci rincontreremmo tutte e tre per Pasqua. Tu, Lore e io.*

Pasqua era così lontana! Ricarda avrebbe voluto vedere l'amica già l'indomani.

L'orologio nella saletta delle infermiere sta battendo le quattro, scrisse Ricarda. *Oh, quest'attesa prima dell'alba sembra non finire mai. Ancora tre ore, poi potrò uscire di qui e attraversare una Zurigo paralizzata dal freddo. Siegfried mi ha scritto ormai settimane fa per dirmi che stava tornando in Africa, quindi mentre voi ve ne state tutti al caldo, io resto qui a congelare. Ma non voglio lamentarmi, perché sto facendo esattamente ciò che volevo. Non vedo l'ora di rivederti e di conoscere i tuoi bambini.*

Aveva appena scritto queste prime righe, quando suonò la sirena delle emergenze. Ricarda corse al pronto soccorso e fu la prima ad arrivare. In mezzo al gelo della notte c'era un carro con il pianale di carico coperto da un telone ad arco e accanto c'era un contadino che si torceva le mani, forse per il freddo, forse per la disperazione, o forse per entrambe le cose.

«Sta partorendo!»

Ogni uomo nella sua impotenza diceva quelle stesse parole, Ricarda lo aveva sentito un'infinità di volte nel corso di quell'anno che volgeva ormai al termine.

«Aiutatemi a far scendere vostra moglie!» disse Ricarda salendo sul carro. «Sono un'infermiera. Mi sentite?» domandò nel buio.

In risposta ricevette solo un gemito.

Ricarda prese la donna sotto le braccia e il marito la prese per le gambe. Quando l'ebbero tirata giù dal carro, arrivarono i portantini con una barella. Senza bisogno di istruzioni, la portarono direttamente in sala parto, mentre Ricarda dovette farsi dettare le generalità della donna e annotarle in tutta fretta. Come al solito, il buon uomo non aveva idea del periodo del concepimento, né di eventuali complicazioni.

Nel frattempo il dottor Wagner era arrivato in sala parto e ognuno sapeva esattamente cosa fare.

«Il bambino è vivo ed è in posizione trasversale» sentì dire al medico. «Petersen, dovrete farlo voi. Questo freddo fa aggravare la mia chiragra.»

Il vecchio medico si osservò le mani, quegli strumenti che Dio gli aveva donato e che adesso gli impedivano di fare il suo lavoro.

«Ce la faremo, dottore» disse lei. Il bambino doveva essere girato. La partoriente urlava dal dolore a ogni nuova doglia. Ricarda, nonostante tutto, mantenne la calma. Le era già capitato di far ruotare un bambino nel ventre materno e ci riuscì anche quella volta: a un tratto la testa era perfettamente inserita nel canale del parto.

«Spingete. Spingete forte» disse con voce calma non appena la donna ebbe una nuova doglia.

Ma il bambino non scendeva, la testa era troppo grossa.

«Tirate con tutte le vostre forze, Petersen. Dovete farlo uscire» disse il vecchio medico.

Era uno di quei momenti cruciali nella vita di una persona. Quante cose potevano andare storte!

Da quell'estate la Germania aveva un nuovo imperatore, Guglielmo II. Il monarca non aveva che quattro anni più di Ricarda e soffriva di un'emiplegia al braccio sinistro. Chiunque lavorasse nell'ambito dell'ostetricia sapeva che ciò era dovuto a una compressione dei nervi durante il parto, un errore che all'epoca aveva gettato discredito sull'intera categoria sanitaria.

Ricarda tirò di nuovo il bambino. A un tratto sentì il vecchio dottor Wagner prenderla per i gomiti e sostenerla con tutta la sua forza. Finalmente riuscirono a far venire alla luce la piccola, ma la sua respirazione era troppo debole. Ricarda tagliò il cordone ombelicale e cominciò subito con le manovre di rianimazione. Purtroppo, però, non poté fare niente per cambiare il destino di quella bambina. Il suo cuoricino smise di lottare per la vita prima ancora di aver iniziato davvero.

«È colpa mia?» domandò Ricarda inorridita, rivolgendosi al vecchio medico che stava visitando il neonato morto.

«È il mio settimo figlio» disse la madre con la sua dolce cadenza svizzera. «Dio ha deciso che bastava così» aggiunse poi la donna stremata, con un sorriso che sembrava quasi di sollievo. «Già ora il cibo non basta per tutti.»

Con queste parole ancora nella mente, Ricarda poco dopo tornò al tavolo nella saletta delle infermiere.

Nonostante anch'io sia nata in campagna, resto sempre interdetta dall'arrendevolezza di queste persone di fronte al destino, scrisse a Kumari. *Mi domando come avrei reagito io se quella fosse stata mia figlia. Ma forse non ha senso porsi questa domanda, perché alla contadina non importa niente del singolo individuo, per lei è solo un elemento all'interno della struttura familiare. Se il neonato sopravvive, il suo destino sarà quello di sostenere la sua famiglia in futuro. Se muore, è la stessa cosa: attraverso la sua morte, aiuterà la famiglia a sopravvivere. Ho sempre pensato che noi medici abbiamo come scopo quello di lottare contro la morte, ma in realtà non è così semplice. La donna che oggi ha perso sua figlia mi ha insegnato a modo suo che la morte fa parte della vita. Anche se non so ancora dire se questa cosa mi fa paura o mi consola.*

Quella mattina, quando Ricarda uscì dall'ospedale, la neve cadeva così fitta che le strade grigie della città a malapena si riuscivano a distinguere tra loro. Aveva la lettera per Kumari nella borsa, che stringeva davanti a sé per proteggersi dalla neve. Aveva giusto il tempo per un caffè e un panino veloce, prima che iniziasse la lezione delle otto: "Le malattie delle ovaie, della vagina e della vulva", del professor Wyder, direttore dell'ospedale femminile universitario.

Wyder, un uomo imponente di appena trentacinque anni, dirigeva anche la scuola per ostetriche e prima era stato insegnante all'Ospedale della Charité di Berlino. Le sue lezioni erano tra le più ambite e Ricarda era riuscita ad accaparrarsi solo un posto in fondo.

«Oggi hai fatto tardi» le disse una voce che conosceva bene.

Florentine, come al solito, non passava inosservata con il suo abbigliamento stravagante. Adesso, in inverno, portava una pelliccia di volpe grigio-bianca cangiante al collo, nei capelli una candida calla, il fiore della conoscenza. A completare l'apparizione, c'era il solito grappolo di studenti maschi che la contornava. In tutta l'università, e forse in tutta Zurigo, non c'era partito migliore della giovane, bella e ricca contessa Florentine Von Freystetten, la quale era visibilmente lusingata da tutte quelle attenzioni.

«Ho avuto il turno di notte» disse Ricarda mentre appuntava la matita. Non aveva alcuna intenzione di dare a vedere quanto fosse sfinita.

«Ti stai rovinando con tutto questo lavoro» disse Florentine.

«Perché non accetti la mia offerta? Risparmieresti un sacco di soldi e potresti concentrarti di più sullo studio.»

«Ma tanto a casa non ci sto praticamente mai. In realtà mi serve solo un letto» rispose Ricarda senza pensarci, rendendosi conto troppo tardi di quanto quella seconda frase fosse rivelatrice.

«Alle persone capita di cambiare idea. Se dovessi farlo anche tu, fammelo sapere» disse Flora.

Ricarda aveva visto la bella villa di Florentine in occasione della sua festa di inaugurazione, nell'autunno dell'anno precedente. Una dimora dignitosa, in linea con l'eleganza del quartiere in cui si trovava, che disponeva di un piano nobile e di una mansarda. In realtà era decisamente troppo grande per una persona sola, ma risultava perfettamente adeguata per la "contessa milionaria" e tutti i suoi domestici.

Per Ricarda non era facile ammettere il motivo per cui non voleva viverci. Non era tanto una questione di orgoglio, semplicemente le pareva sbagliato approfittare della ricchezza di Florentine quando ne disprezzava lo stile di vita. E comunque era difficile immaginare una coppia più male assortita di loro: la secchiona scialba e il magnifico uccello del paradiso.

Intanto il professore aveva raggiunto il pulpito. Mentre parlava, accompagnava le sue spiegazioni con qualche schizzo disegnato sulla lavagna alle sue spalle. Ricarda si concentrava sull'esposizione e allo stesso tempo ricopiava i disegni. Solo quando Wyder ebbe finito si accorse che Flora non si era appuntata che qualche parola chiave.

«Studiamo insieme, facciamo parte della stessa famiglia, non potremmo anche collaborare?» le domandò Flora.

«In che senso?»

«Mi piacerebbe poter usare i tuoi disegni.»

«Ma eri presente anche tu alla lezione.»

Florentine le fece un mezzo sorriso. «I miei occhi, Rica, non sono proprio quelli di un'aquila.»

In altre parole, pensò Ricarda, *la bella Florentine è troppo vanitosa per ricorrere agli occhiali.* Le passò il suo quaderno di appunti.

«Ci sei domani alla lezione del professor Meyer-Rüegg "Interventi utili per il parto"? Così mi rendi il quaderno.»

«Senz'altro, mia cara» rispose Florentine.

Ricarda ebbe la vaga sensazione di aver commesso un errore.

La neve cadeva ancora più fitta quando, a fine mattinata, Ricarda poté finalmente tornare alla pensione della signorina Bitterli. Procedeva a fatica nella neve fresca con l'unico desiderio di un paio d'ore di sonno. Avrebbe avuto la stanza tutta per sé, dato che Pauline aveva un orario completamente diverso dal suo quel semestre. Ma non fece in tempo a entrare che l'amica le corse incontro, scura in volto per l'agitazione.

«Eccoti, finalmente!»

«Tu non avresti il laboratorio?»

«Già, il laboratorio! Rica, è successa una cosa terribile! La signorina Bitterli è morta!»

«Santo cielo! Com'è possibile?»

A marzo sarebbero stati cinque anni che lei e Pauline vivevano da lei, anche se l'unica occasione in cui scambiavano due parole era alla fine del mese, quando Ricarda le portava i venticinque franchi di affitto. La padrona di casa sembrava condurre una vita piuttosto monotona, ma non dava l'impressione di esserne insoddisfatta.

«È soffocata a pranzo con un pezzo di carne» raccontò Pauline. «Qualcuno l'ha sentita rantolare, ma nessuno sapeva cosa fare e quando è arrivato il dottore era già morta. E adesso cosa facciamo?»

I pensieri di Ricarda erano rallentati dalla stanchezza. «Be', ormai non possiamo fare più niente» disse debolmente.

«Ricarda, ma non capisci? Ci butteranno in mezzo alla strada!» esclamò Pauline.

Ricarda continuava a non capire. «E perché?»

«La signorina diceva sempre che, non avendo eredi, avrebbe lasciato tutto alla chiesa» si lamentò Pauline, agitata.

«Ma non ci metteranno mica in mezzo alla strada in pieno inverno, Pauline. Sono pur sempre cristiani!»

Ricarda non riuscì a formulare nessun altro pensiero. Aveva bisogno di dormire.

Florentine non si presentò alla lezione sugli interventi utili durante il parto, per cui Ricarda dovette studiare senza gli appunti di Ginecologia 2 di Wyder. Cercò di convincersi che questa mancanza di affidabilità dipendesse da un caso, anche se dentro di sé manteneva il giudizio che si era fatta su Florentine durante quel viaggio in treno, quando aveva dimostrato di non avere la più pallida idea di cosa significasse fare il medico.

La loro stanza era gelida e Pauline non era ancora rientrata. Ricarda stava cercando di concentrarsi sullo studio, quando suonarono alla porta. A quanto pareva non c'era nessuno in casa, per cui si alzò a fatica e andò ad aprire. Davanti all'uscio c'era un signore, con un cappotto pesante e un cappello, che le passò una lettera indirizzata "Alle ex inquiline della signorina Bitterli".

"Siete pregate di lasciare libere le stanze entro il 31 dicembre" vi era scritto, tra le varie cose.

Poco dopo rientrò Pauline, che alla notizia si sentì franare la terra sotto i piedi.

«È impossibile trovare un altro alloggio a metà semestre»

disse rassegnata, lasciandosi cadere sul letto. Rimase a fissare il vuoto per un po', poi disse con un filo di voce: «Questo è un segno del cielo, Ricarda».

«Lo dici perché è proprio la chiesa a sbatterci fuori poco prima di Natale?» ribatté Ricarda senza pensare che stava parlando con la figlia di un parroco.

«Lascerò Zurigo ancora prima di Natale» disse lei.

«Come, scusa? Vuoi interrompere gli studi? No, non farlo. Troveremo una soluzione. Devi pensare all'obiettivo più importante: noi vogliamo diventare dottoresse e non sarà certo una camera in affitto a fermarci!» esclamò Ricarda.

Pauline fece un gran sospiro. «È da tempo che sono in lotta con me stessa. Mia madre mi ha scritto ormai quattro settimane fa per dirmi che mio padre è molto malato. Lei mi ha incoraggiato a tenere duro, ma adesso non ce la faccio più.»

Pauline nascose il viso nel cuscino per soffocare il pianto. Ricarda si sedette vicino all'amica e le carezzò la schiena scossa dai singhiozzi.

«Perché non me l'hai detto?» le domandò.

Pauline si voltò lentamente e guardò Ricarda con il volto bagnato di lacrime. «Tu vivi chiusa nel tuo mondo. Corri dalle lezioni ai corsi e dai corsi ai turni di notte, poi torni a casa e scrivi lettere oppure studi. Pare che non hai bisogno di nessuno.»

Ricarda dovette darle ragione. Pur vivendo così vicine, non parlavano mai delle cose importanti della vita.

«Sono sempre sotto pressione. Mi dispiace, Pauline.»

«Non importa, Ricarda. Tu sei come sei.»

«Così mi fai sentire un mostro» disse sconsolata.

Pauline le sorrise tra le lacrime. «Diventerai un medico straordinario, Ricarda. Bisogna bruciare di passione come te per fare questo mestiere.»

«Non devi arrenderti, Pauline. Anche tu devi diventare un medico.»

«Sì» annuì Pauline cercando di combattere contro le lacrime. *Possibile che stia assistendo all'infrangersi del sogno di una vita?*, si domandò Ricarda.

Ad ogni modo, la giornata doveva continuare e Ricarda si preparò per il turno di notte. Sul tavolino all'ingresso trovò una lettera che doveva essere lì da un po'. Era indirizzata a lei e il mittente recitava: "Contessa Von Freystetten, Seefeld, Zurigo".

La aprì.

Cara Ricarda, il Natale è la festa dell'amore e anche se continuo ad avere la sensazione che non sia questo il sentimento che ci lega, forse potremmo provare a cambiare le cose. Vorrei invitarti a passare il Natale da me, ci saranno anche la zia Henriette, Käthe Hausmann e mia madre. Ti prego di dare a me, a noi, e a te stessa la gioia della tua presenza. Tua Florentine.

Ricarda rimase in piedi nel corridoio, come impietrita. Proprio così, Natale era vicino, anche se lei non ci aveva minimamente pensato. I bambini nascono anche nei giorni di festa e il suo progetto era quello di dare una mano in ospedale, quel giorno.

"Pare che non hai bisogno di nessuno" le aveva detto Pauline. Era davvero così? Ma certo che aveva bisogno di qualcuno! Solo che quel qualcuno era lontano, molto lontano.

Le ultime righe della lettera di Siegfried le aveva imparate a memoria:

Ti scrivo poco prima di imbarcarmi per il Togo. Guarda sul mappamondo dove si trova, amore mio, non lo sapevo neanch'io.

Ma mi mancherai e ti penserò con grande nostalgia anche da lì, come da ogni angolo del mondo!

Ricarda tentò di trattenere le lacrime e si sfilò l'anello di fidanzamento. Non lo indossava mai al lavoro, per via dei batteri. Quindi aprì la sua collana, ci infilò l'anello e se la rimise al collo. Poi uscì per le gelide strade di Zurigo.

Non mi resta che bruciare dentro, per non congelare, pensò.

«La stanzetta vuoi vederla subito?»

«Sì, volentieri!»

«Allora vieni!»

Ricarda non si sarebbe mai aspettata una soluzione così semplice. Durante il lungo turno di notte aveva raccontato a un'infermiera che dal primo gennaio non avrebbe più avuto un posto dove stare e lei aveva risposto: «Sei fortunata. Io trasloco a Natale, perché mi sposo e vado a vivere col mio futuro marito a Küsnacht. Sarei felice di lasciarti la mia stanza!»

Il pensionato per infermiere, per giunta, era vicino all'ospedale universitario, per cui avrebbe avuto anche qualche ora di sonno in più, con suo grande sollievo. E non costava più della stanza dalla signorina Bitterli.

«Mi hai fatto un meraviglioso regalo di Natale!» esclamò Ricarda.

Quella stessa notte aveva scritto a Siegfried:

Così posso rimanere autonoma e non dipendere da nessuno. Dimmi, amore mio, sono forse esagerata? Come sarà quando saremo sposati? Riuscirò a smussare un po' la mia ostinazione prima di darti sui nervi? Non sai quanto mi renda felice il pensiero della nostra vita insieme. Quando finalmente sarà finita questa incertezza di non sapere mai dove ti trovi. Ho seguito il tuo consiglio e sono andata a cercare il Togo sul mappamondo.

Era andata apposta alla facoltà di filosofia per consultare il gigantesco mappamondo nella biblioteca dell'Istituto Geografico. Lo aveva girato e studiato a lungo per trovare il paese in cui era stato mandato Siegfried.

Uno studente aveva notato la sua difficoltà: «Sembrate completamente persa, signorina. Cosa state cercando?»

«Sapete dove si trova il Togo?»

«Ah, venite dalla Germania? In effetti è la nuova colonia tedesca. Aspettate, ho bisogno di cercarlo anch'io. Eccolo qui» aveva detto poi indicando un minuscolo paese dell'Africa occidentale. Sembrava il più piccolo del continente e si trovava in una posizione talmente strana che dava l'impressione di volersi nascondere dal resto del mondo. Ricarda non era riuscita a dissimulare la delusione, anche se aveva evitato di farla trasparire nella lettera a Siegfried, che aveva concluso semplicemente con un: *Torna a casa sano e salvo!*

Ricarda aveva rinunciato al progetto di lavorare il giorno di Natale. Non tanto per Flora, ma perché non voleva perdere l'occasione di rivedere la contessina e Käthe. Non le vedeva dal matrimonio di Rosel nell'estate di un anno prima e nel frattempo sua sorella aspettava già il primo figlio.

Ricarda si incamminò verso Seefeld con una borsa piena di regalini. Per fortuna era un pomeriggio limpido e assolato, che regalava una vista da cartolina sulle montagne. Respirò a pieni polmoni l'aria frizzante che nei dintorni del lago aveva un aroma particolare.

Dei giovani platani formavano un vialetto che terminava sulle sponde del lago. La villa di Florentine era una delle poche case in mezzo alla vegetazione. L'ingresso era addobbato da una ghirlanda di rami d'abete intrecciati e scintillanti palline di vetro, un'usanza estranea a quella città. Zurigo amava la sobrietà. Una volta aveva sentito qualcuno dire che le case più appariscenti appartenevano sempre agli stranieri. E nel caso di Florentine non poteva che essere così: in fin dei conti, un uccello del paradiso non avrebbe mai potuto vivere in una gabbia di legno.

Un domestico in livrea le aprì la porta con un inchino profondo e le prese il cappotto. Ricarda si guardò di sfuggita in uno dei molti specchi dalla cornice dorata dell'ingresso, poi distolse lo sguardo ed entrò nel salone.

C'erano già tutte. Si alzarono con i bicchieri in mano, nei quali sembrava guizzare il rosso ardente del fuoco che bruciava nel camino aperto. Era l'immagine perfetta per descrivere ciò di cui le parlava la contessina nelle sue lettere: la forza di un gruppo di donne che lottano per un unico obiettivo.

«Rica! Finalmente! Buon Natale!» disse la contessina avanzando a braccia aperte verso di lei.

«Contessina, sono felice che siate tornata a Zurigo» disse Ricarda. «Nei luoghi che vi hanno resa quella che siete oggi. Buon Natale anche a voi.»

Un cameriere portò a Ricarda un bicchiere di vino e la contessina brindò con lei a un sereno Natale.

«Vorrei brindare anche ai giovani, al futuro, perché lo siamo tutte noi» disse Käthe, che non pareva affatto invecchiata. Lo stesso non si poteva dire della contessa Luise, anzi: rivederla fu come uno choc per Ricarda. Quella che fino a poco tempo prima era stata una donna in fiore era invecchiata tutta insieme. Ricarda non poté fare a meno di pensare a suo padre, che aveva reso felice quella donna a discapito di sua madre. Ma era possibile che una volta perso l'amore le persone appassissero come fiori a cui venga tolta l'acqua?

I loro sguardi si incrociarono e Ricarda non poté fare a meno di rivolgerle un sorriso. Del resto, la legge divina era una cosa, i sentimenti delle persone un'altra.

«Si sente parlare molto bene di te, Rica» Käthe la prese a braccetto con gesto amichevole.

«Davvero? Da quanto tempo siete arrivate?»

Käthe dondolò la testa. «Da un paio di giorni. Una volta che si affronta un viaggio così lungo, bisogna pensare anche agli amici e alle amiche di un tempo.» Le fece l'occhiolino. «E tra questi ci sei anche tu.»

«È gentile da parte tua, Käthe» rispose Ricarda. «Dunque? Zurigo è cambiata molto?»

«Mai quanto noi. Il buon vecchio professor Überli insegna ancora anatomia. Credo che lo faccia da quarant'anni ormai!» Henriette scoppiò a ridere. «Avrai seguito anche tu le sue lezioni, no?»

«Solo quarant'anni? Pensavo fosse lì da molto più tempo» scherzò Ricarda.

«Ieri ho incontrato Theodor Wyder, il tuo professore» disse Käthe. «Insegna a Zurigo solo da questo semestre e viene direttamente dal nostro ospedale della Charité, come senz'altro saprai. Theodor è un amico di Carl e ha aiutato Florentine a comprare questa casa. Il mondo è piccolo, se abitato da grandi spiriti.»

«Quindi sono circondata?» domandò Ricarda ridendo.

«Ma certo che lo sei!» Anche Käthe era divertita. «Sarebbe ora che tu lo riconoscessi. Sei come un turbine che si stupisce di sollevare polvere.»

«Ma io non volevo… Käthe, il mio unico desiderio è lavorare!»

«Ti auguro che il tuo desiderio si avveri!» intervenne Florentine. «Ma oggi è Natale. Guardate com'è meravigliosamente illuminato l'albero!»

Florentine aveva messo un braccio intorno a Ricarda e uno intorno a Käthe e le fece voltare con dolcezza in direzione dell'albero di Natale, un immenso abete di Douglas che arrivava fino al soffitto, a non meno di tre metri. Tutte le candele erano accese. Era uno spettacolo magnifico.

I domestici di Florentine vi si erano disposti accanto e cantavano *Astro del Ciel*, ma neanche questo bastò a infondere pace nel cuore di Ricarda.

Florentine sa quando fare un passo indietro, pensò Henriette, *questo bisogna riconoscerlo*. E quello era esattamente il momento giusto, dopo lo scambio di qualche regalino simbolico, la cena e un ultimo bicchiere di vino per salutarsi. Erano ancora sedute nella sala del camino e tutte si erano accorte di quanto fosse silenziosa la persona meno appariscente della stanza. Insicurezza? La sensazione di essere fuori posto, nonostante tutti gli sforzi che faceva per dimostrarsi partecipe?

Florentine si alzò, tese la mano a Luise e disse: «Mamma, facciamo due passi fino al lago. Prendere un po' d'aria farà bene a entrambe.»

Anche Luise capì la situazione: «Certo, Flora. È una buona idea.»

«È bello che tu sia qui, Ricarda» disse Käthe non appena se ne furono andate. «Ti è costato molto venire, non è vero?»

«Lasciate che vi spieghi. Al momento vivo ancora in una minuscola stanza con la figlia di un parroco. Abbiamo meno spazio di quanto ce ne sia davanti a questo camino. Nonostante questo, Pauline ha detto che vivo chiusa nel mio mondo. E ha ragione. Ma allo stesso tempo non ne ha. Il fatto è che ho eliminato dalla mia vita tutto ciò che non contribuisce a un obiettivo concreto.»

«Tu riduci sempre tutto a un'equazione matematica» disse Henriette.

«Al momento è così che vivo» ammise Ricarda e non poté fare a meno di pensare a Siegfried. Un altro Natale senza di lui! Quanti erano stati? E quanti ancora ne sarebbero venuti? Di nuovo si chiese se il prezzo che stava pagando non fosse troppo alto. Ma Siegfried avrebbe mai avuto un permesso per Natale? O si sarebbe ritrovata sola in una stanza a Berlino, sempre e comunque in attesa?

«Se tagliamo completamente fuori i sentimenti, finiamo per congelare, Rica» disse Käthe.

«Lo so, ma non riesco a fare diversamente.»

«Hai detto che vivi "ancora" con Pauline. Significa che stai per traslocare?» domandò la contessina.

Ricarda raccontò della signorina Bitterli e della soluzione inattesa al problema che si era creato.

«Quindi d'ora in poi vivrai nel pensionato per infermiere?» domandò Käthe. «Sicura che sia una buona idea? Tu vuoi diventare un medico.»

«Non mi sento superiore alle infermiere. Fanno un lavoro straordinario.»

«Non è questo il punto» ribatté Henriette. «Il punto sono le relazioni che hai. Dovrai poter ricevere una visita.»

«Per questo ci sono i caffè.»

«Questa non è gioia di vivere» osservò Käthe. «Pensare sempre e solo al compito che si vuole assolvere porta a un vicolo cieco. Non si può solo dare agli altri, bisogna anche prenderci qualcosa, altrimenti il nostro equilibrio interiore si sbilancia fino a farci ribaltare. Jette e io abbiamo conosciuto molte colleghe alle quali è successo.»

Henriette guardò quella che era stata la sua protetta e capì che stava riflettendo. A quanto pareva, le parole di Käthe erano riuscite a fare breccia in Ricarda.

Ricarda non ci aveva mai pensato. Stando a quanto aveva detto Käthe, quello di cui aveva bisogno era la "gioia di vivere". Per questo Käthe amava il lusso, nonostante lavorasse praticamente senza stipendio in uno dei quartieri più poveri di Berlino.

Ricarda si massaggiò le tempie. La sua testa era come stretta in una morsa. «Penso che Flora abbia avuto una buona idea ad andare a fare una passeggiata. Ne avrei voglia anch'io» disse.

Poiché Käthe aveva deciso di ritirarsi, fu solo Henriette ad accompagnarla. La serata era limpida e nell'aria c'era profumo di neve. Quando raggiunsero il lago, la contessina le chiese: «Sei mai stata a fare un'escursione su queste montagne?».

Rica le raccontò della visita, ormai lontana nel tempo, di Lore e Siegfried e ripensò con nostalgia alla notte passata nel rifugio di montagna, quando si erano giurati amore legandosi un fiorellino al dito.

«È stata la tua unica escursione?»

«Le escursioni costano, contessina. I soldi che guadagno servono per pagarmi gli studi.»

«Capisco.» La contessina si fermò e le rivolse uno sguardo serio. «Negli ultimi anni si è venuta a creare una distanza notevole, tra noi. Prima c'è stata la tua decisione sbagliata con Hildchen, poi te ne sei andata a vivere con Lore dalla signora

Gottlieb. Volevi farcela da sola. La cosa mi ha ferito, questo lo sai, non è vero?»

Ricarda annuì. «Dovevo trovare me stessa, contessina, e vicino a voi non sarebbe stato possibile.»

Perché mi opprimevate con la vostra presenza, pensò. *Accanto a voi non avevo spazio.* E nel frattempo si era accorta che le cose non erano cambiate poi molto. Forse era anche per questo che non tornava spesso a Berlino.

«E ti sei trovata, Rica?»

«Sì» rispose lei. «Anche se non tutto ciò che ho trovato mi piace.» Si rese conto del significato di quelle parole solo dopo averle pronunciate e si unì al sorriso della contessina.

«Sei onesta anche con te stessa. È una cosa bella ed è proprio per questo che mi permetto di essere onesta a mia volta. Ti prego di trasferirti qui da Flora.»

C'era da aspettarselo, pensò Ricarda. Si strinse nel cappotto, la serata era più fredda di quanto avesse immaginato. «Lasciate che vi parli apertamente: Flora e io abbiamo in comune solo gli studi che facciamo. Non capisco perché continuiate a tormentarvi e ho il sospetto che non lo capisca neanche lei. Non si presenta agli appuntamenti. E di certo non ha bisogno di soldi. Quindi, perché?»

La contessina rimase in silenzio qualche secondo, fissando la superficie liscia del lago davanti a sé. Sembrava che stesse lottando con se stessa o con le parole da scegliere, Ricarda non sapeva dire con certezza quale delle due cose. Poi inspirò profondamente l'aria fredda e la espirò con decisione.

«Voi due non potreste essere più diverse, questo è certo» disse alla fine. «Ma c'è stato un momento nelle vostre vite – e sai bene a quale momento mi riferisco – in cui il destino tuo e di Flora si sono annodati. E questo nodo non puoi più scioglierlo, Ricarda. Il mio compito è quello di ricordarvelo.»

«Ma perché, contessina? Siamo due donne adulte ormai.»

La contessina scoppiò in una breve ma sonora risata. «Oh, no, Ricarda. Non lo siete. Anche se tu forse lo sei un po' più di Flora. Io non ho figli biologici, ma Flora è la mia figlioccia e sono qui a chiederti di aiutarla a ritrovare la sua vera vocazione.»

«Ma in questo siete già riuscita, contessina. È qui.»

«Sì e no. Si contorna di galletti che la venerano, quando avrebbe bisogno di una persona che la aiuti, invece. Ha di nuovo bisogno di te per non colare a picco, perché stavolta rischia di annegare in un mondo di cianfrusaglie e di pura apparenza. A cosa servono i soldi, se è solo il fuoco della vanità a scaldare il cuore?»

«Volete raccontarmi la storiella della povera ragazza ricca? Contessina, vi prego!» Ricarda si voltò di scatto e si allontanò.

Dopo pochi passi, la contessina la raggiunse e la prese per un braccio. «Scusami. Mi sono fatta prendere dai sentimenti. Il vino, questo lago, il passato – tutto questo è troppo. Però, Ricarda, sarebbe la cosa migliore anche per te. Ti aspettano tempi duri, vuoi forse scrivere la tesi nel letto di una stanza senza riscaldamento? Renditi le cose più semplici, Rica! Fai qualche turno di notte in meno, dormi di più. Abbi cura di te o finirai per consumarti. Guardati, sei pelle e ossa.»

Quando, qualche ora prima, era entrata nella villa di Florentine e il suo sguardo era scivolato su uno dei molti specchi dalla cronice d'oro, l'immagine che vi aveva visto le aveva ricordato Lore. La Lore giovane, che soffriva di clorosi. La contessina aveva ragione, era magra e pallida in modo malsano.

"Gioia di vivere": non riusciva a togliersi quell'espressione dalla testa. «Rifletterò sulla vostra proposta» le promise Ricarda.

La contessina la prese a braccetto. «Ti ringrazio. Dopo Natale vorrei presentarti una delle donne più interessanti di questa città» disse. «È la prima svizzera a essere diventata dottoressa. Fu un grande scandalo! Ma non voglio svelarti troppo, preferisco che ti faccia un'idea tua.»

È incinta!, Ricarda era talmente sorpresa che dovette fare uno sforzo per distogliere lo sguardo dalla pancia rotonda della padrona di casa.

Nessuna delle dottoresse che aveva incontrato fino a quel momento le aveva dato l'impressione di avere tempo per certe cose. Si somigliavano tutte tra loro: capelli tirati indietro e abiti scuri accollati. Anche Marie Heim-Vögtlin si atteneva a queste regole non scritte, fatta eccezione per il ventre gravido.

"Una delle donne più interessanti della città." La contessina non aveva esagerato.

A Berlino, che era dieci volte più grande di Zurigo, non esisteva una sola donna come Marie Heim-Vögtlin. Lo si capiva già dalla sua casa, che al pianterreno ospitava i suoi ambulatori e al piano superiore le stanze private. Il suo volto era simpatico, dai lineamenti morbidi, le labbra carnose lievemente arcuate, una fronte proporzionata: una bella donna che aveva appena passato i quaranta.

La contessina, Käthe e Ricarda presero posto al piano superiore, dove la padrona di casa servì loro il tè. «Abbiamo un'ora tutta per noi» disse. «Mio marito è a giocare nella neve con i bambini e i cani.»

«Le tue giornate sono sempre così ben organizzate» osservò Käthe. «Ma come fai? Eppure anche il tuo Albert è un uomo molto impegnato.»

La donna rispose con un sorriso timido, ma una scintilla di malizia negli occhi: «Il caro Albert a volte si lamenta e dice che per un paio di giorni vorrebbe essere lui il malato, almeno sua moglie si prenderebbe cura di lui e gli starebbe vicino». Poi bevve un sorso di tè. «Per fortuna abbiamo la bambinaia, senza di lei sarebbe impossibile.»

«Quanti figli avete, se posso chiedere?»

«Chiedete pure, signorina Petersen! Arnold ha sei anni e Helene appena due. È la giusta distanza per il nostro prossimo bimbo, che nasce a metà febbraio.»

«Come ci si sente a diventare madri essendo dottoresse?» domandò Ricarda. «Immagino si abbia più paura, sapendo quante cose possono andare storte.»

«C'è sempre qualcosa che può andare storto, signorina Petersen. Per Arnold sono ricorsa all'aiuto del collega Wyder.»

L'ha fatta partorire il mio professore!, pensò stupita Ricarda.

«È stato un parto lungo, come quasi sempre al primo figlio. Anche con Helene, ma in quel caso dopo due settimane ho avuto un'enterite che per poco non degenerava in peritonite. Sono stata sei giorni distesa con gli impacchi caldi. È molto utile sapere cosa avviene dentro il nostro corpo.» Si carezzò la pancia. «Partorirò il mio terzo figlio a quarantatré anni e in effetti la cosa mi rende un po' nervosa. Ma ora raccontatemi di voi! Perché volete diventare un medico?»

La dottoressa ascoltò con grande attenzione Ricarda che le raccontava il suo percorso.

«Il collega che ha causato quel problema con la paziente a Burghölzli non esercita più» disse, quando Ricarda ebbe finito di parlare. «Ma è giusto quello che dite. Le donne donano la vita e nel farlo si avvicinano terribilmente alla morte. Questa fase così delicata merita tutta la nostra attenzione. Per questo dico sempre che la vita ha valore solo se si pone a fondamento delle generazioni successive. Avete già qualche idea per la tesi?»

Anche la contessina e Käthe la stavano fissando in attesa di una risposta. Ricarda non voleva deludere le tre signore, ma era ancora troppo presto per dare una risposta esaustiva, per cui si limitò a dire: «La mia tesi dovrà riportarmi al punto in cui tutto è cominciato. Al momento in cui mi sono chinata su un microscopio e ho visto i componenti più piccoli della vita. Sappiamo molte cose sui batteri e sui loro effetti, ma siamo poco più che agli inizi e io vorrei procedere in questa direzione.»

«È un ottimo punto di partenza!» esclamò la dottoressa incinta. «Credo che il dottor Wyder sarebbe un ottimo alleato per voi.»

La Heim-Vögtlin fece la sua proposta solo quando l'ora a disposizione era quasi terminata: «Con le altre due gravidanze ho lavorato fino al parto. Ma ora che è inverno devo stare attenta con le visite domiciliari. Voi avreste modo di darmi una mano?»

«Sarebbe un onore!» rispose Ricarda felice.

Mio caro Siegfried,
non sai quanto mi abbia aiutato conoscere la signora Heim-Vögtlin! Dalla sera in cui siamo stati soli in quel rifugio, mi sono sempre chiesta se sarei riuscita a essere un medico e una madre allo stesso tempo. Adesso lo so: si può fare. Peraltro lei ha due bambini adorabili che abbiamo conosciuto durante la nostra visita. E pensa un po': suo marito è geologo e professore qui a Zurigo.
Non importa cosa dice la gente: un uomo e una donna possono esercitare il proprio mestiere con gli stessi diritti. Devono solo volerlo, perché sia possibile. Anche tu e io ci riusciremo, sono così felice di averti al mio fianco!
Questa è l'ultima lettera che ti scrivo dalla mia piccola tana nella pensione, perché domani mi trasferisco davvero nella villa di Florentine.

Avrebbe voluto aggiungere che aveva un cattivo presentimento al riguardo, ma decise di lasciar perdere. Non voleva che Siegfried si preoccupasse per lei e poi sentiva che quella sua lamentela era ridicola. Mentre lei avrebbe sguazzato nel lusso, lui era sperduto in qualche parte del mondo in chissà quali condizioni.

Che i Freystetten fossero bravi a organizzare feste, Ricarda lo sapeva. Ma la festa di Capodanno che aveva messo in piedi Florentine la lasciò comunque senza parole. I lampadari di cristallo riflettevano la luce di un numero impressionante di candele e la musica risuonava in ogni ambiente. Poiché Zurigo non disponeva ancora di teatri d'opera, Florentine aveva fatto venire una soprano e un tenore da Monaco. Una piccola messinscena di gran gusto che fu molto applaudita dagli ospiti. In questo quadro rientrava anche una cosa che Ricarda non aveva mai visto prima: un buffet all'americana. Che cameriere e domestici aspettassero gli ospiti al tavolo del buffet per servirli sembrava essere una novità anche per gli altri ospiti, perché le montagne di gamberetti, ostriche e caviale dovettero aspettare a lungo prima che i primi coraggiosi si facessero avanti.

Ovviamente Florentine era il fulcro raggiante della festa, volteggiava in mezzo alla gente baciando guance e tendendo la mano, tra una chiacchiera e una battuta. Ricarda dovette ammettere di essere affascinata da quell'autorappresentazione. In quanti posti aveva già vissuto quella donna: Inghilterra, America e adesso Svizzera, e il suo proposito di offrire alle persone un contesto in cui divertirsi sembrava trovare ovunque terreno fertile. E quella volta sua zia si stava dimostrando una degna alleata. Anche la contessina, infatti, non faceva che svolazzare da un ospite all'altro.

Käthe e suo cugino Georg si avvicinarono a Ricarda ciascuno

con una coppa di champagne in mano. Con Georg, che anni prima l'aveva accolta a Monaco con tanta gentilezza, Ricarda non era ancora riuscita a scambiare più di qualche futile convenevole.

«Zurigo è stata all'altezza delle vostre aspettative, signorina Petersen?» le domandò lui.

«Non so se avessi altre aspettative oltre a quella di voler studiare.»

«Käthe mi ha detto che vi siete trasferita qui solo oggi. Dove vivevate prima?»

«Dalla signorina Bitterli.»

«Immagino sia un famoso hotel di Zurigo» scherzò lui, riuscendo a farla ridere. Quando l'orchestra attaccò un valzer, il signor Kögler le chiese di ballare. Era un bravo ballerino e ignorò gli errori di Ricarda, che non ballava da tantissimo tempo. Poco dopo, quando Ricarda aveva iniziato a sentirsi più sicura, vide Florentine volteggiarle accanto tra le braccia dell'uomo di bell'aspetto che le aveva presentato poco prima. Nell'incrociare lo sguardo di Ricarda, il bel tipo le fece l'occhiolino, cosa che le permise di ricordare il suo nome perché in effetti faceva pensare più a un donnaiolo che a un gentiluomo: si chiamava Giacomo, come Casanova.

«Adesso però devo chiedervelo: come vi conoscete voi e la padrona di casa? Siete amiche?» domandò il signor Kögler. A quanto pareva, Käthe non lo aveva messo al corrente di tutto il complicato intreccio di rapporti.

«Perché, vi sembriamo mal assortite? In questo caso, sono d'accordo con voi, ma la contessina è convinta che mi serva quel tocco di socialità che non ho potuto apprezzare stando dalla signorina Bitterli» rispose Ricarda ridacchiando.

I due sorsi di champagne e quel ballo le avevano dissolto

ogni pesantezza e i due rimasero sulla pista anche quando iniziò un nuovo brano. Käthe passò loro accanto danzando raggiante tra le braccia di un giovanotto. "Gioia di vivere". Sì, le era decisamente mancata fino a quel momento! La contessina, invece, non pensava ad altro che a fare conversazione. Ogni volta che si presentava un cavaliere davanti a lei per invitarla a ballare, lei declinava l'invito con un sorriso gentile.

«E così d'ora in poi vivrete qui sul lago? Potete ritenervi fortunata» disse il signor Kögler.

«Tutto ha un prezzo.» Le parole le erano sfuggite di bocca prima che potesse riflettere.

«Quindi non siete amiche, voi due?»

«Voi prendete sempre troppo sul serio quello che dico, signor Kögler! Me ne resi conto già a Monaco.»

«Preferireste che non fosse così?»

La stava stringendo più forte? O era solo la sua immaginazione? Ad ogni modo la cosa non le dispiaceva...

«Parliamo sempre e solo di me. Cos'è successo nella vostra vita, invece?» gli domandò.

«Parliamo di voi perché nella mia vita non è successo niente che valga la pena di essere raccontato.»

«Neanche nella mia, signor Kögler! Lavoro per poter studiare e studio per poter lavorare.»

«E vi siete fidanzata» osservò lui.

L'anello alla sua mano sinistra! Quell'uomo era davvero attento. Ricarda non rispose e continuò a ballare.

«Anche lui è un medico?» insistette Georg.

«Sì.»

«È un fidanzamento segreto?»

«Diciamo che è un fidanzamento difficile, ma felice.»

«Quindi vi vedete solo molto di rado» ne dedusse lui.

Ricarda perse il ritmo, gli pestò un piede e sospirò. «Credo di aver bisogno di qualcosa da bere.»

Georg le passò una coppa di champagne e lei ne bevve un sorso. Mentre anche lui beveva, Ricarda notò per la prima volta la sua mano. A quanto pareva non si era risposato. Le tornò in mente la strana espressione che aveva usato a suo tempo.

«Voi come state?» gli chiese. «Quella volta temevate di non avere la forza per un nuovo legame.»

Georg sorrise. «Veramente dissi: la forza di trasformare i miei sogni in realtà.»

Ricarda sollevò il bicchiere. «Brindiamo a questo, che possa finalmente accadere nell'anno che viene.»

Mentre i loro calici si sfioravano, lui la guardò con un'espressione che la confuse. Ma forse era solo colpa dello champagne.

Non era ancora mezzanotte, quando la musica cessò e Florentine fece tintinnare il suo bicchiere per attirare l'attenzione dei presenti.

«Vedete mia madre da qualche parte? E la zia Henriette! E Ricarda! Venite qui da me, per favore» disse a voce alta.

Ricarda si sentì prendere dal panico. Era seduta con Käthe, Georg e un signore che sembrava apprezzare molto la compagnia di Käthe a un tavolino un po' defilato, e stava assaggiando il caviale che Georg le aveva portato.

Con il calice di champagne nel sangue le fu abbastanza facile raggiungere il palco improvvisato. Florentine teneva un braccio attorno alla madre, mentre Henriette tendeva la mano in direzione di Ricarda. Facevano a gara a chi era più raggiante.

«Signore e signori, cari amici! Mi è appena arrivato un telegramma dalla Germania con una magnifica notizia. Oggi a Freystetten è venuto alla luce un erede! Il mio meraviglioso fratello Friedemann ha avuto un figlio. Franz Von Freystetten. Lunga vita a lui!»

L'orchestra eseguì una breve fanfara e gli ospiti applaudirono, mentre Ricarda sentì il cuore esploderle e la testa riempirsi di pensieri. La piccola Rosel era diventata madre! I suoi occhi si riempirono di lacrime di gioia. Il figlio di Rosel portava il nome del vecchio conte che lei aveva visto morire. Come le sarebbe piaciuto tenere tra le braccia il bambino di Rosel! Chissà qual era il suo aspetto, chissà quali caratteri aveva ereditato! Gli irsuti capelli biondi del nonno Gustav, il rosso fuoco dello strano nonno Raimund o il nero pece della nonna Karla, la cuoca spagnola? Magari il naso prominente del bisnonno di cui portava il nome?

L'unica cosa certa era che il nipote di una cuoca e di un giardiniere era un conte!

Ricarda stava ancora riflettendo su questa evoluzione, quando Florentine riprese a esaltare la nascita del nipote come se fosse l'attrazione della serata: «Cari amici, la mia amata madre è appena diventata nonna!».

Di nuovo una fanfara.

«Mia zia Henriette è diventata prozia.»

Un'altra fanfara.

«La mia compagna di studi Ricarda, qui accanto, oggi è diventata zia proprio come me, perché sua sorella Rosamunde è la moglie di mio fratello. Dunque siamo zie dello stesso nipote! Ma attenzione, miei cari: nessuno ci dia delle vecchie zie!»

La sala si riempì di risate. Ma Ricarda, oltre alla gioia per sua sorella, provava una sensazione meno piacevole. Il bambino sarebbe dovuto nascere tra quattro settimane, le aveva scritto la madre, il che era senz'altro giusto perché altrimenti la contessina non si sarebbe di certo trovata a Zurigo. A Freystetten sarebbe stata di certo più utile, come del resto anche lei stessa.

«L'ho capita solo adesso: le zie!» Il signor Kögler stava sollevando il bicchiere, ma si accorse dell'espressione pensierosa di Ricarda. «A cosa state pensando? Posso fare qualcosa per voi?»

«Non credo, signor Kögler. È che mi trovo a mille chilometri da dove dovrei essere. Non è una bella sensazione.»

Käthe le andò vicino e le posò una mano sulla spalla. «Non tormentarti, Rica. Tua sorella è una donna giovane e in salute. Di sicuro sarà stata assistita da qualcuno.»

Ricarda sospirò. «Hai ragione, Käthe. Mia madre è brava. Probabilmente lei e Rosel sono le donne più felici del mondo, adesso!»

«Vedete, signorina Petersen? E poi è quasi mezzanotte. Quello che sta per cominciare sarà senz'altro un buon anno.»

«Posso esprimere un desiderio?» domandò Käthe.

Il signor Kögler e Ricarda la guardarono stupiti.

«Vorrei tanto che voi la smetteste di chiamarvi "signor Kögler" e "signorina Petersen".»

Georg si illuminò. «Grazie, Käthe. È un ottimo suggerimento.»

La proposta colse Ricarda alla sprovvista. Poteva davvero dare del tu a un uomo così tanto più grande e maturo di lei?

«Tre, due, uno, buon anno!»

In quel preciso istante, Georg Kögler le diede un bacio sulla guancia.

«Questo era da parte mia, da parte di Georg.» L'orchestra riprese a suonare. «Entriamo nel nuovo anno ballando!» esclamò, un po' su di giri.

A Ricarda piaceva volteggiare sulla pista da ballo tra le braccia di Georg. La "gioia di vivere" era proprio una sensazione piacevole. Anche se quello che la teneva tra le braccia era l'uomo sbagliato.

Dipende tutto da te

Febbraio 1889

Sappiamo tutti che in questo momento vorresti essere con tua sorella e il suo bambino. Ma non prendertela. Dio dispone tutto secondo la Sua volontà. E se la dottoressa che per te è un grande modello adesso ha bisogno di te, lo capirà anche Rosel. Tuo nipote è un bambino sano e grazioso. Ha recuperato pienamente le settimane che gli sono mancate nel ventre materno.

Ricarda piegò la lettera di sua madre che aveva trovato quella mattina sul cassettone della camera, la infilò nella tasca del vestito e si buttò addosso il cappotto. La sua stanza accogliente si trovava nella mansarda della casa di Flora. Aveva dovuto lottare per ottenerla, perché Florentine voleva assegnargliene una molto più signorile al primo piano. Corse in punta di piedi verso la porta di casa.

«Aspettate, signorina Ricarda! Prendete i vostri panini!»

La signora Hofacher era l'anima della villa. Si occupava di tutto e sembrava non dormire mai. «Sono fortunata a lavorare qui, con voi giovani. Non ci si annoia mai» diceva nel suo dialetto ogni volta che Flora organizzava una delle sue feste fino a tarda notte.

«Grazie, signora Hofacher!»

«È arrivato il momento, per la dottoressa?»

Era già il terzo giorno di seguito che la signora Hofacher

le faceva questa domanda. E non era l'unica! Il bambino della dottoressa Heim-Vögtlin si faceva attendere.

Il dottor Wyder già il giorno prima le aveva detto: «Cara collega, non è più il caso di aspettare».

«Niente taglio, dottor Wyder. È il mio terzo figlio, troverà la strada.»

Mentre risaliva a passo svelto le strade gelate, Ricarda pensò che forse quel giorno il dottor Wyder avrebbe dovuto intervenire davvero. Faceva quel tragitto dall'inizio di gennaio, perché fino a due giorni prima la Heim-Vögtlin aveva ricevuto le sue pazienti all'ambulatorio. Ricarda l'aveva assistita anche in quello, ma principalmente si occupava, come d'accordo, delle visite di controllo a domicilio.

Le ci volevano venti minuti esatti per arrivare a casa Heim-Vögtlin, ai quali a volte si aggiungeva un minuto buono per superare il loro cane da guardia Berthold, un bovaro che le arrivava alla vita, dal lungo pelo nero, la personalità ostinata e il muso molto, espressivo. I suoi occhi scuri scintillavano sotto le macchioline marroni e aveva una fiamma bianca a dividere in due il suo muso, altrimenti tutto nero, delimitato da guance fulve. Ricarda si era molto affezionata a quel gigantesco cane buono e faceva sempre avanzare un pezzetto di prosciutto dalle sue provviste per il viaggio.

Salì al primo piano della casa, bussò e sentendo il perentorio «Avanti» della signora Heim-Vögtlin, entrò. La futura madre faceva respiri rapidi e Ricarda si accorse che le si erano rotte le acque.

«Vedete, lo dicevo io. Il bambino trova da solo la sua strada» disse la donna, agitata. «Datemi lo specchio!»

Ricarda capì subito che voleva partorire da sola, senza il dottor Wyder che le aveva consigliato il cesareo. E che voleva il suo aiuto per farlo.

«Dottoressa, le vostre contrazioni sono molto leggere» disse Ricarda.

«Diamogli tempo. Conosco il mio corpo.»

Non appena arrivò una nuova doglia, la partoriente fece dei respiri profondi e spinse. Poi si ispezionò con l'aiuto dello specchio. La sua forza di volontà era tale che riusciva a mantenere il controllo anche in un momento come quello.

«Fatemi dare un'occhiata» disse Ricarda con fermezza. Poi la mise a parte delle sue valutazioni: «Le contrazioni sono troppo leggere, per avere il sacco già rotto. Questo lo sapete».

«Fatemi una tisana per indurre le doglie!»

«Certo. Ma dovremmo comunque chiamare il dottor Wyder.»

«Non mi farò operare» disse la Heim-Vögtlin decisa. «Il rischio è troppo alto. Si farà a modo mio. Voi avete fatto nascere molti bambini, e anch'io. Ce la possiamo fare anche senza l'aiuto di un uomo.»

È sleale usare questo argomento, pensò Ricarda, che invece condivideva la proposta di Wyder. Ma alla fine si fece convincere dall'esperienza della dottoressa, nonostante la sua condizione di partoriente non la mettesse nella posizione ideale per giudicare.

All'ora di pranzo il feto era ancora troppo indietro, anche se nella posizione corretta. Per un cesareo era troppo tardi, ma il bambino non aveva più liquido. Ricarda sentiva i suoi battiti farsi sempre più deboli. Il bambino e la mamma non avevano più molto tempo.

«Se non vogliamo mettere in pericolo il bambino, dottoressa, dobbiamo tirarlo fuori subito» disse Ricarda. «Serve il forcipe e preferirei che se ne occupasse il professore.»

«Fatelo chiamare» ansimò la donna tormentata dai dolori.

Ricarda fece un sospiro di sollievo.

Il dottor Wyder arrivò mezz'ora dopo, direttamente dalla vicina università. Ricarda aveva approfittato di quel tempo per preparare tutto nei minimi dettagli. Il professore risparmiò alla collega qualsiasi commento sull'inutile complicazione.

«Prendiamo il cloroformio?» domandò Ricarda, che aveva approntato anche tutto il necessario per risparmiare alla partoriente il dolore di un parto con il forcipe.

Mentre Ricarda misurava il polso della madre narcotizzata, Wyder procedette con mano sicura. «Si è lacerata» disse all'improvviso.

Ci mancava solo la lacerazione del perineo, pensò Ricarda. Certo, non era raro che accadesse durante un parto col forcipe.

Poco dopo la bambina giaceva tra le gambe della madre in un misto di sangue, muco e feci. Mentre Wyder tagliava il cordone, Ricarda sollevò subito la piccola e la liberò di tutto ciò che avrebbe potuto ostacolarne la respirazione. La bambina emise un gridolino timido, come se non volesse disturbare la madre ancora incosciente.

«Grazie a Dio» mormorò Wyder mentre ricuciva la lacerazione al perineo.

«Ci hai fatto prendere un bello spavento, piccolina» disse Ricarda cominciando a lavare la neonata in una vasca di zinco piena di acqua tiepida.

Se dovessi fare un elenco dei momenti più belli di un parto privo di complicazioni, al primo posto ci metterei la comparsa della testolina. E subito dopo il primo pianto. Al terzo posto ci metterei il bagnetto che faccio al neonato, perché quello è il momento in cui si immerge definitivamente nella nostra civiltà, scrisse quella sera a Siegfried.

Era sicura che per le madri la classifica sarebbe stata molto diversa. Probabilmente il momento più bello in assoluto era il primo sguardo scambiato con il loro bambino. O il primo riflesso che lo porta a stringere loro il dito. O la prima volta che si attacca al seno.

Ricarda guardò trasognata fuori dalla finestra, nella notte nera come la pece di quel 20 febbraio. Si chiese come doveva essere mettere al mondo un figlio proprio.

Neanch'io, quando verrà il momento, sarò in grado di capire quand'è il momento di lasciare il controllo? Io penso di sì, invece, perché avrei te al mio fianco, Siegfried. Io potrei rilassarmi, godermi il parto e mettere la vita mia e del bambino nelle tue mani, scrisse.

Una mattina di metà marzo, poco prima delle sei, Ricarda lasciò in punta di piedi la mansarda della casa di Flora. Scese le scale senza fare rumore. Dalle ampie finestre rotonde vide la neve sui prati intorno al lago.

«Sta meglio la Rösli?» domandò la signora Hofacher.

Ricarda prese come sempre i panini con prosciutto e formaggio che la donna le porgeva, anche se quella domanda le aveva chiuso lo stomaco.

«Nessun miglioramento. È terribile veder soffrire così quella piccolina. Devo sbrigarmi. A stasera!»

«Se vedete la contessina, ditele che anche lei ha bisogno di riposo.»

«Ci proverò, signora Hofacher» disse Ricarda mentre usciva di casa.

Camminando per la città che si svegliava, pensò alla dottoressa Heim-Vögtlin e ai cambiamenti spaventosi che aveva subìto nell'ultimo mese. Sembrava invecchiata di anni. La casa era per lo più immersa in un'atmosfera di grande malinconia, erano rari i momenti in grado di rischiarare un po' quelle giornate grigie.

Arnold, che nel frattempo aveva compiuto sette anni, poco dopo la nascita della sorellina Rösli aveva voluto sapere a ogni costo da dove fosse venuta e Ricarda era stata testimone della decisione dei genitori di non raccontargli bugie. Alber Heim, un uomo imponente, con la barba nera lunga fino al petto, chiese al figlio: «Sai come nascono gli uccelli?».

«Dalle uova che depongono gli adulti.»

«E sai come funziona per i cani?»

«Loro depongono i cuccioli già vivi e riposati.»

«E per gli uomini come sarà mai?»

Il bambino ci pensò un attimo e poi abbracciò la madre: «Grazie, per avermi deposto!».

Tutto faceva pensare che quella famiglia potesse essere felice, nonostante Marie Heim-Vögtlin si lamentasse del decorso della lacerazione al perineo. Il dottor Wyder aveva addirittura dovuto riaprirla e suturarla di nuovo, perché la ferita non voleva saperne di cicatrizzarsi. La Heim-Vögtlin stava quasi sempre a letto, dal quale dirigeva sia i lavori di casa che l'ambulatorio. Ma era evidente che la dottoressa avrebbe dovuto ritardare il suo rientro al lavoro a causa delle complicazioni post parto.

«Ho bisogno di una dottoressa che mi sostituisca all'ambulatorio, signorina Petersen. Penso che lo chiederò a Henriette Von Freystetten.»

E in effetti poco dopo la contessina arrivò a Zurigo, si sistemò nella villa di Flora e prese in mano l'ambulatorio dell'amica. Due settimane dopo, la signora Heim-Vögtlin era tornata in forze e Henriette sarebbe potuta tornare a Berlino. Ma il destino aveva in serbo un colpo crudele.

Quando Ricarda entrò senza far rumore nella camera da

letto, vide la madre assopita sulla poltrona accanto alla culla. Le tende erano tirate. La bimba febbricitante era coperta solo da un lenzuolo leggero e gli impacchi freddi si erano scaldati da un pezzo. Ricarda li sostituì con cautela, ma Rösli si svegliò e lanciò un urlo stridulo che non sembrava provenire da un neonato, ma da un animale morente.

«Soffre così tanto» disse la madre il cui volto era scavato dal dolore. «E non abbiamo idea di come aiutarla. È terribile che non si sappia qualcosa di più sulla sepsi neonatale.»

Avevano consultato uno specialista in malattie infantili dell'università, che aveva confermato i timori della madre: si trattava di meningite, una malattia letale per la quale non esisteva rimedio. Marie Heim-Vögtlin non poteva far altro che attendere che la morte le strappasse la bambina.

Anche Ricarda si logorava a vedere la dottoressa Heim-Vögtlin, il suo modello, in balìa di ciò che gli uomini chiamano destino o volontà divina. Ma non voleva abbandonarsi ai sentimenti, bensì cercare la ragione per cui si trovava ad assistere a questa disgrazia.

La contessina aveva terminato di visitare le ultime pazienti solo a tarda sera. «Se non vi porto a casa con me, la signora Hofacher mi sgriderà» le disse Ricarda.

«Hai ragione, Rica, andiamo.»

Erano ormai lontane da casa Heim-Vögtlin, quando Ricarda le domandò: «Vi siete fatta un'idea sull'origine della malattia che ha colpito Rösli?»

«Per quanto brutale suoni, lo scopriremo solo dopo che la piccola sarà morta e avremo il permesso per fare un'autopsia.»

«Credete che la dottoressa Heim-Vögtlin acconsentirà?»

«Non sarò certo io a chiederglielo, Rica.»

«Lo capisco, voi due siete amiche. Ma vorrei analizzare la cosa da un punto di vista puramente medico.»

«Mi pare assolutamente legittimo» disse Henriette. «Vai avanti.»

Camminavano lungo le strette strade costeggiate da case, le cui finestre erano già quasi tutte buie.

«Trattandosi di una malattia del cervello, mi sono rivolta al professor Diener» le raccontò Ricarda. «Lui dice che la meningite potrebbe essere stata causata da dei batteri.»

«Ha idea di quale tipo di batteri?»

«No.» A quel punto Ricarda diede voce al suo sospetto: «In realtà un neonato può entrare in contatto con dei batteri che veicolano la meningite solo durante il parto. Quando il professor Wyder ha estratto la bambina con il forcipe, alla partoriente si è lacerato il perineo e sono fuoriuscite delle feci prima che avessi il tempo di tirare via la neonata».

La contessa la guardò esterrefatta. «Sarebbe terribile, se tu avessi ragione! Significherebbe che qualunque ginecologo o ostetrico potrebbe infettare il neonato con una malattia!»

«Sì, lo so. In certi casi succede tutto troppo in fretta per poterlo evitare.»

Proseguirono in silenzio fino alla villa di Flora, ognuna assorta nei propri pensieri. Quando furono davanti alla casa, la contessina posò le mani sulle spalle di Ricarda. «Per ora non diciamo niente a Marie.»

«Certo che no. Per la famiglia è una disgrazia e alla sua età è improbabile che la dottoressa Heim-Vögtlin possa avere un altro bambino.»

La contessina guardò la sua ex alunna dritto negli occhi. «La tragedia di Marie potrebbe essere la coincidenza che ti fa scoprire qualcosa di importante. Devi approfondire la cosa.»

Ricarda si buttò sul letto della sua mansarda, esausta. Gli avvenimenti della giornata le impedivano di prendere sonno. Continuava a pensare alla terribile sorte della bambina: se la sua ipotesi era corretta, forse si poteva evitare che in futuro altri neonati soffrissero lo stesso destino. Quindi era fondamentale che trovasse al più presto delle prove. Per quanto spietato potesse sembrare il suo proposito, una madre che allo stesso tempo era anche medico forse lo avrebbe capito. Almeno la morte di Rösli non sarebbe stata vana.

La mattina dopo, Ricarda, ancora mezza addormentata, incontrò la signora Hofacher che le porse una lettera.

«È arrivata per lei stamani all'alba, signorina Petersen. L'uomo che l'ha consegnata aveva l'aria di essere qualcuno di importante e ha detto che si tratta di una cosa molto urgente.»

«Grazie.» Ricarda prese la lettera e l'aprì.

«Le porto subito un caffè» disse la signora Hofacher.

La lettera era del dottor Diener. Ricarda sentì il cuore battere più forte.

Gentilissima signorina Petersen,
il collega Wyder mi ha riferito la vicenda che vi ha portato a farmi quella domanda, ieri. La triste sorte della collega Heim-Vögtlin non mi ha fatto dormire. Stanotte ho ritrovato la dissertazione di Theodor Escherich, un collega di Monaco, e l'ho riletta. Ve la allego a questa lettera. La ricerca del dottor Escherich, che aveva precedentemente studiato il colera a Napoli, suggerisce la stessa ipotesi che avanzate voi, ovvero che i batteri intestinali potrebbero veicolare la meningite. Vi prego di studiarvi questa relazione con la dovuta attenzione e di discuterne poi con il professor Wyder. Sono a disposizione per eventuali approfondimenti.
Distinti saluti.

«È una brutta notizia, signorina Petersen?» domandò la signora Hofacher posando la tazza di caffè sul tavolino accanto a Ricarda.

«Non ho fatto dormire il mio professore» rispose lei con un mezzo sorriso.

Poco male, pensò con una punta di orgoglio. Ma pochi istanti dopo, non appena si fu immersa nella lettura della relazione, niente sembrò più avere importanza. A quanto pareva, questo professore aveva da poco scoperto un batterio presente nell'intestino di ogni essere umano, dove peraltro svolgeva un ruolo prezioso. C'era un unico luogo in cui non doveva venire a trovarsi per nessuna ragione: nel cervello di un bambino piccolo, sul quale aveva un effetto devastante.

«È tardi, signorina Petersen. Quasi le sette e mezzo.» Ricarda saltò su.

«I panini!»

«Grazie, grazie!»

Risalì di corsa la collina e arrivò in cima senza fiato. Infilò tutto il panino al prosciutto in bocca a Berthold, che la lasciò passare subito, e si precipitò su per le scale, al primo piano.

Se non fosse stata così di furia, avrebbe senz'altro fatto caso allo strano silenzio che regnava nella casa. Non appena ebbe varcato la soglia della camera da letto, andò a sbattere contro un muro di dolore e di lutto. L'intera famiglia si era riunita intorno al lettino di Rösli. A quella minuscola creatura, che portava l'altisonante nome di Marie Rosa Heim, era stato concesso di trascorrere solo quattro settimane in questo mondo, e il primo momento di pace della piccola erano proprio le ore successive alla sua morte. Neanche la sorellina di due anni Helene emetteva un suono, nonostante avesse appena imparato a parlare. Arnold, di sette anni, stava appoggiato al padre, un gigante a cui il dolore sembrava aver sottratto ogni forza. La madre, schiacciata dal peso del destino, era come assente.

Ricarda si avvicinò lentamente al lettino. Il suo cuore era vicino al dolore della famiglia, ma la sua mente era piena delle teorie del professor Escherich. Pensava come un medico, non poteva farci niente. E in quanto medico era costretta a calpestare in modo orribile il dolore di quella piccola famiglia in nome di un obiettivo più alto. Era arrivato il momento di esplorare un sentiero che avrebbe salvato la vita di tutte le Rösli che non erano ancora nate. E c'era solo un modo per farlo, il più impietoso.

La lettera del professor Diener scivolò fuori dalla borsa di Ricarda e finì in terra. La dissertazione, con il suo ingombrante titolo "I batteri intestinali del neonato e la loro relazione con la fisiologia della digestione", atterrò proprio ai piedi della dottoressa Heim-Vögtlin.

La busta grigia, sulla quale le parole "batteri intestinali" scritte a caratteri cubitali non potevano passare inosservate, risvegliò la scienziata sepolta sotto la madre in lutto, che afferrò il fascicolo di duecento pagine, lo aprì e gli diede una scorsa.

Ricarda era in imbarazzo per la propria goffaggine e tentò di riprendere il documento dalle mani della donna in lutto. Ma lei lo tenne stretto.

«Albert, esci con i bambini, per favore» disse la dottoressa Heim-Vögtlin. Non appena i tre ebbero lasciato la stanza, indicò la dissertazione e disse: «Cosa volete dirmi con questo?».

«Mi dispiace. Il momento è inopportuno» rispose Ricarda.

«Quindi c'è qualcosa che volete dirmi.»

Ricarda era molto combattuta. Poteva davvero avanzare la sua richiesta in quel momento? Ma poi le tornarono in mente le parole che quella donna straordinaria aveva detto durante il loro primo incontro, e le ripeté: «La vita di ognuno ha valore solo se si pone a fondamento delle generazioni successive. Sono parole vostre».

«E infatti è quello che penso.» Restituì lo scritto a Ricarda. «Qual è il collegamento? Riguarda la sepsi neonatale?»

Ricarda mise da parte ogni scrupolo. «Nel suo lavoro, il professor Escherich dimostra che i germi passano nel sangue» disse. «La mia ipotesi è che Rösli sia entrata in contatto con i batteri intestinali durante il parto con il forcipe. Lo studio di Escherich apre dunque una domanda: questi germi vengono trasportati fino al cervello? Dove poi scatenano la meningite?»

La Heim-Vögtlin, quella madre profondamente ferita dalla morte della figlia, per un po' non disse niente, limitandosi a carezzare con lo sguardo il viso della sua bambina.

«Potrebbe essere l'argomento di una tesi di laurea. Dovete raccogliere delle prove. Avete aiutato Rösli a venire al mondo, avete passato giorni e ore al suo capezzale. Se non aveste dimostrato di avere in mente qualcosa di più di un semplice titolo accademico...» Si asciugò le lacrime. «Parlerò con il professore Heim. Vi farò sapere ancora oggi.» Combatté contro i singhiozzi. «Adesso lasciatemi sola, per favore.»

Albert Heim, il padre di Rösli, non era solo un famoso geologo, ma anche un artista di talento e i suoi disegni erano appesi alle pareti della casa. Erano per lo più illustrazioni dettagliate delle pieghe delle Alpi svizzere. Durante le ore serene che Ricarda aveva passato in quella famiglia, il professor Heim le aveva spiegato la sua "teoria della contrazione". Milioni di anni fa la terra si era contratta, dando luogo alle catene montuose. Heim era convinto di aver spiegato, con la sua teoria, l'origine del mondo. Era sempre in viaggio, soprattutto per la Svizzera, a studiare le cause delle colate detritiche più massicce. In patria era noto almeno quanto la moglie, che aveva quattro anni più di lui. La sua teoria sulla storia della terra gli era valsa una fama a livello mondiale nel suo campo. Aveva ottenuto la sua prima cattedra a soli ventitré anni.

Ricarda aveva in mente tutte queste cose quando, nello studio pieno zeppo di libri del professore, dovette metterlo a parte delle proprie intenzioni. Sapeva bene di avere a che fare non solo con un accademico di levatura internazionale, ma anche con un padre che aveva appena perso la sua figlia minore.

Dovevano decidere quel giorno stesso se procedere con l'autopsia o meno, ma Ricarda aveva comunque deciso di non coinvolgere nella faccenda né i suoi professori né tantomeno la contessina. Nessuno doveva esercitare pressioni, neanche dovute alle aspettative che si potevano avere nei confronti di una coppia di intellettuali e accademici. Erano i genitori a dover decidere se dare la possibilità al destino della propria figlia di far fare un passo in avanti alla storia della medicina.

«Se fossi in voi, farei esattamente la stessa cosa» le stava dicendo il professore.

Sta per rifiutare, pensò Ricarda, preparandosi già a dover rinunciare a questa occasione.

«Io non sono un dottore e non so dire se la morte di Rösli possa essere d'aiuto per la medicina.»

«Neanche io posso dirlo con certezza, professor Heim» ammise Ricarda.

«Io vi stimo, signorina Ricarda. Siete onesta. Marie è d'accordo, perché il medico che è in lei la vede esattamente come voi. E poi vi tiene in grande considerazione.» Si sistemò gli occhiali sottili sul naso. «Preparate tutto il necessario, all'università. Potrete venire a prendere Rösli tra due ore. Vi ringrazio.»

Che uomo coraggioso, quanto autocontrollo, pensò Ricarda

uscendo con tanta circospezione da non far scricchiolare neanche un'asse del pavimento. Solo quando si fu chiusa la porta alle spalle, sentì un singhiozzo soffocato provenire dallo studio.

Ricarda rientrò alla villa di Flora solo la sera dopo. Era in piedi da un giorno e mezzo, non aveva quasi mangiato ed era completamente esausta. Davanti a casa vide delle carrozze con i cavalli bardati e con la musetta attaccata. I cocchieri sonnecchiavano nelle loro vetture o chiacchieravano fumando il sigaro. Tutta la casa era illuminata e nell'aria riecheggiava il suono leggero dei violini.

Mi sono scordata di una festa?, si domandò Ricarda. In quel momento realizzò che non vedeva Florentine da settimane, avendo trascorso tutte le sue giornate tra casa Heim-Vögtlin e l'università. Come d'accordo, le aveva lasciato i suoi appunti delle lezioni, ma non c'era stata alcuna reazione. Anzi, spesso i fogli stazionavano per giorni e giorni nello stesso posto, sulla cassettiera del piano superiore.

In cucina una squadra di donne, cuoche e aiutanti, tentavano di dominare il caos di stoviglie sporche e cibo ancora da servire. Ricarda sgraffignò un canederlo con l'idea di portarselo nella mansarda.

Sull'ampia scalinata ricurva che conduceva al primo piano si imbatté in Florentine. La padrona di casa, alla quale da Capodanno la legava lo status di "co-zia", era in compagnia di un uomo molto affascinante, dai riccioli neri pettinati all'indietro e la pelle leggermente abbronzata. A una seconda occhiata, Ricarda vi riconobbe Giacomo, l'uomo che Florentine le aveva presentato alla festa di Capodanno. *Come Casanova*, ricordò. Lui era in frac, mentre Florentine indossava un abito da sera giallo acceso di uno scintillante broccato di seta.

Flora lanciò un'occhiata al piatto con il canederlo che Ricarda teneva in mano. «Che pasto sontuoso!» osservò, scoppiando a ridere.

Ricarda ebbe la sensazione di essere stata colta in fallo. Era una di quelle situazioni che al castello di Freystetten erano all'ordine del giorno e rappresentavano alla perfezione l'abisso che divideva i padroni e i domestici, anche se stavolta il suo comportamento era dettato da priorità completamente differenti rispetto ad allora. Nonostante questo, si sentì in imbarazzo e si limitò a dire: «Buona serata», con l'intenzione di proseguire per la sua strada.

«Rica, perché sei così asociale? Non ti si vede mai e quando ti si vede ti comporti in modo strano.»

«Mi dispiace, Florentine. Sono in piedi da ieri mattina.»

«Noi ci siamo già incontrati» si intromise il damerino accanto a Florentine. Aveva un lieve accento che Ricarda non riusciva a inquadrare. «Sulla pista da ballo, la sera di Capodanno. Fateci questo piacere e venite giù nel salone per un po'. C'è del cibo migliore di quello… che avete in mano.»

Ricarda scosse la testa. «Grazie. Un'altra volta.»

Gli occhi scuri dell'uomo brillarono divertiti. «Mia cara signora, come mai siete così scortese?»

«Sono solo stanca, signore.»

«Un bicchiere di champagne basterà a svegliarvi!»

Ricarda mantenne la calma, nonostante sentisse la rabbia ribollirle dentro. «Guardatemi. Non posso venire a un ballo in queste condizioni. È da ieri sera che sono seduta in un laboratorio a cercare l'agente patogeno di una malattia che uccide i bambini» spiegò paziente. «Si osserva un vetrino illuminato da un fascio di luce attraverso un microscopio. È una cosa molto stancante. Adesso ho solo voglia di chiudere gli occhi.»

«Siete una studiosa? È sempre interessante trovare una donna che fa queste cose. Purtroppo l'attività di pensare non giova mai alla femminilità.»

L'uomo non mollava la presa e Florentine era palesemente compiaciuta. Sembrava molto divertita da quella conversazione.

«Florentine, non potresti portare il signore un po' sulla pista da ballo, in modo che io possa ritirarmi?»

«Avete davvero lo charme di uno spaventapasseri!»

«Al momento non ho le forze di pensare allo charme. Buona serata.»

Si alzò la gonna nera e impolverata e salì le scale. Alle sue spalle sentì Florentine ridacchiare e il bellone sconosciuto ridere.

Era sdraiata sul letto, ma lo stomaco gorgogliava per la fame, lo sdegno per la conversazione appena avuta le aveva risvegliato tutti i sensi e la musica era troppo forte per riuscire a dormire.

Però si trovava in una bella e accogliente camera in mansarda. Tutto aveva un prezzo, e lei lo sapeva. Si alzò, si mise la vestaglia e si sedette alla scrivania. Notò la lettera di Siegfried solo dopo aver acceso la lampada a petrolio.

Ti scrivo di nuovo in tutta fretta, mia amata Ricarda! Sono appena tornato sulla costa dopo una spedizione esplorativa nell'entroterra del Togo. Che differenza con l'Africa sudoccidentale! Se lì non c'è altro che steppa e roveti, qui ci ha accolto una giungla incontaminata e a tratti impenetrabile. Siamo all'equatore, piove molto e fa caldo, per cui gli insetti regnano sovrani. Purtroppo questo ambiente poco accogliente richiede il suo tributo, motivo per cui ho dovuto sostituire il nostro capo spedizione dopo che ha contratto la malaria. Ma sono riuscito a condurre gli uomini sani e salvi alla meta e anche a riportarli indietro.

Ricarda posò la lettera. Non si aspettava certo che le raccontasse di miniere d'oro, ma la notizia che le aveva dato era davvero terribile. Se il capo spedizione aveva contratto la malaria, anche Siegfried correva lo stesso pericolo!

Continuò a leggere e scoprì che stava per imbarcarsi con il battello per una città portuale di nome Douala, che lei non aveva mai sentito nominare.

Partecipo a una grossa spedizione che esplorerà l'entroterra della riserva tedesca in Camerun. Non preoccuparti, amore mio! Avrò cura di me stesso. Ma dovrai pazientare prima di ricevere una mia nuova lettera.

Camerun, dove mai poteva essere? Sarebbe dovuta tornare al grande mappamondo nella biblioteca della facoltà di filosofia, per poter accompagnare Siegfried almeno con la mente.

Avrebbe tanto voluto raccontargli della sua scoperta. Ma dove avrebbe spedito la lettera? Non sapeva neanche lui dove fosse diretto. Sapeva almeno a cosa andava incontro?

Visto che al momento non aveva senso scrivere a Siegfried, decise di mandare una lettera a Lore.

Nella giornata che sta per concludersi ho trovato l'argomento della mia tesi. La dedicherò alla piccola Rösli, che è stata tra noi solo per quattro settimane. Purtroppo dovrò trovare anche altri bambini morti della cosiddetta "Sepsi tardiva neonatale". Perché senza ulteriori casi a sostegno della mia tesi, il mio lavoro non verrebbe riconosciuto.

Non riesco a esprimere quanto io sia grata all'università per tutto l'appoggio che mi sta dando. Per fortuna un pediatra ha eseguito l'autopsia di Rösli, altrimenti avrei dovuto prendere il coraggio a quattro mani e farlo io stessa. Avevo aiutato questa bambina a venire al mondo e non riesco a togliermi dalla testa le parole della dottoressa Heim-Vögtlin: "Non è giusto che i figli se ne vadano prima dei genitori". Prego affinché a noi, quando saremo madri, non capiti mai di affrontare un tale dolore.

Ricarda tornò a buttarsi sul letto, ma dormire era impensabile. Allora si alzò di nuovo e rilesse la lettera per Lore. E tutto a un tratto tutto le fu chiaro: doveva solo scriverlo!

I tiepidi raggi di sole che penetravano nella sala in cui Henriette faceva colazione portavano con sé una promessa di primavera. Accanto a lei era posata la carta da lettere e una penna stilografica Waterman, una recentissima invenzione che le aveva portato Florentine da New York e che semplificava molto la scrittura. Doveva avvisare Käthe che il suo rientro a Berlino era rimandato a data da destinarsi, perché le condizioni di Marie Heim-Vögtlin non le suscitavano solo compassione, ma anche una profonda preoccupazione. Dopo la morte della figlia, la sua collega sembrava aver perso la voglia di vivere ed era inimmaginabile che potesse tornare a esercitare in tempi brevi. Ma a Berlino c'erano le sue, di pazienti, e Käthe, che la sostituiva, aveva anche le proprie a cui pensare.

Aveva appena formulato la lettera nella sua mente, quando entrò Florentine, elegante, luminosa e di buon umore come sempre.

«Non mi hai aspettato a fare colazione, zia?»

«Perdonami, ho una giornata molto piena.»

«Oggi è domenica. Dovresti riposare anche tu.»

Henriette preferì non rispondere, perché non aveva intenzione di rovinare l'atmosfera di quella mattina di sole.

Accorsero due cameriere per servire alla padrona di casa tè inglese, pane tostato, burro e marmellata.

«Ti sei ritirata presto, zia. È stata una bella festa, non trovi anche tu?»

«Ma certo. Le tue feste sono sempre belle.»

«Sei così taciturna.»

«Hai questa impressione? Mi dispiace. Sono solo sovrappensiero. Tra un'ora devo essere da una paziente e prima devo assolutamente scrivere una lettera a Käthe.»

«Che peccato. Altrimenti saresti potuta venire con me e Giacomo, zia. Costeggeremo il lago in carrozza fino a Küsnacht. Tu adori Küsnacht.»

A Henriette non era simpatico quell'elegante giovanotto del nord Italia, anche se la sua avversione era puramente istintiva, non sapendo quasi niente di lui. Da una superficiale chiacchierata la sera di Capodanno aveva scoperto che la sua famiglia, originaria della Lombardia, era un antico casato nobiliare. Henriette non aveva fatto altre domande, avendo più o meno presente la complicata storia del nord Italia. La regione era stata contesa da francesi e austriaci durante conflitti più o meno estesi, e alcune casate nobiliari ne erano uscite così provate da essere finite sul lastrico. Per questo aveva ritenuto più saggio non approfondire l'argomento. Probabilmente l'avrebbe costretto a ricorrere alle formulazioni più fantasiose per non dover ammettere che campava alle spalle delle ricche signore.

Da allora erano passati tre mesi e Henriette l'aveva considerato un'apparizione passeggera, non diversa da un'antipatico raffreddore. Ma ormai era la terza volta che quel giovanotto si presentava a casa, ed Henriette pensò che fosse giunto il momento di approfondire un po' la questione.

«A proposito, dove hai conosciuto il signor Giacomo… Perdonami, ho scordato il cognome.»

«Giacomo Cossata d'Aperi. È come musica!» Il volto di Florentine era raggiante.

Sicuramente meglio di Edwin Jones III, pensò Henriette. «Giusto. Allora, come vi siete conosciuti?»

«Nella Monte Carlo che tu stimi così poco, zia. Trascorre la maggior parte dell'anno in Costa Azzurra, ha una villa a Nizza.»

Era esattamente ciò che temeva. «Hai già conosciuto la sua famiglia?»

Florentine scoppiò a ridere. «Ma cosa vai a pensare! Siamo amici. Mi diverte passare il tempo in compagnia di Giacomo.»

«Ti diverte di più che andare all'università» disse Henriette, nonostante si fosse ripromessa di evitare simili allusioni.

Florentine si lasciò scivolare addosso la provocazione con un sorriso. Prima di rispondere, spalmò del burro sul pane tostato. «Mi disgusta l'idea di sezionare teste di neonati per vedere cosa vi si nasconde dentro. Lascio volentieri questo compito alle nature meno sensibili di me. I miei obiettivi sono più alti. A me interessano le grandi cose, le cose che tengono insieme il mondo.»

Ma guarda un po', pensò Henriette, *sa persino cosa fa Ricarda. Di certo avrà le sue fonti, perché dubito che gliene abbia parlato lei.* «E cos'è che tiene insieme il mondo?»

Florentine stava assaporando il gusto dolce della gelatina di cotogne sul suo pane tostato. Si prese tempo, prima di rispondere: «Ho in mente un compendio che avvicini il mondo della medicina alle donne normali.»

«Vuoi scrivere un libro? Cosa ti ha portato a questa idea?»

Florentine emise una risata cristallina. «Non "cosa", zia, ma "chi". Tu e Ricarda mi ci avete portato. Tu vuoi a tutti i costi che io diventi un medico. Ma io non ho alcun interesse nell'esercitare la professione. La teoria è una cosa ben diversa. Ricarda mi ha dato tanti di quegli appunti da ispirarmi a scrivere un libro dedicato alla donna moderna. Un manuale pratico che le donne possono consultare per tenere la propria famiglia in salute.»

«Be', l'idea non è male» dovette ammettere Henriette, sorpresa. I tempi erano maturi per diffondere tra la gente le conoscenze di medicina e salute in grado di semplificare loro la vita quotidiana. Un libro come quello non esisteva ancora. Ma richiedeva competenze approfondite e non era certa che la nipote fosse la persona più adatta all'impresa. Henriette aveva sperato con tutta se stessa che Florentine, affiancata da Ricarda, iniziasse a prendere sul serio i suoi studi, ma a quanto pareva le sue speranze erano state vane. Ma scrivere un libro era pur sempre un progetto più utile che perdere soldi al casinò.

Quella mattina, quando Ricarda si svegliò di soprassalto, fuori dalla finestra c'era un radioso mattino di primavera. Aveva dormito troppo, erano già quasi le otto. Si vestì e si guardò allo specchio di camera sua.

Purtroppo non giova mai alla femminilità, ricordò le parole del giovane straniero.

Controllò la pettinatura, liberò un paio di ciocche che prima aveva tirato indietro e fece una giro di fronte allo specchio. Sì, era una secchiona scialba, non c'era alcun dubbio. Gli uccelli del paradiso non trascorrevano le nottate davanti al microscopio. D'altro canto, non voleva neanche fare la fine delle accademiche vestite di nero e dallo sguardo triste che aveva conosciuto da ragazzina nel salotto di Henriette. Eppure era proprio quella l'immagine che lo specchio le stava restituendo. Due settimane prima era stato il suo ventiseiesimo compleanno, ma neanche stavolta lo aveva festeggiato: aveva trascorso quasi tutta la giornata dalla signora Heim-Vögtlin, in ansia per Rösli.

"Gioia di vivere." Ma come ottenerla? Organizzando feste?

Dal piano di sotto sentì riecheggiare la risata cristallina di Florentine. Lei sì che sapeva godersi la vita. Ma dove rimaneva quella che la Heim-Vögtlin definiva "una vita posta a fondamento delle generazioni successive"?

Ricarda prese in mano il foglio che aveva riempito la sera prima, mentre Florentine era intenta a celebrare la vita. Si chiese se non stesse pretendendo troppo da se stessa. Ma forse era proprio così che doveva essere, scritto di getto, col cuore. Perché quello era l'argomento della sua tesi.

«Mami, è tornata Ricarda» disse Arnold.

Nonostante continuasse ad andare quasi ogni giorno all'ambulatorio nella Hottingerstrasse, Ricarda non incontrava spesso il piccolo Arnold. Quel giorno, però, si era fatta coraggio ed era salita al primo piano, dove la dottoressa Heim-Vögtlin viveva chiusa nella sua stanza da oltre tre settimane.

Melanconia. Con quanta semplicità veniva diagnosticata alle pazienti di Burghölzli. Ma quando era una loro famosa collega a esserne colpita, gli esperti della psiche preferivano andarci cauti.

«Hai parlato con la *Mami*?»

«La Mami non parla» rispose il bambino a bassa voce.

"Mami" – la mamma – era il soprannome con cui, fin dalla nascita di Arnold, Marie Heim-Vögtlin veniva chiamata persino da alcune pazienti, per via della sua natura dolce, comprensiva e sensibile. Che fosse proprio la "madre" a venire meno, aveva destabilizzato molte delle pazienti che aveva in cura. Era crollata la donna che era alla pari con suo marito. E non sembrava avere le forze per rialzarsi.

Arnold lasciò Ricarda sola con la madre nella stanza semibuia. La famosa dottoressa giaceva immobile nel letto. Sopra la sua testa era appeso un disegno raffigurante Rösli nella bara circondata da fiori. L'autore era indubbiamente il padre della piccola, perché Ricarda aveva ricevuto il corpicino nella stessa bara che era ritratta nel disegno.

Ricarda pensò che fosse una cosa sconvolgente e straziante allo stesso tempo. Quel disegno congelava per sempre il momento dell'addio e sembrava aver pietrificato anche la madre, che vi giaceva sotto senza riuscire a varcare la soglia che l'avrebbe ricondotta alla vita.

Ricarda era andata lì per raccontare della sua tesi a quella che fino ad allora era stata il suo modello di vita, una vita nella quale era riuscita a unire la sfera professionale e quella privata. Ma si accorse subito che non era ancora il momento giusto. Del resto, non poteva neanche parlarle delle feste di Florentine, dei parti a cui aveva assistito Henriette o delle sue visite a domicilio, perché erano tutte cose che in quella stanza perdevano qualsiasi significato. Doveva trovare un altro modo per raggiungere l'ammalata, per superare il suo muro di dolore. *E di autocommiserazione*, pensò guardando il disegno appeso sopra il letto.

«Porre la propria vita a fondamento delle generazioni successive. Sono parole vostre» cominciò Ricarda. «Parole che mi hanno colpito, perché esprimono la grande responsabilità che ognuna e ognuno di noi ha sulle spalle. Non viviamo per noi stessi. Siamo parte di una catena. O la pietra di una casa. Non si può estrarre una pietra, altrimenti il muro rischia di crollare. Arnold dice che non parlate con lui. In questo modo gli viene a mancare una pietra, dottoressa. Restituite ad Arnold questa pietra. Vi prego. Lui non è in grado di capire. E neanche la piccola Helene. I bambini hanno bisogno di voi.»

Marie Heim-Vögtlin non rispose. Ricarda si sentì stupida. Come osava dare consigli a una donna così colta? Eppure non riusciva a tacere, doveva seguire il suo cuore.

«Rösli è morta, ma tutti gli altri sono vivi. Tornate da coloro che sono rimasti.»

Ricarda rivide sua madre che pregava sulla tomba di Tonja sotto la pioggia e la neve. Quanta disperazione, e quanto vicino alla morte l'aveva portata! Decise di raccontarglielo. Per la prima volta confidò tutta la storia della morte di Tonja e delle sue conseguenze a una persona che non era di famiglia.

«Ho visto mia sorella fluttuare senza vita sotto il ghiaccio» disse, senza neanche sapere se la stesse ascoltando, ma parlando forse anche a se stessa. «Per molto tempo non ho saputo spiegare cosa avesse significato la morte di Tonja per me, ma il vostro discorso sulla vita come fondamento mi ha aperto gli occhi. Il fondamento della mia vita è mia sorella Tonja, senza la quale io non sarei qui. In questo modo, lei vivrà in me per sempre. E se adesso fate la cosa giusta, anche Rösli si trasformerà in questo stesso fondamento per voi, per Arnold, per Helene e per vostro marito. È questo che Tonja mi ha insegnato: la morte non è solo la fine, ma anche un inizio. Così Rösli vivrà per sempre.»

Ricarda aveva gli occhi pieni di lacrime e frugò nella borsa per cercare un fazzoletto.

«Prendete» disse una voce che il lungo tacere fece sembrare lontanissima.

Ricarda prese il fazzoletto con ricamata la parola "Mami" e ci si asciugò gli occhi.

«Non vedo l'ora di essere a Berlino!» disse Henriette, inspirando profondamente e salendo sul treno alla stazione di Zurigo. Ricarda prese posto di fronte a lei. Henriette trovò che avesse l'aria stanca, spossata. La ragazza aveva bisogno di riposo, era evidente. Il ritmo monotono delle ruote del treno sui binari fece subito appisolare la stremata Ricarda, mentre Henriette si godeva la vista del paesaggio primaverile. Mancavano pochi giorni a Pasqua, che quell'anno cadeva la penultima domenica di aprile.

La morte della piccola Rösli aveva destabilizzato la vita di molte persone. Henriette aveva sostituito volentieri l'amica all'ambulatorio, ma non era in grado di comprendere lo stato in cui la morte della piccola l'aveva gettata. Certo, perdere un figlio era doloroso, ma in fin dei conti Rösli aveva vissuto solo quattro settimane. Possibile che in così poco tempo si creasse un legame tanto forte da mettere a repentaglio la propria stessa vita? Che la risposta a questa domanda stesse proprio in quel vuoto della sua vita che non avrebbe potuto colmare mai più? La maternità per lei era una questione puramente teorica, legata solo alla sua professione di medico.

Henriette non aveva avuto il tempo, né creato l'occasione per occuparsi del benessere mentale di Marie. Dunque per lei era stato ancor più sorprendente vedersela arrivare in ambulatorio, un giorno, e dire: «Sono tornata da un lungo viaggio».

«È bello averti di nuovo tra noi» le aveva detto Henriette. Ricordò il senso di impotenza che aveva provato nel dire quelle parole.

Poi guardò Ricarda, che sonnecchiava angelica. Lei era andata spesso a trovare Marie e ci era stata anche poco prima che lei si decidesse a tornare alla vita, da quanto le aveva detto Albert Heim. Nessuno, a parte loro due, sapeva cosa si fossero dette in quell'occasione. Quella ragazza era straordinaria, ma doveva imparare a tutelarsi meglio, altrimenti non avrebbe retto ai ritmi che aveva imposto alla sua vita.

Ricarda aprì gli occhi e sorrise intimidita. «Mi guardate dormire!»

«Stavo pensando a te.»

«E cosa pensavate?»

«Che finirai per distruggerti.»

«Non preoccupatevi! Tra un anno a quest'ora avrò concluso gli studi e a quel punto tirerò un po' il freno. Ma adesso è Pasqua. Non vedo l'ora di conoscere il piccolo Franz! Voi siete già stata a Freystetten, sono sicura che è adorabile!»

Anche lei vuole diventare madre, pensò all'improvviso Henriette. *Ecco perché adesso tiene questi ritmi.*

«Non lo sono forse tutti i bambini piccoli?»

A Ricarda doveva essere sfuggita la benevola ironia nelle parole di Henriette perché rispose, con gli occhi che le brillavano: «Sì, è vero. Pensate un po': anche Kumari è a Berlino! Con i suoi due bambini, Lal e Yanthi. Ho già scritto a Lore. Saremo di nuovo tutte riunite.»

Il volto di Ricarda fu attraversato da un raggio di luminosa giovinezza. La sua protetta aveva davvero bisogno di una famiglia che la amasse e si prendesse cura di lei. In quanto medico sarebbe stata in grado di mantenersi da sola, ma quella era solo una metà di Ricarda. L'altra metà aveva molto di più da dare. Qualcosa che Henriette invece non avrebbe potuto dare mai più.

Al piccolo Franz non piacque proprio per niente! Così di primo mattino un getto di acqua fredda sulla testolina sulla quale iniziavano già a spuntare i capelli biondi e ispidi dei Petersen. Urlò così forte che nessuno riuscì più a udire le solenni parole di padre Gutschmid.

Rosamunde fece tutto il possibile per tranquillizzare Franz

Von Freystetten, ma il piccolo conte ereditario, con i suoi soli quattro mesi, non aveva alcun interesse nella predica battesimale di quella mattina di Pasqua.

Ricarda si guardò intorno con discrezione. Conosceva la maggior parte dei presenti, ma era innegabile che la piccola comunità fosse invecchiata. E i partecipanti alla messa erano meno di quanto ci si sarebbe aspettati dal battesimo di un conte. Dei familiari mancavano Raimund e Florentine, cosa che non sorprese affatto Ricarda.

Quando Henriette le aveva parlato del viaggio per partecipare al battesimo, Florentine aveva risposto, concisa: «Freystetten è il mio passato».

Henriette e sua cognata Luise erano un tutt'uno, come al solito. La contessa aveva una lorgnette d'argento, che teneva vezzosamente su con dita. Sembrava che, con l'aiuto delle lenti, stesse studiando il mondo dall'alto della sua saggezza. Ma ciò che vedeva non sembrava soddisfarla, perché gli angoli della bocca puntavano decisamente verso il basso.

Invece la sua rivale di un tempo, Karla, la madre di Ricarda, sembrava rifiorita. Con le guance rosee e gli occhi che le brillavano, stava seduta accanto alla sua protetta Hildchen e aveva occhi solo per la piccola creatura che urlava tra le braccia di Rosel. A un suo cenno si alzò dalla panca, prese il bambino e lo portò fuori dalla chiesa. In quel modo fu subito chiaro a tutti chi si prendeva cura del neo battezzato. Gli sguardi di Ricarda e Rosel si incrociarono, e Rosel le sorrise. Sembrava serena e felice. Non era mai stata così bella.

Dopo la messa, Rosel lasciò il braccio del marito e andò da Ricarda. «Grazie per essere venuta.»

«Sono felice per te, Rosel. Tuo marito sembra amarti molto.»

«Oh, ci sono molti attriti, ma alla fine sono proprio questi che ci fortificano. Friedel e io sappiamo cosa ci unisce. Le cose sono così diverse, nella sua famiglia.»

Ricarda tese l'orecchio. «Anche la contessina si immischia?»

Rosel le sorrise. «Certo che si immischia. Secondo te perché nostro figlio si chiama Franz? Io volevo chiamarlo Gustav.»

La contessina non le aveva detto niente in merito, ma in effetti era tipico di lei. Esercitava il suo dominio in silenzio e con efficacia.

«La mamma sembra felice» disse Ricarda mentre risalivano la strada per tornare al castello. «È riuscita a scacciare tutti i suoi demoni?»

«Ha fatto tutto Franz. Solo con Luise le cose sono rimaste un po' complicate. L'hai vista, no? Guarda sempre tutto in quel modo lì. Se solo papà l'avesse portata con sé a Rügen! Ma in qualche modo riuscirò a liberarmene.»

E Ricarda sapeva che era vero. Il giorno in cui le donne Petersen avrebbero assunto il comando di Freystetten non sembrava poi tanto lontano.

Lore e Ricarda si ritrovarono quasi contemporaneamente di fronte all'ingresso dell'Hotel de Rome, all'angolo tra la Charlottenstrasse e Unter den Linden. La sua amica d'infanzia era diventata un'elegante signora vestita di scuro e dai lineamenti seri. Non aveva ereditato la raggiante leggerezza di sua madre, ma a Lore, che insegnava alle giovani infermiere come prendersi cura dei malati, andava bene così. Le due amiche si abbracciarono e si raccontarono le ultime novità, mentre varcavano la soglia dell'albergo ed entravano nell'ampio foyer. Chiesero della famiglia di Kumari e salirono al primo piano.

«Che aspetto avrà?» domandò Lore bussando alla porta.

Aprì una giovane donna dall'abbigliamento appariscente.

Era avvolta in una stoffa color bronzo acceso che la rivestiva con ampi drappeggi dalle spalle fino ai piedi, tanto che alle amiche ci volle qualche secondo per riconoscere che era Kumari. Il suo volto si era fatto più rotondo, più materno e dolce, le fossette che le si creavano quando sorrideva si erano ampliate e gli occhi le brillavano.

Tirò subito le amiche dentro la suite e le abbracciò. «È così bello rivedervi! Venite dentro. Dovete conoscere i miei bambini. Lal! Yanthi!»

Lal, di quattro anni, indossava una veste esotica con un lungo pastrano. Era un bambino robusto, schivo, grazioso. Fece un profondo inchino per salutare, dando prova di grande educazione. La piccola Yanthi, invece, che aveva appena due anni ed era stata abbigliata dalla madre come una principessa, con dei fiorellini che le decoravano i capelli già folti, fece la timida di fronte a quelle due donne bianche che la fissavano incantate e le facevano i complimenti.

Kumari sembrava nata per fare la madre. Parlava contemporaneamente tedesco, inglese e singalese, veloce e concitata. Serviva bocconcini esotici, chiedeva aggiornamenti alle amiche e allo stesso tempo impartiva istruzioni ai bambini. Poi le raggiunse anche il marito, dalla stanza accanto, per il quale tradusse la conversazione in inglese.

Indika, di un paio d'anni più grande di Kumari, era un bell'uomo, che emanava un carisma naturale. Kumari nelle sue lettere aveva scritto che a Ceylon il marito era a capo di molte persone e che il nuovo incarico, mettere su una piantagione di tè in Kenya per la British Tea Company, rappresentava una sfida notevole. A Londra, prossima meta del loro viaggio, avrebbe incontrato i suoi datori di lavoro e da lì sarebbero partiti per il Kenya.

«Viaggiare è destabilizzante per una famiglia» disse Kumari.

«Immagino che tua madre non avesse nostalgia di Berlino» scherzò Ricarda.

Kumari scoppiò a ridere. «Dice che ha già viaggiato abbastanza in vita sua! Ma sono sicura che verrà a trovarci in Africa. Sentirà la mancanza dei nipoti.»

Poi passò alle amiche due balle di stoffa. «Vi ho portato dei sari. Adesso vi trasformiamo in principesse di Ceylon!»

Dopo aver rivolto qualche parola incomprensibile al marito, pregò Lore e Ricarda di seguirla in camera da letto. Le due si stupirono della grazia con cui le stoffe lunghe e larghe dei sari – ognuna abbinata alla sua camicia – avvolgevano il loro corpo. Le risate che accompagnarono tutta l'operazione furono come un balsamo per l'anima e Ricarda si rese conto ancora una volta di quanto le fosse mancata Kumari, che a differenza di tutte le altre persone che popolavano la sua vita, era piena di leggerezza.

«Mi piacerebbe venire a trovarvi in Kenya» disse.

«Vengo anch'io!» esclamò subito Lore.

«Siete sempre le benvenute! Come sta Siegfried? Ti ha scritto di recente?» domandò Kumari.

«Gli ho scritto io una lettera che ho consegnato al Ministero degli Esteri. So solo che è stato mandato in Camerun e che in Togo il suo capo spedizione è morto di malaria. Di' un po', Kumari, com'è la situazione della malaria in Kenya?»

Kumari minimizzò con un cenno della mano. «Sarà come a Ceylon, dove al massimo si può trovare nei bassipiani. Ma nelle zone in cui si coltiva il tè non esiste la malaria, perché fa troppo freddo. Ed è proprio lì che vivremo noi.»

«Sei così tranquilla, mi fai sentire una provincialotta!» Lore si scuoteva dal ridere. «Davvero, il viaggio più lontano che ho fatto è stato a Zurigo per andare a trovare Ricarda.»

Ricarda si unì alla sua risata. «Lo stesso vale per me.»

«Volete sapere se viaggerete davvero fino in Kenya?» domandò Kumari con il suo sorriso malizioso.

Le amiche annuirono. «Ma come?» domandò Lore.

«Posso leggervelo sulla mano. Me l'ha insegnato mia nonna, che nel suo villaggio era considerata una saggia. Mi ha trasmesso il suo sapere sulla lettura della mano. Vi va?»

Ricarda era entusiasta. Sarebbe stato interessante scoprire il proprio futuro!

Kumari scrutò la sua mano con molta attenzione, a lungo e in silenzio. «Tu viaggerai molto e molto lontano.»

«Che bello! È proprio ciò che voglio fare con Siegfried. Cos'altro vedi?»

«Sicura di volerne sapere di più?»

«Avrò dei figli, Kumari?» la incalzò Ricarda.

L'amica osservò di nuovo la sua mano. «Sì, avrai dei figli.»

Ricarda era al settimo cielo: Siegfried sarebbe stato un padre straordinario. «Quanti ne avrò, Kumari? Non tenermi così sulle spine!»

«Due sicuramente, ma del terzo non sono sicura. Diventa complicato.»

«Muore?» domandò Ricarda inorridita.

«No, non muore! Ma diventa complicato. Dovresti chiedere a un astrologo, dalla mano non si riesce a capire.»

«E cos'altro leggi?»

Kumari studiò la mano di Ricarda da ogni angolazione, sembrava concentrata, aveva la fronte aggrottata. Non dava l'impressione di scherzare.

«Ci sono tre uomini che svolgono un ruolo importante nella tua vita, Rica» disse. «Ma vedo delle difficoltà. Uno sembra essere l'uomo completamente sbagliato, mentre gli altri due hanno buone intenzioni e con loro sarai felice. Ma su questa linea qui vedo incombere su di te un grosso problema che ha a che fare con l'uomo sbagliato della tua vita. Devi fare molta attenzione nei prossimi tempi.»

Ricarda sentì un brivido lungo la schiena. «In che senso? Sposerò Siegfried? Gli succederà qualcosa?»

Lo sguardo di Kumari era ancora posato sulla mano di Ricarda. «Questo non è scritto sul tuo palmo, Rica. Vedo solo che hai davanti a te un periodo difficile.» Poi le chiuse la mano come se fosse un libro, prima di concludere: «La nostra mano è come una carta geografica. Vi è scritto tutto quanto e può indicarci la via giusta da seguire».

«E Ricarda cosa dovrebbe fare?» domandò Lore, che era impallidita e teneva le mani strette in grembo come per impedire che venissero strappati dei segreti anche a lei.

«Non significa che non sarai felice, Ricarda» disse Kumari. «Ma come in tutti i sentieri che percorriamo, a volte c'è da guadare delle acque malsane.»

«Vi ricordate la Kurfürstenstrasse, quando eravamo bambine?» disse Ricarda sforzandosi di essere allegra per scacciare la pesantezza di quel pronostico.

«Io ho voglia di una cioccolata calda!» esclamò Kumari. «Andiamo in un caffè, come ai vecchi tempi.»

Una volta fuori, Ricarda decise di dimenticare la profezia. A che serviva farsi angustiare da quelle cose? Eppure ogni tanto si sorprendeva a sbirciare il palmo della mano.

Un uomo completamente sbagliato. Cosa avrà voluto dire? Per lei esisteva solo Siegfried. E lui era quello giusto, ne era certa.

Per le scale

Gennaio 1890

L'ultima parola era stata scritta, l'ultimo punto messo. Ricarda posò con cautela il tampone sulla carta per far asciugare l'inchiostro fresco.

Era metà gennaio, il cielo era basso e grigio, il lago era nero e la terra bianca. Eppure era il giorno più bello da quando Ricarda era arrivata a Zurigo. L'indomani avrebbe consegnato la sua tesi: "I vantaggi degli antisettici in ostetricia". Un titolo chiaro per una tesi di laurea in cui aveva messo tutta se stessa.

Si appoggiò allo schienale della sedia e ripercorse le tappe che l'avevano portata a quel momento. La contessina al castello con il suo microscopio, che adesso le sembrava così obsoleto. Mine che si era *bucata*. Wilma che aveva chiesto di non essere dimenticata. Edith, che le aveva dimostrato cosa è in grado di fare una brava infermiera. Le amiche della contessina: Käthe Hausmann, Emilie Solm e Franziska Biberti. Siegfried con il prezioso microscopio dell'ospedale militare ma senza campioni da analizzare. Il bisturi sul collo di Hildchen. L'arrivo a Zurigo, quasi sei anni prima. Heidi, trattata barbaramente da un medico. Rösli, più di chiunque altro.

Quel lavoro era soprattutto per loro, per i bambini e per le madri, per i vivi e per i sopravvissuti. Lanciava un'accusa alle mancanze del passato, ma conteneva anche scoperte e soluzioni che avrebbero modernizzato le pratiche ostetriche.

Ricarda aveva fame e scese in cucina dalla signora Hofacher.

«Avete un'aria raggiante, signorina Petersen» disse la governante col suo fare materno.

«Ho finito la tesi.»

«Congratulazioni! Potete essere fiera di voi stessa, ci avete messo grande impegno.»

La signora Hofacher, come al solito, era circondata da uno stuolo di aiutanti che preparavano pietanze squisite. C'erano persino degli astici vivi con le chele legate. Ricarda distolse lo sguardo, aveva pietà per quegli animali. Ma non fece ulteriori considerazioni, era ancora troppo emozionata per l'importante traguardo che stava per raggiungere.

«Volete che vi mandi su una cameriera, signorina Petersen?»

«E perché dovreste?» domandò Ricarda sorpresa.

«Per vestirvi, naturalmente! O preferite fare da sola?»

A quel punto Ricarda iniziò a collegare. «Immagino di aver scordato di nuovo che stasera c'è una festa, giusto, signora Hofacher?»

«Sapete com'è: c'è chi festeggia e c'è chi lavora. Ma manca ancora un'ora all'inizio della serata. Voi da cosa andrete vestita?»

Ricarda non aveva la più pallida idea di cosa intendesse dire e la signora Hofacher le lesse la perplessità in faccia.

«La contessa ha organizzato una festa a tema esotico! Devono presentarsi tutti travestiti.»

«Io non mi presenterò affatto» brontolò Ricarda.

«Impossibile, signorina Petersen. È il compleanno della contessa!»

Ci mancava solo questa! L'anno prima era riuscita a risparmiarsi la festa perché aveva fatto in modo di lavorare per la dottoressa Heim-Vögtlin, ma quest'anno era stata colta alla sprovvista.

«D'accordo, mi arrendo. Ma adesso cosa faccio?»

Questa è sicuramente l'idea più stupida di tutta la mia vita, pensò Ricarda scendendo cauta l'ampia scalinata fino al pian terreno. Ovunque stazionavano o passeggiavano signore con boa di piume di struzzo, pellicce e ruche. Gli uomini invece, tutti in smoking, frac o uniforme, indossavano al massimo un cappello di paglia.

Compleanno o no, questo non è certo il mio ambiente, pensò Ricarda.

«Ecco la nostra reginetta del ballo!» sentì cinguettare Florentine, con la voce già un po' alterata dall'alcol. «Una principessa indiana!»

Flora applaudì e qualcuno dei presenti si unì a lei. Con questo, ogni possibilità di defilarsi nell'ombra era svanita.

«Sei magnifica, Rica!» trillò Florentine, che a sua volta riluceva d'oro come una regina.

Ricarda non riuscì a decifrare l'abbigliamento di Flora, un misto tra un vestito, un paio di pantaloni e una specie di scatola di cioccolatini rotonda adorna di un pennacchio sulla testa.

«Come ci sei riuscita? È sconvolgente, Rica.» La sorpresa di Flora sembrava sincera.

«È un sari che mi ha portato la mia amica Kumari da Ceylon la Pasqua scorsa. Lei me lo aveva messo in un attimo, mentre io ci ho messo due ore con l'aiuto di una cameriera. Abbiamo riso molto» disse Ricarda.

Alcune signore le si avvicinarono e tastarono la seta leggera.

«Kumari dice che a Ceylon ci si veste così ogni giorno, per questo sanno indossarlo più alla svelta di me» scherzò.

«Si vede che a Ceylon vivono solo principesse» disse Florentine. «Dobbiamo assolutamente andarci!»

Poi la prese a braccetto e la condusse nel salone. Ricarda gliel'aveva già visto fare con altre persone durante le feste, ogni volta che aveva bisogno di qualcuno al suo fianco per farsi bella.

Per Rica, Kumari aveva scelto una stoffa perfettamente intonata ai suoi capelli scuri, che quella sera portava sciolti. Era il color oro intenso di un'alba estiva.

«Sei consapevole di quanto sei bella?» le sussurrò Florentine a un orecchio, un istante prima di alzare la voce e annunciare: «Cari amici e care amiche! Ricarda, che vive con me in questa casa ma che è sempre stata restìa a farsi vedere, ci mostra la vera essenza delle donne. Noi siamo i gioielli degli uomini!»

Ricarda le sarebbe saltata alla gola dalla rabbia! I presenti invece risero, qualcuno si lanciò persino in un applauso, che Florentine smorzò con un'affettata risata cristallina.

«Non siate precipitosi, miei cari! Ricarda non è il gioiello di un uomo, ma di se stessa! Questa donna ha appena finito di scrivere la sua tesi di laurea e sta per diventare dottoressa. Proprio come me. Due dottoresse, due ragazze promettenti!»

L'immancabile orchestrina eseguì una fanfara.

«Fate bene attenzione, miei cari! Vi faccio un annuncio! Sto scrivendo un libro che aprirà gli occhi alle donne della nostra generazione. Si intitola "La donna come medico di famiglia". Dunque vedete bene che siamo due donne d'oro, sia fuori che dentro. E adesso: champagne!»

Un libro? Ricarda era sorpresa. Ma in fondo, perché no? La immaginava molto meglio come scrittrice, che come medico che si occupa del benessere delle sue pazienti.

La signora Hofacher – come aveva notato Ricarda – ormai si occupava in autonomia della creazione del buffet in stile newyorchese e lo completava con delle specialità svizzere. Ricarda dovette convenire ancora una volta che era la soluzione ideale per prendere qualcosa da mangiare e poi approfittare di un momento di distrazione per scomparire. E anche quella sera aveva già raggiunto le scale con in mano il suo piatto, quando un signore in un completo di seta bianca le tagliò la strada. In testa portava un turbante, anch'esso bianco.

«Maragià Giacomo al vostro servizio, dottoressa!» disse con un inchino profondo.

«Come, prego?» domandò lei sorpresa. «Chi siete?»

«Voi maharani, io maragià. Non può essere un caso. Governiamo l'India insieme!»

Ricarda era certa di aver già visto quello spiritosone che per qualche motivo non le sembrava affatto divertente. «È una proposta allettante, signore, ma non credo di sentirmela» disse, tentando di scansare l'uomo che profumava di un'essenza dolciastra e penetrante, per quanto non sgradevole.

«Ci incontriamo sempre per le scale» disse lui.

Il puzzle tra memoria e presente si ricompose. *Il signor Casanova.*

«E andate sempre di fretta. Avete forse una seconda tesi da scrivere?»

«Per il momento ne basta una. Vi auguro una buona serata.»

Ricarda sollevò con una mano il sari lungo fino a terra e corse su per le scale. Anche stavolta teneva in mano un piatto, come l'ultima volta che si erano incontrati.

Sentì dei passi leggeri camminarle accanto. «Voi siete una donna bellissima, ma trattate gli uomini come se fossero cani.»

«Non è vero!» Perché quell'uomo doveva sempre provocarla?

«Cos'è che non è vero? Che voi siete una bella donna o che io sono un cane?»

Ricarda aveva raggiunto il pianerottolo dal quale si accedeva alla mansarda. Da lì in poi la scala si faceva più stretta e buia, per cui si fermò.

«Signor Giacomo…»

«Giacomo Cossata d'Aperi.»

«Era quello che intendevo. Siete a un passo dall'oltrepassare i limiti della buona educazione. Vi prego di scusarmi.»

«Cosa avete contro gli uomini?»

«Questa domanda non ha alcun senso. Sono fidanzata.»

«Eppure non ho mai visto uomini al vostro fianco.»

«E neanche dovreste, perché la cosa non vi riguarda.»

A quel punto non c'era altro da aggiungere. Ricarda procedette lentamente all'indietro, in direzione della mansarda.

Dalla sala da ballo salivano le note di un valzer. L'uomo con il completo bianco le si avvicinò lentamente, con una strana espressione sul volto.

«Per favore, andatevene» disse Ricarda.

Ma lui non se ne andò e lei sentì istintivamente di essere in pericolo. Sarebbe dovuta correre al piano di sotto, dove Florentine e i suoi ospiti stavano intonando una canzone, ma non era possibile perché lui le sbarrava la strada. Dunque non poteva far altro che salire.

Correre. In camera sua. Chiudere la porta a chiave.

Ma il sari che la avvolgeva stretta le impedì di farlo. Inciampò sugli oltre sei metri di stoffa arrotolata attorno al suo corpo e che fino a poco prima l'aveva fatta somigliare a una regina. Lui le fu addosso con un balzo, la afferrò con violenza e le strappò il sari.

«Tu sei una donna ed è mio compito farti sentire tale» disse ansimando.

Ricarda vide su di sé il volto di quell'uomo trasfigurato in una smorfia, sentì addosso il suo fiato fetido di alcol. Poi fu trafitta da un dolore lancinante.

In cosa ho sbagliato? Questa domanda tormentava la mente di Ricarda come una mosca impazzita che batte contro il vetro della finestra per cercare una via di fuga.

Non avrebbe mai più potuto indossare quel bellissimo sari, che adesso giaceva sul pavimento della sua stanza imbrattato di sangue. Ricarda tremava come una foglia, rannicchiata come un bimbo nel grembo materno. Ma non poteva restarsene così. Per quanto le risultasse difficile, doveva lasciare il bozzolo del suo letto e della sua stanza.

Per fortuna anche la mansarda della villa aveva un bagno con una vasca e una stufa sulla quale il personale di servizio era solito scaldare l'acqua. Le cameriere erano tutte impegnate alla festa e comunque Ricarda voleva rimanere sola. Rinunciò ad accendere la stufa e si immerse nell'acqua gelata della vasca per lavarsi più a fondo che poté. Si strofinò la pelle col sapone fino a farla diventare rossa come un gambero, ma non riuscì a togliersi di dosso quel penetrante profumo dolciastro.

Aprì la porta del bagno e sbirciò nel corridoio buio. Tese l'orecchio per assicurarsi che quel mostro non le stesse per tendere un nuovo agguato. Poi corse in punta di piedi in camera sua, si infilò nel letto e si mise addosso tutte le coperte che riuscì a trovare. Ma non riuscì a calmarsi, perché il tremore veniva da dentro di lei.

Eppure gli ho detto chiaramente che ero fidanzata, pensò. *Cosa c'era di sbagliato?*

L'anello! Dov'era l'anello di Siegfried? Non lo indossava da giorni, perché aveva passato la maggior parte del suo tempo al laboratorio a condurre le ultime analisi per la sua tesi. D'istinto portò una mano alla collana dove lo teneva di solito, ma non c'era. Possibile che se lo fosse tolto nel laboratorio e lasciato lì da qualche parte? Ultimamente era così distratta. Forse era quello il motivo per cui era successo. Forse si era davvero fatta troppo bella con quel sari. Reginetta del ballo. Che idiozia! Lei non era una reginetta del ballo. Lei era una secchiona scialba, era quello il suo ruolo. Non contava l'apparire, ma l'essere! Si era lasciata trasportare un'unica volta. "Siete una donna bellissima" le aveva detto.

Dunque farsi belle significava mettersi in pericolo? Ma allora che dire di tutte le donne che lo facevano ogni giorno? Possibile che il mondo fosse pieno di violenza maschile e che lei non se ne fosse mai accorta perché era sempre rimasta nascosta tra laboratori e stanze di ospedale?

No, non è colpa mia, si disse. *Ma chi mi crederà mai?*

Tutti avevano assistito alla sua maestosa comparsa. Lei si era esposta, attirando su di sé l'attenzione del mostro. *È stato questo il mio errore*, pensò in quel momento.

Avrebbe voluto cancellare quell'uomo e il suo completo bianco dai suoi pensieri, eliminare il ricordo di quell'orco. Si rannicchiò tremante e decise di rimuoverlo, di dimenticare.

«Sottoporrò subito il suo lavoro al professore, signorina Petersen» disse il custode annotando l'avvenuta consegna della tesi su un voluminoso registro.

Lei ringraziò e si stupì di quanto poco la emozionasse quel momento così decisivo per la sua carriera. La verità era che i suoi pensieri si addensavano su altro. E sapeva che *quell'uomo* – non osava definirlo in altro modo – aveva colpa anche di questo. Le aveva strappato anche la possibilità di gioire per il traguardo che aveva raggiunto.

Il suo anello di fidanzamento la aspettava vicino al microscopio. Lo infilò al dito e si guardò intorno. Quanti giorni e quante notti aveva passato in quel posto! E adesso ci era tornata per il suo anello. La sua vita privata pressoché inesistente si confondeva con la sua professione. Un'idea bizzarra. Comunque sentiva il cuore pesante.

Per quanto si sforzasse, non riusciva a dimenticare cos'era successo *quella sera*. Quel momento era sempre presente, giorno e notte. Volente o nolente, era costretta a rivivere in continuazione quanto era accaduto.

L'anello al dito le dava una strana sensazione. Sembrava non essere più al suo posto. Sentiva che ciò che era avvenuto per le scale si era messo tra lei e Siegfried, anche se si rifiutava di ammetterlo.

Con che coraggio sarebbe tornata al suo cospetto? Come avrebbe potuto parlagliene e spiegare ciò che era successo, quando neanche lei era in grado di trovare le risposte?

Mentre camminava per le strade innevate della città, si rese conto di cos'altro le aveva fatto quell'uomo. Aveva inquinato il suo amore puro per Siegfried con un senso di estraneità. Aveva dato origine a un segreto che era indegno di quell'amore. Per questo sarebbe dovuto rimanere solo suo.

Camminare all'aria fredda le aveva fatto bene, ma adesso doveva tornare in quella casa che dalla notte prima detestava. Ciò che era accaduto le aveva portato via per sempre la sensazione di essere al sicuro nel posto in cui viveva. Si pentì di essersi trasferita da Florentine, in una casa con un viavai continuo di sconosciuti. Era un luogo che non dava alcun senso di protezione. Certo, non lo aveva mai dato neanche prima, ma Ricarda fino a quel momento non ci aveva fatto caso. Di solito frequentava solo la sua stanza, tutto il resto l'aveva tagliato fuori.

«Tu vivi chiusa nel tuo mondo» le aveva detto Pauline. E le cose stavano ancora così.

Mancavano almeno altri due mesi, prima di concludere il

suo percorso universitario con la discussione della tesi. Sessanta giorni e sessanta notti! E quell'uomo sarebbe potuto ricomparire in ogni momento, era pur sempre un amico di Florentine...

Quando raggiunse il punto delle scale in cui le si era avventato contro, provò un dolore fisico, si schiacciò contro la parete e corse su più in fretta che poté.

Sulla sua scrivania c'era una lettera. Era una di quelle lettere che arrivavano troppo di rado, ma il loro aspetto particolare le rendeva inconfondibili. La afferrò di getto e ne strappò la busta. Ma poi dovette fermarsi, perché il suo cuore batteva così forte che ebbe paura di svenire.

Ci vollero un paio di minuti prima che avesse la forza di leggere la lettera di Siegfried. Quella scrittura familiare, impressa ormai mesi prima su una carta lievemente ingiallita e addirittura macchiata in alcuni punti.

Siegfried le scriveva da un posto del Camerun, in Africa occidentale, che era certo non sarebbe riuscita a trovare su nessun mappamondo, dato che era appena stata fondato dall'amministrazione coloniale tedesca.

Questa è proprio l'Africa di cui sogniamo tu e io. Il nostro posto al sole. Lo abbiamo raggiunto dopo una spedizione durata settimane. È una zona lontana dalle paludi contaminate dalla malaria, a settecento metri d'altezza, e distante dalla città portuale. È un vero e proprio paradiso. E tra poco avremo anche una gran quantità di banane, i frutti di cui mi hai parlato così spesso, perché ne abbiamo piantate molte.

Ricarda non riuscì a leggere oltre. Ormai non osava più sognare un'altra vita.

Alla fine riuscì a mandar giù il dolore e ad abbandonarsi a

Siegfried che le descriveva un altro mondo, nel quale si erano stanziati e dove avevano addirittura costruito un ospedale per curare anche gli indigeni.

In questo nuovo posto che si chiama Yaoundé abbiamo bisogno di medici, Rica! Soprattutto di dottoresse, perché le donne di qui non vogliono farsi curare dagli uomini.

Da un lato le descriveva quella terra sconosciuta con toni allettanti, parlava di terreni rossi ruggine, di acacie verdi e degli elefanti che erano comuni quanto i cervi nei boschi della Germania. Ma dall'altro, quei posti sorgevano in mezzo alla foresta tropicale.

La giungla non dorme mai. Spesso mi sveglio nel cuore della notte e ascolto i suoi rumori sconosciuti. Allora penso che potrei anche essere felice, se solo ti avessi accanto.

Una lacrima le cadde sul foglio, portandosi via qualche parola.

Con tutto il mio amore

Marzo 1890

Finalmente era di nuovo a Zurigo, quell'adorabile, piccola città. La stagione era ancora un po' fredda, mentre di solito a Henriette piaceva coronare ogni sua visita alla cittadina con un'escursione sui monti. Ma quello che la aspettava era ancora meglio. Quante volte aveva pensato a quel momento! Quante volte si era immaginata Ricarda nell'aula magna addobbata a festa che si avvicinava al rettore e prestava il suo giuramento come medico. E adesso mancavano solo due giorni. Buona parte del percorso di Ricarda, Henriette lo imputava anche alla propria influenza, motivo per cui si sentiva finalmente autorizzata a essere anche un po' fiera di se stessa.

«Dov'è? Tu la vedi?» domandò Käthe, che era scesa dal treno dopo di lei.

La presenza di entrambe era questione d'onore, in fin dei conti l'esame orale era un evento pubblico.

«Non è lei, laggiù?» domandò Georg, che nel frattempo aveva commissionato a un fattorino la consegna dei bagagli alla villa di Florentine.

Le due amiche avevano fatto una breve sosta intermedia a Monaco, dal cugino di Käthe, che poi le aveva accompagnate a Zurigo dove aveva comunque degli affari da sbrigare. O almeno così diceva lui. Henriette però non gli credeva fino in fondo.

Ricordava molto bene l'entusiasmo con cui aveva ballato con Ricarda durante quella festa di Capodanno, anche se era convinta che il poveretto si facesse delle false speranze.

«Sì, è Rica» disse Käthe con voce stranamente smorzata.

Anche Henriette si accorse subito che c'era qualcosa che non andava in Ricarda. Sembrava aver perso qualsiasi vitalità. Certo, tutti arrivavano esauriti al grande giorno della discussione della tesi, ma a colpire Henriette non furono solo il pallore e le occhiaie profonde sul volto di Ricarda. Fu soprattutto il suo modo di camminare. Si muoveva come una donna anziana oppressa da un peso insostenibile. E il saluto non fu accompagnato da alcun sorriso, ma solo da una contrazione agli angoli della bocca.

Cosa le era successo? Henriette e Käthe si scambiarono un lungo sguardo interrogativo.

«Sembri abbattuta, Ricarda. A vederti, viene da preoccuparsi per te» disse Georg dopo i saluti iniziali.

«Me la caverò» rispose lei a labbra strette.

A Henriette quella risposta sembrò strana. Se avesse detto che nel giro di un paio di giorni si sarebbe sentita meglio, sarebbe stato più accettabile. L'istinto le disse che la prima cosa da fare era liberarsi del buon Georg.

«Noi donne abbiamo bisogno di un po' di tempo per noi, Georg. Ci vediamo dopo a casa di Florentine» stava già dicendo Käthe, anticipandola.

Henriette pensò ancora una volta che lei e Käthe si capivano sempre senza bisogno di parole. Georg mormorò qualcosa circa i suoi impegni di lavoro e si congedò. Le due amiche presero Ricarda sottobraccio e andarono a passeggio per la città. La sua tensione era chiaramente palpabile.

Era tardo pomeriggio e Henriette aveva fame, per cui propose: «Andiamo a mangiare qualcosa! Sono sicura che un bicchiere di vino scioglierà il tuo nervosismo, Rica.»

Henriette fece cenno a un vetturino e gli chiese di accompagnarle a un ristorante che conosceva. Nel vecchio edificio che ospitava il locale si diffondeva un delizioso profumino di rösti e spezzatino.

«Scusatemi» sbottò Ricarda correndo verso l'interno del locale, in direzione del simbolo dei bagni.

«Oh, santo cielo!» esclamò Käthe. «Neanche tu lo sapevi, vero?»

«Cosa?» domandò Henriette, che sentiva che stava succedendo qualcosa, ma si rendeva anche conto di non essere pronta ad ammetterlo.

Käthe era diventata bianca come un lenzuolo. «Siegfried è stato qui?»

«Perché? No. È da qualche parte in Africa.»

«Allora chi è stato?» domandò Käthe

«Ma di che parli?»

«Da quanto ne so, l'immacolata concezione riguarda esclusivamente la Madonna.»

«Käthe, stai vaneggiando!»

Rica incinta… che assurdità! Rica sapeva quello che faceva. Non le sarebbe mai successa una cosa simile. Perché le conseguenze erano crudeli e ineluttabili: per una donna nubile e nella sua posizione – posizione alla quale era arrivata con tanta fatica! – una gravidanza coincideva con la morte sociale. Era impensabile che potesse esercitare come medico. Se le cose stavano così, la ragazza era sull'orlo di un abisso.

Eppure la teoria di Käthe spiegava lo stato di Ricarda.

«Salve, signore. Cosa posso portarvi?» domandò un cameriere che si era avvicinato al tavolo.

«Mi è appena passato l'appetito» disse Käthe.

Henriette dissimulò il commento con la risata dei vecchi aristocratici abituati a non mettere mai in mostra la propria debolezza di fronte ai servitori.

«Il menù, per favore.»

Che cosa imbarazzante! Eppure a Ricarda era successo spesso, ultimamente. E non era in nessun modo controllabile. Solo dopodomani non sarebbe dovuto succedere, ma come poteva fare per evitarlo? Ormai non mangiava praticamente più niente, di certo non dipendeva da quello. Possibile che la nausea gravidica avesse origine nella psiche?

Mentre fissava il contenuto del suo stomaco dentro il gabinetto, Ricarda ripensò all'infelice Heidi, che con la sua pancia tonda si era lanciata contro il muro. Adesso era lei a trovarsi in una situazione simile. Non aveva ancora superato lo shock per la scoperta del suo stato. E adesso nella sala del ristorante c'erano ad aspettarla due dottoresse alle quali non sarebbe riuscita a nascondere la verità. Non erano certo credulone come la signora Hofacher, che imputava il cambiamento di Ricarda a un sovraccarico nervoso. Né come Florentine, che si limitava a gioire del malessere della sua coinquilina, perché le interessava solo di essere la migliore.

Ma forse sarebbe andato tutto bene, le due dottoresse erano stanche, avevano un lungo viaggio in treno alle spalle...

Mentre tornava al tavolo, Käthe e Henriette, le sue dispensatrici di consigli materni, la guardarono con espressione preoccupata.

«Stai meglio?» domandò Henriette.

«Sì, molto meglio. Avete già trovato qualcosa da consigliarmi?»

Le tre cercarono rifugio in una conversazione superficiale, giacché nessuna aveva voglia di tirar fuori l'argomento spinoso per prima. Ma a rigore della logica che tanto amava, Ricarda si rese lentamente conto che Käthe e Henriette lo avrebbero scoperto. Era inevitabile. Lo avrebbero scoperto tutti quanti, ad eccezione forse della signora Hofacher, di Florentine e dei professori. Da loro sarebbe fuggita non appena dato l'esame. Ma dove poteva andare? A casa? Sarebbe dovuta tornare al paese con un bastardo, come una donna perduta?

Ricarda sentì la nausea rimontarle dentro. Era senza dubbio la sua psiche a procurargliela, pensò mentre correva di nuovo verso i bagni. Quando tornò al tavolo, vi trovò una bottiglia di vino rosso e tre bicchieri.

«Ti abbiamo ordinato l'uovo strapazzato con spinaci» disse Henriette.

«Grazie, è proprio quello che mi ci vuole» rispose Ricarda temendo in realtà che non sarebbe riuscita a buttarne giù neanche un boccone.

«Dovremmo essere sincere tra di noi, Rica. È possibile che tu aspetti un bambino?»

Ricarda era sicura che sarebbe stata Käthe a infrangere il cerchio del silenzio. E con una domanda semplice, senza giri di parole. A Ricarda per qualche strano motivo venne in mente il parto. Il momento in cui si vede la testolina. È vero che dopo viene una fase difficile e dolorosa, ma almeno è una partenza.

Ricarda annuì. «Io...» si schiarì la gola, ricominciò da capo. «Io sono stata aggredita» disse abbassando lo sguardo sul tavolo coperto da una tovaglia a fiori. Si vergognava così tanto. Ma d'altra parte sentiva che era giusto confidarsi con qualcuno, dopo così tanto tempo.

Käthe le prese le mani nelle sue. «Oh, Dio. Poverina, che cosa terribile!»

«Chi è stato? Lo conosci?» domandò Henriette.

«Lo avete visto entrambe almeno una volta» disse Ricarda lentamente, sentendo la fatica di ogni parola. «Contessina, voi ci avete parlato a Capodanno, due anni fa. Il suo nome è Giacomo, ha un cognome italiano.»

«Che bruci all'inferno» bisbigliò Käthe reprimendo la collera.

«Questo lo farà di certo, prima o poi» sibilò Henriette. Il mento le tremava quasi impercettibilmente. «Ma la rabbia non porta mai a niente di buono. Dobbiamo pensare a come proteggerti, Rica. È questa la cosa più importante. Chi è a conoscenza di questa aggressione?»

«Nessuno.»

«Gente come lui nega sempre tutto o sostiene che eri consenziente. In queste situazioni noi donne siamo sempre le più deboli» sussurrò Käthe.

Il tono della sua voce spinse Ricarda ad alzare lo sguardo. Vide che aveva gli occhi lucidi e la sua espressione agguerrita rivelava che erano lacrime di rabbia. Rabbia per un'ingiustizia vissuta sulla propria pelle, forse? Ricarda non ebbe il coraggio di chiederglielo. Ma la contessina sembrava saperne qualcosa, perché prese la mano dell'amica e gliela strinse per tranquillizzarla.

«Noi tre abbiamo deciso» disse Henriette con voce ferma «di affermarci in un mondo maschile. Gli uomini usano violenza alle donne e nessuno ne parla. L'unica risposta che possiamo dare è la coesione. Non mostrare agli uomini quanto siamo ferite. E restituire il colpo al momento opportuno.» Alzò il calice. «A te, Rica. Noi non ti lasciamo sola. Men che meno adesso.»

Ricarda si unì al brindisi e riappoggiò subito il bicchiere, perché quell'odore non faceva che peggiorare la situazione e il motivo era chiarissimo nella sua mente: *quell'uomo* puzzava di alcol.

«Devi scordarti di ogni cosa finché non avrai discusso la tesi» disse Henriette.

Era ciò che Ricarda si ripeteva cento volte al giorno! «Ma ormai niente ha più senso, contessina. A cosa mi serve il titolo? Tra qualche mese la gente vedrà la mia pancia e si chiederà di chi è il bambino, dal momento che Siegfried è via. E comunque cosa dovrei dire a Siegfried?»

Quello era il nodo in cui si bloccava sempre ogni possibile ragionamento, in cui ogni pensiero finiva per sprofondare in un buco nero.

«No, no, Rica, non è questo il modo di affrontare la cosa.» Käthe si oppose con forza. «Stai mettendo troppa carne al fuoco. Per favore, proviamo a trovare una risposta alla volta.»

Il cameriere servì loro le pietanze e scomparve in tutta fretta, notando l'espressione sui volti delle tre signore. Ricarda tentò di assaggiare l'uovo, ma era troppo unto. Riuscì a mandar giù giusto qualche boccone di spinaci. Anche Käthe e Henriette spiluccavano dal piatto senza troppa convinzione.

«Perdonami, Rica, se inizio dai semplici fatti» disse Käthe allontanando con delicatezza il piatto. «A che settimana sei?»

«All'ottava.»

«Perdonami di nuovo, se ti dico quello che sto per dire in maniera un po' diretta: all'ottava settimana non devi per forza portare a termine la gravidanza. Sei giovane, potrai avere altri figli.»

Ricarda scosse la testa. «Questo lo so, Käthe, ma non posso far uccidere il mio bambino.»

«Me lo immaginavo» rispose Käthe, senza dare l'impressione che le sue parole nascondessero un giudizio.

«Sì, anch'io. Sei sempre stata una persona coerente.» Henriette le rivolse un sorriso amareggiato. «Ci sarebbe anche la soluzione di dare via il bambino dopo la nascita.»

Ricarda non aveva preso in considerazione quella possibilità. Non che rifiutasse del tutto il pensiero, ma in linea di principio lo considerava un atteggiamento egoista. Certo, la madre non si macchiava la coscienza uccidendo il figlio, ma lo abbandonava comunque a un destino incerto. Avrebbe fatto la stessa fine del figlio di Wilma, la donna che non voleva essere dimenticata. O del figlio di Heidi. Nessuno di loro avrebbe mai potuto rispondere alla domanda: chi è mia madre? Da dove vengo?

Anche la contessina aveva allontanato il piatto con un gesto discreto. Stava seduta al tavolo, dritta come un fuso. A Ricarda sembrò quasi di vedere la sua mente al lavoro.

«Mio figlio» disse Ricarda «sta crescendo nel mio corpo. Sta succedendo contro la mia volontà, ma ormai ne sono responsabile. Ho visto troppo dolore nel mio lavoro perché decida di abbandonare a se stesso questo bambino, che è anche mio. Del resto la decisione che prenderò adesso è una cosa con cui dovrò fare i conti per tutta la vita.»

Fece un profondo respiro e si appoggiò allo schienale della sedia. Erano settimane che girava intorno a questo punto e finalmente era riuscita a esprimerlo a voce alta. Era una posizione scomoda e lo sarebbe diventata ancor di più in futuro. Eppure non poteva e non voleva fare niente di diverso.

«Non sarà così semplice, Rica» disse Henriette. «È impensabile che tu riesca a tirare su un figlio da sola. E questo lo sai. Non potresti nemmeno farlo. Al bambino verrebbe assegnato un tutore. Avresti le mani legate e come medico potresti...»

A quel punto intervenne Käthe a interrompere la sua amica: «Aspetta un attimo, Jette. Le soluzioni si trovano, se si sa cosa cercare. Ricarda vuole il suo bambino. Adesso lo sappiamo. Dopodomani c'è la discussione e Ricarda deve riuscire a superarla. Altrimenti quel criminale l'avrebbe vinta anche da questo punto di vista. Non deve succedere. Quindi: un passo alla volta».

Ricarda avrebbe tanto voluto abbracciarla!

«Mi dispiace» disse Henriette guardando Ricarda dritto negli occhi. «Non volevo metterti sotto pressione. Käthe ha perfettamente ragione. Si sistemerà tutto.»

In qualche modo. L'importante è non immaginare come, pensò Ricarda.

Sapere che in casa c'erano Henriette, Käthe e il cugino Georg, tre persone di cui si fidava, rese più semplice persino l'odiato tragitto per arrivare alla mansarda. Ricarda aveva fissato per l'indomani di buon mattino con le sue future colleghe per analizzare nel dettaglio la discussione della sua tesi. Le due le avrebbero dato consigli preziosi sul comportamento da tenere. La prospettiva di pensare solo a quello e di rimandare ai giorni successivi tutto il resto, faceva sembrare tutto più sopportabile. Oltretutto Käthe le aveva lasciato un flacone di profumo da annusare quando sentiva arrivare la nausea.

Sulla scrivania trovò lettere di sua madre, di Lore e di Siegfried, arrivate nel corso della giornata. Normalmente la posta la metteva di buonumore, mentre ora la faceva sentire con la coscienza sporca, perché da gennaio, da quando era accaduto l'episodio per le scale, non era più riuscita a scrivere neanche una riga. Non voleva far finta che andasse tutto per il meglio e la verità era troppo complicata da raccontare, e troppo carica di vergogna.

La lettera di Siegfried, che normalmente si sarebbe tenuta come gioia finale, era preziosa, giacché era la prima che riceveva da due mesi a questa parte. L'aprì e ne tirò fuori due fogli fitti di scrittura e una fotografia.

"Questo sono io al mio campo nella giungla", aveva scritto sul retro.

Nell'immagine se ne stava dritto in alta uniforme accanto a una tenda circondata da strane piante. A Ricarda scappò una risata per l'effetto involontariamente comico di quella foto. Era inimmaginabile che qualcuno in mezzo a quei luoghi selvaggi prestasse attenzione al corretto assetto prussiano di un'uniforme tedesca, con tanto di sciabola e dell'immancabile dragona. Eppure era esattamente questo che mostrava la foto.

Avendo completato la sua lettera settimane dopo averla cominciata, la notizia più importante arrivava alla fine.

Mi è da poco arrivata una missiva da parte del nostro Ministero degli Esteri. A seguito del mio prolungato servizio e dei miei meriti sui territori coloniali, mi lasciano la libertà di scegliere come procedere. Poiché ne va del nostro futuro insieme, chiedo il tuo consiglio, amore mio. La nostra patria fonderà una nuova colonia. Sarà in Asia. Purtroppo non posso dire niente di più. Quando terrai questa mia lettera tra le mani, avrai ormai terminato gli studi o sarai in procinto di discutere la tesi. Dunque sarai libera di iniziare una nuova vita. Sei pronta a sposarmi in patria tra circa cinque mesi e a partire poi insieme a me per l'Asia? Lì potresti lavorare come medico. Non appena avrai letto questa mia lettera, ti prego di inviare un telegramma all'Ufficio Affari Coloniali del Ministero degli Esteri che stanno costituendo nella Wilhelmstrasse, nella nostra Berlino. Mi hanno assicurato che mi inoltreranno immediatamente la tua risposta.

Se accetti, amore mio, ti chiedo di telegrafare al più presto: "Sì, signor Thomasius". Se invece tu fossi di un altro parere... Be', questo non riesco proprio a immaginarlo, giacché quando ti penso, sento che il tuo cuore batte insieme al mio.
Non vedo l'ora che arrivi il giorno delle nostre nozze. Con tutto il mio amore,
Tuo Siegfried.

Ricarda si lasciò cadere sul letto. Per un istante rimase come stordita, ma poi tutti gli argini con cui aveva tentato di proteggersi crollarono. Sentì montare dentro un'ondata di dolore che la trascinò via con sé, facendola affogare. Si voltò da un lato, nascose la testa nel cuscino e si abbandonò a un pianto disperato.

Ricarda si svegliò all'alba su un cuscino bagnato di lacrime. Aveva sognato di tutti i bei momenti vissuti insieme a Siegfried. Il primo incontro nella soffitta al Krögel. Le analisi al microscopio con lei vestita da uomo. Hildchen, alla quale nonostante tutto era riuscita a salvare la vita. I giorni e le notti indimenticabili passati in montagna. Il loro fidanzamento, del quale era stato testimone solo un leone assonnato. L'ultimo addio di fronte al portone dell'ospedale militare a Tempelhof.

La lettera di Siegfried era accanto a lei. La prese in mano e ne rilesse i passaggi salienti.

Doveva prendere una decisione. Tra cinque mesi la gravidanza sarebbe stata a uno stadio avanzato. Come poteva presentargli-si con la pancia gravida del figlio di un altro? Questa infamia, questo disonore, avrebbe macchiato per sempre la loro felicità.

Käthe aveva ragione: un passo alla volta. Aveva deciso di tenere il bambino, per cui doveva lasciar andare Siegfried e riorganizzare la propria vita. Una vita nuova, della quale lui non poteva fare parte, perché ormai non aveva più nulla a che fare con il suo futuro.

Ma non piangeva solo per un amore che non sarebbe mai giunto a compimento. Insieme al loro amore, tramontava anche un grande sogno condiviso e la promessa che si erano scambiati quella volta in montagna: il loro "posto al sole" non era mai stato così vicino.

Quanto le sarebbe piaciuto raccontargli tutto ciò che le pesava sul cuore. Ma lui non aspettava altro che la parola apparentemente più semplice di questo mondo, la parola che si dicono gli innamorati, mentre lei era sull'orlo di un precipizio senza sapere come fare a non precipitare.

Si sfilò delicatamente l'anello di fidanzamento dal dito, prese la fotografia che ritraeva Siegfried in Africa e gli baciò il volto. Sul comodino c'era l'angioletto di legno di Seiffen che l'aveva sempre accompagnata come un angelo custode. Nel cassetto c'erano le sue lettere. Ricarda prese tutto quanto e lo ripose in una scatola di metallo. Poi avvolse la scatola nella carta da pacchi e le legò intorno uno spago così stretto che niente del suo contenuto sarebbe mai potuto cadere fuori. Mise il pacchetto sul fondo della borsa da viaggio e la ripose nell'armadio.

Poco dopo si trovava davanti a un impiegato del Telegrafo di Zurigo, al quale disse: «All'Ufficio Affari Coloniali del Ministero degli Esteri». Poi fece una breve pausa, raccolse tutte le forze di cui disponeva e disse tutto d'un fiato: «Il messaggio è: "No, signor Thomasius"».

Santo cielo, quanto ci mettono, pensò Ricarda. Ormai era passata un'ora e mezzo, ma i tre professori della commissione volevano ridiscutere con lei ogni aspetto della sua tesi. E pensare che Käthe e Henriette le avevano assicurato che il tutto sarebbe finito nel giro di mezz'ora. Ricarda sentì salire di nuovo la nausea e portò al naso il fazzolettino imbevuto del profumo che le aveva dato Käthe.

«Dunque, signorina Petersen, esponeteci ancora la vostra opinione riguardo alla sterilizzazione della zona genitale della partoriente. Il vostro lavoro sembra aprire nuove prospettive di cui vale la pena discutere» disse il professor Wyder.

«Senz'altro, professore» rispose Ricarda, mentre pensava: *Per l'amor del cielo, ma è tutto scritto lì dentro!* Invece fece un sorriso dimesso e cominciò: «La sterilizzazione della pelle rimane tuttora una condizione auspicabile, ma non realizzabile. Quello che l'ostetrico può ottenere...»

Dovette fare una pausa per portarsi di corsa il fazzoletto al naso. Sentiva gocce di sudore correrle lungo la schiena, ma riuscì a riprendere il controllo. Tra poco sarebbe tutto finito. O almeno così sperava.

«L'ostetrico può aspirare a fare ciò che è nelle sue possibilità. Sto parlando del metodo Ahlfeld, una combinazione di acqua calda, sapone e alcol» disse.

Sperò che la sua respirazione accelerata non venisse presa per insicurezza. *Che follia*, pensò, *me ne sto qui a parlare di parti e sono segretamente incinta.* Si accorse che Wyder stava per aggiungere qualcosa e lo anticipò.

«È invece necessario pensare alla nuova possibilità che si apre al medico. Proprio nei casi come quello di Heidi, che vi ho illustrato. Dagli Stati Uniti è giunta la notizia di una nuova invenzione, il "guanto di gomma". Con questo dispositivo il medico potrebbe evitare la trasmissione alla paziente dei germi presenti sulla propria mano senza perdite di tempo.»

E Heidi sarebbe ancora viva, aggiunse tra sé.

«Torniamo un attimo alla meningite neonatale» disse il professor Diener. «Voi date un nome ai batteri che la scatenano…»

Ricarda capì subito cosa le avrebbe chiesto.

«Avete perfettamente ragione, professore, a chiedervi a cosa serve conoscere i batteri se non esiste un farmaco in grado di uccidere quelli che distruggono il cervello dei neonati. Molte altre Rösli dovranno ancora morire, prima che si giunga a questa scoperta. Forse presto qui siederà qualcuno in grado di trovare la risposta, ma il mio compito era metterci in grado di porre la domanda.»

Diener annuì e le rivolse un sorriso paterno. «Già, e lo avete svolto in maniera eccellente, signorina Petersen. Se posso aggiungere una nota personale: abbiate più fiducia nelle vostre capacità e non sarete così nervosa.»

Ricarda si sforzò di sorridere. «Grazie per la vostra comprensione, professore.»

Solo allora Ricarda si concesse di lanciare un'occhiata alla prima fila del pubblico, dove erano seduti Henriette, Florentine, Käthe e Georg. E poi c'era la signora Hofacher, che come promesso teneva in grembo le mani con le dita incrociate. Le due dottoresse avevano un'espressione tesa, mentre Florentine sembrava piuttosto annoiata.

Poiché Ricarda era stata l'ultima a discutere la tesi, non appena ebbe finito diedero subito avvio al solenne rito della consegna dei titoli. Dopo un lungo discorso del rettore, il custode chiamò uno a uno tutti i laureandi, che facevano un passo avanti, ricevevano qualche ampolloso convenevole e infine dovevano prestare giuramento. Ricarda spiegò di nuovo il fazzoletto, ma il suo profumo sembrava essersi volatilizzato del tutto. Con più discrezione possibile, vi versò qualche goccia direttamente dalla boccetta e si sentì subito meglio. Poiché i laureandi venivano chiamati in ordine alfabetico, la cerimonia durò un tempo che a Ricarda sembrò infinito. Finalmente arrivò il suo turno.

«Signorina Ricarda Petersen, è con grande piacere che vi consegno il tocco della facoltà di medicina» disse il rettore. «Sono certo che farete grande onore alla professione medica. La valutazione del vostro lavoro è *Summa cum laude*. Adesso vi prego di fare un passo avanti e di prestare giuramento.»

Summa cum laude! Il massimo dei voti con lode! Meglio di così non poteva andare.

Lanciò una breve occhiata a Henriette e Käthe. Il mento della contessina tremava per la fatica di controllare l'emozione, mentre Käthe non faceva molto per nascondere le sue lacrime di commozione e si tamponava delicatamente gli occhi con un fazzoletto. Florentine sembrava ancora annoiata. L'unico che aveva il volto veramente raggiante di gioia era Georg. E la signora Hofacher, che le fece dei cenni discreti.

Ricarda posò la mano sul lungo scettro del rettore che simboleggiava l'autorità di conferire il titolo e prestò il suo giuramento: «Giuro di compiere sempre il mio dovere e di non perdere mai di vista il benessere dei malati che mi sono affidati. Dio mi è testimone».

«Signorina Petersen, vi porgo le mie più sentite congratulazioni» disse il rettore consegnandole l'attestato. Quanto lo aveva desiderato, quanti anni aveva dovuto lottare per ottenerlo!

Una nuova ondata di nausea mise precipitosamente fine alla solennità del momento. Non avrebbe resistito un secondo di più. Corse fuori dall'aula magna con un gran fruscio di vesti.

Avrebbe voluto urlare ancora un "grazie mille per tutto", ma questo l'avrebbe consegnata a una disfatta ancor più memorabile, nella storia dell'università.

Ricarda respirava in fretta di fronte allo specchio. Aveva compiuto ventisette anni due settimane prima ed era "dottoressa" da due ore. Che giornata straordinaria sarebbe potuta essere!

Aveva attraversato la vita a passi da gigante e poi, come dal niente, era sbucato *quell'uomo* a farle uno sgambetto. Non era ancora caduta, ma era solo questione di tempo.

Si carezzò la pancia ben nascosta sotto il semplice vestito nero. Ci sarebbe voluto ancora un po', prima che fosse visibile al mondo.

La mattina prima, dopo averla preparata alla discussione della tesi con domande più incalzanti di quanto non avessero fatto poi i professori, la contessina le aveva proposto di lavorare al suo ambulatorio. Ricarda aveva evitato di dare una risposta precisa, cosa che era stata interpretata come un assenso.

La porta del bagno si spalancò, strappando Ricarda ai propri pensieri, ed entrò Florentine, avvolta in una nuvola di profumo.

«Cosa ti succede?» domandò. «Siamo tutti qui a festeggiare il tuo successo, Ricarda. Perché ti nascondi in bagno?»

Ricarda si sforzò di sorridere. Avrebbe voluto dire qualcosa di sagace, di intelligente, avere una battuta pronta, magari persino tagliente. Ma poi vide la piccola cicatrice sul sopracciglio di Florentine, che le avrebbe ricordato per sempre quel fatidico momento sul ghiaccio che aveva unito i loro destini.

Nella strana disposizione d'animo in cui si trovava, le tornò in mente la sua grande passione di un tempo. La matematica insegnava che uno più uno fa due. Il numero primo più piccolo di tutti. Qualcosa di indivisibile. Il destino l'aveva legata a Florentine una volta per tutte, che lo volesse o meno. Sua madre, nel suo mondo metafisico, l'avrebbe messa così: «Siamo tutti nelle mani di Dio».

«Mi stavi cercando, Flora?» chiese in tono allegro.

«Georg dice che gli piacerebbe ballare con te. Sarebbe bello, se tu lo facessi. Sai, gli sono molto grata per tutto l'aiuto che mi ha dato. A Berlino, con l'acquisto della casa per mio padre, e qui a Zurigo. È un uomo per bene.»

«È vero» disse Ricarda.

Forse un ballo l'avrebbe distratta. Ritmo e numeri. Bastavano quelli a orientarsi. Ed era esattamente ciò di cui aveva bisogno.

Non si era neanche accorta di ballare a occhi chiusi. Perciò, quando Georg le disse: «Mi piace ballare con te», per lei fu come riemergere da un sogno e per un istante perse il ritmo. Poi si ricompose e si lasciò condurre da Georg. Momenti trascurabili, che passavano senza significare niente. Era "dottoressa". Avrebbe potuto ripeterselo cento volte, ma sarebbe comunque rimasta una semplice affermazione, perché non si sentiva in nessun modo un medico. Magari sarebbe stato diverso una volta che avesse avuto delle pazienti di cui occuparsi.

Georg la strinse un po' più a sé. Ricarda pensò che lo facesse per condurre meglio, dato che lei era così distratta.

«Perché proprio oggi sei così triste?» le domandò guardandola negli occhi.

Ricarda perse di nuovo il ritmo e lui la aiutò a ritrovarlo.

«Secondo te sono triste?»

«Secondo me dovresti essere felice.»

La mano di Georg sollevò la sua, Ricarda fece una giravolta e in quello stesso istante fu costretta a mettere fine al ballo. Georg le rimase vicino mentre scappava via aprendole la porta del bagno. Quando uscì, lui era ancora lì davanti e fumava un sigaro.

L'odore del tabacco le suscitò una sensazione di casa, di quiete, della pace che si prova quando si arriva alla meta. Forse era tutta la persona di Georg a suscitarglielo.

«Scusami» disse Ricarda. *Santo cielo, che imbarazzo!* «Temo che il nervosismo per la laurea stia ancora avendo i suoi effetti.»

Lui mise via il sigaro e le posò le mani sulle spalle. «Ricarda, io ti porterò sempre in palmo di mano, ovunque tu vada. E se vorrai camminare da sola, sarò la tua ombra. Solo una cosa devi concedermi: di poterti amare.»

Ricarda avrebbe voluto sprofondare. Tutto ciò era troppo da sostenere. Era forse cieca? Possibile che non si fosse mai accorta di quanto Georg la amasse? E magari l'aveva anche incoraggiato, ballando con lui?

Ricarda non avrebbe mai voluto ferirlo. «Ti voglio bene» gli disse, voltandosi verso l'uscita.

«Ma non ne vuoi abbastanza a te stessa per volermi bene sul serio» rispose lui.

«Che intendi dire?»

«Bisogna essere maturi per l'amore, Ricarda» disse Georg. «Bisogna cedere un pezzo di noi stessi e ricevere in cambio un'altra metà.»

Che pensieri filosofici era in grado di formulare, ma del resto era anche decisamente più grande di lei. «Dici delle cose sorprendenti» osservò.

«Perché penso molto a te.»

«Perché? Ci conosciamo appena.»

«Può sembrare che sia così.» Le scostò con dolcezza un ricciolo che si era sciolto dall'acconciatura. «Ma questo non è il momento giusto per parlare. Posso sperare che domani tu mi dedichi un po' di tempo?»

«Non sono una buona compagnia, al momento.»

«È proprio per questo che dovremmo parlare. Un giro in carrozza in riva al lago. Aria fresca e coperte calde. Che ne dici?»

«Ci penserò.»

«Domani alle undici. Stando al barometro, dovrebbe essere una bella giornata.»

Ricarda tentò di interpretare l'espressione del suo volto, ma non riusciva a leggerlo. Lui non poteva sapere che, in un certo senso, non era più fidanzata.

Ma mentre rientrava nella sala da ballo, Ricarda si rese conto di essersi sbagliata. Non portava più l'anello di fidanzamento e Georg era il tipo di persona a cui non sfuggivano questi dettagli apparentemente secondari.

Stare al centro dell'attenzione non era la condizione ideale, per Ricarda. Ovviamente in un giorno come quello tutti si aspettavano che fosse socievole e si lasciasse festeggiare come si deve. E non che si ritirasse nel suo mondo. Ma lei non poteva esporsi alle domande che tutti le rivolgevano, domande del tipo: «Che piani hai adesso?» oppure: «Cosa succederà ora?» o ancora: «Tornerai a vivere a Berlino?».

Aveva inventato una formula per rispondervi: «Datemi un po' di tempo, devo ancora abituarmi all'idea di essere diventata dottoressa».

«Sono felice che ce l'abbiate fatta, collega» le disse Marie Heim-Vögtlin durante la sua breve comparsa nella sala da ballo dell'hotel.

Era tradizione della facoltà che i suoi ex studenti partecipassero a occasioni come quella, per congratularsi con i neolaureati, curare i propri contatti o crearne di nuovi.

«Avete un'aria davvero esausta» disse il professor Wyder, anche lui passato per felicitarsi di nuovo con i suoi studenti in un contesto meno formale. «Prendetevi una pausa. Ma vi prego di farvi viva con me, dopo. Credo che in futuro mi sarebbe molto utile una persona come voi.»

La stessa proposta le giunse anche da altri medici e docenti, cosa che peggiorò ulteriormente il suo senso di desolazione. In teoria le si aprivano infinite strade, ma lei non poteva percorrerne nessuna.

Come uscirò da questa situazione disperata?, si chiese quel pomeriggio, quando riuscì finalmente a passeggiare un po' da sola lungo le rive del lago. Quell'ampia superficie d'acqua aveva il potere di calmarla. Adesso che la pressione per l'esame era passata, doveva riflettere su tutto da capo.

Ma la conclusione a cui giunse fu la stessa. Avrebbe tenuto il bambino, nonostante tutti gli svantaggi che questa scelta comportava. Maledetto numero primo, madre e figlio, un duo inseparabile.

I suoi pensieri giravano a vuoto.

Käthe e Henriette sarebbero rientrate a Berlino due giorni dopo e lei sarebbe andata con loro. *Addio, Zurigo*, pensò, *mi hai portato tanta fortuna e poi te la sei ripresa tutta.*

Era da tanto tempo che Ricarda non si prendeva il tempo di leggere un libro. I suoi crucci non l'avevano fatta dormire fino all'alba, per cui si era svegliata tardi. Dopo il caffè era andata in biblioteca ed era rimasta attonita di fronte ai due enormi armadi che contenevano i libri di Florentine. Eppure non l'aveva mai vista leggere. Alla fine si decise per *Anna Karenina* di Leo Tolstoj, perché si ricordò che gliene aveva parlato Lore in una delle sue lettere.

Mentre andava in terrazza con il pesante volume in mano, si rese conto che non sarebbe mai riuscita a leggere quelle mille pagine in due giorni. Ma forse sarebbe stato terapeutico allontanare le proprie preoccupazioni attraverso i grandi sentimenti di gente sconosciuta. Quando lesse la prima frase, "Tutte le famiglie felici sono uguali, ogni famiglia infelice è infelice a modo suo", nutrì la speranza di trovare anche un pezzettino di se stessa, in quel libro.

Ma non riuscì ad andare molto oltre quel promettente inizio, perché poco dopo Georg Kögler, di ottimo umore, si avvicinò alla poltrona di vimini nella quale si era accomodata.

«Credevo che ci avresti pensato su» disse.

«A cosa?»

«Sono le undici, e tu non hai disdetto.»

«Disdetto?» Il giro in carrozza! Se n'era completamente scordata. O forse l'aveva volutamente rimosso.

«Non dirmi di no, Ricarda. C'è un tempo "da re", come dite voi a Berlino. Noi due non siamo certo aristocratici, ma possiamo comunque godere del bel tempo.» Le tese la mano. «Vieni. Il libro può aspettare.»

Aveva noleggiato un elegante landau con cuscini di velluto rosso scuro. La capote era aperta.

«Aristocratici non direi proprio» disse Ricarda. «Ma dalla carrozza potrebbe sembrare.»

Georg sorrise compiaciuto e le tese una mano per aiutarla a salire. Era elegante nel suo completo grigio scuro, un panciotto di tonalità più chiara e un nuovissimo Borsalino in tinta che gli dava un tocco audace che sorprese Ricarda. Lei non si era vestita per l'occasione e accanto a lui si sentiva a disagio nel suo disadorno abito nero.

Stavano per partire, quando incontrarono la contessina e Käthe che rientravano dalla loro passeggiata mattutina.

«Andate a fare un giro?»

La contessina sembrava molto sorpresa, ma reagì con grande prontezza, togliendosi la stola e posandola sulle spalle di Ricarda. Il tessuto era perfettamente intonato ai cuscini della carrozza.

«Goditi la giornata, Rica» disse Henriette. «Tra poco le montagne saranno molto lontane.»

«Chi lo sa» mormorò Käthe, ma la carrozza era già partita.

Intorno a loro c'era il verde del prato, ancora fiaccato dall'inverno, che assorbiva avidamente ogni tiepido raggio del sole di metà giornata, il blu scuro del lago e il bianco dell'inverno sul panorama spruzzato di neve delle montagne. Appeso sopra tutto questo, un cielo di un azzurro profondo. Nell'aria risuonava l'allegro coro a più voci degli uccellini e spirava una brezza tiepida che le solleticava il volto con il profumo della primavera, di un nuovo inizio.

«Credo di aver completamente dimenticato quanto può essere bella la vita» disse Ricarda.

«La vita può essere meravigliosa, Ricarda. Se solo glielo concedi.»

«Ho l'aria così malinconica?»

«Sei stata tu a dire che non eri una buona compagnia» rispose Georg. «Peraltro in queste circostanze *Anna Karenina* potrebbe sembrarti un po' tetro.»

«È proprio quello di cui ho bisogno» insistette lei.

«Ma non dovresti averne motivo.»

«Ad ogni modo quest'uscita in carrozza è senz'altro una buona idea» disse Ricarda risoluta. Gli sorrise. «Grazie. E ti chiedo scusa se sembro scortese. In realtà non lo sono.»

«Lo so. Anzi, cerchi sempre di accontentare più persone possibile.»

Ricarda rimase senza parole. Come aveva detto il giorno prima? "Penso molto a te."

Sembrava conoscerla bene, mentre lei non lo aveva mai preso troppo sul serio. Aveva detto di amarla.

Ricarda gli rivolse uno sguardo indifeso. «Non so molto su di te, Georg.»

Lui rispose al suo sorriso. «Ho studiato giurisprudenza e tra l'altro alla fine anch'io ho discusso una tesi.»

«E sulla tua carrozza a Monaco c'è scritto *Birrificio Reale*. E a Berlino conoscevi il signor Bötzow, il nostro "re della birra".» Il ricordo del periodo passato all'ambulatorio nell'ex birrificio della Alte Schönhauser Strasse le procurò un lieve attacco di nostalgia. Si sforzò di dissimulare la tristezza con un sorriso e tentò di fare una battuta: «Volevo andare a prenderti della birra. Era la prima volta che ci incontravamo e tu mi sei sembrato, perdonami se te lo dico in maniera così diretta, terribilmente vecchio».

«E tu eri terribilmente giovane. Una ribelle che voleva sfondare i muri a testate.»

All'epoca lui le aveva detto qualcosa che l'aveva fatta arrabbiare. Stranamente in quel momento non le veniva in mente cosa.

Georg la guardò teneramente. «Da quel giorno non sono mai riuscito a toglierti dalla mia mente.»

«Non devi farmi i complimenti per la mia testardaggine giovanile!» Ricarda scoppiò a ridere. «A proposito, quanti anni hai? Adesso, intendo.»

«Trentanove.»

Quindi aveva dodici anni più di lei. E lei dove sarebbe stata, alla soglia dei suoi quarant'anni? Con un figlio che nel frattempo ne avrebbe avuti dodici.

«Ti sembra che io sia vecchio?» domandò Georg, che la stava ancora guardando.

«Stavo solo pensando a quel che sarà.»

«Avrai ben presto uno studio medico tutto tuo con centinaia di pazienti.»

«Al momento le cose sembrano mettersi assai diversamente» le sfuggì senza volere.

«E se te lo regalassi io, uno studio medico tutto tuo?»

In quel momento il landau, che fino a quel momento si era dimostrato molto ben molleggiato, prese in pieno una buca. Ricarda fece in tempo a tenersi per non cadere tra le braccia di Georg, ma sentì lo stomaco rivoltarsi. Il vetturino si profuse in una lunga serie di scuse nel suo melodioso dialetto svizzero, ma non servì a evitare l'inevitabile.

«Fermatevi, per favore» disse Ricarda, senza riuscire a farsi sentire dal vetturino.

«Stop!» gridò Georg.

Poco dopo successe esattamente ciò che Ricarda aveva sperato non succedesse. Una signora che vomita fuori da una carrozza non è un'esperienza da tutti i giorni, per un vetturino. Per la fortuna di Ricarda, lui stesso diede la colpa alla sua guida poco accorta. Ricarda poteva solo sperare che anche Georg Kögler fosse dello stesso avviso.

«Ma veramente Goethe ha mangiato qui, quattrocento anni fa?»

Dopo mezz'ora di passeggiata, Georg aveva fatto fermare la carrozza di fronte a un famoso ristorante a Stäfa. La *Vecchia Corona*, con le sue basse volte a crociera, era un'accogliente locanda di paese che serviva cibo rustico. Ricarda era ancora scombussolata dall'attacco di nausea, ma paradossalmente il suo stomaco sembrava richiedere qualcosa da mangiare.

Il cameriere servì loro una lombata di capriolo. Ricarda non era molto attratta dalla carne, ma gli spätzle che accompagnavano la pietanza insieme ai marroni e al cavolo rosso le fecero venire l'acquolina in bocca. Georg aveva scelto un vino rosso che si abbinava bene alla carne scura e le propose un brindisi.

Ricarda si sentiva talmente rilassata che dimenticò la regola di non avvicinare il bicchiere al naso. Un secondo dopo stava già correndo verso il bagno.

«Mi dispiace» disse, quando tornò al tavolo.

Quelle scuse le sembrarono parole vuote. Certo, non doveva alcuna spiegazione a Georg, ma sarebbe stato ingiusto mentire a un uomo che le aveva dichiarato il suo amore e che aveva per lei grandi progetti.

«Aspetto un bambino» disse, senza tanti giri di parole.

«Me l'ero immaginato.»

«Davvero?»

«Mia moglie Anna ha avuto gli stessi problemi durante la gravidanza. Si nascondeva, non usciva mai di casa. Sono molto colpito dal tuo modo di gestire la cosa. Vai avanti, nonostante il malessere. Questa è una delle tante cose che ammiro di te. Tu non ti arrendi, tu affronti la vita.»

«Ti sbagli. Adesso mi sento completamente a terra.»

Lui le tese una mano. «Prendila. Ti aiuto io ad alzarti!»

«Non mi chiedi chi è il padre del bambino?»

«Se vuoi dirmelo, ti ascolterò.»

Tra loro si era instaurata una profonda confidenza. Voleva davvero rischiare di rovinare questa intimità? Ma d'altra parte questa riflessione non era di per sé un'assurdità? In fin dei conti, cos'aveva fatto di male? Eppure non ebbe il coraggio di raccontare ciò che era successo.

«Se rispondessi alla tua domanda, guarderesti il bambino con occhi diversi. Dovrebbe vivere con questo peso sulle spalle per tutta la vita e io non voglio fargli questo. Pensi di poter accettare questa risposta?»

«Sì. Perché io vedrò solo te in questo bambino. Tu sei sua madre e lui sarà come te.»

«Perché lotti così tanto per avermi, Georg?»

«Perché lo meriti.»

Il suo complimento la mise in imbarazzo. «Grazie.»

«Non posso vederti soffrire, Ricarda. Io ti amo e voglio sposarti.»

Georg la guardò con tale intensità da farla confondere. La sua fermezza l'aveva colta alla sprovvista. Aveva appena dolorosamente rotto il fidanzamento con Siegfried. E adesso avrebbe dovuto ripartire subito a fare progetti con Georg? Sposarlo? Era questa la risposta a ogni sua preoccupazione?

Certo, lui sarebbe stato un marito affidabile. E la amava. Da parte sua, Ricarda al momento non poteva dire di provare per lui qualcosa che andasse oltre un affetto sincero. Sarebbe bastato a creare un legame per la vita?

Per non parlare di tutte le domande che un eventuale matrimonio avrebbe aperto. Dove e come avrebbero vissuto? Ricarda non aveva dubbi sul fatto che Georg avrebbe risposto a tutte queste domande. Era un uomo con i piedi ben piantati a terra e l'avrebbe senz'altro protetta.

Se si fosse affidata a lui non sarebbe precipitata come aveva temuto il giorno prima. Ma era questo che voleva? Un cavaliere dall'armatura scintillante che sbuca fuori dal niente, la issa sul suo cavallo e fugge via con lei? Quello non era il suo modo di pensare, di sentire, di vivere. Fino a quel momento aveva sempre combattuto per se stessa e aveva sempre ottenuto tutto con le sue forze. Ma forse per una volta la scelta giusta era cedere le responsabilità a qualcun altro, non dover combattere da sola.

«Ti ho colto alla sprovvista» disse Georg.

Ricarda annuì. «Devo prima abituarmi all'idea. È tutto così nuovo.» Poi si mise a ridere, perché le venne in mente un parallelo. «Quando la contessina mi portò a Berlino, ero una ragazzina di campagna di quattordici anni. I miei vestiti erano molto semplici, per cui mi rifece il guardaroba al *Gersons Bazar*. E tutto a un tratto la gente di Berlino iniziò a chiamarmi "signorina". Ogni volta che sentivo chiamarmi "signorina" mi spaventavo un po', perché non ero io quella a cui si riferivano. L'unica cosa che vedevano erano i miei vestiti.»

«Quanto ti ci è voluto, per abituarti ai vestiti?»

«Almeno qualche giorno mi ci è voluto. Ma forse anche meno, perché…» A un trattò le fu chiaro dove voleva andare a parare Georg con la sua domanda. «Avevo così tante novità da elaborare, che non mi resi neanche conto di come il nuovo guscio si stesse adattando alla mia pelle. Pensi che per noi sarà la stessa cosa?»

«Abbiamo iniziato molto bene, non trovi?»

«In effetti sì» ammise Ricarda.

«Mangia qualcosa, Rica. Mi raccomanderò con il vetturino perché vada pianissimo.»

Assaggiò gli spätzle, che trovò buonissimi, ma era troppo agitata per riuscire a buttarne giù più di qualche boccone.

«Potremmo sposarci a maggio, in modo da preservare la tua reputazione» disse Georg quando furono di nuovo in carrozza per tornare a Zurigo.

«A maggio?» ripeté Ricarda. Così presto! Le girò la testa.

«Ho tanti parenti che si aspettano di essere invitati. Non sarebbe saggio deluderli.»

Questa motivazione è proprio nel suo stile, pensò Ricarda.

Poi Georg aggiunse, stringendole la mano: «Maggio è il mese più bello per sposarsi, era questo che intendevo dire».

Ricarda scoppiò a ridere.

«Di' di sì» la pregò lui.

Tutto a un tratto a Ricarda tornò in mente cos'era successo il giorno in cui si erano incontrati per la prima volta: Georg si era mostrato del tutto disinteressato a cosa facevano le donne tutto il giorno.

«Io non posso vivere senza il mio lavoro, Georg. Devi promettermi che potrò esercitare come medico.»

«Ma certo! Dicevo sul serio quando ti ho proposto di mettere su uno studio medico. È ovvio che dovresti lavorarci.» Poi le fece un mezzo sorriso e aggiunse: «Da quanto ne so, a Monaco non esistono dottoresse, tu saresti la prima».

Ricarda fece risalire lo sguardo dal lago alle cime dei monti coperte di neve. «Non ci avevo mai pensato» disse. «Anche da Monaco si vedono le montagne?»

«Solo in certi giorni» rispose Georg scuotendo la testa con un sorriso. «Vuoi dire che puoi sposarmi solo se lì ci sono le montagne?»

«No, ma le montagne sono belle.»

«Quindi mi puoi sposare?»

A quel punto Ricarda rispose: «Sì, ti posso sposare.»

Georg la baciò teneramente su una guancia. «Non te ne pentirai, Rica. Te lo prometto.»

Un mazzo di rose rosso sangue

Aprile 1890

Ricarda incontrò Lore sull'Isola dei Pavoni in una soleggiata giornata di fine aprile. Era appena tornata da Monaco, dove aveva accompagnato Georg, e adesso erano rientrati a Berlino per alcune sue questioni di lavoro. Dopodiché avrebbero fatto una breve visita a Freystetten, dove Georg voleva presentarsi alla famiglia di Ricarda. Ma quella giornata era solo per lei e Lore. Avevano così tanto da raccontarsi.

Passeggiavano a braccetto per l'isola, dove la primavera stava compiendo i suoi miracoli. I picchi battevano sui tronchi delle vecchie querce, che indossavano una sottile veste di un verde delicato. Una femmina di cinghiale portava in giro i suoi cuccioli e i pavoni facevano la ruota, mettendo in mostra le loro penne scintillanti. Ma quando le due amiche raggiunsero il luogo dei loro ricordi d'infanzia, Ricarda ebbe una brutta sorpresa.

«Dov'è la serra delle palme?»

Lore la prese sottobraccio. «Bruciata! Non lo sapevi? Ormai saranno passati quasi dieci anni.»

«È proprio qui che è cominciata la nostra amicizia, nel giorno del tuo compleanno. È per questo che ho voluto tornarci con te oggi» disse Ricarda guardandosi intorno. Non era rimasto altro che il contorno in pietra delle fondamenta. «Oh» sospirò «ti ricordi come piangeva Kumari perché non sapeva decidersi se avere nostalgia per Ceylon o farsi piacere Berlino? E pensare che adesso sta costruendo un ospedale per i lavoratori delle piantagioni di tè sui monti del Kenya.»

Ricarda distolse lo sguardo e Lore le chiese: «E tu invece che progetti hai? Ora che sei dottoressa, potrai finalmente raggiungere Siegfried in Africa?»

Fino a quel momento Ricarda era sempre riuscita a cambiare discorso quando la conversazione era caduta su Siegfried. Gli argomenti non le erano mancati, dato che lei e Lore non si scrivevano da molto tempo. Sospirò. «La storia tra me e Siegfried è finita.»

Lore rimase impietrita, gli occhi le si riempirono di lacrime. «No! Dimmi che non è vero! Eravate fatti l'uno per l'altra. Credevo molto nel vostro amore. Perché?» Lore non riusciva a smettere di piangere.

Ricarda si era immaginata cento volte il momento in cui Lore le avrebbe fatto quella domanda. E cento volte aveva scelto una risposta per poi scartarla subito dopo. Alla fine aveva deciso di non raccontare neanche alla sua migliore amica dell'aggressione che aveva subìto per le scale e delle sue conseguenze. Non tanto per la vergogna, ma per il bambino che le cresceva sotto il cuore. Avrebbe portato il cognome di Georg e doveva crescere senza il peso del passato sulle spalle. Più persone sapevano cos'era successo e più era probabile che questa possibilità gli venisse negata.

«Siegfried è stato via così a lungo. Ogni volta gli danno un nuovo incarico in un nuovo paese. Invece Georg c'è sempre stato per me» disse. In un certo senso, non era neanche troppo lontano dalla verità.

Lore si asciugò le lacrime dal viso. «Quindi si chiama Georg. E lo ami?» Non aveva finito la frase, che scoppiò di nuovo a piangere.

Ricarda la abbracciò per calmarla. Avrebbe tanto voluto piangere con lei, ma riuscì a controllarsi.

«Sei sicura che sia la scelta giusta?» domandò Lore disperata. «Non puoi mica strappartelo dal cuore come se niente fosse!»

Amerò Siegfried per sempre. Ho solo chiuso a chiave questo amore in una stanza che è sepolta nel profondo del mio cuore, pensò Ricarda.

Le due amiche si trovavano di fronte a una fontana con tre vasche. L'acqua ricadeva con una tale dolcezza da sembrare un velo leggero. Ricarda prese dalla borsa il pacchetto ben chiuso con lo spago e lo passò a Lore. «Puoi tenere questo per me?»

«Cosa c'è dentro?»

«Qualcosa che non posso buttare via e che non saprei dove altro tenere.» Dallo sguardo di Lore capì che l'amica avrebbe voluto farle altre mille domande. Ma poi doveva essersi resa conto che il contenuto della scatola doveva rimanere un segreto e la mise in borsa senza aggiungere altro.

«Tre uomini» disse Lore. Ricarda la guardò senza capire, per cui continuò: «Quando Kumari ti lesse la mano. Uno era pessimo, ha detto. Ho avuto così tanta paura per te. Ma dev'essersi sbagliata, perché ti sta andando tutto per il meglio.»

E mi ha predetto anche tre figli, pensò Ricarda.

Le due amiche si abbracciarono e si tennero strette, mentre accanto a loro l'acqua della fontana scorreva incessante e ostinata come il tempo.

La giornata era stata frenetica. Henriette e Käthe avevano visitato una paziente dopo l'altra. In giornate come quella, le signore dovevano aspettare il loro turno nel salone, che era ormai abitualmente usato come sala d'attesa durante gli orari di visita. Se per lo stesso giorno era prevista una serata, si rendeva necessaria un'impeccabile capacità organizzativa. Per fortuna lei e Käthe avevano appena congedato l'ultima paziente e mancava ancora un'ora prima dell'inizio della cena alla quale Ricarda e Georg si sarebbero presentati ufficialmente come fidanzati.

Andrà tutto bene, pensò Henriette mentre si lavava le mani nel *santuario.* Käthe si era già ritirata nelle sue stanze. L'amica, felicissima che il cugino sposasse proprio la *sua* Ricarda, era ancora più nervosa di lei. Certe volte Henriette aveva l'impressione che entrambe rivaleggiassero per accaparrarsi i favori della giovane donna.

Ma adesso era tempo di cambiarsi. Stava attraversando l'ingresso, quando sentì suonare alla porta. «Malwine, non accettiamo altre pazienti per oggi!» gridò, mentre dava un'occhiata veloce alla tavola apparecchiata in soggiorno. Dodici ospiti, addobbi floreali sobri.

«Perfetto come sempre, Malwine» disse, vedendo entrare la governante.

«Vostra Altezza, di là c'è un signore. Sta aspettando nel salottino, è molto agitato. Chiede della signorina Ricarda. Gli ho detto che la dottoressa non c'è, ma non vuole andarsene.»

«Lo conosciamo?»

«Sembra un medico militare. Ha la pelle scura, come se avesse preso troppo sole.»

«Oh, santo cielo!» Henriette si portò le mani alle tempie. Ci mancava solo questa! Proprio adesso che si era sistemato tutto quanto. I due fidanzati stavano per partire alla volta di Freystetten e a Monaco le pubblicazioni di matrimonio erano state fatte da un pezzo. In quanto consulente legale dell'Unione dei Birrai di Monaco, Georg voleva fare le cose in grande per questo matrimonio. Anche Käthe aveva ribadito quanto il cugino ci tenesse. Riguardo alla gravidanza di Ricarda, Henriette al momento non voleva nemmeno pensarci.

«Altezza, vi sentite poco bene?» le domandò la signora Merger, che non aveva collegato lo sconcerto di Henriette al distinto signore che attendeva nel saloncino.

«Un piccolo malessere. Ma è già passato.» Fece un respiro profondo e si avviò verso il saloncino, dove entrò con un sorriso disteso. «Dottor Thomasius, che sorpresa inaspettata!» esclamò.

«Vostra Altezza, buonasera!» rispose Siegfried con un inchino.

Lo sguardo di Henriette cadde sul mazzo di fiori che teneva in mano. Quell'uomo giovane e bellissimo riusciva a malapena a sorreggerlo. Rose a gambo lungo, rosse come il sangue. O come l'amore, a quanto si diceva.

«Da dove venite, così all'improvviso?» domandò.

«Sono venuto via di corsa dal Camerun, Altezza. Ho viaggiato giorno e notte. Dov'è Ricarda? Devo parlarle urgentemente. Volevamo sposarci, ma adesso mi ha scritto di no. Una sola parola! Dopo otto anni! Cos'è successo?» Dovette accorgersi da solo che stava esagerando. «Perdonatemi, Altezza. Sono molto agitato.»

Da un certo punto di vista Henriette provava pena per lui, anche se considerava del tutto fuori luogo abbandonarsi in quel modo ai sentimenti. Erano state prese delle decisioni. Il cavaliere delle rose era arrivato troppo tardi.

Henriette andò alla credenza e versò del cognac, l'ufficiale ne avrebbe avuto bisogno. Inoltre doveva trovare il modo di liberarsene il prima possibile. Ricarda non poteva incontrarlo per nessun motivo!

Era bello passeggiare di sera lungo il viale sottobraccio a Georg. Ricarda iniziava ad abituarsi a quel rapporto d'affetto, anche a Monaco si era sentita bene al suo fianco. Per proteggere la sua reputazione, Georg l'aveva sistemata in un elegante hotel anziché nella sua villa. A Berlino invece alloggiavano entrambi all'Hotel de Rome, ma in quanto coppia non ancora sposata dormivano in due suite separate.

«Tesoro, mi ero scordato di dirti che mentre eri sull'Isola dei Pavoni con Lore è arrivato un telegramma da Rügen, da parte di tuo padre» le stava dicendo Georg. «È d'accordo a incontrarci qui a Berlino, arriva domani. Non è magnifico? Almeno potrò chiedergli la tua mano.»

Ricarda ripensò all'ultima volta che suo padre era venuto in città a causa sua e non poté fare a meno di ridere, mentre lo raccontava a Georg: «Lui voleva tirarmi fuori dalla prigione e io volevo restarci. Senza quelle quattro settimane nel carcere femminile non sarei mai arrivata alla decisione di diventare un medico.»

Georg la guardò con occhi innamorati. «Mi chiedo quante altre cose verrò ancora a sapere della tua vita.»

Nel frattempo erano arrivati a pochi passi dalla casa in Unter den Linden, dove li attendeva la contessina. Data l'occasione, si erano entrambi vestiti eleganti: Georg con lo smoking e Ricarda con un abito blu scuro, una calda mantella foderata di velluto e un cappello con una piccola piuma bianca. Tutte cose che aveva acquistato a Monaco. Il cappellino le dava un aspetto più da signora e Ricarda aveva deciso che poteva anche concedersi una piccola stravaganza, adesso che era dottoressa.

«Sono curioso di vedere il salone della contessina. Bene o male tu sei cresciuta in questo ambiente e quello che mi hai raccontato prima mi è sembrato emozionante.»

Avevano quasi raggiunto il portone di casa, quando un giovane ufficiale uscì e si incamminò nella loro direzione. Aveva le spalle curve e camminava molto lentamente. Ricarda sentì il cuore fermarsi e poi ripartire a tutta velocità, come impazzito.

Un'illusione. Doveva esseri confusa. La luce dei lampioni non era molto forte.

L'uomo si fece più vicino e alla fine sollevò la testa.

Oh, cielo! Siegfried. Era davvero lui. Ricarda sentì venir meno le gambe. Anche Siegfried rimase immobile per qualche secondo, come se stesse per inciampare, il corpo teso, lo sguardo fisso su di lei come se avesse visto un fantasma. Alla fine sollevò un braccio, toccò la visiera del berretto con la punta delle dita e chinò leggermente il capo per accennare un saluto.

Poi corse via senza dire una parola. Le passò accanto senza sfiorarla, da vero gentiluomo che non vuole compromettere una signora.

Siegfried a Berlino! Com'era possibile? Come aveva fatto a tornare in così poche settimane? In quelle settimane decisive, che avevano completamente stravolto la sua vita?

«Quell'ufficiale ti conosceva? Non hai neanche risposto al saluto» le chiese Georg a bassa voce.

Il messaggio è: "No, signor Thomasius". Ricarda risentì la sua voce che dettava queste parole all'impiegato del telegrafo. Che stupida era stata! Perché non aveva semplicemente dettato il messaggio "Torna a casa"?

«Ti senti bene, tesoro? Sembri assente.» Georg le strinse il braccio più forte.

L'usciere aprì il portone della casa in Unter den Linden con un inchino profondo. «È un piacere rivedervi, signorina Ricarda.»

Ricarda salì l'ampia scalinata al braccio di Georg. Si sentiva completamente svuotata, procedeva come intontita. Poi vide una rosa rossa su uno dei gradini. Il suo lungo gambo era spezzato e aveva già perso alcuni petali, che luccicavano sul marmo bianco come gocce di sangue. Doveva essere stata una rosa bellissima. Ricarda la sollevò da terra, come in trance.

La signora Merger aprì la porta. «Dottore! Dottoressa! Buonasera. Come siete puntuali.» Malwine prese dalle mani di Ricarda la rosa sciupata. «Questa è già rovinata, ma ne abbiamo molte altre.»

Käthe andò loro incontro raggiante. «Benvenuti! Jette sarà qui a momenti» esclamò.

Mentre l'amica la salutava con un abbraccio, a Ricarda cadde l'occhio su un gigantesco mazzo di rose rosse. La luce si frantumava sul vaso di cristallo in migliaia di schegge.

Corrigli dietro!, gridò una voce dentro di lei. *Vai a riprenderti l'amore della tua vita!*

Käthe girò dolcemente Ricarda perché non avesse più il mazzo di rose nel campo visivo. «Vengono anche le nostre amiche Biberti e Solm, Ricarda. E persino la tua ex insegnante, la signorina Lange. E Georg, anche il signor Bötzow ha accettato l'invito. Sono tutti contenti di festeggiare la vostra felicità!»

In quel momento suonò il campanello e Malwine corse alla porta per aprire.

Al posto dei ringraziamenti

Le eroine di questo romanzo si ispirano a personaggi realmente esistiti.

Minna Cauer, Lucie Crain, Hermine Heusler-Edenhuizen, Marie Heim-Vögtlin, Helene Lange, Emilie Lehmus, Minna Popken, Franziska Tiburtius: a tutte loro noi donne dobbiamo molto più di quanto immaginiamo.

H.S.

Indice